# 直面一线

## 刑警队长的成长往事

刘友生 著

海天出版社
·深圳·

图书在版编目（CIP）数据

直面一线：刑警队长的成长往事 / 刘友生著. —
深圳：海天出版社，2020.12
    ISBN 978-7-5507-2985-8

    Ⅰ．①直… Ⅱ．①刘… Ⅲ．①纪实小说－中国－当代
Ⅳ．①I247.5

    中国版本图书馆CIP数据核字(2020)第160578号

# 直面一线：刑警队长的成长往事
ZHIMIAN YIXIAN: XINGJING DUIZHANG DE CHENGZHANG WANGSHI

出 品 人　聂雄前
责任编辑　雷　阳　童　芳
责任校对　陈　军
责任技编　郑　欢
装帧设计　麦克茜

出版发行　海天出版社
地　　址　深圳市彩田南路海天综合大厦（518033）
网　　址　www.htph.com.cn
订购电话　0755-83460239（邮购、团购）
设计制作　深圳市知行格致文化传播有限公司　Tel：0755-83464427
印　　刷　中华商务联合印刷（广东）有限公司
开　　本　787mm×1092mm　1/16
印　　张　38.75
字　　数　555千
版　　次　2020年12月第1版
印　　次　2020年12月第1次
定　　价　86.00元

这是一段刻骨铭心的日子，这是 1993—2004 年内地基层民警工作生活的真实写照。

小说讲述了主人公文景警校毕业后的经历。在那个工作艰苦、生活淳朴的年代里，从小梦想成为神探的文景，起初被分配到农村派出所工作。他不怕吃苦，虚心学习，勤奋努力，很快就立功受奖，被选调到一直期盼的刑警大队工作。

在刑警大队这支以侦查为主业的队伍里，文景努力发挥自己的潜能，从最初的小探员一步步成长为主持一方的刑警队长。这一路上，他克服各种困难，想方设法破案，不辞辛劳追逃，赢得了领导和同事们的喜爱。

可是，当文景事业顺风顺水，前途一片光明之时，他却产生了离开的念头。当时物资匮乏，办案经费难以保障，即便是刑警也要花费大量精力去做与自身业务无关的事情。基层公安机关的这些无奈之举影响了警民关系，损害了同事感情。正直善良的文景感到这样的工作枯燥乏味，与自己的理想相去甚远，逐渐产生了离开基层，投身于真正专司破案、能更好实现神探梦的队伍中的想法。然而，当他凭借自身努力考入上级公安机关时，发现那里同样存在这些问题。一年后，他抓住机遇，选择了另一条充满梦想和挑战的道路……

刑警也是人，也有七情六欲，也有恋爱、婚姻、家庭。面对成功有欣喜，面对失败有落寞；面对家庭现实的困难，文景有痛苦矛盾；面对工作发展的道路，文景也困惑纠结。

文中的故事和案件没有惊心动魄，也没有刀光剑影。或许很难和其他警察前辈轰轰烈烈的事迹相比，但笔者作为一名刑警，亲身经历并侦办过很多案件，采取第一人称的叙述方式，以警察来写警察，工作素材和生活感受真真切切，有感而发，故而更贴近人心。

笔者撰写这本书主要有三个原因：一则希望能给自己留下一段记忆，若干年后再翻读回味；二则想给年轻警官和孩子们准备点材料，看看那代人付出的艰辛，激励他们迎难而上的决心，树立坚定的斗志；三则用以感谢在警察群体背后吃苦耐劳、辛勤奉献、默默流泪的亲人以及给予公安民警无私帮助的广大人民群众。

如今，我们国家发展进步很快，社会治理能力和水平更是日新月异。工作生活条件得到了很大改善，依靠高科技和大数据，坐在办公室里也可以破案，以往"跑断腿、磨破嘴"的艰苦调查工作逐渐减少，但我们勤奋好学、拼搏向上、爱民亲民的好作风绝不能忘了、丢了。

小说主人公文景只是一个刑警的代表，不是作者本人，希望读者不要对文中的任何人物和事情对号入座。如有雷同，纯属巧合。因为工作原因，笔者没有固定的写作时间，只得忙里偷闲，写写停停，停停写写。不足之处真诚希望读者能提供宝贵意见，谢谢！

刘友生写于深圳

2020 年 6 月 16 日

# 目 录

1

PASSAGE 2

**第二篇
大案队的磨砺**

PASSAGE 5

第五篇
转折

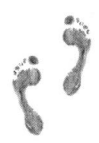

# PASSAGE 1

## 第一篇
### 派出所的青葱岁月

# 第一章　新警报到

*1*

1993 年 5 月上旬，天气突然变得燥热起来。

和往年一样，经过一番惊心动魄的摔盆砸碗和真真假假痛哭流涕的释放之后，我们庐河地区的八个兄弟背起大大小小的行囊默默走出了省警校。按照安排，我们这届毕业生都回原籍实习，不再回学校。我回头看了看那高高的校门，长吁了一口气：拜拜了，洒满我们青春汗水和梦想的警校；拜拜了，继续接受教官痛苦折磨的师弟师妹们……

兄弟几个知道分别后就不可能再有这样朝夕相处的日子，在去汽车站的路上就商量说先去大鹏家玩两天。大鹏家在一个山区小县城，街道干净整洁，人口不多，但满眼看去都是武警，一问才知道是驻扎了一支武警水电部队。第二天天没亮，还在酣睡中的我们就被嘀嘀嗒嗒的军号声叫醒，我迅速爬起来要穿衣出操，昏暗中却听到大鹏睡在床上哈哈大笑。这时我才醒悟过来：这儿不是警校，已经走入社会了。

早饭后，大鹏带着我们走上了号称"全省第一坝"的水电大坝上。放眼望去，截江为湖的水面浩浩荡荡，一眼望不到边。两岸青山如黛，逶迤如屏，左边山腰中隐约现出一座古朴神秘的观音庙。坝的北面正在泄洪，几百米宽的洪水汹涌澎湃，以雷霆万钧之势朝前奔去。前边就是庐河县，我即将为之奋斗的家乡……

到庐河县公安局政工科报到后，当天我就被分到离家不远的桃江派出所实习。短短两个月的实习结束，不久，我就得到通知，正式被分配到县局的东琴派出所工作。

8月的最后一天上午，我像外出的民工一样，挎着个大编织袋，挤上了一辆县城开往庐河市的中巴车。

庐河县位于全省中部，呈人字形。由南往北贯穿全省流入长江的红河穿过人字的裆部，将全县分成两半，红河的东岸（即人字的一捺）为东琴等六个乡镇，是县里的东路片。红河的西边为县里主要区域，一撇的上部是北路片、一撇的下部是南路片。撇捺交叉点就是县城及中间片，县城北面仅相隔十公里的地方是庐河市。庐河市几乎被庐河县包围在中间，以前是县城所在地，20世纪70年代末县城才从那里慢慢搬到现在的地方。去东琴镇，先要在庐河市转车，再经过文峰县的松溪乡。由此看来，东琴等东路片的乡镇似乎就是庐河县的一块飞地。

在庐河市汽车站转车等客半个多小时后，车子由南往北穿过市区，右拐上了康山大桥，到达红河东岸，折转身沿着一条坑坑洼洼的土路往南驶去。这是我第一次去县里的这片区域，携带各种农用品的农民上上下下、挤挤碰碰、满口粗话地吵吵嚷嚷。车里灰尘扑面、车身颠颠簸簸，混杂着的汽油味、汗馊味、家禽家畜的臭味熏得我有了想呕吐的感觉。为了分散注意力，我只好将视线移向窗外。外面的景色吸引着我，左边是高高的山峦和宁静的村落，右边是宽广如练的红河。美丽的风光渐渐驱除了我的疲顿。在警校读书时，天天盼着早日结束学业尽快参加工作，现在靠着车窗，想着马上就要成为一名正式的人民警察了，心情自然有些激动：新单位是个什么样子，同事都是些什么样的人，我在那里能实现自己的梦想吗？

两个小时后车子驶过一座桥停下来。

"到东琴老街的在这里下车！"售票员扭着肥腰走下车，高声叫着。

"请问去派出所的在这下吗？"我连忙问。

"嗯。往老街里面走。"她忙着帮别人提一笼猪崽下车，头也不抬。

我提着行李挤下车往老街走去。在一岔路口，我问一位路人："请问派出所怎么走？"他用手一指，说："顺着这条巷路过去就是。"我道声谢谢就往里走。

巷路两边都是木板房，房前用竹篙晒了衣服、鱼、肉等物，几个妇女坐在阴凉处唠家常。可是等我走完这一百多米的小巷直到河边也没有看到派出所的牌子，又转身往回走。我问那几个聊得正欢的妇女，她们热情地指着十多米远的一栋砖木结构的瓦房说，那就是。我抬眼看去，那栋民房两层高，呈灰白色，墙面掉了不少石灰，显得斑驳不堪。整栋房子和其他居民的房子紧紧相连，别无二致，没有一点警用标志。

"这不是民房吗，哪是派出所？"我嘟囔一句，怪不得找不到。

临巷的两扇木门半掩着，推开门，只见一条一米多宽的走廊往里伸去，黑咕隆咚的，两边是木制厢房，像是一些警匪片中的场景。我不敢往前走了，将行李放在木门旁边就走了出来。

这时，从斜对面的一间民房里走出一个四十多岁、个子高高的妇女，她问我："你找哪个，有事吗？"

我想，人家看我背着个编织袋，估计认为是来办事的老乡，就说："我是新分来的，找所长报到。"

"哦，你是小文吧，于所长交代了我，他去白云山了。我是所里的炊事员，就住对面，你跟我进来。"我想，应该是政工科已经告诉了所里我分过来的情况。她要我拿好行李跟着往里走，来到一个木楼梯旁。她在墙壁上摸了一下，一拉线，亮起一盏昏黄的电灯，我一时还不适应，眼有些花。

"上楼，小心些。"

楼梯摇摇晃晃"嘎吱"作响，似乎就要散架，我不得不蹑手蹑脚。上到二楼，楼板在两人的脚步重压下似乎就要塌了，几只老鼠惊得四处乱窜。

"你就住这间房，门上有锁匙。"她帮我推开门。我把行李往门边一放，瞧了一眼：一张木架床，一张小桌，仅此而已。也许很久没人住，一缕阳光从小木窗照进来，房内灰尘四扬。

"这样，你到下面提点水先刷洗一下。今天就你一个人在所里，中午的饭我就不做了，你自己到茶馆店里去吃点面吧。"

"行，谢谢。"看着这个状况，我哪还有食欲，本以为是来住机关洋楼，哪知道住进了农民房。我提桶下楼，在压水井上压了些水，脸上手上一洗，竟然洗出一桶酱油来。然后又提水上楼擦洗床桌地板，累得手都麻了。

这时才感觉肚子咕咕叫，我连忙走到街上。老街两边都是木板房，开着各种店铺，尤以茶馆店居多。这类茶馆店都是老乡喝茶聊天歇脚打牌的地方，上午供应包子油条等食品，中午供应清汤饺子面条，老哥几个每人凑上几块钱买点花生瓜子围成一桌，一坐一整天。此时正值当圩的高峰，街道、商铺挤满了人，热闹得很。大概是饿了，一碗手工碱水面条下肚，那醇香的味道让我回味良久。

## 2

回到所门口不知做什么好。我突然想起警校同学敖飞家就在东琴的大路村，于是立即走到斜对面的炊事员家，问了去大路村的路线，借了辆自行车就走。

我们县里这届警校毕业的同学最多，共四个，一个是袁军，他交际广，能喝一斤白酒，是我们四人中的老大，分在乌江派出所；一个是武小峰，长着一双笑眯眯的小眼睛，低调，人缘好，身材结实，喜欢打球，分在安田派出所；再一个就是精瘦的敖飞，这家伙聪明胆大，本来也是要和我们一起分配的，但他听说正在兴建的庐河火车站就要成立铁路派出所，工资高待遇好，就托人想进去，正在等待好消息。他家离街上只有三公里样子，进村一问，就有人带着我直奔他家。

"哎呀，文景，你怎么来了？"敖飞将手上的扑克牌一甩，大声嚷嚷地冲出家门，不待我将自行车支好就来握手。

"我被分到这里了，以后要跟着你混了。"

"真的吗？那你就是我的父母官，还请多多关照啰。"

调侃一番后敖飞说："今晚我们村有户人家做酒席，小孩考到了大学，一起去吃饭。"

"这样不好吧？"

"有什么不好？派出所的上门去吃饭就是看得起人家！"

我想了想，回单位也没饭吃，就在这磨磨时间也好。

傍晚时分我回到单位。所里仍然没一个人回来，我只好硬着头皮壮着胆走进这空无一人的老屋。洗漱完，将大门关上，上楼，关紧门，心不在焉地翻了会儿书，躺到床上却怎么也睡不着。我自小就有一个梦想，希望当一个神探，高考报志愿时从本科、专科到中专都报了警察院校，之后虽考了个不理想的中专警校，但毕竟穿上了"橄榄绿"，迈出了当警察的第一步。在警校我刻意去锻炼身体，对刑侦、预审、专案侦查、现场勘查、刑事技术这些科目情有独钟，门门优良，当时那样刻苦无非是想在刑侦方面有所专长。毕业前，省厅交警总队来学校招人，开出的条件确实比去基层优越许多，发展前景也宽广，但我却感觉与理想不符，不为所动……

正胡思乱想时就听见有人在敲门，大声叫着："小马、小马！""老肖、老肖！"我一惊，难道有人来报案？我一个人可怎么办？不敢多想，我连忙跳起来，边穿衣服边往楼下疾走，楼梯被踏得咚咚作响。

一开门，只见一个四十多岁，矮矮胖胖，架副大框眼镜的男子站在门口。

"请问有什么事？"我轻声问道。

他看了我一眼，露出了笑容："我是老于，你是小文吧。"他走了进来。

"哦，于所长，你好。我是小文。"我打量着他，他上穿一件长袖白衬衣，袖子上挽，下穿一条绿色警用长裤，脚上一双解放鞋，整个一地质勘探队员。

"来了就好。"于所长拍拍我的肩膀，"小马、老肖回来了吗？"

"没有。"

"我回家住，就在街上拐角处。你一个人在所里，要关紧大门，注意安全，早点休息。"

"好。"我看着所长消失在街角，关上门。

回到房间，躺在床上，楼顶木板上老鼠在嬉闹追逐。不知是环境的不习惯还是内心的不安，抑或是天气燥热，我像煎饼似的翻来覆去睡不着。这就是我上班的第一天，这就是我将要努力工作的地方。就在半梦半醒的昏昏然之中，木窗外隐约透出一丝白光。

这时就听楼下传来于所长急促的大嗓门："小文，小文，起来了吗？"我一惊，看时间才六点刚过，以为发生了什么案件，连忙跑下楼。

"有事呀，于所长？"

他走进屋内说："哦，没事，我家店铺开门早，我都是这个时间来所里的。"

我于是打起精神赶快洗漱，然后来到办公室。于所长在收拾桌上的物品。那时我才知道全所只有一间办公室，六个办公桌两两相对，分两排摆着，桌上有一台手摇电话和一个榔头似的对讲机。更想不到的是，办公室最里面竟然就是所里的简易厕所，怪不得办公室里有股腺臭味。

"小文，你也看到了，所里的条件很差，汽车、摩托都没有，东琴法庭也和我们挤在一起，所里管辖东琴、文水两个乡镇，事情很多很复杂，你要吃苦哟。"

"所长放心，我不怕。"事实上我虽然在县城长大，但家里条件并不好，从小吃了不少苦。

"能吃苦就好。不过马上就会改善了，我们准备建房。昨天我和毛华到白云山买木头，等下还要去。老肖和小马今天在局里批个案子，你一个人在家看门。没办法，所里以前四个人，你来了我们的队伍就更强些了。"

毛华比我高一届，为人老实，在学校照顾我们几个新生不少，这次分过来时听说他也在这里工作着实让我高兴。

"小文，你想干什么工作？"

我不假思索："搞外勤吧，我想学办案。"关于这个问题我在来时就想过，派出所无外乎内勤、外勤之分，内勤天天待在办公室办户口、写报告，枯燥无味，我哪坐得住。而自己一心就想从事刑侦工作，破几个漂亮的案件，那样多有成就感呀。这次本来向政工科要求分在刑侦队，科长却说还是基层锻炼人。

"好，我也是这样想的。毛华在搞内勤，你就由老肖带着，负责刑事案件，我和小马负责治安案件。当然，原则上这样分，但有案子还是大家一起上。"他停了一下，接着说，"对了，你还要兼当所里的会计，每月做好账向局里报账。"

本来要我负责刑案挺高兴的，一听说还要当会计我立时不作声了。于所长好像看出我的心思，说："别急，过几天我带你到木业社找李会计学学怎样做账。"

这时，一阵重重的脚步声由远而近传过来，那人进门和我一碰面我俩都大笑起来。

"文景你好呀！"毛华用他那壮实有力的大手紧紧握住我的手，让我差点叫出声来。

我急急地抽出手，连说："师兄多关照、多关照。"他乡遇故知让我俩都很兴奋。

"找对象了吗？"我好奇地问。

毛华咧开嘴笑了笑不作声。

于所长哈哈笑了："我们派出所的小伙子都是抢手货，这小子一来就被人家俘虏了。小文，你以后肯定也是在这里找对象啰。"这下让我不好意思了。我抓了一下头，惹得所长和毛华都大笑起来。

所长走出办公室和一个来办事的老乡说话。

我问毛华，所门口怎么连一块招牌也没有？毛华偷偷往门口一看，压低声音说："以前有，两个月前被街上一个精神病趁着黑夜扛走了，丢到镇上公共厕所里面做坑板。我们抬回来以后觉得太脏了，加上怕群众笑话，就没有挂了。"

我"哦"了一声，感到这真不可思议。

毛华看出我的疑惑，说，派出所经常得罪人，说不定就是哪个对我们有意见的家伙怂恿这个精神病去干的。

早饭后，于所长和毛华坐班车上白云山去。我看屋里面光线暗空气差，就拿了本案卷坐在大门口看。

陆陆续续有人来问办户口、身份证或找于所长的，我只好一一进行解释。十点钟左右，从大门对面的小巷走来两个人，后面那个高高大大的好像在哪见过，他问我，"你是小文吗？"

"是啊，你认识我？"我感到惊奇。

"我叫靳秋，前年你来省司法学校找你同学胡小平玩，我在场。我去年被分配在镇司法所工作，这是我们刘所长。"

"哦，你们好，请坐请坐。"我端了凳子过来。真想不到初到东琴竟然有几个熟人，我们都兴奋地聊起来。

一天无事。晚上十点了还是没有谁回来，我看了会儿书睡着了。

不知过了多久，迷迷糊糊中听到一阵急促的上楼脚步声，继而是隔壁的开门声，不知是谁回来了。我想爬起来看看，但又觉得太唐突，就想明天再说吧。

## 3

吃过早饭于所长和毛华去文水乡了，我仍旧拿本案卷坐在办公室门口看，大约八点钟，电话响了。

"派出所吗？我这里是中学，请问于所长在吗？"

"他去文水乡了，请问有事吗？"

"我们报个案呀。我们学校昨晚发生了个抢劫案，有人在学生寝室抢劫，请你们来调查一下。"

"好好，我们马上来。"撂下电话，想向所长报告，可又不知道怎么联系。发生案件一个人去出警肯定不妥，怎么办？我突然想起靳秋来，他们昨天不是说过以前常常协助我们所里一起办案吗。我于是拿好公文包，骑上自行车往镇政府跑。靳秋听我说后马上爽快地答应了。

中学离墟镇约三公里远，前靠河后背山，好一个读书的清静所在。刚出校门的我不禁赞叹起来。见我们来了，政教处王主任带着我们来到校长室。

校长先说了一通感谢的话，之后收住笑容，语速放缓了："今天是我们开学的第一天，寄宿的学生昨晚已经来住了，可谁知道有两个寝室的学生昨晚被人拳打脚踢，加上皮带棍棒抽打，两千多元学费、生活费也被抢走了……"

"是谁做的，有谁认识他们？"我不禁义愤填膺，抢学生的钱，这样的事也干得出！

校长欲言又止，对王主任说："老王，你介绍一下。"

王主任说："这真是个麻烦事，是你们上任所长钟所长的儿子和其他三个人做的……其中有两个是校外的，小钟和那个在校的同学抢钱后到现在还没有来学校。"

我感到突然，竟有些不知所措。钟所长是我实习的桃江派出所的所长。他业务素质强、工作要求严、脾气急躁，在手下工作的民警大都怕他。因为我实习时积极主动、为人踏实，他对我印象不错，分配时还到处找局领导要求把我分在桃江所，但东琴镇地理位置重要、管辖人口多、情况更复杂，局里才将我分过来增加力量。

"我们先找学生调查一下吧。"前两个月的实习让我多少知道一些工作程序。

事情果然如此，小钟（钟勤飞）和另一个同学罗平芳带着刚初中毕业的另外两个老乡于晚上十二点多窜入高一两个寝室抢劫，有人认出他们。当时大多学生不敢声张，有三四个学生还挨了揍。

到中午时，班主任将刚回校的钟勤飞和罗平芳带到政教处。钟勤飞十七岁，个子高高，结结实实。他看了我一眼，似乎在问，你是派出所的，怎么我不认识？告别刘校长和王主任，我和靳秋押着两人步行回到所里。

此时老肖和小马已回来了。我介绍情况后，老肖立马开始讯问钟勤飞，小马也开始找罗平芳问话。

我对老肖有所耳闻，同学武小峰实习时就是他带的。据说他是局里数得上的一个业务高手，还在预审科主持过一段时间的工作，但因平时爱喝几杯，纪律性不强，多次被人投诉，一直没得到提拔，连警衔也没给他授。据说，有一次在处理一起邻里纠纷时，报案人请他去吃饭，他竟然开枪打死人家的一只鸡作下酒菜。后来报案人对问题处理不满意，告他一状，局里给他一个处分。

我站在老肖的旁边看他做笔录。

那时我才知道小钟其实一直就吃住在我们所里，只是我刚来没见过。我忽地想起昨晚有人上了楼，现在想来就是他了。和一名抢劫犯罪嫌疑人住在一起，这倒是挺好笑的。大概是和老肖熟吧，小钟竟然对这起案件矢口否认。老肖将调查材料扔在桌上，说："人家都认出你们了，你不承认有用吗？"小钟仍不出声。那边罗平芳大概见所长的儿子也被抓了没有靠山，已经交代了。突然，老肖大叫一声："小文，把他铐到杂物间去想问题！"我愣了一下，但还是听从安排，将小钟铐在杂物间的自行车上，关上门。我心里念叨，对不起了钟所长，我也是没办法呀。

## 4

下午，于所长回来了，听到这件事，他眉头紧锁，用手反复抓头。钟所长当所长时推荐他当了副所长，五个月前钟所长调离就由他副所长主持工作，按理要知恩图报，却遇上这么件伤脑筋的事。

"老肖，你说怎么办？"于所长茫然地看着他。

"不好办哪，你是所长，你拿主意吧。"老肖皱皱眉头。

不久，钟所长夫妇闻讯赶过来了，我在走道上遇到叫了句："你好，钟所长……"他哼了一声，目不斜视，大踏步径直往办公室走去。

我怕尴尬，随即闪身溜到所门口。一会儿，钟师母走出来了，对我说："小文，大家都认识，不应该铐住我家小飞呀……"

我不知道如何解释。我不能说他不老实，也不能说是别人命令我这样做的，真不知如何是好。

趁着钟师母和别人打招呼，我溜到了毛华的房间。

"真是倒霉，一上班就接了这样的案子。"我对着毛华又摇头又叹气。毛华笑笑，"不关你的事，谁接了案件还能不受理呀？怪只怪小钟不争气，丢他爸爸的脸，钟所长天天抓别人，这下儿子犯法，大家都难堪啰。"

一个小时后，罗平芳的爸爸，一个邻乡初级中学的副校长也来了。天黑时分，我和毛华听到两位父亲带着自己小孩离去的声音，才钻出来吃晚饭。

事后听毛华说，钟所长从办案的角度分析，四个人作案，只抓到两个，只有一个承认，证据方面不足，家长又都是干部，写个保证将孩子领回去，随传随到。于所长、老肖怎么会把事情做绝呢，只好如此。两家家长又多次跑到中学解释，才让他们的孩子继续上课。

之后几天，于所长、老肖带着我们到新街乡另外两个犯罪嫌疑人的家里抓捕，却都扑了空。月底，于所长叫毛华将这件案子填在月报表里上报给县局，不久听说于所长还向局领导当面报告了情况。

这起案件就这样挂起来。谁曾想，一年多后发生的一件小事又将它牵扯起来了，差点出了大事。

## 第二章　同事素描

*1*

此后，于所长就带着我到木业社李会计那里学起了财会。向来对数字和经济不感兴趣的我不得不硬着头皮认认真真地学着分门别类记账，生怕出错坏了所里的财政大事，这也让我学到了一些财经知识，对经手的公务款项养成了记录的习惯。

一周后法庭的王庭长回来了。王庭长四十多岁，白白胖胖，活脱脱一个弥勒佛样子。他指着身后的小伙子说："这是小桂，刚从洪昌大学法律系毕业分到我们法庭的。"小桂名叫桂芝，年龄和我差不多，瘦瘦矮矮，戴副眼镜，斯斯文文的。难得人家本科生住这么破旧的老屋，我们中专生还有什么讲究的呢。

这时刚好局里要求对两劳回籍人员等重点人口进行回访调查。这既是户籍管理的一项基础工作又是刑嫌人员调查的一项重要内容，了解掌握他们的现状有利于在发生案件后及时摸排出嫌疑分子。

没有案子时我就夹着包跟在老肖后面走村串户。我问："这不就像'文革'时对地富反坏右分子的跟踪监视？"老肖笑笑："方法差不多，但没有那么严格。你不去了解他们的行踪和特点怎么能在以后的工作中快速圈定或者排除作案人？"

一到调查对象家里，老肖就打开笔记本认真记录，他问得很详细，人家七大姑八大姨的情况都被他挖出来。我也拿出个本子，一笔一画仔仔细细地记起来。回到办公室后，我看老肖会从口袋里拿出一本巴掌大薄薄的日历本翻看，有时还在上面写上一两句话。我开玩笑地问："师父，你翻日历本做什么，看皇历是否适合出行呀？"他摇摇头说："如果我经常翻皇历也就不会这么倒霉哟。我有两本工作笔记，一本厚的写得详细些放在包里，另一本日历本携带方便，放在口袋里，我在上面简要记上当天已办工作和第二天要办的工作，这样便于回忆和提醒自己。比不得你们年轻人，我们年纪一大记性差远了呀。"我连忙说："你这个方法好，我也去买一本日历本。"

通过一段时间的走访，我认识了一些街道、村组干部，也掌握了一些两劳回籍人员和可能违法犯罪的重点人口的情况。我发现，自己穿着警服走村串巷时总能引来老乡们一片尊敬的目光，这让我感到很光荣。

2

一天，于所长要我到辖区文水乡去搞重点人口调查，因为没有设立派出所的乡镇的居民户口由乡镇政府自己管理，我于是骑上自行车独自来到文水乡。乡政府院子不大，仅有三栋三层的小楼，但是绿树成荫，环境清雅。其中一株高大的桂花树金花跳动，活泼灵气，散发出一缕缕淡淡的幽香。

按照所长交代我先找到治安办的老梁，他带着我去找文书小周核对户口。办公室里面只有一个二十出头的姑娘正在写着什么。她穿件白衬衣，梳个马尾辫，脸庞清秀端庄。

"凌老师，小周呢？"女孩放下笔，站起来说："小周休假了，我顶班，你们有事吗？""这是派出所的小文，来核查一些人员户口。""哦，你们看吧，户口都在这。"她礼貌地点点头，让出位置给我坐。

我看这姑娘落落大方，心中暗暗生起一丝好感。趁着她离开办公室，我问老梁："你怎么叫这女孩老师呢？"老梁笑道："她以前是我小孩的英语老师，各方面反映都不错，几天前刚从中学选调到乡政府。"

查看完户口我要老梁带着走进文水村去搞入户调查。在村里转悠一大圈后我就被它浓厚的文化气息给镇住了：文水村是个大村，主街为一条长约一公里的青石板路，路两旁是保存完好的古朴雅致的明清建筑。村中池塘众多、流水潺潺，保存着许多古老清幽的书院和飞檐翘角雄伟壮丽的宗祠，文物古迹俯拾皆是。我不敢说自己有先见之明，但自小喜欢看一些古色古香的景物，现在见到这一切不禁为之惊叹，文水村真可谓养在深闺人未识，如果开发旅游该有多大的价值！事实上八年后，这块宝地果真被人看中，成为一个旅游胜地。

我一直喜好历史，对庐河地区的人文地理也做过一些粗浅的研究，在这片土地上走出了大批彪炳千秋的文臣武将和灿如星斗的文学大家，出了十多名宰相、二十名状元和约三千名进士，国内相当罕见。庐河县的老县城（即庐河市）原是古代州府所在地，所以庐河县到处是充满文化气息的古村落。现在看来文水乡的文水村应该就是这方面最突出的代表了。

除"文"外，文水村的另一大特点就是"武"了。

老梁介绍说，不说其他时期，单单共和国的将军文水村就有四位，国内多部历史题材的经典影视剧都在里面取景过。革命战争年代，毛主席曾带着那支光荣的部队驻扎村中，留下了大量历史遗迹。

"走，你带我到毛主席旧居看看！"我兴奋起来。那是村中一栋典型的民居，以前应是一间私塾。小院的墙壁上有一副墨迹淡淡的对联：万里风云三尺剑，一庭花草半床书。我想起哪本书上写过，老人家看到这副对联后很是喜爱，革命成功后将它写进了中南海菊香书屋。这副对联既是领袖一生的真实写照和高度概括，也是庐河先贤教育子弟的座右铭。我分析为什么庐河地区能出这么多优秀人物，关键就是它自古就有深厚的书院文化，重视教育。

## 3

这些年沿海城市经济发展很快，尤其是改革开放的总设计师邓小平1992年南方谈话之后更是快马加鞭。我们警校就有不少学生通过各种关系被分配到珠三角等地，甚至一些老师也不甘清贫往那些地方飞了。当时我也心痒了许久，后来考虑到人生地疏，加上不知道如何操作只好作罢。但对现代文明的羡慕与追求却时时萦绕在怀。没想到在我工作半个多月时，竟有了一次出差广东的机会。

我们办的是一起特大诈骗案件。粤东某县一个叫张泽国的人与东琴粮管所和八仙岭粮库做粮食生意，开始挺讲信用，现款现结。可是后来就拖拖拉拉，最后竟然连电话也不接了。受骗单位到当地工商所一问才发现没有张泽国所说的这个单位，派出所也说户口上没有这个人。而两家受害单位已被骗大米价值十九万余元，在当时，这样的涉案金额可以说是非常惊人。

所里立案后经研究决定引蛇出洞，以邻县一粮管所的名义邀张泽国到庐河市谈生意，当张带着一个马仔住进宾馆后被所里民警抓获。这次出差就是要对张泽国涉嫌诈骗的情况开展调查取证和追赃。

我们开着局里安排的一辆警车出发。岭南的民居和风光确实与我们不同，我从未出过省，一切都感到新奇。经过近二十个小时马不停蹄的翻山越岭，我们找到了当地派出所，调查工作进展也挺顺利。四天后，带队的保安公司汪经理和老肖商量后决定去经济特区之一——新州看看。望着这个楼房高耸入云、酒店金碧辉煌、霓虹灯彻夜闪烁如同白昼的花花世界，我似乎发现了让人们梦寐以求来到此地的原因。可是，我也看到了打工族艰苦的吃住条件，看到了公务员步履匆匆的奔波，甚至看到了一些小老板白天为了业务绞尽脑汁，晚上强装笑脸、身心疲惫地陪客户于灯红酒绿之中。如果也在这个精彩却又无奈的地方工作生活我能否适应呢？返程的路上，我带着满脑的疑惑，心绪不定地回到了家乡。

## 4

从初中到警校学习期间一直有早起的习惯，加上怕听于所长的大嗓音，我于是天天早起，和王庭长、老肖去街上散步。东琴不愧是县里的大镇，几条街都是商铺，人来人往、热闹非凡。就在散步中我慢慢认识了不少居民和村镇干部。记得毕业时想到刑警大队工作，政工科长说，学会做群众工作，学好与群众相处是当好一个刑警的基础，局党委将你们分配到派出所工作确实是从有利于你们的成长来考虑的。看着老肖、王庭长他们在基层干了几十年，和群众亲亲热热的样子，我也学着，遇到熟人主动问好打招呼，走进商铺问问行情、聊聊家常，和街上或兄弟单位的年轻人打打桌球，之前向往沿海大城市、怕很难适应农村生活的心情也就慢慢释然了。

所里一个月后又分来了一个新同志——连级转业军人老唐，他个子高大结实，说话风趣，酒量也特别好，所里这时的力量更强了。老唐没事的时候喜欢叫上我一起到集市上转悠，买些鱼干、野味之类的干货回家。我对买这些东西没有经验，看他买什么我也跟着买，然后请来所里下乡的机关单位的兄弟带回家。我其实也很羡慕军人，喜欢那种严谨、正规的军营生活。我问老唐："听说部队待遇高、提职快，将来混得好当个将军，多好，你干吗干个连级军官就转业？"老唐似乎一言难尽，说："忠孝难以两全，我父母年龄大，身体不好，加上老婆小孩都在家乡，早点转业可以照顾照顾家庭。当然，我们还是有制服情结，想脱了军装穿警服。革命战士一块砖，到喜欢的警察岗位上，我照样会像军人一样服从领导，听从指挥，摆正位置，做出新贡献。"

通过一段时间的了解，我发现小马其实也是个很好玩的哥哥。他大我四岁，十六岁高中毕业考上庐河师专，十九岁分配在市里教了一年书。据说因为心仪的女孩被我们县的一个乡镇警察抢走了，他一气之下找人调进公安局，而且不进市里，一定要分到我们县。他常常自吹，说他是全县最年轻的二级警司。这家伙平时嘻嘻哈哈，头脑却是相当活络，酒桌上经常劝得人家不喝都不行。他整理的治安案件卷宗平平整整干干净净，民警最怕的治安调解在他的主持下往往让那些大爷大妈都心服口服，最后双方握手言和满意而归。套一句老肖的话说："这小子能将树上的鸟儿都骗到他手心里。"

东琴的老百姓很好客，派出所与群众的关系处理得相当不错，经常有其他单位或居民请去喝酒。每次喝酒尤其是老肖在场时双方都要你争我夺，拼命劝酒。有谁喝不了了，老肖就会用筷子敲打桌子，说："大家静一静，听我讲一个故事醒醒酒。"老肖讲完一段荤笑话，大伙的兴趣又调动起来，又开始吆五喝六。至于有想不喝的要么钻桌投降、要么将酒往自己口袋倒，想逃跑的则一定要追回来将战争进行到底，不把一两个人喝趴下这酒席就不散。不爱喝酒的于所长要么被灌上两杯成为一个关公，要么就被逼得夹点菜走得远远的，傻傻看着我们拼命。派出所和法庭的关系最好，常常共同出席宴请，当然，我和桂芝通常要先行献丑，但我俩同病相怜，哪个喝醉了另一个必定要捂嘴掩鼻忍着熏人的酒气帮他端水擦脸，尽显阶级感情。

有一次大家一起喝完酒回到单位，王庭长进办公室里面的厕所小解，不知是谁竟从外面将厕所的门扣住。王庭长在里面嗷嗷叫了半天，门板都差点捶烂，可就是没有一个人敢去开门。我实在看不下去，从楼上下来把王庭长解放出来。一向温和的王庭长对着大家骂了半天，大伙都躲到一边嗤嗤地笑。可是第二天大家又像没事人一样围坐在一起互相灌酒。在这样一群没大没小、没老没少的活宝制造的气氛中工作，虽然下乡苦点累点，但因笑料百出倒也感觉非常开心。

## 5

所里力量增强了，可是因为没有交通工具下乡，很是不方便。

一天，小马叫我上街去打桌球。我俩边走边说着话，突然，我看见一个二十来岁的男子将一辆没有挂牌的红色原装铃木125摩托车停在税务所门口走了进去。我对小马说，我们查查他的行驶证。小马没作声，跟着我走进税务所。

我拍拍那年轻人的背，说："我们是派出所的，拿你的摩托车行驶证来看看。"

年轻人颇为慌张，说："我是庐河市的，行驶证放在家里。"

"那你先把车放到派出所，拿证后再来取。"说完，我推着摩托车就要走。

"兄弟，帮帮忙，我还要回去，下次送证来给你看。"他边说边抓住车头。

我用力一扭车头，挣开他的手，说跟我到所里办个手续吧。本想叫他拿车钥匙骑到所里，可我在学校只学过边三轮，因训练时间太短技术并不好。两轮摩托车更没有骑过，怕摔坏，只好推着车往派出所走。那人跟在我的旁边，走了两三百米，拐进一条小巷，他突然从身上拿出一把钱，对我说："兄弟，今天出门匆忙，这三两百块你先拿着，下次再过来感谢你。"边说边往我身上塞。我厉声说道："拿开，我不会要的，到所里去！"他尴尬地看了我一眼不再说话。办完扣押手续走到所门口，他悻悻地瞪我一眼，说："兄弟，我们都要走同一条路的，抬头不见低头见！"我自然明白他的意思。我说："小子，行啊，我会怕你吗？"以后他再也没有来找过我们，而我们也没有查询这辆车是否为被盗抢车辆的条件，从此所里就有了第一辆机动车。

征得于所长同意后我就骑着原装铃木摩托车在所门口慢慢练习起来。毕竟有基础，练着练着我就上路了。于所长走过来，说："这骑摩托车也挺简单的嘛，小文你下来，让我也过过瘾。"我怀疑地问："于所长，你行不行呀？这东西可不好把握呢。"所长抓住车头，不耐烦地说："瞧不起人是吗？你小子还不就是现学现会的。"毛华本来也想劝于所长几句，看他这样坚决的样子估计也会找骂，就笑了笑走到一边。

于所长挪着肥胖的身子爬上摩托车，看他几乎要摔倒的样子我忙跑过去扶着他坐好。我告诉他哪个是离合、哪个是刹车、哪个是油门，它们之间如何配合。他似懂非懂，将脑袋点来点去，说："知道知道，少啰唆。"可是车子要么不动，要么油门就被他加得轰轰响，再就是离合掌握不好，老是熄火，我和毛华在一旁看得心疼得要命。还算不错，于所长几番折腾后竟然可以起步了，摩托车蹒跚着走起来。"怎么样，可以吧？"于所长哈哈笑起来。

就在这时，一条被同伴追赶过来的黄狗扑腾着从前面冲过来，于所长吓了一跳，叫道："哎呀，这该死的！"我和毛华都惊叫起来："于所长，刹车，刹车！"所长慌了，不知道怎么操作，只见摩托车竟然像脱缰的野马一样加速朝着疯狗撞去，"咚"，黄狗被撞得惨叫一声跑得远远的，摩托车仍然没有停，笔直朝着旁边渔业社的围墙撞去，然后猛地回弹，于所长连人带车重重地摔在地上，大框眼镜抛出老远。我和毛华赶紧跑过去，一左一右将他扶起来。

于所长龇牙咧嘴，揉摸着摔疼的屁股和手臂，说："这东西太难掌握了，你们要小心骑呀……"我和毛华相视一笑。我心想，领导呀，你刚才不是感觉很威风吗？再看摩托车，嘿，只是有些轻微的擦痕，毫不碍事，坚实着呢。

老肖看我们这些天骑着摩托车很潇洒的样子终于心痒难耐，对我说："这里地方太小，走，你骑到中心小学操场上，我来遛遛。"我笑着说："于所长就是教训，你还不怕吗？"老肖颇不以为然，说："他是他，我是我，放心吧。"我只好搭着他来到小学。操场上空旷，老肖也机灵，点拨几下就慢慢兜起圈来。我坐在一旁的石凳上惬意地看着他。兜了十来圈后，老肖叫了句："我上街了！"没等我走过去他骑着摩托车就溜出了校门，我看他远远地走了就站在门口等着他回来。十分钟了不见老肖回来，这老兄难道到哪里喝茶了？半小时过去了，仍旧没个人影。又过了半小时，我等得不耐烦了，心想，凭他现在的手艺难道在哪里摔跤了。我朝着街上走去，远远看见老肖骑着摩托车威风八面地过来。我大声责怪道："师父呀，你到哪里，害我等这么久？"他停下车，笑道："越骑越过瘾，我跑了一趟文水乡。""你到文水乡，你刚刚学骑车就敢沿着这又烂又窄的马路去文水乡？我不相信。"老肖说："信不信由你。要不要我再骑一趟给你看？"我看他的神情不像是开玩笑，不禁打心里佩服起来：怪不得人家都说他聪明胆大，要是我，学这么短的时间肯定不敢上路。

除于所长外大家都学会了骑摩托车。每次骑着它下乡办案、设卡检查方便多了。当时整个县公安局也没有几辆车，记得刑侦队有一台通工车、几辆洪都摩托车，之前侦查员们骑着摩托车下到所里时看得我们眼都红了。

原装铃木就是不赖，骑着去局里办事或有急事赶着回家，无论多远的路、多烂的路都没有抛锚。力气也出奇的大，爬坡走坎稳稳当当。有时我们几个在老乡家里喝了酒，骑着它哈哈大笑从街上呼啸而过，常常引来一片惊讶的目光。

# 第三章 寒雨夜缉凶

## *1*

转眼已上班一个半月了，我一直没有回县城家里。第一个月的工资发下来了，一看，财政工资总共是一百三十九元，所里发每天一元的下乡费，每晚五毛钱的夜班费，杂七杂八加起来每月有一百七十元样子。虽然钱很少但我还是很高兴，毕竟这是自己的第一份工资。

这天下午四点多，邮电所送报员小王哭啼啼地跑进所里报案，他宿舍抽屉被人撬了，里面的六百多元钱被偷走，是他这个月的两百元工资和他当老红军的爷爷的四百多元补助款。他蹲在地上抹着鼻涕眼泪一个劲地哭，又站起来使劲拉住我的手，哀求说："文哥，请你一定要帮帮我呀。"我正想着到哪里去找所长报告，却见老肖从家里回来了，他听完介绍后带着我就往邮电所走。

邮电所地处镇中心主要干道旁。近年来外出打工的人特别多，赚了几个钱都往家里汇，以至取款的人从早到晚在那里排队，加上来打公用电话的、领报纸杂志的、聊天访友的，邮电所就像是一个农友俱乐部。

小王的房间在邮电所一楼。现场很简单，门锁被撬，伪装成原样挂着，房内抽屉锁被撬后不知去向，除了钱被盗外其他东西没有丢失。老肖问："这些钱放了多久，有哪些人知道？"小王说："放了两天，单位的几个同事都知道。""还有呢？""还有，还有一个朋友今天中午到我房间借了五十块钱。他看到我打开抽屉，借了钱就走了。""是谁？"老肖问。"上街的严秋，严务勇的儿子。"

"他？"老肖思索了一下说，"这样，你偷偷去找找，看他在哪里，找到了立即告诉我们。"小王答应了。

正准备吃晚饭时小王跑到所里报告，严秋在街上老匡的桌球室打桌球，我和老肖立即赶过去将他传唤到所里。严秋约二十岁，一脸怨气质问为什么传唤他，老肖说你自己明白。他大呼冤枉，说自己安分守己从不做坏事，你们有底可查。半个多小时过去了，严秋始终说自己没有做坏事。这时王庭长下乡回来，说街上的邱麻子要办离婚，请我们去吃饭，一起去吧。老肖扫了严秋一眼，对我说："走吧小文，把他铐在办公室窗户上，别理他，让他在这里喊冤。"

两个小时后我们回到所里。严秋的爸爸不知从哪里得到消息已在所门口等我们。他脑门上青筋暴起，大声质问老肖为什么关他的儿子。老肖解释了几句后，要他先回去，可老严不依不饶，坚持要放人。这时只见老肖像只好斗的公鸡，腾地跳到老严的面前指着他的鼻子大声嚷道："你自己的儿子不去好好教育，还敢在这里扰乱公务，小心我连你也抓起来！"老严又犟了几句，只得嘀嘀咕咕灰溜溜地走了。老肖气呼呼对我说："这个严务勇，'文革'时是个造反派头头，拿双枪，披大衣，威风凛凛，嚣张惯了，一般人都让着他，我们可不能这样，否则警察的威信就没了。"我忙点头。再问，严秋仍然如故，且见父亲来壮胆了越发理直气壮，只承认到小王那借过钱。

一个晚上过去了，天亮再问，严秋除了略显疲惫外还是不承认。我睁着迷糊的眼睛怀疑地对老肖说："会不会搞错了，是到邮电所办事的人偷的吧？那里人员太复杂了。"老肖白我一眼，说："没问题，应该是他，等下你配合我。"老肖走进办公室，厉声对严秋说："我们已向局里报告了，给你五分钟考虑，再不承认就拘留，没有面子可讲！"五分钟到了，老肖问："怎么样？"严秋头也不抬，不作声。老肖跳了起来，叫道："小文，走，带他去局里，刚好你也要去报账。"我明白了老肖的意思，连忙说："好，我准备了。"严秋这时抬起头，声音低低地说："我承认，你们能不能从轻处理？"老肖盯着他，说："看你说真话还是假话。"严秋可怜巴巴地说："我一定说真话，我把钱藏在我家米缸底下了。"到严家取赃，老严看着赃款开始一声不吭，之后竟低声下气地央求老肖看在小孩初犯的情况下教育处理。

案件破了，我很高兴，可老肖却跟没事人一样。我一脸疑惑、一脸虔诚地凑前问："师父，你为什么这样自信，就认定是他？"老肖笑笑，摆出志得意满的样子说："破案也是一项综合工程。别急，时间长了你自然就有感觉了。"我不禁对平时幽默得像个活宝、看似老不正经的老肖打心眼里佩服，心里想着自己什么时候也能像他那样明察秋毫，施展一下自己的拳脚。

2

不知不觉到了 11 月中旬，天气变得寒冷起来。

这天上午十一点，我和毛华正在所里调解一件邻里纠纷，这时一个年约三十岁的男子哭着跑进办公室报案：他是邻近的文峰县松溪乡人，半小时前他和弟弟在街上卖木柴时，有个年轻人不仅不按照斤两付钱，反而仗着是本地人，在争吵中用木柴朝他弟弟头部打了一下，将他弟弟打昏在地。

光天化日之下竟然如此嚣张！我和毛华立即中断调解赶往案发地——镇邮电所门口。一到现场，只见里三层外三层围了好些人。这时被害人刚刚苏醒过来，他头上破了皮，流了血，我们立即要他的家人先送他去镇医院止血治疗。我和毛华向在场的人询问打人凶手情况，人群鸦雀无声，纷纷避开。有人悄悄指着一位四十多岁矮个男子对我说："问问他吧，他是康家村的治保主任。"我来东琴后就听说康家村是全镇最大的自然村，全村三千多人口。虽然早就是新社会了，但在农村仍然延续着丛林法则，以大欺小，以强凌弱，大村庄的人走出来都要神气一些、口气大。

我把那治保主任拉到邮电所里面一问，康主任到底是大村庄走出来的，天不怕地不怕，爽直地说："那个打人的家伙我不认识，他坐着山塘村委下屋村游小平开的手扶拖拉机二十分钟前就往八仙岭方向走了。"我把情况向毛华一说，他皱了一下眉，我知道是因为没车，唯一的铃木摩托被小马、老肖骑着下乡了。

真巧，这时一辆嘉陵70摩托车被人群给堵住停下来了。毛华叫了声："全根，借车用一下。"也不管人家答应不答应，抓住车头叫我上车。全根很不情愿地下了车，在后面直叫着慢点骑慢点骑。那时，全镇居民中只有三辆摩托车，因山路多，嘉陵70轻便又便宜，全根等三个先富起来的包工头就各买了一辆，当宝似的。这下遇到重大案情，警察又有紧急征用权，他也不好拒绝。嘉陵70虽然轻便，可坐着我们两个汉子却显得力不从心，当追到田埠村的高坡时，只听"咔"的一声，任凭毛华怎么拼命踩油门也发动不了。我俩只好推着车走了两公里返回镇上。

下午，所里同志陆续回来。于所长安排人员一边调查，一边在医院观察受害人治疗情况。下午五点医院告知被害人病危，晚上六点左右下起大雨，这时医院告知被害人死亡。于所长在震惊之余立即向傅局长报告。傅局长经验丰富，立即指示：一、迅速通知医院和受害人家属，封锁受害人死亡消息；二、做好受害人家属工作；三、派出所先组织力量捉拿凶手，局里安排刑侦队随后赶到。

这是我参加工作遇到的第一起命案。看着被害人亲属个个悲痛欲绝的样子我和毛华不禁流下了眼泪。所里没有汽车，于所长要求大家分头到单位、个人那里去找。终于，有位跑运输的个体司机被我们感动了。

晚上八点，驾驶室挤着五人的单排座东风加长车冒着大雨、碾着泥泞的乡村山路一路吼叫着出发了。

我们先来到村干部老邵家，要求他带路去游小平家了解情况，当然，为保密我们没有告诉他受害人已死亡的情况。老邵看着外面瓢泼的大雨和羊肠般的山路，说："一件打架的小事儿，明天去吧。"显然不愿带路。无奈，我们只好又绕到另外的村庄找到村干部老王，老王满身酒气，借醉推托，但是他说明了游小平家的位置和房屋特征。道路狭窄，带队的老肖说："没办法，走路吧。"当我们深一脚浅一脚地走了四里山路来到下屋村时，个个全身湿透、鞋子进水，寒风一吹冷得直打抖。但是，即将找到游小平，案件就要明朗的喜悦之情又使我精神振作起来。敲开门，只有游小平的妻子和女儿在家，都说不知道他去哪里了。游小平难道听到消息躲起来了？

线索就此中断，大家的心就和身体一样，拔凉拔凉的。

回到所里，刑侦队邹副队长带着几个侦查员赶到了。经研究，大家一致认为，山塘村离街上远，又下着雨，犯罪嫌疑人不可能知道受害人已经死亡的消息。事不宜迟，一定要在天亮前擒获凶手，否则他得到消息逃跑，侦破起来就困难了。下一步工作只有再出发，向目击群众了解情况。

邹副队长决定亲自再去问问康主任，看他能否告诉我们凶手到底是谁。可是，康主任仍然如前所说只是认识游小平，十多里山路白跑了。邹副队长召集大家临场商量。老肖说："老邵为人正直，如果我们直接告诉他受害人已经死亡的情况或许有用。"邹副队长犹豫一下，说："一线希望，只好如此了。"他一转方向盘朝老邵家开去。老邵披着大衣望着两进家门的民警连打哈欠。邹副队长说："老邵，不好意思了，又来打扰你。事情闹大了，人没有抢救过来，死了，所以一定要你协助。人命关天，将心比心，死者家属又哭又闹的，你说我们吃这样的苦为什么呀。"老邵听了，睡意去了大半，眼睛瞪得圆圆的。他望着我们被大雨淋湿的一张张酱紫色的脸，说："刚才我到村口茶馆喝茶，游小平也在那里，他说是本村委秋塘村的游相虹打的，其他人没有动手。"案件终于有了突破性进展。老邵补充说："游相虹住在他大哥游相华家，就是秋塘村村口那栋一层的新房。"

## 3

谢过老邵。我们借着雨声悄无声息地将车子停在游相华家屋旁。将房子围住后，敲门，很久游相华才来打开了门。说明来意后大家开始搜查。这时，游相华妻子趁人不备闪身从后门出来，被刚好在那里堵守的我发现，拦了回去。搜查没有发现游相虹，邹副队长开始跟游相华夫妇做工作。女人说："相虹也真是的，打什么架？领导放心，天亮后我们一定找他回来说清问题。又冷又饿，你们也很辛苦，我去小店买包烟来。"邹副队长摆摆手，说："你别去，我们都不抽烟。"女人待了几分钟，忽地皱眉压腹，说肚子痛，要出去解手。邹副队长面露难色。种种迹象表明游相虹就在村里，我连忙说："我也想去解手，跟你去吧。"女人和我各打着一把伞，她边走边大声骂游相虹，我在后面紧紧跟着，知道她无非是想闹出点声响让别人知道，好去向游相虹传信。但这么大雨，她这样做无非是徒劳。女人在茅房蹲了十多分钟，我站在外面吹着寒风瑟瑟发抖，心里便暗骂她了。

刚回到屋内就见游相华在邹副队长、老肖的轮番轰炸下动心了，起身带着大伙往他家的老屋走去。

走进村中央的一栋老屋前，游相华叫门，出来的是他的老母亲。我们走进去，左厢房内的床上睡着两个男子，一动不动。老肖一把将他们的被子掀开，两人惊坐起来。

"你叫什么名字？"邹副队长问那个年纪稍大的。

"我是来走亲戚的。"老肖走近一看，认出是街上的老方。

"你呢？"邹副队长又问另一个年轻人。

"我是相华的表弟，也是来走亲戚的。"

游相华点点头。

难道游相虹真的跑了？我突然记起老邵曾说过游相虹的外号，立即在那两人的背后叫了一句："山炮！"

"嗯？"年轻人转过头看着我，一愣，狐狸尾巴露出来了！我连忙上前将他铐住。

回到所里，大家简单擦擦雨水汗水开始审讯。游相虹不知道事情已经产生严重后果，轻松地说："看把你们累的，不就是打了他一下，明天赔点钱给他就是了。"然后洋洋得意地炫耀自己教训这个外地人的本领。他说："其实你们第一次进村我就听说了，但却没有想到你们会为了一个打架的事风里来雨里去，这么吃苦！"

参加工作以来发生的第一起命案就在这个凄风苦雨的夜晚侦破了，看着闻讯赶来看热闹、对我们赞不绝口的老乡，我的心里真不知是高兴还是酸楚。

老肖看我神色有些不好，问道："小文，你是不是感冒了？去喝点姜汤吧。"我摇头，说："没有，只是觉得就因为一斤木柴这样的小事儿就把人打死，也太残忍了，你看人家亲属那个悲痛样子……"

老肖安慰道："小文，作为一名警察，从唯物主义观点来说，比这更凶残的案件你以后肯定会遇到。作为侦查员，你要记得八个字：坦然面对，积极侦查。"

# 第四章　安居工程

## *1*

　　经过于所长的上下奔走，文水乡政府答应无偿给我们二十方建房的松木。清早，于所长叫来木业社的小梁陪我们去乌岗村山上量方和运木头。

　　车子开到水北桥头，我一看就傻眼了，这是一辆大个头的拖拉机，后面连着个拖斗。于所长坐上了仅容两人的驾驶室，我和小梁爬上了拖斗。拖拉机在乡道上喘着粗气颠颠簸簸地爬行着，将我和小梁两个瘦猴抛上抛下，我们不得不死命抓住前面的护栏。大风将尘土高高卷起，吹得我不得不把眼睛紧紧闭上。翻过几道山梁下到一个山窝，那里散放着一些松木，有工人还在砍伐着。乌岗村治保主任老三远远笑着迎上来，叫声："于所长，你好呀。"于所长热情地握住他的手，说："辛苦你了，老三。这是我们所里新来的小文。"我和老三也握握手，看得出他是个诚恳踏实的爽快人。

　　老三领着小梁开始量方。小梁先量木头的直径，再量长度，并大声报数字让我登记。我问小梁："你报的直径怎么都是双数呢？"小梁笑笑："这就是量方的方法，你这个学生娃就不明白了。"我憨憨一笑，看来刚参加工作，好多生活知识还需学习呀。

　　正量着，从乌岗村方向走来一个二十七八岁的男子，他边走边质问道："谁叫你们倒树的？"老三偷偷对于所长说："这是村主任三岩的弟弟，叫四岩。"于所长说："这是乡政府批给我们派出所建房的树，怎么了？""批给派出所的也不行，我们村里没拿到钱。""乡政府会按方补给你们的，你急什么？"于所长有些恼了。"我可不管，你们能拿，我也能拿。"说完，四岩就往回走，走到远处扛起一根木便走。"放下！"于所长叫道。周围的民工也停下手，都想看看威震一方的派出所所长如何出洋相。四岩根本不理会，继续往前走。

岂有此理！于所长气了个半死："扰乱生产秩序，小文，把他给我拿下。"我憋了一肚子的怒火，正等着所长的这句话，于是立即跃过一条水渠朝那家伙奔去。四岩看我发猛的样子，扔掉木头就跑，可他哪是我的对手。要知道，从初中开始，因为要上早读而家里离学校又远，我就天天跑步上学，到警校这两年又加强了锻炼，省市公安系统举行的国庆十公里环城跑我年年是队里的五人成员之一，可以不吹牛地说，别的没学精，长短跑可是我的最优项。我紧跟几步很轻易就揪住了他的衣领，一顶腰一别手，他顺势倒在地上。可这厮一扭身，竟用腿向我踢来。我一闪身，抓住他的腿脖子一拧，他就俯面向下。我用膝盖抵住他，从腰间拿出手铐将他反手铐住。所长远远地走过来大骂："你这家伙，还敢和我们小文比试，他可是警校训练出来的。"四岩动弹不得，歪着嘴说："铐子放松点，好痛。"

不久，从村子里走来一个三十多岁的男子。他边走边嘟嘟囔囔，来到于所长身边，说："所长，这样不好吧，把我弟弟放了吧，他又没犯法。"于所长面露不悦，说："三岩，我们是老熟人了，你弟弟这样是不是无理取闹？还攻击我们小文，要放他，你就问问小文吧。"三岩对我说："小文，初次见面，你就不要和他计较了吧。"我没理他，往一边走开。三岩急了，跟在我后面一再道歉。我望了所长一眼，他点点头。我对三岩说："好好教育教育你老弟，如果连派出所的也不怕，恐怕以后会做出更大的事来。"三岩连说："是是，回去一定好好教育他。"

三岩兄弟俩走了。于所长不解地问老三："这个三岩，难道对我有什么意见？"老三压低声音："你可不要说是我说的。乡里这批木头是乡长批的，书记当时不在家，两人平时又闹了些矛盾，书记回来听说这事后很有意见，而三岩和书记的关系很好……"

于所长"哦"了一声，皱起眉头。

## 2

所里的办公楼要建三层半，主体工程预算是十八万。一楼是六间办公室，二楼作卧室，三楼作仓库和备用房，楼顶有一半是阳台。附属工程有东面一排的平房，作为储藏室、厨房、卫生间、厕所、临时关押室等，加上围墙、车库，预算要八万。局里说给三年的优惠政策，除了上缴财政百分之十的罚没款，局里不要所里这三年的罚没款（以往要上缴局里百分之五十的罚没款），除此以外局里可就没有一分钱的资助了。加上日常的办公费、差旅费等开支，每月平均要罚没一万元派出所才能开得了门，这对于一个经济不发达的乡镇来说困难真是不少。于所长不得不伸手抓了又抓那日渐稀少的头发，对大家说："今晚我们再出去转转吧，有什么办法呢？"我和毛华连忙蹑手蹑脚地先到镇上大街小巷窥门爬窗，竖耳静听，发现有打牌打麻将进行赌博的就偷偷回去报告。镇上没有发现情况，就厚着脸皮连司机带车子征上粮管所的五十铃，来到文水乡或八仙岭的街道上、村庄外，远远地停下车、闭了车灯、轻轻关了车门寻找目标。如果没发现赌博的就在桥头设卡，发现有偷运木头的、无证开车的、偷运私盐的、偷鸡摸狗的、电鱼的都要带回去。审讯一番后，交钱的就放回家，一时交不上的就放在临时关押室等人送钱来。

其实偷运木头的、无证开车的、偷卖私盐的本不归公安派出所管辖，但为了生存我们也不管兄弟单位有什么意见，照样像饿狼样的抢食。我以前很少熬夜，即使高考之前的挑灯夜战也不会超过十一点，刚开始很不习惯，往往回到派出所就脸色苍白、头重脚轻。于所长就说："小文，你要多锻炼呀，熬夜可是基层民警的基本功。"我不好意思地点点头。

三天两头的加班加点折磨得我面黄肌瘦，镇上其他单位的小伙儿每每约我去玩，见我老是加班，之后有什么活动也索性不叫我了。

年关将近，所里的房子也慢慢地建好了。法庭见我们要搬家了，怕春节放假没人守庙被人端了老窝，只好提前搬到人员较多的招待所二部租住。

腊月二十所里终于搬家了，各单位都来祝贺，新所门外鞭炮接连不断，震得山响。我住在二楼，楼下就是进出派出所的大门通道。站在楼上往远处看，视野开阔，村庄、田野、远山尽收眼底，一片寂静的田园风光，风景很不错。

开始放春节假了，我值第一批班。因为所里建房欠了一屁股的债，于所长拿不出一粒米半滴油来慰劳大家，第一批回家的老肖等人黑着脸搭班车走了。

年三十儿，所里就我一个人。所长说要炊事员做几个菜，我说不用了，我到镇政府去吃，那里还有几个单身汉凑凑热闹。几个镇干部倒是很热情，拼命劝我喝酒，我表面笑容灿烂，心里却空落落的，我知道，这是一种孤单的感觉。

那几天总感到背部酸痛，牵到颈部、头部都隐隐作痛，我估计是搬家累的或者加班没休息好。正月初二，文水乡值班干部反映，文桥、小桥两个自然村因山地纠纷，有些打工回来的年轻人可能要打群架。消息一报告，傅局长对我们说，第一批值班的就暂时别回去了。我本来初四可以轮休，等处理完这个纠纷已到初六。交完班后，初八到太宁县大姨家拜年。当晚，背部酸痛加剧，整夜难眠，最后忍受不了我不得不叫醒了大姨，她慌忙问怎么回事。细究起来我们才找到原因，原来是我在警校练功时曾摔伤了背部，本来已经没事了，可是今年春节值班期间住进了刚刚建好但还是潮湿的楼房，被子吸潮后湿气侵入身体，引起旧伤复发。

自从这次旧伤复发后我找了好多医生看，尤其是民间的拳师、中草药医师，热敷过、针灸过、揉擦过、内服过、狗皮膏贴过，都不见好转，一到冬春季节就发作，有时痛得手都抬不起来，牵得头都隐隐发麻。

唉，所里的新房呀，为了你，我不仅消得人憔悴，累得像猴一样，还得了这样一个难治的病痛！

# 第五章 初显身手

## *1*

1994 年莳田插秧的时节省警校安排学生下到各地实习，我们所里也分配了四个学生，男生小王、小胡，女生小徐、小宋。他们的到来既增加了所里的力量又带来了活力和笑声，我本来就想试试自己的办案能力，这下可以领着他们几个人去实践了。

案情说来就来。这天得到报案，中心小学对面的一家小店被盗了，被偷了千把块钱的香烟食品。我带着小王等四个实习生去看现场。从现场来看应是有人先从后面窗户翻入再打开后门进去的。小店内一片狼藉，值钱的都拿走了。

三天后的一个晚上，街上服装店的老胡惊魂失魄地跑进所里来报案：刚才从亲戚家喝酒回来经过水北村外面的树林时，从林子里跳出四个后生，每人拿着把小斧头围着他，抢走他的自行车、身上的一百多元钱和一包烟。"本地出了斧头帮？"我和毛华迅速骑上摩托车去追赶，却什么也没有发现。

没两天的一个黄昏，东琴中学王主任打电话来报案，说他刚从老家回来，发现自家厨房被人撬了，偷走了五只鸡、几斤腊肉、一个电饭煲。我带着小王、小胡去看现场。记录完情况后，我们三个走着回单位，当走过水北桥头时，前面远远的有点点亮光向我们移动过来。待走近时我看清楚是七个街上的小家伙，个个十五六岁，每人叼着一支烟，一副玩世不恭的样子，那点点亮光就是他们嘴上的烟火了。我认出其中一个是粮管所上任所长的儿子小毛，别人告诉我这小子前些天把我们派出所的压水井铁杆子都偷了，害得我走老远去帮厨房提水。看着这群古惑仔嘴上的点点亮光，我突然想起了中心小学对面的盗窃案，那里被盗了不少香烟。

我喝道："你们去干什么，都给我站住！"他们看清是我，一阵慌张的样子。小毛说："文哥，我们去散步，没干什么。"我白了他一眼，说："你小子上次把我们所里的压水井杆子都偷了，别以为我不知道。"小毛抬头想争辩，看我发怒了，只得低下头。见他们人多，怕一下作鸟兽散，我虚张声势："都给我蹲下，谁跑的话我就开枪了。"晚上也看不清我到底有没有家伙，这些小子都乖乖地蹲了下来。

我叫小王他俩负责警戒，自己对他们一个个进行搜身。当搜到第三个时竟从他身上搜出一把小斧头来。这下我更警觉了，搜查也更仔细了。全部搜完身后我又从地上发现了一把小斧头。两把小斧头的出现让我很自然地联想起了老胡在水北村树林里遭遇到的抢劫案件，作案人很可能就在他们中间！我吼道："都把皮带解了！"我和小王、小胡用皮带反绑他们的双手，然后命令他们排成一字长蛇阵往所里走去。

于所长听到响声从办公室走出来，看着这长长的队伍，骂道："这群兔崽子做了什么坏事呀？"我把所长拉到一边，把自己的怀疑说出来，他点点头，说："好，你带着小王他们先审审看。"

第一个被突破的是长得像小瘦猴的敖宝，一坐下他就机灵地说："我叔叔是你同学。"我问是谁。他说敖飞呀。我骂道："胡说，敖飞三代单传，哪来你这个侄子？"敖宝嘿嘿一笑，说："他是我堂叔。"我摸摸他的头，说："那你要主动交代，我好对你从轻处理。"他忙说："好好，我是刚参加的。"

突破了第一个就好办了，后面的虽然做了一些抵抗，但之后都陆续交代，有参加小店盗窃案的，有参加老胡抢劫案的，有到中学王主任厨房偷东西的，还有今晚刚入伙准备去抢劫的。

于所长见我们一下子将近期发生的几起案件破得这样干净，连声赞扬："不愧是警校生，有素质！"我们几个就像学生得到老师的表扬一样心里甜滋滋的，全身的疲劳一下子都没有了，工作信心大增。

2

东琴街每逢圩日就人潮汹涌，其中有多少是我们要找的对象或伺机作案的？工作半年多我竟变得有些职业病了。

这天下午，我和几个实习生在单位整理案卷，突然，一个年约六十的老汉连滚带爬跑进所里，语无伦次地说："快快，抓骗子……""一万八……四个外地骗子跑了……"我叫他别急，坐下说。他刚坐下又站起来，从手上提的布袋里拿出一个小瓶子，说："你们看，用鱼肝油骗我，说是紧缺工业原料，骗了我一万八，那是我小儿子要结婚的钱呀……"我们都大吃一惊，一万八！当时县里可是极少发生这么大金额的个人受骗案件呀。"那些人呢？""跑了有半个多小时了，我才发现是假的啊。""你真糊涂呀，老人家。"我想安慰他，但还是忍不住责备起来，人已经跑了半个多小时，往哪跑了或者躲在哪里都不知道。

老唐刚回到所里，问我："小文，怎么办啊？"看着老人家一脸悲伤的表情，我脑筋急速地转起来：离开东琴的公路有三条，通公交车的有往北去庐河市、往南去文水乡的大路，不通公交车的有往西去八仙岭渡口的小路。八仙岭离东琴街上有十多里路，初到本地的外地人应该不会知道那里有一个通往外地的渡口，照理他们为了尽快离开这里应该会搭乘过往班车往大路逃跑，我们这五个人应该兵分两路往庐河市以及文水乡方向去追。转念一想，诈骗分子是所有犯罪分子中最狡猾的，他们可能事先就设计好了逃跑路线，有可能不走大路而专走小路。我于是对老唐说："我们各带一个对讲机分两条路追赶，你骑摩托往八仙岭渡口寻找，我拦车往庐河市方向追赶。"老唐问："为什么不往文水方向追呢？"我分析道："往文水方向是越走越往里，不便逃跑，往庐河市、八仙岭渡口方向才是往外走，方便逃出我们县的范围。"老唐接触公安业务时间不长，这时只好听我这"半桶水"的安排。

我和小胡、小徐迅速拦了一辆过路车往庐河市追赶。司机听说发了这么大的案件，不敢怠慢，加速在沙石路上狂奔，扬起一路灰尘。追到松溪乡时发现前面有一辆中巴车，我们超过后拦下车来，我叫小胡守车左边，小徐守车右边，以防有人跳车，我独自一人上车，亮明身份后，要求大家出示身份证件，没有身份证件的问问哪里人，听口音都是本地人，于是我们又继续往前追，又追了两辆过路车后，听到老唐在对讲机里喊："小文、小文，我在八仙岭，抓到了两个，你快过来！"

果然不出我的所料，骗子得手后就往八仙岭渡口逃跑，在将到渡口的河堤上看见老唐他们穿着制服从后面追来，做贼心虚，连忙跳下河堤假装是当地农民在田埂上行走。老唐见他们突然下河堤，又不像农民的样子，就和小王下车去追。几个家伙发现暴露了，吓得像野兔般四散奔逃。田埂路狭窄难行，老唐小王人高腿长，两个跑得慢的家伙被按在泥地上捆起来了，另两个则搏命般向山上跑去。

## 3

等我们增援到八仙岭时整个街上的人都知道这件事了。我们对村民说，请大家和我们一起去抓逃跑的骗子，不要让他们跑了。村民们一听个个摩拳擦掌、群情激奋，拿起木棒、锄头就三五成群地上山搜寻。半小时后就听到有人叫喊："抓到一个，抓到一个！"

原来，村民"烂皮"在山上遇到一个手上提着个黑皮包，讲话是外地口音的男子向他询问去渡口的路，他立即警觉起来，就说好，我带你走。当看到有其他村民走过来时，他立即上前扭住那人并大声呼喊，大家一起将这家伙抓住。打开皮包，里面是一叠叠崭新的花花绿绿的钞票。而另外一个狡猾分子因为分开行动，成了漏网之鱼。

待到我们将这三个家伙五花大绑押到派出所时于所长他们也回来了，而此时得到消息的老乡已经将所里所外挤得水泄不通。有的骂骂咧咧满腔愤懑，恨不得将骗子千刀万剐；有的唏嘘不已，嘲笑老汉傻乎乎；还有的感叹他财神保佑，财产失而复得；而更多的则是对我们判断准确出警迅速为民除害的赞叹。被骗的刘老汉脸上挂着鼻涕眼泪，抓住我的手直摇晃，只会说谢谢两个字，之后竟"扑通"一声朝我们跪下了，被于所长拉起来。于所长就像得了局长的奖励一样满面红光、洋洋自得，一会儿谦虚和蔼笑对群众，一会儿满脸严肃大骂骗子要他们老实交代。直到晚上十一二点人群才陆续散去。

于所长笑盈盈地对我们几个"捕快"说："今天的事你们做得很好，小文组织正确、反应迅速，老唐小王机智勇敢，在全镇群众中树立了我们的好形象……"

好长一段时间，我们走到街上，居民们都送来肃然起敬的目光和称赞的话语。

# 第六章　艰险的押解

*1*

所里建房后是负债累累，但为了工作能顺利开展，1994 年春节一过，于所长就下狠心花了五千元从镇里富甲一方的王老板那里买了他那辆残破不堪废置不用的军绿色地方牌吉普车。

6 月份我们所侦破了多起盗牛案，家在文峰县江南乡深谷村的销赃嫌疑人钟含明批捕在逃，成了我们的一块心病。几次与当地的江南派出所联系，他们都说已经布控了，可县检察院等不得，催着要我们尽快抓捕，于所长便要我和老肖去一趟江南乡。所里的烂吉普于所长要用，我和老肖只好带着失主坐班车先到文峰县城，再由县城转车经两个多小时的颠簸来到江南乡。与江南派出所的孙所长商量后我们决定晚上出发进村抓捕。

深谷村离江南派出所有二十多里山路，不通车，晚上走山路肯定不安全。好就好在还有一条水路可以走。备好机帆船后，晚上九点江南派出所两个兄弟带着我们出发了。我坐在船头欣赏着这难得的深山夜景，只见两岸高山黑黝黝的，奇形怪状，充满神秘感，令人浮想联翩；迎面吹来阵阵山野的芳香，沁人心脾，消除了这盛夏的酷热和白天的车马劳顿；船的马达声哒哒作响，一些被惊醒了美梦的飞禽走兽发出一阵阵凄厉的叫声。我们边行边聊，一个多小时后船靠岸了。又走了约一公里，眼前出现了几户背山临水的人家。山中的百姓大多是这样分散居住着。

按照门牌我们找到了钟含明家，将躲在谷仓里的钟含明抓获。失主往牛栏一看，他那被盗的黄牛正在睡大觉。钟含明的父母妻子默默地看着我们，眼泪挂在他们黑瘦的脸上。可怜的山民，为了省几个钱，买头便宜点的牛，却要经受牢狱之灾和同亲人分离的痛苦。

连夜返回江南派出所，做完笔录，睡了四个多小时就天亮了。补完两个旁证材料后已是十点多，我们谢过孙所长吃中饭的邀请决定回东琴。时值夏天，烈日一早就大放光芒。考虑到牛不便坐车，加上失主说他知道回东琴的一条小山路，我们还是决定硬着头皮步行翻越二十里山路回去。

我和老肖押着钟含明在前面走，失主牵着牛紧紧跟随。山路不算陡，加上还有树荫，一个多小时我们已走了一半的路程。虽然辛苦，但一路观赏山间风景，倒也增加了不少乐趣。好景不长，不久就进入了松溪乡地界，出现在我们面前的是一片连绵的石头山，在太阳的照耀下白晃晃的，刺得眼睛都睁不开。老肖骂了一句："这老天，要晒爆头！"烈日当空，不加快步伐确实不行，黄牛被失主抽打得走路"嗝嗝"作响。地面升起滚滚热浪，我们四人加上一头牛，岂不就是行走在火焰山的唐僧师徒和白龙马。

汗珠像雨滴顺着脸颊滚滚而下。老肖出外惯了，带了一条毛巾，可是周围没有水，他只好将干毛巾扎在头上。我笑道："师傅，你看起来就像个陕北农民。"他苦笑一声也不说话，仍旧拼命往前赶，将我们甩出五六十米。钟含明个子小，大概怕坐牢，全身软不拉叽迈不开步子，我不得不在后面没停地催促他。大家的衣服是湿了又干，干了又湿。

一个多小时后我们走到了松溪乡团裕村，就近找了一户人家，主人从井里打上水，我们几个像抽水机似的咕噜咕噜喝了一气。老太太看我们干成这样子，慈爱地说："你们公安人员也真是辛苦，这么热的天气就是我们种田人都不会出去的。"老肖擦了擦脸上的水，说："是呀，我们这警察比农民好不到哪里去。"

待要钟含明也洗洗脸时，这家伙却躺在竹椅上起不来，脸色煞白。我们都吓了一跳，老肖说他肯定是中暑了。我俩将他抬到通风处，半个小时后他才醒过来。没办法，我只好去村委会打电话到所里，叫于所长安排聘用司机小王开车来接我们回去。回到所里想想还真是后怕，也不知道当时一路上大家是如何挺过来的。

2

从王老板那里买来的老吉普虽然一时解决了坐公交、借车辆的问题，但大修三六九小修天天有，开窗吃灰、关窗闷热的状况也确实很烦人。有时这铁疙瘩在路上坏了，修又修不好、推又推不动或者陷在坑里如老牛般喘粗气爬不上来时大家就骂娘，恨不得一扔了事。

为了所里的一房一车于所长的头发掉了不少。1994 年年底，所里总算买回了一辆新的富奇牌吉普车。全所民警围着它摸来摸去，个个乐呵呵，于所长更是当宝似的，只允许司机小王开。

年底是盗窃案件的高发期，尤其让人揪心的是耕牛被盗，农民的半个家都在它身上。

买车回来半个月后的一天，文水乡魏家村的魏老六哭哭啼啼地跑来所里报案：他家的一头大牯牛被人偷走了。现场勘查发现，偷牛贼开了车子来，将牛牵到高坡处再将牛赶进车斗里。我们对周围村庄的所有车辆进行调查和车轮花纹比对后，发现邻村罗柯集有重大作案嫌疑。然而，罗柯集连人带车都没有踪影。

临近中午时文峰县的江南派出所打来电话，说他们抓到一个偷牛嫌疑人，听口音是我们这里的。这家伙开了一辆农用车到市场上来卖牛，所卖价格低于市价，被警惕性高的群众举报抓获。我们问明年龄、车牌等情况，确定是罗柯集无疑，于所长叫小王开着我们的新车带着我往江南乡出发。去江南乡要绕道六十多公里的山路，一路上于所长总是要小王开慢点开慢点，乡下路烂，屁股震麻了不要紧，别震坏了车。

到达江南乡后一审讯，罗柯集倒也老实交代了。于所长与江南所的孙所长一商量，决定连人带车连夜押回东琴。临出发时我们把牛赶到罗柯集的车斗上。因为我还不会开车，只好将罗柯集的一只手铐在方向盘上，由他驾驶，我押着他坐在驾驶室内，于所长和小王坐吉普车在后压阵。走了七八公里农用车突然熄火，发动不了。我骂道："你这家伙故意捣乱是吧？别耍花招！"他忙答，不会不会。我打开手铐让他下去修车，为防止逃跑，我紧紧站在他身边，观察他的一举一动。修了一阵也不见好，我们只好在路上雇了一辆当地的小龙马车，要司机帮忙把坏了的农用车拉回东琴。仍由我押着罗柯集坐在农用车上，将他的一只手铐在方向盘上。小龙马的司机是个二十出头的小伙子，他拿出一根钢丝绳连接好前后两辆车子。谁知刚走了两公里不到，因为路烂，两车的速度和距离不能总是保持一致，钢丝绳被绷松了，我只好和司机下车重新连接，然后继续上路。可是钢丝绳不争气，不久又绷断了，司机不知道，一个劲往前开，我连忙跳下车大声呼喊他。

此时天色已晚，我们顶着凛冽的寒风费了老大的劲才把车子连接好又重新出发，可是同样的问题又是一再出现，二十多公里的路我们竟然已经走了两个小时。司机的耐性大概到了极限，叫道："算了，这钱我也不要了，你们自己想办法吧！"山道上前不挨村后不着店，漆黑一片，哪有人来。如果司机扔下我们，在这天寒地冻的季节坐等天明谁受得了；如果我们扔下农用车和大牯牛不管，万一发生车被盗、牛冻死的情况谁又能承担责任呢。我和于所长只好又求爷爷般地央求司机小伙好事做到底，说下次来东琴镇做客，一定帮他在那里介绍个好媳妇。好说歹说司机才万般无奈同意跟我们"同甘共苦"下去，真真难为了这么好的小伙子。

这样走走停停地苦熬了六个小时我们终于来到了文峰县的松溪乡。于所长松了一口气，看我在四面通风的农用车里手脚已被冻得麻木了，便叫我到吉普车里坐。又走了一公里，吉普车爬上一段又窄又陡的半山腰时，也许是坑坑洼洼的路难行，也许是小王换挡技术不过关，车子突然往后退，吓得于所长大喊刹车刹车！

车是刹住了，可是等我们慢慢挪出来用手电仔细观察，却个个吓得脸色发白：右后轮竟然挂在黑咕隆咚的悬崖外，山下传来轰隆隆的流水声。幸亏当时车子重心还在路上，否则后果不堪设想。于所长叫我押着罗柯集先赶到松溪派出所请求支援。因为平时经常打交道，两家的关系很好，松溪所的王所长立即带人赶到。我们提出用他们的吉普车拖我们的车上来，司机小杨有些紧张，说这太危险了，如果没拖上你们的车，搞不好却会把我们的车反拖下去。大家一听有道理，商量了一会，决定在小杨拖车时，为保险起见全部人员则从侧面用力拉住、从后面顶住我们的吉普车。

车子终于拖上来了。王所长说："到我们所里去，炒几个菜喝点酒暖暖身子。"从江南乡出发时本打算花一个多小时回单位吃饭，到现在我们粒米未进，又冷又饿。于所长和我也不客气，赶紧说下点面条就行，太饿了。几碗面条拌着辣椒酱下肚，我们全身暖和，连连称谢。换上好的钢丝绳，又走了半个多小时终于回到所里。既押人又拖车，短短六十多公里我们竟然花了七个多小时，其中的艰险困苦真是不堪回想。

于所长为此狠狠地训了司机小王一顿："你这技术是哪个野鸡师傅教的，差点把我的宝贝给毁了！"

# 第七章　只身擒匪

## *1*

1995 年 3 月下旬的一天上午，我独自一人在所里填写一起赌博案件的处理表，地区公安处刑侦科刘建东副科长带着庐河市局刑侦大队皮教导员来到所里。

刘副科长我早就熟悉，他以前在庐河县局工作，两年前由县局刑侦队长提任为地区公安处刑侦科副科长，是一员能吃苦、肯钻研的勇将。据说他还是一名普通民警的时候，有一次他和同事到外省抓捕一名犯罪嫌疑人，费了九牛二虎之力后人员到位了，哥俩押着那家伙上了回来的火车。开始那小子还老实，配合得很好。车子开出几百公里后，要换车，那家伙趁着车站人潮拥挤，一闪身竟然不见了。两个年轻警察傻眼了，那时管理没有现在严格，嫌疑人跑了，回去说明一下，大不了挨个处分。刘建东越想越觉得丢人，他提议返回嫌疑人的老家，把他抓回来。同伴说："再傻的人也不会返回老家让你抓了，我们来回折腾上千公里，何苦呢？不如回去接受处理，或许领导看我们没有功劳也有苦劳，网开一面。"刘建东不同意，说："工作做到底。我们杀回去，没有抓到领导也不会怪罪，这样空手回去太窝囊了。"同伴支支吾吾，说出门时老婆就生病，怕领导误解就没有提出来，现在出来这么多天了心里一直挂念着。刘建东年轻气盛，说那你先回，我一个人去。他挤上列车，返回嫌疑人所在地公安派出所。当地派出所这下全没了当时的热情，说这家伙狡猾得很，不可能再回来，老弟你太认真了。刘建东虽然心里不痛快但还是不死心，就一个人在嫌疑人家附近蹲了下来。第二天黄昏，当那倒霉蛋一个人行走在将要到家的小路上时，被刘建东摁倒在地，铐上手铐带到当地派出所，然后在所里一干人员羡慕、钦佩、尴尬的眼神下独自一人押着逃犯迈上了返乡之路。一路上买票、倒车、押人，吃喝拉撒，刘建东没有睡过一个安稳觉，回到单位，人高马大的汉子瘦了一圈，几乎变成了一个乞丐，可见当年他的责任心和非凡勇气。我毕业前他刚好在省警校参加刑侦队长培训，多次到他寝室聊天，接触较多。

见到我他颇为高兴，聊了一会儿家常，他说："听说你在这里干得不错，肯吃苦，年轻人要好好干呀。"我忙谦恭地说："刘科您过奖了，我们还要多向你们这些老刑侦学习。"他笑笑："年轻人就是要多学习多锻炼，这样才能进步。"他停了一下，说："你毕业前想从事刑侦工作，现在我这里就有一件大案，看你能不能破。""什么案子？"我急切地问，心想，地区公安处的人都来了，肯定是难啃的案件。

"是这样，离你们这里二十公里的庐河市河东乡孙家渡3月14号晚上发生了一起凶杀案，两个犯罪嫌疑人从市区租用一辆摩托车回家，到孙家渡就把车主杀死，抢走了摩托车。据调查，两个嫌疑人的口音都是庐（河）白（云山）公路沿线的。我希望你们在日常工作中注意搜集掌握这方面的情报，破了案至少可以立个三等功哦。""三等功！"我大惊，这是我们内地绝大多数民警工作一生也难得到的，如果我能立功那可真是太幸运了。送走刘副科长，我激情满怀，似乎自己胸前就挂着个大勋章。

我立即跑前跑后，找了不少朋友和村镇干部开展调查和布控工作。可是不久辖区相隔几天连发两起盗窃案，让我不得不将重心转移。

一件是八仙岭粮库职工娱乐室的彩电被盗，价值两千余元，属重大案件。彩电在当时的农村很少见，属稀罕物。一个多月前的春节安全大检查时我曾经提醒过粮库的白主任，要他派人住在娱乐室或加固门窗。当我和老唐来到现场时，白主任一脸尴尬，连说后悔没有听从我们的建议，没想到小偷会这么快下手。我发现门框上有一条红色印迹，估计是嫌疑人撬门时不小心弄伤了手留下的血迹，便将它提取下来，再来到八仙岭街上及附近几个村庄的私人诊所走访，其中有一家反映彩电被盗那天晚上龙家村原村主任龙继鹏的大儿子龙志明到他那包扎过手。据村民反映，龙志明平时表现很不好，还到武术学校学过两年，他胆大、好斗，喜欢惹是生非。龙志明有重大作案嫌疑！之后，所里组织人员到他家及其亲友家搜捕都没有发现。一天，小马和老唐去杨家岭办一起打架斗殴案时意外地在一个当事人家里发现了一台彩电，打开后盖比对一下序列号，竟然就是粮库被盗的彩电。一询问，正是龙志明放到他家的，两家是亲戚。当事人怕被追究窝赃的责任，如实说出了龙志明及一同作案的龙志明的堂弟的下落，全所出动顺利地将两人抓获。

## 2

另一起是东琴街上卖家电的残疾人"大胡子"的店铺被撬，里面的一台黑白电视机、一台电风扇、一台三用机被盗。

"大胡子"拄着拐杖到所里报案时正下着大雨，我在向于所长汇报孙家渡抢劫杀人案的摸查工作。所长说："小文，人家'大胡子'开个小店很不容易。这样，你吃点苦，先看看现场，再沿着他家附近的巷子走访走访，看看有谁发现了什么情况。"我说好，连忙穿好雨鞋，拿起伞和笔记本出门。

春寒料峭，冷风裹挟着大雨吹得我不得不将身子缩得紧紧的。勘查完现场，我沿着巷子两边的店铺和民居一家一家地询问，那些正在烤火的老乡看我冻得脸色苍白，都热情地说小文多烤会儿火吧，小心冻感冒了。我暖了暖手，说多谢多谢，又踩着雨水走出去。走访了有二十多户人家后有些泄气了，但我还是给自己鼓鼓劲，心想再多问几家，没有就算了。沿途又调查了三户人家，以为没什么希望了，这时住在河边的一个熟人告诉我，昨晚他出门时看到三个少年在前面跑，走在后面的那个手上提着个电风扇，看样子好像是上街严火亮的儿子严斌。案情有了初步进展。

回到派出所，我一边将雨鞋上的泥巴在草地上磨蹭，一边向于所长汇报情况。于所长听了连连点头，说："辛苦了辛苦了，工作就是要这样认真细致。"

当晚十二点多，在于所长的指挥下全所民警来到严火亮家，将严斌从热被窝里赶了起来。严斌一脸无辜，对他的父母说自己没有做坏事。搜查没有发现什么，我不甘心，看着他家杂物间那堆积如山的稻草，心想，东西该不会藏在里面吧？我把毛华叫过来，两人合力将稻草一摞摞搬开，里面果然出现一台黑白电视、一台三用机、一台电风扇，证据确凿。

"严斌，你要把你所做的坏事都说清楚，争取从轻处理。"派出所办公室内，我盯着他严肃地说。

"知道，"他把两手缩起来夹在大腿间，睁着大大的眼睛望着我，一副诚恐诚惶的样子。在严斌的交代下，当晚另外两个参与的家伙也到案了，三人都是十四五岁的小毛孩。

严斌看我在填写案件表，突然问："文哥，你们要怎么处理我们，不要把我们关起来，好吗？"

我说："那要看你的表现。你要有立功表现我就好向所长求情。"

他眼睛转了转，吞吞吐吐地问："你认识我姐严玲吗？"

"严玲？"我想了想，"不认识，她是干什么的？"

"于所长的儿子小军没告诉你吗？"

我立即明白过来了，笑了笑说："现在不说这个，多想想你自己的事情。"

严斌垂下头，忽地又抬起来，说："我告诉你一件大事吧，你可不要说是我说的，行不行？"

"行呀，你说吧。"我故作无所谓的样子。

"机修站梁胜国的儿子强强和其他五个人上个月在经过县城的一辆长途客车上抢劫，动了刀。"

"嗯，怎么回事？你说清楚点！"此时天已蒙蒙亮，他短短两句话让我疲惫的神经为之一振，因为我联想起了县局前不久发的一个案情通报：3月19日中午，一辆从省城开往南部章江市的豪华客车经过庐河市区时，上来六个约二十岁的小伙。车子开出市区不久，这些年轻人凶相毕露，从旅行袋中抽出砍刀，从前往后将车上人员洗劫一空，有两个乘客拿钱慢了些竟被砍伤。之后，这些歹徒在距离庐河市十多公里的庐河县城郊外国道上下车，往山上逃之夭夭。县局组织刑侦队及周边派出所在红河以西的所有乡镇摸排了几遍，又沿国道周边县市串并同类案件，一直没有发现犯罪嫌疑人。东琴镇因为地处红河东岸，离县城较远，只是发了个通报而已，既没有列入重点排查地区，刑侦队也没有派人来调查。

严斌一五一十将他知道的情况如实说出来，参与作案的六个人四个是东琴街的，其他两个是白云山林场的李全发和文峰县松溪乡的刘科健。他所说情节与通报上的情况几乎一致。

我压抑内心的怦怦跳动，问道："你怎么知道的？"

"我是上个月听他们讲的，强强是我好朋友，他们作完案后第二天在街上餐馆吃饭，强强叫我也去吃了。"

"他们这些人现在在家吗？"

"除白云山林场的李全发外，其他五个我昨天还看到了，是松溪乡的刘科健带头的，他住在郭小平家。"

我惊喜万分，连忙大步向于所长办公室走去。所长听了我的汇报，又亲自过来问了严斌几句，吩咐道："你不要跟任何人说了，知道吗？"

3

天亮后，严斌等三人因为年龄不大且盗窃数额低，问完话就让各自父母写下监护保证书领回去了。晚上十一点，于所长把大家又召集起来开会，他让我先把严斌反映的情况介绍一下，之后对大家说："昨晚大家加了夜班，辛苦了。但是案情重大，我们今晚不得不继续加班。这样，我带小文、毛华一个组，负责抓强强、郭小平、刘科健，老肖和小马、老唐负责抓另外三个。现在就行动。"

我们迅速来到梁胜国家，对他家包围后敲门。等了七八分钟，梁胜国夫妇开了门。

"于所长，这么晚了有什么事？"

"你家强强呢？"

"不在家，不知道这个家伙去哪了。找他有什么事呀？"梁胜国揉着惺忪的双眼回答。

"在家就赶快叫他出来，我们找他了解点情况。"我说。

"真的不在家，不信你们可以自己看嘛。"梁胜国老婆嘟着嘴歪着脸。

"那好，毛华、小文，你们都仔细看看。"于所长吩咐道。

我摸了摸强强的被窝，热的，我断定这家伙绝对在家里。

我们开始搜查，内外房间、床下、衣柜、厨房、楼梯间、杂物间，一无所获。

"确实不知道他在哪，等他回来了我叫他来说清楚好吗？"梁胜国打了个寒战。

我没理他这一套。看他家二楼有个仅容一人探身进去的洞口，我端好梯子往上爬，毛华在下面扶着。楼上黑咕隆咚，还没一人高，我不得不猫着身子借着微弱的手电光一步一步往里走，蜘蛛网缠到脸上手上又痒又脏，几只受惊的老鼠从脚边窜过。当我搜到最里面的一个谷仓旁边时，手电光下隐约看到一个人将头弯在胸口，就像一只蜷着身子的刺猬。我大叫一声："强强，出来！"就大踏步向他奔去，就在此时意外发生了，他家的楼板是简易型的，横着几根梁木，竖着架上十几块木板，因为年久失修，只听"咔嚓"一声，我右腿踏空，身子往前倒去。在这一瞬间，我本能地抱住了前方的一根横梁，左脚紧紧勾住另一根横梁，形成一个工字形。在场的人都惊呼起来，如果掉下楼去后果不堪设想！幸亏年轻，身手敏捷，我小心翼翼地稳住身子，慢慢爬起来。强强老老实实地走出来，我押着他走下楼。于所长大发雷霆，骂道："老梁，叫你交出人来你说没有，这是什么？幸好没出事，出事了要你负责！"我揉揉生痛的双手和布满灰尘的脸颊，心里虽然很气，但毕竟有惊无险且抓捕成功，于是边上手铐边对强强说："你小子跟我说清楚，不然有你好受。"

带到所里，我们留下司机小王负责看守人员，又马不停蹄地赶到郭小平家，将蜷缩在床下的刘科健和郭小平抓获。老肖他们也不错，抓获两个，请求白云山派出所去抓李全发，他们答复说人不在家。到案的都是几个十八九岁的小伙子，比我小不了几岁，我摇摇头，真为这些青春少年感到惋惜。

抓的人太多了，办公室不够用，我把强强带到我的房间问话。他知道无可抵赖，竹筒倒豆子似的讲得清清楚楚。

"你们还做过什么坏事，要一件件交代，争取个好态度！"

"知道知道。我是刘科健他们带去的，真的没有做其他坏事了。"

"刘科健他们呢？你知道其他人还做了什么坏事，争取立功赎罪。"

"我们犯了抢劫罪，要判刑，我也想立功，但你们真的能为我减轻刑罚么？"

"只要你说的是真的，达到立功的条件，我们说话算数。"我看他肚子里好像有货，连忙鼓励道。

强强抬起头，说："也只能保自己了，你记录吧。刘科健和松溪乡的铁拐李半个月前在庐河市打了一部摩托回松溪乡，经过河东乡孙家渡时将车主杀死了。"

犹如一声霹雳，我登时怔住了，记录的笔差点掉了下来，就像《三国演义》"青梅煮酒论英雄"时刘备受到的震惊表现。这不就是地区公安处刘建东副科长交代我的那起案件吗？我厉声问道："你怎么知道的，有什么证据？"

强强不知道我为什么激动，轻声回答："刘科健自己说的。他要我不要害怕，跟着他干，还说这次在客车上抢劫时用的刀就是上次砍摩托车车主的那把。"

真是踏破铁鞋无觅处！我再也按捺不住激动的心，连忙下楼向所长报告。此时，县局刑侦队洪副队长接到所里侦破长途客车抢劫案的情况通报后带队来了，于所长立即又把孙家渡抢劫杀害摩托车主的案件侦破情况汇报给洪副队长。洪副队长听了也很兴奋，马上安排人审讯记录。

之后，不仅刘科健如实交代，铁拐李也在我们的通报下被庐河市公安局抓获归案了。而强强之后确实也得到了法院的从轻判决。

刘建东副科长听说是我破了这起命案，很高兴，专门打电话到所里，要于所长按程序给我报功。

4

我天天窝在乡下不找对象可把父母急坏了，每次回家母亲总要唠叨个不停。参加工作不久就经常有人托于所长当红娘，他牵了几次线后见我总是支支吾吾，再有人要他当媒婆时就会半开玩笑半当真地嚷嚷："我们小文，科班出身，能文能武，一表人才，家又在县城，要求很高的，他才不会要农村乡镇的女孩子！"我听说后吓得对着于所长点头哈腰，说："所长呀，你可千万不要高抬我呀，这样我会找不到对象的。"于所长就笑骂："那你总不表态到底是什么意思？"我只好如实回答："还不是想多轻松两年，有了对象就不自由了。"所长听了哈哈大笑，连连摇头，说你小子真不懂事。

两起大案破了不久我就被母亲骗回县城，由爸爸的一个同事拖着去相了一次亲。碍于情面走完程序，我逃似的赶往汽车站。

下午三点，我乘坐的客车行驶到庐河市河东乡打石场时，被三个十八九岁的年轻人拦下上了车。车子往前约行了两百米，这三人突然气势汹汹地对司机吼叫："快停车，熄火！""怎么还不停，是不是找死？"

不明就里的司机刚将车停下来，三个年轻人迅速分开，一个高个把守车门，一个胖墩墩的冲向车尾，另一个站在车子中间。"父老乡亲，快把钱拿出来，兄弟们借点钱用，不然不客气！"三人凶神恶煞般地叫嚷，满车的旅客都意识到遇上了传说中的车匪路霸，没有一个人敢作声，空气似乎凝固了。

事发太突然了，怎么办？我早就交了配枪申请，可是还没有批下来，如果一个人硬拼肯定不是他们的对手，但是车上有几个乘客是东琴镇的，如果我不挺身而出，乘客财物被抢后事情传出去，说我在车上无动于衷，甚至自己也被抢了，那还有什么脸面当这个警察？我坐在副驾驶位置冷静观察，就在确认只有这三名劫匪的十来秒时间，有的乘客已开始掏钱，站在门口的家伙开始搜一个乘客的身。情况万分危急，已不容我做更多的思考和犹豫，无论结果如何，我别无选择。想着，我霍地站起来，大喊一声："大家不要怕，我是派出所的，跟我来抓他们！"

靠门的两个家伙被我的一声霹雳吓得魂飞魄散，愣了一下后迅速拉开车门跳下去。车尾部的家伙也想溜，我猛冲过去，一脚将门关上，再用手牢牢抓住他的手腕。这家伙仗着一身的横肉和蛮劲做困兽斗，对着我乱踢乱打。我格挡几下后，使出缉拿术紧紧抓住他的右手腕，用力往外一翻一折，他登时不能动弹，我再往前一拉，左脚一绊，他整个人都摔在地板上。

全车的乘客都站起来大声欢呼鼓掌，有的还上前在他屁股上踢了几脚，骂道："你这个坏蛋，看你还欺负我们外地人！"我往外看去，那两个逃跑的家伙只跑了几十米，凭我在警校这几年练的长短跑功夫追他们是小意思。我于是对车上群众说："麻烦你们看住他，我去追他们！"可当我跳下车跑了几步，却发现没有一个人敢抓住那家伙，他已爬起来跳到车门边，我只好返回来，将他控制在车上，然后对司机说把车开到东琴去。

车一到派出所，向于所长报告后，我立即与河东派出所联系。经突审查明，三个家伙都是河东乡人。就在这之前的十多分钟他们还连抢了另外两辆车的乘客。从抓获的叫孙小军的胖墩身上缴获小刀一把、赃款两百一十元。就在头天晚上，这三人还到地区农业学校盗窃了价值千余元的衣服等物品。河东派出所的同志笑着说："真是法网恢恢，小文一下帮我们破了好几个案件，谢谢你呀。"

而此时派出所里里外外都是来看热闹的群众，他们对着我个个叫好。有的说，看不出小文瘦瘦的样子手上却有些功夫；有的说，小文真勇敢，对方三个人，他一个人挺身而出，要不然我身上带的这几千块卖货的钱就没了。不少围观的老乡之前受到过河东一些违法分子的敲诈、抢劫，今天算是为他们出了一口恶气。

这件事不久就传到了局里，秘书科要求所里写个情况汇报，于所长要我写后寄过去。一天，在县局大门口，精瘦的秘书科黄科长把我叫住，问："你们所里交的那篇情况汇报是谁写的？"我不知道他为什么问这个问题，就故意卖个关子，说不知道呀。他说："那你跟我去看看是谁的笔迹。"我见瞒不过，只好承认是自己写的。他笑笑说："文笔不错嘛。"我憨笑："哪里哪里，还请您多多指教。"他摆摆手，说："我把它拿给科里其他几支笔看了，还说他们都不一定能写出这样的材料来呢。"我受宠若惊，连忙说科长过奖了，这点小豆腐块哪能跟你们这些笔杆子写的大文章比呢。

不久，黄科长叫人把我写的材料发表在地委机关报《庐河日报》的头版头条，题目是《歹徒逞凶气焰狂 干警挺身斗愚顽》。文章旁边配发了社论，对我的见义勇为精神大加赞扬，地、县电视台也都进行了播报，许多认识的亲人朋友都纷纷询问情况，有的表扬我的勇敢，有的提醒我注意安全。

此后下乡时不认识的老乡往往要问："你们所里的小文是哪个，来了吗？"报纸电视的宣传让我头回当了一段时间被人津津乐道的新闻人物，年底县综治委还给评了一个见义勇为先进个人奖。

5

在此后不久的一次所务会上，于所长先对我近期工作表扬了一番，然后提出将我破获县城长途客车抢劫案、孙家渡抢劫杀人案的情况以及在中巴车上挺身而出的事迹整理个综合材料，为我请功，全所民警都无异议通过。

报功材料交上去了，我总是盼望着它能早点批下来，好挂上那金光闪闪的奖章让父母看看。

一天在县局办事，忍耐不住，我偷偷问政工干事老项我的材料领导批了吗？他说早报了，你去找找领导要求早点开会研究呀。要我为立功的事去求领导无论如何也不妥呀。领导忙，等等吧。

五个多月后，我的三等功批下来了。当我来到政工科领取证书和奖章时，欣喜万分。几个老同志笑着说："你看，我们搞了一辈子公安工作都得不到，你参加工作两年就得到了，前途无量呀。"我知道他们是在开玩笑，忙恭恭敬敬地说："哪里哪里，运气好运气好，请多关照。"

老项偷偷跟我出来，问道："你找了领导没有？"我说："没有，干吗一定要找？"他压低声音："三等功由地区公安处批，二等功要省厅批。据说县局党委会上有人提出报三等功，还有人提出报二等功。最后局里向地区请示报的是三等还是二等我就不好问了。我们私下说，像你破的长途客车抢劫案、孙家渡抢劫杀人案，都是久侦未破的疑难案件。车上见义勇为保护了群众，树立了民警的良好形象，弘扬了社会正气。这三件哪件都可以批个三等功，凑在一起批个二等功完全可以。你要知道，二等功比三等功强得多，可以加工资、可以提前晋升警衔，小孩以后升学等还能享受一定的照顾。总之这么多的事迹才评个三等功，你是吃亏了……"

老项的一番话就像当头给了我一瓢冷水，让我浑身打了个激灵。难道真的是我没有去找领导沟通？难道真的是我麻痹大意了？

走出县局大楼遇到袁军等几个派出所上来的同事，他们纷纷祝贺。袁军说："文景，我们都是从乡下上来的，没地方吃饭，你请客吧。"如果没有这个插曲当然要高高兴兴地请客，此时我却只感到哭笑不得，毫无心情，加上想早点回家到父母面前炫耀炫耀，便哼哼说有事。袁军骂道:"这家伙立了功还玩深沉。"我无言以对,骑上所里那辆摩托一溜烟跑了。

# 第八章　消失的卷宗

## 1

5月中旬，省警校又安排实习生到县里实习。我们所里分来了两个，一个小龚，一个小余。和以前的实习生一样，他们的学习和工作热情极高。

实习生来后不久局里就进行了人事调整，于所长转了正，调来了一位新提拔的副所长李馨，三十岁。师傅老肖则调到梅花派出所去了。

老肖调走我伤感了好几天，虽然社会上对他的为人颇有微词，但他风趣幽默，工作胆大心细，业务能力强，而且特别能吃苦。他对我这个谦虚谨慎的徒弟很看好，教起业务来毫无保留，试着让我办了几起案件后他就乐得轻松，大胆地让我主办案件，做起场外指导了。我的酒量也在他连哄带骗、软硬兼施的苦心"栽培"下锻炼得基本可以应付场面了。在酒桌上我们师徒联手也曾打败了不少强敌。当然，他教我酒桌上的秘诀"打得赢就打，打不赢就跑"我一直领会不了，为此没有少挨他的骂。这些年我俩之间一直有着深厚的师徒感情，跟着他我确实在业务上进步不小。送他离开的前一晚我喝得吐了一地。

一天中午，我带着小龚、小余两人下乡回到所里正准备吃饭，于所长把我叫进他的办公室，里面坐着两个我不认识的干部模样的男子。于所长介绍说："这两位是县检察院的曾科长和小张，他们有事情了解一下，你实事求是地反映。"我以为是哪件案子要补查，忙说："好好，公检法是一家嘛。"

"到你办公室去谈好吗？"曾科长说。

"好呀。"我立即带他们到我的办公室坐下。

"长话短说，我们也不绕圈子。我们找你是为了了解钟勤飞涉嫌抢劫的案子。"曾科长严肃地说，"据说当时是你出警抓人的，你把这个案件的调查经过介绍一下。"

原来是这件事，一年多，不说我倒忘了。我于是把整个出警经过都介绍了一遍。

"事后为什么没有把他们拘留起来呢？"曾科长盯着我问，正在做记录的小张也停住笔。平时都是我严词厉色审问别人，他们的神态让我感觉很不舒服。

"应该是不够拘留条件吧。当时我刚参加工作两天，业务不熟，不懂办案，更没办过刑事案件。但我记得所里向局里汇报了情况，之后还把案件材料交到局里并在报表上填报了。"

"案件材料呢？"曾科长又问，"于所长说是你保管。"

"以前是老肖保管，但是他前不久调到梅花所去了。他留下的材料都在我背后的文件柜里，我还没有整理。"

"那你把它打开。"曾科长说。

"那不行，这要征得所长的同意。"

"那好，我叫于所长过来。"

于所长走进来，说："小文，打开吧。"

我打开文件柜，两个检察官和我一起找，却没有发现那本案卷。

"怎么回事，于所长？"曾科长有些不高兴。

"这，应该问问老肖，我去打电话。"于所长说完就要走。

"算了，以后再说吧，你们再找找。有什么情况联系，我们回去了。"曾科长慢慢关上柜门。

"吃中饭吧，"于所长说，"到了吃饭时间，再说还有这么远的路。"

"不了，我们安排了饭。"曾科长说完就走。

于所长看着远行的车子摇摇头，说："还怕吃我这餐饭呀？"

下午四点多钟，曾科长、小张的车突然又出现在所门口，出乎意料的是老肖也从车里钻了出来。我不禁佩服起检察官的办案精神来了，大热天，为了争取最佳办案时机防止"串供"，人家来回颠簸了一百多公里，走了四个小时！不过这样也好，省得我们有不必要的嫌疑。

"于所长，那个案卷我没带走，应该还在所里。"老肖急切地表白。

"奇怪了，刑事案卷都在那个柜子里，怎么就没有？"我说。

"这样，我们都好好找找。"于所长吩咐。

看于所长和老肖的神情我觉得他们应该没有故意隐瞒，于是也在楼下几间办公室翻找起来。

全翻遍了还是一无所获。曾科长带着狐疑的眼神说："这样，于所长，你们也知道案卷的重要性，开不得玩笑，找到再告诉我。"说完很不高兴地走了。

吃完晚饭，于所长把我和毛华叫到一起："我想了想，我们还有一个地方没有找，那就是三楼的仓库。"

"仓库？不可能，那都是放些扣押物品和历年的治安案卷，老旧过期的户口、档案、文件、报纸，哪会放没有结案的案卷。"负责管理仓库的毛华连连摇头。

"有没有，找找看。"于所长心有不甘。

三楼是顶层。一打开门，一股热浪扑面而来。望着半屋乱七八糟的纸片材料，大家的心情也显得乱糟糟的。

"这样，大家各找一堆，这样快些。"于所长吩咐道。

我们迅速动手查找起来。没过五分钟，从头到脚都湿漉漉的，汗水掉到文件上立即形成一个个印迹。

半个小时过去了，毛华突然叫道："在这。"

我们都移身过去，果真是那"宝贝"。

"奇了怪了，怎么会在这里？"于所长似乎不相信。

我想了想，恍然大悟，说："肯定是涨大水时遗漏的。"

于所长和毛华忙不迭地说对对对。

## 2

说到涨大水还真要费点口舌。

东琴镇地处贯穿全省的红河和穿镇而过的富水河两河交汇的平原地带，地势低洼。每年端午期间，天降大雨，红河水猛涨并从富水河倒灌进来，洪水满溢流进镇里，只半天工夫，整个镇除老街几处较高地方外，其他地方都成了一片泽国。一般要七到十天才能恢复原样，老百姓栽种的庄稼往往损失惨重。镇里想了很多办法，无奈治洪经费有限，除几个实在没办法居住的村庄搬迁到山上外，大家只好经受这每年一次的折磨。派出所原来在老街还好，从1994年搬到新址也不得不受此困扰。这不，两个月前我们刚刚受到洪水的光顾。

那是连下了三天大雨的一个晚上九点多，我和老肖、毛华、小马正在所里打扑克，于所长风风火火地跑进来："不得了，镇里通知，今晚要涨大水，可能比1982年的还要大，按照去年的情况，我们赶快把一楼的东西往楼上搬。"我们听了立即动手，背的背，抬的抬，忙乎了两个多小时，只累得头晕眼花，手酸脚软才将办公室、厨房里的所有东西搬到二、三楼。我们都没有睡意，只等着河水涨到楼下。可是一整夜水却没有涨起来。

天亮后，正当我们发牢骚怪镇里没事找事害得大家白忙乎一场时，不知谁大叫了一声："看，水来了！"放眼往远处望去，只见几里开外出现了一条白线，白线越来越近越来越宽越来越高，就像战争片中的千军万马，只一个小时，我们眼睁睁地看着大水涌进院里并一步步地淹没了我们的一楼，离二楼不到一米，浑黄的洪水散发出阵阵腥臭味飘散在空气中。我们爬上三楼的顶部往四处望去，四周白茫茫一片，有几只小船在接送人员，还有的人优哉游哉地撑着简易竹筏子大声吆喝呼朋引伴。吃喝拉撒成了问题中的问题，为了解决它们，我和毛华、小马也利用建房时用剩下的竹子扎了个筏子，慢慢划到老街去，好几次险象环生差点掉进水里。

小马这家伙很坏，一次我好奇爬进一个停在街边的仅可容下两人的木盆船坐着玩玩，哪知他从背后一推，小船就离岸漂流。虽然船上有桨，但这种船没有一定的技术根本驾驭不了，稍微一点小浪就左右摇晃。我平时只能用狗刨式游十多米，这下吓得脸色惨白，一动不敢动，生怕掉进水里，只得任其随波逐流，而小马却在岸上幸灾乐祸哈哈大笑。之后他发现问题严重，不得不叫老乡用竹排把木盆船拦住，不然我可能就要船仰人翻了。

整个镇上哪儿有口饭有碗腊肉就算不错了，到处挤满了逃难的、走亲戚的、打牌的、蹭饭的，乱哄哄一片。听说有的老乡为了捞取被洪水冲过来的树桠当柴用，拣点小便宜，一不小心掉下去被水卷走，制造了几出悲剧。

自所里搬过来后的这两年，我们都遇到了同样的情况，为了保护材料，我们只好将文件柜、户籍柜、办公桌都搬到最高处，那本案卷应该就是那时掉在仓库的。

## 3

找到了案卷，于所长松了一口气，连忙吩咐毛华送到检察院。两天后，曾科长打电话要我和于所长去一趟，补充问问。曾科长询问我并做笔录，副检察长则亲自询问于所长。

曾科长问了一番案卷的寻找经过后又反复追问当时为何放掉钟勤飞，之后又做了些什么调查追捕工作，我仍是那样回答。

半个月后，检察院在与局领导沟通后，钟勤飞、罗平芳都到检察院投案自首，其他两个逃犯也在检方和嫌疑人居住地派出所的布控下落网。一起挂了一年多的特大抢劫案就这样结案了。

钟所长经此打击后情绪很低落，好几次在局里遇到他我都感到尴尬，觉得对不起他。于所长和老肖似乎也有同样的感受，见到钟所长也是匆匆而过。

结案后的一天我遇到曾科长。他说："小文，你在这件事上当然没问题。如果没有找到案卷或者所里当时压案不报，那于所长就是渎职，要追究他的领导责任，甚至要追究他的刑事责任！"

听到这，我不禁为于所长暗暗捏了把冷汗，也提醒自己在今后的工作中务必要慎之又慎。

这件事情又是如何让检察院亲自来查办的呢？

据事后一个朋友透露，所里的实习生小龚、小余有一天在公路上等客车想去邻所看望同学，等了半天也不见客车来。就在这时远处开来了一辆过路车，他们连忙拦下。可是人家车内已坐不下了。他们亮明是派出所的，硬要挤上去，对方不肯，开车就跑，两个小伙子骂骂咧咧地追了几步追不上，只好回来。其实这辆车是县教育局的，车上正有东琴中学的老师，他们见两个年轻警察蛮不讲理，一气之下将钟勤飞抢劫案件向检察院做了反映。

小龚、小余年少气盛意气用事，他们的行为肯定是不对，但当时公安队伍在纪律教育方面确实存在问题，不少民警以管人者自居，有着高人一等的优越感。整个队伍的教育整顿既迫切也很有必要，残酷的现实给大家都上了活生生的一课。

# 第九章　懵懂初恋

*1*

在文水乡工作两年了，一来二去，我和乡干部混得烂熟，下乡搞调查要管片干部帮忙找人，他们在查处违反计划生育、处罚乱砍滥伐、催交税费等等方面也会要求我们派人"保驾护航"。喝酒打牌自然是常事，应当说两家单位好得就像一家。往往这时候他们就会拿我开玩笑："小文哪，找了对象没有，要不帮你介绍我们乡的妇联主席凌溙溙？"凌溙溙就是我第一次到文水下乡时在乡政府办公室见到的那个"凌老师"。

说到找对象也真是个头痛的事。我本想多自由几年再考虑，但母亲不仅催得紧而且有要求。按照她的意思，父亲几乎在乡镇工作了一辈子，在那个信息不灵、交通不便的时代，为了抚养我们三兄妹她一个人尝尽了苦头。她说，你高考的时候你爸还在乡镇没日没夜地加班，我也要上班。如果你爸在县城工作当时就能好好照顾你们的生活，你也不至于考一个中专。为此她反复叮嘱，一定要在县城找对象，不然县里三十多个乡镇，方圆几千平方公里，最远的乡镇要绕道一市两县走四个小时。县里绝大多数干部都是在乡镇工作，今年东明年西，谁都想往县城调，谈何容易。两人结婚后没有一个稳定的环境，小孩的教育怎么办？

母亲的话是有道理的，父母也托人帮我介绍了几个，其中甚至有县领导的子女亲戚，但相亲后我都没什么感觉。派出所的工作繁忙无序，不是家里有事我绝不愿请假休息，常常是到县局批完材料，到家里匆匆看看又往单位赶，哪有时间去接触县城的女孩，以致工作两年了还是光棍一个。严斌的姐姐严玲确实是个不错的女孩子，人长得很漂亮，年龄跟我差不多却已是一家镇办企业的厂长，有几次她和小姐妹在街上与我相遇，同行的小姑娘都偷偷瞄着我笑，让我感到莫名其妙，直到于所长的儿子小军向我挑明："人家喜欢你，要我问问，你答应么？"想起母亲的叮嘱，我微笑着摇摇头。

文水乡邮电所的女职工春春几次远远看见我就叫我过去，热心地说："小文，凌溱溱这么好的女孩子你还不主动些，可不要后悔哟！"又补充道，"我是看你这小伙子聪明老实才提醒的，别人我可不管。"

"怎么都是介绍凌溱溱？"我笑笑。

应当说，我到文水乡政府的机会是很多的，与凌溱溱也见过好多次面，感觉这女孩端庄秀气，工作风风火火，见人总是笑吟吟地热情打招呼。她口才好，不惧生，很开朗，不像是个农村长大的女孩，这些倒是我这个在县城长大的小伙欠缺的。后来得知她父亲在东琴中学工作，她从小在学校里长大，才明白怪不得她有良好的修养。记得去年插秧时节，我和实习生小王在八仙岭的一家小卖部避雨，这时从远处走来一个头戴斗笠、裤脚高挽的女孩。我正傻看时，她突然叫了一句："文Sir，不认得了？"我疑惑。女孩摘了斗笠，哈哈大笑，我这才看清是凌溱溱那张清秀的脸。我不自在了，说："怎么是你，来支农了？"

"对。到自己家支农，"她又笑了，"我家就住在这小街上，去坐坐吗？"

"好啊，我们正愁这雨不知道下到什么时候呢。"我和小王来到她家。这是一栋粉墙灰瓦的民居，前屋后院，里外收拾得干干净净。她的父母弟妹去田里干活了，留在家里的爷爷奶奶看到来客人了，连忙招呼坐下喝茶。

聊了一会儿，怕耽误人家做农活，趁着雨停，我和小王骑上摩托走了。

"凌老师不错的，你们也般配，找到她是你的福气。"每个乡干部都这样说。

人是不错，但要我找一个家在农村的女孩，到时我不会干农活怎么办？我有时就这么傻想。从认识到现在已近两年了，我们应该都从别人的介绍中得知了各自的情况，在内心留下了对方的影子，但谁都没有主动。住在她隔壁的乡计生员任大姐神神秘秘地把我叫到她房间说，陆续有人给她介绍了不少男孩子，可她都不同意，到现在也是一人独来独往，当我们每次说到你时，她倒没有表示反对，有时还流露出笑容。

"男孩嘛当然要主动些，你一定要抓紧呀，县里有几个干部都在托人介绍她呢。"热情的任大姐催促我。

看缘分吧，我想。

## 2

这天上午，我和小马协助乡政府调解一起因收粮引发的纠纷。中午，乡里请我们在餐馆吃饭。席间气氛热闹，酒量不佳的我实在喝不下了。乡文广站肖站长开玩笑："是不是要凌妹妹来你才喝？"我皱着眉头做痛苦状："谁来也不喝！"做东的粮管所胡所长笑道："对，我骗凌老师来，因为她还要到我这里来收统筹款。"我知道，凌溱溱还兼乡政府的出纳。

胡所长出去打政府办的电话，几分钟后笑眯眯地回来，说："凌老师责任心强，我一说工作上的事她马上就答应来。"

果然，不久就见凌溱溱拿着账本发票出现在酒家门口。胡所长说："凌老师，进来喝一碗啤酒，吃完饭我们就去结账。"一听要喝酒，凌溱溱怎么也不进来了。胡所长说，就喝一碗，等下就去取钱，不然我今天没时间。凌溱溱犹豫了一下，笑吟吟地走进来。肖站长说，凌妹妹，小文说你来了他才喝。我忙说，别听他的，我没这样说，我真的喝不了了。小马声音高了八度，凌老师，你还是我老婆的师妹，听我的，敬一下胡所长他们。没想到这下凌溱溱竟端起我的那碗酒冲着小马说，那好，我敬你一碗，你代师姐喝完，说完一干而尽。害得小马这下满脸通红，不知道如何反驳，喝也不是不喝也不是。面子还是要的，小马硬着头皮边喝边说，你帮小文喝了这碗酒，心疼他是吗？那你就嫁给我们小文吧！全场大笑，个个叫好，窘得我和她满脸通红，我却从中感到了凌溱溱的善解人意。

几天后，我在东琴街上买完东西正往所里走，突然听到有人叫我的名字，回头看却是在太宁县一单位当妇联主席的小姨，她坐在一辆小车上。我惊问："小姨，您怎么来了，进所里坐坐吧？"她说："我们现在去文水乡政府搞计划生育调查，时间紧，就不进去了，我调查完就回去。"

第二天我接到小姨的电话，她说，文水乡的妇联主席小凌是个挺优秀的女孩子，待人热情，头脑活络，工作认真。我提到你，乡领导都说你不错，大家对你和小凌很看好，就是你俩都没主动，我看你就主动些吧。我把母亲的想法说了，她说，你妈的工作我会做。情况总是在变化的，我以前也在山沟沟里教书，现在不也回城了？

小姨的话无疑给了我光明和勇气。9月的一天中午，趁着在乡里办案休息的间隙我终于鼓起勇气敲了敲凌溱溱的房门。她打开门，见是我，微笑一下，问："有事吗？""没什么事，借本书看看。"她让我走进去。

这是一间简洁明亮的房间，桌上平整地摆放着一些书籍杂志，旁边是一盏鹅黄色的台灯。窗外的法国梧桐长得很茂盛，阳光一照，给房间增添了温馨的感觉和斑驳的诗意。我没话找话，对着窗外问："你看，文水村那个高楼是哪里呀？"她顺着我的目光看去，笑着说："你没去过吗？那就是文水中学里面有几百年历史的魁星楼。学校房子紧张，我当时还在楼上住过一年。"我于是假装选书和她聊了起来。

这时我又闻到凌溱溱房间不远处那棵桂花树散发出的诱人芳香。"丹桂飘香，还有几天就是中秋节了。"我文绉绉地说。

虽然我仍没有用直接的言语向她表白，但是在这么些年双方单位同事半开玩笑半当真的长期酝酿下，我第一次走进她的房间意味着什么明眼人一看就知道。我们就这样正式交往起来。

转眼一个多月过去了。一天，副所长李馨回到所里告诉我们一个消息：前不久由地区行署公安处改名的地区公安局将刑侦科升格为支队，副县级，打算从全地区各县市招考二十名民警到支队工作。条件是警校毕业，工龄三年以上，有刑侦工作经验。他已经报了名。一听要工龄三年以上我顿时泄了气，我差一年。不久，趁着到地区公安局买手铐的机会，我鼓起勇气来到刑警支队找到刘建东副支队长，问他能否放开些招考条件。他听了我的来意犹豫了一下，说这是局领导研究过的，估计不行，如果放开条件那就不好办。他说可以请示一下局领导，如果行的话就通知我。我说声谢谢就走了。此后一直没有收到消息，估计是地区公安局领导不同意，也就算了。

半个多月后的一天，我和毛华正在东坑乡办案，李馨副所长从地区公安局打电话到所里，要小马转告我，经刑警支队推荐、局里特批，我可以参加考试，明天开考。回到东琴已是晚上八点多钟，小马把情况一说，我立即急匆匆拦了辆货车一路颠簸到了庐河市。市里无亲无故，我只好决定回县城家里。回去的班车是没有了，这时候市里还很落后，没有公交和的士，幸亏有三轮拐的。当拐的突突地挪到家里已将近十一点。躺在床上我翻来覆去睡不着，自己参加工作时间不长，经验不足，加上没有看书复习，明天怎么考呀？

天刚亮我就爬起来，然后又匆匆赶到地区公安局礼堂。县局刑警大队的一帮师兄早已到达，其中还有大队长董强。我开始以为他是来送考的，后来才知道他是来考副支队长职位的。几个兄弟看到我来考试也觉得奇怪，只有在安田派出所工作的周俊说："我前几天到支队，听说你可以考的。你立了功，甘支队长听说后向局里申请特批了。"可这些情况我自己都不知道，看来在偏远的乡下消息真是闭塞呀。

刘建东副支队长看到我，说："我出差去了，要办公室通知你，今天听他们说打了你们所里好多次电话总没人接。幸好你还是来了，好好考，别慌。"我忙点头说好好。

果真是特批，我竟然是安排坐在八十多人的最后一个。精神饱满的刑警支队甘支队长首先讲了话，我没怎么听进去，心里总在想，刚毕业时自己就想过能分配进地区公安处工作，现在组织给我这么好的机会，我一定要珍惜，一定要珍惜……

试卷一发下来我就傻眼了，好多题目似是而非，什么两拦案件的侦破方法，什么《刑诉法》规定的各类办案期限。尤其是最后一道案例分析题，二十分，大概意思是讲一个采购员在河堤散步被人推下去，身上的公款被抢，并描述了一通现场勘查情况和该人的伤情以及同日该市市区还发生了两起抢劫案情况。试题首先问是真案还是假案，再进行分析。我思考好久答是真案。

考试出来很多人都是蔫不唧儿。我知道自己没考好，不敢作声。李馨他们交谈说，其实最后一道题工作时间稍长的都知道，这是甘支队长年轻时当技术员侦破的一宗案件，他从现场勘查情况发现如果是推下去不可能形成现场的痕迹，报案人是故意跳下去然后报假案，企图贪污公款。这是甘支队长的得意之作，他在一些聊天场合或培训授课上讲过。而我答是真案，第一步就错了，哪还有分？

几天后我和李馨来到支队问结果，技术科沈科长笑着和我打招呼。前不久他在文水乡做一起非法行医毒死人的案子的尸体解剖时我帮他打过下手，事后尸体的内脏要送到省厅检验，按理是法医的事，可是不知道为什么，地、县两级法医都不派人，老实的于所长只好吩咐我去。为遮盖恶臭，我买了个塑料桶，再用塑料袋里外多层扎了又扎，冒着酷暑花了五个小时坐长途汽车送到省厅。当时我想，如果车上的人知道这桶里装的是什么怕是会吓得争先恐后地跳车。这次办案让沈科长了解了我，他总是在县局领导面前表扬我吃苦耐劳。

"小文，你考得还不错，但可惜差了几分。李馨入了围。"沈科长放低了声音。我的头嗡地懵了一下，虽然有心理准备，但真要自己接受还真难过。

我的情绪降到了冰点，心情有些颓废。我不敢告诉凌溱溱，我知道她这段时间也挺忙的。这年，世界妇女大会在我国召开，会议精神层层传达落实，她这个妇联主席自然多了很多工作。与此同时还有个好消息，就是为尊重妇女，保障妇女参政议政的权利，国家要求各级政府部门要充实妇女领导干部，文水乡也要配置一名女性副乡长。从文水乡政府机关来看，凌溱溱的各方面条件无疑是最突出的，但是，谁能保证不会从县里空降或其他地方安排过来别的人呢。

## 3

已是寒冬季节。一天晚上七点多我接到凌溱溱的电话，问我能否过去一下，听声音她很累，也许是工作不顺心，压力大。我说好。

刚准备走，于所长说："近期天冷，偷鸡摸狗的借机多起来了。大家出去转转吧，最好能抓他个现行。"

我本想请假，但看到大伙儿都往车边走，自己不去多不好，又将话咽下去。想给她打个电话，可所长锁着电话当宝贝，我可从来没向他要过钥匙，急需时也是跑到镇上各个单位堆着笑脸求人家打开电话盒子。正琢磨着去哪打电话，车已发动。我跳上车，心想，回来再说吧。

等到在大街小巷转了一个多小时一无所获回到单位，留守的于所长说："刚才凌老师来电话，问你在哪，我说你出去巡逻了。"我"哦"了一声，才后悔自己当时为什么不及时告诉人家我的情况。

我冒着刺骨的寒风骑着摩托车赶到文水乡，在邮电所当班的春春叫道："你怎么才来，人家在我这门口守了你一个钟头，冷得打抖回去了。你这人也真是，不来也不打个电话。"

"她守在这里干吗？怎么不在乡政府等？"

"乡政府晚上要锁门，你进得去吗？"

果真，我赶到乡政府院外，只见铁门紧锁，北风呼呼地吹，叫门都没有人听得到，只好灰溜溜地返回所里。

第二天，我们在乡政府见面了。她轻声说："听说你这次选调没考上心情一直不好，昨天本想和你聊聊……"

我没好气，说："临时出去没来得及告诉你。但我后来过来了，乡政府锁了门，喝了一肚子的西北风。"

她望望我："以为你昨晚不会过来，我就先回去了。没考好，以后还有机会，千万不要影响工作……"

"机会，这么好的机会丢失了，以后还有什么机会进地区工作？"我不赞同她的意见。

她看我生气，说："听于所长说你们年底很忙，我呢，也挺忙的，我想我们这段时间都要全身心投入到工作中，安心完成年底任务……"

她很忙确实是实话，三年一次的换届选举，错过这次又是三年，女领导职数本来就少，这次填满了还不知道猴年马月有机会，她不多下乡去做工作，做出成绩来，势必失去这次良好的机会。而情绪低落的我此时更多理解的是：她是批评我受情绪影响没有努力工作。

我很不高兴，说："谁告诉你我影响工作了，谁说我没有全身心投入工作？""你理解错了，我不是这个意思。""你就是这个意思。"说完我不听她解释，一蹬摩托飞速地离开。

# 第十章　村支书的假面

## *1*

虽然心情不好，但我还是强打精神，不想让别人看出来。

这天刚天亮，东琴镇康家村的书记康四保火急火燎地跑到所里来。于所长和小马出远差了，老唐休假，所里只有我和毛华两个毛头小伙。康家村是全镇最大的行政村，矛盾多、人员杂，往往小事就会酿成大的群体性事件，看到康四保气喘吁吁的样子，我和毛华都有些心慌。

康四保把我俩拉进办公室，关上门，说："芋头这个家伙贼性不改，竟然诬陷我强奸了他老婆，刚才天不亮硬要我开门，拿刀威胁我赔偿他三千块钱，否则就要杀人，吓得我不敢开，一早赶快来报案。"

我和毛华一听是这种警情脸都红了。工作两年了，我还是第一次遇到这种案件。康四保的报案表面上像是敲诈勒索，其实有没有强奸案件发生才是事情的关键。真有强奸则要处理康四保，没有强奸则要对芋头进行处罚。

"你有没有强奸他老婆？"毛华微笑着问。

"没有，没有，真的没有。"康四保连连摇头。

"芋头是谁，竟敢持刀到你书记家里去？"我有些疑惑。

康家村全村三千多人口，分为四房，各房为了自己的利益明争暗斗，连村委干部都要从各房中进行平衡选出，村书记和村委会主任更要从全村势力最大的、最有号召力的家族中产生，不然干部群众都不听你的，镇里布置的工作、各单位需要协助的事项都难以开展，康四保兄弟六个，加上侄子侄孙，已成为康家村人口最多的家庭之一。

"他是个劳改释放人员，因抢劫判了三年，刚刚放出来。"康四保说，"毛华，你对他应该清楚，你还抓过他呢。"

毛华点点头，说："这家伙这次为什么赖到你头上了？"

康四保叹了一口气，说："还不是前几天我派人到他家收提留款。"虽然村书记、村主任家族在村里势力最强大，但康家村还是有些人不买账，该上交的提留款拖拖拉拉，甚至公然抗交。每年到了年底镇里都要组织力量进村开展工作，对那些赖皮户进行清缴，有牛的牵牛，有猪的捆猪。这种情况下最能"体现"出一个镇村干部的工作能力和魄力，真是穷的要减免，有钱不交的要苦口婆心，故意挑起干群矛盾或者给村干部制造困难妄图取而代之的要处理。清缴工作和农村计划生育工作一样，是矛盾最为突出、最为得罪人的工作之一，这时候语言、行动上稍有不慎就容易发生打伤镇村干部的情况，为此，镇里往往要派出所安排民警一起去，一则起到震慑作用；二则在发生冲突时立即出警处理。去年年底，于所长吩咐我跟着镇里叶书记一行到康家村"保驾护航"，当时有个村民态度恶劣，大骂镇村干部是国民党，产生冲突后这家伙竟然拿起一把菜刀将一个副镇长划伤，叶书记当即叫我和几个干部将他抓住，押回派出所。在协助乡镇政府开展工作方面于所长从不含糊，把这老兄送去治安拘留。杀鸡儆猴，之后的清缴工作也就顺利得多。

"走，我们去把他传唤过来。"毛华吩咐我。

康家村离镇上有七八公里，去的路上我问毛华，芋头上次犯了什么事被判刑。

毛华说："这家伙胆大包天，竟然穿着别人送给他的橄榄绿，冒充我们于所长以检查自行车挂牌为名拦路抢劫。"

"冒充于所长？怎么回事，你讲清楚点。"我很好奇。

"他外号叫芋头，也有人叫他老芋头。而镇上居民大多叫于所长老于头，这样就给了他冒充所长的条件。我刚参加工作时的一天晚上，有一个小后生来报案，说在路上遇到一个穿着橄榄绿警服、长得高高大大的男子，查到他的自行车没有挂牌，要罚款五十元，小后生见对方只有一个人，很可疑，就问他叫什么名字，对方自称是"老于头"。交钱回去后，小后生把情况告诉了家里人，家人认识于所长，感到他描述的人不像，于是要他来报案。

"于所长一听肺都气炸了，连忙带着我连夜调查。有一个村干部提醒，康家村也有一个老芋头，和那人描述的年龄、特征很像，我和于所长就到他家去看。在他家的衣箱底下发现了那件没有肩章领花的橄榄绿。带到派出所一辨认，他很快就老实交代了，还不只这一次呢。"

"这真是现代版李逵抓李鬼。"我也笑了，"于所长当时的神态很好笑吧？"

"可不是，于所长连扇了他几个巴掌，说你这个家伙，想毁了我的一世声名呀。"

"假所长！嘿嘿！"听到高兴处，我有些忘乎所以，"我这有个假庭长的故事，听不听？"

"难道上次王庭长去接的那个叶庭长真是老肖冒充的？"毛华扭头大笑起来，"人家王庭长一直在怀疑你俩。"

说到这件事也是好笑又后怕。

乡镇生活真是单调，除了喝酒打牌，最有趣的就是互相叫外号、开玩笑。而师父老肖在捉弄人方面真是高手。

就在他调离前不久的一天，我俩上街闲逛，他走进建筑公司，借用人家的电话，捏着鼻子冒充中级人民法院"叶庭长"打电话给王庭长，说在来法庭联系工作的路上，走到松溪乡路段，车子轮胎被扎钉子，要法庭请修理工去补胎。那时全镇刚开通程控电话不久，没有来电显示功能。王庭长一听，立即叫上桂芝和司机，带着修理工赶过去，可是任他们怎么找也没找到"叶庭长"。

听桂芝说，为了询问前面有没有车坏在路上，王庭长当时打开吉普车门跳下去拦对面开过来的一辆中巴车，那车子不仅不停，还碰到了他们的车门，差点把王庭长夹伤了。

毛华听完也是哈哈大笑，说："王庭长好几次都怀疑你们，偷偷问我是不是你俩干的。"

## 2

说话间已到康家村，我们把芋头夫妇传唤到了派出所。

芋头四十多岁，脸部瘦削，长得高大结实。毛华要我做芋头的笔录，他则问那个女人。

芋头说，他前不久被释放回家，康四保好几次到家里嘘寒问暖，他心里很感动。昨天他去舅舅家走亲戚，告诉老婆当晚不回家，后来舅舅家住不下，他还是趁着夜色回来了。睡到半夜突然有人敲窗户，他问："谁？"那人从窗前一闪不见了，留下一串"咚咚"的脚步声。芋头感到奇怪，连忙追出去，看了看人影，有点儿像康四保。回到家，他越想越不对劲，怀疑老婆在他坐牢期间勾引男人，于是逼问，老婆在他的打骂下最终承认，说就在他被抓后，康四保经常到家里访贫问苦，还带着村干部帮助犁田插秧、春种秋收，甚至减免了一些提留费用。时间长了，康四保就借着酒劲赖到家里，以帮助芋头早日出狱为名，明说暗要，逼着与她发生了不正当的关系。

芋头当时听完后气得七窍生烟，立即拿出一把菜刀赶到康四保家，骂骂咧咧，将他从床上叫起来。康四保不敢开门，两人隔着窗户吵吵闹闹。之后芋头撂下一句狠话："做了没做自己清楚，限你三天之内准备三千元，不然就砍死你，大不了再去坐牢。"

芋头老婆三十多岁，在农村还算有些姿色。她陈述的情况和芋头的差不多，并一再强调自己是不情愿的，是被康四保威逼的。

"你们有多久了？"毛华问。

"有两年多了。"

"为什么以前不报案呢？"

"这，这，这样的事我怎么好说出去呢？"女人低着头。

之后，康四保也在我和毛华的左磨右泡下默认了和芋头老婆的关系。事情调查得差不多了，至于如何处理我和毛华都不敢做主。向局领导和法制科报告后，人家说两人的关系属于通奸，即使第一次是利用权力逼迫的，但她不仅一直不报案，此后还长期保持不正当关系，够不上强奸罪。

"那芋头持刀上门，威逼要三千元钱够不够得上敲诈勒索呢？"毛华追问。

"杀父之仇、夺妻之恨是人生两大恨，这种感情在中国更为突出。你村支书利用职权玩弄人家老婆，人家发发怒气，没有伤人，还不至于追究责任，调解调解就行了。"

又是一番两边游说和软硬兼施，最终康四保本着息事宁人的态度答应赔偿芋头两千元，事情就此了结。

此后每次去康家村，康四保都要把我和毛华灌醉，其中原因大家自然心照不宣。

# 第十一章　忐忑的申请

## *1*

这些天的愁眉不展让毛华发现了，他问："文景，你好像变了个人似的，还在想考试的事呀？"我不作声。他拍拍我的肩头，说："凡事想开些。于所长和小马出远差了，我们正好去敖飞那里坐坐，喝杯酒，散散心。听说这小子在新街很吃得开，地痞流氓看到他都要打抖。"

因为不是分在同一片，这几年我和警校同学武小峰、袁军见面不多，仅仅是春节放假、局里开会、参加自学考试见见面，有时遇到刚聊几句又被各自的领导叫上车赶回单位。但和敖飞见面的机会就多了，这家伙毕业时找人想分到铁路派出所，耗费了几个月后人家说办不成只好死了心。之后他向局里要求分到离东琴十五里路的新街镇，就近照顾年迈的双亲尽起孝道来。

要是以前，毛华一说完我就会连声叫好，但现在我毫无兴趣，便说："算了吧，心情不好喝茅台也没有味道。"毛华笑道："你别说得这样好听，你喝过茅台吗？"我苦笑一下不作声。毛华看我无动于衷，眼睛转了一下，说："我们也不是纯粹去玩，你不记得上次你主办的那个赌博案还有两个住在新街的家伙打了欠条，说是昨天来交钱却没来，干脆上门去找一下，不然你不好把案件交到局里裁决呀。"我想想也是，案件放在手里很不舒服，早点结案早点轻松。

毛华发动摩托载着我往新街跑。我每次都怕坐这老兄驾驶的摩托，太猛，颠得屁股生疼。我忍着痛说："我们到了后先找一下新街派出所的兄弟吧，叫他们一起上门去催债。"毛华笑道："这个自然。办完事敖飞肯定要留我们吃晚饭，等下我们要注意配合，千万不要让他报一箭之仇。"

毛华刚说完我不禁笑出声来。两个月前，我们所和新街所联手处理了一个山林纠纷。事后，在东琴建筑老板龙根家斗了一次酒。龙根热情好客，开场不久就很有艺术性地点燃了战场的气焰，可怜我们两个所的兄弟为了本单位的至高荣誉你争我夺，不久就在酒精的燃烧下开始肉搏战。战斗进入白热化后敖飞瞪着血红的眼睛对着毛华嚷道："大力士，我跟你单挑，一口喝一碗白酒你敢么？"毛华本来酒量就大，哪会怯场，加上我和小马在旁边击鼓呐喊，更加气冲牛斗，说："东风吹战鼓擂，当今天下谁怕谁？干了！"说完一饮而尽。敖飞本来是想吓唬毛华，现在看着碗里的半斤多白酒就犹豫起来，我们乐得坐山观虎斗，于是讥笑道："不敢喝就钻桌子！"敖飞哪受得了这样的耻辱，运运气，咬咬牙，张开大口，喉结一阵咕噜咕噜，硬是将这碗52度的"白开水"灌下去。我们都为两位勇士鼓起掌来，气氛再一次冲高。可不一会儿就见敖飞眼睛瞪得直直的，头一歪，身体顺着桌腿往下趴，吓得我们赶快将他往医院送。

新街派出所位于镇中心，老乡们占道为市，我们好不容易才挤进去。所里只有敖飞和民警老罗在家，院子里挂了个沙袋，这么冷的天，敖飞正光着个膀子满脸冒汗对着它踢来踢去。看我们进来，敖飞连忙哈哈笑着走过来，然后摆了个雄鹰展翅的架势叫道："大力士、文景，来，我和你们大战三百回合！"我们都摆手，说这是你的地盘，我们不是来踢场子的。

到办公室喝了几口水，我们说明来意，敖飞带着我们就去找那两个"欠债"的家伙。好不容易找到一个，左磨右泡，人家很不情愿地交了钱，算是支持我们的工作了。我们又通知另外一个人的家属去找他，说我们在派出所等。

回到新街所刚坐下透口气，却见刑警大队赵教导员带着四个后生走进办公室。赵教导员进门就骂："你们这街道占道为市，挤得要命，车都开不进来。"敖飞笑道："赵教，农村就这条件，乡里说建一个菜市场，可是到现在都没有动手。穷地方，难呀。"赵教导员笑骂："你小子跟我说农村的事，我可在乡镇待了二十年，今年刑侦队升格为大队才进的城。"敖飞嘿嘿笑了。赵教导员话锋一转，说："这几位是广东来的，东江，知道吗？"我们羡慕地说："知道，发达地区嘛，我们就有同学在那工作。"赵教导员介绍情况，说他们是来抓一个命案逃犯，有人举报他在家，抓到了可有重奖！敖飞微微一笑，接过悬赏通告一看，说："行，赵教你坐坐，我带他们去。"我和毛华站起来，说那我们回去了，那人交钱来麻烦你先收下。敖飞瞪我们一眼，说："你们不能走，就在这等我。"我们只好留下来，和赵教导员天南地北聊起来。

我突然想到刑侦升格后可能会充实人员，便问："赵教，你们大队还需不需要人，能不能把我和毛华也调进去？"领导很高兴，微笑着说："我们是要增加人手。你们好好干，年轻人谁不想要。"

一个多小时后敖飞回来了，前面押着个二十多岁的后生，瞪着一双惊恐不安的眼睛看着我们。"不错呀，手到擒来！"我和赵教导员、毛华迎上前去。敖飞对东江的兄弟说："王队，你们慢慢审，我去餐馆准备菜。"带队的连连说好。敖飞带着我和毛华来到镇政府旁边的一家餐馆，安排我们在包房坐下，然后说："我出去点菜。"我对毛华说："东江的兄弟来了，又抓了逃犯，今天肯定是他们买单。"毛华摇摇头，说："不一定，既然赵教来了，所里可能就不好意思要人家外地的买单了。"我们聊了十多分钟还不见敖飞进来，于是走出去。餐馆里没有，我们估计他回所里了。

正等得不耐烦时，却见敖飞满脸堆笑远远地走过来，手里抓着个黑乎乎的圆东西，走近一看竟然是一只缩头缩脚的大甲鱼。"你这是干吗？"我疑惑地问。"抓到了人，东江的兄弟很高兴，在回来的路上王队长说要我搞点当地的特色，钱无所谓。我说我们这里比不得你们大地方，没什么特色，要不就搞个野生甲鱼吃吃，王队长就说野生的最好。"我和毛华都瞪大眼睛看着这稀罕之物，脸上露出欣喜之色。它太贵了，一斤要一百多元。

我和毛华就像是《西游记》里发现了人参果的八戒和孙猴子，紧紧跟着敖飞来到厨房。厨师先用筷子对着甲鱼嘴巴碰来触去，甲鱼开始将头缩得更进去，被这侵略者惹恼后就试探着将头伸缩几下突然猛地咬住了筷子，厨师将筷子往外拉，甲鱼则往里拉，颈脖子伸得越来越长，我正不明白厨师玩什么游戏时，只见他将甲鱼翻转身按到砧板上，拿起身边的菜刀"咔嚓"一声，手起刀落，甲鱼头被砍下，砧板上一片血污。

我惊奇地看着这斩首行动没回过神来，就听到后面传来一声大喊："哎呀，砍不得！"大家看去，只见派出所民警老罗对敖飞说，"小敖，人家要走，不吃饭。"敖飞一惊，骂道："怎么，刚开始说在这里吃，现在人也抓了，甲鱼也杀了就要走，这怎么行？"老罗说："他们刚才审讯发现抓错了人，是逃犯的弟弟。"敖飞急了，说："甲鱼这么贵，难道我吃得起？我去看看。"说完就向所里跑去。我想也是，这只大甲鱼至少要两百多元，抵得上敖飞一个月的工资，吃了它敖飞这个月就要喝西北风了。

半个小时后敖飞回来了，学着蹩脚的粤语说："冇事了（没事了），他们给了我两百门（两百元），这点钱只是洒洒水呀。"我们看事情解决了都放下心来。敖飞说："今天这菜好吃，少喝点酒，不然一吐就白吃了。"我们都说对对对。菜刚上桌，敖飞对着包房外面逡巡了良久一个三十多岁的男子叫道："李站长，过来一起吃吧？"被叫的人扭捏了一下走了进来。老罗说："这甲鱼就是这么几块肉，幸好他们走了我们每人还可以夹上两筷子。"我们都笑着点头，刚开始大家还不好意思，敖飞给每人夹了一块，美味的甲鱼很快就一扫而光。李站长脸上堆满笑容，说："我把这甲鱼壳和骨头收起来，听说把骨头粉碎后还是一种药呢。"说完他就用餐巾纸把我们吐在餐桌上的骨头一个一个包起来……

吃甲鱼的事情不知怎么传到了局里，经过有"文艺细胞"的家伙添油加醋，把敖飞描绘成一个兵油子、好吃王，有的说东江的兄弟根本没说要吃野生甲鱼；有的说敖飞把甲鱼壳和骨头都碎成粉末泡开水喝了；

还有人说东江的兄弟不愿出钱，敖飞大发脾气人家才给了两百元。

同学袁军平时就爱讲笑话，参加局里的内勤例会中途休息时更是绘声绘色：他用右手握成拳，拳眼向上，说："敖飞这家伙就是这样紧紧抓住甲鱼的头，甲鱼四脚乱抖。他把甲鱼头一拉，一刀下去，甲鱼头不见了，溅了敖飞一脸的血，他用舌头舔了舔血，说好香呀！"会场上顿时笑成一片。其实甲鱼被抓后都是吓得缩成一团，哪会四脚乱抖。事实上东江的兄弟看见抓了个命案逃犯肯定会兴高采烈，要敖飞点菜也正常，即使抓错了，区区两百元对他们来说也算小钱一个，哪会不舍得给呢？总之林林总总都是无稽之谈。在这里我要为老同学澄清事实，以防以讹传讹。嘿嘿，这可不是因为吃人家的嘴软，确实是事实呀。

## 2

吃完大餐回到东琴，想起赵教导员的话我又心猿意马了。自己在派出所兢兢业业地拼了两年多，工作出色，个人问题却连遭打击，先是考试失利，后是和凌溱溱互不联系陷于冷战。我总结原因，觉得在乡镇很不利于个人的成长：从这次选拔考试来看，如果不是分在这偏远闭塞、信息不灵，每天只有两趟车去市里的东琴或许就知道自己可以参加考试从而加强复习，如果自己在刑侦队工作或许就听过甘支队长的讲课，那道二十分的案例分析题就不会错，我也就可能像李副所长那样进了城、进了地区公安局；从找对象来看，乡下有文化的女孩子太少，挑选余地不大。想在县城找对象，但派出所人员少工作杂，忙得很少回家，哪有机会去接触和陪伴那里的女孩？凌溱溱是很好，可是我现在已经得罪人家了，碍于面子又不愿认错；从工作环境和特点来看，通过不同渠道和我们同年分到局里的几个非公安专业的毕业生几乎都进了局机关，过着正常的上下班生活，下到所里还像钦差大臣。而自己喜爱刑侦业务，却大多时间是从事巡逻抓赌、安全检查、纠纷调处等机械琐碎的工作。

派出所虽然能锻炼一个人的全面业务素质，但是农村的生活是那么的乏味，除了喝酒打牌就是看那三四个台一脸麻子的电视。这两年多自己从滴酒不沾、烟不染指也变得大碗喝酒、烟不离手。有时我还嘲笑那些上桌不愿端酒杯的人：谁天生会喝酒？只不过是你不豪爽、讲究养生之道罢了，我不就是多醉过几次锻炼出来的。

虽然喝酒打牌给我们单调的生活带来了不少乐趣，可是又给我们带来了多少风险！多少次，和朋友同事在老乡家喝了酒骑着摩托车摔到水沟里、池塘边、悬崖旁；多少次，同事们喝了酒，情绪激动，或因打牌，或因开玩笑而发生误会，或产生口角，我都做起和事佬。

洗把脸清醒一下，坐在办公室点燃一支烟，看着烟圈慢慢升腾：毕业时没报名去交警总队直属支队无非是想实现从小心中的刑警梦。服从局里安排到派出所工作，想的也是锻炼几年，增强自己的全面业务素质，将来再调到真正的刑侦队伍去建功立业。如果我甘愿天天被酒精和烟草麻醉，安于现状在这里待下去，时间一长谁知道会不会因酒惹事，会不会一点点消耗掉身上的奋斗激情。不是吗，自己的写作热情就大大消退了。记得刚参加工作时我会将办过的一些案件以通讯形式发表到省地县的一些报刊，陆续有十来篇，去年还获得了县局的通讯报道先进个人。可我今年一篇文章也没写呀，当然有个原因是分管秘书科的雷政委年初说过想把我调到秘书科工作，当时吓了一大跳，我可不愿天天和文字打交道，坐不住，故意不在文字上表现了，但主要原因还是激情燃烧不起来。

听说刑警大队确实打了报告向局里要求增加人员，我不禁蠢蠢欲动了。一天，傅局长到所里检查工作，于所长当着局长的面大大地表扬了我一番，说我工作主动，有点子、有韧劲。局长听了频频点头，说："小伙子好好干，再加把劲，我们年轻时都是这样拼命的……"

趁所长走开，我鼓起勇气硬着头皮把想调往刑警大队的愿望向傅局长提了出来。

"你在这里不是干得好好的吗？"傅局长笑着问。应当说，傅局长对我的印象一直是不错的，记得有一次我到他办公室汇报一个系列盗窃案时，他听了我的分析后竟出乎意料地要秘书科长把在家的局领导和刑侦队长董强都叫来听，并当场表扬了我的钻劲，让我顿时感到受宠若惊。

"局长，我这几年的工作情况您也看到了，我就喜欢搞刑侦。"我说，"派出所虽然锻炼人，但毕竟工作琐碎，到刑警大队后我一定会做出让您满意的成绩来。"

傅局长翻着材料似听非听，末了说："小文，你目前还是安心工作，你的要求我们会通盘考虑的。"

局长的话让我忐忑不安。

# 第十二章　诱捕

*1*

转眼到了年底，我们又开始为办案经费头疼。抓了两伙赌博人员后所长要我去县局办裁决手续，并参加县局组织的一场考试。第二天，毛华也跑到局里来，他对我说，昨晚抓了一对卖淫嫖娼的。

"我们那里还有卖淫嫖娼的，真是破天荒了？"我感到很好奇，忙叫毛华详细说一说。

他介绍道，昨晚我们接到文水乡老兵旅馆老板的举报，说有一对男女住进了他们旅馆，男的有四十多岁，女的只有二十出头，说普通话，看样子不是夫妻，估计是卖淫嫖娼的。按正常，旅馆老板为了自己的生意是不会主动向公安机关反映旅客有违法乱纪的，但这老兄也许是被之前我们经常查旅馆查怕了，或许也是出于好奇，想看看他们到底是什么关系，便报告了。于所长一听，立即带着毛华和小马赶到那里，将那对男女从热被窝里赶起来。带到派出所，男子说他是新州人，他的老祖宗是我们这里人，这次是带着情人从新州千里迢迢赶来祭祖的。毛华他们再讯问那女的，她却支支吾吾，最后承认自己在新州是一个卖淫女，这次是被那个男的带出来的。男的一路管吃管喝，还买了不少礼物给她。了解情况后，于所长按卖淫嫖娼行为对二人顶格处理，每人罚款五千元。

三天后，我回到东琴，却见那对男女还在所里，男的正与于所长在办公楼走廊上津津有味地下象棋，两人是那样专注和认真，为了一步棋争得面红耳赤。女子身材高挑、面庞秀丽，一声不响坐在一旁晒太阳。

"怎么回事，还在我们这里做客呀？"我一脸疑惑地问毛华。

他摇头叹气："做什么客呀？那个男的说通知了新州的朋友帮忙汇款过来，都几天了钱还没有到。"

"这么冷的天气，他们住哪？"

"住咱办公室，晚上在门上加一把锁。我都买了两床被子和垫被给他们，不然早冻死了。"

当天下午汇款单到了，于所长和那对男女告别，男子要我们以后有机会到新州一定要去找他，我连忙说好。毛华把我拉到一边说："千万别听他的，到了新州恐怕他就会把我们绑了扔到海里喂鱼去。"

那个时期，办案经费没有保障，群众法制观念欠缺，民警法制理念、执法程序意识淡薄，加上财经制度不健全，造成行政处罚和财务管理上的漏洞。于所长还好，严格执行收支两条线制度，而有的派出所领导在收取罚款押金后要求民警既不去做裁决更不开票（因为开票后单位只能得到 40% 的财政返还款），而是把这笔钱放入"小金库"。如果钱款落入个人腰包，就要被追究刑事责任，这是咎由自取。可怜的是大多数所队领导都是将"小金库"用于公务开支，没有侵吞私分，却要个人承担领导责任，挨处分的处分，被免职的免职。这是多么地无奈啊。

## 2

几天后的一个下午，县妇联一位女干部走进派出所，自我介绍完后她指着身后一个大约三十来岁的妇女说，这位女同志姓孙，是湖南株洲人，因为做煤炭生意经常到我们县西河镇的西河煤矿买煤，认识了东琴镇坡下村开货车外号叫灰老鼠的一个男子，多次请他帮忙运煤到株洲，交往中孙女士告诉他自己离婚了，一个人打拼很累。灰老鼠见她生意做得不错，便嘘寒问暖，多方献殷勤。一次，孙女士赚了一笔钱，很高兴地请他吃饭。借着酒劲，灰老鼠说自己还没有结婚，想与孙女士喜结连理。孙女士看接触的这段时间里这个年轻人头脑活络、嘴甜脚勤，想想在异乡奔波劳苦，也就答应了他的请求。交往中，灰老鼠以修车、父母生病、结婚要购置物品为由从孙女士那里拿走两万多元钱。让孙女士感到蹊跷的是，每当她提出要去他家看看，灰老鼠总是以各种理由推托，她于是暗中打听，才得知这家伙已婚，而且家里有两个小孩。被骗财骗色，孙女士悲愤交加，要他把钱退还，双方一刀两断。灰老鼠开始假意说会与妻子离婚，之后竟然躲着不见。有一次他在西河镇被孙女士发现，她想揪住他，这家伙竟然抢起拳头将她打得鼻青脸肿，然后开着车子逃之夭夭。

"你怎么不去矿区派出所报案呢？"于所长问道。

"去了，派出所有人说是民事纠纷，要我去法院。我觉得他是个婚姻骗子，所以到妇联投诉，请求保障妇女的权益。"

妇联干部说："我们觉得他是东琴镇人，你们办起来可能方便些，所以带她到这里来，请予以支持关照。"

目前只是女方一面之词，即便属实，按照规定这个案件也应该由矿区派出所受理。但人家妇女同志的"娘家"都来人了，我们还是有必要把灰老鼠找过来核实清楚再说。

当晚十一点，于所长带着我和老唐、毛华、小马来到坡下村，同行的还有那位妇联的女干部。问明灰老鼠家的位置后我们敲门进去，屋里灯光昏暗，脏乱不堪。经搜查，灰老鼠不在家，家里只有他的老父亲、妻子和两个小孩。

大家回去后告诉孙女士，叫她别急，我们会认真对待，有情况会立即通知她，孙女士感动万分地走了。

两天后的上午，有线人反映灰老鼠正驾驶他的货车从文水乡方向往东琴过来，有可能中途回村里。如果他进了村抓捕起来就困难多了，于所长立即要我和小马、老唐赶过去，务必在路上将他截停抓获。

小马开着车在沙石路上奔跑起来，五分钟后，拐过一道弯，来到幸福桥头，就看到灰老鼠的货车正从桥中央迎面而来。小马没有避让，一个刹车将吉普车停在了桥上，挡住了货车的去路。我和老唐迅速下车，一左一右跨上了货车驾驶室两边。

"灰老鼠，熄火，下来！"我厉声叫道。

驾驶员愣了一下，说："我不是灰老鼠，他在后面。"

果然狡猾，人家明明告诉了我们他的车号还想狡辩。

"把驾驶证拿出来看看。"老唐一下就点到了他的要害。

"没带，我是文水村的，这么近没必要放在身上。"

"给我下来，说什么假话！"我打开驾驶室，把他拉下来。小马也走过来，和我一左一右扭住他的手往吉普车走去。

这家伙个子瘦小，不甘被抓，竟然冲着大桥不远处的人群大喊："不得了啊，警察乱抓人呀……"其实桥的南部就是坡头村地界，村民之间沾亲带故。他这一喊，就见不少人从桥的南北方向蜂拥而来。

"糟糕，快点带人走！"小马说道。

老唐把吉普车后排车门打开，我和小马架起灰老鼠、老唐在后面抱起他的双腿将他塞进车里。我们匆匆跳上车。小马发动车子，想掉头往派出所方向走，可是桥面狭窄，根本不够位，他于是加大油门往文水乡方向走，趁这当儿，我将灰老鼠的手铐上。吉普刚从货车身边擦过去，却见一群人挡在车前，任凭小马将喇叭打得叭叭响也毫不避让。没一会儿，车后也跑来一伙人，将车团团围住，有人拍打着车身，叫嚷着："放人，放人，快把灰老鼠放了！"

灰老鼠对着车窗外扬着手铐，喊道："老大，快救我！"

前进不得，后退不能，事到如今我只好和老唐下了车，对着人群叫道："大家不要乱来，我们把灰老鼠叫到派出所问情况，没事就可以回来，请你们让一下……"人群根本不吃这一套，有人过来拉车门，我和老唐就守在门边不让。可是对方人多，拼命用身体把我和老唐挤离车边，有人趁乱把灰老鼠拉下了车子。这是我第一次遇到暴力抗法，在我之前的感觉中派出所的民警威信很高，平时这些老乡谁看到我们不是满脸堆笑，今天他们都吃了豹子胆啦？我怒了，不顾他们阻挡，大叫一声"哪个敢抢人，给我闪开"便强行冲上去，抓住灰老鼠的胳膊，小马、老唐拨开人群夹住他。这时，我看到人群中有几张熟悉的面孔，都是以前因无证贩卖木材被我们处理过的木头贩子。我怒气冲冲地对他们说："你们这些人，以前对你们还不好吗，以后还要不要做生意？"这几个小子顿时不好意思跟我们直接对抗，走开来。

这时周边已是黑压压地围了一两百人，不知谁叫了一句："你们这些妇女上呀！"顿时，周围看热闹的几十个妇女一拥而上，有的挡住车门，有的撕扯我们的衣服，更多的是来掰我们的手腕、拽我们的手臂。对男子我们或许可以激烈反抗甚至施以武力，可是对这么一群大妈大婶，任我们怎么解释、怎么警告，她们就像是一群蚂蟥，黏住你不撒手，大家都被折腾得气喘吁吁、衣冠不整。看来人是没办法带走了，小马对着我和老唐说了句："算了，让她们抢走吧。"我仍心有不甘，可是又有什么办法呢。

一放手，这些妇女立即簇拥着戴着手铐的灰老鼠逃得无影无踪，人群也呼啦啦一下散个精光。

这时就感觉手背热辣辣的痛，一看，上面被抓出了好几道血印子。

小马苦笑道："抓出几道血印子还是小事，你俩不知道，这个坡头村的人特别野蛮，钟所长在这里工作时有一天晚上进村抓人，被村民围攻，打伤不算，还将他五花大绑，嘴里都塞上了妇女的月经带。"

"有这样的事情？"我闻所未闻，几乎惊呆了。

"看来今天这些妇女没打我们，没使用她们抓下体的绝招就算万幸了。"老唐自嘲道。

人就这样被他们抢走，这脸丢得可大了，以后还怎么在东琴工作呀。好几天我都憋着一肚子气，总想着怎么挽回面子。

## 3

这天，司法所刘所长带着靳秋到所里来玩。我忽然想到一个办法，对靳秋说："那天在桥上抓灰老鼠你没有参加，他不认识你。这家伙欺骗妇女，我们何不也骗骗他？"

毛华问我怎么骗，我对他一阵交代，他笑了笑，说："试试看吧。"

毛华开着吉普车载着我和刘所长、靳秋来到坡头村外一处树林里，将车隐藏好，毛华和靳秋下了车。过了约二十分钟，就见他俩和灰老鼠有说有笑地走过来。

刘所长嘿嘿笑了："这狡猾的老鼠，你还有上当的时候！"

待他们走到我们身边，我和刘所长突然从树丛里闪出来。我抓住他的衣领骂道："灰老鼠，现在看你还往哪里逃？"灰老鼠一看是我顿时脸色大变，刚想转身，毛华、靳秋两边一夹。他想喊，刘所长从后面上来，将他嘴巴一蒙，架起来就往车里塞。

将灰老鼠往留置室一扔，毛华和靳秋笑得直弯腰。原来，他俩进村后径直走到灰老鼠家门口，就看到他老爸在劈木柴。幸好第一次抓捕灰老鼠那天晚上人多，光线昏暗，老头子没有认出毛华来。毛华操着一口市区话问："灰老鼠在家吗？我们是他庐河市的朋友。"老头没有多想就进去叫。灰老鼠走出来，看了毛华、靳秋一眼，问道："你们是……"毛华假装不高兴，说："你这家伙，不认识了呀？是小王要我来叫你，他在村口等呢。"灰老鼠眼睛闪了一下，立即假装记起来，显得不好意思地说："哦，没看清楚是你们。小王怎么不进来呢？"靳秋反应快，说："他还带了一个女的，不方便过来。""那好，我们过去看看。"灰老鼠爽快地说，在他心里怎么也没想到警察会用这样的方式来抓人。就这样，狡猾的狐狸终究还是落入了优秀的猎人手中。

将灰老鼠移交给了矿区派出所，毛华说："以其人之道还治其人之身，这是一个经典的诱捕案例。"而我此时还在想着之前灰老鼠被抢走的事情，当时真是憋屈呀。事实上，经过多年的警察生涯后我才明白，这次遇到的情况真是"小儿科"。此后，自己在抓捕行动中多次遇到集体暴力抗法，一次被飞石击中身体，还有一次被铁锹乱棍打得全身受伤。现在不是有一句话吗，哪有什么岁月静好，其实是有人为你负重前行。选择了警察这个职业，我们其实就选择了危险与担当！

# 第十三章　无悔的选择

## 1

1995 年的最后一天，于所长从文水乡政府开会回来进门就喊："文景，文景，好消息！凌老师当副乡长了，刚宣布。二十三四岁当乡镇领导，真是不简单，快去恭喜人家。"对于我和凌溱溱目前的情况于所长可能察觉了一些。

我说："她当她的官，跟我没关系。"

"这你就不对了，"于所长说，"刚才我和她聊天，她还问你在哪，要我多关心帮助你。你这后生就是一根筋。"于所长摇摇头，走开。

我心绪满怀地上楼，回到房间，打开桌上的单放机。每当累了我就喜欢躺在床上听一段音乐。单放机里传来罗大佑那浑厚、低沉、略带沧桑的嗓音：乌溜溜的黑眼珠和你的笑脸，怎么也难忘记你容颜的转变，轻飘飘的旧时光就这样溜走，转回头看看时已匆匆数年……

我对港台的音乐有一种偏好，不仅因为它们音律美，更关键的是词写得好，有内涵，有意境，能唤起那如烟的往事和散落的记忆。

记得刚去警校报到后的第二天，毛华带着我们几个新生去逛街。第一次走在这座向往已久的城市的大街上，感觉最深的除了满街的燥热和那目不暇接的繁华，就是街头巷尾都在放的这首《恋曲 1990》，歌词中传递出的无奈和迷茫穿透我的心思，之后竟影响了我两年。

那是警校二年级时，我到附近的高中同学馍馍就读的银行学校玩，在那里遇见了美丽文静的长发女孩小洵，她是我们邻县人。她扑闪着眼睛，对我说："你们的警服好帅呀。"馍馍哈哈大笑，说："你其实是夸我们文景长得帅吧。"小洵羞涩一笑立即跑了。

一个周六的上午，小洵怯怯地走到寝室找我。我诧异地问她有什么事。她说："你能不能穿着警服带我去一下师大，我怕扒手。"我连忙说："行呀，正好我也可以去看看同学。"她师大的女同学狐疑地问："你们是恋人吧？"小洵莞尔一笑，说："这是我的保镖。"我忙讪笑。此后的周末我和她又约好一同去几个大学找各自的同学，然后又一起回去。行走在大街上，这首歌常常灌入耳中，听得多了我就会不经意地哼唱起来，这时她往往睁着大眼睛偷偷看着我，四目相视后我们都不好意思地抿嘴而笑。

虽然我们从彼此的眼神中都读出了一点内容，但都矜持着不表白，而我常常在被寝室里此起彼伏的鼾声吵醒后，处在是和她一直保持"革命"的友情还是勇敢地向她表明恋情这两个选项中纠结。毕业前她把这个单放机送给我，一同拿过来的还有几本从我那借过去的书。

到东琴后，繁忙的警务工作让我疲惫不堪，好几次提起笔想给她写封信诉诉苦衷却又觉得不知如何说好。时过境迁，不知道她现在过得怎么样，是不是已经找了男朋友，再去打扰人家是否会自寻烦恼。

1994年6月的一天，我无意中翻看她还给我的那些书，从中掉出一封信，拆开一看，是她写的：

文景你好！感谢这一年你对我的关照。你是个诚实稳重、正直善良的男孩，认识你真好。我有不少缺点，好高骛远，依赖性强，我知道你并不喜欢我这样的女孩。相信在今后的日子里你一定会找到一个活泼开朗、与你心心相印的好姑娘，那时我会衷心祝福你们。《恋曲1990》，我曾那么喜欢听你哼唱……

满怀惆怅像滔滔江水般涌上心头，我怪自己为什么到现在才发现这封信，如果毕业时发现了兴许已向她表白，我们或许已在一起相互鼓励共同成长。

如今这首经典再次触动我的情思。可仔细想想，时过境迁，她已走远，我们无非是各自人生中相遇的浪花。

我已错过一个好姑娘，难道还要错过另一个？

## 2

为了完成年终的目标管理检查和还上建房欠款，于所长不得不带着大家没日没夜地连轴转。望着裹着大衣驼着背在黑夜的寒风中巡逻检查、身体瑟瑟发抖的于所长，我不禁心里有些酸楚。上次他和小马去出差，在回来的路上为了避让一头横穿马路的公牛，小马将车翻到了水渠里。小马反应快，加上年轻身体好，只是脸部、身上受了点轻微伤，可怜于所长将近五十岁的人猝不及防，在车里翻了几个跟斗，蜷成一团嗷嗷叫，一查，右手臂和身上几根肋骨都骨折了，在医院住了将近一个月。李馨副所长已经调走，群龙无首，他看能下地走动于是吵着要出院，医生拗不过只好答应，但要他休息好，不要过度加班不要受凉。可是，面对繁重的工作任务他这个劳心命又不放心，往往亲自上阵。

想想有时都觉得好笑，局里制定的全年目标管理考核项目几十项，其实除了刑拘数、治安拘留数、劳动教养数等几个打击指标和罚没款金额这些硬数字没法改动外，其他的几乎都要在年底突击完成，忙活了十来天，太累人了。

也许是心情不好，也许是受凉了，没几天我竟病倒在床，头昏无力。

"要不回家休息几天？"于所长摸摸我的额头关切地问。

"不用，休息一两天就会好。"我一怕家里担心，二怕工作没完成拖单位后腿，毕竟一个萝卜一个坑，自己的事情别人也帮不上忙。

"要不要我打电话叫凌溱溱来？"毛华微笑一下小声问道，"别不好意思，我可是过来人呀。"

我犹豫一下，说："行，但不要勉强她。"我想，病倒在床这正好是个测试她的机会。

她会来吗？她可从来没有到过我这。

黄昏时，所里同事都受邀出去吃饭了，我昏昏沉沉地睡着，忽听对面邻居孙猴子在喊我开所里的大门。我挣扎着爬起来往楼下看去，就见凌溱溱推着自行车站在大门口，连忙披上大衣下去开门。

她跟着我进了房间："我刚下乡回来，肖站长告诉我你生病了。好些没？"

我躺进被子里，摇摇头，一副可怜巴巴的样子。

"你还没吃饭吧，我去饮食店买碗面条来。"她不等我回答就噔噔地下了楼。

十来分钟后她回来了，"你先吃点热面条出点汗，我多放了些姜，吃完后我给你刮刮痧。"这时我才看到她还拿了一个瓷碗放在桌上。这种古老的方法她也知道？我读小学时因感冒在乡下请一个老太太给刮过一次，当时痛得我哭爹喊娘。

我吃了一半吃不下了。

她将我的衣领拉下折好，垫上毛巾，在瓷碗边缘蘸了些麻油，然后在我的脖子上刮起来。

"祝贺你……"我有气无力地说。

"现在只是宣布人选，一个月后乡人大选举通过才算数。再说我这也不算稀罕，还不是沾了政策的光，县里这批提拔的乡镇女领导跟我年纪差不多的有五六位。这段时间我还是很忙，要天天下乡。"我听着她说话，不作声。

"你痛不痛？"

"不痛……"我强忍着，虽然脸都变了形嘴上却强硬。

"真的不痛？那我再大力点。"她说。

"不要，痛……"

她笑起来，说："你是不是以为我是个工作狂，不仅自己在拼命，还要你全身心投入工作，以至于忽视了你？"

我无言作答，事实上我确实有这种想法，看她平时工作风风火火的，经常下乡，见个面都困难，积极性也太高了吧。

她又笑笑："其实你不了解我，哪个女人都会以家庭为重，至于事业，是要努力，但发展得怎么样就是可遇不可求了。这次有这样好的机会，领导又希望本乡能推出我来，我怎么能退缩？政府部门的情况可比你们公安更复杂。"

半个多小时后她停住手："我要回去了，你要照顾好自己。看你的被子，还用警校的，太轻了，怎么会不感冒？"

这被子确实太轻了，但我舍不得丢掉，因为上面印着"省警校"字样及我的学号，看着它我就总是想起那火热的警校生活和那一张张青春飞扬的脸庞。有好几个夜晚我被冻得睡不着，咬牙爬起来，向毛华他们打声招呼就跑到不远处的法庭和桂芝挤着睡。那家伙开始还有阶级感情，缩头缩脑地披着大衣来开门，叫着："我是新被子，快洗脚！"几次把他从热被窝里叫起来后就有意见了："靠，不知道的还以为我们是同性恋，你让我怎么找对象？"我就骂："看你这小知识分子样儿！"

虽然脖子被刮得生痛，但我却觉得心情轻松了许多，头也不那么痛了。凌溱溱走到桌前，翻了翻我的书，打开单放机，费玉清那轻盈飘逸的声音顿时充满房间：真情像草原辽阔，层层风雨不能阻隔，总有云开日出时候，万丈阳光照耀你我……

一个月后凌溱溱毫无意外地当选了。此时农历新年也在盼望中来临。经过严冬考验的两个都有着强烈事业心的年轻人才有了较多的时间交往。

# 第十四章　如愿以偿

## 1

腊月二十五了，第一批休假的兄弟明天要回家，于所长要我到集市上去找几个屠夫，约好第二天凌晨来所里杀猪。

以往过年所里没有任何福利可发，几名拖儿带女的民警私下很有意见，总是说某某单位发了多少钱、某某派出所分了多少鱼肉。于所长思考良久，在年初就吩咐炊事员买来三头小猪，由我负责到东琴粮管所、八仙岭粮库去讨来免费的米糠喂养。于所长说："今年大家的福利就在这三头猪身上，你们可要好生看好。"为此，我和毛华夏天要提水去冲洗猪圈，给猪降温，冬天要给它们添加稻草，增加食料，没少操心。到年底，三头猪都长得膘肥体壮。

凌晨三点多四个屠夫带着全套家什来到了所里，于所长把我和毛华叫起来帮忙。我把院子里的灯全部打开，周边一片通亮。毛华在厨房烧好了两锅滚烫的水。几个大汉技术娴熟地将猪控制住。肥猪拼命号叫，声音一阵阵穿透漆黑的夜空，显得格外凄惨……

折腾到天亮三头猪才被杀完，肉也分成了几份，每份足有七八十斤。于所长说："这是我们第一次自力更生的成果，也要给局领导尝尝鲜。"

用蛇皮袋提着沉甸甸的猪肉回家，全所兄弟个个眉开眼笑，一夜疲劳早已抛到九霄云外！

## 2

这年的除夕之夜又是我一个人在所里当留守的光杆司令。没办法，谁叫全所只有我一个人没结婚呢。

大年初一天还没亮我就被周围震天动地、接连不断的爆竹声闹醒了。我忙爬起来为所里开"财门"。我打开大门点燃爆竹后远远躲开，爆竹噼里啪啦响了十多声后却没反应了。我心中暗暗着急，唉，难怪人家说爆竹一定要花钱去买，所里为了省钱用这收缴的爆竹来迎新怎么不会掉链子。我重新点燃它。谢天谢地，这次好了，爆竹轰隆作响，火星闪亮，冲得又高又远。

正月初一我陪于所长到各单位拜年。正月初二自己到一些朋友那走走。正月初三我和老唐、龙根开车到凌溱溱家拜年，她父亲叫了几个邻居来作陪。三碗甜甜的热米酒下肚，菜的味道还不知道就把我和龙根灌得酩酊大醉，怎么回到所里都不知道。

没过两天好日子，我们就被接二连三的警情搞得团团转。

首先就是敲诈勒索案件。正月初五开始，很多打工仔打工妹就要外出做工了，那些从市区开来的长途大巴车一趟一趟来乡下兜客，希望能满载而去。可是此时，一些"地头蛇"也打起了歪主意。

这天，几个承包大巴车的股东跑进派出所说他们在坡下村路段兜生意时，几个后生强行向他们收取过路费，有的后生还说路边刚上车的几个乘客是他们介绍过来的，要收取介绍费，不然就不准大巴车经过，等我们出警时几个后生却无影无踪了。不久又有人来报案，说文水村有人将路挖烂，看到外地大巴车过来就说帮他们垫上石板，收取劳务费，等我们赶过去这些人又立即作鸟兽散。我们一走他们又返回来继续做坏事，玩起了"游击战"。

最为可气的还是那些利用春节期间为解决新仇旧恨而大打出手的，或者酒后无德惹是生非的，每每都要磨破嘴皮左右调解，两边不讨好。为了处理这些警情害得我晚了好几天回去休假。

春节换班一到家得知好些个高中同学都从外地回来了，我立即呼朋引伴，邀请大家到家里一聚。去年从刑警学院毕业分配在省厅刑警总队的同学萧汉风也来了。萧汉风和我上学时就是铁哥们，我们不仅性格相似而且都爱好文学，当年他的作文经常被老师作为范文拿来给大家学习讲评。我们当时课后总是一同骑着自行车回家，每每看到大街上身着笔挺警服的交警哥哥就很羡慕，约定高考一定要报考警察院校。

我羡慕地对萧汉风说："兄弟，还是你好，如愿以偿考上了刑警学院，当了一名真正的刑警，你要多传授点破案的高招给我呀。"他谦虚地一笑，说："我哪有什么高招，其实基层也可以学到很多东西的。"高中的挚友、同样的职业让我们有了太多的共同语言，他给我介绍了一些刑侦工作的新思维、新观点、新理念，让我获益匪浅。

在县人武部工作的同学军仔穿着军装英姿飒爽，他凑过来说："汉风、文景，我也要加入你们的队伍了。"我一惊，问道："人武部这么轻松你过来干吗？"萧汉风说："听说人武部要划入现役，工资比地方高很多，可别后悔啰。"军仔撇撇嘴，说："到部队以后还要面临转业的问题，干脆一步到位分到喜欢的工作岗位去，脱下军装穿警服也是一件好事。"我和萧汉风都笑着说："识时务者为俊杰，既然你也喜欢公安工作，那我们都热烈欢迎！"我发现，其他几个书生也都聊得很兴奋，言语中充满远大抱负和对未来生活的向往。

父母看我们聊得很高兴，在厨房把菜炒得更加喷喷香。

开席了，我用脸盆将从乡下买回来的甜米酒端上桌，十几个同学瞪大眼睛面面相觑。馍馍喊道："老班长，你把我们当酒桶呀？"其他人都笑着附和说："这么多，可开不得玩笑。"我笑眯眯地说："几年没有聚过，现在开群英会，看看大家锻炼得怎么样了。"清华大学毕业的阿东就说："你这不是摆鸿门宴吗？每碗至少有三两，这架势我们怕了。"大家都哄笑起来。"满上满上！"军仔支持我，"别怕，文景是我的手下败将。"我瞪他一眼。这家伙酒量确实大，上次我和馍馍去他家里玩，他热情地拿出两瓶50度的省里名酒，把我和馍馍吓得拼命摇头。现在我只好拉拢他，说："我们在县里的都是主人，虽然没什么好菜，但也要一起热情地接待衣锦还乡的远方游子。"

青春的血液在同学们的身体里流淌，大家一看阵势泾渭分明，立即群情激昂。一阵对垒战、单挑战、攻坚战后，三脸盆酒很快就喝完了，好几个同学都被灌得头重脚轻，哇哇往卫生间跑，连一向沉稳不爱喝酒的萧汉风也受情绪感染，放开手脚，吐了几次。唯一稳如泰山的只有军仔了，他手舞足蹈，嘿嘿笑了："看来我们在基层还是能得到锻炼的。"

欢乐的时间总是短暂的，过几天我又要去东琴上班了。我又想起了那些指点江山激扬文字的老同学来，和他们相比我就自惭形秽。我的前途在哪，我的抱负在哪？我还要在那泥泞的乡间小路上行走多久？虽然不能以工作环境来衡量一个人的社会价值，在乡间、在最基层同样有人创造出了不平凡的成绩。但是，人是有自己的爱好和志向的，只有发挥各自的特长才能创造出更大的社会效益。馍馍听了我的想法感叹道："是呀，我真希望你能调回刑警队，早日实现你的梦想！"

其实这次调回局里似乎还有希望。那天去县局大院拜年正好遇到保安公司汪经理，他现在是刚刚组建的巡警大队大队长。汪大队长笑眯眯地把我拉进办公室，说："小文，我们大队刚成立，领导同意我在局里挑选几个人，我想来想去第一个就是你，你愿意来么？"

去当巡警倒不是我的初衷，但我也决不能驳了汪大队长的好意。他是个急脾气，看我在犹豫，又说："想进城的人很多，找我的也不少，但我想刚成立的单位，没有几个得力肯干的人怎么能拿出成绩给领导看呢。我们大队是股级单位，我打算设两个组，你来了既进了县城，到时我还要给你个组长当当，这样对你个人的成长相当有利。怎么样？你也找傅局长说说，就说想来我这。"我能怎么样，只好答："好好好，谢谢汪大。"

可是我怎么敢去找傅局长呢，我已经跟他说了想去刑警大队，他还没表态，我又提出想去巡警大队，领导肯定会嫌我名堂多。但是如果不去找局长要求进巡警大队，一旦刑警大队进不了，那我还不得在东琴原地踏步！

按照以往，每年人事变动都在春节过后不久，这样便于新一年工作的开展。回到东琴我竟有些魂不守舍了，幸好这时还处于春节的热烈气氛中，工作没怎么正式开展，派出所全体民警经常被一些单位、个人排着队请去吃饭，热情好客的老乡营造的热闹喜庆氛围冲淡了我脸上的阵阵愁容。凌溱溱他们乡政府开年后很忙，大会小会一个接一个，我不想把自己的心事告诉她，以免增加她的牵挂。

### 3

一个人忙碌起来或许更好，它会让你暂时忘却烦恼。那天上午我一个人在所里看报纸，旁边的文峰县松溪乡一个十多岁的小伙子跑进来报案，说一个小时前他在去外婆家拜年的路上被两个二十来岁的男子拦住，其中一个从身上拿出一张硬皮工作证晃了晃，说是派出所的"便衣警察"，对他自行车没有挂牌要进行罚款。他身上只有几十块钱，还要到集市上给外婆买东西，便低声下气一直对他们说好话。对方很不高兴，另外那个"锅盖头"发型的最凶，抓住他的自行车说要没收。自行车是借来的，没收了怎么向人家交代呀，小伙子倔强地抓住自行车不放。两个"警察"火了，先是大骂，继而拳打脚踢，把他打翻在地，再搜去身上的几十块钱，骑上自行车一溜烟跑了。

我把自己的警官证拿出来给他比对，他说很像。从他的表述来看是冒充警察无疑，是谁有这样大的胆子竟敢在光天化日之下进行抢劫？

我沿着水北桥两边一家一家地问，终于有人反映了一个重要情况，大路村的敖光平时在街上遛遛荡荡，无所事事，一个多小时前看到他骑着一辆自行车，后面载着一个后生嘻嘻哈哈地过去，两人的相貌特征与报案人描述相符。

事不宜迟。我没有回到所里，独自赶往大路村。

大路村是一个大村，同学敖飞是那里人。去的路上我就在想，会不会又发生前年那样的事呢？ 1994 年冬季的一天，大路村一个五十多岁叫木根的老头在街上药店买药，回去后认为是假的，一定要退货。药店老板看他已经拆封使用就不答应，谁知道这老伯是个火暴脾气，几句不和，随手操起旁边一把切药材的刀一砍，老板头上顿时鲜血淋漓，木根见势不妙撒腿逃了。当时也是我一个人在所里，接到报警后没有多想，立即揣了手铐骑着自行车往大路村赶。到那以后，村治保主任带着我来到木根家。木根正坐在厅堂大口喝茶，看我进来一愣，他大概没有想到警察会这么快就找上门来。我要他跟我去派出所接受调查，他不去，说："就在这里解决吧，去了你们就会把我关起来。"我和治保主任好说歹说就是不同意。我火了，上去抓住他就往外拉，这家伙虽然年纪大，但长年干农活，一身蛮劲，一边反抗一边大声喊救命。我一时控制不了他。治保主任劝我说："小文，要不我明天带他过来吧。"我看这样下去也不是办法，只好顺台阶下，说好。回到所里，向于所长汇报。第二天治保主任很尴尬地回话说怎么劝木根也不来。于所长气得大骂，说："难道他不来就拿他没办法？我们今晚就去抓他。"考虑到大路村是大村庄，晚上进去抓人要慎重，于所长向镇政府汇报，请求支援。镇政府领导很支持，一位副镇长带着十多个年轻力壮的干部和我们一同前往。

晚上十点，我带路来到木根家，边敲门边告诉他我们是派出所的。木根很精，不作声。镇干部平时也经常要进村入户做催粮收款、计划生育等得罪人的工作，现在跟在我们身边更有胆气，有人大声吓他："木根，你再不开门我们就破门了！"这下木根不得不回应了。他爬上二楼，隔着窗户大声骂我们是土匪，说不认识我们，坚决不会开门。副镇长认识他，说："那你认识我吧，你开门大家好好商量处理办法。"木根不仅不给领导面子，反而骂他狗官。木根老婆拿起一个脸盆拼命敲打，大声喊抓强盗呀，救命呀。乡村的夜晚特别安静，凄厉的声响很快就把村民都吵醒了，慢慢有人围过来。为防不测，副镇长连忙吩咐人把村支书和村委主任叫来。夫妻俩死倔，任谁苦口婆心劝说也不听，大家虽个个满肚子怒火，可也毫无办法。于所长和副镇长一商量，对着窗内的木根骂道："你这家伙，就一辈子不要上街来，否则看我怎么收拾你！"说完带着大伙灰溜溜地走了。

几天后敖飞找到我，说："木根其实和我是一房的，论辈分我要叫他叔叔，我叫他来投案自首，人就不要拘留了，罚点款，赔偿医药费，写个检讨，好不好？"我考虑到药店老板是轻微伤，要帮他早点追讨医药费，加上老同学出面怎么也要给面子，向于所长汇报后只好如此。

现在我又是一个人进村去抓人，会不会遇到上次的情况？

同样，我找到了治保主任，由他带路来到敖光家。敖光这家伙一个人在家，正满脸笑容盯着电视看小品。他看我进来张了张嘴，马上就想往后门跑，我一个箭步追上去，迅速抓住他的手腕一扣，敖光想反抗但被我拧得动弹不得。我掏出手铐将他铐住，押着就往后门走。在后厅，报案人被抢的那辆永久牌自行车靠墙立着。治保主任帮我推着赃车一同来到派出所。

据敖光交代，另一个家伙叫严会武，家住上街，以前在白云山林场做临时护林员，现在辞工在家。我把敖光扔进留置室独自赶往严会武家。家中无人，他父母也说不清他去哪了。回到所里，于所长刚好回来了，听完汇报后他亲自来到严会武家做工作，几天后严会武还是过来投案自首了。我叫他把"工作证"拿出来看看。这是一本真的证件，照片上严会武穿着橄榄绿英姿飒爽。可这其实只不过是一本《内保证》。那时，好些单位的内保人员都学公安，不仅服装相似，连证件也做得很像，猛一拿出来可以吓到很多人。严会武这家伙原来在林场当护林员，通过关系到县局二科办了这本《内保证》，他不用它来好好工作，却拿来当作案工具。案件报到县局后，傅局长大为生气，将二科领导狠狠批评了一顿，要他们重新清理发出去的证件，以后办证好好把关。

## 4

3月初的一天下午，于所长从局里开上一年的年终总结表彰会回来。他没有像往日那样见到人就大着嗓门叫喊，而是默不作声地在压水井边洗了把脸，然后轻声叫道："大家来开个会。"

他先把上午的会议精神进行了传达，对今年的目标管理任务进行了宣读，末了叹了一口气，眼镜后透出无奈的光："我们所里出人才呀。你看，李馨调到地区不久，文景又要调刑警大队、小唐调巡警大队。人往高处走，我祝贺你们，希望你俩以后还要多关心东琴所的工作呀。"

我大惊，天上的馅饼竟会掉到我身上？继而大喜！我听出了所长言语中透出的感情。这些年我任劳任怨，辛勤工作，已经培训合格，可以给他减轻不少负担了，现在要调走他当然是很不舍得。但我确实没有想到傅局长会考虑我的请求。我没有抑制住自己心中的欣喜，像中了大奖一样禁不住笑出声："这是真的？"老唐毕竟稳重，只是脸露微笑，用手指轻敲着桌面，似乎成竹在胸。毛华见所长走出去了，竟跟我一样失态，他将手往桌上猛地一捶，大吼一声："为什么我还要在这待下去！"

后天就要报到了，我和老唐只好利用一天的时间到各单位一一告别。凌溱溱知道了很高兴，因为忙于下乡她也没时间来送行。

离开所里那天，一早就有很多单位的领导和朋友来送行，噼里啪啦的爆竹声此起彼伏，地上红屑落了厚厚的一大片。和我两年多前来报到时一样，这天又逢圩日，赶集的老乡从四面八方涌过来，行人显得更多了，街面上也变得更为祥和安定。汽车一边走，我一边看着窗外的一切，前些天我还希望离开这里，现在眼中的一草一木竟然是那样的亲切和值得留恋。望着喧闹的街市、熟悉的乡亲、远处的山峦、近处的田野，两年多乡村警察经历如放电影般一幕幕闪过：

我想起了报到的那天挎着个编织袋找不到派出所大门那茫然的样子；想起了头一晚住在百年老屋里的辗转反侧；我更想起了跟着于所长、老肖几个同事为了破案、建房、买车而废寝忘食、没日没夜地拼命工作的日子；想起了那热情似火给我太多帮助的乡村干部以及那些生活普遍艰苦，但却善良好客的乡亲。

在这片民风淳朴的土地上，我从一个初出校门，不识何为五谷，不懂人间疾苦，不辨人情世故的青涩懵懂的学生娃成长为一个懂得关心联系群众，对公安工作充满热爱的青年警察。想着这一切，我的眼眶已经不自觉地湿润了……

# PASSAGE 2

## 第二篇
### 大案队的磨砺

# 第十五章　补交投名状

## *1*

县局大院美观整洁。中间是四层的主楼，虽然不高且有近二十年的历史，但水磨石铺就的白色墙面，宽敞透亮的窗户，加上高耸入云的通讯塔，显得威严神秘。主楼东、西两边各对称地竖立着一栋三层楼房。从这三栋楼整体布局来看，就像是中间一顶警帽，两边各一块肩章。刑警大队就设在东面的那栋楼里。

第一天到大队上班，既有几分欣喜又有几分忐忑。我走进二楼的大队长办公室，向董强大队长报到。他微微点点头，用右手拇指和食指往自己贺龙式的浓密一字胡上抹了抹，说："我们大队要求了几年，今年总算进了三个人。你的情况我也了解了一些。这里不同于基层派出所，刑事案件多，大要案更多，一个优秀侦查员不仅要能吃苦更要会动脑。我相信你会干得更好。"

对于董强大队长我是如雷贯耳，别看他只有三十五岁，高高大大似乎粗蛮的样子，却能吃苦肯钻研、思维缜密，屡破大案，是当地一位声名显赫的刑侦骁将，跟着他我的业务一定能大有长进。我连忙答道："请您放心，我一定好好学习业务，做好工作。"

离开董强大队长办公室来到大队门口，望着那块庄重威严、钦慕已久的白底黑字大牌子，我感慨良多：领导给了你一个喜爱的平台，圆了你的梦，你可要实实在在对得起上面"刑警"那两个大字呀。

这时，忽见同学袁军和几个派出所的兄弟站在县局大院里聊天。袁军也在这次人事变动中调上来了，分在公安机关所谓最有"油水"的治安科。我走过去，叫道："袁老大，你们是不是在商量中午去哪里吃饭呀？叫上我吧。"这小子哼了一声，说："刑侦才是老大，以后我要跟着你混吃混喝啰。"我开玩笑说道："我们都是跟偷骗抢杀人放火这些违法犯罪人员打交道，哪像你们管理娱乐场所、特种行业，身边围着的都是有钱人。"袁军嘿嘿一笑，说："文景，说实话，我可羡慕你了，你是选来办'大案'的，厉害厉害！"他的话中虽然有揶揄的成分，但刑警大队除了对派出所侦破有难度的一般案件和重大案件负有指导、支援的责任外，还主要负责全县凶杀、暴力、系列性、团伙性等大要案件的侦破工作，所以大队下设的两个侦查中队事实上就是大案中队，他的话说得也没错。

这次调进刑警大队的另两个兄弟都是在派出所摸爬滚打了几年的，一个是退伍军人邱波，比我早三年参加工作，分在二中队。另一个是高我两届的师兄周俊，我们一同分在一中队，这小哥总是遗憾万千地说上次考刑警支队他是名副其实的名落孙山，差一名。我数了一下，全大队十八人，除董强大队长、赵教导员、洪副大队长三个大队领导外，一中队四人，还没任命队长，由赵教导员代管；二中队四人，由洪副大队长兼任中队长；情报技术中队四人，也没有队长，董强大队长亲自管理。其他还有内勤室三人。

这时还是寒春时节，没什么案件，一楼内勤室的火盆边挤满了人。赵教导员一边用火钳不停地将木炭架起、拆下，拆下、架起，像搭积木一样地变换着不同的形状，一边和大家讨论天下大事、家长里短。办公室内勤大黎则不时发挥他讲荤段子的特长，常常引来一大帮忠实听众，鼓掌的、起哄的、捧腹的、妙语接龙的，千姿百态，内勤室总是充满欢声笑语。

一天，"众口相声"正在开讲，我受到热烈气氛的影响也忍不住插科打诨，抄袭了从师父老肖那里听来的笑话。正起劲时突然看到面前的大黎眼光一闪，脸上的笑容一下子收住了，一副一本正经的样子。回头一看，只见一米八大高个的董强大队长像铁塔一样站在身后瞪着我，说："你小子刚来，好的没学到坏的学得快，我看你下次案情分析会能说出几句话！"吓得我只知道抓头干笑。

董强大队长伸出双手凑近火盆烤烤火，再搓搓手，说："大家都在这。这样，对门村有伙大赌，二十多人。我现在分下工……"

这时我才明白，敢情这专司破案的地方也跟派出所一样要自己找"野食"呀。但好就好在刑警大队人多，并且个个年轻力壮，有足够力量查处一伙大赌，不像以前在派出所，就这几号人，稍微大一点的聚众赌博就要搬救兵，请新街派出所或者治安科的兄弟来帮忙。当然，忙不是白帮的，罚没款还要按人头分成。

大队的条件比派出所要好一些，最起码每人有"一车一机（摩托车和BP机）"，这在全局所有的单位是绝无仅有的，其他单位的同事看着刑警个个腰挂BP机，骑着摩托车满街转，羡慕得眼睛都绿了。刚到大队报到不久，董强大队长说，你们三个刚调来的也不要坐享其成，每人完成两千元罚没款任务就发BP机。为此我们三人只好各显神通广布眼线。幸好我从小在县城长大，人熟地熟，信息上得快，很快就完成任务。

调回县城后还有一个好处，就是和一帮同学老友几乎可以天天接触，没事的时候溜出去串串门、吹吹牛，心情舒畅多了，各种官方民间的消息也掌握得更多更快。这时就觉得以前在乡下真是信息闭塞啊。

到大队工作十来天，除了烤火聊天就是抓了两回赌，没有一个夜班，比起在派出所没日没夜地干感觉轻松多了。可这两次行动都抓到了熟人，让我挺尴尬的。也难怪，在两万多人口的县城呆了近二十年，名字叫不出，脸总是熟的。

有BP机好是好，但有几次赵教导员CALL我，为了找一个公用电话回机跑得我气喘吁吁。这时程控电话在普通家庭里还是属于奢侈品，一狠心我走到邮电局申请安装电话。一问，初装费好贵，要一千六百多元，这可是我几个月的工资呀。这还不算，排队还要等上十天半月。之后要毛华托他一个在邮电局当领导的亲戚"走后门"才提前办好了。电话装好我总是感到新鲜，时不时踱进房间看着那鲜红的盒子，希望听到它的响声，体验一下家里进入通讯现代化的感觉。

## 2

就在我闲得难受的一天晚上十一点，电话终于狂响起来，赵教导员急促地说："小文，快赶到大队来，新街乡罗家小学被盗六万多元。"

好家伙，六万多，够买两三套商品房了。也好，总算有案件办。我不禁兴奋起来，立即骑上配发的洪都 125 摩托车往大队赶。与此同时，分管刑侦的康副局长、赵教导员、我们中队的曾安斌探长、周俊都赶到了县局大院。康副局长叫道："都坐我的车出发。"我们四人立即挤进桑塔纳的后排。

去新街乡要经过东琴镇和文水乡，一路颠颠簸簸的急行军让这几天有些感冒的赵教导员很不舒服，到达文水乡时他不得不叫司机停车，捂着嘴跳下去呕吐。我也趁机下车伸展一下挤得酸麻的手脚。四周空气冷清，非常安静，远处的村庄里偶尔透出星星点点的灯光。望着黑漆漆近在咫尺的乡政府大楼我不禁在心里问道：溱溱，你可知道现在我就在你身边？

赶到罗家小学已是凌晨一点。到会议室坐定后一看，介绍情况的竟然是刚刚从罗家小学校长位置上招调到县局巡警大队的洪刚。洪刚说，今晚七点他做东，请全校的二十多个老师在二楼会议室开个茶话会，算是感谢大家对他以前工作的支持。喝茶聊天到晚上九点半钟结束，除他和几个住校的老师外其他人都陆续回家。校出纳王老师开锁走进自己在一楼的房间，洗漱完准备睡觉时却发现办公桌抽屉的牛头牌挂锁不见了，打开抽屉一看惊出一身冷汗，里面被翻得乱七八糟，昨天放在里面的一个信封不见了，里面有没来得及发的老师的工资两千六百多元。

王老师惊慌失措地跑到楼上叫开了洪刚的房门，洪刚跟着他就到楼下看。果然，办公桌的抽屉有撬痕。

"里面还有什么值钱的东西？"洪刚提醒他。

"糟糕，里面还有学校的各类发票、借据等共六万多元，我清点一下。"

"别动了，保护现场，我们出去。"洪刚以他到公安局上了几天班特有的敏感吩咐王老师在门口保护现场，自己骑上自行车就跑到乡政府借电话报案。

"王老师，你介绍一下情况。不要急，尽量详细点，我们会尽力破案的。"康副局长微笑着开始问话了。

"是这样，昨天我从乡里领了这个月的老师工资，当天发了大部分，剩下的两千六百多元就放在房间办公桌抽屉里，用信封装好的，今天中午还在。下午五点半我就锁上门回家吃晚饭，七点到校直接上楼喝茶。抽屉里还有各类发票借据六万多元。"

"你锁了门？"

"锁了，刚才我还是开锁进去的。"

"有几把钥匙？"

"两把，有一把在我的语文课代表那里，方便他交作业本。"

"你是在哪里发钱给其他老师的？"

"就在我房间，以前也是这样发的。"

"有谁知道你没有发完钱？"

"大家都清楚。因为昨天发钱时有的老师没有来，所以人家可以猜得到钱没发完。"

"洪刚，今天老师到齐了吗？"康副局长转头问。

"都到了。"

"那王老师你为什么不在会上发完剩下的钱呢？"赵教导员疑惑地问。

"唉，我当时要是想到就好了。"

康副局长回头对曾安斌说："小曾，你带周俊和王老师一起去清点一下被盗钱物，再看一下现场情况，特别是门锁。"

趁着这个当儿康副局长又向洪刚了解情况。小学是五点放学，之后是半小时的课外活动时间，学生可以回家也可以在校做运动、写作业、打扫卫生，老师五点后一般都回家去。这次茶话会是三天前就安排好七点开始的，因为是好事情，所以大家基本都准时来了。

不久王老师、曾安斌他们上楼来。曾安斌说："门上是把牛头牌挂锁，连插脚一起被撬松，作完案出来时又将插脚重新插进门框进行了伪装。"王老师似乎平静了一些："除了那两千六百多元钱，其他的都在。"不知是洪刚没说清楚还是接警员没听明白，损失金额报到康副局长耳朵里就成了六万多元。

"还好，开始报六万多吓了我一跳。现在的情况大家都清楚了，我们开个分析会，洪刚你也参加。"康副局长扫视了一下会场，王老师知趣地下去了。

"首先，这是个真案还是假案，也就是王老师有没有监守自盗或者报假案的可能？"康副局长抛出了第一个问题。

"我看像个假案。一是因为他本可以在会上发完钱却不发；二是他也可以故意撬锁制造假象。"我想起了考刑警支队时走麦城的那道题目，心中似乎被刺了一下，对回答真案有了条件反射般的恐惧，但又想在局长面前显摆一下，于是开了头炮。

"不可能是假的，因为少了钱归他赔，这是财务制度规定的，不然责任不清。再说，王老师挺老实的，当了四年的出纳也没出过事。我认为是真案。"洪刚以他熟人熟事的自信回答。

"从他的表情看不像是假的。"赵教导员说。其他人也点头赞同。我听了不禁改变了主意，为自己刚才的鲁莽感到后悔。

"那好，大家认定是真案。第二个问题，是内盗还是外盗？"

"肯定是内盗。"周俊抢先发言："从携带撬门工具再到选择作案时机、作案对象来看，犯罪嫌疑人显然是有备而来，应以内盗为主开展侦查。"大家都点头。

"第三个问题，作案时间是什么时候，这样便于缩小调查范围。"

康副局长面带微笑循序渐进。

"我认为是在茶话会开始后有人溜出去做的，也就是在晚上七点到九点半之间。只要搞清楚中途有哪些人出去了，再确定重点嫌疑人。"周俊继续发言。

"学生也有可能，因为王老师五点半出去时学校还有学生，包括那个课代表。这样时间可以划到五点半到九点半。"不知是谁嘟囔了一句。

"学生不像吧，他还知道伪装？洪刚，开茶话会时有哪些人出去了？"康副局长喝了口热茶问道。

"这就不好说了，因为是喝茶，时间又长，陆陆续续有不少人到一楼拉尿。"洪刚接着说，"我想是在五点半到七点之间。盗贼趁放学了人少溜进去的。"

"我不赞成洪刚的意见。"曾探长摇摇头，看着自己的笔记本沉稳地说，"站在嫌疑人作案的角度考虑，他要选择安全系数最高的时候动手。五点半到七点之间既可能遇到晚走的学生，也可能遇上早来开茶话会的老师，不安全。什么时候最安全呢？我认为是七点茶话会开始以后不久，嫌疑人就是在那些迟到的人里面。还有，迟到比中途溜出去更为自然，不易引起怀疑。"

康副局长突然说道："小文你也谈谈。案情分析会大家都发发言有好处。"

我因为自己的头一炮出现错误只好抱着少说为妙的态度，却从领导的话中回过神来，忙将刚塞进嘴里的糖果吐出来，问道："洪刚，迟到的人多吗？"

"就三个，会议开始时我注意了一下。肖秋云晚了大概五分钟，罗寿山晚了大概十分钟，王方平最晚，大概晚了半小时。"

"我同意曾探长的意见。我认为作案人就在这三个迟到的老师中，我们现在就去搜查这三个人的家里和办公室。"曾探长也是我们的警校师兄，他刚才谈的"作案安全系数论"让我眼前一亮。

"这怎么行呢？"曾探长说，"万一搜查没有发现东西，不仅打草惊蛇，嫌疑人还会觉得我们没掌握证据而死不交代。"

"对，现在不能专门针对这三个人。如果不是他们作案，那别的人就认为自己没有被发现，我们以后的调查工作就会被动。"赵教导员吸了口烟点点头。

寒风吹打着玻璃窗，发出清脆的敲击声，案情分析会却在热烈地进行。刚才从外面走进来还感到冷飕飕的，现在我竟觉得头上有些微微出汗了。

"时间也不早了，这样，我总结一下。"康副局长又喝了口茶："一、这是真案；二、先以内盗为主开展侦查，但也不排除村子周边的违法人员；三、作案时间小曾的意见很好，可从迟到的三个人作为重点入手进行排查。当然也不能排除其他时间段。我们关键是要摸出哪些人有作案动机，也就是因为各种原因急需要钱的；哪些有作案胆量，也就是平时胆子比较大、心机比较多的。这些因素要综合起来看。天亮后洪刚把所有老师召集起来，要大家把昨天的活动情况都写详细些，特别要他们提供证明人，从中去发现嫌疑人。因为被盗金额也不大，我看就小周留下来，天亮后和派出所章所长他们一起破案。"康副局长说完看看赵教导员，"你说呢，赵教，还有什么补充吗？"

赵教导员看了我一眼，对康副局长说："要不小文也留下来，一是可以增加力量，第二也可以就近看看凌乡长。"大家都哄笑起来。

康副局长点头同意，说："这是你们两个调到刑警大队办的第一起案件吧？吃点苦，想办法拿下来。"我和小周忙小鸡啄米似的点头，感觉就像林冲上梁山，要补交投名状。

### 3

天亮后同学敖飞跟着新街派出所章所长来到小学。周俊把康副局长的交代向章所长陈述了一遍，所长点点头，说："就按康副局长的指示办。"我想了想，对章所长说："麻烦你安排人带些打指印的油墨和白纸来。"所长疑惑地问："要这些干吗？"我笑了笑说："我们可以假装提取到了指纹，让他们全打指印，然后有针对地对重点人员采取攻心战，来个兵不厌诈。"章所长和周俊也笑起来，说："行，试试吧，叫洪刚先去放烟幕弹，就说提到了指纹。"

从上午九点多开始，学校的老师排着队陆续来小学会议室提交经过材料。周俊负责看材料，对于写得不细致的要他重新补齐，我则负责打指印，同时观察对方的表情。肖秋云十一点钟来了，对自己昨天下午的活动情况做了详细陈述，从表情来看也没什么反常。

中午吃饭时我们问洪刚："你认为学校有谁可能做这件事呢？"洪刚尴尬地笑笑："这么多老师，我也看不出谁来。"这时另一位老师说道："如果在肖秋云、罗寿山、王方平三人中来选，我看罗寿山嫌疑大些，因为他相对胆子大，好赌，据说输了些钱。"

"好，等下我们注意观察，如果他情况反常，就果断留下来进行审查。"

吃过午饭王方平来了，敖飞核实了他的材料没发现什么问题。

不久罗寿山来了。他个子不高，宽脸黑肤，没有一点教师的气质，倒像个村干部。小周看了他的材料两分钟，说只有半张信纸，太空泛太简单了，需要对方坐在这里补清楚一些。"好，好。"罗寿山痛快地答应，眼神几乎不敢和我们对视。

十分钟后罗寿山写完材料交给周俊。我说："来打指纹吧。"罗寿山将手伸过来，我抓住他的右手。这是一只粗壮的手，可能是农活做得多，掌心上布满了老茧。可我这时却明显感觉到它在颤抖，以致将手指往油墨板上滚动时总有些细微地滑动，造成指头上油墨浓淡不均。每打一个手指他的表情都是那样机械，没有一丝放松。我偷偷地看了周俊一眼，他也在边看材料边往这里瞟。我俩的眼神一接触，不禁会意一笑。

打完指印，我对罗寿山说："你先坐下，我比对一下指纹。"他想坐又不坐，犹豫了一下还是坐下来了。

我拿起他的指纹卡靠近窗前，假装仔细地比对，还不时用手点着上面的纹线，做出一副专心细致的样子。

忽然，我对小周说："就是他了，你看看。"周俊接过指纹卡。我对罗寿山说："老罗，说吧，怎么回事？这里也没有外人。"罗寿山突地站了起来，说："我没有做什么，你们不要冤枉人呀。"周俊一拍桌子："还冤枉人？指纹都对上了！"罗寿山身子微微抖了一下，说："不可能，我没有偷。"

"谁说你偷了，你敏感什么？"我质问道。

"你们不就是查王老师被偷的事吗？反正我没有做。"罗寿山一屁股坐下来，已经没有刚才紧张打抖的表现。再问下去，他就是三个字"没有偷"。

一个小时过去了，敖飞走进来，说："王老师叫你俩出来一下。"我和周俊走出去，敖飞守着罗寿山。

王老师说："刚才班上的一个学生告诉我，昨晚大约六点钟左右，他经过一楼时看到罗寿山一个人站在我房间门口，见他来了就走开。我觉得这很可疑。"

罗寿山的嫌疑进一步上升。

"老罗，你几点下课，几点离开学校的？"周俊问。

"我写了，我是五点半左右课外活动结束时离开学校直接回家了。"

"那茶话会为什么会迟到呀？"

"父亲病重，在家给他熬药，只好迟到了一会儿。"

经调查，罗寿山的父亲确实有病，他本人今天迟到也正常。但是他说五点半离开学校，与有学生发现他晚上六点还站在王老师门口的情况不一致。难道小学生辨别时间能力不准确或者把以前的事情记成昨天的事情了？

我们找到这个学生，想确认清楚些，他说："我没记错。五点半课外活动结束后我没有马上回去，在班上做作业到大概六点钟，因为我爸叫我六点后直接去舅舅家吃晚饭，我表哥昨天结婚。"经核实，他记得确实没错。

"老罗，你真的是课外活动一结束就离开了？"我问。

"真的，老父亲病重，我想早点回家，不愿在学校浪费时间。"他回答。

"可是，你的回答和我们调查的情况不同。"我盯着他说道。他愣了愣，不再说话。

"走，不跟你啰唆了，带到派出所去审查，再不老实就把你带到局里去！"小周指着他吼道。

派出所里，罗寿山仍旧一副委屈相。章所长和我们商量，决定分下工，晚上小周和敖飞审讯，如果他不承认，明天上午我和派出所老罗再接上。

天亮后我问章所长："他交代了吗？"所长摇摇头，说："这个老顽固，怎么也不承认，小周他们审到凌晨四点才去睡觉。"

我走进审讯室。罗寿山躺在一张长木椅上打着均匀的呼噜声，睡得正香。他睡得这么踏实，难道真的是我们太敏感，冤枉了人家？

"喂，喂，起来，起来。"我推醒他。

他睁开眼，很不情愿地挪动着屁股坐起来，摸了摸铐着的手。

"老罗，你是哪里毕业的呀？"我开始试探着问。

"师范。"

"那你在乡镇也算是个知识分子啰。"我笑笑说。

"哪里，读这么一点书还敢说是知识分子。"他露出一丝苦笑。

"你是个老师，为人师表，平时也会看书看报，你相信科学吗？"

"当然相信。"

"相信的话你就知道指纹是一对一的，比中了就否定不了。这些你在书报、电视上应该看过了吧。"

"道理是这样，可是你们是不是弄错了……"他望着我，一副可怜巴巴的样子。

"不可能错，我们比对过这么多都没有错。"说完我自己都想笑，

"你不说，我们按这个证据就可以拘留你，以后的处理肯定是从重，因为你态度不好嘛。如果你态度好，有悔罪表现，处理起来自然可以从轻。"

审讯室一阵沉默。

"你最好抓紧时间，否则等大家都起床了就送你去局里，你想说也没机会了。"我趁机又加了一把火。

"好吧，我交代，钱是我偷的。我故意迟到了一下，趁没有人时撬门进去偷的。"

"偷了多少钱？"

"没有数，估计是千把块吧。我是想偷来为我老爸治病的。"

"哦，你也是个孝子，难得有这样的孝心。"我表扬道，"那钱放到哪里了？"

"放在我大哥家柴间的草堆最下边。"

问完这一切我把情况告诉了章所长和周俊，章所长立即发动车子带着我们去取赃。可是，在那小小柴间仔仔细细地搜了个遍我们也没找到一分钱。

"妈的，是不是这家伙藏钱时被人发现了，又被人偷了？"我对周俊说，"可不要冒出个案中案呀。"

"案中案？不可能，谁藏钱会被人发现。"

"那是不是他之前告诉了别人，人家帮他转移了赃款？"

"有这种可能，但我认为主要还是这家伙没有说真话，耍我们。"小周咬牙道。

"你的意思是他没有作案，只不过为了早点解脱而胡乱承认的？"我疑惑地问。

"他作案是没错的，但没把真实藏钱地点说出来。"

"有这个必要吗？他为什么要这样呢？"我更加感到奇怪。

"天知道这家伙怎么想的？我们把他带过来再搜一次。"

我们返回派出所，将罗寿山带往柴间，在路上这家伙仍说钱就在那里。进到房内，他弯下腰左翻右翻，什么也没找出来。

"奇怪，哪里去了呢？"他嘟囔了一句。

"给我老实点！走，回派出所去交代。"小周满眼冒火。

回到所里，周俊骂道："你耍什么把戏别以为我不知道。你不说实话是吧，行，文景，我们走，押他去局里拘留。"

罗寿山坐着一动不动。

"怎么了，走呀。"我推了他一下。

"这个，这个，好吧，我老实交代。2668元钱，藏在我家楼上第五根木梁上面。"

"说了假话呢？"小周不敢相信他，逼问道。

"说了假话随便你们怎么办。"罗寿山说完长吐一口气，哀叹了一声。

果真，罗寿山带着我们从他家二楼的木梁上面将用塑料袋包着的2668元钱取下来。

"王老师是用什么装这些钱的？"我问罗寿山。

"用一个信封。"

"信封呢？"

"我烧掉了。"

"那你用什么撬门的？"小周问。

"用一把红色木柄的小起子，上面刻了一个'寿'字。"他耷拉着脑袋。

"起子呢？"

"茶话会结束后丢到紧挨小学旁边的水塘里了。"

我们借了一台抽水机将水抽到旁边的另一口池塘里。两个小时后，水落石出，烂泥上现出一把红色小起子，上面刻有一个"寿"字。

"你开始为什么要说钱藏在柴间？"我仍感迷惑。

"这？还不是想让你们找不到钱，确定不了是我作的案，然后把我放了。谁都知道，捉贼要捉赃。"

原来如此，我真是小瞧人家了，同时也不得不佩服周俊的判断力。

当我俩把人押到大队，赵教导员一看非常意外，欣喜地说："不错不错，初考过关！"

我们两个毛头小伙儿脸上顿时乐开了花。

# 第十六章　伪装的车匪

## 1

不久后，发生在两个八十来岁的老人身上的恩怨情仇就带有悲剧色彩了。

5月的一天傍晚，我们刚准备下班就接到桃江派出所的电话：芦岭村一位八十岁的老太太被人杀死在自家屋外。因是命案，董强大队长立即带着我们几个侦查员开着大队仅有的那台通工车赶往现场。

芦岭村地处偏僻，只有一条弯弯曲曲的山道通行。两旁的杂草灌木将车身刮得哗哗作响，树枝伸进车窗内，我和周俊一边躲闪一边夸张地哇哇叫。董强大队长不作声，估计在想着案件的事情。

老太太居住在离村一里多路的一栋小平房内，据说丈夫几十年前就已去世，膝下无子女，仅有的一个养女住在庐河市，也多年没有回到这穷山沟了。

她倒在自家平房外的空地上，头上身上都是血。旁边有一小板凳，板凳一角沾有血迹，毫无疑问这是作案工具了。

谁会对这么一个家徒四壁的高龄老妇下此毒手呢？

"领导，这老人家家里还住了一个老头，也是八十来岁。他两年前来到这里，刚开始帮着老太太做点事混口饭，后来就住下来不走了。哪里人、叫什么我们都不知道。现在人去哪了也不清楚，不知道是不是他作的案。"村治保主任凑上前对董大说。

董强大队长又问了问其他方面的情况，排除了别的可能，说："就是他了，分开找吧。"

镇村干部、派出所民警和我们大队的人都搭配好，在芦岭村及桃江周围设卡的设卡，搜寻的搜寻，一直忙得晚饭也没时间吃。两个小时后就有群众报告，在离这七八里远的一座破庙里发现了那个老头，已将他控制了。

当我们把这犯罪嫌疑人从破庙里押到车上时，只见他目光呆滞、一言不发，补丁摞补丁的衣服上斑斑血迹忽明忽暗，全身散发着一股股酸臭味。

审讯得知，当天下午老太太埋怨老头偷懒没去下田做工，就没有煮他的晚饭，老头气不过和她吵起来，之后竟恶狠狠地拿起小板凳将老太太打死了。

将人关押起来就接到馍馍的传呼，要我去吃夜宵。我边吃边把这起案子讲给几个同学听，大家都摇头，长吁短叹起来，说怎么还有这样苦命的老人。馍馍说："我是从山里走出来的，对农村感受很深，这两个老人家没人管，真是赤贫了。"他转过头看着我，说："文景，我们是同学，知道你们公安民警确实不容易，加班加点，破案追逃，为群众做了很多好事，维护了社会治安。其实不少农民虽然比这两个老人生活好些，但也是处在贫困线上，温饱都没有解决，有些民警在执法罚款时不考虑当事人的经济实际，这不仅给群众的生活带来了困难，还影响了政府和公安机关的形象，这方面你一定要注意呀。"我刚想辩驳，馍馍接着说道："当然，我也知道你们公安局除了那点人头办公费的拨款，平时要靠罚款来运转，但群众不是更困难吗？你以后当了领导，可一定要根据实际情况，否则随意去罚良心也过不去呀。"我心里暗想：这家伙平时嘻嘻哈哈没个正形，这番话倒说得确实在理呀。

## 2

如果说之前侦破的几起案件还算平淡无奇的话，那接下来这起就颇费周折了。

7月初的一天晚上九点多，我和馍馍、胡小平在县城电影院前的小广场上打着赤膊灌啤酒。县城很小，只有这一个给大家消夜解暑的地方，每到晚上简易塑料棚做成的夜市摊里里外外挤满了男男女女，拼酒的、吹牛的、吵架的，喧闹得很。在东琴镇最难熬的是夜晚，不加班的时候经常是我一个人守着一栋楼，冷清得有些害怕，而现在随时可以叫上几个新朋旧友，想喝就喝，想多晚回去就多晚回去。正吹嘘着，我的BP机嗡嗡作响，一看是单位的传呼，连忙找了个IC卡电话回过去。赵教导员火急火燎地叫："文景，快回单位！"我很舍不得那刚上桌的香辣炒田螺，便问道："赵教，什么事呀，这么急？""别问了，快回来就是。"领导有些不耐烦了。

骑上摩托车匆匆赶到县局大院，只见主楼二楼的所有局领导办公室灯火通明，院内巡警、治安以及综合部门的兄弟也在手忙脚乱地往楼里跑。

大队二楼会议室里烟雾缭绕，全体人马基本到齐。赵教导员指指一个空位示意我坐下，董强大队长扫了我一眼，说："不等其他人了，开会。"

我偷偷问曾安斌探长："什么事呀，这么紧张？"他摇摇头没说话。

"大家听清楚啊，刚刚接到地区公安处的通报，太宁县境内发生一起大巴车抢劫案……"董强大队长开始介绍案情。

从他的介绍得知，一小时前一辆从云霄山上出发回省城的大巴车在太宁县境内被五个年轻人手持明晃晃的西瓜刀洗劫一空，总价值八万多元。车上乘坐的大多是刚在云霄山上开完省里一个经贸工作会议的代表。被抢时有两个代表挺身而出，怒斥他们的强盗行径，被一个脸上贴了膏药的坏蛋用刀砍伤，正在南新镇卫生院抢救。这几个家伙买的是到省城的车票，作案后却在离我县南新镇不远处的太宁县五都乡下了车，往山上逃了。

董强大队长看看大家接着说："案情已经报到省委，省委书记作了指示，要公安厅派人来督办，公安部领导也责成省地公安机关迅速破案。有代表是临山县人，听出那几个家伙的普通话带有临山口音。大家是知道的，临山虽然是我们的邻县，但他们的话语和我们差别很大，听起来就像是讲外语。在被抢的物品中有两个大哥大，一批金戒指、金耳环，等等……""大哥大是什么样子？"我轻声问周俊。"不要说话，听清楚。"董强大队长继续安排，"去临山县必经我们县的南新、方城、西河等几个乡镇，他们有可能走大路，但更大可能是翻山越岭。按照局里的安排我们这十多个人分成四个组，分别下到南路片这四个派出所辖区去设卡。大家记住要带好武器，在乡道、山路的必经口上隐蔽设卡，大路上局里会安排其他单位。赵教，你分一下工……"

我调到县局后不久，董强大队长便帮我争取到了一支向往已久的五四式手枪，我天天不嫌累地吊在屁股上。我们中队四个人爬上了秘书科安排的一辆旧吉普往方城疾驶。

云霄山不仅是一座有着光荣革命历史的名山，还以其美丽的风光、宜人的气候吸引着国内外游客前来旅游避暑。从中央到地方每年都有不少会议在这里举行，参会人员既接受了革命传统教育又进行了身心休养。云霄山上还驻有不少中央和省级单位，这里一"感冒"往往北京就知道了。现在省里组织召开的经贸会议的代表被抢，其负面影响可想而知。

这些年打击车匪路霸的声势是挺大的，为什么还会发生这么大的案件呢？在去往设卡的路上我很纳闷。

## 3

四十分钟后我们来到了方城林场外的一个小山丘上。那里是制高点，视野开阔。将车停在一片树林遮掩的地方后，我们下了车。

四周黑黢黢的，远山隐隐约约连绵起伏，山风呼呼地刮着。

大家回到车上，有一搭没一搭地小声说话。随着夜深都有些困意，只好闭目养神起来。我担心歹徒就在我们打瞌睡时从旁边小道上溜了，总睡不踏实。半梦半醒间天渐渐亮了，不久对讲机里通知我们回方城派出所。

刚到所里董强大队长把一大捆悬赏通告交到曾安斌手上，然后和方城派出所的曾所长商量说："我们大队的民警和你们所里民警两两搭配，骑摩托车包村包组开展调查，一是平时有前科劣迹，吊儿郎当的有哪些，这些人现在哪里，尤其注意刚回家的或前些天在家近期离开的；二是召集村组干部开会，张贴悬赏通告，发动群众，看谁发现可疑人员尤其是外地人；三是在关键卡口安排人员守候。"

正说着，小院里忽地开进几台小轿车，车门开时只见公安局傅局长陪着一位约五十岁的男子下车，他就是我们平时在电视上见过的地区行署公安处处长。后面的小轿车里走出来的是县局分管刑侦的康副局长、刑警支队甘支队长以及几个陌生人。突然，人群中有个人朝我挥手，定睛一看，却是高中同学萧汉风。我走过去，和他握握手，开玩笑说："怎么，刑警总队的领导也亲自来了？"他低声说："发生这么恶劣的抢劫大案，省领导非常重视，总队压力很大，哪敢不来呀。"我们不便多谈，领导们更是一脸严肃，小小的会议室里很快挤满了人。

刑警总队领导首先把此案的重要性和省委领导的破案指示传达了一遍，要求大家坚定信心、顽强拼搏，尽快破案抓人。行署公安处处长感谢刑总领导来指导破案，他手里挥着案件材料说："大家辛苦了，临山话在我们这里是很特别的一种方言，可以断定犯罪嫌疑人就是那里人。这是一片大山，他们不可能这么快就逃出去，希望你们守好口子，做好调查。现在请甘支进行工作安排。"

甘支队长先问董强大队长是怎么布置工作的。董强大队长将整个部署情况一五一十作了汇报。我暗暗佩服他的有条不紊。甘支队长一边听一边点头，然后又简要补充了几项工作。处长对傅局长说："老傅，千万别在你这漏网啊，我陪省厅同志去临山县了。"此时的我立马感到一种赶赴前线般的紧张临战气氛。

我和派出所民警罗东平被安排到最为偏远的乌潭村开展工作。在村治保主任的带领下一村一村地张贴通告、询问群众、收集可疑人员情况，忙到天黑时才回到所里。

离案发时间已经过了二十四小时，犯罪嫌疑人还没有落网，他们在哪呢？他们知道我们布下了天罗地网吗？是躲在哪啃地瓜喝山泉还是早就按策划好的路线逃出了包围圈？

中队其他三个兄弟先完成任务回县城去了，我觉得太晚，就在方城街上简单买了换洗的衣服在派出所住下来。

天刚蒙蒙亮就听到罗东平叫我："文景，文景，电话，董大的！"我忙爬起来跑过去接。

"刚才乌潭村的治保主任打电话到县局，说他们村有个人看到几个可疑人员，你赶快坐车到南新，我在那等你，我们一起去看看。"乌潭村离方城近，但不通车，要开车去的话得绕到南新镇，再从太宁县五都乡过去。

上午十点我们见到了那个知情人，他约三十岁，矮矮瘦瘦，一副老实巴交相。

"昨天上午七点多我在前面这座山下放牛，忽然，有四个年轻人从山弯处拐过来，其中一个背了一个包，走在中间的那两个人屁股上都吊着大哥大。"

"大哥大，你认识大哥大？"我感到很奇怪。

"别打岔，让他先说完。"董强大队长一脸认真。

"我在电视上见过，黑色的。"那人定定神，"他们步子很快，不知道看到我没有。昨晚回来听说发生了抢劫案，我才想到这几个人应该是你们要抓的人。"

治保主任连忙补充道："是呀，是他和别人讲看到这么几个人，我听说后去找他核实，他说真的看到了，所以我一早就赶快报告。"

"还有谁看到吗？"董强大队长问村治保主任。

"没有，我刚才走访了附近几个村小组，没有其他人说看到。"

"你真的看到了？"董强大队长盯着举报人问。

"嗯。"他点点头。

董强大队长接着又问了几个问题，然后叫我返回。

车上，董强大队长问我："这件事你怎么看？"我知道领导是要考考我，于是谨慎地说："值得怀疑，他说早上七点看到了，从时间地点来看倒是像，但是为什么就没有其他人看到？还有就是大哥大吊在屁股上，为什么不放到包里去？"董强大队长笑笑说："包里放不下嘛！""放不下也没必要这样显摆，可以藏在身上呀。我认为他说了假话，想冒领这两万元，要知道，山里老乡一年到头全家有四五千元收入就不错了，两万元对他们是多么大的诱惑。"我说。"想要这两万元他为什么不主动报案呢，而是等治保主任去找他？"董强大队长停了停，接着说，"还有，如果是假的他编了也没用呀，因为没有事实来证明，他就不可能得到这些钱。""那他是胡说八道，吹牛皮。"我进一步分析。"这有什么吹的，吹了他又能得到什么？再说，我们已反复告诉他不能说假话，他知道后果的，承认一句是吹牛不就行了。""这么说你认为是真的？"董强大队长的话让我很疑惑。"其实八成是假的，我就看他那神态。"他说道。

我也觉得他神态有些不自然，但这是不是山里老乡少见世面的害羞表现呢？我低头不作声。

"虽然假的可能性大，但毕竟目前只有这看起来还像一条线索，宁可信其有不可信其无，不能放过。这样，你现在赶回方城，和曾所长一道发动群众进山搜索。"董强大队长吩咐道。

等我匆匆赶到方城派出所，却见方城乡的肖乡长带领七八个干部已在那里。一般情况下乡长是不会参加公安部门组织的搜捕行动的，但这次案情特殊，马虎不得。我看他们个个戴草帽，也向曾所长要了一顶草帽戴上。

"出发！"肖乡长一声令下带头便走。我们像电影里的敌后武工队队员一样，排成一字长蛇阵在山路上颠簸骑行。

半个多小时后，山路越来越陡，肖乡长喊道："都下车，我们走路上去。"

羊肠小道弯弯曲曲。大伙一边询问沿路村民一边赶路，一个多小时后来到了离乌潭村还有十来里的一座大山下。肖乡长说："翻过这座山就是乌潭村了，我们分两路上山，一路往东，一路往西。山上有一个大水库，叫月光水库，附近有些小林场和小工棚。大家都查一查，问一问，下午四点在这里会合。"

我和派出所罗东平、乡政府三个干部在村支书的带领下往东走。村支书说："这几个家伙如果不熟悉地形，没在这里生活过，是绝对走不出这片大山的。山上树木茂盛，岔路多，进去就会迷路。听说建国初期有一批国民党的残兵躲在里面打游击，和解放军周旋了一两年，最后被消灭的被消灭、投降的投降。"

"那我们今天也是去剿匪哟，哈哈……"我接过话，暗暗摸了摸屁股上的五四手枪，心想，运气好的话这几个家伙就要落到我的手上，这下又可以立功啦。

山势果然陡峭，走了十多里路，上到山顶后大伙个个气喘吁吁，大汗淋漓。

中午时分，村支书带着我们在一个守山人家那里简单吃了些饭，之后一路寻访，没发现任何可疑情况。

下到山脚刚好四点，和肖乡长会合后大家就往回走。高高大大的曾所长粗声大嗓，骂道："这几个死家伙，今天害惨我们了，抓到了非当场枪毙他们不可。"

迈着灌了铅似的双腿，大家走走停停，在夕阳的映照下就像一群打了败仗的散兵游勇。

4

转眼一个多星期过去了，我和曾所长天天窝在乡下摸查情况。外出打工的倒不少，可是没几个回来。我估计案发地太宁县以及嫌疑对象所在地的临山县在挖地三尺搞调查。

这几天住在村里喂了不少蚊子，全身红肿。打电话给凌溱溱，她心疼地说："你该买点风油精呀。乡里过几天要放农忙假了，我给你买了两件 T 恤，你有空回来换吧。"

案件还没有眉目，我不敢打电话问董强大队长能不能回去，估计其他兄弟和我差不多，都在乡村奔波吧。我暗想，这几个家伙躲到哪去了，怎么连临山县也没一点消息。

中午时分周俊 CALL 我，说有情况，赶快到南新镇来。

南新派出所那破旧的两层木板房楼上楼下挤得满满的。楼上，省厅刑总的领导、公安处处长、傅局长等在那里小声说着什么，偶尔露出点微笑，看样子比上次轻松不少。同学萧汉风招手叫我过去。他小声说："我们刑总前些天请来专家，找被抢的人一一询问，画了一张像。你们县局曾安斌探长昨天拿着画像到看守所，交给每个监房的在押人员辨认，有人认出是南新镇田北村的马刀。上午又有人偷偷向所里反映，田北村的四苟平时不在家，案发后那天清早在村里闪了下脸就不见了，查他的亲属情况，有人反映他案发后到县城姐姐家住了一晚，把行李留在那，现在下落不明。这两个家伙臭味相投，以前在广东打工时也犯过案，这次应该又是一同作案的。"

傅局长转过头问南新派出所所长："你们所里谁去番阳？"

所长说："军仔年轻，本来想安排他去，但他对马刀印象不深。老甄去吧，他认识马刀。"军仔是我高中同学，前不久从东琴调到了这里。

老甄已四十岁，是南新派出所一名军转民警，他似乎有些不情愿，张了张嘴还是没有说话，估计觉得任务太重了吧。

甘支队长说："我们支队也派三个人去。到番阳后老甄注意摸清马刀的下落，千万不要打草惊蛇。董大，你们大队负责在县城守候四苟。"董强大队长点点头。

我们四人一组揣着四苟的照片在他姐姐家附近撒下大网。晚上还好，可以躲在树丛里、墙角下守候，大白天的待得太久就怕暴露了，我们只好借了辆地方牌汽车当观察哨，缩在里面一声不吭。

两个昼夜过去了，一直不见四苟出现。

第三天早上，当我准备去接班时就听说这家伙被抓了。原来，头晚夜深时这小子像幽灵样地偷偷敲着他姐姐家的房门，被守候的兄弟发现，迅速冲上去将他抓住，人已经押到刑警支队去了。我们不敢松气，因为大家都知道此案的侦破重点在番阳，其他逃犯还在那里。

天遂人愿。下午四点传来好消息：老甄他们在番阳通过熟人摸到了马刀的大致位置，便在附近的街面上守候。下午两点多马刀不知道从哪里走出来。这家伙做贼心虚，睁着一双贼眼左顾右盼时突然和不远处的老曾一照面，吓得面如死灰，立即跳上一辆摩的逃跑。老甄年纪虽大，但凭着在部队练就的基本功，赶忙机警地拦了辆摩的追赶。马刀指挥着摩的司机左拐右拐，专往人多拥挤的小路跑，想尽快甩掉后面的尾巴，老甄瞪大眼睛紧紧盯着他，死死咬住不放，两车距离渐渐接近。

追出两公里两车并行时，老甄竟不顾危险从飞驰的摩托上一跃而起，将马刀扑倒在地。马刀凭着年轻力壮和老甄打斗起来，眼看老甄就要吃亏，幸好刑警支队的兄弟及时赶过来，将他牢牢地制服了。老甄顾不上包扎擦破皮的手，吐了一口嘴里的血立即和同事开始审讯其他几个家伙的下落。很快，其他逃犯也在出租屋内被抓，除了现金花了些，其他赃物全部缴获。

"哪个家伙脸上贴了膏药呀？"我问刑警支队派去抓捕马刀的李馨。

"马刀。"他答道，"其实这家伙脸上根本没有疤痕或者痣什么的，他是故意伪装。他们作案后还假装往山上走了一阵，然后杀个回马枪，朝南新镇方向走，真狡猾！"

轰动一时的特大抢劫案经过半个月的艰苦侦查终于告破，各级领导非常满意，我们也可以歇一口气。

回顾整个侦破过程，这几个家伙声东击西，让我和方城派出所曾所长走村串户白忙活。而乌潭村那小子的一番谎话更害得我们翻山越岭累了个半死。

最为生气的当然是临山县了，一句"临山口音"害得人家全县动员，白白耗费了不少人力物力。

这件大案虽然发生在太宁县，但却是我们县突破的，这让傅局长相当高兴。此后，老甄立了二等功，不久提了县局指挥中心处警队副队长，曾安斌探长立了三等功，不久也提了副所长。

从初次听到曾安斌提出"作案安全系数论"，到这次他主动拿画像到看守所去找在押人员一一辨认，我发现他办案方式确实有一套。刑警大队是藏龙卧虎之地，我虽然在派出所取得了一点成绩，但还有好多东西需要学习呀。

# 第十七章　神奇的画像

## 1

抢劫案刚破不久，局里要求我们刑警大队派人协助派出所开展收枪治爆工作。

那些年枪支泛滥，全国各地发生了不少持枪作案的恶性案件，公安部要求各地公安机关对民间私藏的枪支弹药进行收缴。在东琴工作时，我时常会吃到野鸡、野猪、麂子等，这些东西大多是村民用猎枪、火铳打来的，因为好奇我还跟着文水乡林场的高场长去打过两次猎。

高场长是打猎高手。我们从晚上八点开始跟着他翻山越岭，一直折腾到第二天上午。虽然辛苦，但每次发现目标后蹑手蹑脚行进，听到一声震耳欲聋的枪响后奔跑着去寻找猎物，那种紧张刺激的感觉真的很好。

山民靠山吃山，打猎就像种田一样是他们生活的一部分，他们哪有气枪、猎枪、火铳属于非法枪支的概念，要他们将这些习以为常的东西上缴，思想上肯定难以接受，我们的工作难度可想而知。

文水乡山多林密，是收枪治爆工作的重点区域。因为我在那里待过，大队领导就安排我和二中队的兄弟们去东琴派出所。

我们下乡搞了五天，在一些相熟的村干部配合下战果显著，竟然收缴了十二支猎枪。

工作之余，凌溱溱请大家吃了餐饭，乡里几个领导作陪。宴席气氛很是热烈。

调到大队已经五个月了。虽然大要案未破之前要加班加点忙上好一阵子，很辛苦，但队里年轻人多，大家相处得不错，总觉得浑身有使不完的劲。

8月底的一天上午刚上班，就听到董强大队长站在走廊上叫："都集合了，去五福镇！"大伙很快都提着公文包从办公室跑出来。

上车就听赵教导员说，五福镇通往县里最北边的偏远山区黄林乡的路边有一处陡峭山坡，名叫野狼岭。野狼岭东边的乡道旁有一条小溪，与地面落差有七八米高，刚才有人发现溪中有一具死尸，溪水都被染红了！

野狼岭！听这地名就够吓人的。经过一个多小时的急行军我们到达了五福镇，往镇北又走了两三公里后陡然出现一个长长的斜坡，四面看去，周围山高林密、地势复杂。陡坡中央位置停了一辆警车，旁边围着几十个群众，一个个朝着东边的悬崖下探头观望。下面是一条小溪，溪水不深，大约四五米宽，里面浸着个年轻男子，他的头上、手上、身上有多处创伤，淡淡的血水在漩涡里打转。周俊疑惑地自言自语："他是不是喝醉了摔下去，被乱石擦划出血死的？"我们大队的技术员彭正平、法医刘高辉提着设备从车上下来，开始忙活。

这当儿远远就见傅局长的座驾从坡上开过来。

自从傅局长把我调到局里后我总想单独到他办公室坐坐，表表谢意、谈谈决心，但每次走到门口又打退堂鼓，总觉得进去后不知道说些什么。有时在县局大院遇到，看到他一脸严肃行色匆匆的样子又不敢上前去打招呼。据一些同事私下议论，傅局长其实是一个很重才的人，他上任后大胆提拔使用了一批年轻实干的民警，处理调整了一些无所事事、得过且过的中层干部。我就想，如果我起了大的作用、破了个大的案件再去向他汇报岂不更好。

董强大队长走上前向傅局长简单报告了一下情况，说："局长，我看这人的伤痕很平整，像是被锐器所伤，应该是一起凶杀案。"傅局长点点头，然后带着大家往山上走，勘查周围地形。上到一处小山坡大家停下来休息，傅局长盯着我，笑着说："小文，你胖了一点。"我一惊，慌忙答道："没什么变化吧，局长。"他又是微微一笑，点着头肯定地说："胖了，一定胖了，小伙子更加英俊了。"其实我也知道，调到大队工作的愿望实现了，心情变好了；找了对象，心里安定了；回到家里住，母亲不让抽烟，应该胖了十来斤吧。没想到大量政务缠身的局长竟然这么细心，连我一个小民警的变化都观察得这样仔细，心里顿时涌起一股暖流。

"跟着董大好好学。"傅局长亲切地说。

"嗯。"我忙点头。

董强大队长说："局长，你没看错，小文还是很能吃苦的。"这位不苟言笑的刑警大队长从不轻易表扬人，难得他在局长面前为我美言。

"谁下来帮忙把尸体抬到地面上？要解剖。"洪副大队长叫道。我赶忙跑下去。尸体冰冷僵硬，就像一个石膏雕塑。我们将尸体抬到地势平坦的一片树荫下，为防群众远观解剖场景，法医刘高辉在两棵树之间拉起一块白布遮挡。

刘高辉是庐河医专毕业的。他的师父大伟今年初调到刑警支队后，县局就剩下他一个法医了，每次尸检、验伤都由他一个人单兵作战，有时一天发生几个案件，忙得分身乏术、东奔西跑。但他工作起来毫不马虎，吃苦认真劲儿让我们这些同龄人相当佩服。事实上法医是一个很专业严谨的职业，来不得半点虚假和含糊，细致认真的工作可以确定案件性质，可以找到蛛丝马迹，可以缩小侦查范围，可以明确侦破方向，选他当法医，局领导真是慧眼识珠。

刘高辉一边解剖一边口述尸检情况要我帮忙记录。幸亏在警校学过《法医学》，不然他的一口专业术语无论如何也理解不了，如果部位、尺寸记录有误，那他出的尸检报告交到法庭上很大可能就会被推翻。我以前也帮他记录过两回，每次那血淋淋的场面和腥臭味都让我反胃。技术员彭正平负责痕迹检验和照相，见这些场面多了，正在若无其事地对着解剖开来的头颅、躯体咔咔照相。这两搭档配合得倒是相当默契。

案情分析会在五福分局的会议室召开。一般来说县级公安机关在基层都是设置派出所，为什么五福是分局呢？这是根据当时的地理和现实情况而不得不采取的措施。庐河县地域宽广，交通不便，偏远地方到县城路上就要半天时间，加上警力不足，如果每个案件都跑到县局去审批就太折腾人了。为此，经批准县里就在东坑、西河、五福三个地方设立副科级的中心分局，赋予分局领导对那些情节较轻的案件有一定的治安处罚权。派出所是股级单位，中心分局周边的派出所办理的这类轻微案件可以就近交给分局领导审批，省却了大量办案成本。

五福分局的同志先介绍了案情发现经过和群众报案情况；技术员彭正平、法医刘高辉分别介绍了现场勘查和尸检情况。从他们的反映来看，除了在乡道上发现有斑斑血迹证明发生过搏斗，在小溪里发现一个装有保温杯的红色塑料袋，以及死者年约三十岁，所受伤应为锐器伤外，就没有其他可资破案的情况了。

无名尸体案件的侦破首要工作自然是查找尸源，也就是搞清楚死者的身份，这样才能有针对性地开展工作。

傅局长、康副局长迅速作出决定，一是立足本地、辐射周边的文峰、平福两县以及庐河市进行调查，工作重点是查找失踪人员、摸排矛盾纠纷、核查嫌疑人员；二是为抓住最佳侦破时间，不管死者是否为本地人，现在就向地区公安处报告，请求发布协查通报；三是立即联系省、市、县三级报社发布查找尸源的通报。

大家按照分工两三人一组各自下到分配的区域搞调查。董强大队长带着我和曾安斌探长来到十公里外的文峰县公安局福田派出所。通报案情后，我们对该镇的刑事嫌疑人员、失踪人员、外出人员、矛盾纠纷情况进行细致了解，并有重点地走进几个自然村进行核查。忙到黄昏时各路人马都陆续回到五福镇。大家聚在会议室讨论了一下调查情况，没有发现可疑线索。因五福镇距离县城有近五十公里，往来挺折腾的，董强大队长一声令下，十多人就在镇上唯一的那家私人旅社住下。说是旅社其实就是当地人在家里腾出两三间房，每间放上六七张简易床，接待过往行人。

天刚蒙蒙亮大伙就起来，早饭后仍按昨天分工陆续下乡调查。

野狼岭发生了一起凶杀案的消息不胫而走，被全镇老乡在田间地头、街道菜场、茶馆餐厅传得沸沸扬扬。

五天过去了，摸排出来的线索一条条地反馈过来又一条条被否定，本地摸查没有发现失踪人员，案件毫无进展。查找尸源的信息在第二天的报纸上就登出去了，来了几个外地人，他们辨认尸体后都说不是。

董强大队长本就严肃的脸变得更加阴沉沉的，一早就赶鸡似的把大家赶得到处乱窜。

## 2

这天下午，回到县城的法医刘高辉报告，五福以北五十公里外的渝江市一个男子和他嫂子焦急万分地跑来辨认尸体，之后两人号啕大哭，确定死者就是该女子的丈夫邓小荣，三十岁，一个摩的司机。尸源找到后，案件终于有了初步进展，董强大队长带着我们一大帮人匆匆赶到渝江市公安局刑警支队。

据死者家属反映，那天晚上八点多邓小荣像往常一样在渝江市城南转盘处繁华地带开摩的揽客，这时从不远处的小旅店——惠客旅馆走过来一个二十多岁的年轻人，手里提了个红色的塑料袋。他先对摩的司机老黄说父亲病重急需赶回五福，老黄说太远了，不愿去。这名男子转头又问不远处的邓小荣。邓小荣这几天生意不好，加上看他和自己讨价还价，不像是个坏人，最后出的价钱还不错就答应了。

黄师傅反映，那人二十七八岁，身高约一米七，长得清秀白皙，说普通话，听不出是哪里口音。

惠客旅馆服务员也说有这么个年轻人，当时安排他和本省滨江市的一位陆姓商人同住一间房，第二天晚上八点他退了房。他走后，陆姓商人向服务员反映说自己的一个保温杯不见了。董强大队长派人找到这名陆姓商人，对方看了相片后认定留在现场塑料袋中的杯子就是他的。

经查，这家伙住宿时没有进行登记。随后赶来的康副局长分析觉得他有可能还在其他旅馆住过，于是决定将城南附近的七八家旅馆近一周内人员住宿情况全部复印登记，是外省的发协查函通报案情，了解该旅客的现实表现、家庭情况、是否有前科劣迹；是本省的分工负责，上门查找见面，若谁因工作不细致而导致作案人员被漏掉将给予纪律处分！

我和二中队探长冬根负责本省北面三个地区的调查。在外兜了一周后，没有发现什么有价值的线索。我俩晒得像黑人一样疲惫不堪地回到县城。

按理说，犯罪嫌疑人从渝江市租用一辆摩托车到五福镇并且在镇里较为偏僻的地段作案，应该是熟悉当地情况的本地人或者周边乡镇的，外地人谁会为了一辆摩托车而选择在一个陌生的地方杀人，之后又长途奔袭逃走呢？

可是我们对五福及周边乡镇已地毯式扫了一遍，被抢摩托车的特征以及案情也发了协查函到周边县市，案件仍毫无进展。

康副局长、董强大队长见大伙儿人困马乏，只好说大家都回去休息几天吧。

我赶到文水乡，凌溱溱看到我这泥猴般的样子笑得腰都弯了。我刚讲完这件劳神费力的案子CALL机就振动起来，赵教导员说："刚接到情况，被抢摩托车在平福县城出现了，我们赶过去。"我很无奈地看了凌溱溱一眼，不无歉意地说："你看，我又不能陪你，要赶回去了。"凌溱溱故意显出一副轻松的样子说："工作要紧，我陪你去公路边等班车。"

平福县城离五福有近四十公里，难道这家伙从渝江到平福累死累活奔波一百多公里，中途还要提心吊胆搏命地杀个人就是为了一辆价格一千多元的摩托车？他们之间是否还有其他恩怨情仇？在去平福的路上我左思右想，颇感困惑。

得到的情况是：平福县城近郊的一家摩托车修理店的店主小王那天清早刚打开门，有个年轻人骑着一辆摩托车过来，说是别人赌博输给他的，有行驶证。一番讨价还价后，小王以八百元买下来。昨天他的一个朋友来借车，在县城恰巧遇上交警查车，这老兄没有驾照就想开溜，警察追上去一查钢印，是渝江的，想起之前发的协查函，认真比对，果然是那辆车。修理店的小王被抓后大呼冤枉，说听那人口音是庐河县一带的。

转来转去还是我们县的人？真是这样的话，要在全县五十多万人中摸出一个犯罪嫌疑人是何其困难！

我想问问萧汉风有什么好办法，便打电话把案件目前的情况向他介绍了一遍。他说："你向局领导建议一下，还是请上次那个专家来画个像吧。"我怀疑地说："就这么几个目击者，专家能画得了吗？"萧汉风笑了，说："试试吧，兴许有用呢。我也向总队领导报告一下。"我把想法告诉董强大队长，他点点头，说："甘支也想到了，正在向省厅请求支持呢。"

3

画像其实是一项有几千年历史的侦查方法。大家知道伍子胥一夜熬白头的故事吧。他为什么忧愁，不就是因为城门口张贴的那张逼真的画像让他不敢过关，害怕被抓。到了现代，有的地方有脸谱库，在参考目击者的描绘下将眼鼻眉嘴等器官一个个变换搭配就能拼凑出犯罪嫌疑人的画像，而国内顶尖高手只要按照别人的口述就能画出与真人相差无几的作品，并依此侦破了不少案件。比如公安部首批八名特邀刑侦专家之一、公安系统一级英模、上海铁路公安局的高级工程师张欣同志，凭借手中的画笔为全国公安机关破获刑事案件八百余起，其中公安部督办案件三十八起，其中有一个案件将画像贴到大街小巷，犯罪嫌疑人自己看到后吓得当晚就悬梁自杀了。近年来，视频侦查技术突飞猛进，但遇到模糊的图像往往就无能为力，这时便要借助传统的画像技术了。2017年6月美国发生的章莹颖失踪案，联邦调查局工作人员调查一段时间后没有发现线索，只好向华裔神探李昌钰求救。李昌钰推荐了山东省公安厅刑侦局物证鉴定中心高级工程师、国际刑事科学法庭画像专家林宇辉，林工根据现场拍到的一段几分钟的非常模糊的视频，慢慢描绘出一个与犯罪嫌疑人高度相似的画像，美国警方据此逮捕一名涉嫌绑架杀害章莹颖的二十七岁白人男子。事后，美国警方对林工以及中国警方高超的画像技术相当佩服。

马刀等人抢劫案通过画像得到线索成功侦破后，我当时认为有一车的旅客来作描述，当然能画得逼真，不足为奇。而这起案件目击者不多，要想清晰画出犯罪嫌疑人来就很不容易了。其实，画像和测谎一样都是不能作为法庭证据使用的，只能依照它们提供的情况去开展侦查，结果到底对不对还需要强有力的证据来评判，所以准确度高的画像为成功破案提供助力，而指向性不高的则会给侦查工作带来被动，侦查员如果完全迷信它们，把握不准的话可能会造成冤假错案的严重后果。

按照修理店小王、渝江的黄师傅、旅馆服务员三个人的描述，模拟画像专家画出了一张黑白肖像画，印发到了全地区各县市公安局。这张画像会给我们侦破这件案子带来好运吗？

## 4

此时离案发已有半个多月了，我和赵教导员、周俊拿着肖像画来到县局乌江派出所。乌江在县的西北方向，与平福县交界。派出所李所长在当地待了十多年没有挪过窝，是乌江的活地图。他拿着画像端详了一会，说："这人好像是梨田村的黄老二，长得文质彬彬，没发现他有什么违法行为。不过他有个弟弟黄老三，跟他长得很像，胖一点，身材更粗壮一些。一个月前浙江黄岩警方还到这里来抓黄老三，说他涉嫌抢劫。我们当时打听了一下，说是不在家，浙江的同志就说以后抓到了通知他们，然后就回去了。"

别无选择，既然李所长说像黄老二，那我们就必须立即行动，找到他查清情况。

经商量我们决定在黄昏，家家户户正在吃晚饭时，以调查一件斗殴案件为由进村，一旦发现黄老二立即抓捕。

吉普车开到梨田村外，我和周俊以及派出所老邱、小涂四人分成两组慢慢地挪到了黄老二家门口。这时，从屋里突然走出一个年轻人，离走在前面的老邱只有五六米远。这人看了我们一眼，突然像装了弹簧似的跳起来，朝着村里狂奔。老邱大叫："老二，站住、站住！"

我们赶忙追过去。那家伙在村里巷道穿梭，见始终甩不掉我们只得往村外奔去，我们四人则在后面死死咬住他。田埂路狭窄不平，跑起来很是难受，那家伙又扭身往一片空田里窜去。我想掏枪，可又觉得会放慢速度，只好拼命地追。好久没有长跑锻炼了，身体又经常被烈酒充斥，此时顿感有些吃力，身后更是传来老邱、周俊他们呼哧呼哧的喘气声。那小子体质不错，折腾了这么久竟然还能保持高速度。这样下去不是办法。我调整呼吸，开始加速，离他越来越近了。十米、九米、七米、三米……越来越近了，我朝他肩头一抓，他一个趔趄几乎摔倒。老邱年纪虽大但也跟得很紧，他冲过来一推，对方立即摔倒在地，但这小子很快翻身爬起来，挥拳朝我们横扫过来，我和老邱避过，同时冲过去扭住他的左右手。田地高低不平，这家伙"嗷"的一声发力，我们和他一起滚到了地上。周俊、小涂气喘吁吁地赶过来，我们四人抓手的抓手，压脚的压脚，踩背的踩背，终于把他给铐上了。

此时村里跑出来不少村民，一个老年妇女拦在路上大呼大叫："我儿子犯了什么法，你们这样抓他？！"老邱叫道："你让开，别干扰我们的工作。犯了什么法他心里有数，我们带到派出所去说清楚。"这家伙边挣扎边叫道："妈，放心，我没有做坏事。"妇女看我们怒气冲冲的样子，让开路。这时远处有不少村民咋咋呼呼朝我们围过来，有的还别有用心地叫着："派出所的打人啦！""乱抓人啦，别让他们把人带走！"我有些急了，低声对老邱说："赶快押人走，人太多，不然会遭围攻！"老邱笑道："不怕，这里我还是镇得住的。"说完他指着一个三十来岁的男子说："会计，你叫住这些人，谁敢乱来让他吃不了兜着走。"

把人押上车后我们立即飞奔而去。我看这家伙一身腱子肉，估计是黄老三，问道："你叫什么名字？""老三。""知道为什么抓你？""不知道。"李所长看他一眼，点头说这人就是黄老三。

我就想，虽然李所长说画像更像黄老二，但黄老三作案的可能性应该更大，一是他有抢劫前科，胆大妄为；二是他体形健硕，是一副打架的好身板，而黄老二文质彬彬，不一定打得过邓小荣；三是画像专家技术如何还不好说，两兄弟相像，把弟弟的样子画成哥哥的样子也很可能。退一步，即使画像上的人真的是黄老二，黄老三也有可能中途上摩托车或事先埋伏在野狼岭伙同老二作案，因此他涉案的可能性非常大。董强大队长听了我的分析后点头认可。以黄岩的抢劫案件办理了羁押手续后，我们将他押到审讯室开始讯问。

好半天过去了，黄老三一言不发，问急了就是一句话："我什么也没有做，你们抓我干什么？"既然已经很自信地认为他涉案无疑，现在看到这家伙一副漫不经心的样子，我好几次就想抡拳头，其他兄弟也是被撩得满身冒火。董强大队长劝道："你们都别急，跟他慢慢磨，慢慢耗，火候到了钢铁都会融化。"

两天过去了，这小子精神奇好，竟然没一丝睡意。第三天他终于有些瞌睡了，说："反正你们也知道黄岩的事，我在那里抢劫了，我承认。""还有呢？""真没有了。""不说实话，行，继续耗吧！"我说。董强大队长走过来，问："你们有没有让他休息？"我们都说有。董强大队长点点头："既要让他紧张，也要给他休息，这样他的回答就会真实。"

已是第七天了，这老兄跟我们已经耗了七天八夜。我拍拍他的肩膀，说："行了吧，还嘴硬。"他瞪着血红的眼睛，突然昂头长吼一声，像一只疲惫不堪的狮子，说："我真的没做其他什么坏事了，如果真要我交代，行，你们说什么我就承认什么，你们写什么我都签字，好不好？"曾安斌骂道："我们要你说真话，谁要你胡说八道。"

"老二呢，他做了什么坏事？"周俊问道。

"我真的不知道，我已经两个月没有看到他了。"

董强大队长听了汇报，一脸自信地说："胡乱承认就说明火候到了，他应该没有参与这个案件，移交给黄岩吧，我们全力抓捕黄老二。"我同意董强大队长有关黄老三没有作案的观点，但我对自己之前的分析还是很自信，既然他没有作案，那老二是杀手的可能性就更小，也就是说我已经从心里开始怀疑那张画像的准确度了。想归想，我还是服从领导的安排，对黄老二开展调查。

围绕老二，县局其实早就安排人员对他的亲友、同学等社会关系一一开展调查布控。

十天后的一个晚上，老二来到本县某乡的女友家。女友的家长早就对他不满意，前些天派出所上门了解情况就估计他做了什么坏事，为了女儿一生的幸福，老父亲偷偷来到派出所。当晚老二在女友家束手就擒。

这家伙被抓后倒是出乎意料的痛快，说道："我和女友商量要结婚，可是家里穷，拿不出聘礼。未来的丈人丈母娘唠叨个不停，说没有钱就别想把他们的女儿带走。我心一急便想搞点外快。"停了一下，他说："我和死者真是前世的冤家。我图钱，万不得已不会杀人，可他却是要钱不要命，别人听说那么远不愿去，他倒好，看我可以给五百元，是他好几天的收入就答应了。其实他也不想一想，这么多钱，我打个士车都够了，干吗打个摩的？"说着他竟然苦笑一下，摇起头来，不知是为自己，还是为别人。

他交代，将邓小荣诱骗到野狼岭后看到这里地势复杂、山高林密，便假装要小便，趁邓小荣停车后也在小便时从塑料袋中取出事先准备好的菜刀威胁他交出行驶证。这摩托车可是邓小荣下岗后养家糊口的工具，虽然风里来雨里去挣钱很辛苦，但失去它自己又将白白地辛苦一两年。这样想着，邓小荣竟然毫不畏惧，朝着黑暗处白晃晃的菜刀冲上去，想要夺下它。黄老二吓了一跳，自己本来就是想拿刀吓吓他，哪知道对方竟然为了一辆摩托车要和自己拼命。但事情已经开头，干脆一不做，二不休！黄老二顿时变得凶神恶煞般挥刀乱砍，邓小荣挨刀后转身便跑，凄惨绝望的救命声在空谷中回响。黄老二拼命追，直至将对方砍翻在地。

黄老二跌坐在地上大口喘着粗气，呼呼的山风吹得他渐渐冷静下来。他从邓小荣身上搜出行驶证和两百来元零钱，为防止被人发现又将邓小荣推到悬崖下，"啪"的一声，溪水溅起老高。黄老二知道，自己骑着摩托车回到熟悉的地方太招眼，很不安全，即使卖出去也容易被查出来，于是就骑到外县匆匆卖掉。可是机关算尽太聪明，一张黑白画像最终让他无所遁形。

庆功宴上，傅局长端着酒杯一桌桌地敬酒。他走到我们这一桌，笑眯眯看着我，说："这个案件花了不少时间精力终于侦破了，经验不少，很值得总结。文景你也算是大队的一个才子，又全程参与了侦查，好好琢磨一下。"

从这件案子的侦破过程来看，首先是在报纸上登了查找尸源启事，得到了受害人情况；其次是用了协查通报、控制销赃的侦查措施，在平福发现了赃车；之后大胆运用画像技术，准确画出了犯罪嫌疑人的相貌；最后就是基础工作牢靠，派出所所长对辖区人员情况掌握准确。这样环环相扣终于将这个杀人魔鬼给牢牢套住了。

回顾自己的表现，刚开始我信心满满地认为黄老三长得粗壮结实，又是有前科之人，要么是他单人作案要么就是伙同老二作案，事实上他却没有参与，文弱单薄的老二才是真正的冷面杀手。后来我又怀疑画像专家的技术，认为可能把弟弟画得像哥哥，事实上我又错了。看来，貌似合理却没有经过实践检验的分析不一定是准确的。刑侦工作需要经验，但纯粹的经验主义有时却容易产生错误，严重的话可能还会误导侦查方向甚至贻误战机，造成不可挽回的后果。

我拿着画像对着黄老二真人仔细观察，不禁连连称妙，那脸形、那眼神、那嘴唇、那眉毛，都是那样精准，难怪李所长会一眼看出是他而不是黄老三。如果说马刀案件受害人多，容易画出犯罪嫌疑人准确的样子，是个例，那么这张画像仅凭三个人的描述就如此准确地画出来，可见作者高超的画像技术。

　　我想，破案有很多种方法，只要认真钻研，就可能会成为某一方面的专家。

# 第十八章　瑞雪迎新

*1*

前面几次破案的过程都是那样艰苦漫长，就好像和蒙面高手进行了一场场搏杀，过关斩将终于获胜后感觉是那样的酣畅淋漓，这就是刑侦工作的乐趣。

而这年 9 月底的那起盗窃案虽然破案过程并不复杂，但仍让我印象深刻、回味良久。

那天一上班南路片的官塘派出所就报告，乡里的一家小百货店昨晚被盗六千多元现金和大量票据。赵教导员放下电话骂道："这么多现金放在店里，真是个马大哈！"他喝了一口茶，叫我，"文景，带好包，叫小彭一起出发！"

官塘乡在西面山区，离县城有四十公里，乡政府所在地只有一横一竖两条几百米长的十字街，店铺也不多，冷冷清清。

被盗的小店位于街道深处，店主肖婷是个二十出头秀气的小姑娘，正哭得泪眼汪汪，经赵教导员安慰一番后才止住哭声，说道："昨晚七点关门后我回家休息，将准备今天拿去进货的六千多元钱忘在店里。今天清早刚准备开店时却发现店门被人从下面弄开，露出一个口子，再看门板上也有撬痕。我现在一直不敢进店，估计钱都没了。"

小街上过惯了平淡无奇日子的老乡看到警察来破案，当成是大新闻，很快就三五成群嘻嘻哈哈地跑来看热闹。

肖婷的店门是那种简易型的，门框上下留有牙槽，关门时将木板一块块移进牙槽里拼接起来，再在牙槽中间留有缺口的位置将两块木板用明锁连接。这种门有一个缺点，如果牙槽不深，在不打开明锁的情况下直接将上锁的两块门板单独或全部从下面牙槽用力端起来，就会在两块门板之间形成一个口子。肖婷的小店就是这样被人侵入的。

小店门锁完好无损，门板上有撬痕，估计小偷刚开始是想用铁棍撬锁但没有成功。技术员彭正平想从口子挤进去，可是龇牙咧嘴摆了好几个姿势都不行。赵教导员在旁边看得急了，说："文景，你把口子拉到最大试试。"拉开后，我和彭正平试了试还是进不去，只好要肖婷用钥匙开门。

我两仔细地勘查现场。突然，肖婷指着墙角的一根细细的尖头铁棍对我们说："这不是我这里的。"我拿起来看时，一个围观的壮汉叫道："这不是我店里的拨火棍吗？"

我问道："你是谁？"

壮汉答："我是对面铁匠铺的。"

我和赵教导员连忙说："到你店里看看吧。"

一大群人又跟在我们后面，哄笑着往几十米外的铁匠铺走去。

"我这也没什么东西可偷，所以平时都不锁门的。"铁匠推开门。往里一瞧，中间一个热烘烘的铁炉子，旁边堆着几排蜂窝煤，墙角有几样小铁器。特别的是，长期的打铁烧煤在地面上落下了一层白白的灰尘，仔细观察后我暗暗欣喜，那上面竟然留有一串短短的鞋印。

赵教导员也注意到了，说："大家都不要进去。小彭，你过来一下。"

彭正平走过来，说："肖婷清点了一下，除了偷走六千元现金外，其他票据都在，也没有发现别的痕迹物证了。"

"你看看这，"赵教导员指指地上的鞋印，"量准一点，这可是破案的证据了。"

彭正平走进去，用尺一量，说："22.5厘米。"我们三个互相对视一眼都会意地笑了。

赵教导员说："走，我们先到中学去看看。"

## 2

官塘中学是一所初级中学，离街上也就一公里远。路上，赵教导员问："你们觉得工作怎么开展下去才好？"

我想了想，说："肖婷七点离开店里，如果是学生作案，他要么是晚自习中途离开，这样就早退了；要么就是下了晚自习课后作案，这样他既要寻找作案目标又要寻找隐藏赃物的位置，得花去很多时间，今天早读课就可能会迟到。我们只要在昨晚早退的学生和今天迟到的学生中去调查就可能找到线索。"

彭正平和赵教导员都说有道理，先就这么办。

官塘中学校长四十多岁，戴副眼镜，听说我们是县公安局刑警大队的，愣了一下，满脸疑惑地问："刑警大队的？难道我们的学生在外面犯了什么大事？"

赵教导员反应迅速，说："校长，我们来的主要目的是按照县综治委的要求对青少年违法犯罪方面的问题进行调研，还有就是了解一下你们学校对那些有书不读、有课不上，经常迟到、旷课、违反学校纪律的问题学生如何开展帮教工作的。"

多年的教育生涯让校长锻炼得很健谈，他滔滔不绝地介绍起情况来，大意是这些年在他的严格要求和管理下，学校师生面貌焕然一新，没有违法犯罪现象。问题学生有几个，都是出在斗嘴打架这些小事。迟到的情况偶尔会出现，至于早退、旷课基本就没有了。

我耐着性子听校长王婆卖瓜，心想，我们又不是教育局的领导，你讲这么多成绩有什么用？

校长停了一下，眼珠一转又想说下去。我赶紧插话道："校长，能不能请你现在就安排人去统计一下昨天的晚自习和今天上午的课有没有迟到、早退、旷课的。"校长说行呀，然后站在走廊上叫道，李主任，你过来一下。

李主任走进来。校长把要求说完，吩咐道："你快一点，公安局的同志在等情况。"

半小时后李主任回来了，手里的纸条上写有五个学生的名字。李主任说："这几个同学都是迟到、早退的。"校长拿过名单一看，脸色顿时黑了下来，继而讪笑着说："这些班主任是怎么当的，我反复交代要及时汇报情况，还瞒着我，下次开会要好好地批评批评。"我和彭正平相视一笑。

赵教导员对李主任说："李主任，麻烦你叫这些学生过来，我们一起帮教帮教。"

学生们陆续过来了。校长陪着赵教导员继续聊着，我和彭正平负责找他们——关起门单独"帮教"，当然我们问话的内容主要是围绕他有无作案时间、是否发现可疑情况进行。

第二个学生大约十二岁，他怯生生走进来，叫我一声："老师好。"我偷笑了一下，暗想，初中毕业那年自己的分数倒是超过师范录取线不少，当时要是报考了师范现在应该就是一个老师了。如果真是那样，我是个受人尊敬的好老师，还是耐不住寂寞另找山门了呢？

我一脸严肃地问："你昨晚第二节晚自习中途溜出学校，去做了什么？"他支吾了一下不肯回答。我说："我不是老师，是公安局的，你要对我说实话。"他抬头看我一眼赶紧低下头，欲言又止。在东琴和问题少年已经接触了好多次，看他的神情我就知道应该有戏，于是说道："你还小，犯了错不要紧，关键是要改正。放心，你说的情况我们不会让你的老师家长知道的。"

他抬起头，声音小似蚊子，说："我不是故意旷课的，是刘利华到学校叫我去街上玩。他买了好多东西给我吃，之后还请我去看了录像。"

"你们一起到街上做了什么坏事吗？"

"没有，我没有做坏事。"

"他哪来的钱？"

"不知道，反正他把书包打开给我看，里面满满的都是钱。我问他哪来的，他笑了笑没有说。"

"刘利华人呢？"

"不知道。昨晚十点我们就分开了。"

"他在哪个班？"

"他上学期在我们班，因为偷东西学校要他退学，这学期家长就把他转到安田中学了。"

我连忙把情况向赵教导员汇报，说："从时间来看，上第二节晚自习是七点半开始。肖婷七点离开，刘利华在上第二节晚自习中途溜进学校来找同学，有作案时间；从表现来看，他有偷窃的'前科'；关键一点，他进校时带着一书包的钱。我认为他作案的可能性极高。"赵教导员点点头。

校长这时才知道我们的来意，听我说完自我解嘲道："幸好上学期我发现他是个问题学生，这样的人迟早要走上违法犯罪的道路，会丢我们学校的脸，于是就要他转学了。我说过，我们学校要求严，没有这样偷鸡摸狗的学生了……"

出得门来，彭正平笑道："这校长，真是有水平。"

安田中学离官塘街只有二十分钟路程，我和彭正平很快就把刘利华找到了。

讯问工作毫不费力。这小子带着我们从官塘乡一座小桥下的桥洞杂草里取出那个书包，打开一看，里面是一沓沓花花绿绿的钞票。就是这么一个不到十四岁的孩子，一夜暴富，瞬间成了"有钱人"。

"得到这么多钱，你有什么感觉呀？"我故意逗他。

刘利华不作声。彭正平轻轻拍了一下他那稚嫩的脸，说："回答呀。"

"嗯……就是不知道怎么花、怎么放……"

"你这小鬼……"赵教导员一边摇头一边苦笑，"你要好好改正错误，不然的话迟早会走进牢房的，听到了吗？"

经过一番法制教育，忙到天黑，刘利华由他爸爸写了保证书领走了，我们也准备打道回府。这时周围的老乡都听说案子"神速"侦破了，将街道围得水泄不通，连车也开不过去。

肖婷的父亲拉住赵教导员说："领导，这餐饭无论如何也要吃，否则老乡们都不答应呀。"旁边的群众大声附和，说："是呀，不吃饭怎么行，找回几千元，救了一个店呀。"赵教导员满脸兴奋，推让了好久，只好对我们说："你们看，民意不可违，还是留下来吃吧。"

酒席就设在肖婷的小店里，大门敞开。肖婷和她妈妈在厨房忙活，她爸爸则拿出一挂大地红，点燃，一阵"噼里啪啦"的响声过后，孩子们哄闹着抢地上炸剩的爆竹，居民们则围过来看热闹，小街上就像过节似的。老肖请了当地几个德高望重的男子来作陪。他端起一碗米酒站起来，说："以前听人家说破案的故事，我不相信，今天你们仅几个小时就为我家追回被盗的钱，我是真正见到了神探呀，这碗酒我先干为敬。"说完一饮而尽。

有个老乡凑到窗口问赵教导员："领导，你们是怎么破案的，这么快？"

另一个中年人讥笑他："你真是个'番薯'，人家刑警队的，破多少大案，这样的案子他们一看就知道是谁做的。你以后可不能做坏事，不然很快就会被抓起来啊。"屋里屋外的人都哄笑起来。

赵教导员现场开展思想教育："小彭、文景，你们看，我们只是破了一个小案，做了力所能及的事情，老百姓就这样热情。我们还有什么理由不努力工作呢？"

我和彭正平连忙点头，笑着奉承道："赵教说得对，这次真是受教深刻呀。"


## 3

已是 1996 年的年底了，天寒地冻，家就是疲惫的人们最温暖最想停靠的港湾。

在双方父母的一再催促下我和凌溱溱的婚事也渐渐提上了议事日程，并商定在 1997 年农历新年前结婚。

自从 1996 年 3 月调到县城后我俩就品尝了分离的痛苦。刑侦工作不可能有准确的休息时间，节假日往往都保证不了。乡政府更加可怜，从来没有周六周日的概念，只有春节、清明、端午、中秋几个节日和一个月四天的假。有时我俩约好了在县城聚聚，可当她赶过来，单位的一个电话又将我召唤到案发现场，丢下她要么陪我父母聊天，要么就一个人寂寞地在街上闲逛。

去文水乡更麻烦了，路远不说，怕就怕到了后又有新的任务，要将近两个小时才能从那里赶回公安局，这样肯定会耽误工作，为此我尽量不去那里，即便遇到东路片派出所或其他单位的便车，人家热情地邀请我搭车过去，我也总要反复权衡，难下决心。这样就苦了凌溱溱，遇到节假日就由她搭车赶到县城来。每次她都会带些乡下新鲜的鱼肉蔬菜、松菇黄鳝或其他时令食物过来并下厨烹饪。看得出父母对这未来的儿媳妇相当满意。

我们将家里装修了一下。说装修其实很简单，就是在四面墙壁刮上两遍雪白的仿瓷，地面刷上一层红漆，总共也就花了几百元钱。

成家嘛总要有几样家具。我们买了一组和地面颜色相配的红色皮沙发，请人做了一个装饰柜和一个书桌，放在母子间的外间，装饰柜里放上些小饰品，显得温馨可人。我俩还请人做了一个梳妆台和一组组合柜，放在里间，这样就有家的味道了。家里之前除了那个 21 寸的彩电像点样子外就没有什么电器了。我问凌溱溱："还需要买什么电器吗？"她想了想，说："买个电视放房间吧，父母和我们的爱好不同，总不能一回家就和他们争电视看。除此之外，我请人家帮忙从广东买了一个热水器回来，冬天用锅烧水洗澡很不方便。"

"就这样了？"我感到疑惑，之前总是听人家说结个婚要花多少多少钱，有的为此还欠了一屁股的债。

"这样可以啦，以后我们自己存点钱，要买什么再买呗。"她说，"我们尽量靠自己，不要花父母的钱。"我知道，大人为了培养我们三个孩子读书已经没有什么积蓄，80 年代初爸爸和几个同事一起分别买了块便宜的地皮要建房，其他人家的房子已经住旧了，我家的一直到地皮买了十年后我警校毕业那年才建起来，而借的这些债直到我工作几年后陆续还清。

"太委屈你了。"我有些心酸，"唉，怪只怪自己没本事，就会守着这五百来块钱的工资。你看局里一些同事，明的暗的，搞得多活跃呀。"

"这些不要去比。我看你现在就是把工作做好，日子长着呢。"她停了一下，说，"谁的眼睛都是雪亮的，做违法违纪的事情既影响工作又影响名声，得不偿失。"我点点头，不得不佩服她说得有理。

凌溱溱还上街买了彩带、剪纸、红绣球回来，大姨和小姨帮着她将大大的红绣球挂在床顶中央，从球上伸展出的彩带连接到房间的四角，房门和新家具贴上大红的双喜字，明亮的玻璃窗上贴上鲜艳的窗花，整个新房顿时显得简洁而喜庆。

按东琴乡下规矩，婚礼前一天女方家要请客，而晚宴时新郎则要提些礼物去女方家坐席位。下午，董强大队长安排大队办公室的司机秋根送我去。考虑到从庐河市过去要绕很远的路，我和秋根决定开车到红河西岸的渡口，再将车停在河堤上乘渡船到达东岸的八仙岭街上。

凌溱溱家里请了几桌客人。按照当地习俗我被安排坐在一个方桌的上席，以前无论什么场合我也没有得到过这样"尊贵"的待遇，这让我面红耳赤坐得很不自然。乡下规矩这餐酒我是要被灌醉的，但因为老丈人事先对亲友交代，说路远，我酒量不行，就不要灌醉我了，这样我才躲过了。我在东琴工作过，很多亲友都认识，大家都来祝贺。仪式简朴热闹，客来客回、开席散席都要打爆竹，震耳欲聋的响声此起彼伏，香气久久弥散在空气中。既定程序一一进行，也顺利结束。

## 4

已到黄昏，我和秋根准备返回，这时天空突然下起了大雪。这可是今冬的第一场雪呀。在送我们去渡口的路上，凌溱溱望着片片雪花一脸欣喜，说："人家都说下雪是吉兆，新年快到了，年后我们一定会有好消息。"我笑道："对我来说，好消息就是你能调进县城。农村工作千头万绪，你一个小女子独自在那拼搏，太苦了。"她撩了撩被风吹起的长发，说："但愿如此。苦点无所谓，主要是希望能天天和你在一起。"她继而又提醒我们，"路面湿滑，慢点开车。"

渡船很小，没有船舱，乘客们都靠着船舷站在天空下。河面上一片空旷，北风呼呼地吹，纷纷扬扬的雪花将苍茫大地装扮成银色的世界。凌溱溱站在河堤上看着开动的船，不时朝我挥手，脸蛋被风吹得通红，脖子上的围巾随风飘飘落落。寒风刺骨，我招手叫她快回去，她没有走，一直看着船儿渐渐远行。古人常常有水边惜别的名句，李白的《赠汪伦》《送孟浩然之广陵》，白居易的《琵琶行》、柳永的《雨霖霖》，表达的都是恋恋不舍的真挚感情。触景生情，我心里也慢慢涌出一首平仄不整的诗来：

> 瑞雪漫天舞，冰河似巨龙。
>
> 北风何凛冽，旷野已朦胧。
>
> 江水催舟远，古亭立岸东。
>
> 笑颜频挥手，巾带似霞红。

秋根看着我，说文景，凌乡长对你多好呀。我微微一笑，心里泛起一丝甜蜜。

河堤是泥土堆成的，两边斜坡砌上了石头，离地面有四五米高。下了雪，路面有点滑，吉普车沿着堤面走了约一公里，这时却见前方路的左边侧翻了一辆小四轮，占去了一半多宽的路面，河堤本来就窄，只能容一辆车通行，平时会车时都要在弯道稍宽的地方让行。那司机缺德，出了事丢下车就走人，却将我们堵得进退不得。大雪还在不停地下着，只一会儿工夫我们的头上、身上就落满了雪花。我心急如焚，明天就是迎亲的日子，如果困在这里岂不成大笑话？丢下吉普车离开也不现实，荒郊野外的，总不可能走路回去，甚至还可能造成车辆被盗被损的后果。秋根同样很着急，绕着小四轮一会儿俯身，一会儿站起来左瞧右看，末了说："干脆我左边轮子走河堤上，右边轮子开下边坡，试试看能否通过。"我一惊，忙说："这可开不得玩笑，太危险了！平时这样走都困难，现在下雪了就更危险了，万一出了事怎么好回去向董大交代呀？"秋根听了也开始犹豫了。

我们望天兴叹无计可施，刚才欣赏美景的心情荡然无存。十分钟过去了，路上没一个行人过来。秋根看这样下去情况会越加麻烦，下狠心说："我还是试试！"我只好同意了，站在前面指挥着他一步一步往前挪动车轮，心都提到嗓子眼。秋根将车的左边紧贴侧翻的小四轮车身，右轮下了斜坡，慢慢地往前移。车身整个已经成大斜度了，稍有不慎就将滚落河堤，陷进水沟之中，我张大嘴巴不敢作声。秋根眼睛瞪得圆圆的，估计身上都要冒汗了。终于，车子驶过了小四轮。秋根往左一打方向，猛加一脚油，吉普车吼叫着冲上了河堤。

"谢谢你，秋根，你的技术真是太好了！"我兴奋地拍拍他的肩头，发自内心地赞道。

"谢啥？"秋根憨厚地笑笑，"结婚可是人生大事，耽误了我就责任重大呀。"

迎亲前一夜那段风雪之路让我终生难忘，它就像我之后经历的人生道路一样，艰难坎坷，险象环生，而我们唯一要做的就是敢于面对，勇于挑战，这样才能走出一个个困境。

# 第十九章　亲情谜案

## *1*

1997 年春节过后，县局进行人事调整，从派出所所长职位调来的方勇明任刑警大队副教导员兼我们的中队长，秘书科师弟小辉调到我们中队当侦查员，曾安斌探长因破获马刀抢劫案件有功提拔为东琴派出所副所长。

3 月底的一天下午，我出一个现场回来，赵教导员把我叫到二楼董强大队长办公室。两位主官正襟危坐，一脸严肃。我不知道发生了什么事，有些局促。

赵教导员示意我坐下，开口说："小文，你到大队这一年来工作肯吃苦、肯动脑，组织纪律性也很强。这次小曾调走了，中队缺一名探长，我和董大商量后，又报分管局领导同意，就由你来担任。我们想听听你的想法。"我一惊，原来是要"提拔"我，这可完全没有思想准备呀。

我忽地想到其实这个探长是很不好当的，以前"无官一身轻"，只需要跟在别人后面摇旗呐喊、出谋划策，探长、队长指向哪就打到哪，当了探长就必须承担起搅动脑汁带领本探组完成罚没款、破案追逃等诸多硬性任务。

我感觉心脏怦怦跳得厉害，嘴也变得好笨，不知道该不该答应。深呼一口气后我还是蹦出一句心虚的话："我怕做不好。"董强大队长舒展眉头笑了，说："一个探长还会做不好？无非是带着探员积极主动地开展侦查工作。探长虽然不是个官职，但也不是个清闲的位置，相反是一个要比别人做得更多、想得更多、付出更多的角色，套用一句入党誓词就是：吃苦在前，享受在后。这样的平台给了你一定的施展空间，你可以发挥自己的智慧，努力去完成案件的侦破工作。可以说，这样的角色是最考验人、最锻炼人的，也最能体现一个人的工作能力。"董强大队长停了一下，吸口烟继续说，"你工作时间虽然只有三年多，在刑警大队也只有一年，但我对你还是很了解的。刚才赵教已经说了你的优点，我同意。在这我还要给你提点建议：你有个性，尤其在案件分析上很自信，但自信过了就是自负，容易产生骄傲情绪，不知道自己几斤几两，这是年轻人的通病。我希望你在工作中谦虚谨慎，能虚心听取不同的意见，综合分析，这样就能对案件有全面认识，能把工作做得更好；另外还要刻苦钻研业务，书本上的、实践中的，都要吸收积累。毕竟我们大队是承担全县各类重特大刑事案件侦破的主力军，业务不全面是不行的。"我边听边点头，连董强大队长的话说完了也不知道。

"小文，你表个态啊。"赵教导员提醒道，"不用怕，有什么困难及时向领导汇报，大家会帮助你。董大像你这个年龄也当组长了，破了很多案件。"

我脑子急速转起来：其实以前我对不少案件也有自己的思路，但毕竟是个探员，没有决定权。当上探长也好，有了自由发挥的平台，可以测试下我到底是不是一块搞侦查的料。我心里踏实了一些，挺了挺身子，说道："董大、赵教，谢谢你们信任我。刚才的话我都听明白了，我一定会克服困难，加强学习，多破案件，做出成绩来！"我不知道再怎么说下去，感觉自己嘴巴干涩、脸颊通红，就怕在领导面前夸下了海口，辜负了领导的期望。

两位主官对视一下，笑了。

决心表了，但出得门来其实还是有些心虚，不知道这个探长能否做好。赵教导员从后面走过来叫住我，轻声说："小文，大队还有好几个同志比你参加工作时间早，在吃苦精神、业务能力上也不错，都比较优秀，为什么我和董大只选你当探长呢，这自然是我们看重你，全面考虑的结果，你可要好好表现，实实在在做出成绩来给大家看呀！"

我连忙点头。领导都说到这个份上，我只能搏命而为了。我给自己鼓鼓劲，再次表态说："请领导放心，我一定会加倍努力，你们看我的实际行动吧！"

## 2

是骡子是马总要拉出来遛遛。

刚在领导面前"宣誓"完考验的机会就来了。几天后，县里最大的招商引资项目——快丽加玩具厂发生一起盗窃案，该厂一车间流水线上的十二支修胚枪不见了。一支修胚枪值人民币一千余元，总价值一万多，这在当时属特大盗窃案。

快丽加玩具厂总部在广东东江，是县里招商引资项目的门面单位、龙头企业。县领导听到厂里的报案后非常重视，指示县公安局全力侦破。董强大队长、方副教导员带着我们一中队四个民警立即开展调查。

大江和董强大队长坐一辆车，我们几个坐另外一辆。

小辉上车就骂："一万多对这些资本家来说不过九牛一毛，报什么案？县政府干吗这么重视？"

我嘿嘿一笑，说："这你就不懂了。县里好不容易引来了一只生蛋的凤凰，它身上出了任何问题都是大事。如果凤凰感觉这里不安全，飞了，岂不影响县里的'筑巢引凤'事业。"我的比喻逗得大家笑起来。

周俊接口道："关键是还会影响到一些人的乌纱帽。鸡飞了，财政收入少了，领导一发脾气，把负责招商的、负责破案的通通撤职查办！方教，你可要小心呀。"

方副教导员哼了一声，说："你这家伙吓不到我，谁能保证哪个案件都破呀？我这副教导员连个副科级都不是，不算什么官位，要撤就撤吧。"

说笑间就到了位于县城东郊的开发区。开发区虽然范围圈得很大，但只有稀稀落落几家企业落户。

快丽加玩具厂的管理经验是从沿海城市带来的，保安把门，进出登记，管理很严。我们下车后亮明身份，守门保安说道："对不起，我请示一下。"我们这些刑警平时在县里横冲直撞惯了，听了后很不舒服。大江骂道："警察来了还要请示，是不是不想破案了？"保安根本不理，仍旧自顾自拿起电话向上面报告。董强大队长摆摆手，示意大家不要吵。厂区周围一片空旷，寒风劲吹，大家站在门外冷得缩头缩脑。几经请示后我们进了办公楼。周俊疑惑地说："这样把守森严也会被盗？"

所谓修胚枪是工人用来对玩具胚体进行打磨修整加工的工具，中部是一根长长的电线，尾部有插头连接电源，枪头用来工作。就这么一根线要一千多元？我很疑惑。工厂主管不屑地告诉我们说："贵就贵在枪头那一点点物件上，它可是用特殊材料做成的，不然如何耐得了高温、经得住磨损。"

现场勘查表明，作案人是从车间窗户爬进去，卸下修胚枪后打开车间门再从旁边的厂区公共卫生间窗户爬到围墙上，跳到工厂外面的。大家都否定了外部人员盗窃的可能，因为围墙外面很高，难以爬进来，再则，不是在里面做工的人既不熟悉里面的环境，也不知道这种工具值钱，谁会去偷这么不起眼的一根线。

内部人员谁会去偷呢？他现在还在厂里吗？

该厂有一百多人，绝大多数是在广东招来的外省籍熟练工，本地人很少。董强大队长召集大家对案情进行了一番分析，大伙都认为，厂里的本地人不会偷，因为本地没有这样的厂子，偷了不好卖，没人要。盗窃的人一定是识货的外省籍打工仔，偷了后可以将东西藏起来继续上班，以后借机带货逃走，或者现在就逃走了都有可能。这样看来，我们的突破口第一步就应该放在那些已经辞工、准备辞工的人员身上。

我们翻开花名册一一核对，今天没来上班的共有五个人，有请假休息的、有早已提出辞工的，其中一个叫张宏的四川人引起了大家的注意，他今天既没来上班也没有请假。

张宏的室友反映，两天前他和同事因为一点小事打了架，派出所调查后要他赔对方的医药费，估计他是为了躲避派出所的处理而不辞而别。查他的人事资料得知，张宏原来在广东翠山市的一家玩具厂打工，应该知道这种修胚枪的价格，而资料还显示他妻子现在还在翠山市的一家玩具厂务工。

张宏有重大作案嫌疑，他极有可能就是怕出医药费，临行之前再顺手牵羊捞一把逃到翠山市了。

董强大队长和方副教导员研究后决定，由方副教导员立即带着我和小辉开车赶往翠山市。说到出差，一般情况下没有可靠的依据或者重大案情我们是不舍得去的，原因就是经费紧张。像这个案件，我们只是推测张宏有作案嫌疑，没有任何证据，加上仅仅就是一个盗窃案，按理是不会派人远赴千里之外去调查的，但厂里说他们提供车辆、提供油费，那我们就没有借口了，何况县领导正盯着呢。

快丽加玩具厂给我们提供了一辆吉普车，车身涂得花花绿绿，看起来像只花斑老虎，显得特别招眼。经过二十多个小时日夜不停地奔袭，我们在第二天上午十点赶到了张宏妻子所在地的分局刑警大队。让我们感到奇怪的是该分局既有地方行政公安也有边防警察。局长和接待我们的刑警大队副大队长都是边防警察，他们安排一位地方行政公安老黄配合我们行动。

我偷偷对方副教导员说："天下之大无奇不有，本来应该是行政公安管边防警察，这里怎么是边防警察管行政公安？"

方副教导员说："所以要多出来走走，我们穷地方的人真是孤陋寡闻啊。"

小辉刚刚接触公安业务，没到外面办过案件，更加觉得到处新鲜，问这问那。方副教导员扯扯他的衣角，偷偷用家乡话说："别问了，不然人家会看不起我们。"

上车去找张宏前，我对方副教导员说："方教，你就在这里陪人家聊聊，增进感情，我和小辉跟着黄警官去就行了。"方副教导员点点头，嘱咐我们小心些。

坐在车上往街面看去，翠山真是一座清新秀丽的城市，街道笔直宽阔，楼房美丽别致，景观树高大翠绿，如内地城市一般，空气清新、视野开阔，却没有穗城、新州等大城市的拥挤和喧嚣，能在这样的地方工作生活真是幸福。

从张宏妻子厂里偷偷了解到他确实过来了，就住在附近的一个旧村里。我们赶到那片出租屋，房东是本地人，他告诉我们张宏刚出去不久。

说是出租屋其实就是一排排鸽子笼般的平房。房子高约两米，一间连一间。周围环境很差，门口的简易水沟发出阵阵馊臭味，成群的苍蝇往人身上俯冲过来。我暗想，春节前看到外出打工的年轻人衣着时髦、神气活现地回到家乡，春节后又结伴而去，总认为他们在外面过着幸福快乐的生活，没承想好些人的居住条件却是如此的恶劣！

我透过张宏住处的小窗偷偷往里瞧，房间仅有四个多平方米大，摆张床就没什么空间了。房东看我们捂着鼻子难受的样子有些不好意思，说："到我家里坐坐吧，喝杯茶，等那衰仔回来了就通知你们。"

房东慢悠悠地烧水、洗杯、洗茶，先将茶水倒在大杯里，再往银元大小的杯子里斟来倒去。小辉端起杯子一口干了，用家乡话对我说："这样也叫喝茶，还不够沾湿嘴唇的。"

"这是工夫茶，可是高雅的生活方式。"我虽这样说，其实心中也和小辉是同样的想法，从开始烧水到好不容易喝上茶，真是会把人的心脏病都急出来。

一个小时后房东对黄警官说，他回来了。我们三人迅速走到那间出租屋内，将刚打开门准备进屋的张宏逮住。张宏二十三岁，个子不高，身体结实，发型怪怪的，长得几乎遮住了耳朵。那房间很小，我和小辉搜查后没发现修胚枪，正要再仔细看看，黄警官说："不用搜了，快把人带走先。旁边出租屋的人都是他的四川老乡，万一围上来我们就不好带走了。"

出门在外只能听人家的安排，我们一左一右夹着张宏带到汽车上，匆匆赶回刑警大队。方副教导员和副大队长谈着工作，他交代我一些调查重点和注意事项。

问话进行得很艰难，张宏坚决不承认偷了修胚枪，只说是因为打了架不想出医疗费，加上老婆怀孕了想叫她辞工一同回老家去，听起来理由很充分。而我们除了有怀疑的理由，确实没有其他任何实质性证据。

两个小时过去了，这家伙仍然否认。小辉气得受不了，"啪"的一巴掌打在张宏脸上，怒道："不是你是谁，赶快给我交代！"张宏根本不示弱，一甩长头发，大声叫道："你没有证据乱打人，我要投诉你！"看着他这样坚定的态度，我暗想，难道我们的判断有误？

我意识到这样耗下去没有用，要证明是他作案当务之急就是找到修胚枪，找到了他自然没话可说，找不到你就是打死他也破不了案。我示意小辉别发火。为转移张宏的抵触情绪，我指着他说："你要证据，行，我会给你的。"

刚才他住的那个小房间没有发现东西，这么小的空间我们不可能找不到。那东西又藏在哪呢，难道他把修胚枪卖了？

我对方副教导员说："干脆我再去搜查一遍，搜仔细点。"他点点头，说："注意安全，周围都是他的老乡。"我满不在乎，说："不怕，人在我们手上，别人不敢对我们怎么样。"

黄警官骑着摩托车搭着我又回到张宏的住处。我对房间的每个角落又仔细搜了一遍，一无所有，心中不免有些泄气。走出房间，却见外面围着十多个壮汉，有个大汉问道："你们是干什么的？"黄警官拍了我一下，示意我走。我不甘心，对着人群说道："我们是警察，在执行公务，没事别挤在这里。"壮汉们看我一脸严肃，不作声，慢慢挪到一边，看着我们不愿离去。

我站在门口左顾右看，一闪念间，我的目光落在了房子的平顶上。站在下面看不到上面有什么东西，我必须上去瞧瞧。我向房东借了个简易楼梯爬了上去。平顶上乱七八糟堆放着木板、钢筋、沙子、麻布袋等物品。我仔细地翻动着，衣袖、手掌都被磨得黑不溜秋的。翻到最底下时露出了一个灰色的布包。我拉出来，打开一看，几支修胚枪赫然显现。这家伙真聪明，判断出警察会追过来，就把东西藏在房顶上。拍好照，写好搜查笔录，做好房东的材料，我和黄警官匆匆赶到刑警大队。

"房顶放了什么？"我厉声质问张宏。这小子一愣，知道再狡辩下去没什么意思，终于低下了高昂的头，轻声说："我交代，房顶上还有八支修胚枪。我今天上午卖了四支，得了三千块钱。"

在黄警官的配合下，我们将被卖到附近一家玩具厂的四支修胚枪追了回来。

休息一晚，第二天我们押着张宏往县里赶。天黑时分到达一个山区小县城，将张宏羁押在当地看守所后休息了一晚，第二天一早又风尘仆仆地赶路，下午四点多顺利回到县里。

在之后的审讯中，张宏为了减轻罪行，将自己老乡在翠山市参与的一起故意伤害致死案件的涉案人员举报出来。通报给翠山警方后对方非常高兴，由此侦破了一宗困扰了他们两年的省厅挂牌督办案件。我们也算是投桃报李了。

### 3

4月中旬的一天傍晚，我刚下班，准备骑摩托车回家，就听到方副教导员在后面大喊："文景，文景，快回来！"我调转车头回到大队院内。

方副教导员说，矿区派出所朱所长马上要到了，有个紧急情况要处理，等下我们边吃晚饭边听他介绍情况。

矿区派出所其实是一家企业派出所。企业派出所是在当时的治安形势下，经省级公安机关批准，在大型工矿企业内部设立的介于企业保卫科和公安派出所之间的保卫组织。它在机构上不是正规的公安派出所，在人员编制上由企业自行安排，工作人员身份上不是严格意义上的人民警察。虽然如此，企业派出所却拥有治安管理处罚权、刑事侦查权等警察权。它的好处是能发挥人熟地熟情况熟的优势，迅速查清事实或开展矛盾调处，一定程度上解决了公安机关人手和经费紧张的矛盾。缺点是工作对象大多是一个单位的同事，工作人员也大多数是半路出家，变动频繁，存在着业务不精、执法不严的问题。随着公安机关正规化建设的发展，现在的企业派出所已经不存在，变成实实在在的没有执法权的内保机构了。

县里的这家企业是一家省属大型钨矿，职工、家属加起来有近两万人。钨矿家大业大，社会治安非常复杂。好就好在矿区派出所工作人员多，管理到位，基层治保组织健全，尤其所长老朱是位资深内保，业务熟练，经验丰富，处事圆滑，与县局的关系处理得很好，所以工作开展得也是有声有色。

不久，朱所长的车驶进大队院子，他下车后分别与我和方副教导员握了握手，寒暄几句后就开始介绍情况。朱所长年约四十岁，个子不高。他语速缓慢，给人沉稳亲切的感觉："我们矿区今年农历新年前发生了一起离奇的儿童失踪案，职工肖克平、周小芳七岁的独子小宝在期末考试那天下午不见了，我们调查了一段时间，一直没有破案。这起案子在矿区周围乡镇引起了不小反响，学校和家长多次到我们所里追问情况，矿区领导也给我们作过很多指示，所里压力很大。今天下午有一个人到肖克平家，问他家是不是丢失了一个小孩，肖克平说是。这人就说他知道是谁弄走了小宝，肖克平连忙把他带到我们所里来。我怕我们派出所办不好这样的案件，就把人带过来，请你们立案侦查。"说完朱所长往远处一指，说："你们看，那个就是知情人。"

我和方副教导员顺着他指的方向看去，只见派出所的警车边站着一个年约二十岁，一米六不到的小个子，瘦瘦的脸庞上戴副宽边近视眼镜，头发又卷又长。他上身穿件肥大的宽格子外衣，与其身材极不相称，就像是一个街头流浪的西方嬉皮士。

方副教导员一招手，叫他过来，问道："你叫什么名字，哪里人，是做什么的？"

"我叫邱三根，庐河市的，家里父母都不在了，我无家可归，平时帮人家看看摊、打打零工，没什么正经工作。"

"你知道小孩的下落？"方副教导员问。

"我不知道。和我一同住在飞雁大桥桥洞里的那个人对我说，肖克平家走失了一个小孩，要我去骗肖克平说我知道孩子的下落，让肖克平拿出一两万块钱来，钱到手后就趁机溜掉。"

"所以你就来骗肖克平的钱？"方副教导员提高了声音。

"不不，我不想骗钱。我是觉得那个人很坏，想举报他，带你们去把他抓起来。""嬉皮士"有些急了。

刚开始看到他的穿着时我还怀疑这人在精神方面可能不正常，听他说了几句话后我立即打消了疑虑，于是问道："你为什么要举报他？"

"他……他总是欺负我。本来桥洞是我先住的，他来了后反而要赶我走，还说我不去骗肖克平就要打死我。"

"他告诉了你小孩的下落吗？"我继续问道。

"没有。他好凶，我感觉不像个好人，真的……"

"他是哪里人？叫什么名字？"

"不知道，我们只认识了一个星期。"

方副教导员说，一下子谈不完，我们抓紧时间吃饭，然后就去庐河市抓那个家伙。简单吃过晚饭，朱所长带着歉意对我和方副教导员说："矿区晚上还有一个会，我要去参加，等下我们所里小龙、小张把我们前期的工作向你们详细介绍一下。"

晚上七点，方副教导员带领我和派出所小龙、小张以及邱三根赶到了飞雁大桥附近。离大桥约五百米，我们叫邱三根先下车去桥洞看看那个人还在不在，我和小龙则跟在他后面。邱三根走下河堤，爬进桥洞，不一会儿就返回，偷偷对我说："不在。"我指了指桥旁边的黑暗处，叫他在那里守着。

回到车上，我对小龙说："你把前期的侦查情况说来听听。"

小龙说："情况是这样的。期末考试结束那天放学比往日早，是下午四点放学的。可是，肖克平等到四点半也没有看到读一年级的儿子回来，就去学校看，学校早已放学，小宝不在那里。晚上六点，他到矿上找仍在加班的妻子周小芳，她也说没有看见儿子。小宝是两人的独苗，聪明活泼，深得家人喜爱。现在突然失踪，肖克平和周小芳两人焦急万分，忙跑到亲友家一一询问。在矿区的一家小商店门口，周小芳看到自己的弟弟周良芳在那看电视，于是问他看见小宝没有，周良芳说没有，并立即着急地和姐姐姐夫一同去寻找。在路上，一个同事看到肖克平夫妇火急火燎、行色匆匆，问他们怎么回事，周小芳把情况一说，同事说下午四点的样子看见小宝跟一个穿着米黄色衣服的年轻人在矿区运货的铁轨上行走。周小芳夫妇这时猛地发现一旁的周良芳也穿件米黄色的衣服，顿觉可疑。肖克平寻子心切，顾不上过多思考，就问他，'是不是你把小宝弄走了？'周良芳一听火冒三丈，对着姐夫胸部就是一拳，骂道，'好心当成驴肝肺，我帮你找儿子，你竟然怀疑我？'

"周良芳是个什么样的人呢？他的父亲是我们矿里的老职工，现在已经退休在老家。因为他父亲退休时周良芳不够十六岁，就由他的姐姐周小芳顶替当了工人。周良芳是老两口四十多岁时生的，因此相当得宠，父母即使自己省吃俭用也要让他吃好穿好，他却养成了有书不读、好吃懒做、东游西荡的毛病。他初中毕业后没考上高中，不愿在老家和父母种田，有时到福建打几天工，受不了苦又回到父母那里混吃混喝，没钱时也喜欢到姐姐那里讨几个。姐姐姐夫虽然不高兴，但念在是自己的亲弟弟，指望他慢慢会懂事，也就经常接济他一下。这家伙虽然懒，但还没有发现做过什么坏事。周小芳夫妇虽然觉得弟弟不可能做出绑架小宝的事情来，但找了好几个小时只有这么一条线索，于是就拉住他，要他一同到矿区派出所讲清楚。

"朱所长安排我和小张审讯他，又安排其他人去查找小宝的下落。周良芳这家伙极力否定看到了小宝，说自己刚从福建打工回来，在矿区下车，准备去姐姐家，不时地大喊冤枉。我们调查还发现，下午刚放学时在学校门口摆摊卖零食的老太太说有个年轻人带着小宝在她的小摊上买了九毛钱的海带串。

"我们所里安排见过'那人穿米黄色衣服'的工友和摆小摊的老太太对周良芳进行了辨认，他们都说记不清了。之后查来查去也查不出周良芳有什么涉案的证据，第二天只好让周小芳把他带回去。这家伙出去后就从姐姐家离开，不知去向。"

方副教导员在车上伸伸腿，回过头对我说："文景，你和小龙还是到大桥附近去观察，好及时发现目标。小张给我介绍一下以后的情况。"

我和小龙躲在离桥不远的一丛树影下，我理了理思路，暗想，邱三根说的这个人是不是就是周良芳呢？不管他是不是周良芳，这家伙的情况不外乎有三种：一、他是个骗子，听到了肖克平儿子失踪之事，要邱三根这活宝出面去骗钱；二、他是知情人，确实知道小宝失踪的内幕，但不愿意出面，想通过邱三根去试探一下肖克平愿不愿意出钱、能出多少钱，得点赏金；三、他就是作案人，绑架小宝后想利用邱三根这冤大头出面去谈赎金，拿到钱再趁机放人。

但一个小时过去了，仍不见人影，这家伙去哪儿了呢？

也许他只是想骗点钱，觉得事情不大，现在出去了，等下还是会回来的。也许他就是作案人，很谨慎，正躲在暗处观察，甚至有可能跟在邱三根后面也去了矿区，发现他到派出所报告后逃之夭夭了。

无论如何，死马也要当活马医，我们必须做好长时间守候的打算。

4月仍是春季，河风劲吹，我和小龙躲在暗处瑟瑟发抖。远处透着点点灯光的飞雁大桥的另一端吸引了我的目光。那边其实是省里的一处名胜——飞雁洲，和长沙的橘子洲一样，是在江中心自然形成的岛屿。岛上树木茂盛，郁郁葱葱，最有名还属那座千年书院，一批在中国历史上名垂青史的仁人志士都曾在这里留下宝贵的印迹。尤其传得神乎其神的是，不管红河这条贯穿全省的大河如何涨水，飞雁洲从来不会被淹没，大家都说是因为它会随着水势浮起来。现在岛上除保留了大量古迹外，还有一所省级重点中学。90年代初，为了解决学生跨浮桥上学发生事故的问题，才建起了这座飞雁大桥。在这样风光秀丽、文墨飘香的地方读书真是人生的大幸呀。我又看了看和小龙蹲着的地方，不远处是另一所重点中学和全地区条件最好的幼儿园——地区机关幼儿园。

为驱散寒意，我叫小龙把情况讲下去。小龙轻声说道："听说小宝失踪了，第二天周家父母和周良芳的表兄王云飞从老家匆匆赶到矿区。周良芳和王云飞平时很要好，他从派出所放出来后当晚两人同睡一床。王云飞看周良芳翻来覆去睡不着，以为他在生姐夫的气，就劝导说，算了，明天我们再好好去找，找到就没事了。周良芳'嗯嗯'几声。过了一会儿忽然坐起来，压低声音对着王云飞说出几句话来，把表兄吓了一大跳。他说，小宝是我和两个福建来的人搞走的，他们要赎金三万元。表兄愣愣地看着他，似乎看着一个陌生人。他半晌回过神来，不敢直接问周良芳为什么要这么做，只是说表姐哪有那么多钱呀？"

"那好，我的一万块就不要了，他们拿两万块去海泉市赎人吧。"

"好不容易挨到天亮，一夜睡不着的王云飞连忙将情况告诉了表姐周小芳。事情既然这样，救人要紧，肖克平一家四处奔走，当天凑齐了两万元，然后像求爷爷似的哀求周良芳赶快动身去海泉市。可是他说别急，我们明天去。"小龙继续介绍。

我问道："这些情况肖克平家人当时报告给你们了吗？"

小龙生气地说："没有。事后听肖克平说，周良芳不准他们告诉派出所，说如果告诉了他就不去了。人家救子心切，想花钱免灾，自己处理。"

"后来呢？"

"天一亮，周良芳、周小芳以及肖克平的姐姐、弟弟一行四人就出发了，当晚风尘仆仆赶到福建省海泉市的一家酒店门口。周良芳说，你们在这里等等，我进去找他们。过了半个小时他走出酒店，手上拿着小宝的几份试卷、一个文具盒和两把钥匙，说'人在里面，他们叫我来取钱，交钱后就放人。'"

周良芳要先交钱再放人，周小芳这时倒机灵了，说不见小宝就不给钱，周良芳只好返回去。人多力量大，人多点子多。和周小芳一同来的小宝姑姑、叔叔见机会难得，就说："快报警，不然他们会转移小宝的。"周小芳立即向附近派出所跑去，等周良芳从宾馆一出来就被等候在那的民警抓住了。突击审查，这家伙什么也不交代，后来迫于有缴获的小宝的物品这些证据，在海泉警方的步步紧逼下，他说出了同案人的姓名、住址，一个叫孔雄、一个叫余双水，就住在附近的一个村子里。海泉警方相当重视，当晚组织了大量警力对附近的酒店、村庄进行了细致搜捕，但却一无所获。因为案发地在我们县里，海泉警方没有立案，加上传唤时间有限，只得将周良芳放了。

"放了？这样有重大嫌疑的人为什么不对他先行拘留呢？最起码也要通报给你们呀！"

"通报了，可是等我们立了案，办了刑拘手续时间已来不及了。人家当地警方对刑诉法的执行很严格，到时间不得不放人。唉，这是法律的漏洞呀。"

"怎么这么死板呢？他们立案不行吗？"我埋怨道。

"严格说应该是我们立案，人家配合，毕竟案发地是在我们这里。不过像当时的证据，即使你把他关起来，一个月后也不得不放人。"

想想也是，生不见人死不见尸。仅凭几份试卷等证据确实也定不了罪，逮捕的依据不足。

我使劲揉了揉冰冷的脸，搓了搓冰凉的手，将衣服裹得更紧些。看看BP机上的时间，已经过了四个小时。

又一小时过去了，此时已是凌晨一点多。我们回到车上，发动车子准备回去，等天亮时再过来，"嬉皮士"突然指着后视镜里的一个人说："就是他！"我们回头朝车后望去，那人在离车子只有二十来米远的地方慢慢走来。等他走近了，我们迅速拉开车门，一拥而上将他抓住。

小龙用手托起那人的下巴，叫了句："是你，周良芳？"

那家伙瞥了邱三根一眼，又看了看我们，一句话也没说。

## 4

审讯工作连夜展开。

"周良芳，刚才到哪里去了呀？"方教问道。

"在街上随便转转。"他漫不经心地答道。

"不和你兜圈子，你也知道我们找你是为了什么，你说，小宝现在在哪里？"

"我已经说过了，被孔雄和余双水带到海泉市去了。"

"孔雄和余双水是哪里人？现在在哪里？"

"他们好像是湖南程州人，在海泉市混黑社会的。我在海泉打工时认识的，不知道他们现在在哪里，出事前他们要我回来物色一个小孩让他们绑架带走。"

"你和他们是怎样联系的？"

"我在绑小宝的前两天打了电话到海泉市，要他们过来。唉，我不知道绑架谁好，只好让他们绑架我亲外甥。我做错了事，很后悔呀。"

"他们的电话号码是多少？在哪打的？"

"电话号码记不清了，是在庐河汽车站出口的那个电话亭打的。"

"海泉警方放了你之后，你还见到了孔雄和余双水他们吗？"

"没有。我都想找到他们，给他们一点钱，把小宝要回来。"

"你这个家伙，到现在还在抵赖！你以为骗得了海泉警方，现在还骗得了我们吗？"我怒了，"海泉警当时就搜查了宾馆，并没有发现有其他人，你就编吧。"

他瞟了我一眼，慢慢答道："这我哪知道，估计是我姐姐去报警时被他们发现了，于是赶快转移。唉，要是当时我姐姐不去报警就好了。"

周良芳其实长得不错，脸庞秀气，身材匀称，说话思维敏捷，吐字清晰，整体给人一种阳光亲切的感觉，如果走正道兴许会很有人缘。

仔细一查，庐河市的那个电话亭在案发前后一段时间里根本没有打往海泉市的电话，这说明他说了假话，没有和那边联系过。他说假话的目的是什么？是他一个人作案？不可能，因为他想得到赎金就必须派人看守，何况他在海泉的宾馆里确实拿出了小宝的物品；那是他撕票了？也不可能，时间那么紧，案发不久周小芳就在矿区看到他。再说无冤无仇，姐姐姐夫又经常接济他，他总不会为了几万块钱就把自己的亲外甥害死吧。

从他拿出了小宝的物品来看涉案无疑，之所以不愿把小宝的下落交代出来，要么是他没有拿到赎金，要么是他现在真的不知道小宝的下落。

董强大队长决定把他的至亲找过来，亲情的感化兴许能让他利欲熏心的思想产生变化。但是无论父母、姐姐姐夫如何声泪俱下地恳求，他都无动于衷，两天过去了只是重复一句话："我错了，但我真的不知道小宝现在的下落。"

他说不知道小宝的下落，难道又要放了他？

"做细做实，这次无论如何也不要轻易放过他，否则如何对得起孩子的家属，如何向群众交代！"董强大队长决定先将他刑事拘留，再派两个组分别赴福建海泉、湖南程州寻找孔雄、余双水的下落。

一周过去了，外出调查的两个小组满怀希望而去，带着失望而归，两个地方都没有发现这两个人。

眼看着刑拘期限就要到了。董强大队长一咬牙，说如果就这样放了他，我们刑警大队的脸面就丢光了！连忙带着我跑到县检察院去协商，希望能先批捕，在逮捕后的两个月羁押期限内继续侦查。

按照逮捕的条件，主要犯罪事实要查清，从目前情况来看是够不上批捕的。但是这家伙又确实有重大涉案嫌疑，解除刑拘不仅对不起孩子的亲属、对不起正在关心这个案件的社会群众，对我们刑警来说更是一种耻辱。检察官听了介绍也很理解，在召开了检察委员会后同意了我们的意见。不过他们补充道，如果两个月内还拿不出重要证据，公安局移送起诉的话也只能作不起诉决定了。

宣布逮捕的那天我在看守所审讯了他。我掏出烟，打亮火机，点燃，吸了一口，说："周良芳，你别以为我们还会像矿区派出所、像海泉警方那样问问你就放了。你看，检察院对你批捕了，这说明什么？说明我们绝对不会这么轻易放了你，不交代清楚你是不能从这里走出去的。现在想得怎么样了？记住，不要再用鬼话来骗我们了。"

他的眼睛一眨一眨，沉默几分钟，说："给我支烟吧。"我看他思想似乎有所松动，于是递了一支烟给他。他猛吸一口，抖抖烟灰："我现在说实话，人是我和我表兄王云飞搞走的。王云飞带走了人，小宝的书包也在他那里。"

怪不得小宝失踪后王云飞很快就出现了，而且还配合周良芳给我们摆了那么久的乌龙阵。案情变得合理了，这可是重大突破呀！事不宜迟。当晚王云飞在他老家被我们抓获。经搜查，从他家发现一个大大的旅行包，小宝的书包就在其中！

王云飞坐在大队审讯室的椅子上，全身一抖一抖的，不知是因为从热被窝里被揪出来的本能反应，还是知道这一关不好过而胆战心惊。可是，任凭我们如何迂回包抄、政策教育、直接点穴，他就是大呼冤枉，一口否认参与了作案。

"小宝的书包在你家，这还抵赖得了？"我把搜到的旅行包扔到他脚下。

"小宝的书包？"王云飞看着脚下的旅行包，说："这是周良芳要我从矿区带回去的，说是先放我这里，他以后来取。我从来没有打开过，不知道里面有小宝的书包呀。"

王云飞反映，出事的第二天，也就是派出所把周良芳放出来的那天，他和周良芳父母从老家来到矿区。当天晚上一起睡觉时，周良芳叫他一起到矿区一处偏僻的山脚下，要他在山下等着，自己上山去取了一个上了锁的大旅行包，说是刚从福建带回来的，要他帮忙带回老家去。因为当时周良芳还没有告诉他伙同孔雄等人把小宝弄走一事，所以他认为这个旅行包很正常，加上上了锁，也就没有在意。

"那他告诉了你是他和孔雄等人把小宝弄走之后，你为什么不把这个旅行包交给派出所，何况他是从山上拿下来的？"我觉得他的解释不尽合理。

"我想既然他愿意去海泉把人赎回来，一个旅行包又能说明什么呢？再说在海泉他不是已经拿出了试卷等物品，旅行包里估计只是他本人的一些衣服。不信，我可以和他当面对质，我绝对没有参与这起案件。"

按照规定，不到万不得已，当面对质是不允许的，但是为了尽快厘清问题，我们只好如此。

周良芳坐在审讯室。

我刚把王云飞带进去，周良芳先开口了："表哥，把人交出来吧，这样大家都可以减轻罪行！"王云飞一听，脸色顿时煞白，用手指着他："你、你、你，你要把我拖下水……"之后就说不出话来了。

把他押回到旁边的审讯室，方副教导员问："王云飞，你现在还有什么要狡辩的？"

王云飞低垂着头，唉声叹气，说让他想想。

为防止他拖延时间考虑对策来迷惑我们，我骂道："想什么想，把你做的交代就是了！"

王云飞抬头看了我一眼，哭丧着脸说："我没有做呀。"

"没做，亲老表不冤枉别人怎么要冤枉你？快说！"周俊圆瞪双眼，指着他的鼻子怒吼。

王云飞一脸悲愤，喃喃道："亲老表，还有这样的亲老表，把我害死了，我可是有口难辩呀……"他边说边摇头。

沉默一阵，王云飞突然抬起头，面露喜色，大声说："我想起来了，小宝失踪那天我在老宋家做了一天的木工，第二天周良芳父母来老宋家找我，要我陪他们一起去矿区，在这之前我在老宋家做了一星期的木工，一直没有离开乡下，不信你们可以去调查。"

根据王云飞的回忆，方副教导员带人过去一查，果真如此。幸亏我们工作扎实，否则按照周良芳的交代将王云飞刑拘起来是没有任何问题的，但这样不仅冤枉了一个好人，而且又将把我们的侦查方向引入歧途，浪费时间！

## 5

周良芳胡编乱造，把我们搞得东奔西跑团团转，甚至像疯狗一样咬出平常交往很好的表兄，这说明了什么？！

"这说明小宝已经被他杀害了！"董强大队长一脸严肃，抹了抹一字胡，很自信地说，"下一步的关键就是突破他的防线，瓦解他的侥幸心理，迫使他交代出藏尸地点。"

方副教导员点头说："对。他无非是认为我们找不到人也找不到尸体，关一段时间就会把他放了。今后的审讯不要让他牵着我们的鼻子走，应该明确地对他说，你知道小宝在哪儿，你不要赖到别人身上去了。"

虽然我也有小宝不在了的预感，但我多么希望这不是真的。当董强大队长这位屡破大案的老侦查员说出这样坚定的话时我的心还是为之一颤。仔细想想也确实如此，如果真是他和孔雄他们搞走的，他有必要冒着自我暴露的危险很快就告诉家人吗？安全的方法应该是叫孔雄他们打电话给小宝的父母要钱，他在一旁观察策应。这坏蛋主动跳出来只能说明他没有帮手，是一个人所为！另外，如果人还活着，交出来肯定会从轻处理，这个道理他会不懂？

眼看着时间一天天过去，离逮捕后的两个月羁押期限还差几天，董强大队长请示局领导后又将这个家伙提解出来带到大队审讯室，准备强攻。

按照拟定的方案，我们步步紧逼，向他发出了明确的信号：你知道小宝的下落，你不交代或胡说八道绝对是过不了关的！

这句话可以有两层意思：一、小宝没死，你把他藏起来了；二、小宝死了，你知道尸体藏在哪。

两天两夜过去了，周良芳任何狡辩的言语都被迅速制止。我们坚定的信心和适时的亲情灌输终于让他的态度有所松动，他向周俊讨了支烟，一口气吸了三分之一，猛地吐出一口长长的烟雾，叹口气，神情疲惫地说："也没什么隐瞒的了，我交代，小宝是我在他期末考试结束那天一个人杀的，就埋在第二食堂后面山脚下的排水沟里……"

据他交代，出去打工三个月了，没有存到几个钱，眼看着就要过春节了，回家在小兄弟们面前可怎么显摆呀。思来想去，就想学着在录像厅里看过的港产警匪片搞绑架。本想物色一两个同伙，但人多容易出事，不如单干。从不熟悉的人下手，不好，因为不知道案发后人家的对策，把握不了结果，有可能鸡飞蛋打。想来想去还是绑架自己的亲外甥小宝安全可靠。从福建回到矿区的当天，他将自己的旅行包藏在山上，然后去学校门口等小宝。小宝出来看到舅舅，很高兴，吵着要吃零食，之后就听从舅舅的话跟随他去找妈妈，天真的孩子怎么也想不到自己的亲舅舅竟然是一匹恶狼、一个魔鬼……

之后他假装没事人蹲在小店门前看电视，想平静一下心情再去姐姐家，正魂不守舍时遇见过来找小宝的姐姐姐夫，而最为想不到的是，路上竟然有人告诉他们说看到小宝和一个"穿米黄色衣服"的人在一起，引起了姐夫的警觉，打乱了他之后想偷偷冒充别人进行勒索，自己待在姐姐姐夫身边观察动静，劝他们花钱消灾不要报案不要与警方合作的计划，于是只好铤而走险，主动向亲人承认是自己和别人作案，再一次利用亲人们只想找回小宝，不想对他绳之以法的善良感情，意图搞乱视线，骗取赎金后溜之大吉。

"你想勒索就勒索，为什么要杀死小孩呢？"董强大队长问道。

关于这个问题我们之前就百思不得其解。绑架儿童无外乎两种原因，一是以图财为主进行勒索，钱不到位不会撕票，钱到位了，罪犯感觉自己可能会暴露才会撕票；二是以泄愤为主，认为与对方有难解的冤仇，这种情况撕票的可能性很大。周良芳和姐姐姐夫的关系不能说亲如一家，但起码没有任何冤仇，不至于会对小宝痛下毒手，这也是我们之前一直围绕他的同伙进行侦查的指导思想。想不到绕来绕去，这家伙却绝非我们常人思维可以理解。

"为什么要杀他？因为我现在过着这样痛苦不堪的流荡打工的生活就是我姐姐害的。"

"你姐姐害的，这话怎么讲？"我和周俊都感到疑惑。

"姐姐抢了我的饭碗。我爸爸退休时让她去顶替，没有让我去。"

"你当时多大？"我问。

"十五岁。虽然最小也要十八岁，但我可以过两年再去顶替呀。"

"就为这？"周俊怒了，几乎要抡起拳头砸他。

"对。所以我要她出钱给我补偿。"

"为了得到这点补偿你就杀了自己的外甥？"我此时仍然不敢完全相信他的鬼话，我认为这只是他为了掩盖自己丑恶的心灵所做的狡辩，真正的目的无非是好逸恶劳、为了获得几个肮脏的铜板而不择手段。想到这我几乎也要咬牙切齿了，当然不是因为这将近三个月来回奔波的辛苦，而是对这丧尽天良的恶狼发自内心的无比痛恨。

"你们是旱涝保收的公务员、警察，过的是衣食无忧的生活，包括我的姐姐，虽然工作辛苦，但起码有一个稳定的饭碗，有一个幸福温暖的家。如果顶替了老爸的岗位我也可以好好上班，下班了和朋友同事聊天喝酒。可是，这一切都与我无缘。你们理解我吗？你们知道我过的是怎样漂泊、压抑、苦闷的生活？"说着，他眼里涌出一串串泪水，顺着脸颊往衣服上、往地上滑落。

我和周俊没有制止他，毕竟这是他内心深处的表白，也是他作案的思想根源。

"在外打工的日子是痛苦的，我没有什么技术、没读什么书，只能找一些简单的流水线上的活干。每天天一亮就匆匆赶到制衣车间，手脚不停地重复劳动，监工、组长看你做得慢、出错了，轻则训斥谩骂，重则拳脚木棒交加，根本不把你当人看。吃的是没油没盐的快餐盒饭，穿的是臭味熏人的工衣，住的是十几个人一间拥挤混乱的宿舍。这还不算，到月底左扣右扣，累得像狗一样却挣不了几个钱……"随着他一把鼻涕一把泪地哭诉，声音也慢慢变大了。

我相信他说的这些都是真的。前不久翠山之行我见到的打工仔的居住环境算是可以的，张宏夫妻俩还有一间单独的住房，而刑警支队李馨卧底侦查那次就很惨了。

去年，刑警支队在办理一个特大盗窃保险柜案件中得知一个主要逃犯的女友在新州市郊区的一家印刷厂打工，李馨脸黑敦厚，身板结实，便被甘支队长选上去该厂"打工"。开始以为那家伙很快就会过来与女友相会，没承想人家很精，迟迟不露面。可怜李馨在那印刷厂白天顶着轰隆隆的噪音和熏人的气味上班，下班后没事找事靠近跟踪对象监视她的行动。吃得差自不必说，最为难受的是居住条件，一间房内摆着七张铁架子床，住着十几个人，其中还有几对夫妻。洗漱上卫生间排队抢位，有时憋得肚子都要爆炸。一到晚上，打呼噜的、磨牙的、酒后骂人的、夫妻恩爱的，搞得头昏脑胀。还好熬到三个月后那家伙过来了，李馨赶快报告当地警方将他抓获，才得以解脱，否则他都要精神崩溃了。

"难道你辛苦就要拿自己的亲外甥的生命、拿自己亲姐姐的家庭幸福来做陪葬？你以为这样的理由就可以开脱自己的罪责、减轻自己的罪行吗？"我怒道。

他不再说话，哭声慢慢减下来，将我递过去的一杯矿泉水"咕嘟咕嘟"喝完。周俊点了一支烟，交给他。他颓然接下，低头默默吸着。

"我也想了很多办法，想改变自己的命运，比如开个小店、当个摩的司机、拿点衣服来倒腾，可是我没钱，我父母没钱，我姐姐姐夫也不肯给我。"

"这事就你一个人做的？"周俊问道。

"是的。我本想学着录像厅里看过的警匪片，找两个帮手守候小宝，钱到了就放人，可是我没有朋友，没有贴心的兄弟。即使有，那点钱我还要分出一大块给他们，没什么意思。"

"那样小宝也不至于死呀！"周俊摇头。

"现在说什么都晚了，我愚蠢，我鬼迷心窍，我罪该万死，你们早点将我枪毙吧！"

审讯室一时无人说话，气氛凝重。

两分钟后，我问道："你为什么要选择住在飞雁大桥下，为什么要邱三根去找你姐夫拿钱？"

"为什么？他不认识我，叫他去拿钱安全，即使不敢去他也不敢回来，这地方就是我一个人的了。"他停了停，说道，"另外……现在告诉你们也不怕，桥洞高，一般是没有人愿意爬进去的。我打算就近再搞一单，那里学生多……"我和周俊不禁愕然，在那家全地区最好的机关幼儿园里，有着本地区头头脑脑们的掌上明珠，如果当时没有抓到他，或者我们之后又把这家伙给放了，难保他不会又做出惊天大案来。

回顾整个案件的侦破过程，周良芳显然从一开始就进行了精心设计和周密安排，先是利用亲情把小宝带离，到偏僻之处立即下手，然后假装刚到矿区，没有作案时间，之后想利用小宝的物品骗取赎金。他还想到了将小宝的部分物品交给老表带走，意图在进退失据时栽赃陷害。即使先后三次被抓他也觉得无所谓，因为他知道，找不到人，证据不足，你怎么也判不了。如何作案，如何逃避打击，一步一步，所有进退之法都想全了。可是他没有想到的却是我们这些年轻侦查员的坚强决心和顽强斗志！

指认完现场，挖出了小宝的尸骨，周良芳不久就被处以极刑。

## 6

枪决那天周母来到刑警大队。她在走廊上遇到我，问道："你知道方乡长在哪里吗？""方乡长，哪个方乡长？""就是上次到我家搞调查的那个领导，我想问一下他我家那死鬼是在哪被枪毙的，去给他收尸。"老人颤巍巍地说，她眼神迷离，面部瘦削，满头白发随风飘散。

我听明白了，她是找方副教导员。这样一位勤勤恳恳、饱经沧桑的农村老人，平生见到的最大领导可能就是乡长了。孽子的所作所为已经让她和亲家、女儿女婿断绝了来往。其他亲友都像躲瘟神一样躲着她，带给她的无非是同情的目光或者背后鄙视的话语。调查中，她的不少亲人都表达了一个观点，就是这位老来得子的老太太自己一生省吃俭用，却要满足儿子一切合理与不合理的需求，使周良芳养成了懒惰、贪婪、自私、飞扬跋扈的性格，尤其对自己的家人暴虐、无情、颐指气使，最终让他做出丧绝人性、不可理喻的禽兽之举。而在今后的日子里，她却要长期生活在痛苦和无助之中。

望着老人家可怜的眼神，我一时语塞。

侦破这起案件给了我很多感慨。不久，《庐河日报》刊登了我写的侦破通讯。因为文字简洁，人们从里面看不出办理此案的曲折和艰辛。一天，我在内勤室翻看一本省政法系统的刊物，偶然发现里面有一篇文章写的就是这起案子，题目取得也扣人心弦——《矿山迷雾》。该文不仅文字流畅而且叙述翔实，作者署的是笔名。我感到疑惑，印象中没有谁到我们这里采访呀。我连忙跑到二楼董强大队长办公室，拿给他看，谁知他略略一瞧，放到旁边，轻描淡写地说："我写的。"我"哦"了一声，连忙退下，打心眼里佩服这位侦破高手竟然还有如此文字功力。

走出来我就后悔了，当时我怎么这么笨，不知道说几句恭维的话呢！

## 第二十章　持枪少年

*1*

就在周良芳被我们从庐河市抓回来十多天以后，官塘乡发生了一起持枪杀人案，作案人竟是一位年仅十五岁的少年。

那天晚上九点多，我正在办公室赶着填报一起赌博案件的《治安处罚呈批表》，就接到方副教导员 CALL 机，他要我赶快把小辉叫回来。

此时县局领导经过分工由邹副局长分管刑侦，我们跟在他的车子后面，风驰电掣般向南路片开去。

"方教，你说从去年以来我们一直在搞收枪治爆工作，缴了好多枪，为什么还有那么多的黑枪呀。"我感叹地问道。

"派出所工作千头万绪，哪有那么多精力全放在收枪这件事上，加上方方面面的关系有时也不好处理，而村民也不愿意主动上缴，只好睁只眼闭只眼啰。"方教在派出所待了好些年，对基层很有感触，"去年年底你主办的那起案件不也是这么一回事吗？"

"哪起案件？讲来听听。"小辉边开车边好奇地问道。

说到那起案件，那人死得真是太冤了：1996 年年底农闲时节，方城乡三个亲戚在一起喝酒，酒到浓处，就商量说趁着晚上一起去打猎。当晚，三个人钻草丛，探山洞，摸黑走了三个小时山路，好不容易发现了一只小麂子，于是分别包抄过去。谁知"轰"的一声枪响过后，草丛那边却传来一个人痛苦的叫声："哎哟，哎哟，打中我了！"原来开枪的人误将同伴微弱闪动的手电光当成麂子的眼光，中枪者很快就因失血过多死亡了。误伤亲戚，枪手心里十分愧疚，只好投案自首。

案件由我主办，每次提审他都流泪哭泣，说："派出所以前来收枪，我总是骗警官说不见了，现在真是后悔哟，可怜我那年迈的父母和两个年幼的孩子……"

说话间官塘到了。一进派出所的大门，所长老肖立即迎上前来，带着歉意说："邹局，不好意思，这么晚了麻烦领导过来。"邹副局长摆摆手，说："晚上加班是常事，这没什么，关键是收枪治爆工作你们所里怎么搞的，还出这么大的事情？"

肖所长一脸尴尬，解释道："那个村我亲自去过，村干部说没有枪了。唉，怪我工作没做细，下次再补补课。"

邹副局长边点头边走进会议室坐下，说："先办好这起案件，你介绍下情况。"

肖所长连忙打开笔记本，说道：

今晚八点多，高垅村的徐水华和两个兄弟正在自家厨房吆五喝六地灌酒吹牛，突然一声巨响，大家的耳朵几乎震聋了。待两兄弟回过神来，却见徐水华倒在地上一动不动，脸上、身上有无数个小洞，正汩汩地往外流血，鼻下一探发现已无气息。不用说，是有人用火铳打的，两兄弟迅速追出门外，却看不到一个人影。

接到村里的报案后我们全所民警立即赶到现场。据村干部反映，今天上午，徐水华和邻村右溪村的石老二因为争一棵倒地的松树发生争吵，徐水华说是他先发现的，石老二说是他早就发现暂时放在这里的。互不相让的结果是拳头说话，石老二被打得头上冒血。为这事，村干部进行了调解，可是因为赔偿金额谈不拢，到现在也没处理好。村干部本想第二天向派出所报案，要所里出面处理，谁想徐水华却死了。

村干部告诉我，石老二家有一支火铳，平时会扛上山去打猎，我当时就批评了他们为什么以前不向我们派出所报告呢。我立即带人赶到右溪村石老二家。石老二夫妻俩正在看电视，以为我们是来处理打架的事情，连忙递烟让座说你们来得好，赶快去拘留徐水华，这家伙太霸道了，抢了树还要打人。之前我听说石老二有两个儿子，大儿子在外打工没有回来，小儿子石小熊才十五岁，平时在家。我就问："老石，你家小熊呢？"他答："这小子吃完饭出去玩了，到现在还没回来。"又疑惑地反问我，"打架的事他不在场，找他干吗？"

"那你的枪呢？"

"这……枪就不要缴了吧，后山上的野猪老是来糟蹋庄稼，没支枪吓一吓这些畜生我们一年到头就没收成了。"

去年我就听村民说，自从收枪后，山里的飞禽走兽剧增，尤其是野猪，繁殖能力非常强，经常下山到农田里胡吃海嚼，将庄稼踩得一片狼藉，村民辛苦几个月被它们一下子搞得颗粒无收。这些畜生看到人来了也不害怕，大摇大摆，就像是在自家地里一样。开始大家放鞭炮、敲锣鼓吓一吓还有用，它们习以为常后就不怕了，除非几个人准备猎枪、火铳，选在安全的位置上对着它们开枪才有作用。政府为了社会治安要收缴枪支，村民为了生活要拥有枪支，这可真是一道难题呀。

我看老石婆婆妈妈的，很不耐烦了，说："老石，别说这么多，枪在哪？我们看一看。"老石见我发脾气了，只好带着我去谷仓拿，走进去一看，他却说："咦，枪怎么不见了？"我以为他怕缴枪故意这样，就问："真不见了？"他说："真不见了，下午我都看到在这里。"趁这当儿，我叫民警对他家进行了搜查，既没有发现火铳也没看到石小熊。

一个十五岁的少年，个子可能还没有一支火铳高，他会使用火铳？他敢杀人？我开始怀疑是老石作的案，可交谈后我觉得他很正常。为便于调查，也为了防止对方实施报复，我把老石夫妇都带到所里来了。

邹副局长问："还有其他嫌疑人吗？"

肖所长答："死者以前也和别人闹过纠纷矛盾，但这些人有的在家见了面，有的外出没回来，有的根本没有猎枪或不会玩这些家伙。现在只有石小熊一直没见面，下落不明，有重大嫌疑。"

"一个十五岁的少年，身上没有什么钱，又没有外出生活经历，能跑多远？我看八成往亲戚家跑了。"邹副局长自信地说。

"我们也是这样想的。我已请求周边派出所帮忙检查来往车辆和行人。他家的关系我们也摸出来了。石小熊一个姐姐、一个姑姑嫁到龙山乡，舅舅、姨妈家在安田乡……下面还是请邹局作指示。"肖所长详细汇报完，合上笔记本，递给邹副局长一支烟。

"没什么好商量的，现在就出发。我分下工，我带小文、小辉还有村里一个干部，再通知南新派出所派一个人配合，去他姐姐、姑姑家；方教你带人去安田他舅舅、姨妈家……"邹副局长性子急，迅速布置完任务起身就走。

同行的村干部说，其实去他姐姐、姑姑家走山路的话就十来里，但是路窄坡陡不好走，加上是晚上，不时有野兽出没，不安全。邹副局长于是决定我们这组开车绕到南新镇，再从龙山乡政府那边过去。村干部说，那样的话下车后还需走两三里的山路，您最好就在乡政府等消息。领导摆摆手，说："我没问题，大家都吃苦，我坐在乡政府算什么？"

四十分钟后我们到达一座山下，无路可走，只好停了车。

"先到小熊二姑的家，那里近些。"邹副局长说完甩开手脚就快步往前走。天色黑暗，山路狭小，草木茂盛，想起还有野兽出没，我不得不将五四手枪提到手上，瞪大眼睛注视周边动静。

敲开他姑姑家的门，仔细搜查，没有。

"他姐姐家就在旁边的村子，我们赶快过去，不然怕会有人通风报信。"南新派出所协助民警对我们说。

## 2

山村的深夜寒气逼人，周围一片寂静。借着月色我们一阵急行军，十分钟后来到石小熊姐姐家的村外。这时村里传来一阵连续不断的狗叫声，邹副局长轻轻喊道："动作快点，围过去！"

我和小辉绕到后门。刚敲门，我却发现门没有锁，再用力一推，门开了。往里望去，却见四五米远有个黑影像只黄鼠狼似的"嗖"地一闪，进了左厢房。我一惊，马上反应过来，叫道："小熊，别跑！"迅速提枪追过去，小辉紧跟我后面，手电光照得雪亮。

我推开左厢房的门，和小辉冲进去，里面黑咕隆咚。小辉用手电往里面扫了一圈，这时就见不远处隔着一张床的墙角有一张苍白幼稚的脸，他正用紧张颤抖的手臂举着一支火铳对着我们。那一定是石小熊，而他手上就是那支杀人的火铳！这么狭小的房间，我和小辉退无可退，而我的枪已来不及上膛了。我的头皮顿时麻了，刚才还兴奋的神经一下子被涌上来的热血冲得头脑一片空白。这是在电影电视剧里才见过的镜头，没想到我和小辉就这样遇到了，万一这家伙来一枪，我俩可就……我很快清醒了，我知道此时不能将子弹上膛，也不能在语言上激怒他，我们需要平复他的情绪。我下意识地把手枪指向了石小熊，声音放缓但严厉："小熊，我们是警察，你不要乱来，把枪放下！""我不放，你们是徐家派来追杀我的！""我们有枪，怎么会是徐家的？你看，这是我的工作证。"小辉听了，连忙从裤袋里拿出警官证，在手电光下晃了晃。"别骗我，我不会相信的，你先放下枪。"这小家伙死倔，怪不得敢开枪杀人。"好，我把枪放下来，你也放下。"我把枪慢慢放在旁边的床头。这小子脸部肌肉一阵抖动，犹豫了一会儿，把火铳垂下来，放到墙角。小辉迅速跨前一步将他扭住。我也冲过去，从后面锁住他的脖子。邹副局长带人绕道后门进来了，看到这情形，骂道："你小子当自己是小兵张嘎吗？"小辉拿过火铳，问石小熊："你刚刚敢开枪吗？"他低下头，说："都没上火药、铁砂子，哪有用？""没上铁砂子？"我摸摸额头上的汗珠，"你小子可把我们吓坏了。"说完掏出手铐将他反铐上。

这时石小熊的姐姐、姐夫起床了，打开厅堂电灯。

"怎么了小熊，你刚才过来的时候怎么不告诉我们发生了什么事？"姐姐、姐夫一脸惊讶，石小熊则一言不发。

在押解小熊回县局的路上，我问他："你姐姐姐夫看到你拿火铳进去吗？"

"没有。我开始将枪藏在屋外，他们睡了以后我再偷偷拿进去的。"

"那你忘了关后门呀？"

"开始关了。刚才听到狗叫声，估计是来抓我的，打开后门想溜，你们就到了门口，我只好转身跑回去。"

小辉轻声问我："探长，你刚才怕不怕呀？"

"开始没想到这家伙会拿出火铳来，根本没想到怕，"事实也是这样，办案这几年每次抓人自己都是往前冲，好像从来没有怕过什么，"可进去后发现情况不妙顿时头皮发麻，后悔自己太草率了，忘记按照战术方法去开展缉查，以后我们可要加强安全意识，小心为好。"

小辉点头："是呀，我也吓坏了。幸好这家伙没装铁砂子，否则凭他这二愣子性格我们冲进去真会开枪。也是万幸呀。"

石小熊很快交代了作案经过。他看到父亲被徐水华欺负，一时气不过，晚饭后拿起父亲平时装好了弹药的火铳偷偷溜到徐家厨房，像打野兽一般朝面对窗户的徐水华开枪射击，制造了这起未成年人持枪杀人案件。

## 3

20 世纪 70 年代初出生的人对香港武打片《霍元甲》《陈真》《霍东阁》等电视剧的情节应该是相当深刻的。那时的我们一到晚上就会早早地搬个小凳坐在单位门口，等着露天电视剧的开场。《霍元甲》剧中那个有着浓密胸毛，用一身蛮劲和狠招打败不少中国人，后来被霍元甲踢下擂台的俄国大力士给我们留下了深刻印象。可是等我长大参加工作了，却遇到一个现实版的"俄国佬"……

这年 7 月一个流金铄石的晚上，家里电风扇的转动只能带来阵阵热浪，我索性搬张竹床到阳台上去睡觉。望着满天的星星和浩渺的天际，在微风吹拂下我慢慢睡着了。

一阵 BP 机的嗡嗡声把我叫醒，一看十二点刚过，才睡了半小时。我摇摇头，有个 BP 机生活倒是方便，但有时也着实折磨人。回机，方副教导员告诉我，刚才 110 来电话，他们接到一外省司机的报警，他开车经过国道边的良种场路段时突然听到车身"嘭"的一声巨响，以为车子出了故障，连忙刹车靠边停下来检查。这时，从后面骑来两辆摩托车，停在他的车头和车尾，摩托车上下来四个人，走到他身边，拿出匕首喝令他蹲下，从他身上和车上搜出九百元现金和几包香烟后扬长而去。野外黑灯瞎火的，看不清这四个人的长相。他们骑的摩托车其中一辆是红色的，看样子像钱江牌。110处警队到那儿兜了几圈，没发现什么情况，就把报警人带到大队来了。

"妈的，开始热得睡不着，好不容易睡着一会儿又被这些家伙闹得不得安生！"我嘟囔了几句，连忙通知小辉也回单位。

报案人三十多岁，一脸疲惫和惊恐。

"你就一个人都没看清楚？"我直接切入主要问题。

"只有一个模糊的印象，为首的大概三十岁左右，其他三人大约二十岁，很年轻。"

"你的车子怎么会突然有响声？"

"我也不知道。刚才检查了一下，也没发现什么问题，这几个人不知道是故意守在那里还是我刚巧遇上，总之我刚下车他们就过来了。"

做完笔录材料回到家已是凌晨两点多。刚洗完脸，方副教导员的电话又追过来了："我看今晚是撞邪了，凤山派出所靳秋向110报告，说刚才先后相差五分钟，分别有两个货车司机来报案，都说是在国道上离良种场不远的地方，听到'嘭'的一声，前面那辆车的挡风玻璃碎了，人被玻璃割伤；后面那辆车的司机听到自己的车有声响后停下来，却从反光镜中发现车后快速开过来两辆摩托车，他估计来者不善，立即启动车子一溜烟跑了。报案人现在凤山派出所，我们去看看吧。"

此时万籁俱寂，街道上一个行人也没有，一盏盏路灯兀自竖着，将我的影子拉得忽长忽短。我突然就想起《江雪》这首诗，多少这样的凌晨时分，我们独自行走在出警的路上，和那个钓鱼翁一样，孤独、寂寞，鲜有人知。

赶往凤山派出所的路上，小辉忍不住大骂："这几个家伙肯定是故意守在那里用石头砸车子，等司机下车就抢劫。再这样下去我可要得失眠症了。"

方副教导员哈哈笑了："这还用说，肯定就是同一伙人了。国道边岔路多，他随便一溜你去哪里找？老弟呀，在秘书科多轻松，你偏要来刑警大队学业务，这下尝到苦头吧！"

小辉嘿嘿笑了："搞刑侦累是累点，但还是蛮有意思的。"

十分钟后到了凤山派出所。值班民警靳秋等人看我们过来了连忙向两个报案人介绍："看，刑警大队的领导来了，你们放心，我们一定会全力破案的。"

方副教导员问靳秋："你们到现场看了吗？"

小靳说："110 安排出警去了事发现场，没发现什么情况。我们带他到卫生院救治。"那位首先报案的司机肩膀上扎着绷带，上面有一大片殷红的血印，表情显得痛苦无力。他说："我刚听到'嘭'的一声，车玻璃马上碎了，肩膀被划出了一道口子。因为经常外出，我估计是有人埋伏在路旁扔石头准备抢劫，就没有停车，忍着痛过来报案。至于车外有什么人我一点也没有看到。"

另一个货车司机则指着副驾驶位置说："你们看，车身都被打凹了一块，要好几百块钱修理。因为天气太热我没有关窗，如果这些坏蛋再往上一点扔的话我就遭罪了。"

我说："你倒是挺乐观的。"

他苦笑了一下，说："你们尽快破案吧，我们经常走这条路，万一……"

小辉拍拍他的肩膀："兄弟，你就放心吧，案子一定会破的。"

忙完这阵子才想起和靳秋说几句话。他去年初和洪刚一样，在全县招警考试中考入县公安局，脱离了他所说的"没有一点味道"的司法所，实现了人生的重大转折。

靳秋笑眯眯地对我说："文景，还是你好，破大案，多有味道，要是我能调进刑警大队就好。"

当刑警是很多年轻人的梦想。在县公安局，作为诸警种的"老大哥"，想进入刑警大队确实要经过精挑细选。我装着安然自若的样子说："哪都差不多。不过，听说要刑侦改革了，大队肯定要扩充人马，到时你申请一下，说不定哪天我们又转到一起了。"

*4*

折腾了一夜，头昏脑胀。休息了四五个钟头后我赶回了大队。

方副教导员组织中队几个兄弟开会，商量下一步侦查方案。

我首先发言："从这几个家伙一个晚上出来作案几次看，他们应该急需钱用，有可能今晚还会出来。我们干脆到那附近去守株待兔，反正热得也是睡不着。"

大江说："是呀，如果狡猾一点，有作案经验的人昨晚就不会第二次出来了。估计这些家伙是初犯，没经过打击，经验不足，今晚出来的可能性确实很大。"方副教导员点点头，说："今晚我们早点上路。"

方副教导员换了辆地方牌的吉普车，晚上八点拉上我们出发了。车子不紧不慢驶上了国道。我打开车窗，瞪大眼睛往四周仔细张望，希望看到国道上、岔路口有人骑着摩托或躲在暗处鬼鬼祟祟的样子。可是兜来兜去，除了车玻璃上撞死了一些小飞虫外，没发现任何可疑情况。

路边有几家长途客车饭店还亮着幽暗的灯光，大家都口渴了，嚷着要喝水，方教一打方向盘，车停在一家名叫"潮汕饭店"的小店外。

这类饭店表面说是供应长途客货车客人的饮食，其实很多都暗暗干着见不得人的勾当。我们中队以前经济紧张时，弟兄几个常常躲到这些路边店的远处，发现有长途司机停车到店门口，可人又没在厅堂吃饭，就冲进房间，往往能抓获一对对"吃快餐"的，一些精明的小店老板就认识我们了。

胖胖的老板娘远远见来了客人高兴得连连招手。车一停，门一开，兄弟几个鱼贯而出。见是我们，老板娘顿时现出惊异之色，但马上就换了一副招牌式的面孔，满脸堆笑地叫道："哎呀，是你们这些大领导，请坐，请坐。有事吗，要不炒几个菜喝点酒？"

大江脸一沉，喝道："喝酒喝酒，人家举报你这里有问题，我们来看看。"

老板娘见多识广，不慌不忙道："不要吓我嘛，我这哪有什么问题？不信你们可以进去看。"

大江往两边的四个房间蹀了一圈，嘿嘿一笑，说："里面太热了，拿几瓶水，端几个凳子，我们在外面乘凉。"

老板娘忙不迭地招呼服务员，快快，拿水，端凳子。

大江突然好奇地问小辉："你手上的划痕哪来的？"小辉用左手掌盖住右手说："门上划的。"方副教导员满脸堆笑："门上划的？我看八成是昨晚女朋友嫌你老加班吵架抓破的。"

小辉眼珠子扫了大家一圈，尴尬地说："方教别乱说，哪有这样的事……"大家都哄笑起来，要他承认。

小辉的女友在电信局工作，我们办案去调个单查个号码，虽然程序是不能违反的，但由她出面快捷多了，所以兄弟们于公于私都希望他们能谈好。

大家有一搭没一搭地互相取乐，时不时望望国道上来来往往的车子，一切显得那么平静。一个多小时就这样过去了，这几个家伙应该不来了吧，他们真会那么傻吗？

就在这时，国道上有两辆摩托车从凤山方向骑过来，车头突然一拐，竟往我们坐的店门口冲来，雪亮的车灯照得我睁不开眼睛。待到身边，他们一脚急刹，将车一停，下来四个十七八岁的小伙子，旁若无人地叫："老板，炒几个菜！""老板，有妹子么？"老板娘脸一沉，怒道："炒菜可以，妹子这里从来没有。"为首一个浓眉短发的小子很不高兴，说："你这老板娘，没有妹子开什么店。"老板娘没有理他，走开来。

我看了一眼摩托车，一辆是黑色的嘉陵，一辆是红色的钱江125。其中那辆红色的与昨晚其中一个被抢司机的描述对得上，但他说为首的有三十多岁，而这几个小子看起来都二十岁不到，是不是他们还不能确定。我转念又想，这几个家伙看起来也不是什么好人，要炒菜去县城或凤山街上多好，干吗来这荒郊野外呢？我偷偷把疑问告诉方副教导员，请示道："动手吧，方教？"他点点头。我迅速冲过去，抓住那短发小子，说："公安局的，跟我们去问个情况。"他一甩手，理直气壮地说："公安局的怎样，吃饭也不行呀？"方副教导员他们也围过来，大江推了一下平头："你叫什么叫？要吃到公安局去吃！"被我们的气势压倒，几个家伙都默不作声了。将他们两两铐在一起塞进车里押走，我和小辉则一人骑一辆摩托车在后面，一路上小飞虫扑簌簌撞到脸上，又痒又痛，眼睛都睁不开。

一人一个，我们分别对几个小子进行审讯。我问的那个家伙叫王新云，没经几下心理战就败下阵来，承认今晚是去抢劫，并交代昨晚他和小平头郑小龙以及郑小龙带来的另外两个人一起去作案。他供述的情况和我们今天凌晨接到的三次报案情况一模一样。他交代，作完第一次案后大伙到县城电影院外小广场吃宵夜，吃完后一分，觉得抢到的钱太少了，又借着酒兴去了第二次。他说除自己和郑小龙外，今晚抓的另两个人是刚参加的，确实还没有作案。一对证，那两个家伙也是这样交代，而只有小辉问的郑小龙还在死死抵赖，什么也不承认。他不交代，另外两个在逃家伙的情况就不知道，这起案件就办得不圆满了。

我走进小辉的审讯室。小伙子已被那家伙给激怒得两眼冒火，喝令他蹲在地上。我扬了扬手上的材料，问道："郑小龙，他们都说了，你不说有什么用呢？"他瞟了一眼我手上的材料，扭过头，一脸玩世不恭的样子。我忍了忍，说道："要不要给你看看他们怎么交代的？""不用，他们说他们的，反正我没做坏事。""你没做？好，小辉，把他昨晚的活动情况记下来，看他怎么圆谎，说了假话就从重处理！"我提高嗓门。

这小子依然一言不发。我想了想，说："还不肯交代？那好，王新云他们说是以你为首，那就等着法院定你首犯吧。"

郑小龙微微抬了抬头。我心想，这家伙有些动心了，得加把火："给你两分钟考虑，再不说以后可就没机会了！"说完我狠狠拍了一下桌子。

郑小龙望望我，又低下头，挪了挪蹲得发麻的身子，低声说道："哪是我为首，是'俄国佬'带头的。"

"'俄国佬'？哪个'俄国佬'？"我觉得好笑。

"就是我们曲塘乡高丘村的'俄国佬'，他长得很像电视剧《霍元甲》里的俄国大力士，大家都叫他这个外号，真名就不知道。昨晚我在县城街上遇到他，他说和老婆吵了架，身上没钱，提出去国道上搞几个钱用，我就叫了王新云和'333'也去。"

"谁是'333'，怎么叫这样的名字？"

"他在一辆车牌尾号是'333'的从县汽车站跑庐河市的中巴车上卖票，我是坐那辆车时认识他的，没有问过他的真名，就叫他'333'。"

将郑小龙、王新云刑拘，再把另两个"羊肉没吃到惹了一身骚"的倒霉鬼治安拘留后已是凌晨三点。回到家，站在院子里的水龙头下"哗哗哗"冲了个冷水澡，我倒在床上很快就呼呼大睡。

## 5

上午十点赶到大队，其他几个同事还没来。想着要主办这起案件不免有些着急，生怕时间长了走漏风声。方副教导员这时也过来了，我焦急地说："方教，我们去县局门口守守吧，反正中巴车要从门口经过，兴许守株待兔就可以捉到'333'了。"

方副教导员说："连续两个晚上加班，你累不累呀？"

我扩了扩胸，说："还好，吃得消。"

我俩把警车停在县局门口，下了车，站在车旁，以便能更清楚地看清每辆经过的中巴。

半小时后大队内勤大黎远远地叫方副教导员，说有个紧急通知给他看一下。方副教导员进去刚几分钟，就见一辆红色中巴疾驶而来。我仔细一看，正是我们要找的车子！我赶忙跑进大队办公室叫方副教导员，两人手忙脚乱爬进驾驶室往前追去，路上没有，县汽车站也没有，我们又到几个修理厂看看，还是没有。

我懊悔地说："方教，要是我会开车就好，当时就追上去了。"

方副教导员说："急什么，这家伙是跑不掉的。我们今晚先去抓'俄国佬'。"经向派出所了解，"俄国佬"的真实情况很快被我们掌握了。

月色如水，远处的山、近处的树都像是一幅幅水墨画。

我们在曲塘派出所民警老张、小王的带领下来到了"俄国佬"家附近。此时，一声狗叫打破了整个村庄的宁静，继而狗叫声四起，听得人心惊肉跳，生怕无端端被哪只畜生趁黑偷偷咬上一口。

方副教导员带着我们围绕"俄国佬"家的深宅大院走了一圈，留下一个人守大门、一个人守后门，一个人守侧门上方的一个小窗。

我和小辉随派出所民警老张去敲大门。开门的是一个三十多岁，个子不高身材健硕的男子，猛一看，白脸深眼，浓眉高鼻，一脸络腮胡子，真像那个俄国大力士。我一把抓住他的右手，问道："你叫什么名字？"他答："我叫伍春华，你们有什么事？"

"你是不是'俄国佬'？"我问道。

"不是。我是他哥哥，他不在家，你们到底有什么事嘛？"派出所民警老张凑过来一看，说他确实是"俄国佬"的哥哥。

趁着老张和伍春华谈话的当儿，我拉拉小辉的衣服，两人就左右厢房、厨房、储藏室一间间地搜查。楼下没有，我俩又顺木梯往楼上爬，还没爬上二楼楼梯口，却听到侧门外有人大叫一声："跳楼了，有人跳楼了！"我一惊，连忙和小辉从楼梯上跳下来往门外追去，追出一百多米遇见派出所小王，他气愤地说："算了，别追了，这家伙跑得比狗都快，转两条巷道就看不到了。"

我问："怎么会让他逃跑呢？"

小王很懊悔，说："哎，我疏忽了一下。我守在一楼侧门外，刚才老张从里面把侧门打开后，我听到楼上有动静，就想走进来提醒你们去楼上搜查，刚走进去这家伙就从二楼窗口跳下来，一溜烟跑了。"

我望望窗口，足有三米多高，便骂道："他妈的，不愧是'俄国大力士'呀。他跑得了初一，跑不过十五，迟早要被我们抓获。"在两年后的一次抓赌行动中，这家伙混杂在几十号人里面还是被我揪出来了，在这之前我可是从来没有见过他的面，也算是法网恢恢疏而不漏。

## 6

天亮后，经过一个多小时的蹲守，我和方副教导员、大江在将近十二点时发现了'333'号中巴车。我们跟在它的后面来到县汽车站，等车上的人都下来后我们走到车上，里面只有一男一女，男的是司机，女的挎个包，应该是卖票的。

"我们公安局的，你们车上几个人卖票呀？"我迎上去问道。"就我一个，有什么事吗？"女的回答。"就你一个？前几天不是还有一个小伙子也在车上卖票吗？""哦，他呀，他姓杨，叫杨兴发，不是我车上的，就是个混混，没事硬要帮我卖票，混个中餐晚餐吃。他这两天没来，听说在家帮忙做农活。""他家住哪，你去过吗？"大江追问道。"去过一次，就在前面不远的坝下村。"司机答道。"我们找他了解点情况，麻烦你带我们去找找他。"方副教导员说道。"这，不好吧……"司机和售票员都面露难色。"帮帮忙，以后你们遇到什么麻烦还不是要我们出面嘛，好不好？"方副教导员态度很和蔼。"好吧！"司机勉强答应了。

开车仅十分钟就来到坝下村，司机小伙远远指了一下村口一栋两层的砖瓦房便匆匆走了。

我们三个人快步走进那栋房子，四下一瞧，屋内空无一人。已是中午时分，也该回来吃中饭了，方副教导员笑着说："按照文景的办法，还是守株待兔吧。"

刚坐下没五分钟就见从外面走进一个二十出头的小伙子，手上拿着锄头、铁锹这些农具。

"杨兴发！"我叫了一句，连忙起身。

小伙子愣了愣，说："我不是杨兴发。"他一面放下农具，一面双脚却往外挪。

我迅速跨前一步，抓住他的右手，大江也上前抓住他的左手，方副教导员走近来，推着他的背说："我们是公安局的，跟我们去了解点情况。"这家伙拼命挣扎，不停大叫："我没犯法为什么要跟你们走？公安局乱抓人呀……"我被他叫得很烦，朝他右腿膝盖窝一踢，这家伙立马跪下。我掏出手铐，大家左扭右拧将他反铐上。人还没带出门，这时从外面跑进来一个年龄稍大些的青年，他抓住我的手叫道："我是他哥，他犯了什么法？你们不准带人走！"我瞪他一眼，说："你弟弟自己明白，你快给我放手！"哪知这老哥不仅不听，反而死死攥住我的手不放，我往外拖，他往里拽，大家都累得气喘吁吁。大江火了，冲过去对他一个别手，大吼道："你再妨碍公务连你一起铐上！"趁这当儿，我和方副教导员把杨兴发迅速拉出门外。大江将杨兴发哥哥给放了，这小子不甘心，站在门口"土匪、强盗"骂个不停。我们忍住气，毕竟把人带走要紧。

回来一看，自己的手腕被抓出了好几道血印，但一想四人作案抓了三个，案件可以顺利移送审查，心中不免笑了："嘿，还是值！"

## 第二十一章　深山盗影

*1*

1997 年似乎是刑事侦查工作的春天，从法律保障、侦查指导思想再到人事机构都产生了很多变化。

首先是法律保障。国家对两部重要法律，也就是我们刑事侦查员的两本"红宝书"进行了修订。

我国 1997 年修订的《刑法》于当年 10 月正式施行。这次修订动作很大，在 1979 年《刑法》的基础上进行了完善、补充。

新刑法进一步明确规定了罪刑法定、罪刑相适、法律面前人人平等三大原则，取消了类推制度，对减刑、假释、正当防卫、自首立功的程序和条件做了更为明确的规定。

为了学好这部新《刑法》，县局于 8 月份组织机关各办案单位、派出所的部分民警进行了三天的学习，不仅办了电话讲座，还聘请了县检察院、县法院的业务能手来讲课。三天的学习使我受益匪浅，尤其难得的是暂时摆脱层出不穷、扑面而来的案件侦查工作，让身心获得了暂时的放松。

《刑事诉讼法》也经过修订，于 1997 年 1 月 1 日正式施行。新的《刑事诉讼法》将收容审查中与犯罪斗争有实际需要的内容吸进来，相应完善了拘留、逮捕的条件；明确规定适用取保候审、监视居住的条件和期限，被取保候审、监视居住人应遵守的规定以及违反的后果；规定了延长羁押期限的程序。

新的《刑事诉讼法》进一步强化了对公民合法权利的保护，明确规定未经人民法院依法判决，对任何人都不得确定有罪；规定案犯在交付审判前只能称为"犯罪嫌疑人"，而不能称为罪犯；规定对犯罪嫌疑人传唤、拘传持续时间不得超过十二个小时；为切实保障被告人的辩护权，将律师介入刑事诉讼的时间提前；对证据不足，不能认定被告人有罪的，应作出无罪判决。

此次《刑事诉讼法》的修改涉及一项重要内容，就是取消了收容审查制度。收容审查作为一项行政强制措施在以往的刑事办案中起过一定的作用，但也确实被滥用。有的地方对案情复杂、难以查清的犯罪嫌疑人进行无限期的羁押，最长的有几年。我感觉，新《刑事诉讼法》最明显的特点就是在强制措施的实行上更为规范和严格，而这样对我们刑事侦查员来说要求就更高了。

为了让基层办案单位能全面掌握、深刻领会新的法律精神，刑警支队要求全地区各县市公安局刑警大队安排人员于11月底到地区学习，县局派我和洪副大队长参加。学习地点设在偏僻安静的警犬基地，教员有地局领导、刑警支队领导以及地区公检法的办案骨干。学习期间安排了不少交流活动，我又真真实实做了一回学生，不懂就问。这三天的学习最深刻的感受不是进行了休整，而是解决了我平时存在的不少法律认识上的误区。此外，通过广交朋友，认识了全地区各县市刑侦部门的不少精英，积累了一些工作人脉。

1997年7月局领导也进行了人事变动，傅局长升任县法院院长，雷政委转任局长，政委由从地区公安局刑警支队办公室主任位置上调来的三十二岁的年轻干部曾鸣担任。

这一年公安系统的勤务体制也发生了重大变革。6月9日至11日，公安部在河北石家庄召开会议。会议精神是建立覆盖社会面的责任区刑警队，实行侦审合一，由刑侦部门承担起破案和深挖的主要职责，派出所主要负责管理、防范。一打一防，力争步入打防结合的良性循环。会议要求全国公安刑侦部门自上而下实行队建制，刑侦队直接负责报捕、移送起诉。以前派出所要花费大量精力去侦破各类刑事案件，根本没时间去搞好辖区的管理、控制，以致打得无力，防得无效。现在好了，侦查防范就像一矛一盾，职责分明。

2

经过长达四个月的酝酿、准备，县局上报县里的机构编制终于在12月初有了批复，大队一下子扩充了一倍的人员，在机关内设有大案中队、情报技术中队、办公室，在县城设有城关中队，在东南西北四片区各设有一个中队，分别负责各自片区刑事案件的侦查工作。

大案中队戴队长原来是派出所指导员，南路中队负责人是从东琴派出所副所长位置上重新回到刑侦队伍的曾安斌。其他几个中队及办公室负责人都是这次从普通民警中提拔的，以副代正：大江负责城关中队，冬根负责西路中队，东路、北路则由派出所提拔过来的两个民警负责。

这次调进大队的普通民警的确是县局领导按照刑侦改革的要求高看一眼、厚爱一分来选择的，普遍年轻、肯干、业务能力较强。先是自己报名，接着大队挑选，选调后的民警再和各中队负责人进行双向选择。为此一些派出所所长颇有微词，说局领导不体谅他们，任由刑警大队挖墙脚。警校同学武小峰是年后调到大队的，这次跟着他的探长冬根去了西路中队。靳秋趁这次机会如愿以偿调进了大队，分在离县城更为偏远的北路中队。

我分在大案中队。大案中队其实主体就是我们原来一中队、二中队的合并，除戴队长和我外，还有小辉、豹子、邱波、老刘四个民警。

我换了个朝南靠窗的位置，办公桌上放了块厚厚的玻璃板，下面压着一般、重大、特大案件的立案标准以及一张从《人民公安》杂志上截取下来的全国特邀刑侦专家的合影，再放上几张自己和警校同学的照片。冬日的阳光从宽敞明亮的窗户照射到玻璃板上，显得特别温暖整洁。

12月5日是各中队正式进驻辖区的日子。八点钟一上班大队门口就响起一片爆竹声，大江、曾安斌、冬根等几个主持工作的副中队长各端着一块长牌子喜气洋洋地与大家打招呼，邹副局长、董强大队长等领导在旁边一一握手送行，说着勉励的话。新上任的办公室负责人黎副主任笑着说："你们看，几大军区的司令员就要走马上任了。"大家都会意地笑起来。

我对小辉说："我们还是挺幸运的，留在大队部，有一间办公室，你看人家驻片中队，都得由当地派出所挤出一两间房间来办公，很寒酸呀。"

小辉笑笑，说："是呀，打江山可不容易哟。"

戴队长走过来，说："幸运啥呀？我们中队承担全县特大案件、严重暴力性案件、未知凶杀案件和领导交办案件的侦破任务，上面盯得死死的，责任重，压力大，破不了案就交不了差。你们是我挑的，可要给我好好干呀！"

小辉笑着说："戴队，你从乡下调回了城里，又当了有权签报的中队长，加上今天是中队正式成立的日子，你是不是请几位兄弟搓一顿？"

我也随声附和："是呀，是呀，以前大队长一支笔，现在放权给中队长，你就让大家吃饱好上阵吧。"

戴队长骂道："你们这帮家伙，开口就是吃。行，晚上到对面良宵酒店开一桌，不醉不归。"他意气风发，吩咐我，"文景，叫中队几个人到办公室来开个会。"小辉笑道："戴队，别去良宵酒店了，那里不好吃，是不是开会先研究一下到哪里去吃火锅，天气太冷了。"戴队长瞪他一眼。大家笑着簇拥戴队长走进办公室。

凳子还没有坐热，爆竹的气味还在飘散，就见董强大队长走进来，对戴队长说："东坑分局来电话，他们辖区一户人家昨天被偷了12800元现金。虽然现在规定两万元以上算特大盗窃案，这案子不归你们中队管，但是东路中队刚刚成立，人员还没有完全到位，这次就由你们中队负责侦办吧。"

戴队长嘴巴动了动，似乎想争辩几句，但还是没有出声。

董强大队长又说："我会跟技术中队杨队说一下，他们也去两个人。这起案件是我们县刑侦改革后发生的第一起重大案件，希望你们中队开个好彩头。"

董强大队长转身走了。戴队长把气往小辉身上撒："就是你小子，就想吃吃吃，这下好了，跑到全县最远的地方去吃了。"

小辉嘿嘿一笑："远就远点，那里有新鲜野味。"

戴队长怒其不争："想吃野味全县哪里没有，还跑那么远。"

东坑是全县面积最大、最为偏远的山区镇，开车去那里要绕道庐河市、文峰县、长丰县，花费三个多小时，沿途都是蜿蜒起伏的简易山路。当地人口不多，成分复杂，分散居住在深山密林中，既有本地人也有客家人，既有汉族也有畲族。据说有的村民一辈子都没来过县城，有的乡镇干部一年也难得离开那里，可以说那就是本县一块与世隔绝的地方。县领导以及各单位的头头脑脑对吊儿郎当或者看不顺眼的干部职工往往明里暗里地说，再不听话就安排你去东坑工作。对方往往吓得睡都睡不着，连连赔罪，变了一个人。

被抓了壮丁，戴队长虽然不愿意，但还是叫上我和小辉、邱波出发。

上得车来，戴队长叹了口气："早不发案晚不发案，偏偏成立第一天就发案，真是开门红。"

一同坐车的在情报技术中队主持工作的杨副队长嘿嘿笑了，说："这不正好检验一下你们中队的战斗力。"

吉普车一路颠簸爬行，人也被转得昏头昏脑，终于在下午一点到达东坑分局。

简单吃过中饭，我们烤着炭火听分局王局长介绍情况：

我们镇里山多田少，每年这个时候是山民们收获最多的时节，他们上山挖冬笋，再拿到街上卖，少则有五六千元收入，多则有两三万元，很多家庭就靠这一两个月的辛勤劳动来维持全家一年的日常开支。挖笋很辛苦，要翻山越岭，越难走的地方越有收获，当然也越危险，有时还会遇到毒蛇野兽，所以这点收入来之不易，可以说是拿命去换的。

今天一早，虎岭村的书记钱九保就来电话，说他们村的赖五福家挖了一个多月卖的冬笋钱被人一窝端个精光，要求我们去破案。

杨副队长插嘴说："你是说虎岭村？"

王局长说："是呀，这不，今天开始刑事案件正式归你们刑警大队主办，我只好等你们这些专业人士来勘查现场、指导破案啰。"

"这些人怎么都喜欢把钱放在家里，不存到银行呢？"我不禁问道。

"小文，这可不是县城，存取很不方便。最关键的是，虎岭村离这里有二十多里的山路，走路一个单程要四个多小时，山民只好把钱放在家里，要用的话随时拿出来，这样方便嘛。"王局长有些不屑地回答。

"什么，要四个多小时？开车去要多久呢？"戴队长问。

"哪里通得了车，全靠两只脚，而且去时全是上山，回时全是下山。"杨副队长边苦笑边摇头，他之前在这工作过，很清楚。

王局长低头拍拍裤腿上粘着的木炭灰，说："我们分局派小李去，你们大队呢，谁去？"

两位中队领导没有马上回答。片刻沉默后杨副队长问："报案人反映了现场情况吗？"

王局长答："我问了一下钱九保，他说失主家在村边靠山坡的地方住，有人从山坡上跳上他家二楼的窗台，撬开窗户，下到一楼，在房间里翻箱倒柜，把藏在米缸里的钱拿走了。"

杨副队长说："这样看来现场也没什么勘查的价值了，文景也看过很多现场，去照照相、画画图就可以了，有价值的东西提取回来处理也行。"

戴队长笑着点点头，对我说："辛苦一下啰，文景。要不小辉也跟着去锻炼锻炼吧，我们剩下的人就再找其他线索。"

我知道这趟苦差自己是少不了的，但没想到两个队领导都不去，放心把这样艰巨的任务交给我。想到小辉办案时间不长，到现场后还不能帮我出主意，而邱波比我年长几岁，经验比小辉要丰富许多，于是尴尬地看了看邱波，试探地问："这次进山估计要个三四天，要不邱波和我去，小辉和你们去调查吧。"

邱波没想到我把他拉下水，他搓搓手，说："我听从戴队安排。"

戴队长吸口烟，说："行，就文景和邱波去吧。你们注意安全，多想办法。"

## 3

分局小李骑了辆摩托车，搭着我和邱波三步一摇来到进山路口。他说："前面的路摩托车都去不了，我把车丢在山脚下的老乡家里，再留个字条，他们一般都不锁门的。"

"这样安全吗？"我疑惑地问，"万一被偷了怎么办，会出洋相的。""不会的，上次我去另一个村子也是这样做的。"

"老乡你好：我是公安分局的小李，摩托放你这，过几天回来取。"小李把字条放在摩托上，关上门。

我忍不住笑起来，说："这倒有点像当年红军借老百姓的东西，写个借条，放在那里。"小李嘿嘿一笑，说："你们知道吗，这山里当年确实是红军活动的地方，他们在这里打了好几个胜仗，还活捉过敌人的师长。"

我不禁抬头四处张望，对这莽莽群山油然升起无限敬意。

山路只能容一个人走。我们一前一后边走边聊，偶尔遇到上山下山的老乡只好避在一旁让行。山势时而陡、时而缓，每走几里路我们不得不停下来休息一会。看看周边倒也有一种脱离尘世、身心暂歇的感觉。两个背着竹篓的老人家从我们身边赶过去，看样子有七十岁，却比我们这些年轻人还走得快。我很惊奇，小李说："人家可是常年住在山里，经常这样爬山，习惯成自然了。"

一辈子单门独栋居住在这与世隔绝的大山里，条件艰苦、生活不便，他们是怎样坚持下来的呢？

虽是初冬，冷风劲吹，但我们却边走边冒汗，一路脱衣服。傍晚时分，登上一个山头后，眼前豁然开朗，几百米外出现一个十多户的客家小村庄，土墙灰瓦、古朴宁静，顺山势建得错落有致，在暮色的映衬下恍如世外仙境。"远上寒山石径斜，白云生处有人家"，杜牧的描写与此太贴切了。回头望去，脚下已是白云飘飘，群山连绵，似乎一眼就看到了天尽头，心胸顿时为之一阔。

"到了，前面就是虎岭村！"小李兴奋地说。不知不觉间我们已爬了四个小时的山。

钱九保夫妇正在炒菜做饭，看见我们来了连忙热情地倒茶，打来热水给我们洗脸洗脚。

不久，一桌热气腾腾的饭菜端上来，钱九保往我们每人碗里倒满了米酒。我说："钱书记，麻烦你了，我真有种回家的感觉。"

钱九保端起碗，一脸真诚地说："出了这么大的事情，我们真的没有办法，不得不辛苦你们这些警官了。说实话，我们虎岭村太高太远，就是乡里的干部一年都难得来一次。"

小李笑道："所以我们今天享受高级领导的待遇了。"

邱波指指这一桌美味对小李说："你比毛主席都幸福了，当年他老人家在这打仗，哪吃得到这么好的菜呀。"大家都点头笑起来。

天晚了，我们决定先休息，天亮后再看现场。

钱书记的三个儿子都在外打工，家里干净整洁。我和邱波在楼下的一张床上睡下。

高山上天亮得早，公鸡一打鸣钱九保夫妇就开始忙碌起来，我们也不好意思多睡。

吃完早饭，钱九保书记带着我们到受害人家里看现场。

失主老赖说，前天上午他一家人没出去，下午天气暖和些便带着老婆孩子一起锁门出去挖笋，晚上六点多回家就发现家里被盗。

现场情况和王局长描述的一样，没提取到什么有价值的证据。我们一致认为作案人知道受害人一家下午出去了，并且还清楚他家肯定有卖笋的钱放在家里，不然不会下决心花大量时间到处乱翻，连藏在米缸里的钱都被他找到了。

钱书记和受害人反映，进虎岭村就一条路，平时来个外人全村都知道，案发后没有谁说看到有陌生人进来。年轻人向往外面的精彩世界，耐不住寂寞，没几个在家，村里平时也就老老少少五六十号人，这些天大多三五成群结伴进山挖冬笋。我们对很多村民进行了走访，没发现什么情况。

"书记，现在村里及周边村子有什么可疑人员吗？比如两劳回籍的、受过治安处罚的，比如手脚不干净的、小偷小摸的……"我问道。

老钱摇摇头："我们村因为地方偏远、人员稀少，大家相处和谐，没有做坏事的。"看得出，钱书记长着一张诚实的脸，说的也是一口诚实的话。

"书记你忘了，前年我们村委蛇坑村的雷进秋不是在旁边的长丰县偷了一头牛，卖给别人，后来被人家发现找上门，他们双方在你的主持下协商赔了几百块钱吗？"老赖提醒道。

"哦……是有这件事，我倒忘了！"老钱尴尬地说，"不过，听说近两年这家伙挖笋卖山货赚了不少钱，改得不错了。"

"钱书记，这家伙偷牛已经触犯了刑法，为什么没有报案呢？让分局来处理他嘛。"邱波埋怨道，"你看，这家伙就有重大嫌疑。"

"是这样，雷进秋是到外县偷牛，对方在该县报了案，后来失主摸到情况后自己找过来，也没通知双方公安人员。我看不是我们县的案子，加上要是通知分局来人的话也太麻烦你们了，所以我就按他们双方的要求作个见证，处理了这件事。"

"他还在家吗？"小李急迫地问。

"应该在。不过这么晚了，路上太危险，我看你们还是明天再去找他吧。"

吃过晚饭，我们三人决定再走门串户，多了解点情况。当我们在村里转了一圈后走在回钱九保家的路上时，却听到有人轻轻地叫："同志，我们想反映点情况！"

我停住脚，回头看时，只见两个三十多岁的汉子手上提着矿灯站在暗处。

我们走过去。我问："有什么情况？你们说吧。"

"我们是本村委的干部，但不住在这个村里。外面太冷了，我们到失主老赖家坐坐吧。"

老赖家厅堂中间用树蔸和干柴烧了一堆火，火很旺很热，映照着他全家一张张愁苦的脸。看我们进来，老赖连忙端茶让座。一口热茶下去，身体暖和了许多。

"老赖，你一家三口先到房里坐坐，我们和公安的同志单独谈谈。"

"有什么事你们就放心大胆地说吧。"待老赖一家走进房间，邱波轻轻说道。

"同志，你们可要给我们保密呀，千万别告诉别人。"其中一个吸了一口烟，对我微微一笑。

"绝对放心，只有我们三个办案的知道。"我坚定地说，给他鼓励。

"是这样，我们怀疑这起案件是……是钱九保的三儿子钱飞豹做的。"

我的心猛地一颤，盯着他看了两秒，又将脸转向邱波、小李，他们同样一脸的惊愕。

"有什么依据吗？"我缓过神，问道。

"他自小就不安分，吊儿郎当、调皮捣蛋在这一带是出了名的。"

"有没有人发现他以前偷过什么东西？"

"大事没有，但随手牵羊偷人家的腊肉、干笋倒是听说过。"

"他现在人呢？"小李问道。

"不知道，听说打工去了。"

"人不在家怎么偷呢？"邱波摇摇头。

"我们只是提供一下这个人的情况，直接证据没有，希望你们注意调查一下他。"另一个年轻些的补充道。

说实话，办了这些年的案子，我还是极少遇到有人会主动向你反映怀疑对象的。"事不关己、高高挂起"，明哲保身的现象在几十年前已被毛主席批评过，这些年却更为突出，不要说主动向公安机关反映情况，就是警察找上门，明明他知道、他见过，愣是一问三不知，任你怎样向他保证不泄密也不相信。有的案子只差目击证人的一句话就可往下查，但你只能眼睁睁看着线索中断，或者耗费大量人财物绕个大弯。认为是世风日下也好，认为是不配合工作也罢，只把你气得一肚子的火没处发。

现在人家没有直接证据就向你提供信息，甚至可以认为是没有任何价值或捕风捉影的线索，这需要怎样的勇气和决心。难道他们就不怕走漏风声让自己吃不了兜着走？要知道，在这山高皇帝远的地方，一个村委的书记几乎就是一个"土皇帝"，手上有着各种各样的权力。

两个干部提着矿灯走山路回去了。在返回钱九保家的路上，小李说："我看这两个村干部就是想借刀杀人，打击钱九保，让他书记的位置不保。"

"你为什么这样认为呢？"我停下脚，想听听他的高见。

"钱九保虽然和我没见过几次面，但和镇里的关系还是处得不错，没听说他有什么负面问题，包括他的家人。"小李答道。

"这更说明这两个干部的可信，人家反映的是他儿子的事情而不是他本人。唯一遗憾的是，他们只是说钱飞豹以前的小问题，没有什么实质的东西。如果有人看到他回来了、有人看到他大肆挥霍或者提到他的指纹鞋印等，那就好办了。"邱波反驳道。

"是呀，这高山密林还是一方净土呀，群众基础好，不然毛主席当年为什么会选择这里？"我由衷地感慨，"我也认为这里群众的感情是纯朴的，相信组织、相信政府、相信我们公安人员。人家冒着走山路的危险向我们反映情况确实难能可贵，有几个人能做到呀？"

"那我们等下回到钱九保家要不要再问问他儿子的情况呢？"小李望着我。

我想了想说："不用了，昨天刚来的时候，我们聊天时已经问了他家的情况，夫妻俩都说三个儿子在外打工没有回来。再问他就会起疑心，认为我们怀疑到他儿子身上去了，觉悟差点可能就会通风报信。"

"明天我们还在不在这里查下去？"邱波问我。

"明天就去找雷进秋，这里也没什么工作可做了。"我边说边带着他们往钱九保家走去。

老钱夫妇在家一边烤火一边看电视。我对他说："书记，这个案子一时也查不出什么情况，我们打算明天下山，顺便到蛇坑村把雷进秋带回去审查。"

钱九保点头说："好，好，要不要我陪你们去？"

我摇摇头："不用了，省得你走来走去。另外，书记，这几天村里在外打工的有回家了的吗？"

钱九保肯定地摇摇头："没有，就这么几十个人的小村子，谁回来都知道。"

我和邱波仍旧睡在一张床上，木窗外北风呼呼地刮着，更衬托出深山夜晚的宁静。我全然没有了昨晚沉沉大睡时的放松，脑海中一会儿浮现两个村干部企盼的目光，一会儿浮现钱九保平和淡定的脸庞。钱家是两层的木楼，楼上我们一直没有去过，钱飞豹有没有就躲在这楼上呢？电影、电视剧里经常有公安局剿匪的侦察员无意中住进土匪窝或者周围布满敌人特务的客栈里，如果钱飞豹真的是那个隐身的大盗，或者老钱知道他的所作所为，那我们真有深入龙潭虎穴的味道了。他们会不会就在暗处瞪大眼睛观察我们的一举一动，会不会手握匕首蹑手蹑脚半夜把我们杀了扔到荒山野岭去呢？楼上偶尔出现的老鼠嬉戏追逐的声音让我竖起耳朵不敢大意。

## 4

晨雾茫茫，冰寒侵骨。怀着复杂的心情向钱九保夫妇和老赖一家告别，我们踏上了下山的路程。看着这肃杀的景色，我已没有昨天上山的好心情，心中胡凑了几句应景诗：

冬晨白雾重，浩渺似仙乡。

万树翻波浪，蒿草挂露霜。

一小时后到达了蛇坑村。全村就五六户人家，村口第一栋便是雷进秋家。走进屋内就看到一个三十来岁高高瘦瘦的男子正在用竹片修补什么，见我们进来显得很为惊讶。

"你是雷进秋？"我问道。

"是的。你们是……"

"我们是公安分局的。"小李答道，然后迅速把他铐上。

我们开始搜查。雷进秋只是看着，一言不发，山里人都是这样木讷吧。搜查没发现大笔现金，一本存折上倒有两万元钱，但最后一项记录是两个月前的。雷进秋的老婆以为我们为偷牛之事而来，连忙从箱里找出了那张《协议书》，上面写着雷进秋因偷牛自愿赔偿对方八百元的事情。她以为可以为丈夫开脱，不想却成了偷牛的铁证。

分局审讯室内，雷进秋对偷牛的事交代得很痛快，可是问到还做了其他什么坏事却只有三个字：没有了。

"你知道你们虎岭一带这几天发了什么案子吗？"我打算迂回一下，再这么耗着也没什么用。

"不知道，我这几天天天出去挖笋，哪也没去。"

"没去，可有人在虎岭村看到了你！"我逼问了一句。

"虎岭村？哪天？今天是7号，我3、4、5、6号连着四天都去了离那里还有五六里的梅坑一带挖笋。根本没有进虎岭村。"

"谁证明？"小辉和邱波同时问道。

"我一个人去的，没谁能证明。"

"那你先把3号的活动情况说一下。"我拿起笔，准备在笔记本上记录。

"行，我想想。3号吃过早饭就上山，到下午五点多下山……"雷进秋低下头一边回忆一边喃喃自语，突然大声说道，"对了，我回来时在梅坑路段遇到一个人上山，我认识他，叫了他一句，他没理我。我觉得我没有看错，你们可以找他为我作证，我当时背了一篓冬笋。"

"是谁呀？"邱波不耐烦了。

"就是钱九保书记的儿子钱飞豹。他当时低着头上山，还戴了个军帽，帽檐低低的。我远远叫他，他没作声，我觉得奇怪。我们擦肩而过时他还是低着头，我以为他在想心事就没有再叫他了。他当时背了个黑色旅行包，像是刚从外地回来。"

"真的吗？你真的看清是他？"我显出一丝欣喜。

"真的，我在书记家见过他好多次，还会认错？"雷进秋自然不理解我的心情，他也为自己终于想到了一个证人感到欣喜。

戴队长和杨副队长听了汇报，问："你们都说说自己的看法吧。"

我首先发言："凭我的感觉雷进秋的反应还是比较正常，没有故意掩饰伪造的样子，说明钱飞豹真的是回来了。加上村干部说他有小偷小摸行为，我认为这家伙作案的可能性很大。当然，他爸说他没有回来，却与雷进秋的反映矛盾，是否故意隐瞒情况、包庇自己的儿子这个还不好判断。"

"这个案件是熟悉虎岭一带情况的人作案应当没错。雷进秋有偷牛的前科，侥幸逃脱了一次，很有可能又贼心不死铤而走险。他说看到了钱飞豹，可你们进村调查却没有一个人反映看到他。钱九保是个老共产党员，当了多年的书记，为人还是诚实的，我相信他的觉悟，所以钱飞豹应该没有回来。雷进秋这家伙承认那天上了山，但只是走到梅坑地段，没有上到虎岭村，我觉得更加可疑，梅坑离虎岭村不远，他有可能就到了虎岭村作案，我们不要轻易相信他。"王局长否定了我的意见。

"是呀，你看，他说叫了钱飞豹一声，钱飞豹却假装不理他，在这样的地方相遇身体都要碰到，钱飞豹好意思不理？这也太悬乎了吧。如果钱飞豹作了案，在逃跑中有这种反应可以理解，但他在作案前这样做似乎没这个必要。"杨副队长赞同王局长的看法。

"那他是不是在回家的路上就想到了等下要干一单，故意装作雷进秋认错了人呢？"戴队长扫扫大家，希望有谁支持。

"这个有可能。说实话，我相信雷进秋看到了钱飞豹，也倾向于钱九保不知道他儿子回来了。但是钱飞豹回村后不回家，这一晚上天寒地冻，一直到第二天下午两点以后出来作案，还不把他冷死饿死。"我还是觉得有的问题不好理解。

大家争来争去都找不出好一点的解释。杨副队长看时间也不早了，挥挥手说："把雷进秋以涉嫌盗窃耕牛罪带回去刑拘，再审审看。分局这边一是了解下还有谁看到钱飞豹回来过，把这个问题搞清楚；二是安排人布控钱飞豹，抓住他以后问一问，情况或许就清楚了。"

王局长连连点头说："也只好这样了。"

雷进秋被刑拘后还是没有交代其他问题，而这起超过万元的盗窃大案也一直压在我的心头。

## 5

四十天后的一个早上，离 1998 年春节还有十天，分局小李给我来电话，他兴奋不已地说："文探长，钱飞豹抓到了。"

"哦，在哪儿抓到的，他是怎么交代的？"我急切地想解开心中的谜团。

"昨天晚上七点多在东坑抓的。昨晚六点钟我们接到梅坑村一户人家打电话报案，说家里下午被偷了六千元挖笋钱，作案手法和上次的差不多。我和小廖估计偷东西的家伙还没有下山，于是就摸黑在那条下山的路上偷偷守候，没过多久便听到有人下山的匆匆脚步声，走近了，我打开矿灯一照，认出就是钱飞豹，和户口底册上的相片一模一样。我们冲上去将这家伙抓住，从他身上搜出刚刚偷到的六千元钱。押到分局一审，他立即就交代了，连上次老赖家被盗的案件也承认了。原来，钱飞豹知道每年这个时节家家户户都会去挖冬笋卖钱，而大多数人家都因路远不愿把钱存进银行，于是就从广东千里迢迢回来作案，之后又赶快返回广东。"

"钱九保知情吗？"我急切地想知道答案。

小李说："钱书记不知情。钱飞豹事先把水、干粮、毛毯放在旅行包里，戴个有沿的军帽回去，天黑时刚好走到村外。当晚他偷偷住在自家牛栏，天快亮时转移到老赖家旁边的树林里。下午两点，他看到老赖一家三口外出挖笋后就溜出来，跳上二楼窗台，撬窗入室。偷到这12800元钱后打开后门出来，又在村外树林中等到天黑后冒险下山，在山下一个废工棚里睡了一晚，天刚亮时搭过路的货车离开东坑镇往广东去了。"

"他真没回家？"我还是有些疑惑。

"应该是没有。你想，我们一抓到他就供认了，如果他不承认，上次的案件我们也没什么办法呀，这样看来他还是挺配合的。"小李分析道。

"那他遇到了雷进秋吗？"我还是不放心。

"他说确实遇到了，时间、地点、雷进秋当时背竹篓的情况都对得上。钱飞豹说没想到会遇到他，躲避不及了。他那次回来就是不想让别人知道。"

"群众的眼睛是雪亮的。"我想起了那两个村干部，如果每个案件都有群众主动向我们提供情况多好，即使他们反映的只是猜测的事情。

"你说什么？"小李没听清。

"谢谢你，小李，这个案件破得好，解决了我心中的疑问。"

"千里奔袭—藏身牛栏—隐身树林—忍饥受冻—飞身跳窗—翻箱倒柜—冒险下山—千里返回"这些场景串起了一个充满心机，为钱财不畏艰险的深山大盗的踪迹，可惜辛苦来辛苦去，却是竹篮打水一场空！

# 第二十二章　雾里看花

## *1*

在钱飞豹被抓之前，即 1997 年 12 月下旬的一天上午，刚上班，董强大队长把我叫进办公室，对我说："你赶快去一下康局办公室，有个专案要办。"

我问："什么案件？"

董强大队长答道："我也不知道。"

我很纳闷，为什么康副局长要直接对我交代案件呢？我急匆匆赶到领导办公室时，却见警校同学袁军也在那里。

"小袁、小文，这次抽你们两个跟我办一起专案。这起案件很特殊，调查要全程保密，你们只向我和雷局长汇报就行。你俩平时工作表现都不错，能遵守保密纪律，抽调你俩是我和雷局长商量的结果。"康副局长喝口茶，停了停，一脸严肃，与他平日的平易近人完全不同。

我静静地听着他讲下去："情况是这样的，驻在我们县的那个省属白酒总厂正在进行改革，明天就要在省主管单位组织下召开民主选举厂长大会。可是，今天凌晨在该厂厂区几个街口、会议礼堂外以及部分职工住处附近发现了一些小字报，对该总厂现任厂长老徐进行了各种人身攻击、污蔑栽赃，让大家不要选他当厂长。厂里把情况向县委主要领导反映了，要求我们公安局开展调查。县委主要领导非常重视，把我和雷局长叫过去，指示由我们与纪委、检察院组成联合调查组，对这种破坏选举、造谣生事的行为开展调查，务必查出作案人和幕后黑手。"说完，康副局长从桌上拿出半张报纸大小的白纸，上面赫然打印着"请看腐败分子徐 XX 的劣迹"。下面列举了七八条，什么任人唯亲、插手工程、欺男霸女、贪污受贿等。

康副局长说的这家白酒厂我们是很清楚的，它是一家驻在我们县郊区几十年的老字号酒厂，厂长是副厅级。经过多年发展，该厂有干部职工两万多人，经济效益也很不错，不仅成为我县的一个纳税大户，还为县里解决了很多人口就业问题，对本县发展贡献极大。厂、县之间平时关系就很不错，现在发生了这样的事情，县领导肯定向人家表了态要全力支持。而该厂职工多，情况复杂，以前公安局与厂保卫处在工作上就经常相互协作，现在我们更是责无旁贷了。

"联合调查组有分工，纪委、检察院对小字报反映的问题开展调查，看是否属实，而我们公安的任务就是要查出小字报是谁撰写、制作和散发的。你们看，我们怎么查下去？"康副局长看着我俩。

"从这张白纸涉及的内容来看，应当是熟悉徐厂长情况的人写的，我们向徐厂长了解一下他在工作、生活上得罪了哪些人，有针对性地开展调查，应该可以查出来。"我第一个发言。

"唔……这个办法只能放到最后，一是徐厂长这些天为选举忙得很，加上别人造谣，他心情也不好，我们不方便去找他了解；二是当领导的，又在厂里工作多年，方方面面不知道得罪了多少人，不能随便就把得罪过的人找来调查，这样容易激化矛盾、扩大影响；三是时间紧，调查面太大就不能及时破案，不能尽快向县委领导和厂党委交代。"康副局长分析得头头是道。

"是不是自我感觉选不上的或者想通过串联方式选上去的人搞的？我们只要查查可能落选的人，或者找党代表了解搞了串联等非组织活动的人，就可能有所突破。"袁军的话让我一亮，这倒是一条捷径。

"不行不行，"康副局长立即否定，"可能落选的人有没有这种行为不清楚，一问还不闹出大事。目前也没有发现搞串联的非组织行为，即使有，我们介入调查也不合适，那是纪委的事，我们把知情面扩大了更不好。我的意思是要秘密调查，把影响消除在最小范围，既要慎重，又要找到过硬的证据。小文，你是搞侦查的，什么是证据？"领导抖抖"小字报"。

"证据？小字报就是证据，只要我们发现谁家里或单位有这种小字报，谁就有嫌疑。"我似乎理解了康副局长的意图，"还有，这种小字报是打印的，谁的电脑有底，谁的打印机打了这些文字，这也是证据。"

"没错，只要我们查一查全县的电脑、打印机近日使用情况应该就可以查出来，我们以前在治安管理中摸过底，全县不过三十多台电脑、打印机，这个工作量不算大。"袁军胸有成竹地说。

康副局长恢复了往日的笑容："这是一个好办法。"然后他又交代了一些样材提取的注意事项和细节。最后说道："提取回来的样材我们要先送公安厅，与检材做比对，看能否鉴定出小字报是哪台打印机打印出来的。你们在打印时还要顺便在电脑上搜索一下有没有这些关键字的文档。"

我和袁军对视一下，有点茫然。

康副局长看出了我们的疑问，说："你们懂不懂电脑？"

我和袁军都不好意思地摇头。

"那你们赶快向局里打印室的小丫头学习学习。不懂怎么查呀。"领导微笑起来。

是呀，电脑可是高科技产品，还没有听说县里谁家有这样奢侈的东西，就连县公安局也只有一台，被秘书科、政工科这些领导身边的单位"霸占"，我们平时要打个提请批准逮捕书、移送起诉意见书都要跑到县局对面的私人文印室去排队。有时我就想，这么多重要材料放到外面去打印多不安全呀，如果哪个别有用心的家伙和私人文印室串通，什么情报都会传出去。局里如果能多配几台电脑和打印机就好了。

按照领导的安排，我和袁军忙活了几天，终于将全县各单位、各私人文印室的电脑查看了一遍，提取了所有打印机的样材，并对所有会直接操作以及有条件操作电脑、打印机的人员一一进行了登记。我和袁军认为，要打印这样敏感的文字必须在安全、可靠的地方。从小字报文字排版来看，不是专业打字人员是排不出的，这些打字员如果不是作案人的至亲，双方都是不放心的，所以将打字员的社会关系排查清楚，看其有什么社会关系与这次选举，或者近一点说，与徐厂长有工作、生活等方面的矛盾，这个案子就能顺藤摸瓜挖出幕后人员。

## 2

我和袁军坐班车赶到省公安厅时那里已下班。袁军说："我们把郑新戈叫出来，宰他一刀。"我连忙点头，笑道："这家伙当了几年交警，油水大大的，是要他出点血。"郑新戈是我们的同学，毕业时被分在高速交警支队，他们大队的防区就是省城周边高速。袁军CALL了郑新戈的机，很快电话里传出他大大咧咧的嗓音："你们在厅大门口等我，马上就到。"郑新戈开着一辆桑塔纳拉上我们到了附近一家餐馆。

进入包房坐定后，郑新戈问："兄弟们，在县里混得很开心吧。"我和袁军相视一笑，一起摇头，说："还是你们当初的选择是对的，进了省厅机关，待遇好多了。"郑新戈唉了一声，骂道："我本来想进高速交警支队机关，不知道怎么把我安排到了一线，算什么省厅机关呀。说到待遇，其实大家都差不多。"我笑问："你们归省厅直管，经费能保障吧？""保障个啥。你们还会做点正事，破破案，搞搞社会治安，人家尊重你们。我们可惨了，为了压事故、保畅通，没日没夜上路巡逻，查违章，撕票撕得手都麻了，累得胃病、关节炎都出来了，还被群众骂成土匪、强盗，有朝一日我也要跳出去，不当交警了。"郑新戈边说边直摇头，然后问道："你们这次来有什么事吗？""省厅一处有什么熟人没有，有个案件要请人帮忙。"袁军把案情简单介绍了一下。郑新戈说："那我就不熟悉了，你们自己去问问吧，反正是公事公办。"在来的路上我想到了萧汉风，便说："我有个同学在刑警总队，明天可以叫他帮忙带到一处去问问。"

几杯酒下肚，我问郑新戈："老同学，你看我们像不像谍战片中抓特务的侦查员呀？"

郑新戈的圆脸红通通的，气愤地说："屁！什么侦查员。文景你书生气还是这么重。这件事摆明了就是那个厂长得罪了别人。他自己提供点信息多好，却要你们绕这么个大圈子去查，腿都会跑断。还有那个贴小字报的，署名什么'正义的群众'，一般群众知道这些事吗，一般群众会去做这样既冒险又跟自己无关的事吗？"

我和袁军愕然。郑新戈说的虽是一通酒话，但却不无道理，看来在省厅工作看问题就是深刻。

郑新戈转过话题，问道："你们应该要提拔了吧？"

"我们才工作四年多就想提拔，哪有这么快。"我摇头，"在基层工作，没有十年工龄想提拔是不可能的。"

"其实提拔的早晚并不看工龄，在公务员队伍，首先要讲政治，守规矩；二是要有业务能力，表现突出。"郑新戈笑道，"当然，运气也很重要。"

我点头，说："从进入警校以来一直接受组织的教育，讲政治，守规矩这是必须的。在基层，必须勤勤恳恳、踏踏实实，服从领导听从指挥，尤其我们刑警，一定要组织纪律性强。在这个基础上，把业务学扎实，通过多破漂亮的案件赢得领导和同事的认可，为自己今后的发展进步慢慢打基础。"

袁军点头同意，说："我们现在都年轻，首先政治上肯定要站稳立场，也绝对不会去做违法乱纪的事情。其次，就是要拼命工作，领导还是喜欢我们这些既能积极主动做事，又业务过硬的人。"

郑新戈说："我们这些同学，业务能力、吃苦精神都不错，但有个通病，就是只知道低头干活。其实在单位，还有一点非常重要，就是要和上下左右的人搞好团结，处理好人际关系，否则是会吃大亏的。"

我和袁军对视一眼。

袁军不以为然，说："这是你们大机关吧，基层一线哪有那么复杂的人际关系要处理。我们局长经常在会上要我们'少琢磨人，多琢磨事'，把心思放在工作上，多出成绩，这样自然会提拔你。"

郑新戈撇撇嘴，说："兄弟，你们没听明白我的话。就看这个案子吧，人家为什么要冒着风险写小字报？他肯定和那个厂长关系不好，也不是那个厂长看重的人，所以不得不孤注一掷，做出这么傻的事情来。不说这些，喝酒喝酒！"

我和袁军被郑新戈灌得晕晕乎乎，摇晃着住进省军区招待所，一屁股倒在床上。

想起刚才郑新戈的表现，我不禁说道："你别说，郑新戈这家伙在省厅机关待了几年，刚才的话还是有道理的。"

袁军嘿嘿一笑："是呀。看来我们在基层有点孤陋寡闻了，还是要多出来走走，多学习。"

一阵沉默后，我突然想到一个问题，于是不紧不慢说道："老大，眼前我们有一个问题倒是很关键呀……"

"什么问题？小字报问题你急什么呢？"袁军打了一个酒嗝。

"不是小字报，而是这个，这个……"我支吾了一下，"就是我们的后代问题。"说完我自顾自哈哈大笑起来。

"这个呀，哈哈哈哈……"袁军的精神一下子也被吊起来了，"对了，你老婆的预产期是什么时候？做了B超没有？是男是女？"

"预产期还有个把月，听她说这几天会去做B超，也不知道情况怎样了。你老婆呢？"我好奇地问。

"她预产期也是个把月了。半个月前做了B超，是个带把的，嘿嘿。"袁军一脸兴奋，"现在做个B超也这么艰难，左托人右托人，医生都不肯告诉你。"

"哦，恭喜你哟。借你手机，我打个电话问问凌溙溙情况怎样。"手机这时候刚刚开始出现在市面上，因费用太贵很少有人用。袁军赶时髦，咬牙买了一个，把我们羡慕得手发痒、眼发绿。袁军从腰带上解下手机交给我，我拨通了文水乡政府办公室的电话，有人接了，几分钟后就听到话筒里传来凌溱溱的脚步声。她一开始说了一通注意安全、注意保暖之类的话。我有些不耐烦了，忐忑不安地问："你去做 B 超没有？是男是女呀？""去是去了，不过……""不过什么，快说呀。""不过我现在还不能告诉你。""为什么？你现在说嘛。"我有些急了。"还是回来再说吧，还有十来天就放春节假了。"凌溱溱哈哈一笑。

凌溱溱的话让我摸不着头脑，难道是女孩，她不想让我伤心？很有这个可能。她以前问过我希望生男孩还是生女孩，我说按政策我们只能生一个孩子，说实话我当然希望生个男孩，让他长大了也穿上军装或者警服。男人嘛，就是要有血性。

"怎么样，是男是女呀？"袁军没看出我的沮丧，还在刺激我伤痛的心。

"她不告诉我。管他呢，睡觉吧，挺累的了。"我把床头灯一关，假装睡去。

袁军很快就打呼噜进入梦乡了，可我还是睡不着。我们四个同学，敖飞、武小峰的老婆都已生了男孩，袁军家也将生个小子，我却要生个女孩。唉，这三个家伙还不面前背后地笑话我。

想到凌溱溱我却突然涌起一股酸楚，结婚一年了，孩子的预产期就在 1998 年 2 月 2 日，也就是正月初六，只有将近一个月时间，可她为了工作不受影响硬挺着不休息。有时去文水乡，看到她挺着个大肚子搭着别人的摩托车或自行车颠颠簸簸的走村串巷，不管严寒酷暑，真替她担心。

有一次我问道："你就不能早点请假休息吗？也该为孩子着想呀。"她笑笑："人家说怀孩子多颠簸一下更好，以后生孩子时会少受痛苦。""哪有这个道理，还不是你放心不下工作。"我有些生气了。凌溱溱分管文教、卫生、民政，还兼任一片的片长，上面千条线，下面一根针，中央的政策最终要落到他们这些基层的乡镇干部头上去执行，什么催粮交税、计划生育、修桥修路、调解纠纷等，不一而足，即使天天不睡觉也忙不过来。作为一个新提拔的副乡长，加上本身就责任心强，凌溱溱总想着自己多吃苦，多克服困难，少给领导提要求、添麻烦，所以到现在还在上班。

有好多次我动了去县里找找领导的念头，干脆让她调回县城，不当这个副乡长也罢。可是找谁呢？我们一个小民警能找上书记、县长吗？副科级干部的调整调动没有书记、县长点头，至少也要组织部部长同意。

"别生气了，元旦一放假我就休息，等生了孩子还有三个月的产假，我就可以在家好好陪陪你。你现在讲个破案的故事来听听。"凌溱溱笑盈盈地安慰我。看着她为工作为肚子里的孩子累得一脸疲惫的样子，我终于不忍心生气。我知道，每次我有所抱怨的时候她就以要听我讲破案故事为由分散我的注意力，可我每次都上当，眉飞色舞、乐此不疲地讲起来，而她总是认真地、一脸幸福地听着……

### 3

省厅机关刚上班，我和袁军就来到刑警总队楼下，萧汉风在那里等我们。我把情况给他介绍了，他说："之前工作中倒是认识两个一处的，我带你们过去吧。不过，听你们介绍，这个情况比较特殊，算不上什么案件，人家不一定会受理鉴定。"我和袁军对视一下，没有作声。萧汉风急着要下乡去办一起大案，他把我们带进公安厅一处找到一位熟人就匆匆走了。他的熟人把我们带进三科，一位四十岁左右的科长摆弄着我们的材料，问："你们立案了吗，立案材料呢？"

袁军微笑着说："时间紧，还没有。我们打算立诽谤案，因为纪委、检察院通过调查，发现作案人写的都是一些无中生有的事。请您先给看看，指点一下下一步工作。"

"这可不是看一看就能马上做鉴定的事，把材料放这里吧。这么大的工厂，作为厂长哪能摆平所有关系，总会得罪某些人。对方的做法也不对，不应该用小字报这样极端的方式搞坏领导的名声，有什么问题可以向纪委、向上级反映嘛。"

"科长，你看什么时候能出鉴定结果呢？"我问。

"你们先回去，等我通知。如果没有立案的话，我也只能给你们一个口头意见，不作书面鉴定结论。"

求人办事当然只能听从人家安排。回到县里我们和康副局长商量如何立案。商量来商量去，最后觉得还是等纪委、检察院拿出调查结论才好判断性质，即便调查后认定是捏造事实诽谤他人，当事人想追究对方刑事责任，也要他自己去法院提起诉讼，或者由公安机关根据情节轻重做治安处罚。康副局长于是决定暂不立刑事案件，我们的任务还是先把小字报的来源搞清楚。

1998 年元旦前两天，公安厅一处的科长通知我们去拿结果，我和袁军再一次恭恭敬敬地站在他面前。科长拿着材料，指着上面的文字，信心满满地说："一、从文字水平来看，语言精练流畅，应该是有一定文字功底的人所为；二、分析比对后，认定从矿区提取的一张纸上的打印特征和检材上的相符。我上次说过，不立案我就不便出鉴定书。你们综合调查情况自己做判断吧。"

虽然是口头意见，但毕竟出自权威部门的专家之口，康副局长立即带着我和袁军赶往矿区派出所。

矿区派出所朱所长和康副局长私交很好，但是这样敏感的事情领导仍然没有说明真正意图，只是要他把打印机归属的矿"三产"办公室主任叫过来，我们单独向他了解情况。

"三产"办公室主任五十来岁，一看就是个精明人。他说这台电脑和打印机只归办公室一个叫贺萍的女同志管理，别人都接触不到，要打字、打印必须由贺萍来操作。贺萍的丈夫就是你们都认识的矿区派出所民警小龙。

小龙我们熟悉，工作能力、业务水平都不错，在侦破周良芳杀害外甥小宝的案件中积极肯干，局里对他的评价很好。

康副局长问朱所长，小龙在本县和白酒厂的社会关系有哪些？朱所长慢悠悠地说，小龙夫妇都是外地人，加上矿区本身归省里直管，据他了解，小龙在本县和白酒厂没有什么社会关系和密切的朋友。当然，因为在派出所工作，所以在县里政法线上多少有些熟人，但也不可能达到亲密的程度。他说贺萍这个女同志为人稳重、踏实，言语不多，是个老实人。

我相信朱所长的话，因为据我接触，小龙夫妇的确如此。

"中午吃饭时你把小龙叫过来一块吧。"康副局长笑着对朱所长说，我自然明白他的用意。

"好，不管你们查什么，我都全力配合。"朱所长拍拍老伙计的肩头，显得特别亲热。

中午，朱所长以陪酒为由把小龙叫来。大家边喝边聊。酒过数巡，小龙夫妇方方面面的关系都清楚了，确实没发现什么可疑人员。小龙的表现平稳、镇定，只以为是领导关心下属的家庭情况。

饭后，康副局长偷偷对我和袁军说，你俩去"三产"办公室找贺萍了解一下有谁接触过那台电脑和打印机。我俩忙点头："明白！"

我们以年底要检查内部安全防范工作的名义和贺萍进行交谈。

贺萍说，"三产"办公室的所有文件打印都要领导签字同意才可以动电脑、打印机，一怕丢失内存文件；二怕损坏设备。管理还是严格的。文印室的钥匙也只由她一个人掌管，别人根本进不去。

"那近半个月以来有没有人借用过电脑、打印机打印呢？"我想问清楚些。

"没有。"贺萍肯定地说，表情很自然。

桑塔纳碾压着路上的薄冰，发出沙沙的声音，道路两旁的山上山下是一丛丛灰白的衰草。车上放着音乐："雾里看花，水中望月，你能分辨这变幻莫测的世界？……"

回县城的路上，康副局长靠在副驾驶座椅上，问："你俩听出这是谁唱的吗？"

调到大队后忙于搞案件，很少安下心来听听歌，连一些熟悉的老歌手的名字都忘了，我不好意思地回答："不知道。"

"袁军，你呢？"领导又问。

"好像是那英唱的。"袁军答道。

"对，是那英唱的《雾里看花》。我们现在的侦查是不是'雾里看花'？"

我和袁军都会心地嘿嘿笑了。

"你们怎么看这件事？"康副局长问道。

袁军说："矿区离县城有好几十公里，白酒厂出的事情别说矿区，就是县城也没有多少人知道。从对小龙夫妇的接触来看他们不像说了谎，怕就怕有人盗用了贺萍的钥匙开门进去。说实话，搞一个这样简单的材料只需十多分钟，加上复印一下，顶多半个小时足够。"

"像特务一样？"领导笑了。

"选择矿区这个地方对作案人来说是比较好的，离县城远。加上省管单位，与县里瓜葛少，相对安全。我就怕小龙夫妇碍于情面好心做了坏事，开始不知道别人打印什么，现在看到我们来了，估计借用的人做了什么违法的事又不敢说，所以我们也就查不下去了。你想，小龙夫妇虽然说了这么多社会关系，但每个人的关系太复杂，盘根错节，我们也不能梳理得干干净净呀。"我分析道。

"你的意思是他夫妇说了谎话？"领导又笑了。

"有这样的可能。"我回答，但心里是虚的。

"康局，您的意见呢？"我俩同时问。

"我还是坚持一点，作案人一定要找相当放心的人去做这件事。他对徐厂长有意见，说明他有一定身份地位，现在懂电脑操作的人很少，这种身份的人更是不可能亲自去操作电脑，所以他需要交给非常亲密的人去做。袁军说的意见在现实中很难成立，偷配钥匙、偷偷打印，万一被发现了怎么办，风险太大了；小文的意见呢，按马克思主义哲学基本原理来说，是一种不可知论，明白吗？没有抓住要害。既然我们把他夫妇俩的至亲好友都梳理了一遍，这些人都与厂领导没有什么瓜葛，那就可以相信人家。或许你们会问，他俩有没有故意回避谈到那个找他们帮忙的人？我认为是不可能的。朱所长在旁边，他和小龙同事多年，难道不知道小龙说了谎没有。凭我和朱所长的关系，他不会偷偷告诉我吗？"

我和袁军不得不连连点头，领导就是高！

"还有一种情况，意图诬陷徐厂长的人没有直接的、可靠的关系人有打印条件，只好委托信得过的中间人去找与他们有亲密关系的人打印，也就是可能有中间人受作案人委托找到小龙夫妇，而他夫妻俩根本不知道作案人是谁。虽然这种可能性较小，毕竟怕出差错牵连到自己，但死马当活马医，小龙夫妇提供的县城的几个社会关系还是要深入了解一下，看这些人员和本案有没有交集，是否有受托可能，从而查出真正的幕后人员。"康副局长进一步分析布置。

"那省厅的鉴定意见能做依据吗？"我还是有些困惑。

"鉴定意见？谁知道他看得准吗？还是要结合调查情况来判断。但现在我们没有别的办法，宁可信其有，不可信其无。"领导说完就在车上闭目养神起来。

几天后，康副局长把我和袁军叫到雷局长的办公室汇报工作进展。正说着，督察大队的一位同志突然走进来，大概听到我们说了"小字报"三个字。他忍不住表功似的说："局长，我听纪委的同志说，有人在私下场所也骂过徐厂长，骂的内容和'小字报'上的内容差不多！"

"是谁？"雷局长提高了嗓门，身体前倾，精神为之一振。

"就是我们……"他说着突然停下了嘴，眼角流露出一丝尴尬。

我和袁军连忙知趣地走出去。

"他想说谁呀？"我问袁军，话一出口又觉得自己好傻。

"管他说谁。有答案就好，这样我们就可以安心过年啰。"

"过年？领导应该还会叫我们再查下去吧，弄它个水落石出。"

"你呀，刑事案件办多了，思维定式。你没看他神秘兮兮的样子，估计说的是个敏感人物。加上这毕竟算不上刑事案子，还不见好就收，闹得满城风雨干吗？即使要办下去，那也是纪委、检察院的事。"

"你的意思是我们可以收兵啰？"

"当然，不信你看。"袁军微微一笑，显得很自信。

果然，此后领导再没追问我们工作进展了，而这样的结果正是我和袁军求之不得的，因为不到二十天我俩都将喜事临门，我们各自的后代就要呱呱落地了！

4

元旦一过，凌溱溱就休假在家待产，这是她调到乡政府工作以来休息时间最长，也是我们结婚以来相处时间最长的一次。

"告诉你吧，是个男孩。"凌溱溱微笑着说。"真的？别骗我！"我半信半疑。"这还会说谎？""太好了，哈哈！"我兴奋地摸摸她圆滚滚的肚皮。

为准备孩子的出生，溱溱亲手赶制着棉衣、棉裤、小帽、小袜，拉着我上街添置婴儿必需品，一副将为人母的姿态。母亲让她好好休息，不要太累，可她闲不住，又是清洗整理物品，又是动手炒菜。她知道我喜欢吃她炒的菜，总是争着做，我则站在旁边递递佐料、打打下手。其实，我们夫妻聚少离多，一年忙到头，好不容易遇到节日休息，就是站在身边看着她炒菜我都感到相当幸福。

每年春节期间都是阴雨连绵，但空气中弥散的爆竹香味，家里院廊下挂着的大红灯笼，墙上贴着的红红对联都烘托出一片浓浓的节日气息。

按照以往的规矩，每年从正月初三开始父亲的几个表兄弟都要轮流坐庄请客，我家安排在正月初四那天。那天天刚微微亮溱溱感到肚子痛，我问："是不是要生了，去医院吧。"

她皱着眉头说："不知道，之前也有几次，我坚持一下。"

天亮以后，吃过早饭，十点多钟她再次感到肚子阵痛，便皱着眉头说："去医院看看吧。"

我和她撑着一把雨伞出门。街上行人稀少，平时满街跑的"拐的"也歇业了，我们只好步行着慢慢挪到了三里外的县人民医院。值班医生一检查，说："先做些准备，就要生了！"我连忙用刚买的手机慌手慌脚给家里打电话，叫道："老妈呀，快来呀，溱溱要生了！"母亲在电话里说："别慌别慌，我就过来！"

待母亲拿着各种妇婴用品赶到医院时凌溱溱已进了产房。我在外面焦急地等着，站也不是，坐也不是，尤其是从产房内传出溱溱的阵阵叫喊声更是把我的心揪得很痛、很痛。母亲说："家里来了好多客人，我先回去，大姨马上就来帮你。"

12时56分，随着"哇"地一声啼哭，我的心再次提了起来。护士走出来说："恭喜，是个男孩，七斤重。"我的心终于放下了，不是因为生了个儿子，而是因为母子都平安！

产床上，凌溱溱满脸苍白，一身疲惫。小家伙一张酱紫色的小脸，闭着眼，嘟着嘴。造物主真是神奇，刚刚溱溱还是一个女人，现在身边却多出一个小子，像只温驯的小狗。

大姨赶来了，满脸欢喜地说："这宝宝真是会凑热闹，春节期间好吃好玩他就出生了。"

可是这孩子却不知道为什么整夜哭闹，经常要我半夜爬起来，抱着他在房间里哼曲子、兜圈子才慢慢进入梦乡，让我疲惫不已。母亲和溱溱就说："你到别的房间睡吧，免得影响明天上班的状态。"

我却坚持要睡在房间另一张床上，一是不放心坐月子的凌溱溱，她晚上经常要起来；二是舍不得离开这小子，想观察他的一切活动。

儿子出生后，方副教导员夫妇、中队的几个兄弟以及武小峰、袁军等同学都先后到家祝贺，凌溱溱的同事、同学、朋友也过来祝福，让我们感受到来自各方的浓情爱意。

武小峰的儿子比我家小子大几个月。他儿子出生几天后我和凌溱溱去看望，当时武小峰刚好要出门，他妻子裹着毛巾被躺在床上。我问他去干吗？他嘻嘻笑："去工人俱乐部打篮球。"凌溱溱不解，问他："小孩刚出生你不好好陪着嫂子，忍心出去打球？"武小峰眼睛眯成一条线，说："男子汉哪有这么多儿女情长。"我笑了，表示赞许。两个女人登时对着我们怒目而视。

袁军的儿子本来要比我儿子早几天出生，可是预产期过了十多天还没有动静。袁军急了，到医院一问，医生说最好剖腹产。袁军很坚决："行，现在就剖！"

三个女人生产的经历是那样可怜，以至于到现在我看到孕妇就有种条件反射般的同情：做女人，真难呀。

溱溱每每看到我下班回来抱着儿子转圈跳舞，就说："你这样会宠坏他的。"

我亲着儿子的小脸说："如果说以前我拼命工作是因为自己喜欢它，那么以后的目的就多了一项，就是要创造更好的成绩和故事素材，等他长大了讲给他听，让他知道爸爸是个敬业的侦查员，让他在小伙伴面前很有光彩。"

凌溱溱就说："你想得太远了吧。"

# 第二十三章　索命的冤魂

*1*

1998 年正月即将结束，大家仍沉浸在浓浓的人来客往中，南路中队此时却突然接到报案：南新镇一个平时喜欢捉黄鳝的村民在本镇偏远的龙湾水库放竹篓时，从船上远远望见水库西岸的野鸡山下一山涧处似乎有一片白花花的东西，驾船走近一看发现是一具尸体，吓得连忙调转船头跑到中队报案。南路中队负责人曾安斌接待他后立即向大队领导作了汇报，董强大队长随即派法医进山尸检，发现该尸高度腐败，面目全非，进一步检查发现为男性，后脑有多处锐器伤和颅骨骨折，命案无疑！

南新派出所小小的会议室内挤得满满的，分管刑侦的邹副局长、董强大队长、洪副大队长以及大案中队、南路中队、南新派出所全体民警个个脸色凝重。

邹副局长作了一番动员讲话后，董强大队长对人员进行了分工，要求以现场附近的几个村委会及砖瓦窑场、副业工棚、水库渔家为重点，调查本地人中有无失踪人员，对外来打工搞副业的人员也要逐一登记、逐一见面，对那些春节前在本地打工而目前还没有出现的外来人员尤其要注意调查。

刑侦改革后我们中队仍旧分为两个探组，我和豹子、小辉一个组，老刘、邱波一个组。这是刑侦改革后县里发生的第一起凶杀案，由我们中队立案，戴队长安排由我探组主办。

这些天下了几场大雨，路面湿滑不堪，到处是泥水窝。我和豹子、小辉迎着料峭的寒风，深一脚浅一脚地走在乡间小路上一村一村地开展摸排。

"你说地区公安局的法医看得准吗？有没有吹牛呀。"小辉问道。

"地区的法医嘛，见多识广，能力当然要强一些。"我答道。

案发两天后刑警支队派出了大案科邓科长和技术科沈科长来支援。沈科长尸检后自信地说："死者二十五岁左右，死亡时间在今年农历正月初一至初十期间。"

几天起早摸黑大面积调查后尸源仍未找到，董强大队长决定扩大侦查范围，一是查旅店住宿人员；二是在本县的南路片及相邻的太宁县五都乡等乡镇张贴悬赏通告，扩大调查范围；三是请地区公安局刑警支队出面在全地区发布协查通报。

线索一条条汇过来，又一条条被否定。

## 2

"没有吃透现场就不能对案件有准确认识。"董强大队长平静地说，"我还是去一趟那里吧。"

法医刘高辉说："董大，中心现场太难进去了，没有路。我们又坐船又钻草丛，费了老大的劲才进去。"

"嗯……我还是去一趟，把警犬也带过去搜一搜，看作案工具呀什么的有没有遗留在现场。"

这是发现尸体后的第五天了，我们将车停在山脚下开始往上爬。山路陡峭难行，警犬似乎比我们还难受，吐着长长的红舌头呼哧呼哧地喘气。董强大队长捡了根粗粗的木棍当手杖，用来拨开遮挡的树枝杂草。半个小时后大家气喘吁吁地上到山顶。放眼望去，龙湾水库像一条深藏在密林深谷中曲折蜿蜒的白蛇，只见其宽约一公里，却不见其头尾。

"下面就是发现尸体的地方。"刘法医指着山脚下告诉董强大队长，"我们上次不是爬山，而是坐船到山脚下，再蹚水过去的。"

"那我们今天就学学三国时的邓艾，从这里滚下去！"董强大队长语出惊人，看他的表情不像是在开玩笑。

"不行，董大，从这里下去很危险。你看，周围都是长长的草，没一丝杂枝灌木，坡高有百来米，倾斜度也起码有80度，万一不小心摔下去……"戴队长劝阻道。他说的确实是实话，站在山上往下看我都有种眩晕的感觉。

"别怕，抓住这种草可以慢慢下去，我带头。"董强大队长说完就俯身往下挪。

士气一下子就被激发起来了，大家纷纷找路往下爬。那种草虽然长长的，长得很茂盛，可是却很滑溜，如果没抓紧，一松手就要做自由落体运动了。我的心吊得很高，但扭头看到不远处胖胖的董强大队长正小心翼翼地往下探，内心也释然了许多。

好不容易下到山脚，一阵恶臭扑鼻而来，不远处一具尸体呈"巨人观"展现在眼前，尸体上布满了大头苍蝇，"嗡"的一声往大家身上俯冲而来，我们不得不手忙脚乱地左驱右赶。眼前的一切让有的同事恶心得呕吐起来。

"大家散开来，注意脚下，拨开草仔细找找。"董强大队长吩咐道。

半小时后有人叫道："这里有衣服！"在离尸体十米远的一处竹丛里，死者的外衣、毛衣、背心堆在其间。

回到南新派出所，董强大队长再次召集大伙开会："我们都到了现场，大家都谈谈认识吧。"

有的说，死者应该是被作案人趁其不备打昏后推下山的，他们来到这又高又远的山上，应该是熟人。从死者衣裤内没有发现任何东西来看，作案人的目的是图财害命。

有的说，这里人迹罕至，没事谁会来？估计是割松油的外来工经过这里，某人临时起意将同伴杀害了推下山。

有的说，两个人来到这样偏远的地方可能性小，应该是从对岸运尸过来抛弃的，因为这样比较方便。这样的话案件性质就有财杀、情杀和仇杀的可能。

还有人说，是不是因为这里偏僻，在其他地方杀人后运尸到山上再抛下去的，以防发现。

董强大队长始终静静地听着，静静地写着，看大家争吵得差不多了，他摆摆手，说："大家的讨论很好，但是目前还没有形成一个统一的认识。不管怎么样，这起案件首先要解决一个问题，就是查找尸源。为什么过了一个星期还没有摸出像样的对象，有两点：一是我们的工作还没有深入、没有细致，还有死角；二是死者可能不是附近乡镇人，家属不知道他在哪里。下一步我们要将调查范围再向外延伸，对重点村户要进行第二遍'过筛式'调查。"

大伙又打起精神，开始更大范围更深入地调查。许多在外打工的人被我们追过去的电话闹得很不愉快，说："我还想多找几个钱呢，一开年就被你们问些这样不吉利的事情。不知道的人还以为我在老家做了什么坏事。"我们只好一脸尴尬一遍又一遍地做解释。

眼看离发现尸体已将近一个月了。这天，洪副大队长带人深入到一处偏远的工棚，守山老人无意中的一句话引起了他的注意："正月初二，有两个二十多岁的年轻人来到我们这里玩，聊了几句话就走了，其中一个说是本镇东头村的，小名叫蒲瓜。"洪副大队长立即将现场发现的衣物照片交给他辨认，确认另一个年轻人就是穿着这样的衣服。

秘密调查得知，蒲瓜是东头村肖安健的儿子，因平时不务正业，游手好闲，肖安健一气之下在年前将他赶出家门。有人看到他春节前后就住在村外的窑棚里。

东头村外有十多座砖瓦窑，像蒙古包似的散落在一块平地上，旁边是一排排工人住的简易棚屋。因过春节工人回家了，棚屋都空着。围绕着窑场的工人其实以前已经做了大量工作，但窑主们反映，工人以本地人居多，而且这些本地工人都一一见了面。至于外来工，因为有的登记情况不全，有的根本没有登记，所以就查不下去。这次发现新情况后我们又把窑主们一一叫过来谈话，通过对年龄身高、穿着长相等的仔细核对，怀疑年前在肖帮文窑上只做了不到一个月的"小沈"就是死者，他是本县河边镇人。

"小沈"到底是谁？我和洪副大队长立即赶到河边镇。镇里刚好在开乡人代会，派出所齐所长在会上把情况一介绍，会后立即有一个村干部找到他，说："我儿子沈海年前和他母亲闹了意见离家出走，一直没有回家。他二十三岁，和你们描述的很像。"我们于是要他到刑警大队辨认一下衣物。村干部夫妇俩急匆匆赶来，女人看了一眼找回来的衣物，说了声："天哪，这毛衣就是我织的……"话音未落，登时昏倒在地。

蒲瓜的犯罪嫌疑迅速上升，抓捕他成为侦破此案的关键。我们中队几个人更是摩拳擦掌，恨不得立即将他缉拿到案。

董强大队长摇摇头："别急，我们必须完全摸清他的下落再动手，否则打草惊蛇就麻烦了。"

## 3

得知蒲瓜的父亲肖安健和县检察院干部老孙是以前农场的同事，董强大队长和老孙商量，以老孙到该村找一个案件当事人了解情况为由，顺便"登门拜访"老同事，了解蒲瓜的下落。

老孙带着小辉上门了。经了解得知蒲瓜年后没有回家，听说在南新镇胡老三位于庐河市盐业公司的工地上做搬运工。董强大队长决定利用中午工地上的人都在休息的时机行动。

中午一点左右，董强大队长带着大案中队、南路中队共十余人来到庐河市。我们远远将车停下来，三三两两步行到盐业公司工地附近。按照计划我 CALL 了胡老三的机，几分钟后胡老三回机了，我说："胡老板，我是盐业公司的小肖，你在工地吗？"其实我是随便说一个姓，作为这些在江湖上混的老板，他即使搞不清小肖是谁，也会碍于面子故作认识，因为他怕不小心就得罪了甲方哪位尊神。

"哦，你好，肖经理，有事吗？"果然，胡老三聪明得很。

"这样，我有点事要当面跟你谈谈，就在楼下大街上等，麻烦来一下。"我彬彬有礼地说。

"好的，我马上到。"胡老板很老实。

几分钟后工地内走出一个瘦瘦的中年男子，他穿过马路四处张望。我和董强大队长、戴队长迅速迎上去。那人见了，回转身竟跑起来。

"糟了，快追，小心通风报信！"董强大队长急了。

我三步并作两步一阵风似的追上去将他抓住，不解地问："你跑什么跑？我们是公安局的。"

"哦，公安局的，有什么事吗？我还以为是街上的'罗汉'来找我麻烦了。"

"跟我们说实话，蒲瓜在里面吗？他犯了法，你可不能包庇！"戴队长正色道。

胡老三四下一望，见我们个个虎视眈眈的样子，犹疑了一下答道："在。他在二楼休息。"

"小辉陪着胡老板，其他人快上去！"董强大队长命令道。

大伙"嗖嗖"地向二楼奔去。二楼没建好的一间空房地板上横七竖八地躺着十多个男子。

"都把身份证拿出来，检查户口！"戴队长吼道。

人群中一个二十多岁，一身横肉的男子哆哆嗦嗦地往身上掏身份证。

"你是蒲瓜？"我走过去，盯着他问。他点点头，掏出的身份证上写着大名：肖蒲。我从裤袋里掏出手铐，将他反铐上。

"说吧，知道我们为什么找你吗？"大队审讯室里，董强大队长盯着蒲瓜的眼睛。

"知道，是为龙湾水库发现死尸一事吧。"他淡淡地说，没有一丝犹豫。

"嗯，不错，挺痛快。你怎么知道是为这件事？"董强大队长问道。

"我这些天在工地上听老乡说你们在龙湾水库发现尸体的案件。既然你们能找到我，也就没什么隐瞒的。"他停了停，继续说道："说实话，这一个月来我经常做噩梦，梦见死者找我，向我索命。我心力憔悴，早点交代也就可以安心了。"

也是在这间审讯室里，我们和黄老三干耗了六天七夜，和周良芳拉锯了几个月，和形形色色的犯罪分子进行了各种各样的激烈交锋。本以为又要耗上短则两三天，多则几个月的口舌战，没想到这次不费一枪一弹敌人就缴械投降了。

蒲瓜交代："父亲年前把我赶出家门后我没有走远，就在村外的窑棚里住。正月初一我遇到了有家不愿回的沈海，我们两个'天涯沦落人'相见恨晚，大倒苦水，住在了一起。正月初二，沈海从身上的三百多元工资中拿出几十块钱买了些糖果、饼干作为年货招待我，我则带着他到附近游玩。当晚我向他提出借点钱用，他不愿意。我躺在床上翻来覆去睡不着，之后下定决心，要杀死沈海，夺他钱财……"

蒲瓜叹了一口气，接过戴队长递过去的烟，狠狠抽了一口。"正月初三，我对沈海说，龙湾水库附近景色很美，野鸡山上有一座古庙，值得散心，我们去看看，拜拜菩萨，他答应了。我带着他来到山顶。坐着休息时，我犹疑再三，最终还是下狠心，趁他不备从身上抽出事先准备的菜刀朝他后脑砍去。沈海受伤后回头望了我一眼就跑。既然动了手就没有退路！我追上去一顿乱砍，把他砍翻在地。我当时头脑一片空白，浑身冒汗，怕被人发现，于是慌忙将他推下山。事后却想起忘了搜身。我又爬下山，将沈海身上里里外外搜了一遍，只有两百五十元钱。怕衣服惹人注意，我又将他的衣服脱下来，藏在竹丛中，将菜刀抛到水库里面。回到工棚我终于慢慢清醒过来，想到沈海的东西留在那里容易引起别人的怀疑，便将他的被子、自行车、衣物等分别扔到溪水和小河里。"

在蒲瓜的指认下所有物证一一查获。

不久，我写的《龙湾水库无名尸案侦破记》在《庐河日报》头版发表，没想到这篇文章却让我成为"世纪名人"。

　　一天，我接到从东北寄来的一封信，好奇地打开一看，上面写着：文景同志，你的《龙湾水库无名尸案侦破记》入选《世纪大案侦破精选集》，这是您的终生荣誉。请交九百元编辑费，本刊收到款后将寄书给您。落款是《世纪大案侦破精选集》编辑部。我感到兴奋，心想案件影响这么大，该向董强大队长汇报一下呀。我兴冲冲地走进董强大队长办公室，他瞧了几眼说，你相信这个，骗人的吧。即使是真的，交九百元去登一篇这样的文章，值得吗？我想想也是，就不再理了。谁知几天后又一封信从广东省直接寄给了董强大队长，大致内容是：你单位文景同志的《龙湾水库无名尸案侦破记》入选《中华世纪名人名篇精选》，请寄一千两百元到本编辑部出书。

　　董强大队长笑着说："破了个凶杀案你就成了世纪名人，真幸运呀。"我哭笑不得。假设这些家伙是骗子，那他们也太胆大了，竟敢直接糊弄到公安局刑警队来。

# 第二十四章　智审女贼

## *1*

不久，我们接到县无线电厂的报案，说他们仓库里被盗走三万余元的物品。

县无线电厂原来是一家以生产收录机为主的企业，但是在商品经济的大潮中迷失方向，导致最终停产下马、关门歇业，只留下两个"和尚"守庙。

据报案人反映，厂子在一年前停产后他们清点了库房，以后有空时都会进去看看货。昨天他俩又开锁进去查看，发现少了漆包铜线等原材料以及三台三用机，总价值三万余元。

我带着豹子、小辉赶到厂里，昔日红火一时的厂子现在是荒草萋萋、破败不堪。

豹子性子急，皱着眉头骂道："又是被大锅饭吃倒的。"

我摆摆手，示意他小声些。

"你们厂几个人有仓库钥匙？"我问留守看厂人员。

"就我俩有。虽然停产了，但也有人来买原材料、买三用机，所以我们要进出仓库。"一个矮胖中年人说。

"打开门看看。"我吩咐他，又对豹子说，"你是学技术的，看看出入口吧。"

豹子看了看大门，说："没有撬动痕迹。"

仓库里面足足有六间教室那么大，光线昏暗。

查看完被盗物品丢失的位置，了解了物品的形状、特征等，我们开始观察每个窗户。窗户很高，里面用钢条横竖焊紧，再蒙上牛皮纸来遮光，从房内看不出能从哪里爬进来。

我有些疑惑，忽地联想到监守自盗这个问题。为确定自己的判断，我决定到窗户外面看看。

库房外是丘陵，不远处有一片小松林。从下面看，仓库有六个窗户，窗台很高，一个人是爬不上去的，那些窗户玻璃紧闭，没发现有破坏的地方。

"来，你把我和小辉顶到窗台上去查看一下。"我对豹子说，他胖，力气大。

我和小辉抓着窗沿，豹子顶着我们的屁股把我俩分别抬上了窗台，累得他呼呼喘气。

突然，小辉叫道："这顶上的摇窗可以打开，里面的牛皮纸也是松的。"

我说："你爬进去试一试。"

小辉身体晃荡了几下，说："难呀，这么高，要有手劲才行，再说里面钢条围成的洞口也只有一尺多见方，很难钻进去。"

豹子骂道："傻呀，你不会看看摇窗上面有没有攀爬痕迹吗？"

小辉个子矮，他在窗台上蹦了几蹦，说："摇窗周边有一些灰，但下面很干净，应该是有人从这里爬进去的。"

我叫小辉照了几张开窗状态的相片下来。

"走，我们到周围走访一下。"我仍旧有些不放心。

走过小松林，不远处有几个窑场，十来个窑工正在取土垒砖，个个赤膊短裤、挥汗如雨。

"你们办了暂住证吗？"豹子突然发问。

工人们个个不作声，有的停下手中的活不知所措地看着我们，有的自顾自"啪啪"地打着泥坯子。

"我问你们办了证吗？没办要罚款的！"豹子拉高了声音。

"不知道，这要问老板，他不在。"其中一个回答。

"那我问你，平时这里会来些什么人？"豹子追问。

"这么偏的地方，有谁来？除了装砖的就没别人了。"

"有时也有捡垃圾、收废品的妇女挑着担子经过这里。"另一个漫不经心地回答。

"等你们老板回来了叫他去派出所办证！"我抛下一句话，然后叫豹子、小辉返回。

豹子边开车边问："文景，你这么急着走干吗？多问一问嘛。"

我微微一笑："我心里有数了，很可能就是这些捡垃圾、收废品的妇女干的。"

"妇女？"豹子和小辉都笑了："我们年轻人爬上去都困难，妇女能爬上去？不可能。"

"这不一定。第一，这些妇女常年肩挑手提，做着粗重的体力劳动，吃苦劲头、手上力气不一定比我们小；第二，她们是为了财、为了生活出外找钱，迸发出的力气肯定比你小辉大，有一万块钱给你，你也能使出吃奶的劲爬上去；第三，这些妇女往往以捡垃圾、收废品为名实施盗窃。听说三天前城关中队抓了三个妇女，她们在一工地上捡垃圾，顺手牵羊偷了价值两千余元的铝合金，现在刑拘了。我们提审一下，如果不是这一伙，她们可能知道是谁做的。各行有各行的道，捡垃圾的也会分片活动，就像扒窃分子一样，不破坏行规。"

"探长，你分析得有道理，但我还是认为她们没有这么大的力气。"小辉说。豹子也点头表示认可。

"没有调查就没有发言权。情况如何我们查了才知道。"我说道。

## 2

县看守所就在大队办公楼后面几百米处，我和小辉夹着公文包走进了提审室。

这三个妇女都是南新镇平湖村人，一个叫高菊凤，四十八岁；一个叫李跃英，四十五岁；一个叫戴金秀，四十二岁。她们气色都不错，看起来朴实干练。

首先被审问的是高菊凤。她自始至终一直哭哭啼啼，操着南新一带比较难听懂的方言哀求放了她，说家里有老人、小孩要照顾，对我们的问话却是答非所问，甚至连为什么被关进来的都说不知道，只称捡了没人要的废品。一副典型的农村撒泼妇女形象。

第二个被问话的是李跃英。这个妇女虽然没有像高菊凤那样装死卖活，但也只称捡了垃圾，之后就一言不发。我和小辉好说歹劝根本不理。小辉脸都气歪了，拳头攥得"嘎嘎"响。

第三个是戴金秀。她毕竟年轻些，脾气暴躁，似乎有着天大的冤枉，口口声声说你们乱抓人、抓错人，一副坚贞不屈、要杀要剐随你们的"烈女"形象。

走出审讯室，小辉骂道："他妈的，气死人了，跟这些泼妇交流真是累，我真想揍她们一顿！算了，别费神，审不出什么东西的。"

我笑了，说："可能这些大妈认为你我都太嫩了。在农村，大到山田纠纷，小到妯娌不和，她们常常要绞尽脑汁斗智斗勇，激烈程度不知比我们审讯强多少倍。还有，她们又不同于一般的农村家庭妇女，农闲时走东串西捡破烂，连偷带拿，练就了一身胆量和应对思维，真要审下来可能比那些杀人犯还难呢。"

小辉点点头，说："那我们真是没办法了？"

"办法肯定是有的。"我停下脚步，想了想说道，"真是奇怪，这几个妇女好像串通好了似的，连城关中队抓她们的事都一致不承认，对其他问题也一概不回答。我们返回去向女监管理员了解一下情况。"

女监管理员小邱不无遗憾地说："你看，所里只有两间女监，并且门对门相隔仅两米多。这三个人，两个关在同一间，另外一个关在对面那间，相互间别说讲话，就是见面都随时可以。"

"所里就不能将她们各关一间，最起码也要隔远点。门对门、窗对窗，不串供才怪，这叫我们怎么办案呀。"我忍不住发牢骚了。

"昨天城关中队已向领导提了这个问题，但是所里再开一间又显得浪费，加上女监分得远也不安全。江队他们审了半天也觉得审不下去，明明偷了还没撕掉塑料纸的崭新的铝合金她们硬说是捡废品，在被抓时还拼命跑呢。"小邱无奈地回答。

猛然间我想起一个人，问："姚燕子送去劳改农场了吗？她还关在里面吗？"

"还没有，估计还要个把月送到农场去。"小邱答道。姚燕子是我主办的一起袭警抢枪案的罪犯。去年9月的一天，她的弟弟因违反林业管理法律被林业派出所传唤，姚燕子带了几个人强行闯进派出所，将副所长打伤，逃跑时怕副所长持枪打他们，就顺手把他放在床上的手枪拿走了。后来，这些家伙在地县两级公安机关的层层布控下全部落网。

"小邱，麻烦你偷偷给姚燕子交代一下，让她观察那几个家伙有什么反应，听听这两天都说了些什么，就说是我交代的。"我为自己想到的这条妙计笑了起来。

小邱脸色轻松起来，微微一笑，说："行，师兄你真有办法。"

小辉撇撇嘴，说："姚燕子已被判了刑，她不记恨就不错，还会帮我们？"

我拍拍他的肩膀："我们提审过她几次，我看她还是挺老实的，不是蛮横无理的那种人，试一试吧。"

### 3

两天后小邱通知我，姚燕子有点情况要反映。我和小辉再次走进看守所审讯室。

问候几句后，我问姚燕子有什么情况要反映。

她轻声说："那三个南新镇妇女关进来这几天经常在门口讲话，她们的方言我听得不是很懂。前天你们提审后，晚上三个人又在商量，大概意思是打死也不要交代，哭呀闹呀混过去。高菊凤说怕就怕你们上门搜查，一搜，家里藏的东西就暴露了……"

姚燕子的反映无疑是很重要的。可是，高菊凤等三人被刑拘的情况早已通知他们的家人，再去搜查怕是没什么效果。但去总比不去好，抱着一线希望，我和小辉立即驱车赶往南新。

南路中队曾安斌安排老干探罗东平协助我们。

到达高菊凤家，向她的家人说明来意后我们立即开展搜查。果然，在她家卧室内搜出一台尚未开封的三用机，和无线电厂被盗的品牌型号一致。再往另两家搜查时却没发现可疑物品。仅凭一台三用机要拿下这三个妇女的口供还真悬，尤其是戴金秀，抵抗心理严重。我看着戴金秀的丈夫老胡，问："你老婆拿回来的三用机呢？"

老胡眨眨眼，说："我不知道，这你要问她。"

一条妙计很快浮到脑中，我对老胡说："那好，你跟我去公安局和她对质，她说你知道东西放在哪里。"

老胡虽不情愿，但老婆在警察手上，不配合不行，还是跟着我们来到看守所。

"先提戴金秀吗？"小辉问我。

"不，还是先提高菊凤。在她家搜到了赃物，又带了证人来，看她怎么编。"我已成竹在胸了。

"高菊凤，你想得怎样了？"我劈头一句。

"我没做什么，真的……"说着，她的哭戏表演又开始了。

"别装了，这是什么？这是从你家卧室搜出来的！"小辉喝道。

高菊凤停止哭，愣了愣，似乎想说什么，忽然哭得更大声了："你们别骗我，这是你们买来骗我的。我没偷呀！"

"那好，我去叫个证人来，看是不是从你家搜出来的。"我站起身走出审讯室，对在门口等着的老胡说："你进来一下，告诉高菊凤这三用机是哪来的，你可要说真话。"

老胡当然知道我们在高菊凤家搜到三用机的事，他总不能睁着眼睛说瞎话，只好对高菊凤说："这是从你家搜出来的，你老公也在家看到了。"不等他再说其他的话，我一把将他拉出审讯室。

高菊凤又演戏似的干号了几声，哭声渐渐小了，说："我交代，我们在县无线电厂仓库偷了两次，偷了三台三用机，每人分了一台。还偷了四百多斤漆包铜线，都卖给南新镇老拐的废品收购站了。"

"就你们三个人吗？还有谁？"小辉似乎不相信。

"就我们三个，不信你问她们两个。"

"你们能爬进去？"小辉还是不相信。

"当然可以，都是我爬进去的。她们两个先顶我上窗台，我再用废品垫脚爬上摇窗。头进去了身子自然就滑进去了。"高菊凤的情绪平静了很多，"当然，爬要小心些，也要有一点力气。"

"你们进仓库偷了几次？"我觉得她有避重就轻的可能。

"真的就两次。第一次之后隔了几天我们又去，一次拿不了那么多。"

"一共卖了多少钱？"我问道。

"卖了三千六百多块钱，不信你问她们。"

"那好，你把仓库里外的情况讲清楚。"

果然，高菊凤描述的现场情况和我们掌握的一模一样。

突破了一个，我心情舒缓了一些。

"小辉，你和小邱一起到监房去，换戴金秀出来，不准高菊凤与戴金秀见面说话。"高菊凤与戴金秀关在同一间监房，我想要真实的情况就必须迅速隔开她俩以防串供。

"戴金秀，你现在愿意交代吗？"

"警官，怎么又来问同样的事情，还是那句话，我什么也没有做的。"戴金秀仍然"坚贞不屈"。

"你看，高菊凤都交代了。"我扬了扬高菊凤的笔录材料，上面盖着高菊凤的红指印。

"她交代她的，反正我没做！"

我本以为戴金秀见到高菊凤的材料会低头认罪，哪想到她仍旧是顽固不化。

我停了停，说："好，你可以不相信高菊凤，但你应该相信一个人。小辉，把他带到看守所办公室，让她看看是谁。"小辉立马明白过来。

看守所办公室窗口出现了戴金秀老公老胡那张不知所措的脸。戴金秀回头，眼睛不断地眨动，似乎不相信似的。她嘴巴翕动，似乎想说什么，但终究没有出声。她转过头，一脸不解地看着我。

"一人做事一人当。我现在给你一个机会，如实交代就算了，不如实交代，你老公就涉嫌窝赃，到时你们夫妻俩都要受到法律的制裁，你们的孩子怎么照顾？难道你要害一家人？"

《犯罪心理学》上说，女人最经受不住亲情的感化。在她们的心中，丈夫、儿子是自己的情感寄托，为了保护他们女人可以承受许多苦难。戴金秀的蛮悍之气终于被我这几句话给压下去了。

"我说我说，这些不关我老公的事。我和高菊凤、李跃英还到县无线电厂偷了三用机和漆包铜线……"戴金秀低下头，一五一十地开始交代，内容和高菊凤的一样。

"三用机在哪里？"小辉追问。

"在我家老屋楼上，让我老公交给你们吧。"

"小辉，换李跃英来，你跟过去，还是不能让她们交流。"

"好！"小辉满脸欣喜，押着戴金秀走了。

李跃英单独关一间。她以为这次又是走过场，坐在审讯室椅子上晃着身体，一副漫不经心的样子。

"她们都交代了，你还逞什么能？"小辉扬了扬手上的一摞材料。

"反正我没有做坏事，随她们怎么说。"

"你！"小辉气得将材料往桌上一摔，"坦白从宽，抗拒从严，你是想加重处罚！"

我拉了拉小辉，说："别和她废话了，我们走吧！"

走出看守所，小辉不解地看着我："探长，怎么不趁热打铁呀？"

我笑了笑："急什么，明天她自然会说的。"

小辉停下脚步，看了看我，"哦"的一声反应过来。

为取得更多证据，我和小辉一鼓作气，再次赶往南新镇，先在戴金秀家老屋搜到了三用机，又到老拐的废品收购店取到了还没有卖掉的一百多斤崭新的漆包铜线。

"他们报案不是说被盗物资总价有三万多元吗，现在看来被盗物品价值才几千元呀？"小辉突然想到这个问题。

其实我也琢磨过了。我说："我们还是要以事实为依据、以调查为准。他们报案说多少就有多少吗？国有资产的流失在这些半死不活的厂里是很难查清的，登记不全、登记不实，甚至监守自盗的问题都有可能存在，一堆陈年旧账，别说我们算不清，就是厂里也不一定盘得明白。你说，怎么认定有三万多元物品被盗？"

小辉点点头。

"我们这样审讯行不行，是不是引供诱供呀？"小辉的问题提得太尖锐，也显出他办案变得成熟起来了。

"这怎么算引供诱供呢？你看，我直接告诉了她们我们要查哪个案件吗？我们诱导她们要交代什么吗？没有。我们只是要她们如实交代、主动交代做了什么坏事。审讯中运用《犯罪心理学》原理、运用审讯技巧是正常的。当然，这有两个基本原则：一是你要有一定的依据怀疑他做了某件违法犯罪的事；二是你通过运用这些审讯技巧后他有所交代，而这些交代的情况经过调查证明是属实的。最关键的是你在运用这些审讯技巧时千万不能给他任何暗示，尤其尽量不能说出'六何'要素。即使要说，也只能用上其中一两个无关紧要的点一点，关键的证据、重要的要素千万不能出示，否则口供就可能失真，你就不好对是否是他作案做出准确的判断。"

我望望小辉："有人说，《孙子兵法》是一本兵书，它洋洋洒洒千言万语，其精髓就两个字：诡和诈。我看这本书其实也是刑警的好教材，你和犯罪分子明里斗智，暗中斗法，没有运用好这两个字是不行的。"

"诡和诈？"小辉哈哈笑了，"我们刑警一身正义，这两个字不适合吧？"

"我说的诡和诈可不是贬义的。魔高一尺道高一丈，面对狡猾的罪犯，你不比他更聪明，不使用更高超的审讯技巧，怎么能攻破他的心理防线呢？"

小辉好像不认识似的盯了我半天，说道："像你这样的人应该去警校当老师。"

我笑了："老师我是当不了的，就算是警校老师也未必有这样切身的体会。我们很多审讯专家他们从来没有进过正规学院学习，但却能深入到那些老江湖、独行侠的内心，知道哪里是他的命门，从而促其投降。这说明什么？说明只有在侦查一线反复实践，不断琢磨，才能掌握真正有用的知识啊。"

# 第二十五章　围山剿匪

## *1*

转眼凌溱溱的产假快休完了，儿子小畅的照料问题让我们商量了很久。最后我想何不请在太宁县山区独居的外婆"出山"担负这个"光荣而艰巨"的任务。母亲、姨妈她们也认为这样好，外婆一人住在乡下，舅舅、姨妈他们多次请她出来，可老人家怕麻烦大家，便说不习惯，而我们对她一个人居住又很不放心。这次算是找到个理由，何况她是那样的疼爱晚辈。

外婆有七十岁了，慈眉善目，在山区辛劳了一辈子。她答应了我们的请求，来到我家。老人家小心翼翼地抱着曾外孙，一脸微笑。我们外出回到家里想抱抱孩子，每次她总是含笑不允："去，先把外衣脱了，洗干净手再来抱。"

5月底的一天，我向朋友借了一台吉普车，要小辉当司机送外婆和我们一家三口去文水乡。阔别几个月的乡政府机关同事见了，个个争抢着来抱小畅。

转眼儿子四个月了，长得白白胖胖。他不怕生，谁抱都行，当你和他微笑着说话时，他像听懂了似的咧嘴一笑，嘴里也哼哼着，好像要表达什么。

要返回县城了，溱溱抱着儿子站在门口给我送行。望着儿子那黑葡萄般闪动的眼睛，摸着他小馒头般的双脚，我很是不舍。我强装笑脸轻摇双手和小畅说再见，却看到溱溱的眼里噙满泪水。我的心顿时一酸，假装坚强地说："要辛苦你和外婆了，周末有空我就过来……"

而事实上我们都知道这是一句非常不确定的话，没完没了的案件，毫无规律的发案时间，让我不得不抛弃那儿女情长。

此后的日子里，每每在紧张工作了一阵后我就利用周末骑着摩托车狂奔一个多小时赶到文水。虽然路途遥远，虽然灰沙滚滚，但思念妻儿的心是那样的强烈。看到活泼好动的儿子，亲着他红红的小脸，全身的疲惫一下就没有了。

当然，最受苦的肯定是外婆和凌溱溱。孩子慢慢长大，越来越活泼好动，爬来爬去，外婆既要做家务又要防止他从床上摔下来，忙得两脚不停。凌溱溱上班后必须走村串户去下乡，往往不能按时给儿子喂奶，长期下来他的体质不免受到影响。

小畅七个月时我正忙于一起大案侦查，半个月后赶到文水。一进乡政府院子就远远看见凌溱溱抱着儿子正从大门外的台阶往里走，外婆迈着碎步紧紧跟在后面。

"你们去哪呀？"我快速跑过去想抱抱儿子。

走近才发现溱溱的眼眶红红的，外婆也在抹着眼泪，儿子更是两眼湿润、眼眶深陷、面容瘦削，一副无力的样子。

"怎么了？感冒了？"我急切地问。

溱溱点点头，泪水夺眶而出。

"为什么不早告诉我，多久了？"我埋怨道。

"一个星期了，还没好。溱溱说你太忙了，不要告诉你。"外婆同样红着眼睛。

一股深深的愧疚感涌上心头，我强忍着不让自己流下眼泪，把儿子抱到胸前，让我的心和他贴得很紧很紧……

凌晨三点多儿子又开始发烧了，头上滚烫滚烫的。我赶紧对凌溱溱说："快，送乡卫生院去看看。"

到卫生院一量体温，已超过40度，值班医生连忙说要打针。我开始以为是打屁股针或从手上输液，没承想的是要在孩子头上扎针。我的头一下蒙了，可怜的孩子，你能承受这样的痛苦吗？

也许孩子前几天打针打怕了，从进门闻到药水味开始一直哭哭啼啼，医生叫我和溙溙分别按住儿子的头和脚，小护士拿着针头来扎针。针头刺破血管，孩子疼得号啕大哭，拼命挣扎。我想使劲按住儿子，可看着他痛苦不堪的样子又想放开。唉，如果能代替，就让我代他扎一针吧。小护士不知道是心慌还是技术不行，第一次刺进去了又说血管太小不便输液，要换一根血管。拔出针头，第二次刺进去了，孩子一哭闹又移位了，需要再次换位扎针。我又急又气，忍不住对着这丫头吼起来："你怎么回事，到底会不会打针！"小护士被我吓得不知所措，愣在一旁。凌溙溙边流泪边对她说："小妹妹，别急，再来一次。"

第三次总算打好了，儿子的哭声渐渐小了。为了分散他的注意力，减轻痛苦，我强打精神，一会儿哼着不着调调的歌曲，一会儿两手放在头顶在院廊上学兔子跳，逗得儿子咧着嘴咯咯地笑，我也露出酸楚的笑，跳得更欢……

2

7月8日晚上，天气酷热，还有几天就进入三伏了。凌晨时分气温降了许多，煎熬了大半夜的人们都进入了最适宜睡觉的时分。突然，"嘟……嘟……"的电话响声惊破了我的美梦，昏沉中听到戴队长扯着嗓子叫："文景，快起来，南新镇发了抢劫案，董局马上过来兜你，我接上老刘他们几个随后也过去。"

我翻身起床，一看手表，凌晨三点，迅速赶到街口，不一会儿董局的车到了，豹子坐在后排，司机阿宝开车。

董局就是董强，因成绩显著几个月前和南新派出所的李所长一同被提拔为副局长，但他还兼任大队长。

董强副局长一直打着电话，一会儿联系南新所，一会儿通知西河分局。从他的话里我得知：不久前，一辆从广东新州开往邻县平福的卧铺车被六个人用刀枪劫持拐道进入南新镇，因镇开发区在修路，路面坑坑洼洼，本县梅花乡的一个严姓男子趁劫匪不备跳窗下车，其中一个劫匪发现时想去抱他，左手却被自己右手拿的西瓜刀划伤，刀脱落掉到车窗外，老严拾起刀没命地跑，敲开镇上一户居民的门后向110和南新派出所报警。董局已向西河、方城、南新几个沿线的派出所发出指令，要求立即上路设卡堵截和追缉。

看董强副局长在那里忙乎不停的样子我不敢多问。他也挺累的，本县但凡大案发生后都少不了他的身影。

我想起了十天前发生的一起案件，也是在南新镇路段，一辆去矿区运煤的货车正气喘吁吁地爬牛角湾的长坡时，被三个同坐一辆摩托车的年轻人超车拦住。三个家伙用西瓜刀逼迫货车司机将车拐进路边树林，砍伤货主后抢走现金四千九百元和一个价值千余元的汉显BP机。

第二天，我和小辉带着受害者查看了大队的情报资料，没发现犯罪嫌疑人，又来到庐河市公安局刑警大队查看。终于，受害者认出了其中一个抢劫嫌疑人就是在庐河市有抢夺前科、现刑满释放的我县方城乡芳草村的冬冬。对与冬冬来往密切的人员进行调查后我们发现了他的同伙，就是隐藏在方城乡汽修厂里的秋苟和平时在家务农的野猫。将秋苟和野猫抓获后通过突审，还侦破了这三个家伙在外地作的一起盗车案，缴获他们偷回来的东风大货车一辆，战果算是不错了。可是为首的冬冬一直在逃，杳无踪迹。这次又出现一把西瓜刀，是不是冬冬这家伙贼心不死，纠集其他人员向我们挑战呢？

"董局，你说这些家伙有没有已经离开西河，进入了临山县境内了？"豹子打破了这短暂的沉默。

"不可能，一是发案到现在仅有半个小时，他们不可能走这么快；二是他们发现有人跳车，必然会想到我们会堵截，肯定会弃车逃跑……"董强副局长正说着，手机响了，我听出是方城所的曾所长，他说卧铺车上的乘客现在他们所里，群情激愤，要求公安机关迅速破案。

"乘客都在嗷嗷叫，加快速度赶到方城！"董强副局长吩咐阿宝。

"嗷嗷叫？刚才为什么不对抢劫分子嗷嗷叫？这些胆小鬼。"豹子忍不住埋怨起来。

"这些群众不反抗也好。"我说，"一反抗，死伤了人，事情更严重，我们的压力也就更大了。"我反驳了一句。

"在那种场合你敢挺身而出吗？"董强副局长调侃了豹子一句。

"如果有一两个同伴在车上我就敢！"豹子回答，"人家文景不就是一个人在班车上抓了三个歹徒。"

"情况不同，情况不同……"我忙解释。

方城所小小的院子里黑压压地站满了群众，一个个义愤填膺，曾所长已安排民警在对车上人员做笔录。

据司机反映，这六个家伙是在新州的横岗镇上的车。到太宁县境内时，他们拿出刀枪威逼司机拐道去南新，当发现一个乘客跳窗逃走后便慌慌张张开始洗劫全车人员。车辆进入方城乡三岔路段时，六个歹徒逼迫司机停车，借着夜幕全部逃走了。经清点，乘客被抢的财物共有现金三千余元、BP机三个、手机一部、金耳环两对，司机老朱及另两名乘客被砍伤。侥幸逃脱的乘客老严说自己口袋里有五千元钱，是带回家给老人治病的，钱就是命，所以他不得不冒险跳车。也正是他这一跳，使得劫匪手忙脚乱，顾不上细致地搜身搜包，保住了很多乘客的财产，而且为防止前堵后追，他们不得不提前下车，逃往山里。有人还反映这些家伙说了临山话。

同样的时节（7月初），同样的地点（南路片的主干道上），两年前发生了震惊全省的"7·2"抢劫案，当时也有人说嫌疑人是临山口音，害得人家临山县公安局上上下下忙活了一个月，劳民伤财。今天又有人这样反映，真不知道人家临山县同行会有什么想法。

我们将全车四十多人的材料全部记录完毕天已亮了，曾所长扯着沙哑的声音对大伙说："辛苦各位了！发了这样的案子，我对大家的遭遇深表同情。但请你们放心，我们局领导也来了，一定会想尽办法把这几个家伙抓捕归案，到时我会通知大家的。现在你们可以先回去了……"

有个男子叫道："所长，你们庐河县的治安很乱呀，特别是你们县的南路片，老是发大案，也该好好抓一抓呀！"

曾所长的脸一下子红了，说："你批评得对，我们一定会想办法好好地抓，从重打击，也一定会给大家一个满意的答复！"

司机叫道："上车吧，上车吧！"人们才不情愿地慢慢走了。

上午，地区公安局的领导、刑警支队的领导、雷局长都陆续赶到了方城乡。董强副局长把工作部署情况向领导做了详细的汇报，并提出希望刑警支队派警犬协助搜山。

刑警支队刘建东副支队长问："这次群众反映的临山口音靠得住吗？"

董强副局长答："应该没问题，几个乘客都反映了。"

刘建东点点头，说："警犬马上就调过来，我带几个人赶到临山县去布控，你们县里仍然要重点卡住西河、南新两个出入口，守住其他岔路卡点，并派人下到各村委去做宣传动员，发动群众。"

### 3

我和派出所民警罗东平安排在宣传发动组，骑着摩托车一村一村地重复说着"提高警惕，擦亮眼睛，发现坏人，立即报告"之类话语。等到天黑回到所里已是满身臭汗，疲惫不堪，脸也被烈毒的太阳晒黑了。工作辛苦倒是其次，更苦闷的却是劫匪的影子到现在没有发现。也难怪，绵绵群山，人走进去就像滴水入海，要发现他们谈何容易！

为防止犯罪分子趁着夜色逃出包围圈，董强副局长把机关支援民警全部编到各个卡点轮班，一张无形的大网撒在山区各个角落。

10日清晨，西河镇村民老王骑着自行车上街，走到离村还有两公里的八一桥时，一个背着包的小伙子拦住他，操着普通话问："请问去临山县怎么走？"

老王看过去，只见那人二十出头，面容端正，高高大大，与此形成反差的是头发蓬乱，衣服很脏。老王指指大路说："到那里搭班车吧。"

小伙说："我家就在两县交界处的屋场乡。我没带钱，你带我走山路过去，到了后给你三百元钱，怎么样？"

走个几公里就能得到三百元钱，有这样的好事？老王转念一想，这家伙难道就是昨天民警进村来宣传的劫匪？他于是说："对不起，我有点急事，你找别人吧。"说完骑上自行车径直来到西河公安分局。

分局只有王教导员、杨副局长两人在家，他们听了老王的介绍后顿时感到这个人很可疑，于是边用手机向县局报告边出警。王教导员四十多岁，杨副局长接近五十岁了，两个领导不顾年纪大，一路快跑，追到八一桥旁。那个小伙子坐在地上，见他俩过来，起身想跑。两个民警飞奔过去，一左一右将他抓住。王教导员掏出六四手枪，指着他的脑袋吼道："别动，再动就打死你！"杨副局长则死命锁住他的喉咙，两人合力将他铐上。

"其他人呢？"王教导员吼道。

这家伙耷拉着脑袋，低声说："还在山上。"

董强副局长带着我们几人从方城乡风驰电掣般赶到西河镇。真没想到，这几个家伙竟然花了二十多个小时翻越好几座大山，走了二三十公里，再有几公里就逃出包围圈了。

"小文，你负责审讯他，越详细越好！"董强副局长一下车就开始安排，"其他人都到会议室来分工，准备搜山！"

那家伙已被关押在分局的留置室内，满身的臭汗远远就可以闻到，我用材料纸扇了扇风，问道："你愿不愿意如实交代？"

"愿意……"声音细如蚊蝇，和那高大魁梧的身材极不相称。

"大声点，愿不愿意！"我提高了嗓音，几乎吼了。

"愿意。"他被我的大嗓门吓到了，挺直身板抬起头，提高声音答应着。

下面的审讯工作进展得挺顺利。但为了把案件的来龙去脉详问细抠，竟花了我三个多小时。

据抓住的这个叫尹小平的家伙交代，他们几个都是临山县高烟乡人，在新州断断续续地打了一两年工，平时常在一起讨论发财方法。7

月 7 日全国高考开始那天，几个都没读什么书的难兄难弟喝了酒后，老大歪嘴和老二尹小平提出打工真没意思，累死累活也存不了几个钱，干脆明天回去，在卧铺车上干一票，每人分个万儿八千。小弟黄毛和青蛙一听兴奋不已，连连说好，听哥哥的。老三阿伟、老四勇仔也随声附和。勇仔说："不瞒大家，我早就有这个想法了，英仔不是有支短手铳放在我这里吗？明天正好派上用场。"

歪嘴点点头，说："等下我再去买几把刀，你们一人一把。"

8 日清早七点多，六个人三三两两上了一部开往平福县的卧铺车。歪嘴上车买了票，把四把刀和一支短铳放进青蛙的背包里。

卧铺车经过近二十个小时的长途跋涉，于 9 日凌晨一点到达了太宁县境内，再直走是去平福县，往左则是去庐河县南新镇及临山县方向。车上的乘客有的在酣睡，有的望着漆黑的窗外想着心事。这时就见歪嘴从车尾的卧铺上爬起来，扫视了一下车内的同伙，慢慢移到司机老陈身边，说道："兄弟，麻烦绕一下，把我们送到西河镇，多加点钱给你。"

"这不好吧，我们不走那条线，有人要在前面下车的。"老陈对这个怪怪的要求感到很为难。

歪嘴往后望了一眼，示意可以动手了。尹小平把青蛙的背包打开，拿出西瓜刀、匕首，分别发到黄毛、青蛙、阿伟手上，将手铳交给勇仔，自己则拿了一把西瓜刀。

老陈听到车厢里清脆的金属撞击声，回头一看，几把刀在车厢中发出惨白的寒光，顿时吓得脸色白了，赶紧说："我是打工的，你们问问老板吧。"

"妈的，还要问老板，问我这把刀就行！"黄毛身高不到一米六，为了逞能，立即挥刀朝老陈后肩砍去，勇仔不甘落后，也上前用短铳顶住他的右腰部。老陈强忍着剧痛不作声，鲜血汩汩流出，但他仍旧没有将车转向的意思。黄毛又将刀口转向老板兼售票员阿武。阿武看这阵势，知道再不答应要吃眼前亏了，只好吩咐老陈转道开往南新镇。

鲜血湿透了老陈的右边衣服，疼痛让他把控不住方向盘，于是要另一个司机老朱换手。

"你小子有个手机，拿过来，别报警了！"尹小平挥挥刀对着阿武吼道。

车上的乘客慢慢知道发生了什么事，面对这六匹豺狼个个噤若寒蝉。

老严趁着黑夜摸摸提包内的五千元钱，硬硬的还在。这可是回家给住院的老父亲的救命钱呀，他在脑海中紧张地盘算着如何寻找机会才能保住这半年的血汗钱。

夜色沉沉，卧铺车此时就像是一个羊圈，六匹狼分散在车厢前后守候着这一车待宰的羔羊。按照之前商量的，他们决定过了南新检查站就动手，到两县交界处下车，这样，等公安局接到报案时，他们已回到家里吃特色狗肉了。

卧铺车很快到了南新开发区。路面坑坑洼洼，晃得歪嘴差点摔倒在地板上，他骂骂咧咧："你他妈找死呀，慢点开！"

车速减下来了。老严望望敞开透风的窗户，心想，这真是天赐良机，再不逃钱就难保了。他慌忙把手心里攥得汗水湿透的五千元钱塞进裤袋，然后鼓起勇气抓住窗沿，将身子探到窗外。阿伟大惊，想去抓他，可是慌乱中右手上的刀却将左手划破，西瓜刀也贴着老严的背掉到了窗外，老严趁机翻身落地。

"你他妈怎么搞的！"歪嘴忍不住用土话骂道，完全忘了之前商量的不说家乡话的规定，不时朝窗外张望。

南新检查站门口灯光昏黄，两个值班员坐在长椅上闲聊着，卧铺车呼啸而过。

"快动手！"歪嘴下达命令。勇仔心领神会，用枪指着司机老朱，黄毛守着车门，其他人开始搜身，个个眼发绿光。

"老大，前面有两个派出所，我们在方城乡三岔口下车吧！"尹小平附耳请示歪嘴。歪嘴狠狠地点点头。

十多分钟后三岔口到了，六个家伙大叫着要司机停下车，很是不舍地扔下满车"肥羊"急匆匆遁入茫茫夜色中。

"老大，往哪边走呀？是返回南新还是往西河回临山？"黄毛急切地问。

"大路是走不了了，肯定有堵卡。往南新路又不熟，这里离两县交界处也不远，走山路回家吧。"歪嘴盯了阿伟一眼，面带怨气地说，"不是那个跳窗的家伙，搞个几万元钱一点问题都没有，唉……"

"算了算了，还有机会！"青蛙劝道。

"有个屁，这次能逃出去就算命大！"尹小平垂头丧气。

"都振作点，赶紧走，逃出去再说！"歪嘴给同伙打气。

翻了两座山后天渐渐亮了，歪嘴叫大家把东西拿出来清点一下，只有两千六百多元人民币、三个 BP 机、一部手机。他摇摇头，骂了一句："就这么一点，还不够路费，唉！"然后把所有"战利品"放到自己的背包里。

数完钱，歪嘴强打精神催着同伴赶快走，来到方城乡地界内的一座山上。此时的他们个个头晕眼花，纷纷叫嚷着休息一会。

远远望去山脚下有个小村庄，歪嘴吩咐尹小平和青蛙去买点饼干饮料上山吃。

买好东西正狼吞虎咽时，歪嘴转头问道："青蛙，你不是有个亲戚在矿区吗？你一个人下山，看看路上有没有检查。"

"这……万一有设卡我不就被抓了？"青蛙有些胆怯。

"你怕个屁！谁认识你？快去！"歪嘴生气了。

青蛙走后，歪嘴总不见他回来报信，骂道："这家伙八成是丢下我们跑了！"

阿伟说："这小子被抓了就麻烦了，他会带警察来找我们的，快走吧。"

歪嘴点点头，撑起身子，提着灌铅般的双腿摸黑往前走。

10 日凌晨五点，这一行残兵又停下来休息。阿伟说："我下山去看看吧，顺便买点吃的。"

歪嘴有气无力地望了他一眼，说："快去快回，别像青蛙那家伙一样当逃兵。"时间一分分地过去，歪嘴焦急地等待阿伟的食物和情报，可是两个小时过去了，他的影子一直没有出现。

尹小平、黄毛、勇仔都开骂了："老大，你说的没错，这家伙平时就狡猾，真的甩掉我们跑了。"

歪嘴摇头苦笑，哀叹人心难测，他说："前面不远应该就是西河镇了，我们加把劲，走出去！"

越往前走山路越陡、树林越密，一干人又累又饿，挥汗如雨，连衣服裤子也被荆棘刮扯得不成样子。

"老大，走山路怕是不行，我们迷路了，不如趁现在是清早，行人少，从大路搭车回去。"尹小平小声建议。

"不行，那是找死！"歪嘴用衣服擦擦汗，"你下山，去找个人来带路，仍走山路。"

尹小平交代到这里，叹了口气说："下面的事情你们都知道了……"

这时，我听到审讯室外面人声嘈杂，一个熟悉的大嗓音传入耳朵，我朝一同审讯的分局小李说道："你守着这家伙，我出去看一下。"

分局院子里停了一辆旧吉普车，我以前在东琴派出所工作的师父老肖正眉飞色舞地向董强副局长汇报，再一看，不远处方城派出所的民警小赵身边押着一个人，双手反铐，头低垂着。

董强副局长见我出来，招招手："你过来听一下。"我忙跑过去，和老肖微笑着打了招呼。

老肖说："我和小赵上午从县局回方城派出所，十一点钟到达枫林村路段时村干部老孙在路上拦车，说有个年轻人在村口的小商店买东西，店主见那个人说普通话，全身脏兮兮，怀疑是这两天派出所通报的逃犯，于是偷偷打电话告诉他，老孙连忙赶过去看情况，这时远远就看到我们的警车，于是拦下来。我和小赵听说后立即往村里赶，却见那小子已买好东西往村外走。我俩偷偷追上去，他发现了我们，拼命跑。我们追出村外，在田埂上包抄，终于抓到了他。刚才我简单问了一下，他承认是临山人，参与了这次抢劫，刚从矿区回来想去找其他在山上的同伙。"

"哦，你叫青蛙，是不是？"我盯着这个惊魂未定的家伙。他疑惑地点点头，似乎在想，你怎么知道的？

我听完老肖的情况介绍，不禁当着董强副局长的面竖起拇指："老将不减当年勇！"据青蛙交代，他那天和同伙不情愿地分开，在大路上拦了一辆中巴车，果然发现西河街上有民警在拦路检查。可是不知道为什么，中巴司机朝车外警察叫道："刹不住车，刹不住车！"然后直接就冲过去了。民警没有追赶，转身诧异地望着车屁股。青蛙吓出一身冷汗，车子开出老远心还一直跳个不停。他来到矿区，在亲戚家住了一晚，第二天上午出来，又傻乎乎返回原地去寻找"大部队"。真是笨得出奇。

中午一点左右，分局院子里又是一片人声鼎沸。我跑出审讯室一看，一群参加抓捕的兄弟回来了，个个笑逐颜开。地区公安局的几个民警打开厢式小车，从里面将警犬放出来透气。分局院墙外围满了老乡，正探头观望。

小辉跑到我身边，笑道："嘿嘿，又抓到三个！"

我忙问他是怎么抓到的。小辉甩了甩汗，接过我递过来的一瓢井水，咕噜咕噜喝了大半，缓口气，说："我们按照尹小平交代的大致方向往山上去找，远远看到这几个家伙。他们也发现了我们大部队，拼命跑，翻了两座山后，转眼就像兔子一样不见了影子。幸好经过警犬一番搜索，把他们从两人多高的荆棘丛里拖出来，不然我们就是跑断腿也抓不到……"

## 4

我是案件主办侦查员，缴获的物品都由我保管。那把西瓜刀约一尺长，五六厘米宽，寒光闪闪，极其锋利，一面阴刻有龙形图案；另一面刻有"君子爱财 取之有道"八个大字，告诫拿刀人要讲究原则和做人的道理，不能违法犯罪。可是，这些家伙不听劝告，玩火自焚，竟把它当成获取钱财的工具！

我翻了翻缴获的作案工具，发现除了那把西瓜刀，其他刀和手铳等都没有缴获，便审问他们，歪嘴说："我们哪敢带呀，边走边扔，也不知道丢在哪个山窝了。"

刑法规定，持枪抢劫是从重处罚的情节之一，没有找到那支枪，对它进行鉴定，就不能认定他们是持枪作案，除非有其他旁证证明这支枪确实使用过，并且有一定的杀伤力。

"勇仔，这支枪是不是你的？"我决定提审一下。

"不是，是我县城中学的同学蔡英华交给我的，说是请他老家一个会造枪的老猎人做的，花了五百块钱。"勇仔当然知道枪的严重性，连忙辩解。

"这枪威力如何，是不是一根烧火棍？"我故意激他。

"烧火棍？我去借枪时蔡英华当着我和尹小平的面在山上放了一枪，当场打死一只小狗，树叶都震得哗哗往下掉。"他对我的话显出不屑的样子。

再问尹小平，证明勇仔那小子确实没说假话。但从证据的硬度和打击私藏枪支、非法制造枪支犯罪的角度，我们必须找到蔡英华。

7月16日，我和刑警支队李馨一起去临山县搞调查，临山县局刑警大队派了一名同志协助。我们先在县城摸排了一阵，有人反映这小子应该是回到老家浮桥乡去了。

我们匆匆赶到浮桥派出所。所长挺认真，马上安排民警骑摩托车外出了解情况。两个多小时后民警回来反馈说有人前几天在村里见到了蔡英华，但现在不知道他去哪了。

浮桥乡离庐河县城有一百五十多公里，路也不好走，来回要花上两天时间，如果找不到蔡英华势必影响到案件的审结。我有些不甘心，问所长："还有什么办法吗？"

"一时半会也确实没办法。这样吧，我这几天再找人问问，抓到了就立即通知你们，好不好？"所长一脸的无奈。

"行，走吧，有什么办法呢，大不了以后再辛苦一趟。"李馨怕让所长为难，打圆场。

我们走出办公室，准备钻进那晒得像蒸笼一样的吉普车。这时所里办公室的电话响了，所长去接电话，我和李馨站在车边想等他接完电话打个招呼就离开。

所长很快急匆匆走出来，一脸尴尬地说："不好意思，我接了一个警，一个中巴司机报案，在离镇上五里远的鸭棚村地段，有个家伙拦住他们的车子不让走，说前两天这车子撞伤了他，要求赔钱。你看，我们所里的烂吉普又拖去修了，能不能借你们的车子去出个警？"

所长叫住我们时我还以为是别人打电话来反映蔡英华的下落，心里窃喜了一下，没承想反过来要我们帮他。

"没问题，你们开去吧。"急人所难，我也乐得做个顺水人情。

所长连忙喊手下两个兄弟，几遍大叫后没回应。他又气又急，脸色变得更加尴尬了，说："这两个兔崽子八成到镇上吃冰西瓜了。唉，能不能麻烦你们和我一同去下现场？"

"好呀，举手之劳。"我和李馨同时回答。

吉普车在乡道上飞驰，扬起一路灰尘。十分钟后我们赶到了现场。果然，一辆红色中巴停在路中间，二十几个乘客或蹲或站，挤在一棵叶子晒得打卷的柳树下躲太阳，个个神情疲惫，脸带怒色。一个二十来岁的小伙子坐在车前，头上扎着白绷带，上面有一块鲜红的印子。

"你怎么了？"所长和气地问。

"前天下午，我骑摩托车经过这里，他从对面开中巴过来，朝我摩托一打方向，吓得我赶快避让，从车上摔下来，车摔坏了，人也受伤了。今天找他赔偿，谁知他不承认。"小伙子瘦小个子，一脸清秀，说话的声音微微弱弱，似乎大病未愈的样子。

"哪有这样的事，所长，真的没发生这样的事，他是存心敲诈！"司机见来了民警，说话的声音特别高。

"你是哪村的，叫什么名字？"所长问。

"三里水村，叫蔡英华。"

"蔡英华？"他的回答让我又惊又喜，难道他就是我们要找的那个蔡英华？

所长看出我们的心思，示意我俩别作声，因为我们根本不会说临山话，一出声人家就知道是外地人。他又问："那你在哪看的病？"

"在镇卫生院，不，是我自己包扎的……"他有些支支吾吾了。

"好吧，让我看看你的伤。"所长俯下身子，就要用手去揭他头上的白布。

小伙子连忙用手护住，说："不能动，动了会出血的！"

"出血？出脓吧！"所长冷不丁从他脑后一掀，白绷带松脱，头皮上根本没有受伤的痕迹。

"你小子还真有一套，走，去派出所！"所长厉声喝道，我不禁打心里佩服他的干脆利落。

围观的群众都大笑起来，个个叫好。

"你带乘客先走，晚上到所里来做笔录。"所长对司机说，司机连声称谢。

我和李馨上前，一左一右扭住这家伙的手就往车里塞。

到所里一问，这小子果真就是我们要找的蔡英华，他对枪的来源和威力交代得清清楚楚。所长说："给我们处理吧，毕竟这家伙还有个敲诈的行为，另外他非法自制枪支我们也要立案处理。"

我自然求之不得，向董强副局长汇报后，做完材料就往回赶。

路上，我对李馨说："这真应了那句古话，'踏破铁鞋无觅处，得来全不费工夫'。"李馨也难得地幽了一默："是呀，'赠人玫瑰，手有余香'，给人方便就是给自己方便。"

当晚我们又赶到了阿伟的老家——高烟乡。这家伙丢下一干兄弟金蝉脱壳，我几次联系当地派出所请求帮忙抓捕，反馈都说没有回家。今晚去抓他，我们也不抱什么大的希望。

阿伟家的房子很大，看样子是近两年翻盖的。

敲门进去后，他的父母兄弟姐妹都起来了，里里外外有十来个人。

"你们这样进来左看右看的，有搜查证吗？"他的姐姐突然对李馨发问。

"没有。"李馨答道。

"那你们这么做是非法的，不能搜！"她理直气壮。

"是吗？我们有拘留证，你看行不行？"我调侃一句。

"阿伟不在家，拘留证有什么用？"她父亲摆出一副懂法的样子。

"你不懂，凭拘留证就可以搜查，知道吗？不懂的话明天去问问律师。"派出所的兄弟用临山话告诉他，"不配合的话就是妨碍执行公务了！"

搜查的结果不出所料，这家伙比狐狸还狡猾，怎么会躲在家里等死呢。

这起特大抢劫案很快就批捕、移送起诉了。谁想到庭审时和一审宣判后又节外生枝，衍生出另外两起案件，比办这起案件更折腾人，具体情况还是后面慢慢讲吧。

# 第二十六章　枪匪出没

## 1

应当说，县局还是严格按照中央及省地的精神开展刑侦改革的，除了侦审合一以及建立覆盖社会面的责任区刑警中队外，还按照地区公安局刑警支队的要求开展更为深入的、"有自己特色"的、"先行一步"的改革——开展刑侦队伍专业化建设，具体动作就是实行专业化的"探长制"。

所谓"探长制"是这样设计的，县局局长定为"总探长"，副处级；副局长、刑警大队长、教导员定为"副总探长"，正科级；副大队长、中队长定为一级探长，副科级；副中队长、普通刑警定为二级探长，正股级。其他没有评上探长的就是探员，副股级。当然，对于功劳高、资历老的同志，也可晋升上一级别，整个序列有点类似于公务员序列的处级、科级、科员等。

提出这个想法的是甘支队长，他在多年的刑侦工作中发现，县局刑侦部门的骨干由于受到职务职数的限制，往往会提拔或调整到其他部门去任职，造成业务熟悉的刑侦人才大量流失，不利于队伍的稳定和刑侦工作的长远发展。要留住这些人才，必须要有对刑侦工作"高看一眼""厚爱一分"的思想，必须要给他们较其他警种、单位更为优越的待遇，尤其是政治待遇，具体就是绕过职数限制严重的公务员职务序列，独辟蹊径，给这些同志相应的级别待遇。即使他们没有实职，但有和这些实职相当甚至更高的级别，他们就会自愿或者起码感觉不吃亏地安心当刑侦战线的"老探长""大头兵"。这样经过十多年甚至几十年的经验积累，他们的破案水平一定会高超，地区、县里就可以培养出一大批"老专家""老干探"。

应当说，这是为了稳定刑侦队伍的一个很好的创新构想，我们这些自愿并安心刑侦工作的毛头小伙当然衷心拥护，它为我们开创了一条充满希望的光明大道。事实也是如此，一个县级公安机关，局长、政委是正科级，副局长、刑警大队长、教导员是副科级，副大队长、中队长、指导员只是不入流的股级干部。让这些有着丰富经验的同志总是停留在副科级、股级甚至普通民警的位置上，他们横向比、纵向看，为了职务的晋升，必然会无奈地离开刑侦部门。而有了这条上升渠道，对刑侦有着强烈事业心的人才会获得心理平衡，安心留下来。

然而，当刑警支队以地区公安局名义将这个方案报到地区行政公署后却引起了不小的议论和阻力，有人说，你刑侦部门要提高民警待遇，别的警种怎么办，会不会引起效仿攀比效应？手心手背都是肉，一碗水要端平，你们要体谅组织人事部门的难处呀。

开弓没有回头箭，打湿的头总要剃下去。改革家甘支队长于是决定分两步走：第一步，解决经济待遇，全体刑警按照探员至总探长级别发放刑警津贴，每月从八十元到一百六十元不等，只给政策，经费自理；第二步，再与地区沟通，争取按方案要求解决政治待遇。

第一步好走，地区公安局发文到各县市公安局，开展探长任命和竞聘，总探长、副总探长由地区公安局任命，一级探长、二级探长在竞聘后由县市公安局局长任命。

考虑到中队领导如果竞聘时考不过一般的探员，就会造成有实职而不是探长的尴尬局面，局里同意让他们只参加竞聘考试但不参与排名，也就是他们是当然的探长，所以县局真正参与竞聘的是没有实职的三十多个普通刑警，在其中要产生六个二级探长。

说到竞聘就是残酷的。达尔文发现物竞天择的大自然法则后，有人惊奇地发现这也适用于人类社会，只不过没人去申请专利和版权罢了。

按照竞聘方案要实行笔试和面试。笔试的范围是《刑法》《刑事诉讼法》基本知识和案例分析；面试则是考察语言表达能力、反应能力以及对社会问题的认知能力等。

方案一出我就看到全体侦查员个个神情紧张，办公室里充满了认真学习的气氛，平时好几杯酒的同事也都忍着喉咙痒，以感冒吃药、家里有事为由推辞一干应酬。

我之前就是口头任命的探长，如果这次竞聘不上脸就丢大了，只好临时抱佛脚，拼命翻书，感觉比当年在警校应付期末考试还要紧张。同学武小峰记忆力强，在学校的考试成绩一直比我好，目前虽不是探长，但他志在必得，不时在本子上写写画画。

笔试于 8 月 7 日在县局后面的武警中队会议室开考。下午成绩就出来了，我考了个第一名。欣喜之余感觉不能乐观，因为面试的变数太大，如果自己紧张、发挥不好，甚至有的问题不知道怎么回答，那成绩也会落下去。面试第二天在县局党委会议室举行，主考官有刑警支队的余川副支队长、董强副局长等领导。下午成绩出来，比想象的好多了，我又是第一名。周俊和武小峰分别位列总成绩第二名、第三名。

出人意料的是，探长名单出来后却引起了部分兄弟的不满，他们说自己搞刑侦的时间更长，经验不一定比评上的差，却是个探员，这样的考试有何公平？这不是在打击工作积极性吗？这不是要逼得我们离开刑侦队伍吗？

有的师兄工作能力、协调能力、人际关系处理能力的确不比我们差，让人家做探员确实有些委屈。可是，任何一次改革，不是触及你的利益就是触及他的利益，哪有绝对的公平？就像之后我参加过的很多次竞争上岗考试，今年是这样的规则，明年又改了，比如基层工作的经历，今天规定在外市基层工作期间可以加分，第二天却说不行，让在其他地方基层工作长达十年的我比在本地基层工作一年的同志"基层经历分数"还少，这又到哪说理去？

我想，其实我们几个竞聘上的探长平时工作表现确实不错，群众基础、领导评价都很好，只要在以后的工作中表现得更出色，这些意见应该会慢慢消失。

这段时间别的部门对刑侦的意见也不时表现出来，有的说刑侦升格，下设中队、办公室与派出所，与机关科室级别一样，你刑警真就是老大哥、中央军，而我们就是杂牌部队；有的说你刑侦经费单列，交通、通信条件好，个人还多些刑警津贴，我们派出所也是经常加班加点，为什么就没人帮我们说几句？尤其是为刑侦事业呕心沥血的甘支队长多次在内部会议或者私下场合提出"当警察就要当刑警，没当过刑警不算当过警察"的观念后，有的人明里暗里就更不服气了，说就你刑警有本事，别的警种都是混饭的，没有我们抓基层、搞防范，还不把你们累死。虽然我们对甘支队长的话大为赞同，但对他主导的改革能否全面成功却是没有把握。

## 2

初秋的一天晚上十二点，110 指挥中心通知刑警大队，一辆外省货车上的司机和送货员共四人一小时前在南新镇牛角湾路段被人抢劫，造成两人重伤、两人轻伤。

又是南新镇牛角湾路段！方教带着我们探组三个人匆匆赶到南新卫生院。那四个青壮年有的头上扎着鲜红的绷带，有的背上淤青、贴着膏药。个个满脸悲愤和痛苦。据受害人反映，当晚十一点左右，他们四人开车刚刚爬上牛角湾的长坡，突然从后面开来的一辆白色小面的快速超过他们的车，猛地一打方向，将车横在前面。司机为防止撞上，急忙刹车，昏昏然睡得正香的另三个人睁开眼刚要开骂，却发现小面的上窜出四个人，其中三个握着明晃晃的西瓜刀，另一个人拿着一把手枪。司机迅速将门锁死，几个人吓得浑身打抖。

"快开门出来，不然就不客气了！"对方好像一群恶狼，绕在车头周围，一边用刀敲击着车门一边吼叫。

"我数三下，再不开门就开枪了！"持枪的家伙恶狠狠地喊道，

"1，2，3……"

"别开枪，别开枪，我们开门。"司机慌了。

下车后，持枪匪徒喝令司机将车拐进树林里，另三个匪徒押着其他三个受害者走进路旁一片树林。

"全部跪下，一个一个搜！"持枪的似乎是老大，在他的命令下另三个家伙开始对受害人搜身，上上下下搜完之后他又指挥两个家伙到车上去搜，可是捣鼓半天，车上、身上也仅找出了两百多块钱、四个BP机。

"妈的，想糊弄老子，快说，还有钱放在哪？"

四人不敢作声。事实上，在发现情况不对后他们已将三千多元货款偷偷塞进后排座位的夹缝里。

"给我打！"持枪的家伙怒了，抢起枪柄照着身边跪着的司机背部砸去！另两个同伴的肩部、上臂也被西瓜刀砍开，鲜血直流，还有一个则被踢得在地上打滚，黑暗的树林里响起一片哀号之声。被逼无奈，在要钱还是要命的选择中，他们选择了后者，老老实实交出了藏好的钱。四个家伙开着小面的扬长而去。

"是把什么样的枪？"我问道。

"和电影电视上的真枪一模一样。"伤势较轻的答道。

这些年自己也见了不少被抢劫的受害者，可是像今晚伤得这么重、一次伤了这么多人的还是第一次见到。这些坏蛋不仅穷凶极恶，更严重的是持枪抢劫，这在县里还是头一回出现。

"从这些家伙作案的凶残程度来看，一定有劳改释放人员。你们掌握了既会开车，又可能有手枪和白色面的这类人员吗？"方副教导员问南新派出所和南路中队的民警。

几个民警想了想，一齐摇头。

"冬冬回来了吗？从这家伙上次作案情况来看他有这样的胆量。"我提醒大家。

"冬冬是有这个胆量，但他现在没有在南新、方城一带出现。我已经布置了人，一发现就会向我报告的。"中队罗东平探长说，他在方城、南新一带工作了几年，人熟地熟。

"这样，时间也不早了，大家都累了，休息一会，天亮后分组开展现场勘查和走访调查吧。"方副教导员吩咐道。

一波未平一波又起。天亮后我前脚刚进办公室后脚就有一个人哭丧着脸跑进大队，惊慌失措地大喊："警官，警官，我报案呀……"

我站住脚，看着这个比我大不了两三岁的小伙子，安慰道："别急，慢慢说。"

他双手伸过来抓住我的手臂，身体前倾，几乎要跪下了："我……我的车被人抢了，人被绑在山上待了一夜……"

在他断断续续的陈述中我终于听明白了。原来，这位姓许的年轻人平时在庐河市汽车站用自己的白色面的揽活。昨天傍晚时分有个小伙子走过来，说租车去南新镇，谈好价钱后出发了。到庐河县城汽车站时，租车的小伙叫他停车，说路旁等车的另一个年轻人是他的堂弟，并把那人也叫上了车，坐在后排。面的开到南新镇粮管所路段时天已暗了，坐在后排的那家伙突然拿出一把手枪，喝令他停车。这场景只是在电影电视里看过，小许立马魂都吓掉了，赶忙停车。这时路旁等车的两个后生突然跑过来，四个人在车上用绳子将他绑住，用布将他眼睛蒙上，扔到后排座位上躺下。劫匪开着车，迷糊中他感觉在大路上走了半个小时，再直接拐进了一条颠颠簸簸的山路。停车后，他们将他像拖死狗般扔下车，抢走他身上的两百多元零钱和一个 BP 机，然后绑在一棵大树上。他心想，这些家伙要杀人灭口了，赶紧大呼："好汉饶命、好汉饶命，我上有六十老母，下有三岁幼儿等我养家糊口。"一个家伙听得不耐烦了，扇他两耳光，踢上几脚，把擦车子的脏布拿下来塞进他嘴里，之后几个人开着那辆白色面的扬长而去。

他缓了口气："可怜我一夜没睡，听着荒山野岭里飞禽走兽恐怖的声音，觉得自己就要死了。虽然他们走后我把布吐出来了，可是手脚仍被捆住，解又解不开，看又看不清，真是生不如死。好不容易挨到天亮，听到有人放牛的声音就大喊救命，人家才把我解下来，我赶紧拦了辆货车跑来报案。唉，我还怎么活呀，吃饭的家伙都被抢了！"

"你被绑在哪个位置？"

"在方城乡三岔口附近。"他低着头，唉声叹气。我一惊，昨晚几个外地人被抢劫前就是被一辆白色面的拦截，两个受害人也反映歹徒使用了手枪，这两个案件应该就是同一伙人所为，不然怎么会这么巧？

董强副局长、方副教导员、戴队长陆续来上班了，我把想法一报告，大伙都认可，决定先看看两个现场再进行分析。

两个现场都位于南路片主道拐进去的小路深处，一个在右，一个在左，没有留下有价值的物证。方城派出所会议室内，董强副局长召集大案、技术、南路三个中队和方城派出所的人员一起开会。

有人说，像这样凶残异常、胆大妄为的家伙还真没见过，我们县里出不了这样的"罗汉"，他们应该是庐河市的。

有人就附和说对，他们就是从庐河市租小许的车过来的。

有人说，嫌疑人谋划得当、胆大心细，一定是有前科的人员。但南新、方城一带这些两劳回籍人员中还真看不出谁有这样的本事，他们要么偷鸡摸狗，要么在街头巷尾打架斗殴，最多敲诈一下外地人，借个胆也下不了这样的手，何况还有手枪。胆大一点的，比如冬冬，不是也吓得屁滚尿流，逃之夭夭了吗？

董强副局长扫了我一眼，问道："你主办案件，有什么看法？"

其实对于是本地人还是流窜作案我确实拿不准，但我隐隐还是倾向于本地人作案，便说道："我认为应该是南新、方城一带的人作的案，因为两起案件的受害人都反映他们被对方从大路带进小路时，嫌疑人没有什么迟疑，迅速拐进去，这说明他们熟悉现场周围。"

戴队长问："要是他们事先踩好了点呢？"

"有这个可能，但在晚上黑灯瞎火的路上迅速准确地直奔过去，还是像本地人。"我回答。

"本地人谁有枪？这太高看他们了吧。"豹子一向看扁别人。

"这很难说，到底是真家伙还是烧火棍哪个知道。"我强调自己的看法。

"工作这样开展吧，"董强副局长看争不出个所以然，打断我们的话，"分三个组，一个组到庐河市，对被抢的 BP 机进行布控，向全地区发协查通报；第二个组带着小许在县城和庐河市查看情报资料上的照片，并在街上兜圈打转，看能否发现作案人或被抢的车；第三个组，方城、南新两个所，南路中队的民警全部下到村里，了解两劳回籍人员的近况，收集看看有什么特殊情况。"

我分在第二组，成天带着小许要么在各办案单位翻查情报资料上的相片，要么坐着拐的或步行在街上四处"打猎"，企望出现奇迹。可是各单位的情报资料既不完整也不规范，缺胳膊少腿，看了很让人心烦，而街面"打猎"也终究没有奇迹出现。

3

旧案未破，新案又起。

几天后的一个晚上我们又接到一起更为严重的案件：本县银湾乡发生一起故意杀人案，该乡河山村二十一岁的彭安用刀将邻村一家两口捅死在龟裂见底的水库里。起因很简单，彭安的父亲和哥哥因为山林纠纷与对方产生争执，头脑发热的他立即携带一把木工锉刀找过去，在争吵打斗中他持刀狠下毒手，现人已不知去向。

董强副局长带着我们赶到现场后一边开展调查一边进行追缉堵截，忙到天亮也没有发现彭安的踪影。直到凌晨四点我和董强副局长才挤在老乡提供的一张木床上呼呼大睡。

清晨六点多，我和董强副局长起来了。

初秋的清晨已有一些寒意。这座寂静的小山村本来风景不错，古木参天，晨雾缥缈，此时却因为这起案件而显不出一丝朝气。董强副局长带着我们几个侦查员正在彭安家不远的樟树下商量着如何开展下一步工作，这时两辆卡车从远处驶来，轰鸣一阵后停在他家门口。就见车上跳下二十来个后生，有的拿着梭镖木棒，有的拿着砍刀长剑，往彭安家走去。见到我们，带头的愣了一下，似乎要停住脚步，很快却朝后面叫了一声："上！"旁若无人地冲进去。彭安的家人从案发开始到现在跑得无影无踪，这伙人牵牛的牵牛，捆猪的捆猪，真正的抄起家来。我看着董强副局长，却见他如往常一样满脸平静。我的心里涌起一股受辱的感觉，人家当着你警察的面"打砸抢"，可你却只能不管不问。事实上你有什么办法呢？人家死了两个人，正在气头上，而凶手及其家人却像人间蒸发，既无安慰，也不出一分丧葬费，他不骂你警察无能饭桶就不错了，你还能阻止对方发泄一下吗？其实，就这样一个穷家又有什么值钱的东西呢？这伙人把能搬的全搬上车，不能搬的砸了个稀巴烂，最后连房顶也掀得片瓦全无，只差放把火了。

多年以来我一直将这起案件挂在心里，直到 2014 年，新一代庐河刑警利用 DNA 技术成功比对出因抢劫化名、在监狱服刑十年，还差几天就要刑满出狱的彭安。十六年了，因一时的冲动，时光不仅将当年青春年少的小伙过早地催变成一个满头白发、身形佝偻的"老汉"，更可悲的是造成两家人无尽的哀伤，可恨可叹！

这起命案本已让我们忙得焦头烂额，两天后又接到大队办公室通报的一个车辆被抢警情。刚发的命案不能撤兵，董强副局长吩咐我和小辉赶回局里接待那个报案人。

一爬上车小辉就叫道："累死我了，再这样下去我会崩溃的！"

我又好气又好笑："现在尝到了干刑侦的滋味吧，是不是太刺激了？"小辉一脸苦相，拼命摇头。

报案人老郑一副虚脱的样子，坐在办公室内唉声叹气，连说捡回了一条命。

小辉嘀咕道："你可怜，老子忙得几天都没睡，谁更苦？"

我偷偷摆摆手，对老郑说："老哥，你现在不要纠结车子被抢，应该把事情回忆清楚，给我们提供准确的破案线索。"

老郑慢慢抬起头，缓缓陈述事情经过。原来，昨晚他在太宁县城摆面的的时候有三个年轻人租车去南新镇，他看价格很不错就答应了。来到离南新不远的地方，三人现出原形，之后就发生了小许当晚的翻版故事，同样将他绑起来，扔到后排座，再开着他的小面的去拦过路货车，作完案后将他扔在前不着村后不着店远离公路的山上。可怜老郑摸黑走了十多里路终于在天亮后搭上一个好心人的车，连滚带爬跑到县公安局来报案。不久我们就接到地区公安局转来的报案，在方城乡三岔口路段有两个外省司机被抢去现金五百余元、一个 BP 机，人也被砍出好几道口子。

"你和他们接触的时间比较长，有没有听到他们聊些什么？"我问老郑。

"我被绑后心里很慌，生怕他们要了我的命，精神高度紧张。迷糊中听到有人问了一句'老雕，往哪边走'，很快就有人骂他'喊你妈呀，蠢猪！'，我也不知道听得准不准。"

"老雕！"我忽地笑了。我看过一些案例，有些计划周密的犯罪团伙往往在作案时故意叫假的名字，放烟幕弹，扰乱警方的侦查视线，那几个家伙估计也是学了这一招。

死马当活马医吧。我想了想，便打电话给南路中队罗东平，问："你认识叫老雕的吗？"

"老雕有两个，一个是方城乡管电的，三十多岁，好酒好赌，有诈骗前科；还有一个是南新镇的，二十多岁，真名李志荣，因为盗窃耕牛判了三年刑，半年前释放了，没有人看到他，据说一出狱就去广东打工了。你问哪个？"

"上次我带着小许来辨认过的相片里有这两个人的相片吗？"

"管电的老雕有，他看过了，不是。因为前几年没有硬性规定收集两劳回籍人员和重点人员照片，所以偷牛的老雕没有相片。"

我的心一沉，看来线索又要断了。记得我当时还带小许去看了刑警大队和县看守所的情报资料，没有发现嫌疑人。现在也让老郑看一遍，碰碰运气吧。

"我不看了，一点印象也没有了，看了也白看。"老郑摸着吓糊涂了的脑袋。

"行，你先回去休息吧，有情况我们会来找你的。"我想等他清醒清醒、放松放松再说。

这时同学袁军打电话过来，开口就数落："你这个家伙，这些天去哪了，CALL机也不回，全县大案的侦破就你一人包了吧！"

我不禁发起牢骚来："老大，谁有你好，天天和老板打交道，进酒楼吃香喝辣。我们可命苦了，天天钻山沟！"

袁军嘿嘿笑了："别哭了，过来聊聊，哥哥中午请你喝几杯，慰劳慰劳。"

听到有酒喝我高兴了，连忙往主楼袁军办公室走去。

走到户政科门口，却见户籍员小曹捧着一叠派出所交来的身份证底卡往里走，白色底卡上不仅写着办证人的基本情况，而且贴着每个人的相片。

灵光一闪，我对小曹说："曹小姐，帮帮忙，我这有个案件想看看嫌疑人有没有办身份证。"说完，我把老雕的基本情况告诉了她。

小曹放下底卡，一查，说办了。

"那他的身份证呢？"

"几个月前已经取走了，我这没有。"

"那底卡呢？帮我查一下底卡！"我想抓住最后一线希望。

"好吧。"小曹见我这么难缠，说，"姓李的太多，你也一起到档案室去查吧。"

二楼档案室空气闷热，光线昏暗，樟脑气味呛鼻。我可顾不上这些，连忙按照索引查找起来，半个多小时后终于找到了李志荣的底卡，上面的照片很清晰，看来南新镇照相馆这个师傅的技术挺不错。

"借我一用，以后还你。"我讨好地对小曹说。

她莞尔一笑："行，神探，破了案可要请我吃饭啰。"

"那当然。"我赶忙答应。

中午吃饭，袁军看我两眼翻红，更加拼命劝酒，说："不要太搏命了，喝了酒好好休息，你把别人的活都抢了做，人家还怎么表现呢？别以为谁都会感激你。"

我一愣，连忙用手盖住杯口，说："别倒酒了，听你这样说好像话里有话，讲清楚点。"

袁军抢过我的杯子，"咚咚"倒了满满一杯啤酒，说："我只是随口一说，你还当真。"

几杯下肚后，袁军夹了一筷子菜，笑着问："你们大队要调整提拔干部了吧？"

"没听说。再说也轮不到我呀。"我满脸疑惑。

"跟我还保什么密呀？"袁军不高兴了。

"听得我云里雾里。你听谁说的，要怎么调整？"

"别人没说明白，我这不是向你了解么。既然你也不知道，我就更不清楚了。来，喝酒！"袁军端起杯子，一口喝完。

我摇摇头，这家伙，说话神神秘秘的。

老郑一回去就住进了太宁县中医院。果然像他所说，把老雕的相片混杂在其他相片中他认不出，单独给他看还是没印象。

我忽地想起小许来，他能看出来么？通知他过来，可他总是说忙其他事情，来不了。两天后，在我几乎要发脾气时小许才姗姗来到。幸好他没有让我失望，竟然从十张照片中直接将老雕抓了出来，兴奋地说："就是他，就是在县城上车并持枪的家伙！"

案件终于有了重大突破。董强副局长很高兴，要我立即去南新、方城布控，不仅要找到他的下落，还要摸清这家伙平时和哪些人厮混在一起。

调查的结果是没有任何人近期见过他的身影。

# 第二十七章　枪案再发

*1*

此后的四个月时间里老雕他们一直未露面，布控的人也称没看到他，而我们仍旧忙得脚不沾地。

首先是11月流氓恶势力团伙头子黑鹰两次脱逃。黑鹰这家伙纠集团伙成员垄断砂石市场、开设赌场、组织人员在国道上扒窃、多次重伤他人，甚至在摆场子时将对方一人打死。县局组成专案组将他抓获后，这家伙一言不发，摆出一副死猪不怕开水烫的架势。在看守所的一次放风中他假装晒东西，突然把被子往围墙上的高压线上一铺，飞身上墙，接着一个鹞子翻身，竟从被子上滚到墙外。之后，在看守武警及地区公安局警犬队的协助下，大家将这藏身水塘大半天的越狱犯抓到了。没想到这坏蛋后来又在监房内绝食，看守所只好将他手脚铐住，强行给他打葡萄糖、灌生理盐水，把看守所所长气得半死，恨不得早一天将他判了，送往劳改农场。

不久，这家伙又一狠心，在监房内将放风时私藏的一根铁丝吞下，疼得满脸蜡黄，哭天喊地。看守所生怕出人命，只好请示局领导后火速送到县医院。第二天一上班就听人说黑鹰手下不知道使用了什么手段，把他从县医院病房弄走了。至于当晚是谁值守、到底发生了什么事情，显得相当敏感，我不好去问。但是，为了抓回这个两次脱逃的"江湖大盗"，我们大队上上下下顶风冒雨忙活了近一个月，最后董强副局长不知从哪里挖到线索，带着我们在庐河市的一间出租屋内将正在嫖娼的这个家伙抓住了。此后他似乎认了命，遵守监规，好吃好睡。县局领导被他闹腾得很不是滋味，对原来的办案单位不放心，便将案件指定给我们中队主办，这硬骨头又扔给我去啃。取得外围证据后我开始审讯他。经过这几年与各色对象的斗智斗勇，我觉得自己审讯方面还是有一点经验的，没想到这次却真正遇到了一个"榆木疙瘩"，每次提审这家伙都低头不语，沉默应对，之后不得不以"零口供"提请批捕和移送起诉。当然，这坏蛋也罪有应得，难逃法网，被判了重刑。

2

接下来就是之前说到的"7·9"抢劫案引发的其他案件了。这里先说说第一起案件。

12月中旬的一天，董强副局长把我叫到他办公室，进去一看，里面还坐着刑警支队的余川副支队长，我打声招呼坐了下来。

董强副局长说："昨天，'7·9'抢劫案在中级人民法院开庭。正审理中，青蛙的父亲拿出一份村委会出具的证明，说青蛙作案时不满十八岁，和公安部门出具的他已满十八岁情况不符。你去一趟临山县，一是到公安部门认真核查一下他的出生情况；二是找到出具证明的该村委会会计，问他有什么依据写青蛙不满十八岁。如果这个会计没有真凭实据，信手乱写，就是一种作伪证的行为，影响了案件的量刑，扰乱了司法工作，必须给予处罚。"

我接过董强副局长递过来的复印件，上面用钢笔潦草地写着青蛙的出生日期，还盖了村委会的大印。

余支队长说："这个临山县，户口管理很不规范，发生了几次胡乱开证明交到法庭的事，中院很有意见，这次就是要杀一儆百。"

对余支队长的话我很有同感。也是这个案子，我当时去临山县调这些犯罪嫌疑人的户口证明时县里竟然找不到勇仔的户籍。他父母离婚了，双方都没有勇仔的户口，最后我找到他就读的小学和中学，翻查入学档案，才以此为依据认定他的出生日期。

青蛙的户口在临山县公安部门有清晰的登记，他确实已满18周岁。在当地派出所的帮助下我们顺利地找到了出具证明的会计，他说："乡里乡亲的，人家要我怎么写我就怎么写，不然的话就太得罪人了。"

豹子一捶桌子："你这猪脑，他叫你去杀人你也去么？害我们跑这么远来找你，真是个糊涂虫！"

当晚，"猪脑"会计就被我们以帮助他人伪造证据的罪名刑拘了。

第二天中午时分，我刚提审完这个糊涂虫，董强副局长又找我。他指着大队一楼走廊上一个四十多岁、身材矮小瘦弱的男子说："这个是青蛙的爸爸，他拿了本生辰簿来证明青蛙作案时的确没有满十八岁，是派出所上户口的民警搞错了。你仔细问一问，我先走了。"

我接过那看起来确实有些年头的本子。那是一本红色封面、做工极为粗糙的记事本，封面、封底被灰尘、油渍弄得很脏。它做成古书翻页形式，封面上用毛笔写着"生辰簿"三个字。打开本子，从第一页至第三页，分别用毛笔竖着写了青蛙的哥哥、青蛙本人以及他弟弟的生辰八字。从农历生日来推算，青蛙作案时确实不满十八岁。

我仔细辨认这本子，上面似乎有人为用灰尘故意涂抹形成的痕迹。

我问道："这上面的字是谁写的？"

他迟疑了一下，说："我写的。"我知道，如果他回答是别人写的只怕又会连累到其他人，因为我会逼问对方是谁。何况如果真的是其他人写的就会出现一个破绽，因为这上面的字都出自一个人的笔迹，他家出生的每一个孩子都是同一个人记录，时间跨度长达九年，真会这样巧？

"好，你写的，你再写一次给我看看？"我逼问道。

他身子抖了一下，轻轻说："好……"

"你等下再写。我告诉你，我们公安局有一种技术，叫文字检验，你听说了吗？"我停了一下，看他没有反应，"就是我们可以用技术方法测出这上面的字是不是你写的，是以前写的还是现在写的，还可以测出上面这些灰尘、油渍是长时间留下来的还是近期弄上去的！"

我一字一句，尽量清晰地讲给他听。在讲的过程中我明显感到他身体的变化，手足无措，双眼不敢与我对视。

小辉推他的肩膀一下，说："还有什么狡辩的，老实交代吧！"

突然，这个四十多岁的人往地上一跪，哭道："我错了，是我造假，我交代，求你们放我一马，家里还有老母亲要养呀。"他这一举动倒让我们两个二十多岁的毛头小伙慌了，我俩连忙把他扶到椅子上坐好，要他慢慢说。

法不容情，这可怜的父亲不仅没救到儿子，却聪明反被聪明误，和孽子一起关进了同一个看守所。

"真是明知山有虎，偏向虎山行，为了救儿子飞蛾扑火呀。"小辉感慨道。

"你以为他真有这么勇敢呀，这是掩耳盗铃、铤而走险！"

检察院对青蛙父亲涉嫌伪证罪没有意见，但是对会计涉嫌帮助他人伪造证据却有不同看法。他们认为，所谓证据，一定是具有权威性、可采性的，会计写的证明不是权威部门出具的，法院根本不会作为证据认定，再加上情节轻微，没有造成后果，所以不构成犯罪。

我辩道："照这样说，那栽赃陷害的人只要查实他提供的物证书证是假的就不认定为证据，一放了之，岂不乱套？"

批捕科的同志愣了一下，说："我们只能就事论事，却不好作扩大化解释。"

忙活了几天只能这样了，董强副局长说："不能便宜了会计这个捣乱分子。"他大笔一挥，刑事拘留转为治安拘留。

## 3

已是 1998 年岁末了，按照安排要开展大队今年的目标管理考核。可在这当口戴队长却病了，董强副局长要我这些天暂时负责中队的工作。为此，我和中队的几个兄弟紧锣密鼓地开展年终考核各项数据的统计整理、相关项目的查缺补漏以及总结报告的撰写等工作。忙活好一阵总算完成了各项任务，中队也取得了较好的名次。

1999 年春节前，溱溱带着小畅回家了，辛苦了几个月的外婆执意要回太宁县老家过年。儿子这时刚刚学走路，我把他靠在墙边站着，他不敢迈开步。我蹲在他面前，张开双手，小家伙犹豫了一会，终于"咯咯"笑着大胆地走了两步，摇晃着扑到我的怀里。虽然他还只会简单地叫"爸爸、妈妈"，但已能听懂我们的话，问"鸟儿在哪里"，他会朝天上看；问"爷爷在哪里"，他就转头盯着老人笑。尤其好玩的是他已会学各种动物的叫声，问他小牛、小狗、老虎怎么叫，他立即奶声奶气一一准确地学起来。

这个春节特别冷。我买了一个小炭炉回来，全家人围坐在炭炉旁，一边吃着热气腾腾的饭菜，一边逗着牙牙学语的小畅，享受这难得的合家团聚的时光，家里天天充满了欢声笑语。

正月期间局机关安排人员轮流值班，110 处警室成了轮值人员聚集待命的场所。枯燥的值班时间只有两个打发方式，一是看那图像不清的黑白电视；二是打扑克钻桌子。

正月初十轮到我和小辉值班，带班领导有方勇明副教导员和从南新派出所所长任上提拔起来的李副局长。

正当我们四个人为一张牌争得面红耳赤时，指挥中心转来报警：几分钟前，庐河市一个的士司机在我县梅花乡路段被人抢车。三个歹徒驾车押着司机逃跑时司机反抗，开车的家伙惊慌失措，将一名骑自行车的路人撞到沟里，车子侧翻到路边，几个坏蛋吓得钻出车子往山上跑了。报警人，也就是受害人正在现场等候。

李副局长把牌一丢，说："走！"110 的兄弟加上我们几个值班人员开着两台车往现场飞驰而去。

我们沿着往南新方向去的公路跑了十多公里，来到一个叫吴家田的三岔路口，往右拐入去梅花乡的乡道。又走了七八公里，出现一个长长的陡坡，这时路中央一个三十多岁高高大大的男子招手把我们拦住。

"我姓王，刚才是我报的警。"他用右手按在额头，上面的纸巾殷红一片。不远处的干水沟里侧翻着一辆红色桑塔纳轿车，从路上几十米长的刹车印可以看出当时的车速非常快。稍远处的土沟里躺着一辆载重自行车，车轮已严重变形。离自行车不远的石头上有一大块血迹。

"受伤的是个小伙子，估计手脚都断了。我刚才拦了一辆车把他送往县医院了。"老王揉着腰上的伤，一脸痛苦。

在来的路上我就一直在琢磨是否又是老雕作的案，可是线人反映春节这家伙没有回来。何况，他以前抢劫都是选择晚上，现在会有这么大胆子，上午十点就开始作案了？

我掏出夹在自己皮包里的老雕的身份证底卡交给老王看。自从与这"魔鬼"打起交道后我就时时做好了他还会继续作案的准备，小曹给的那张身份证底卡也就天天带着。

老王仅盯着相片看了两秒就叫道："没错，就是他！颧骨高，眼窝陷下去。其他家伙是在庐河市打我的的士车，他就是在吴家田三岔口的小店里等候，中途上车，之后用枪顶着我的背逼我停车，要我坐到后排来的那个家伙。"

"是一把什么样的枪？"方副教导员问道。

"一把真手枪。他们在后排要绑我，我反抗，想抢他的枪，一摸，是铁做的。"

我取出腰上的五四手枪，又指了一下李副局长的六四手枪，问："像哪一把？"

他睁大眼睛，看着我的枪，说："和你这把一模一样！"

李副局长把大伙叫到一块，吩咐道："情况已经清楚了，这样，老王先去医院治疗，中午到局里做笔录材料。我带一组人会同南新派出所、刑警南路中队的同志在南新设卡，方教、文景和梅花派出所的同志顺着山路追赶。对方有枪，大家千万要注意安全。"

山上不能行车，方副教导员带着我们几个民警且追且走。松林不是很密，但山连山，人一进山便恍如被撒进了大海。连翻几座山，加上赶到现场时间也过去几十分钟了，我们什么也没有发现。

正在休假的董强副局长得到报告匆匆赶过来。他听我汇报说受害人认出是老雕，仍不放心，说："单凭一个人的辨认是不能确定的，还有谁看过他们一伙？"我说还有吴家田三岔口小店的老板。董局吩咐道："你带着照片去让他也辨认一下。"慎重起见，我在附近村庄搜集了十张相片赶到小店。店主是个六十来岁的老人，他眯着眼睛看了一会，也准确地认出了老雕。在店外等候的董强副局长听到结果，一扬手，说："没问题，抓他就是了！"

我爬上车，狠狠地对小辉说："让我们过年也不消停，抓到这小子，我非把他烤了不可！"

小辉哈哈大笑："好呀，你别一个人享受，给我也留几块肉！"

# 第二十八章　意外落榜

*1*

1999 年一闹完元宵就进入阳历 3 月，各单位都召开收心会，工作也慢慢进入正轨，可是隐约间就有消息灵通人士在传局里要调整提拔一批干部了。这样一来，无论局机关还是各基层单位的民警都有些心不在焉，到处弥散着得过且过、等待观望的气氛。

就在去年 12 月中旬刑拘青蛙父亲的那天下班时，董强副局长叫住我和方副教导员、戴队长，说等下有两个派出所所长过来吃晚饭，大家去陪一下。

招待宴安排在县委大门口旁边的一间小餐馆里。趁着客人还没有到，我们四人边嗑瓜子边打"升级"。

董强副局长说："这个'升级'打得好不好能反映出一个人的破案水平。它要求牌手有良好的记忆力、敏捷的观察力、准确的分析力，还要有默契的配合。打得好，说明你具备了一个优秀侦查员的素质，打得不好说明你在这些方面还有所欠缺。"

方副教导员就开玩笑了："怪不得我破案水平不高，因为我'升级'打得不好，今后还要加强训练。"

戴队长也笑了："是呀是呀，还是要多跟领导打打牌，提高手艺。"

董强副局长嘿嘿两声，说："你们可别胡乱引申呀，要领会精神实质嘛。"

我的"升级"一直打得很烂，分析原因一是兴趣不高、不爱打，不缺人的话绝不上场；二是不会去总结提高，输了就输了，无所谓；三是觉得"升级"技术含量低，你出红星对方也出红星，一直出到别人没有为止。战绩好主要靠运气，抓到好牌就占了大半的优势。唯一能体现出个人能力的是记性，记忆力好，知道对方出过什么牌，分析一下他手上可能还有什么牌，狡猾一点的再使用一些偷看技术，战绩一般都不差。不像围棋和象棋，资源平等，机会相当，光明正大，就看你如何运用自己的大脑去排兵布阵。即使是陷阱，即使是竞争也摆在明处，这样才能体现出一个人真正的聪明才智。我的象棋水平还可以，警校一年级时，我们中队与高一届的另一个中队举行友谊赛，各从六十人中选出四男一女捉对厮杀，我是选手之一。最终结果是，我中队四个男生只有我一人战胜对方，他是上一届省公安厅暨省会市公安系统象棋联赛的第七名。

此时看董强副局长兴致很高，心情舒畅，我愣头青般地质疑道："董局，我认为象棋比'升级'更能反映一个人的侦破水平。"

董强副局长边码牌边说："象棋自然比'升级'要更多的思维分析能力，但双方的子一目了然，不需要多少记忆力。我认为一个好的侦查员，记性是基础，有了良好的记忆力，他能在案件发生后调动自己大脑中听过、见过、办过的案子进行分析对比，确定侦查方向；他能迅速在大脑中搜索掌握的可疑人员，确定可疑对象；他也能记牢不少侦查方法和侦查措施，筛选出最佳工作方案。"

我们三个连忙称是，领导就是高。

调到大队这几年，经常在董强副局长身边看他对案件分析判断和运用侦查技巧，我受益匪浅，业务有了较大的提高。在心中我已暗暗把他当做自己从事刑事侦查工作的师父和榜样，但他深藏不露的性格却总是让我敬而远之。

"县局准备近期从机关安排三个同志到基层挂职锻炼，充实一下力量相对薄弱的所队。我们的东路中队需要加强，文景，你愿意去吗？"董强副局长边抓牌边说。

我一惊，抓的牌差点失手掉了。我知道，所谓挂职锻炼就是先去履行所队副职，等报县委政法委通过和组织部备案后正式任命。在我目前的事业规划中还从来没有想到这么快会进入局领导的干部提拔视野中，毕竟自己才工作五年，如果提拔了肯定是全县两百多号民警中最年轻的一个中层干部。我更没想到平时只有严厉表情的董强副局长会看重我，征求我的意见。就像上次他要我当探长一样，我一时竟不知如何回答。我迅速扫了一眼方副教导员和戴队长。

方副教导员脸露喜色，说："文景确实不错，去东路中队一定可以打开那边的局面。"

戴队长不作声，脸色平和地朝我挤了挤眼。

这时一阵爽朗的笑声从门口飘进来，两个所长带着他们的部下走过来，我连忙让座请他们打牌。在这里，让座打牌就像有的地方让座请抽烟一样，既是礼节也是给对方尊重。戴队长同样让了座，偷偷把我拉出门外。

"我建议你不要去。"戴队长盯着我，开门见山。

"为什么呢？你帮我分析一下。"我很想听听别人的意见。

"这次是放几个人下去挂职，据说年后县局还要提拔一批干部，到时一起任命。刑警大队估计也要充实中队领导，我们中队从目前情况来看非你莫属，与其下到基层去还不如留在这里更有发展前景。"

"那也不一定会让我留在大案队提拔呀，你看，中队有两个是我师兄，此外邱波也比我早参加工作。"我质疑道。

"唉，如果论资排辈的话我这中队长也轮不上，董局也当不上副局长，刑侦部门相对来说还是更注重实际工作能力。从我平时的观察来看，董局对你的成绩还是很认可的，刚才他问你就说明了这一点。"

我微微一笑："我老婆小孩都在东片，如果让我过去工作还可以照顾他们呢，解决两地分居的问题。"

戴队长摇头："我也在基层待了这些年，知道两地分居的痛苦。但是你小孩也快满周岁了，总不能一直放在乡下，应该回到县城交给你父母带了。你外婆这么大年纪，小孩会跑会走带起来就吃不消，再大一点就要在县城上幼儿园，你现在下基层岂不是南辕北辙。"

戴队长的话不无道理。我知道，在他手下工作这两年自己已成为他的左膀右臂，无论是办案还是文字材料都帮了他不少，从个人感情来说他是真心希望我留在大案队。

我想听听凌溱溱的意见，她说："乡镇的条件不好，儿子年前自然是要放在家里交父母带，我多跑动跑动回县城来看你们，辛苦点无所谓。这些年你吃了很多苦，领导都看在眼里，迟早会提拔，关键你喜欢什么样的工作环境才是最重要的，晚一点无所谓。想清楚，毕竟你最了解自己的真实想法，无论如何我都尊重你的选择。"

一边是马上可以下到东路中队毫无悬念地获得提拔，一边是留在大案中队等待时机。能留在机关，等到年后获得提拔自然最好，不仅能留在董强副局长身边加强业务，还能就近照顾父母和即将回县城的儿子。可是如果自己这样答复董强副局长，他会怎样想？会不会惹他生气？说到底我和他只有工作上的来往，没有其他任何特殊的关系。

一会儿考虑要不要答应去东路中队工作的问题，一会儿考虑如果不去又该如何委婉向领导报告，我翻来覆去，好几晚都没睡好。

丑媳妇总要见公婆面，问题是回避不了的。几天以后，趁着到董强副局长办公室汇报工作的机会，我鼓起勇气对他说："董局，谢谢你的关照，我想了一下，小孩马上要回县城，我夫妻俩如果都在乡下工作怕对他照顾不到。再说，我觉得自己的业务水平还不够，还想就近跟您多学习学习，所以我还是希望留在大案中队。"当然，我不敢明说年后想在大案队提拔的事情。

领导盯着我看了一会儿，说："这是你的真实想法？"

我点点头，心中却掠过一丝慌乱。

董强副局长说："个人服从组织，你是知道的。这件事大队支委要开会研究，再向局党委报告，你的想法我明白了。"

从董强副局长的表情和语气我看不出他的想法和态度。本来说完这些话我应感到轻松，现在心里却是惴惴不安起来。

一周后大队支委开会研究，由我们中队的邱波去东路中队挂职锻炼。事情既然定下来，我心中的一块石头也落地了。

## 2

3 月底的一天，同学武小峰走进我办公室，见只有我一个人，微笑着说："老同学，恭喜你了！"我愕然。他说："别装了，你会不知道？"我急了，连忙发誓。

他说："有人从局领导那里听到消息，说这次大队要提拔两个干部，一个是你，留在大案中队；另一个是彭正平，留在技术中队。"

我看他说得有鼻子有眼，估计不是假话，就问："你呢？"

"我？唉，别提了，东路中队徐队不在那里以副代正，要调到我们中队任副队长，所以没有我的位子了。另外呀，你们戴队和技术中队杨队也要对换一下。"

"你是政工科长，什么都清楚？"我将他一军。

"不信你看，可别说是我说的。"他抬起屁股就走，又回头补充一句，"袁军这次也要提拔为治安科副科长了。"

我走出办公室，杨队正好迎面过来。我连忙打招呼："杨队，以后请多关照小弟呀。"

他会意一笑，把我拉进办公室，说："你知道了？"

我点点头："刚刚听说的。"

他说："我这几年一直在技术中队，侦查这块好久没接触了，以后你还要多带队伍多吃苦。"

我忙说："你太谦虚了。"

此后就有同事见面便半开玩笑半当真"文队、文队"地喊，我忙制止："别乱叫，别乱叫！"心里竟有些飘飘然了。

几天后的一个上午，我在县局大院遇到一位领导，他偷偷把我叫到一边，说："昨晚听人透露，东路中队的徐队不调整到西路中队，要安排到大案中队来，那样的话你这次提拔就危险了。"

我一惊，连忙去找杨副队长求证，他一脸惋惜，说："我也是刚听说的，计划赶不上变化呀。不过你年轻，迟早要提拔。"

我问："你说这是不是董局的意思？"

他摇摇头，说："我和董局工作多年，知道他是个很重才的人，上次东路中队他就希望你去。我也曾听他和几个领导说过，你的吃苦精神和工作责任心都不错，在案件分析判断上比不少领导、民警要强。"

这时小辉走进来。他应该也听说怎么回事了，老于世故地对我嘟囔了一句："老兄，像你这样拼死拼命工作却没得到提拔，真是太不公平了。别总是低头拉车不会抬头看路，我看你还是去找主要领导沟通一下，早提晚提有时会相差很大的。"我有一种如坠云端的感觉。要我去找局长、政委？怎么去？怎么说？本来局长政委对我的印象还不错，这样可怜巴巴去争、去要一个"官位"，太难开口了吧。

这时我才想起袁军这家伙那天请我吃饭一番话的含意，估计局里早就想派一个人去东路中队锻炼两三个月，之后顺利接替徐副队长的班。如果当时自己有些政治敏锐性，痛痛快快地答应，马上主持东路中队工作的就是我了，也不至于像目前一样尴尬，连个副手都当不成。想了又想，悔了又悔，搞得头都痛了，感觉自己就是一个大傻瓜。

我无处诉苦，只好打电话给凌溱溱。她说："这次没在大案队提拔是可惜了，但你不要后悔没来东路中队，真的主持工作后，为了队里的生存发展必然要去四处罚款，你我在东路片有那么多的亲戚朋友，凭你原则性强的个性，到时还不得罪光？本来我俩在东路片的形象还是不错的，我还是希望这好口碑能保持下去。"我琢磨琢磨，觉得有道理。

"那我要不要去找雷局长谈谈想法，毕竟吃了个哑巴亏呀。"

"我的意见就不要去了，领导心中有数，开始研究定了你，后来又要拿下，人家哪能没想清楚呀，还不是有些问题不好摆平才这么做的，你再去不是让人家为难吗？再辛苦一年，今年没有，明年总要考虑的。"

凌溱溱的话让我轻松了一些，毕竟自己还年轻，吃亏就吃亏。我可不能消沉下去，要让领导觉得我是个有气量、有素质、识大局的人。

4月下旬组织部门的任命文件终于下达了，果然如风传的一样，喧闹一时的人事问题归于平静。

我向新上任治安科副科长的袁军道贺，他摆摆手："你我兄弟，还来这一套？"他给我倒了一杯茶，说："文景，你上次爽快答应去东路中队就好了，也不至于搞得现在这么难堪。"

我骂道："你小子消息灵通，明明早就听说了东路中队要调整干部也不明说，不把我当兄弟。"

袁军收敛了笑容："你可错怪我了。我就听说你们大队要变动，原以为你一定会在大案中队提拔，哪知道情况会这么复杂。"

我讪笑："算了，反正还年轻，等下一次吧。"我低头喝了一口茶。

"等下次？形势总是变化的，谁知道下次是什么时候，又会提拔谁，即便提拔你又会放到什么位置上？"

我一愣，心里顿时凉了半截。

# 第二十九章  八审死刑犯

## *1*

其实在人事任命下来前，我们探组并没有休息。首先就是东路片的白云乡在 1999 年 1 月底发生了一起抢劫案，可笑的是恶人先告状，反被查处。

白云乡的四个家伙得知有几个平福县的人在该乡山里种了香菇，于是带上一支鸟铳、一把猎枪以及其他作案工具去偷。正偷时种菇的三个人发现了，见盗贼有枪，不敢作声，只好等他们偷完了带上一把菜刀尾随下山，伺机抓捕。四个家伙背着香菇走累了，坐下休息时，三个种菇人即上前索还，四人不承认是偷的，拒绝归还并首先动手打人，哪知对方占着理，越战越勇，即使其中一个偷菇的家伙用猎枪朝天放了一枪也不退缩，将四个盗窃分子打得屁滚尿流。四人吃了大亏，只好主动跑到派出所去报案，以求获得医药赔偿，派出所一看，这岂不是送上门的流氓加法盲，便通知东路中队，以抢劫罪将他们刑拘起来。之后董强副局长要我接过来主办。

第二件事就是我"火眼金睛"，从混乱拥挤的赌博现场几十号人里面凭印象揪出了前文讲过的跳楼逃跑的"俄国佬"。

那天刚好是清明节，每个回老家祭祖的兄弟都收到大队的通知，去凤山乡查抄一个人数很多的赌场。大队抽了大案、技术、城关三个中队的警力，由江队、杨副队长带队前往，毕竟刚过完年，三荒五月的，大队及各中队的经费又空缺了。

晚上八点，借着月光，我们一行十多个人来到目标村外，将车停好后百米冲刺一般迅速向村中一户人家奔去。

那户人家家境应该不错，两层的楼房，宽大的院落，院里摆了四个圆桌，桌上刚吃完饭的碗碟尚未收拾。几个老人正坐在院内闲聊着，看见我们一伙人冲进来都面面相觑、满脸惊讶。这时楼上传来一阵阵捶桌打牌的呐喊声。杨副队长叫了句："在楼上，快上！"我们又潮水般向楼上涌去。

上面的情景让我目瞪口呆。这是我抓了一百多次赌遇到的人员最多的一次。厅堂有三桌扑克牌，两边厢房有三桌骨牌，加上看热闹的、旁边"搭车"下注的，足有三十多人。我们的到来并没有让他们的叫嚷声停下来，有的家伙还以为又来了看热闹的，狂骂："挤什么挤？出去出去！"直到我们把他们手上的牌抢过来往桌上一扔，才发现大事不妙。桌子上、抽屉里花花绿绿的钞票再明显不过地表示他们违法了。

这时我才想起该乡有清明节请亲友做客的习俗。举报人似乎太不人道，清明节亲戚朋友聚个餐打个牌，输赢点钱有什么必要举报呢，这岂不是"借刀杀人"吗？

杨副队长吩咐我们把所有在场人员都赶到厅堂里来，有三四个家伙竟趁人不备想往阳台上跑，被我堵住。这些人都不想站在前面，互相拥挤着往后躲，让我想起小时候家里来客人了，母亲叫我到鸡笼里抓只鸡出来，每只鸡似乎都知道大祸临头，纷纷往里挤，都想躲在后面。

这时就见中间一个高个子很不安分，还在低头往后挤，我指着他叫道："你老实点，站好别动！"

那家伙抬头瞟我一眼又迅速低下头。而就在这一瞥间，我的脑中一闪，这个人似乎在哪里见过？我迅速在脑海中搜索、搜索……

慢慢地，我想起一个人，他是"俄国佬"的哥哥，那晚我们去抓"俄国佬"时就是他开的门。眼前这个人更年轻些，没有络腮胡子，但和"俄国佬"哥哥却像是一个模子倒出来的。他应该就是"俄国佬"！

我慢慢走过去，将他从人群中揪出来，带到房间里。

"你叫什么名字？"我盯着他的眼睛。这小子仍低着头不作声。

"你是'俄国佬'？"我直逼过去。他身子摇晃了一下，仍不说话。

不作声就是默认，我立即掏出手铐将他铐住，和其他人一起押上车。车后，愤怒的村民趁着夜色将石头、土块雨点般砸在吉普车的铁壳上，打得"嘭嘭嘭"作响。我们不敢下车，抢亲似的卷尘而去。

回到大队，"俄国佬"很快就承认了自己的身份和犯罪行为。

没想到抓赌竟抓了个批捕在逃的抢劫犯，真是踏破铁鞋无觅处，得来全不费工夫。

办公室主任老黎听说这个奇巧的事情，忽地走到我面前，夸张地盯着我的眼睛，说："文景，你是孙悟空，眼睛好毒哟！"

## 2

杨副队长到大案中队主持工作后办的第一个案子是去东路片的白云乡。那是他到位后的第二天，说接到一个情报，有人残害女婴。他以前在那里工作过，看来早就做了功课。

当晚，我们在线人的帮助下在白云乡一间林业工棚内将杀人魔鬼老何抓获。

老何是广东人。改革开放之前的广东尤其是粤北山区生活其实是很艰苦的，很多人为了生计离乡背井，克服语言不通、习俗不同等困难北上外省搞副业，有种菜的、打石头的、挖土方的、守山林的，把当地人不愿做的事情承担下来，尝尽了艰辛，为当地的经济发展和群众生活做了不少贡献。老何1978年来到白云乡守山林，多年来一直孤身一人，生活并没有明显的改善，这期间他认识了接生婆阿英。

1997年上半年，邻县一对夫妻为逃避计划生育检查，将自己一岁多的女孩托给阿英，要她帮忙送人抚养。阿英找了几天后见没人要，便邀老何一同去送还。当天没找到女孩的父母，两人只好返回。在路上，阿英说孩子带回去要罚款，不方便养育，干脆弄死！老何听了没有反对，更没有迟疑，当即将小孩扔在地上，朝她头部连踩几脚。两人见婴儿不出声，以为死了，就扔到草丛里走了。幸亏孩子命大，第二天被上山割松油的人发现，抱回去抚养。

第二年上半年的一天，邻县又一妇女在阿英家产下一女婴。十多天后，女婴的父亲交给阿英三百块钱，要她帮忙把女婴送人。阿英、老何这两个家伙一商量，与其送人不如弄死，吞了这三百块钱算了。于是，两个人把女婴抱到山里，老何用他那粗大的魔爪将女婴活活掐死，扔到坑里埋了。

除此之外，我们还发现老何是个流窜盗窃的惯犯，从东琴到白云乡都留下了他作案的脚印。有个盗窃案发生后造成邻居间长期猜忌打斗，一度成为派出所调解、处理的难题。幸亏我们破了案，让几家邻居解了怨仇。当然，阿英也没逃离法网。

## 3

新来的徐副队长有四十来岁，据说因为在基层工作多年，家里需要照顾，主动提出回县城工作。他资格老，偶尔会发发牢骚，摆摆架子，但在工作积极性上一点也不逊于年轻人，而且性格开朗，和大家经常在一块逗乐，相处得不错。

五一节那天，我们几个愣头青又在徐副队长办公室开玩笑，杨副队长走进来，拍拍我的肩膀，说："又要擦屁股了。"

我接过他递来的一封函件，是地区中级人民法院寄来的。仔细看了一遍，里面的意思大概是这样的：去年的"7·9"抢劫案前不久已开庭审理，一审认定勇仔、青蛙是主犯，判死刑，立即执行；歪嘴、尹小平判死刑，缓期两年执行；黄毛判无期。宣判后，勇仔不服，认为自己不是主犯，判得太重，而歪嘴是主犯却判得太轻。他自首说，就在"7·9"案件发生之前的7月1日，除黄毛外，他们几个人还和蔡英华在新州市做了一起类似的案件，当时他们在新州龙翔区横岗镇上了一辆老家临山县长途车队的卧铺车，司机外号叫包子。汽车在高速公路上行驶二十多公里，青蛙对售票员说，我们有朋友被公安局抓了，现在要向每个乘客收五十块钱去交罚款，售票员连忙制止，勇仔于是拿出"7·9"案件中使用的那支手铳对准司机，其他五个人开始抢劫，乘客稍有不从便拳脚相加。十分钟后，几个家伙逼迫司机在高速公路上停车，随后逃之夭夭。回到横岗镇一清理，抢得两千五百元钱及金耳环三对。这些赃款赃物除每人分了一百元、蔡英华拿走两对金耳环外，其余赃物及一对金耳环都交给歪嘴保管。法院的意思要我们查清这起案件的情况，以便正确定罪量刑。

应当说，"7·9"案件除了影响大，它本身的侦查工作还是比较简单的，复杂就复杂在衍生出了蔡英华非法持有枪支案、村会计帮助他人伪造证据案、青蛙父亲伪证案以及现在又出现的勇仔自首并检举揭发新的抢劫案。而要侦破勇仔所说的案子，可想而知工作量特别大、审讯难度特别高，原因一是案发外省，时过境迁，要查找受害人比较困难；二是法院已作了一审判决，要撬开其他人的嘴巴，让他们承认还做了其他案件，等于让他自己给自己加重刑罚，傻瓜才会交代。在人证相对缺乏的情况下，为保证此案的真实性，六个作案人起码要有三个承认才好认定。而目前阿伟、蔡英华没有归案，四个在押的除勇仔自首外至少还要突破两个，谈何容易。

我把小辉、豹子叫过来一起商量，他们都认为既然法院已经判了，并且判得不轻，加上要查清这起案件有那么多现实的困难，我们干脆走走过场，逐个提审一遍，不管他们承认不承认把材料往法院一扔算了，认定不认定就是法院的事了。

我不同意，说："对其他人的量刑我没什么意见，但歪嘴是幕后指使，阴险狡诈，只不过作案时表现得不那么凶狠，派勇仔、青蛙这两个傻瓜充当急先锋，他反而判得更轻，这不公平。我认为我们还是要尽全力去调查，做到问心无愧。"

豹子点了点头，说："是呀，判得确实有些不公平。"

小辉问："那我们怎么办下去？"

我想了想，说："一是提审勇仔，搞清细节；二是根据勇仔的交代查找车主、司机、乘客，核实案情；三是重新将蔡英华抓过来，听说那个制造枪支的家伙没有抓到，他被临山县公安局取保候审了。在这些基础上我们再有针对性地提审其他几个在押犯，争取突破两三个。"我停了停，又对豹子说，"你负责发个函到新州去，看有没有发生这么一件案子。"

我和临山县公安局刑警大队联系后得知，该县长途车队确实有个司机叫包子，但他常年在外跑运输，每次回来都是匆匆忙忙，时间紧得很。我得到了包子的手机号码，和他联系上，他说是有这么回事，当时他一回到县城就到县公安局报案，但接待的民警说案发地在新州，临山县公安局不能立案，要他们回新州报案。他和同事一商量，觉得太麻烦，也就没有在新州报案。

我问："你认识这几个作案的人吗？"

包子回答："我不认识。虽然他们说普通话，但听口音都是本县人，如果看到应该还可以认出一两个来。"

"你能来庐河县一趟吗？我们抓了几个人，请你辨认一下。"

"我现在新州市，即使回来也没空来你们县里。等我回来再说吧。"

我摇摇头，有什么办法呢，只好耐心等待了。五四青年节那天一早我终于接到了包子的电话，他说已经回到临山县，我立即与小辉赶过去。

包子高高胖胖，挺健谈。他一股脑将事情经过陈述了一遍，并将当时的女售票员也找过来了。

"车上的乘客能找几个吗，有没有认识的？"我想多找几个知情人或受害者核实一下。

"乘客？估计难找了，我问一问看吧。可惜我们回到县里去报案，公安局推三推四，当时的乘客都很气愤，骂警察专吃饭不办事，现在再去找人家怕还不愿来呢。"包子看来对此事还是耿耿于怀。

我想，"事不关己，高高挂起"，普通群众有这想法还可理解，但现实中有的职能部门往往喜欢踢皮球，即使明知是本单位的职责也总有人喜欢糊弄群众。《公安机关办理刑事案件程序规定》《刑事诉讼法》都明文规定，对任何群众的报警求助要先予受理，再移交有管辖权的单位，不能采取推诿的态度。这起案件有些特殊，犯罪嫌疑人、受害人、司机、售票员、车辆都是同一个县的，只不过是行驶在别的地方，从案件的处理上看，其实由临山县公安局受理侦查更为合适，不是有"由犯罪嫌疑人居住地公安机关受理更为合适的，可以受理"这样的规定么。

如果当时临山县公安局受理并开展工作，很可能就查明了犯罪嫌疑人的情况，再与新州警方联合开展侦查抓捕，"7·9"大案兴许就不会发生！

可这些话我又不能对包子他们说，说了只会影响公安机关的形象。当务之急是如何弥补之前的错误，让犯罪分子不再逃脱应有的惩罚。

我诚恳地对包子说："麻烦你了，这次来就说明我们公安局不是专吃饭不办事的。老话不是说了吗，善有善报，恶有恶报。不是不报，时候未到；时候一到，全都要报。我今天就在这住下，等你找人的消息。"

包子点点头，说："那我尽力吧。"

当晚我和小辉住在临山宾馆。

第二天一早包子打电话给我，说是联系上了当时车上的一对年轻夫妇。我们很高兴，连忙赶过去。

夫妻俩的陈述和包子他们说的大同小异，但小媳妇反映的情况更清晰，她说："我的那对耳环也被抢了，是那个个子最高、年龄最大的家伙硬生生从我耳朵上揪下来的，当时疼得我眼泪往下掉，耳朵红肿了好些天。"

"你们认得出人吗？"

"没印象，认不出了。"

"那你的耳环上刻了什么字吗？"小辉细心地问。

"刻了一只凤凰，"小后生说，"耳环是我去金店打的。"

我猛地想起在歪嘴这家伙的扣押物品中确实有一对耳环，当时所有报案群众没有谁说到有被抢这件物品，审讯歪嘴时他说这是买给女朋友的，所以我在扣押物品清单中进行了登记，将它存放在看守所他的私人物品中。小伙子从家里拿出保存得很好的发票，上面写着它的成色、重量以及价格。这可是一个很好的物证！

"还要麻烦你跟我们去一趟庐河县，看看那几个被抓的家伙有没有认识的。"为求证据充分，我只好厚着脸皮央求包子。

"这不行，我晚上还要出车跑长途的。"包子的脚往后退了一步，一脸不情愿，"白天总要休息一下，不然晚上开车好疲劳。"

"好事做到底嘛，我们抓紧时间上午过去，下午忙完了再派车送你回来，不耽误晚上出车，行吧？"小辉也在旁边帮腔。

一番好说歹说后包子终于拗不住了，摇着头说："真拿你们两位警官没办法。"

匆匆赶到局里已是下午两点多了，和看守所的领导一商量，我们把这几个家伙轮流提解出来，混杂在其他在押人员中交给包子辨认。包子躲在挂着窗帘的玻璃窗后眯着眼睛——"检阅"，却只认出了主动交代的勇仔。虽然辨认没有达到我们预期的效果，但毕竟案件证据更多了。现在的关键就是要多突破几个家伙，获取他们的口供。

蔡英华这个家伙自从取保候审后一直不遵守规定，既不主动按时到派出所报到，也不如实申请外出。经我们通报案情后，临山县公安局办案部门只好对他进行秘密布控。

为获取更多证据，我决定先易后难从黄毛这里了解情况。

黄毛对自己的判决似乎还满意，毕竟只有他一个人判了无期徒刑，捡了条命。

我和小辉把立功的规定给他解释了一遍，问他还有什么情况需要主动交代或者检举揭发的。其实这个问题在以前我们都问过他好多遍了，不过这次是有的放矢。

"如果你有立功表现还可以判轻点，这样还可以早点出去呢。"我说道。

黄毛犹豫了半天，好像在想问题，之后却回答没有了。

我哼了一声："你不抓住机会，别人说了那这功劳你就没有了。"

"我说我说。我本想把这件事带到劳改农场去检举，获得减刑，现在我就提早说，你们可要给我出证明呀。"黄毛似乎急了，生怕错过了这次机会。

小辉摸摸他的光头，笑着说："看不出你这个小脑袋还挺复杂的。说吧，我们会给你出证明的。"

黄毛于是把他从青蛙那里听到的有关7月1日抢劫的事说了一遍，末了说："不是青蛙这样诱惑我，我哪会去参加抢劫呀。唉，都是这家伙害了我。"

既然勇仔不服判决，要拉人下水，那么青蛙也可能抱有同样破罐子破摔的心理，下一个我决定找他谈谈。

果不其然，青蛙一见我们就大骂歪嘴、尹小平混蛋，不是好汉，把责任推给他和勇仔两个小"马仔"。骂完他就说还有问题要交代，让我怀疑勇仔似乎和他见了面，商量好了，不然怎么会这样爽快。

听他絮絮叨叨把同样的案情讲完，我和小辉对视一笑，心想，如果每个案件的嫌疑人都像他这样"积极主动"，那我们要少走多少弯路、少加多少夜班、少死多少脑细胞呀。

## 4

短兵相接的时间到了，我决定先找尹小平。

虽然我有思想准备，但尹小平完全不像刚抓获时那样老老实实，有问必答，那低头不语的神态与之前判若两人。

"囚徒困境"是刑侦审讯工作中经常用到的一种心理战术，也就是说，歹徒们被抓后，如果都不承认则可能全部从轻，如果别人交代你不交代，那么他可以从轻你则要从重。在这种矛盾心理驱使下，囚徒们为了各保其身，往往会主动交代或者在获知同伙已交代的情况下被迫交代。

虽然我很想使用这个方法，但因为本案已作一审判决且各人判决情况不同，使用起来显然不是很合适。

可想而知，审讯歪嘴的结果和尹小平也是一样，白费口舌。

我给他俩各撂下一句话："你好好考虑，不要判断失误加重处罚。过些天我们再来。"

豹子发往新州市的协查函石沉大海，不知是人家没有收到还是确实没有任何乘客在那报过案。即便这样，对此案的补充侦查也没什么影响。

几天后，我和小辉对歪嘴、尹小平开始了第二番进攻。虽然我加大了力度，审讯的口气、措词更为严厉，时间也延长了不少，但是仍然失败了。临走，我们同样例行公事般地撂下那句话。

小辉气恼地说："我看这些家伙也没什么审头了，干脆就这样交材料拉倒，六人作案两个已经承认，还有人证物证，应该差不多了。"

我说："别急，打铁讲究火候，蔡英华没有到案，少了一份证据。另外，主犯没有交代，证据方面也欠扎实，看来我们要做好打持久战的准备。"

小辉苦笑着摇头："跟着你这个凡事力求完美的大哥办案，真是命苦呀。"

我也装出一脸无辜的样子："老弟呀，谁叫我们都是跟着董局学的呢，他老人家就是这样要求的，这样做的。"

5月24日，临山县公安局来电，蔡英华被抓住了。因我和小辉正忙于另一起案件的侦查，徐队和豹子就过去把人押回来了。

"蔡英华，我们又见面了。躲得了一时，躲不过一世，我们这次把你押过来可不是上次的事，我不说你也应该知道是怎么回事吧？"我开门见山。

"不知道，我没有其他事了。"他头一扭，看着墙壁，装起糊涂来。

这时我就想，做了坏事的人刚进公安局有几个会立即交代？还不都要先探探警察的底，不要人家掌握的没说，没掌握的倒交代了。在这个案件中我先含糊走过场，之后再直陈利弊，点出具体事情逼其交代。

我把坦白的好处和不交代会造成的后果先交代了一遍，末了说："他们几个交代了在'7·9'案件之前作的案子，你也参与了，你把这些情况给我们交代清楚吧。"

"我真的什么也没有做，如有的话你就直接告诉我，我听一听他们说的是真是假。"这家伙心理素质倒不错，给我来了个反侦查。

小辉拍拍他的胸膛："要小聪明是吧，你自己不清楚吗？我们没有证据会把你老远押过来？"

"别人说我什么我都不理会，反正我没有做其他坏事。"

小辉和他交锋时，我仔细端详着这个小年轻，我几乎要怀疑他就是个多次受过公安机关打击处理的"老油条"了，不然怎么会这样死犟呢。按理，他心里应该完全有数，我们第一次放了他，现在又把他抓过来，肯定有确凿的证据，你怎么能欺骗得过蒙混得了呢？聪明一点的应该在几句较量之后发现我们掌握了情况而立即坦白，争取个好态度好印象，求我们从轻处理，可这小子一点都没有告饶的意思。

又经过一番口水战，我看他根本没有交代的意思，心想，把他扔进监房，让里面的"法律专家"给他分析一下，兴许就会开窍的。监房里有的家伙为了逃避打击、减轻自己的罪行，往往会认真学习、刻苦钻研法律知识，以图钻法律的空子，他们不仅能分析你这种行为构不构成犯罪，能判几年的刑期，还能为你指点下一步要如何交代、如何对抗审讯。蔡英华进去后，"法律专家"会先对他进行"审讯"，问清其是否犯了罪、犯了什么罪，然后给他"定罪量刑"。即便他刚进去不"认罪"，但经过"会审"，得知是抓了放、放了又抓，并且和"7·9"案件的在押人犯是同伴的话，"法律专家"一定会告诉他：你还是交代吧，证据肯定有了。而我想要的就是这种结果。

几天后，我感觉地下"法庭"的"法制教育"应该结束，能达到效果了，和小辉兴冲冲地把这小子又提解出来。

"蔡英华，在里面想明白了吧，何去何从呀？"我自信地问。

"没什么可想的，我又没做坏事。"这小子仍然是一副死猪不怕开水烫的模样。

我几乎有些怀疑自己的耳朵了，惊讶地望着他，在这张清秀的脸上，在这副单薄的身躯上，我真看不出他有江洋大盗般的顽固与狡猾。

"别忘了，你的难兄难弟还关在这里，你的事他们都是清清楚楚的，这逃得了吗？你不承认就认定不了吗？"我近乎吼叫了。

他微微晃了一下头，嘴角露出一丝笑，一丝轻蔑的笑。对我来说，这种表情就是一种侮辱，一种蛮横，一种对抗。我站起来，攥紧了拳头。小辉见了，偷偷用脚在审讯桌下碰碰我。我冷静了下来。幸好我们兄弟俩搭配得好，每当我冲动时他会暗示我，他冲动时我会提醒他，这样才不至于犯错。

我狠狠地盯着蔡英华，说："看你小子年纪轻轻，却像个老江湖，但是你错了，不信，我现在不需要你交代一个字，你看我能不能把你送上法庭。你的态度我也会如实反映在材料里，以后你想说我都不会给你机会！就让你后悔去吧！"

送走蔡英华，小辉问："要不要提提歪嘴和尹小平？"

我想了想，可别让刚才这小子影响了情绪，就说："好吧。"

因为没有其他新的证据，即使我使出了各种审讯方法，但抱定了多承认一案就要加重刑罚的歪嘴和尹小平仍是一言不发。

董强副局长、杨副队长听了我们的汇报也不知如何是好。

## 5

我琢磨了几天，觉得与其现在这样累死累活地应对几块顽石，不如就集中精力对准歪嘴，只要这个首要分子开了口，有三个人的交代材料和其他人证物证，即使别人不开口，认定他们的犯罪事实也够了。

此后，我只要有空就夹着材料跑到刑警大队办公楼后面的看守所，对着歪嘴软硬兼施、软磨硬泡，既聊社会时事，也聊家长里短；既聊天网恢恢，也聊人间真情；既聊逃罪心理，也聊敢作敢为。这样集中火力对付一个人，不要想着其他对象，精力旺盛了，斗志昂扬了，效果也渐渐凸显了，他表现得越来越不那么对抗、反感，与我们聊得也开了。尤其在不涉及案件的情况下，听我们讲着天文地理、新闻八卦，歪嘴在里面郁闷的心情开朗了不少，话语也多起来。每次看到我们来提审脸上都堆着憨笑。

这天中午上班不久我又拖着小辉往看守所走，说："讲故事去啰。"小辉皱着眉毛很不情愿地说："大哥，你知道这是第几次了，别折腾了好吗？"

我问："第几次？"

小辉叹口气："第八次！"

我哦了一声，说："那就算最后冲刺吧，冲不过去也就放弃了。"

小辉勉强笑了："这是你说的，最后一次。好，我就舍命再陪一回君子吧。"

歪嘴见我们又来了，说："我还以为你们不来了呢？难得你们这么有心呀。"

小辉没好气地说："你以为我们是为了自己，这是为了你！说实话，就目前调查情况来看已够定你的罪了，为什么我们一次又一次来，还不是想让你彻底地从内心认罪。再说，我们是吃这碗饭的，在办公室闲着也是闲着，来这里打发打发时间也好。"

歪嘴讪笑："提我出来确实能帮我解解闷，但我也知道你们的真正目的。这么多次，你们不烦我都嫌烦了。"

"嫌烦？那就说了吧，有什么要求可以提。"我顺着他的话说下去。

他停了停，说："我想见见以前为我辩护的罗律师。"

罗律师我当然认识，在县里律师行颇有名气。他没有考上律师之前在东路片一个乡镇的司法所当司法员，认识他已有五六年了。

我想了一下，说："行，我现在就去找他。小辉陪他多聊一会儿。"

我骑上摩托车就往律师事务所飞奔，一问，说这先生到县法院开庭去了，我忙赶往县法院。

我把正在出庭的罗律师叫出来，简单说明来意，希望他能帮忙去做做工作。

他推了一下眼镜，埋怨道："兄弟，你没看到我这不正忙着吗？哪去得了呢。"看我尴尬的样子，他停了停，说："要不我写个字条给他，先看看效果，不行我下次再陪你去，好吧？"

我暗想，我可不想再有下次，这次就一定要趁热打铁拿下他，于是说："行，你写恳切点！"

罗大律师在纸上沙沙地写了一页，交给我，一转身就钻进了法庭。

我一看，上面写着"你要相信文警官，把情况交代清楚，要相信法律是公正的"等等大话套话，心想这顶个屁用，撕了算了。转而又想，死马就当活马医吧，连忙赶回看守所。

没想到，歪嘴见了这张纸竟然像见到圣旨一样，两手发抖，就差没跪下来接了，说："我承认，你们记吧……"

走出审讯室，想着终于可以顺利结案了，心情放松了很多，我对小辉说："人家诸葛亮六出祁山、七擒孟获，我们可是八审歪嘴，功劳不小呀。"

小辉哈哈大笑："这有什么功，只不过是累死累活去爬山，终于爬上了山顶，自我感觉好些罢了，谁会知道你的辛苦。"

我骂道："你小子怎么老是给我说泄气话，自我表扬一下不行吗？"

几个月后，歪嘴、尹小平都从死缓改为死刑立即执行，蔡英华也逃不出刑罚，判了十年有期徒刑。

执行枪决那天我们要参与现场警卫工作，歪嘴、尹小平、青蛙、勇仔被推到一个大坑里，法警举枪准备射击，这时青蛙忽地像电影里面的人物一样大喊起来："老子二十年后又是一条好汉！"

歪嘴、尹小平、勇仔似乎早就被吓傻了，听到青蛙的叫声也跟着干号起来。青蛙是英雄好汉吗？不是，这是他后悔不甘的最后哀鸣！

# 第三十章　失控的病人

## 1

1999 年 5 月底我的大专文凭终于拿到手了，摆脱了中专文凭的困扰，心里窃喜了好一阵子。想起这几年在繁忙的工作中被自学考试折磨得心力交瘁，现在终于可以不用看书写笔记、做习题，顿时觉得轻松了许多。

7 月 1 日，经支部大会通过，我和周俊成了预备党员。

支部书记董强对我和周俊说："你们两个都是大队的骨干，希望成为预备党员后要以党员的标准严格要求自己，更加积极主动地投入到刑侦工作中，要知道，在成为一名正式党员前党组织还会对你们进行严格考验！"

没承想，董强书记的话刚说完，我们的考验就接二连三，并且都是重磅炸弹！

四天后西河镇发生一起爆炸案，某省直单位一名主要领导被人晚上在家门口用炸药炸成重伤。西河镇地处山区，有众多小煤窑以及几家片石场，每天都在使用炸药，情况非常复杂。虽然省、地、县三级公安机关派出精兵强将，围绕被害人的情、财、仇几方面夜以继日地开展了大量艰苦细致的工作，排除了好多对象，案件仍旧没有重大突破。

7 月 19 日，董强副局长带着我们在安田乡摸查爆炸案线索。傍晚时分，派出所院外传来一阵阵痛哭之声，紧接着一个老汉跌跌撞撞跑进来报案：他是本乡岭背村人，前不久，他年仅二十八岁的儿子春喜和儿媳在他们的两口之家吃晚饭时突然双双倒地，家人将他们夫妻俩送到乡卫生院洗胃打针抢救，但回天无术，两人死亡。

一下死亡两人，又一个重磅炸弹！

结合死者吃晚饭时突然倒地抽搐、口吐白沫等医生的诊断情况，他们应是吃了剧毒物品，在农村很有可能就是吃了毒鼠强这种毒药。是谁对这年轻夫妇下此毒手？董强副局长立即调整工作安排，带着大案中队、技术中队和安田派出所的警员风尘仆仆地赶到岭背村。

这是一个典型的小山村，十多户人家掩映在高大茂盛的树林中，透出点点灯光，寂静中偶尔传来几声狗吠，似乎什么也没有发生。我们走到受害者家低矮的院墙外就看到厅堂里凳子翻倒，碗碟散乱，房门外的洗衣盆侧翻，污水流了一地，可以想象不久前发生的惨烈一幕。

兄弟们正在勘查现场时外面走来一位中年人，仔细一看发现是在矿区工会当副主席的老沈。老沈把董强副局长拉到一边，轻声说："董局，这个案子我本不该说，本乡本土的，但不说的话怕还会有人出事……"

董强副局长说："沈主席，你放心，我们会保密的，你也看到了，痛苦挣扎，多么惨呀。"

老沈点点头，说："我怀疑就是本村的黄道新，这个人思想偏激，说话怪异。有一次他和我家三弟吵嘴，见我回来了竟骂我狗官，仗势欺人，其实关我什么事呢？还写信到我单位，说要杀我全家。另外，我还听说春喜前两天因为收割水稻的小事和他吵了几句，他可能怀恨在心。本村就这么几十号人，我排都排得出。"

董强副局长点点头，说："这倒像个对象。他在家吗？"

老沈说："在，你们要快点去。"

在老沈的指点下我们迅速赶到黄道新家。这时，从他家大门正好走出一个三十出头的男子，应该就是黄道新了。

"你是黄道新？"冲在前面的我问道。

"是呀，什么事？"这家伙足有一米八高，身材魁梧结实。

"我们是公安局的，找你去派出所了解点情况。"说完我就去抓他的手。

　　谁知这家伙在我们七八个汉子面前一点也不胆怯，把我的手一甩，说："去什么去，给我滚远点！"

　　豹子怒了，大叫一声："哎呀，你这么拽哪……"一步上前，也要去抓他的手。这时，就见那小子一转身，拿起靠墙的一把铁锹，朝着豹子扑打过来，豹子一闪身，但右手臂已被划破了一道口子，他用左手按住，鲜血仍旧慢慢流出来。我们几个连忙后退。

　　黄道新弓步站着，双手抡起铁锹左右挥舞，脸部肌肉扭曲，张大嘴巴叫着："有本事就来呀，谁上来就砍死谁！"

　　平素我最看不惯那些妨害执行公务，尤其是暴力抗法的违法犯罪人员，简直不把警察放在眼里！现在形势危急，让他这样猖狂下去我们还怎么抓人！我迅速从屁股上把五四手枪抽出来，"咔嚓"上膛，指着他的大腿，大声喊道："把东西放下，否则让你尝尝是铁锹厉害还是手枪厉害！""就不放，有胆你开枪呀！""你小子还蛮犟呀，你已经暴力袭警了！我数三下，再不放下铁锹，我就打断你的腿！""打呀，打呀，我不怕！"一股热血往我头上涌来，不压住他的气焰今天就没法执行公务了，我把枪口指向昏暗的夜空，"砰砰"开了两枪，一缕灰烟伴随着火药味从枪管里散发出来，空气变得更加紧张。"我先警告你，再不听就要你尝尝味道！"我把枪重新指向了那小子，他的脸顿时变白了，拿铁锹的手微微颤抖，往下放了一点。我趁热打铁，说："现在开始，一……""二"字刚出口，就见他把铁锹扔到地上，双手垂立，呼呼喘气。几个兄弟见这家伙气焰如此嚣张早就气炸了肺，立即上前将他扭住，我也将子弹退膛，把枪收好上前。这家伙像疯了一般，龇牙咧嘴嗷嗷乱叫，似乎要使出吃奶的劲甩脱我们。豹子一绊脚，将他压到地上，我也被这"疯牛"带落在地。大伙按头的按头、压脚的压脚，费了好一番力气才将他铐住。黄道新躺在地上杀猪般嚎叫，不停地骂骂咧咧。

　　董强副局长听到枪声从远处跑过来。我向他报告了情况，他气得脸色铁青，骂道："你敢袭警，胆子不小呀，干脆一枪毙了算了！"

　　这时，从房间里慢慢挪出两位瑟瑟发抖的老人，背后跟着一个六七岁的小姑娘。董强副局长问老人："这是你儿子？"

"是……他犯了什么法……他脑子有病，求你们不要抓他……"白发苍苍的二老以及年幼的孩子让我怜心顿起。

"他高中毕业没考上大学，精神一下子就垮了，变得这样了……"老人继续央求道。

董强副局长吩咐我们把人先带走，他留下来指挥搜查和勘查现场。

我和豹子紧紧夹住这个"狂人"，马不停蹄地押进刑警大队的审讯室。

豹子将他左右手分开铐在墙上的铁环上，拿把椅子给他坐，说："你倒有几分蛮劲呀，今晚不老实交代我就废了你的功夫！"

黄道新骂骂咧咧："你们这些土匪，强盗，杀了我吧，老子三十年后又是一条好汉！"

"杀了你？这么简单，要杀你也要等春喜治好病出了院去找你！你不说清楚情况，人家回家了还真的会杀了你。"我怕参加审讯的兄弟说出春喜夫妇已经抢救无效死亡的情况，故意暗示大家，同时也给黄道新放出烟幕弹，以减轻他的抵抗心理。

这句话似乎击中了他的要害，他盯着我，一言不发。

"想什么想，说呀，做了什么坏事？"杨副队长不耐烦了。

"做个屁，你们这些坏蛋、狗官、土匪！"这家伙又开骂了。

洪副大队长观察了一阵，说："这家伙八成是偏执狂，不能激怒他，让他骂，看他能骂多久，等他骂累了再问。"审讯就这样奇怪地进行着。

正审着，安田那边传来消息，在黄道新家二楼谷仓内搜到了五支用青霉素纸盒装着的毒鼠强，通过询问他父母，都说家里不仅很久没买老鼠药，而且以前买的还是粉包状的。

搜查的进展增强了我们的信心。

凌晨四点，我看他已有些疲惫，似乎想睡觉，冷不丁问道："你和春喜的关系怎么样？"

他似乎被打了一针，又兴奋起来："这个王八蛋竟然跟我斗，坏家伙……"他一口气骂了春喜五六分钟。

"你这么恨他吗？"豹子逗他。

"我巴不得他早死！王八蛋！"

"你又能对他怎么样？你打得过他吗？"我问。

"怎么样？这下好了，他受苦了，住院了，看他以后还敢对我不老老实实！"

"这么说是你做的哟？"豹子追问。

"当然是，好汉做事好汉当，我也累了，就告诉你们吧。"

之后黄道新就时而骂时而说，断断续续把整个作案过程交代了一遍。

据他说，四天前，他拉着装满稻谷的板车往家里走，在机耕道上春喜的板车停在那拦住了去路，他朝正在田里做事的春喜喊，要他放边上一点。谁知春喜只是望了他一眼，要他自己拉开。黄道新很不高兴，仍叫春喜来拉，春喜还是爱理不理。黄道新急了，将春喜的板车推翻到水沟里。春喜气得半死，双方隔着几垄田对骂起来，后来被人劝开了。

黄道新回到家越想越气，认为春喜平时就瞧不起自己，今天更是欺人太甚，一定要让他死！第二天晚上，他步行五六里到邻村的一个老人那里买了毒鼠强。

昨天下午，趁着春喜夫妻俩在田里割稻谷的时候，黄道新偷偷溜回家，拿了一瓶毒鼠强和一把老虎钳放在身上，径直往春喜家走去……

傍晚时分，这些无色无味的剧毒物流进了辛勤劳作了一天的春喜夫妇的胃里……

"你小子有这胆量，别编假话？"豹子故意激他。

"哼，信不信随你！"

"那药瓶子呢？你放到哪了？"我也故意摆出不相信的样子。

"药瓶子就扔在我家菜园边的水沟里，不信天亮以后我带你们去找。"

上午，我们押着这个"敢作敢当"的"好汉"往岭背村走去。在这之前，董强副局长已通知派出所做好死者家属的工作，要求他们上午暂时不要举行哀悼仪式，因为一旦哭声大作，黄道新必定知道人不治身亡，他很可能就会反悔，不带我们去取关键的证据——扔掉的毒鼠强瓶子。

幸好，在查找物证时死者家属个个忍着悲愤、控制着情绪，远远望着我们押着黄道新走向村外的菜园，又远远望着我们押着他离开。

在黄道新带领下，我们果真在他家菜园旁的水沟里捡回了那个还算干净的瓶子，从它残留的液体以及剩菜中化验出了相同的毒物成分。

黄道新的种种表现似乎显示他确实有精神病。为慎重起见我们送他去做鉴定，结论是他有间歇性精神病。但结合他的陈述，说明他在作案时以及作案前后这段时间精神是正常的，依法应负法律责任，当然逃脱不了刑罚的惩罚。

## 2

办完黄道新投毒案，我们又将全部精力投放到西河镇的爆炸案上，但是，即便我们挖地三尺，累得晕头转向，案件还是没有出现转机。

不知不觉就接近中华人民共和国成立五十周年的日子。专案组领导看大家很辛苦，就说从 10 月 1 号开始休息三天，放松放松心情。我不禁高兴起来，这段时间我天天沉在乡镇走村串户搞调查，小家庭好久没有团聚了！

国庆节当天上午，我们在家观看了雄伟壮观的建国五十周年大阅兵。然而，就在这举国欢庆、全民欢呼的大喜日子里，下午一点左右，我们接到凤山派出所的报案，该乡李家坊李水平九岁独生子牛牛死在自家门前，怀疑是有人在他家食物中投毒。

发生如此残忍的案件，死者还是一名天真活泼的九岁儿童。仅仅休息了半天，我们不得不赶赴现场，开始紧张繁忙的工作。

李水平家是幢三层小平楼，位于村子边上，我们到达现场时周围已站满了看热闹的村民。命案现场死者家属的嚎啕哭声、群众的啧啧叹息和咒骂声重重地灌入我们耳中，撞入我们心里，大伙顿感压力巨大。

现场勘查发现死者家厅堂门大开，厅里的方桌上摆着两个菜碗、一个饭碗和一双筷子。饭吃了一半，筷子散落在桌上。死者仰面倒在大门外的压水井边，口吐白沫、口鼻出血，满脸污物，两只鸡也死在旁边。一个活蹦乱跳的孩子死得如此之惨！毫无疑问，这就是一起投毒杀人案。董强副局长满脸紧绷。

冤有头债有主，投毒案件更是如此。现场勘查正在进行，董强副局长把侦查员都叫到不远处的李家小学迅速开展分工。

学校已经放假，每个教室都很安静："文景，你就专门查问李水平，要细致，与他家有情、财、仇等方面因果关系的都要问到。"领导首先点了我的名。"徐队，你是本地人，情况熟，你找村干部摸摸他家矛盾纠纷的情况……"他一一点名。

我再次走进这个伤心欲绝的家。李水平是个健壮的汉子，突然发生的丧子之痛让他一时难以接受，神情有些恍惚。我慢慢平复他的心情，告诉他，目前只有尽快找出凶手，给孩子一个交代。

李水平逐渐回过神来，仔细地回忆着。他说："今天上午我家三口吃完早饭后就到田里干活去了，到中午十二点二十分儿子喊饿，家里的大门平时都是不上锁的，我于是就让他一个人先回去吃上午的剩饭剩菜，十多分钟后就有人跑来告诉我儿子出事了。"

问到得罪了什么人，他说："我和妻子平时在村里都很会做人，仇家不多，要说只有两个，一个是本村的大牙，两年前因为一次打牌的事争吵过，当时双方交了手，没什么伤。不过时间这么久了，虽然双方关系没有恢复，但大牙也没说过要报复之类的话；另一个是本村外号叫跳蚤的李早，今年春耕时两家因为放水灌溉发生了纠纷，跳蚤当时冲过来先用铁锹打我，我用锄头挡了一下，反手打到了他的肩膀，之后经村里调解我赔了两百块钱给他。"

"既然你已赔了钱给他，他还会有意见吗？""人心隔肚皮。这个人虽然个子瘦小，但脾气非常暴躁，吃不得一点亏，跟村里好几个人都吵过嘴、打过架。""他在家吗？""不知道。听说前段时间跟着本村包工头满发在庐河市的工地上做钢筋工。""他家住哪？""在我家后面第三栋房子，第一栋是我叔伯兄弟火平家，第二栋是跳蚤的六叔家，第三栋就是他家。"

我往窗后望了望，看不到跳蚤家的大门。

傍晚时分，各路人马齐集小学的教师办公室。技术员彭正平、法医刘高辉介绍了现场勘查情况，从症状来看应是氰化物中毒，最终结果要等地区公安局鉴定。

派出所高所长介绍了报案的情况。报案人是李水平的堂弟李火平，他在家看完阅兵式后就吃中饭，十二点半左右走出大门，发现这个情况立即跑到田里去找李水平，再跑到村里小店打电话给派出所报案，时间是十二点四十分。派出所来后立即封锁了现场。

徐副队长介绍了走访村干部的情况，他们没有提供出什么怀疑对象，都说人命关天不敢随便说，问当事人亲属应该更清楚。

董强副局长把头转向我，大家也把眼光扫过来。

"是这样，李水平怀疑两个人……"我把调查得到的情况陈述一遍。"唔，这个跳蚤倒像个对象，"董强副局长点点头，又问，"他今天在家吗？""不知道，还没敢去问。"我回答。

"这么重要的问题你不问清楚。没敢去问？难道你不可以通过死者的家人偷偷去问包工头满发？一个侦查员要有工作主动性，思维要开阔。"这是董强副局长第一次在案情分析会上批评我，我也知道这是因为他心里很着急。我低着头不敢看他，心中非常后悔。

"董局，我再去问问……"我怯怯地说。他点了一下头，说："注意方式方法。"

我对李水平说明了来意，他马上把李火平叫过来。我对李火平说："你去满发家一趟，问问跳蚤今天去工地了没有，几点去的。"火平连忙走了。

李水平说："你走以后火平告诉我，跳蚤去年冬天将邻村跑来的一条狼狗毒死了，因为这条狗一直追他追到村里。后来他买来老鼠药，用放了毒的包子把狗引诱到我们村里将它毒死了，之后还请一伙人吃了个全狗宴。"

"真有这样的事？"我有些吃惊，俚语云：老虎寻熟路。谁做某一项事情成功了，他就喜欢继续做同样的事情，就比如骗子，他喜欢骗人，即使出了狱还是会继续行骗，而不是去偷去抢；爱偷的人，他习惯了撬门入室，就不会去翻墙爬窗，这其实也是一种思维定式。

"千真万确，火平当时也去吃了，就在跳蚤六叔家红烧的。"正谈着火平回来了，他说："满发说今天工地上放假，不要去。""那跳蚤今天在村里吗？"我问。"案发时在不在就不知道，但我刚才路过他家时看到他在家。"李火平答道。

事不宜迟，我迅速跑回小学，向董强副局长汇报。

董强副局长立即安排高所长、徐副队长带着我们几个侦查员往跳蚤家走去。

跳蚤家里坐了一大帮亲人，看我们走进来一个个瞪大了眼睛。

一个年长的高个子突然对着徐副队长叫道："老徐，是你呀，什么事？""老李，这是你家吗？"徐副队长仔细一看，是个熟人。"是呀，请坐吧。"他连忙端凳子。"不坐，不坐。跳蚤是你什么人？"徐副队长问道。"哦，是我儿子。"他指指不远处坐着的一个二十六七岁的男子说，"就是他，找他有什么事吗？"

"找他调查一件事，到小学去问问情况。"徐副队长说。

跳蚤似乎不情愿地站起来，脸无表情，我们簇拥着他来到小学。

董强副局长亲自来问话。

跳蚤说，他今天上午一直在家没有出去，还看了阅兵式。阅兵式结束后不久他吃中饭，吃完中饭后想起工地上有些东西要去拿，就在十二点十分左右出门，赶到公路上乘中巴车去庐河市了。

"你知道李水平的儿子出了什么事吗？"董强副局长语速平和。

"我晚上七点回到家里，刚刚听家里人说了。"跳蚤个子瘦小，但看起来挺精神，小眼睛一眨一眨的，闪着捉摸不透的光。

"你出门时听到小孩出事的消息吗？"

"没有。"我去搭车要从他家旁边的小路经过，没有看到什么情况。

"今天工地上要做事吗？"

"不要。我的手表不见了，想起应该是昨天回来时忘在工棚里，就去找，但是没找到。我到那里时是下午一点半了，我看到守工地的山羊胡子、肥猫、小龙三个人在打牌抓金花，我就在旁边看，后来小龙三点钟有事走了，我就接手打，一直打到将近晚上六点才停手，然后坐中巴车回村。"跳蚤像打机关枪似的说了一通，末了又加了一句，"不信你们去调查。"

"你看阅兵式时家里有些什么人？"董强副局长摆摆手示意他停下。

"有我六婶、大嫂，还有家里几个侄子侄女。"

董强副局长看我把这些都记下来了，在桌上轻轻敲了敲示意我跟他出去。

"你和小辉赶快到他家，分别找他六婶、大嫂问话，核实他今天的活动情况。要细、要快！"领导压低声音说。

"徐队，你也过来一下，"董强副局长再次点将，"你带三个人赶快赶到庐河市，找守工棚的山羊胡子、肥猫、小龙问清跳蚤几点到、做了什么、有什么反常，调查完先打个电话给我。"

我和小辉夹着包带着派出所两名民警匆匆往跳蚤家赶。一进门，只见他家仍旧坐着一大帮老老少少。跳蚤的爸爸见了，连忙让座。

"谁是大嫂呀？"我扫了一遍人群。

有个三十来岁的妇女轻声答："我是。"

"这样，你到屋里来，我们问你一点事情。"我和颜悦色，尽量不让大家产生紧张心情。

她有些局促地跟着我们走进里屋。

"小辉，你和小毕仔细问一问，我和老娄去找其他人。知道怎么问吗？"我有些不放心。

"知道，刚才你不是交代了吗？放心吧。"小辉边点头边说。

我走出房门，又问道："谁是六婶？"

"六婶？六婶刚回去了。"一个小女孩说道。

跳蚤爸爸说："警官，我带你们去吧。"

他边走边对我说："警官，我家跳蚤脾气是不好，但不会做违法犯罪的事情。请放心，随你们怎么调查。"

我面无表情地答道："谁说他做了什么坏事，你看，我们在村里找了很多人调查，又不是找他一个，找六婶也是了解情况。"

才两分钟就到了六婶家。说明来意后，我将跳蚤父亲支走，与派出所民警老娄问起六婶来。

"六婶，你上午在哪呀？"我开口问道。

"就在跳蚤家看电视。"她头脑清晰。

"有哪些人在那看电视，你记不记得？"我故意激她。

"当然记得，我九点半到他家，十点阅兵式开始，我到那里时就跳蚤和他大嫂以及几个小孙子、小孙女在。跳蚤说他父母和老大到凤山街上买东西去了，他们到下午一点才回家的。"

"跳蚤一直在那看电视，没有出去？"我深入一步。

"那倒不是，阅兵式开始有半个小时他没有打招呼就一个人骑自行车出去了，个把小时后回来，回来时他满头大汗，打开吊扇坐在厅堂呼呼地吹风。我问他到哪里，他说就在村里。"看样子老太太很精明，记性很好。

"你记清楚了没有？"我要她多想想。

"当然记清楚了，他吹了一阵子风，说要去工地上看看，就一个人先吃饭，吃完就走了。"

"他走的时候阅兵式结束了吗？"

"刚吃的时候还没结束，吃完时阅兵式正好结束，然后就走了。他一走我们也接着吃起饭来。"

我把笔录给老太太签字按指印然后走出门去。毫无疑问，按照她的说法跳蚤明显说了假话，回避了中途出去一个小时的活动，而且是极其关键的一段时间！

我想看看小辉那边的情况怎样，便返回跳蚤家。小辉他们也结束了问话，正和跳蚤父亲交谈着什么。

我把小辉叫出去，急切地问："他大嫂怎么说的？"

小辉往后一瞧，见周围没人，说："跳蚤这家伙说了假话，他之前出去了一个小时样子，十一点半回来。到家后热得要命，把吊扇开到最高档，呼呼地吹，他大嫂怕小孩受凉，要他把吊扇档位开低了。"

"嗯，和他六婶说的一致，赶快去向董局报告。"我兴奋起来，总算抓住了这狡猾狐狸的尾巴。

董强副局长听了我们的汇报脸上露出了笑容，说："把材料给我看看。"

我拿出笔录材料交给董强副局长，却见一边的小辉缩头缩脑，显得局促不安，我说："小辉，快把材料拿出来呀。"他轻声说："我没有做笔录，只在本子上记了记。"

董强副局长一听脸色大变，怒道："你是今天到刑警大队的吗？你不知道这是说明跳蚤讲了假话的关键旁证材料吗？"

我努努嘴，对小辉说："走。我们现在去补回来。"

我俩快步往门口跑去，刚到小学大门口，就见跳蚤父亲带着六婶、大嫂匆匆走过来。

"咦，你们来得正好，大嫂，我找你记录一下。"小辉庆幸自己运气好，人家送上门了。

"是这样，警官，"跳蚤父亲吞吞吐吐，"她们两个刚才到我家一回忆，都把昨天的事记成今天了，记错了。其实跳蚤今天中午之前没有出门。他是昨天上午出了门，中午累得一头大汗回来。"

我走过去，问道："昨天？昨天他不是在工地吗？"

他说："跳蚤昨天是去了工地，但他昨天中午回来了，你们可以去查。女人说话没有分寸，头脑不清晰，你们不要见怪呀。"

"说假话是要负法律责任的，明白吗？要实事求是，不要反反复复！"我气得脸都歪了。毫无疑问，跳蚤父亲见我们走后，一问她们就发现对他儿子不利，因为只有说跳蚤今天中午前没有出门才能消除作案嫌疑。

两个妇女也叫起来："我们确实是记错了。"

董强副局长挥挥手，叫他们走，说："好好好，我知道了。"

自从爆炸案没有破董强副局长心里就一直像压着块石头，今天的调查工作开展不顺肯定让他心情更为不爽。他阴沉着脸，说："这更说明跳蚤有嫌疑，不然他爸爸要这么紧张干吗？一个人记错了可以理解，难道两个人都会记错？只可惜当时他大嫂的话没有记录下来。"

小辉一听更加坐立不安了。

"把人带回大队，认真审查！"董强副局长下定决心，"徐队回来了没有？文景，你打个电话给他，告诉他除了那件事外，还要问问刚才跳蚤爸爸说的他昨天中午是否真的回来了，没回来又去了哪里？"

我连忙拨通了徐副队长的手机。

徐副队长说："今天下午一点多钟跳蚤一个人来到工地上，当时大家问他来干什么，工作这么积极呀，跳蚤说家里没什么事，到工地上来看看，至于是不是找手表他没有说。之后他就一直在工地上看人家打牌，后来也加入了打牌行列。跳蚤当天发挥得不好，输了一百多元，打到六点多他才走的。"

我问："昨天工地是几点钟放假的？"

徐副队长答："中午十二点半开始放假，跳蚤当时就和满发他们一起回家了。"

我把情况向董强副局长汇报完，说："董局，我和小辉去问问满发。"

他点点头。

满发说："昨天确实是十二点半放的假，我骑摩托回家时看到跳蚤推着自行车也准备回去。一般来说不停地骑自行车到家最快要一个半小时，也就是说，跳蚤最快在下午两点才能到家。"

小辉一听立时有了精神，说："这说明两个妇女和跳蚤的爸爸推翻之前的交代就是想混淆情况，以说明跳蚤今天中午之前没有出去。"

"事实上，十二点之前回来还是下午两点以后回来是两个相差很大的概念，怎么会搞错呢？何况今天是看国庆阅兵，很好参照回忆，看阅兵时他出去，还没看完他回来，在那吹电扇，之后说要先吃饭去工地，他吃了没多久阅兵式结束再马上出去，这些环节一个连一个，很好记，两个妇女第一次说的一定不会有错。"我坚定信心。

董强副局长也坚定了跳蚤今天看阅兵式期间一定出去了的看法，要我们将他押往县局审讯。

## 3

大队审讯室，董强副局长要我和小辉审第一堂。

"跳蚤，你昨天在工地上吗？"小辉问道。

"昨天？我想想，对了，昨天中午十二点半收工，我骑自行车回家，到家有两点多钟。吃完中饭我就在家睡觉，一直到晚饭时起来。这几天在工地上担泥浆，累死了！"

"你今天上午到底出去了没有？"小辉继续问。

"没有，绝对没有，我只是吃过中饭才出去的。"

"你看了阅兵式？"我问。

"看了，全部看了，从头到尾，真是好看。我以前也想当兵，哎，我爸爸不让……"

"少啰唆！"我冲他喊道。

跳蚤不好意思地笑了一下。

"你知道和你一起看电视的大嫂、六婶怎么反映你今天的活动情况吗？"

"怎么说的？"他怔了一下，竖着耳朵。

"怎么说的？实话实说的。我再问你，你看阅兵式时出去了吗？"

我问。

"没有，这么好看的阅兵式我哪舍得走开呢。不管别人怎么说，我自己一清二楚，没有离开。"

"你和李水平的关系怎样呀？"小辉走上前。

"今年上半年打了一架，他赔了我几百块钱，已经了结了。虽然两个人至今没有说话，但乡里乡亲的，谁还会记那么多仇，除非李水平对我有意见，我对他是没意见了。"跳蚤反应挺快。

"你毒过人家的狗？"我逼一句。

"这……"跳蚤似乎被电击了一下，停下来没说话。

"是不是？"小辉吼了一句。

"是……"跳蚤犹豫了一下，说，"那条狗太厉害了，把我追得魂都吓掉了，不毒死它肯定要咬到很多人。"

"这么说你是武松，为民除害了！"小辉摸了一下他的脸。

他很不舒服地转了一下头，说："我又不是偷偷搞的，有好几个人都到我六叔家吃狗肉。"

"你用什么毒狗的？"我问道。

"甲胺磷，我家的农药。"

"甲胺磷？不会吧，包子上蘸这么一点甲胺磷会毒死狗？你当我们是傻瓜，不懂农村的事？"我怒道。

"我想想……是老鼠药，我在凤山街菜市场买的。"

"从谁手上买的？"小辉问。

"这就记不清了，是个老太太。"

"你很会打太极拳嘛。"我轻蔑一笑。

审讯工作艰难地进行着。

我突然想起在侦办西河镇的爆炸案时，同学萧汉风与省厅刑警总队领导下来指导案件侦破和我的一段对话。他问："你们控制爆炸嫌疑人以后有没有检查他的手指手掌？"我说："这样做有什么用呢？"他说："我们传统的侦查取证关注点是在大的方面，比如被盗物品、作案工具、指纹、鞋印。这些情况犯罪嫌疑人也知道，所以会刻意采取藏赃物、戴手套、穿大鞋、变化行走姿势等办法。目前我们发展到可以验血型和检测 DNA，有的犯罪嫌疑人也知道了，于是不会在现场抽烟、喝水，甚者会戴帽子。但是，我们现在还有一个高级武器，就是将犯罪嫌疑人身上的附着物与现场物品做微量物证鉴定，比如，犯罪嫌疑人去投毒，他的手上应该会留下老鼠药、农药的成分；他要去爆炸，制作爆炸装置，就可能在手上、衣袖上留下炸药成分。我们可以通过提取他的手掌、指甲缝以及衣袖上的微量物质做检验，来获取证据。"我恍然大悟，说："我记得看过足迹专家破案，他用犯罪嫌疑人鞋缝里的物质与现场物质进行对比，判断谁是真正凶手。""是的，道理是一样，只不过我们现在是用更精密的仪器去检测。其实，在《福尔摩斯探案全集》以及不少影视作品、小说里都有这样的或者类似的做法，只不过我们让它成为现实。也算不上什么秘密手段了。"然后，萧汉风又交代了我一些微量物质的提取细节和注意事项。

那起爆炸案件我们采取了这样的方法，但因为重点犯罪嫌疑人当晚就洗了衣服洗了澡，我们并没有检出证据。

这起案件我们很快就将犯罪嫌疑人控制，是否能取得证据呢？

我向董强副局长报告，他一听，说："小辉找跳蚤的大嫂询问时，他大嫂还说了一个细节，就是今天上午跳蚤从外面回来后，先是在院子压水井边用香皂洗脸、洗手，再回到厅堂吹电扇。现在看来这家伙肯定洗去了证据。不过，我们可以试试。"

技术员提取了跳蚤手上的物质，拿去地区公安局送检。

和跳蚤的斗智斗勇仍旧继续，又是一个通宵未眠。

天亮后，徐副队长和豹子来接班。

下午两点半我和小辉赶回单位，就见董强副局长召集大家在二楼开会。

"徐副队长，你是一个老侦查员，不要有顾虑，我们还会不相信你？你就不要回避了，再加一把火，把他拿下！"董强副局长说道。

"是呀，徐队，你跟跳蚤爸爸熟，他或许相信你。要不我唱黑脸，你唱红脸，我们来演一段戏。"小辉似开玩笑似当真。

徐副队长刚才还表情僵硬，听了小辉的话后竟然嘿嘿一笑，说："行，既然局长相信我，也没必要退缩顾虑了。我再试一试。"

董强副局长看看我，说："你把现有材料收集梳理一下，看有什么要补充完善的。"

我说："好。"

晚上六点，我们几个正在董强副局长办公室商量工作，就见徐副队长手里拿着讯问笔录走进来。他神采飞扬，镜片后的双眼透出闪亮的光，说："招（糟）了，招（糟）了！"董强副局长没看到他的表情，吃惊地问："怎么了，出什么事了？""不是糟了，是他招了。这家伙交代的情况和现场勘查情况一样，桌上几只碗、几双筷子、什么菜、毒药放在哪个菜里都是一致的。"

董强副局长"哦"了一声，接过材料，念起来："十点半出门，骑自行车到凤山乡牛栏村黄狗家买了粉剂老鼠药，然后回村，在村里偷偷将老鼠药倒进一个空的农药瓶里，掺入水，摇匀，再拿着农药瓶到李水平家投毒，之后把农药瓶扔在我家侧门外的草地上……"

"嗯，不错，符合现场勘查情况和作案时间，动机也有。"董强副局长露出了久违的笑容，他对徐副队长说，"这样，晚上十二点以后你和技术中队的同志带他去取证，一定要把那个农药瓶找到，这是关键的物证。"

徐副队长忙点头："放心，等下我带几个人过去。"

董强副局长拨通了派出所高所长的电话："高所，你去一下牛栏村黄狗家……"

"董局，我们有没有什么安排？"我问道。

"你们先休息，明天上班看有没有什么工作。"

我和小辉高高兴兴地回家，心想，难得领导让我们轻松一下。

早上八点我和小辉精神饱满地赶到单位，走进审讯室，却见徐副队长、豹子瞪着血红的眼睛正在大声训斥跳蚤。看气氛不好，我默不作声地走出来，来到隔壁的技术中队。

彭正平伏在桌子上画着什么，他今年提了副中队长，但仍兼着痕检和照相一摊活。

"彭队，昨天去取证没有？"我问道。

"去是去了，可没有收获，被这个家伙耍了一把。"彭正平似乎很有情绪。

"怎么了，没取到证？"我惊讶。

"是呀，带他去村里，可是在他家侧门外的草地上甚至他家房前屋后翻了个遍也没有发现一个瓶子。他家里昨天就搜过，也没发现农药、老鼠药。这不，徐队从昨晚审到现在，这家伙硬是说扔在那片草地上，可那也就几十平方，还会找不到？可见这家伙不老实。"

"黄狗呢？他怎么说？"我顿觉不妙。

"黄狗说他两年前就不卖老鼠药了，现在村里种了一片果园，还承包了鱼塘，卖老鼠药这种小生意他才看不上。在他家搜查也确实没发现这类东西。"

"牛栏村的人调查了没有，别人怎么说黄狗的？"我有些不放心，担心黄狗知道出了人命案把老鼠药全藏起来了。

"高所长他们调查了村里的人，也说他现在确实不卖老鼠药了。"

"这么说跳蚤比想象得要狡猾多了，我们小看他了。"我顿然醒悟。

"可不是，你瞧他那双眼睛，简直就是一对老鼠眼！"彭正平恨恨地说。

"那地区公安局对他手上物质的检验结果呢？"我急了，想到这是一个好的证据。

"结果出来了，没有发现可疑物。"彭正平摇头。

我大惊。

果真，没一会儿董强副局长把大家都叫上二楼会议室，徐副队长把取证过程和跳蚤交代的情况先后介绍了一遍，又主动请缨说："董局，昨晚天黑不好找，上午我和文景他们再去一次李家坊，我就不信那么大的一个瓶子会找不到。"

董强副局长沉思了一会，说："行，有什么情况及时报告。"

上午九点，徐副队长带着我们就往李家坊赶。

跳蚤家房前屋后昨晚搜了个遍也没有发现一个瓶子，一到李家坊徐副队长就安排大家扩散到更大范围寻找，重点是现场周围。他交代，凡是发现了可疑的瓶子都要先拍照固定再收集起来，并发给大家一些塑料袋。

现场周围并不大，不一会我们五个侦查员和技术员就找出七八个大大小小的瓶子。我走到徐副队长身边，他脚下已收集了一个，还在瞪大眼睛寻找。

"怎么样？徐队，没有了吧？"我问道。

"你看，那边还有一个。"徐副队长说道。我看过去，只见不远处的牛粪坑里漂着一个茶色的农药瓶。

"彭队，来这里拍下照。"徐副队长吩咐道。

"怎么，这个瓶子你也要捡呀？"我吃了一惊，牛粪臭气熏天，那个瓶子更是脏兮兮的。

"这当然。"徐副队长见彭正平拍了照，拿起墙角下的一把铁锹，将瓶子托到空地上。几个侦查员都好奇地看着他，只见他从口袋里拿出一只塑料袋，用它将瓶子整个包了起来。

"这个牛粪坑是谁家的？"徐副队长问见证人。

"是跳蚤六叔家的，这是他六叔家的牛栏，牛栏旁边的房子是他六叔家。往上一栋就是跳蚤家，往下一栋是李火平家，再下一栋就是李水平。"见证人一一指着。

我看了看，这牛粪坑离跳蚤家约二十米，离李水平家约六十米，离跳蚤所说的他家旁边的草地也不过三十米。

彭正平将收集的瓶子一一贴上标签，说："我现在就到地区公安局去送检！"

经过地区公安局技术人员的加班检验，送检的十个瓶子中只有牛粪坑中找出来的那个空瓶里有毒药残留物，也就是有毒鼠强成分！可惜的是，因为瓶子在粪水中浸过而没有提到指纹！

毕竟找到了关键的物证，徐副队长决定将这些瓶子混在一起交给跳蚤辨认。

跳蚤站在一排的瓶子前，左看右看，说："都没有。"徐副队长气得脸都歪了，骂道："你他妈看仔细点，不要走马观花。"

跳蚤装出一副可怜相，说："徐叔，真的没有呀。"

豹子大怒，骂道："瞎了你的狗眼，睁着眼睛说瞎话！"

跳蚤露出了不想讲真话的面目，尖着嗓子说："我说里面没有就没有，打死也是这样说！"

已是案发后的第三天了，徐副队长带着豹子到看守所对跳蚤进行提审。一回来，两个人都气得青筋暴起，当着董强副局长的面大骂跳蚤："这个死家伙，今天一问全部翻供，说自己那天是胡说的。"

董强副局长愕然，关键物证农药瓶他不指认，毒物来源又没找到，现在又翻供，这样下去案件会成为夹生饭的。他皱着眉，说："徐队，我本以为这个案件会很快破案，看来不是这么简单，要有长期作战思想准备。我今晚联系好电视台，对他进行录音录像审讯，并请检察院的同志提前介入，一起来听，看他们有什么建议，刑拘期限加上三天的审查批捕时间一共才能关他十天，在这几天内我们必须把证据该固定的固定、该完善的完善，时间太紧了。另外，跳蚤与徐队已经产生对立，为让检察院的同志知道我们是公平公正地执法，今晚徐队就不参加审讯，由文景主审，小辉做记录，如他今晚又重新承认了自然有录音录像为证，看他以后还敢翻供么。"

我们都说这样好，既有录音录像又有检察官在场，以后他就狡辩不了了。

视听资料是用录音录像设备记录犯罪嫌疑人的供述，是刑诉法规定的一项证据，在沿海地区不算新鲜，在我们县里应当是开天辟地头一回了。我们县公安局没有这些设备，便请县电视台的记者提供，在一间宽敞安静的办公室内架好设备。县电视台跑政法的记者和我们都是老熟人，多次来大队采访侦破的大要案件，这次随警作战，零距离进行采访，一旦破案不仅为我们提供了证据，还有鲜活的新闻，他们自然相当积极。

晚上八点，我和小辉将跳蚤带进了办公室。为了让他能轻松自然地接受讯问，董强副局长、县检察院批捕科的同志、县电视台的同志没有进入我们的审讯室，而是在隔着一块茶色玻璃的另一个房间内观察听取审讯情况。

然而，这次审讯也没有取得效果，跳蚤铁了心翻供，对之前的交代一概否定，称根本没有这样说过，自己是乱签字的。而在问到诸如那天家人反映他出去了一个小时、没有人能证明他去工地是找手表等关键问题和一些重要环节时，他要么无法自圆其说含糊其辞，要么装聋作哑低头不语，任凭我和小辉如何苦口婆心，如何出示人证物证，他就是摆出一副死猪不怕开水烫的架势。可是，在录音录像的"阳光作业"下，我和小辉连大声训斥都不敢，肺都快气炸了。

## 4

这天，萧汉风回老家探亲，我和他聊起这起伤神的案件。

"除了微量物质检验，还有什么办法呢？"我谦虚地讨教。

"还有一个办法是使用测谎技术。你们大队写个报告，交支队领导审批，报省厅刑总派技术人员来测试。"

"测谎，没见过，有用吗？"

"不敢说每个案件都有用，但国内在不少疑难案件侦破中还真的起了作用，突破了犯罪嫌疑人的心理防线。"

"真的有用的话就好了。谢谢你，老同学，不愧是刑警学院的高材生，有水平！"我用力握住萧汉风的手，哈哈大笑。

很快，省里请的测谎专家来了。

虽然测谎结果只能作为参考，不能作为定案证据，但死马当作活马医也好、病急乱投医也罢，这也算是一项工作了。如果测得犯罪嫌疑人有很强烈的反应，那么我们就要下定决心，围绕他做更为深入细致的工作。

测谎专家听取了我们的案情介绍，又仔细看了两天的案卷，制定了详细的测谎计划。

我好奇地问专家："请问测谎的原理是什么？"

两位专家笑着说："其实很简单，假设桌上有青菜、豆芽、腊肉、米饭、蛋汤，犯罪分子是把毒药投在蛋汤中。我们问测谎对象是投到青菜里面吗？是投到豆芽里面吗？一一问过去，他只需要回答是或者不是。没有作案的人在回答时都是同样的反应。但作案人在听到蛋汤时就会自然地加快心跳和呼吸，他回答时，尤其说谎时心跳、呼吸就会加速。"

测谎地点安排在偏僻安静的刑警支队警犬基地。我看着两位专家好像安装机器人一样给跳蚤身上安装了各种各样的器械，心想，这次就要发挥高科技的威力，看你这家伙还如何狡辩。

一个多小时后专家从房间里走出来，我们都急切地迎上去。

"从反应来看，分辨不出到底有没有作案的可能，应激性不明显。"专家说道。

"这家伙的心理素质不错，应激性自然不明显，加上时间久，心理早已稳定了。"徐副队长很是遗憾。

"应该是这样。"专家一脸无奈，"这也是我们最怕遇到的。"

虽然目前证据力不强，但我们商量后还是决定报捕，因为这家伙的嫌疑实在是太大了。

一是有作案时间，案发前不看阅兵式偷偷溜出去一小时，有去购买毒药和下毒时间；

二是有作案动机，受害人家属反映他有重大嫌疑；

三是有作案"前科"，曾用类似手法毒死过狗；

四是曾交代了作案过程，其陈述与现场勘查一致；

五是交代了作案工具及其下落。虽然他说辨认不出，且交代的抛弃农药瓶位置与发现的位置相差几十米，但现在提取到的地方恰好就在他作案后逃跑回家的最佳路线上。

徐副队长按以上理由提请检察院批捕，只要逮捕了我们至少还有两个月的侦查期限，可以进一步审查。

没想到县检察院在提审跳蚤并反复看了录音录像后竟然作出不予逮捕的决定！

按照刑诉法的规定，不予逮捕的必须立即释放。徐副队长按程序对他办理了取保候审后又向县检察院提请复议，检方仍旧坚持他们的观点，县局又向地区人民检察院提请复核，地区检察院也支持县人民检察院的决定。这样，跳蚤就不能被逮捕了。

5

案件办成这样，从董强副局长到每个参与调查的侦查员个个憋着一肚子怨气。

我经常会想起这起案件的侦办过程，我们为什么没有拿下它？这里当然有主客观的原因，比如办案条件落后，缺乏录音录像等重要设备；比如犯罪嫌疑人极其"狡猾"，反复无常。或许有人会问，假如大嫂的笔录记下来了，甚至她和六婶都不推翻之前的证言，这样能定案吗？我想也是否定的，在"重证据，不轻信口供"的审判原则下，检察机关、审判机关对证据的要求越来越严。按照检察院的不批捕意见，此案主要是缺乏强有力指向跳蚤的直接证据和物证，证据链不全。就像近年以来平反的不少案件，有的之前判决认定犯罪嫌疑人杀了其妻，但该女子后来又出现了，叫作"死者归来"；有的认定犯罪嫌疑人杀了他人，之后却另外有人主动承认这宗案件是他所为，叫作"另有真凶"。造成这些问题的原因，无非是轻信了口供或者间接证据，忽视对直接证据和物证、书证以及整个证据链的采集关联，有的甚至忽视了对证据取得合法性的审查。从"有罪推定"到"疑罪从无"，是法治的一大进步，它是在吸取大量现实案例教训的情况下建立的新的审判原则，就算我们心中认为某个人就是犯罪嫌疑人，但在证据不足的情况下也必须认真遵守它。比如轰动一时的某投毒案，历时八年，十次开庭审判，被告人四次被判处死刑，最后还是因证据不足宣告无罪释放。而我们这起案件，即便司法机关将犯罪嫌疑人逮捕、起诉、审判，在目前证据下，可以想象出它最终的结果。

我也想到了毒药的使用和查处问题。首先是农药。在农村，由于要保护农作物的生长，保障农户的收成，常常要使用甲胺磷等农药，在当时的情况下禁止农药生产是不现实的。然而在某些情况下，农药却成了一些投毒案或者自杀案件的工具。其次是老鼠药。农村有大量老鼠，它们破坏生产，传播疾病，对群众生活影响很大，为此，市面上有各种各样的老鼠药出售。但这些东西也是双刃剑，一是极易发生误食中毒，难以抢救；二是容易被坏人用来作案；三是剧毒性鼠药被植物吸收，滞留时间长，造成二次中毒和环境污染。有的鼠药是不允许生产和销售的，但有的商贩贪图蝇头小利，偷偷出售。对毒药的管控，我们一是要做好法制宣传工作，让广大群众知道它的危害，不能乱用滥用，以身试法；二是要做好日常检查和打击工作，发现生产销售剧毒鼠药、剧毒物品的单位和个人，要依法处理，警示他人。

半年内两起大案没有侦破，这让刑警大队领导和我们大案队的警员总感觉抬不起头。有人说，拿破仑尚有滑铁卢之败，关公也有败走麦城的时候，再厉害的高手也不可能每起案件都能侦破。但除暴安良、为民伸张正义是刑警的天职，一方面，随着执法办案要求的提高以及维护犯罪嫌疑人权利的意识增强，我们已经不能用简单粗暴的方式去审讯和办案；另一方面，刑警要加强学习，提高取证意识、提高技术能力和业务水平。我真希望有一天我们能发现新的证据，能有新的更高的科技手段，使犯罪分子受到应有的惩罚，让逝者安息，给伤者交代，也让参与侦办案件的我们能内心释怀。

新千年快到了，在这千年之尾我简单总结了自己这一年的情况。

年初，意外地未获提拔，原地踏步。

3月份从办事员转为科员。工作五年多才定为科员，这非常少见。我们这批人都发牢骚，说县人事局的人误人前程。这让我之后在新单位的升职评级中总是落后吃亏。

5月份，公安管理专业自学考试大专文凭发下来了，自己终于成为了一名大专生。四年多忙里偷闲地复习、考试，很辛苦，很要耐力，太不容易了。

本想就此放松，守着个大专文凭退休，谁承想中央党校函授学院又开始在县委党校办一个经济管理专业的本科班。凌溱溱就说："别人为了一个本科文凭从几百里外跑到地委党校学习、考试，你这么近，应该去报名学习。"

我摇头，说："让我轻松一下吧，太累了！"

"早学早得文凭，以后的形势发展谁说得清，有总比没有好。我也去市委党校报一个行政管理专业。"

我琢磨了一阵还是如期去报了名，成了一名本科生。

7月初从入党考察对象吸收为预备党员，加入了党组织。

这是我生命中难忘的一年。这一年自己有成功和进步，也有失败和沮丧。其实，在今后的日子里我们的人生之路何尝不是如此呢？甚至成功和进步并不多，失败和沮丧倒是常有。但是，我们能因此就放弃自己的追求和梦想吗？还是徐小凤在《每一步》里唱得好：

道路段段美好总是血与汗营造

……

我要闯出新绩

要用实力做旗号

……

忘不了你，我的1999。

# 第三十一章　瘆人的针头

## 1

风雨送春归，飞雪迎春到，新千年的脚步终于来了。千年等一回，我们也算生逢其时呀。

春节一过正式上班，局里又沸沸扬扬地传说要人事调整了。从工作成绩、在刑警大队的资历以及在领导眼中的表现来看，这次我应该会进步的，何况上次领导已将我列为提拔对象了。

从自己的想法来说我还是希望能留在大案中队，一是从调入刑警大队以来一直在这个中队工作，对大要案的侦破有一定经验；二是还想留在董强副局长身边，多学学他的侦查方法，更好地提高业务水平。

不久就听人说局党委已开会研究了人事调整方案并已报县委组织部和县委政法委，我未如愿，拟调去南路中队任副队长。此外，杨队从主持工作的副中队长直接提任副大队长，大案中队队长由一名派出所所长平调过来担任，徐副队长仍留在大案中队任副队长。虽不如意，但我也接受，毕竟徐副队长年龄大，留在大案中队、留在县城理所应当，我怎么能和人家比呢？再说我毕竟提拔了，并且是全局目前最年轻的中层干部，日子还长着呢。

每次人事变动没有正式确定之前到处都是一片心烦气躁、无所事事的气氛，就好像微风吹起灰尘，必须等到风停了灰尘才会缓缓降落并恢复原状，很多社会现象其实也符合自然科学原理。不少人都希望趁这段时间好好放松一下，工作能拖就拖、能推就推，如果拼命干，万一调走不是白忙了？

刑侦部门可就不能这样了。刑警队平时没有那么多鸡毛蒜皮的事干扰，但就怕发生新的案件，我们大案中队最担心的自然就是凶杀案了，一旦发生就得加班加点，不得消停。

往往怕什么就出现什么。

2000 年 3 月底的一天下午，县里最北端的黄林派出所向局里报告，该乡分岭村村民乐山南家里今天中午出了件大事，正吃饭时他们一家三口以及雇请的四个泥瓦工突感不适，尤其他六岁的儿子和他的妻子更是头晕目眩。村医赶紧来看了看，不知如何处理，便要他们赶快把人送往医院，在路上小孩就停止了呼吸，女人则还在医院抢救。四个泥瓦工还算侥幸，打了点滴后脱离了危险。派出所搞不清是食物中毒还是人为投毒，请求县局派人来调查。

以往出了这么大的事情至少有大队领导带队去，但这次不知是对我"高度信任"还是倾向于食物中毒，侦查方面的领导连个副中队长都没有安排，只要我带小辉进山；技术方面则由彭正平副中队长带着法医刘高辉、小陈前往。

去的路上我就想，去年凤山乡的投毒案还没有侦破，希望这次不是一起命案，否则我的压力就大了。但如果领导也觉得这不是一起杀人案件，那为什么又要我们大案中队派人去呢，辖区中队去看看不就行了？想归想，我还是催着小辉加快速度往前赶。

黄林乡离县城有近七十公里，一路都是砂石路，尤其过了五福镇后更是狭窄的山路。县里的干部往常互相开玩笑，说谁不听领导的话就发配到黄林乡或东坑乡，让你手机打不通，CALL 机接不到，回城没车坐。我们到达五福镇后，接上北路中队的王林一同进山。

黄林派出所就一个老民警在家，他说其他同志都去案发现场和医院搞调查了。分岭村离乡政府所在地还有十公里山路，一路上人烟稀少，树木稠密。走了几公里，路边一独栋两层平楼引起了我的注意，房子占地面积不大但挺新潮，与远处低矮的农舍形成鲜明对比，一个六十多岁的老农手拿一把铁锹站在房子旁边的田埂上远远望着我们，看起来目光炯炯、精神矍铄。

王林问我："你知道他是谁吗？"

我不假思索地说："莫不是那个上甘岭战场上的战斗英雄？"

小王笑道："你猜得很准，就是他。"

这位老英雄从朝鲜战场上退伍后回到湖南老家，因生活很困难，不得不离开家乡来到这荒山野岭，隐姓埋名与山林田野为伴，过着伐木、种田、打猎的生活。1999 年中央向全国发文，要各地优抚志愿军战士。一位乡干部在下乡闲聊时无意中发现了他，遂向上级报告。经核实，老英雄所说不虚，之后就被树为全县学习的楷模，还出席了全国纪念抗美援朝战争胜利大会，县里帮他建起了这栋小楼，让他搬离居住了几十年的阴暗潮湿的破屋。

"难得人家一级战斗英雄，揣着那么多军功章沉默了大半辈子。"我不禁感慨，"一些人为了求得提拔，为了争取回县城工作，处心积虑，怨天尤人，跟人家比岂不汗颜！"

小王也说："是呀，他真是一个值得我们学习的榜样。两年前我从巡警大队流放到这么偏远的地方，当时很是难受，可比起人家来真的要知足啊。"

2

分岭村位于大山之中，全村散居着二十来户人家，我们一路奔波到那里已是下午四点多了。乐山南家位于村子西边的一处高坡上，此时他的家人都在邻近的渝江市的一家矿区医院救治。据村干部介绍，乐山南家的老屋太旧，就在这高坡上建了栋新房，近几天请了四个泥瓦工在帮忙粉刷内外墙，做饭吃饭也在这屋内。今天中午刚吃不久一伙人就个个感到不舒服，情况较轻的乐山南立即喊村医来看。村医一看就感到情况严重，忙叫人开拖拉机拉着他们上矿区医院。

趁着技术中队兄弟在那勘查现场，提取了食物和佐料，我和小辉、王林开始进行走访。我吩咐村干部把村医叫到了现场外面，问他这到底是怎么回事，什么原因造成的。村医含含糊糊，说以前倒是见过那些因矛盾纠纷喝农药的或者食物中毒的，症状差不多，都是上吐下泻。但这次到底是怎么回事自己确实搞不清。我想也是难为人家了，在这偏野之地，村医能处理个感冒发烧、蚊虫叮咬，甚至治疗个毒蛇疯狗咬伤之类的病痛就不错了，别对人家要求太高。

村干部说，本地离圩镇远，外来人员极少，民风淳朴，近年民间纠纷都很少发生，更别说刑事案件了。

"乐山南家人和本地人就没有什么矛盾吗？"我问。

"没听说过，问问他自己应当清楚。"村干部似乎很谨慎。

"村里有没有偷鸡摸狗之类的不安分人员？"我想深挖一下。

"没有。说实话，靠山吃山，我们这里满山都是宝，只要勤快些，一上山就能挣个百八十块。当然，就是路太烂太远，影响了发展。"

"食物中毒的多吗？"小辉问。

"山里毒虫挺多的，如果食物没有盖好就有可能被虫子接触留下毒物，尤其是在春季，不消毒的话就有可能中毒。另外，有的野菜、腊味也有毒，人吃了也会中毒的。据了解，本乡每年都有几件食物中毒事情发生。"我们点点头，表示明白了。

山里的天色暗得早，不久就近黄昏。我对彭正平说："要不我们早点往矿区医院赶吧，一则问问当事人；二则向主治医生了解情况。"

彭正平点头："好，这边也没有什么急需的工作，等明天天亮了我们再过来勘查一下外围现场。"

矿区医院离分岭村还有七八公里，路两边崇山峻岭，古木参天，仅有一条羊肠小道通行。微型面包车像一只孤独的小船在漆黑无边的大海上摇晃前行。寒风呼呼地吹着，从缝隙中一丝丝挤进车里，侵入体内。大家都不敢说话，紧紧抓住车门把手和靠椅，不让自己撞到硬邦邦的铁壳上。

矿区医院很小，几乎没什么病人。先行到达的派出所同志一边把调查材料交到我手里一边领着我们往病房走。

乐山南躺在一张病床上。他是个三十多岁很精壮的汉子，见我们过来想爬起来，彭正平做了个手势，叫他躺好。旁边的床上睡着一个年轻女子，想来就是他的妻子了。我们说了几句话后她醒过来了，满脸憔悴。

趁着技术中队几个人在询问病情的时候我迅速浏览了一下乐山南及四个泥瓦工的笔录。材料反映：当天中午乐家做了五个菜，一个辣椒炒鸡蛋、一个香菇小炒肉、一个大蒜炒腊鱼、一个炒野鸡干以及一个小白菜。除辣椒炒鸡蛋和小白菜，另外三个菜都是昨晚的剩菜再加上辣椒、葱蒜、香菇之类的配料加工的，而这三个剩菜昨晚都是放到厨房的灶台上，没有用东西盖住。估计派出所的同志问乐山南时他的状态不好，还需要将材料抠细些，我于是要小辉把他叫到隔壁的房间来。

乐山南满脸悲伤，一见我们就说："我老婆还不知道儿子出事了，请你们千万不要告诉她……"

我们都点头，说："这你放心，自己也要注意身体，我们会认真查明情况，给你们一个交代。"

他抹着眼泪，说："拜托你们了。"

我切入主题，问："你个人认为这是食物中毒还是有人投毒？"

他想了想，摇摇头说："这个真说不清。"

"你得罪了什么人吗？"我想先以因果关系确定案件性质。

乐山南说："说实话，我就是去年和邻居猫头吵过嘴，其他人就没有了。"

"为什么吵嘴呢？"

"因为我家的牛不小心吃了他家的白菜，他老婆骂骂咧咧，之后我夫妻俩和他夫妻俩越吵越凶，不是被别人劝住差点就打起来了。"

"之后怎么处理的？"小辉问道。

"有什么处理，不就几颗白菜，我就是赔钱给他他也不会收下。"

"你认为仅仅吵吵嘴他会投毒吗？"小辉问。

"这……"乐山南欲言又止，过了一会又说道："其实当时差点打起来，就是我老婆说了点狠话，骂他们断子绝孙，因为他们结婚几年了还没有生育。"

"哦。"我暗想，在农村这是相当忌讳的一句话，能深深地刻入人的骨髓。

"还和谁闹过矛盾吗？"我想问全面些。

"还有今年春节卖山货给黄林街上农友酒家的老板胡老二，因价格问题吵过嘴，他说要叫人打断我的腿。"我心想，这算不了什么仇恨。

"你家的剩菜平时都是怎么放的？"王林问道。

"剩饭剩菜都是放在厨房灶台上。因为是新房子，住了一个多月了都没发现毒虫什么的，所以我们也不会盖住。再说吃之前都会热一热，高温消毒，应该没什么问题。"

"以前没有毒虫不代表现在也没有，而且也不能排除没毒呀。"小辉分析道。

"菜是我老婆做的，这个情况要问她。"

我带着小辉、小王来到隔壁。

女人问道："阿果好了没有？"

乐山南望了她一眼，低头轻声说："还在抢救，不要急。公安局的同志有事问问你。"

我看她精神状态仍旧不好，只好尽量抓重点抓关键问，并要小辉做记录。

"你们家里今天有外人来过吗？"

她望了乐山南一眼，说："除了四个泥瓦工就没有其他人了。"

"昨晚呢，昨晚有人来过吗？别人能趁你们不备溜进你家吗？"

"昨晚也没有外人来过。吃完晚饭有九点多了，几个民工就回去了，我们关上门睡觉。今天清早是我开的门，门关得很严，没人可以偷偷进来。"

"那请的这四个民工可靠吗？你们之间有没有矛盾？"

"都是亲戚，很可靠，才做了一个礼拜，没有任何矛盾。"

"你的腊鱼腊肉坏了没有，洗干净了没有？"

"没有坏，前几天也吃过一次。吃之前我都会到山坡下的小溪里洗干净，包括辣椒、香菇、小白菜也都洗了。"

"早饭呢？早饭怎么吃的？"

"早饭是我煮的稀饭，我全家还有四个民工都吃了。早餐没有做菜，只是吃了点霉豆腐、辣椒酱。"

我不知道如何问下去，沉默下来。照她这样说既没有外人来投毒，吃之前高温消毒，没有食物中毒的情况，怎么会出现这样的怪事呢？

我在口中默念着那五个菜：辣椒炒鸡蛋、香菇小炒肉、大蒜炒腊鱼……

我翻看着笔录材料，突然问道："你中午炒昨晚的剩菜时加了辣椒、香菇、大蒜之类的配料，这些配料洗干净了吗？"

女人说道："辣椒、香菇是自己家里的，我洗干净了。大蒜没认真洗，就是用水简单冲了一下，因为它们很干净。"

"很干净？大蒜平时都是浇水淋尿，要用时连根带泥一起拔，怎么会干净呢？"我疑惑地问。

"它们是我在路上捡的，真的很干净。"

"捡的？在哪捡的？"我感到奇怪。

"你们应该到过我家吧，就在上我家的中间那条坡路上，整个山坡高约五米，大蒜就在离地约三米多高的路上。"

下午看现场时我已注意到去乐家的路，他们家的新房单门独户建在一个高约五米的山坡上，去他家有左、中、右三条路，左、右两条路平缓宽阔，是主路，昨天我们就是从右边上去的，中间那条路又小又陡，不好走。

"在中间那条路捡的？"我再次疑惑。

"中间那条路是做新房时为了方便泥瓦匠就近运料上坡而修的简易路，水泥、石灰浆在这条路底下的公路上搅拌，再直接运上来，省了很多工夫。"她停了停又说，"今天清早天刚亮我就起床，从左边那条路下坡去菜园摘白菜、辣椒，洗净后回来，在大路上看到山坡中间那条简易路上有五六根大蒜，于是从那里走上去，捡起这几根大蒜回家，中午就和昨晚剩余的腊鱼一起炒了吃。"

"你看这几根蒜有什么异常吗？"我感觉它们有问题，平白无故怎么会有人在这条一般人都不会走也不愿走的小路上丢下几根大蒜，即使路人不要也应该扔在坡下的公路上呀。

"没什么异常，挺新鲜的。人家拔出来后一定在水塘、小溪里洗过了，因为连蒜须上都干干净净，没有一点泥土。这也正常，我们在菜园摘菜后都会洗了再带回家。"

"吃起来呢，有什么不同的味道吗？"小王问。

"没有。因为腊鱼本来就味道重，即使有其他味道也会被它的腥味盖住。"乐山南插了一句。

"你们每个人都吃了吗？"我继续问道。

"吃了，大家都或多或少地吃了这个菜，尤其我儿子阿果，更喜欢吃腊鱼。"女人说完又对丈夫说，"快去看看儿子怎么样了。"

乐山南忙起身走出去。可怜的汉子，既要承受丧子之痛，又要在亲爱的妻子面前装成没事人一样。

我脑海中想象着有人丢弃大蒜的情景。突然，一个细节跃入脑中，不禁问道："你捡这几根大蒜时，它们是整齐摆着的还是散乱的？"我想的是，别人摘菜回家是不会走这条小路的，如果是别人从公路上经过时不想要这几根蒜，随手往小坡上丢，那么它们应该是散乱的。

女人不假思索地道："是整齐摆着的，蒜根都朝一个方向。"

问到这我已经很相信自己的判断了，就是有人故意将大蒜洗净，轻轻放在只有乐家的人才会走的这中间的小路上。作案人之所以不放在左、右两边上坡的路上，就是怕被乐家以外的其他人捡到。而大蒜的茎叶里面一定放了毒，所以他要连蒜须上的泥都洗干净，这样乐家炒菜时才不会认真去洗，毒物就此进入菜里面。好一个狠毒的家伙！

我为自己的分析推理感到欣喜，但我仍旧不动声色，安慰乐山南夫妇好好养病，便和彭正平以及派出所的兄弟连夜返回黄林乡。

大家都没有吃晚饭，个个饥肠辘辘，便敲开路边一家小店做了一大盆面条，一边吃我一边把自己的想法提出来，技术中队的三位兄弟却没有支持，他们说："矿区医院的医生目前虽确定不了是什么原因引起的，但他们倾向于食物中毒。我们明天还要做尸检，将内脏和所有食物送检后才好判断。"

从科学的角度来说他们的看法是没错的，法医刘高辉还补充道："他们的剩饭剩菜放在灶台上，晚上毒虫接触到的可能性很高，仅仅在锅里热一热温度并不高，毒素不一定能化解。再说，腊鱼腊肉这类东西在春季最易发霉，所以我个人目前也倾向于食物中毒。"

法医小陈也点头，说："是呀，食物中毒的可能性很大。"

我问道："那你们说几根大蒜的根部都整齐地朝一个方向摆是怎么回事？"

大家沉默起来。一会儿派出所有个兄弟说道："这可能是别人不要的，一丢，正巧就摆得这么整齐。"

我觉得他的解释仍旧没有说服我，便说："明天再看吧。"

晚上住在乡敬老院的客房内，我和王林同住一室。聊了一会天，小王又谈起这件案子，他说："我认为你说得没错，就是有人事先预谋好，故意丢下有毒的大蒜引诱乐家捡到，吃了后中毒的。"

我为自己终于找到一个支持者而感到高兴，说："现场勘查和分析推理相当重要。当年甘支当技术员时就是通过这些方法识破了一个报假案、意图侵吞公款的业务员。我有十分的把握这个作案人就是猫头，明天向董局汇报把他控制起来。"小王又饶有兴致地问起甘支队长破的那起假案，之后开玩笑地说："我看你现在的分析推理能力和当年的甘技术员的水平差不多啦！"

我嘿嘿一笑，说："和人家甘支比可就差远了……"心里却有几分美滋滋了。

## 3

天亮后赶到分岭村。我们的出现再次打破了山村的宁静，一群孩子远远地跟着我们，村民们也三三两两不时凑过来看热闹。

其实在昨天的推理中我还有一个猜测，是关于犯罪分子如何将毒投到大蒜之中的。乐山南妻子说了，大蒜表面没有异常，说明没有人为剥开茎叶浸灌毒药的行为，而如果将毒药涂在表面，被水简单一冲也会没有了。想来想去，那家伙应该是用注射的方法将毒药从蒜须部位慢慢注入到大蒜茎叶之中，而要取得注射器，最好的地方当然是村医那里。昨天我之所以没有武断地说出这个猜测就是希望在今天的调查中能发现证据来印证自己的想法。

我对王林、小辉说："我们到村里走走吧。"然后带着他们径直往昨天的村医家走去。村医家前面是简易医务室，后面是卧室，见我们来了，他连忙让座。

闲聊几句后我起身说要解小手，就往他家里面走去。穿过卧室，走到后门外才是卫生间，卫生间外面是一片水田，水田旁有一个垃圾堆，在那片垃圾上我看到了好些个我想要找到的东西，那就是一次性注射器。它们横七竖八地堆在那里，针头银光闪闪，发出瘆人的白光。

回到医务室我问道："村里就你一家诊所吗？"

他答道："小学还有一家。"

小王疑惑地问："你们这十多二十户人家也开得下两家诊所？"

村医笑笑说："我们这离圩镇太远，周边村民都愿到我们这里来看个小病小痛。"

小辉忍不住冒出一句名言："存在就有道理。"大家都会意一笑。

来到小学，却见医务室旁边的垃圾池里也有不少一次性注射器，我于是假装老伤发作要买止痛膏。走进医务室，我问医生："你就不怕这些小学生捡了针头去伤别人？"

他不好意思地笑了，说："没办法，乡下就这条件。不过，我、老师、家长发现小孩子拿着带针头的注射器玩射水游戏，就会把针头拔掉，只留下注射器给他们。"

我边出门边摇头，这就是农村的医疗卫生水平啊。

小辉不解地问："你难道真的就是去买两片止痛膏？"

王林笑道："这还不知道，文探长肯定是发现了什么新的证据。"

我也不打哑谜，说："你们也看到了，这针头注射器随随便便就可以得到，我想一定是有人用这种东西把毒药从蒜须部位注射进大蒜里面的。"

小辉不相信，说："现在还没鉴定是不是大蒜本身有毒，你就认为是投毒，而且是用注射的方法，这也太超前了吧。"

我说："你不信那就等鉴定结果吧。"

回到乐山南家里，听说小孩的尸体已经从医院运回来放在山上，彭正平和两位法医已上山去了。我想尸检结果一出来，应该就可以倾向小孩是被人投毒杀害的，这样大伙可以尽快统一思想，立即采取行动对猫头家进行搜查，对他们夫妻采取讯问措施，于是拉上小王、小辉也往山上走。

法医刘高辉、小陈已经在提取内容物和相关组织了。虽然已接触了不少这样血腥的场面，但这次毕竟是个六岁小孩，心中不禁隐隐作痛，不忍直视。

"怎么样，能确定是他人投毒还是食物中毒吗？"我问挂着相机的彭正平。

"还不能确定。"他边说边摇头。

下得山来已是下午两点，我对彭正平说："怎么办，要不我先传唤猫头，搜查他家？否则时间长了有的证据可能就会灭失。"

彭正平望了望离乐山南家三百来米在另一个山坡上的猫头家的房子，说："他在家吗？"

王林说："听乐山南的父亲说看到他上午在家里。"

彭正平迟疑了片刻，说："我向董局汇报一下吧。"

手机信号很不好，彭正平和我慢慢爬到一处高山上，他拨通了董强副局长的电话，介绍了情况，问道："董局，文景的意思是有人投毒，小刘、小陈两位法医的意见倾向于食物中毒，你看要不要先对猫头采取措施？"

董强副局长又详细问了一些情况，就见彭正平挂了电话，说："董局的意思是先做毒物化验，看结果再说。如果现在传唤猫头，他不交代，又没有鉴定结果等其他证据，到时就会进退两难。他要我们先撤回去。"

虽然我对董强副局长的决定有些看法，但站在领导的角度，工作做稳一点，有了强有力的证据或许更好，也就点点头。

回到大队向杨副大队长报告，他说："你这只是分析推理，现实中很多机缘巧合。别急，看看鉴定结论再说。"

第二天，县委政法委一位副书记打电话叫我去他办公室一趟。我以为是这次提拔的事情政法委要了解情况，连忙赶过去，谁知领导却是问这起案件的情况。他说："我在黄林乡工作了几年，死者家属托人找我问调查的结果，听说你去了那里，想听听你的看法。"

案件能否成立还没有共识，我不敢随意表态，以免误导受害者，只好含糊地说："现在下不了结论，等鉴定结果出来再说，我们一定会调查清楚，给死者家属一个交代。"

领导点点头，说："依我的经验八成是食物中毒。那片大山我太熟悉了，每年都有几件类似的事情发生，我以前一个朋友的小孩也是吃了毒虫接触的食物而死的……"

我愕然，难道我的推理真的有错？

# PASSAGE 3

## 第三篇
### 兵头将尾

# 第三十二章　哑巴投毒

## 1

黄林乡的"案件"鉴定结果还没有出来，不几天，县委组织部对我们这批副股级干部的任命就进行了备案批复，我果然是到南路中队任副中队长。

临行前董强副局长把我叫到他办公室，说："小文，从这些年县里发生的重特大案件的情况来看，南路片是全县治安最为复杂的地方，比县城复杂得多，组织上把你安排到那里去就是看重你年轻，工作有激情、有点子，我相信你在南路中队会做得很好……"

在董强副局长面前没有什么隐瞒的，我微微欠了欠身，说："董局，组织的决定我完全服从，也一定会把工作做好。前年你要我去东路中队挂职时我就说过想留在大案队继续跟您学业务，现在我还有这个想法，希望有朝一日还能回到您身边来。"

董强副局长摆摆手，抹了抹自己的一字胡："人家都说，师傅领进门，修行在个人。工作方式方法、吃苦钻研精神你已经学到了不少，我认为你可以出师了。给你一个平台，下一步就看你自己怎么去发挥。我相信，长江后浪推前浪，青出于蓝也总要胜于蓝……"

我久久回味领导的话，"心中力量陡增"，这是句套话，但也确实是实话。

南路中队位于红河支流锦河边，大门朝向河面，因经费紧张，成立两年了仍然和南新派出所挤在一个小院子里。不久前由大队副教导员升任教导员的方勇明送我进入院子里时中队、派出所的同志都迎上来，热情地和我们打招呼。听大家"文队、文队"地叫着，我还有些不适应，涨红着脸回应："都是兄弟，都是兄弟，还是叫文景吧。"内心却窃喜起来。

中队几个兄弟都是老熟人，中队负责人曾安斌，他是我初进大队时的探长，目前以副代正；罗东平是警校师兄，为人诚实寡言、吃苦耐劳，对南路片的情况很熟悉，办马刀等人的抢劫案时他在方城派出所工作，我俩一同吃住过一段时间；再一个就是靳秋了，我在东琴派出所参加工作时就认识的兄弟。

大家坐定后，靳秋开玩笑地对我说道："山不转水转，你看我们又转到一个锅里吃饭了。"我笑着点头。

方教导员说："是呀，进入新千年，几个梁山好汉又走到一起了，希望你们团结一心搞好工作，我这个分管领导脸上也有光呀。"

曾安斌说："方教，工作的事情你就放心，我们肯定会让你满意。我和文景都是你当中队长时手下的兵，还希望你对我们中队高看一眼厚爱一分，多多下来指导指导。"

方教导员很高兴，满脸堆笑地说："有你们几个在南路片把口子我是相当放心。我知道你们经费紧张，下来就是增加负担了……"

曾安斌抢过话："哎呀，老领导，吃餐饭的钱我们还是有的。只要你来，甲鱼、狗肉、龙凤汤，全部给我上！"方教听了哈哈大笑，连连摆手。

中午、晚上由中队和派出所分别做东，两个单位全体民警到场。欢迎宴会气氛热烈，全程荡漾着欢声笑语。不胜酒力的我勉强应付下来，回到宿舍已是头晕眼花。

副股级干部调整完后就轮到正股级干部了。局里决定，拿出政工科长、经侦大队长、交警两个科长、派出所三个所长位置来竞争上岗，条件是中共党员、任副股级两年以上。社会上对公安局这次选拔干部都相当关注，加上报纸、电台大肆宣传，营造起了火热的气氛。

事实上，县公安局的一个正股级干部虽然不入流，但因职责重要、地位凸显、手上有着较大的权力而成为众所瞩目的位置，每年提拔干部时局长、政委都要为此大伤脑筋，会做事的应该提、资格老的可以提、有关系的必须提，方方面面都要摆平。这次局里报请县委领导以及组织部、政法委领导同意，采取"场上赛马"的方式，既是无奈之举也是明智之举。

虽然我已是预备党员，但因刚刚提任副股级，没有报考资格，心中不免有些遗憾。想想不能考试也好，"事不关己，高高挂起"，"坐山观虎斗"也很惬意嘛。

曾安斌以副代正已两年了，他报考了交警的一个科长职位，常常关起办公室的门在里面忙里偷闲地看书。

离考试还有一个星期，他带着歉意说："文队，我要回去专心看书了，你多辛苦辛苦，把好关。"

我当然理解人家的心情，这次如能考上一则提了正股级；二则回了城；三则当了压力小、待遇高的交警。要知道，和我们一墙之隔的交警中队的兄弟每月的补助就比我们多出好几百大洋，不仅经费来源充足，工作压力、复杂性也比我们刑警小多了。

我便说："曾队，你就安心复习吧，我们几个会给你顶着。"

## 2

到南路中队上班已经半个月了，一直没什么大点的案件，趁着这个时机我从地摊上买了一本《福尔摩斯探案全集》来看，虽是盗版，纸张不好，且不时出现错别字，但结合上下文还是能看明白。里面的案件构思缜密精巧、推理符合逻辑。但我觉得写得也有不妥之处，就是把福尔摩斯神化了，变成了一个上知天文、下晓地理，集科学家文学家功夫高手等于一身，无所不通、无所不晓的全才。这样的人物估计几千年也出不了一个，连我国的诸葛亮也比不上他，太玄乎了。我对这本书的总体体会就是，学习里面的逻辑推理、现场勘查方法，但不去迷信它。

这天上午九点，我正坐在办公室翻报纸，派出所孟所长带着一个四十多岁的男子走到门口，对我说："文队，这是老蒋，东田村人，来报案。"

我连忙走出去。男子手上提个红色塑料袋，骂道："不知道是哪个天杀的把农药放到我家厨房的饭锅里。我开始以为是饭馊了，就倒了一些给鸡吃，谁知道几只鸡没多久都倒在地上，扑腾几下就死了。我怀疑有人倒了毒药在里面，就没有吃，赶来报案。"

调离大案中队前办的最后一起案件是投毒案，没想到调到南路中队接手的第一起案件又是投毒案！

黄林乡那起投毒案大家应该还有印象。前些天案件的鉴定结果出来了，果真在死者的胃内容、伤者的呕吐物以及大蒜炒腊鱼这个菜里面检出了毒物成分，毫无疑问是有人投毒了，这与我当时的推断完全相符。王林在我调到南路中队的同时调入了大案中队，接手了这个案件，那天他兴奋地打电话给我，说文景你真是神了，鉴定结果和你的推论一模一样。前几天我们到黄林乡把猫头抓起来，一审问，这家伙交代的作案过程和你分析的也一致，他选择那条路的原因和你的分析也是一致的，作案动机就是对方骂了他断子绝孙。

听完他的介绍我竟沾沾自喜了，暗想，自己的分析推理水平确实有了很大的提高啊，这是多年在大案队历练的结果吧！王林说，其实这个案件还有一个遗憾，就是我们出现场时没有下决心把他抓起来，以致被猫头扔到他家附近水沟里的那个老鼠药瓶子，因为时间太久而没有被找到，少了一个重要的物证。如果当时按照你的意见把他抓了可能就不会失去这个证据了。幸好经过调查我们取得了其他一些证据，否则就让他逍遥法外了。

"卖老鼠药的地方找到了吗？"我问他。

"没有。他说是在黄林街上买的，具体卖家是谁他一直说不清。"

我摇头，心想，便宜了这小子。事实也是这样，最后猫头没有被判死刑，就是因为缺少了这个重要物证。

这几年发生了不少投毒案，我分析原因有三，一是之前就谈到的农村有大量的老鼠药、农药之类的毒药，给作案人提供了便利；二是农村的房屋一般白天外出不锁门，为投毒者提供了机会；三是很多农民文化程度不高，一些人心胸狭隘，思想行为容易走上极端。

回到现在这起案件。我问道："你锁了厨房门吗？"

"我在门上挂了把锁，但没有锁上，拿掉锁推开门就可以进去，我回来时锁还是原样挂着的。"说着他在口袋里摸了一下，说，"你看，门锁我带过来了。"

这是一把黑色的挂锁，正面有两个铃铛图案，但锁上作案者留下的痕迹已被破坏，没有了提取价值。我接过来，因为这也是物证之一。

冤有头债有主，投毒案更是这样。"你有什么怀疑对象吗？"靳秋急切地问道。

"怀疑对象倒有几个，但都不像，我怕说错了。"他犹犹豫豫。

"你说嘛，不然报什么案？我们又怎么去破案呢？"罗东平也急了。

"放心，慢慢说，我们会认真分析，不会乱抓人的。"我安慰他。

老蒋于是开始絮絮叨叨地回忆。有别人欠了他几百块钱，催问多次没有还的；有开玩笑过火和别人吵到几乎打架的；有打牌时耍赖，交过手的。都是一两年前，甚至几年前的陈芝麻烂谷子。

我问他这些人现在和你关系怎么样？在不在家？

他说有没有在家不清楚，但是见面还会打个招呼，不应该有毒死我的想法吧？

"还有什么人呢？谁会凭空无端端地害你呢！"靳秋追问。

"嗯……"他拍着脑袋皱着眉，想了一阵，说，"还有一个，但又不像。"

"你说嘛，吞吞吐吐的。"靳秋有些不高兴了。

"是这样，去年这个时候，我老婆和本村一个叫水秀的寡妇聊天时吵起口来，我家没有儿子，水秀骂我家断子绝孙。她有两个儿子，大儿子志明，是一个聋哑人，我老婆就骂她死老公、儿子找不到媳妇。

之后两个妇女越骂越难听，还打了起来，水秀脸上被抓出了几道血印。她的大儿子志明回来后听说了，拿了把菜刀要来我家砍人，被水秀拦住了。后来村里做了调解，我家赔了三百块钱。他的小儿子出去打工了。至今两家都不说话，现在时间过去一年，也不知道水秀娘俩还记不记仇。"

说到这我就有几分把握了。聋哑人是个特殊的群体，他们长期生活在无声的世界里，得不到交流、学不到知识，内心很封闭，往往会形成自卑、偏执的心理，有的因长期受到别人歧视，往往会滋生仇视社会、仇视他人的扭曲心态，表面与世无争、心静如水，受到刺激后往往会从内心燃起烈焰，伺机报复。我在东琴派出所工作时，有两户人家因田土之争打了架，其中一户有个二十六岁的聋哑儿子，为此事经常偷偷报复对方，踩坏人家的菜，打死他家的家禽，有一次竟然趁对方在前面走时从后面扔了块石头到他背上，如果打中后脑勺后果不堪设想。

想到这，我立即对罗东平和靳秋说："走，我们现在就进村！"

南新镇被锦河一分为二，我们在河的北边，报案人所在的东田村在河的南边。站在院子门口可以望见东田村，但要到达那里就要穿过墟镇，走过南新大桥后再掉头过去，形成一个 U 形。

南新镇是本县南路片的门户，去南路片其他乡镇的必经之路。但它又是县里最为拥挤的古镇，一辆车坏在街上整条交通要道都会堵死。记得有个师兄说过一个笑话，他在警校读书时有一次晚上卧谈，同学们谈到各自的家乡，有的说家乡风景优美，有的说家乡物产丰富，有的说家乡人文荟萃，轮到他的时候他说我的家乡街道特别长。人家问有多长。他答一般来说开车要走半个小时以上。众皆愕然。半晌才有个同学在暗处怯怯地问莫不是经常堵车？他大笑。众皆恍然，骂道，这么个破地方你还敢说好。

其实墟镇虽然窄，但两车相会基本是可以过的，坏就坏在各家商铺为了突出自己的位置，多占一点地方，纷纷把货摆到街面上来，"比学赶超"，你突出一寸我就突出两寸，加上当地民风彪悍，一旦车辆撞到了他的东西就撒泼，演出"鸡生蛋蛋生鸡"的游戏，非要割掉你一块肉不可。为此，来往的司机都小心翼翼轻挪慢走，一旦出了事只求花钱买个平安，早点离开这是非之地。交警队联合镇政府多次整顿，无奈你一走它又恢复原状，就像拉皮筋一样，时间一长大家都疲了。民风不正往往会引发敲诈、哄抢、伤害等治安案件，让派出所民警疲于奔命。我摇摇头，心想幸好是在刑警队，业务相对单纯，在这当派出所所长人都会烦死。现在，那些摆摊的看是我们这辆蓝白相间的警车开过来，多少还给了些面子，提起地上的篮子、收拢门口的摊子，让我们能挤过去。

我问老蒋："志明这人平时表现怎么样？"老蒋说："他今年有二十七八岁，看起来挺老实，也不惹是生非，什么事都听他家那老太太的。他的聋哑不是先天性的，而是十一二岁的时候生了一场病，没得到医治，之后就变成这样了，确实挺可怜的。"

"他会写字吗？"我想到等下还要与他交流，于是问道。

"会的。据说他读书时成绩很好，在班上经常考第一二名，聋哑以后虽然没去上学，但平时还是喜欢借书看。这人命不好，不然长大了考个大学是没什么问题的。"

听到这，我心中顿时生出一丝怜悯，暗地希望这起案件不是他做的。

吉普车在河堤上摇摇晃晃来到了东田村。老蒋的三个女儿都在外地打工，赚了些钱，就在村口建了一栋新楼房，而现场则是位于村中央的他家老屋。我吩咐罗东平在新房做老蒋的询问笔录，再由他老婆带着我和靳秋去老屋厨房看现场、拍照片。看完现场，回到新屋，我安排老蒋妻子去偷偷观察水秀和志明在哪里，如果在家就赶快报告。这时我和靳秋就在村子内外走动，熟悉周边环境。我看村口有一个池塘，里面有各种各样的瓶子，就想犯罪嫌疑人是否会把装毒药的瓶子扔在里面呢？我可要吸取之前曲塘乡投毒案的教训，即使在里面我们也不能去捞，一定要让犯罪嫌疑人主动指认出来。

半个小时后蒋妻快步走过来，说哑巴正牵着牛从田边往回走，快到家了。

我连忙叫上罗东平和靳秋往志明家赶。远远就见几十米外一个后生牵着一头牛朝我们这边走来。走近一看，小伙子高约一米七五，身强体壮，眉清目秀，在农村应该算长得很标致了，如果不是之前有人告诉我，怎么也想不到他是个聋哑人。后生看见有人站在他家门口，微微扫了一眼，没任何表情地从我们身边走过，把牛拉进家里，再拴在后厅的牛栏上，整个屋内一股牛粪味道。

我们跟着他走到后厅，又看着他返回前厅。等他把事情做完，我上前拦住，将工作证往他面前一亮。他瞧了一眼，不作声。我从身上拿出纸笔，写道：请跟我们去刑警队，有事找你调查一下。他犹豫了一下，接过我的笔和纸写道：等我妈回来。我摆摆手，又写道：不行，现在就走。他看一眼，一动不动。就在这时水秀回来了，我对她说："我们现在有事要把志明传唤到刑警队去接受调查，希望你们配合。"水秀说："你们到底为什么要传唤他，是不是老蒋家被人投毒的事情？"

我答道："你现在不需要问这么清楚，他去了就知道。"

水秀说："好，随便你们怎么调查，我家志明一个上午都在田里，怎么会做坏事呢？去就去！"说完她就要志明跟着我们出门。

我没有想到他们母子会这样配合，心中窃喜。

走到车子边上，水秀突然问："你们会不会打我儿子？不行，我也要去！"

罗东平笑道："放心，调查是怎么样就怎么样，我们哪会随便打人呢？"

我想，不让去她肯定不放心，搞不好还会阻止志明去，与其这样不如由着她，便说："行，你也上车吧！"

## 3

吉普车驶入中队院内。下车后我吩咐罗东平和靳秋询问水秀，重点在于这几天他们母子的活动情况，还有就是她家里农药的购买、使用、存储、剩余情况，我则叫上派出所的同学军仔一起来询问志明，这也是我参加工作以来第一次用一种特殊的方式来讯问一个特殊的犯罪嫌疑人。

志明仍然面无表情，可以看出他对我有些仇视，也有些畏惧。

我尽量摆出一副笑脸，让他放轻松些，减少敌意，开始用笔在纸上问他的姓名、年龄、简历等基本情况，他也用笔在我的问题下面写上答语。他的字写得不算好，但很整洁，可以看出以前的学习功底。

十多分钟后他的神情渐渐平和下来，我决定问得更深入一些，写道：知道我们为什么把你传唤过来吗？

他抬头看了我一眼，不作声。停了一会儿，写道：不知道，我没有做坏事。他写字的速度明显比刚才慢了，似乎在思考什么。我又写道：若要人不知，除非己莫为，不然我们也不会把你传唤过来。

他呆在那，一动不动地看着我，手脚不自觉地颤抖了几下。这些细微的动作给了我更大的信心，我意识到他作案的可能性很大。但是如何让他交代，如何取得证据才是最关键的。我指了指材料纸，要他作答。此时他却把头扭到一边，任凭我怎样示意都不理睬。我心里有些急了，但对这种人又有什么办法呢？我走出办公室，透透气，思考着怎么"审问"下去。

几分钟后我走进去，眼睛紧紧盯着他。志明的心理素质不错，我和他就这样你看着我，我盯着你，互不说话，就好像两个武士，各持一把刀架在一块，谁松劲了谁就会败下阵来。旁边的军仔抿着嘴，想笑又不敢笑。为了战胜他，我努力将眉头皱起，目光也变得更加锐利，再不时用手点点笔录纸。几分钟后志明终于退却了，他收回目光，拿起笔在纸上写道：我进了老蒋家的厨房。

这是一个突破性的进展！我内心欣喜，但仍然不动声色，写道：你怎么进去的？他写道：我拿下他家的挂锁，门没有上锁。

我写道：是一把什么样的锁？本来我估计他最多能写明锁的颜色或者品牌，没想到的是，他竟然开始在纸上工工整整地画起来。尤其让人惊讶的是，他不仅把锁的外形画得像模像样，连上面两个铃铛图案都画得和挂锁上的几乎一致，可见他确实是一个有心人，以前学习成绩好绝非虚言。军仔竖起拇指朝他晃了晃，他也咧开嘴笑了一下。我知道，他的心门已经打开了。

你进去后做了什么？

倒了农药到他家饭锅里。

装药水的瓶子呢？

在我家。

那我们去你家把农药瓶拿出来看看，你再告诉我们你把农药倒在哪个位置，好吗？

好。

案件办到这我决定暂不细问，投毒案件圈定嫌疑人比较容易，最关键的是证据难取，我们应该趁热打铁，迅速把证据取到，这样才不会夜长梦多。我要水秀在中队等我们，然后叫上罗东平、靳秋和军仔一同前往东田村。在去的路上我心里暗暗祈祷，希望这次能顺利，不要像黄林乡猫头投毒案以及曲塘乡牛牛被投毒杀害案一样做成一锅夹生饭。

车子再次驶进东田村，我要靳秋通知老蒋家里先恢复物品原来的放置位置，再请上两个村干部做见证人。志明走到厨房门口，打开门，进到里面，准确地指出农药投放的位置。靳秋拍了指认照片。

我指了指门口的一个瓶子，又指了指他家，意思是去他家里找农药瓶。志明明白我的意思，带着我们走进他家厅堂。他站在厅堂并不去找瓶子，而是看着我们。我不明白他在想什么，便推了推他，要他尽快。志明走到后厅瞧了瞧，又走进卧室看了看。糟糕，这家伙开始不老实，要耍花招了。我的心"咯噔"一下，最担心的事情要发生了，难道他也明白捉贼捉赃的道理？

我怒视着志明，拍拍他的肩膀，示意他要老实一点。他犹豫了一会儿慢慢往大门口走，我以为他要带我们到门外去找农药瓶，刚跟了两步，却见他停下来，指了指门边一个壁橱。我拉开它，见里面有一个茶色止咳水瓶子，里面还有 1/3 的液体。为防止我的手指触摸瓶子，我用塑料袋包住它，打开一闻，一股浓浓的农药味钻进鼻子。我一阵欣喜，知道大功告成，因为谁会无缘无故将农药倒入一个小小的止咳水瓶里呢？我连忙叫靳秋照相固定，大家都和我一样露出微笑。

这时就听到罗东平大叫了一声："你去哪？"回头看时，志明已离开我们，走到后厅，再有几步就可以逃出去了。在出来之前我怕增加他的心理压力，没有给他上手铐，加上认为我们去了四个身强力壮的后生，不怕他逃跑，没想到还是被他表面的老实忽悠了，其实他刚进家门的时候不直接指出农药瓶的位置，就是想逃避取证并伺机逃跑。

我们迅速追过去，将他抓住。哪知道这小子人高马大，一身蛮劲，猛的一个挣扎就往厢房里面跑去。房间里面有一个木梯，可以上到二楼。农村的二楼是堆放稻草、木头等杂物的地方，黑咕隆咚的，一旦他上去了，顺手抄起一根木头，一夫当关万夫莫开，我们抓他就很困难了。

这家伙速度挺快，我们赶到木梯旁时他已经像大猩猩般爬到了二楼楼梯口，差两三步就上去了。罗东平追在前面，他两手抓住志明的左腿，我则想去抓他的右腿，没抓住。这小子用右腿朝我们乱踢，罗东平的手被踩中两三下，但他仍然一声不吭死死抓住志明的左腿不放。地方狭窄，我们几个围在旁边根本施展不开。志明见罗东平不松手，又弯下身子，抢起拳头狠命朝他的头上捶打，一下、两下、三下……罗东平仍死死地抓住他不放。我对靳秋说："快，快摇晃木梯子！"靳秋和我把木梯摇晃起来，这家伙重心不稳，啊啊叫着，只好把右腿放到木梯上。军仔趁机抓住他的右腿，我们四个人合力将他从梯子上拉下来。志明的行为激怒了我们，大家七手八脚把他推到墙角铐起来，推着就往大门外走。

屋内的响声惊动了周围的人，门口站了一群村民，几个男子从远处跑过来，有的手上拿着木棍，咋咋呼呼地叫："拦住他们，不能让警察把人带走了！"一群妇女七嘴八舌大声嚷嚷："造孽呀，一个哑巴犯了什么法，也要把人家抓起来？"我怒吼："我们是在执行公务，请你们不要阻拦！"有个村干部小声对我说："这些人都是他一大家子的。"他回头对那些村民说："哑巴犯法啦，大家不要乱来。"这帮人终究不敢动手，跟在我们后面"土匪""强盗"骂个不停。虽如此，我还是庆幸他们没有冲上来抢人，否则我们要受伤，村民也要受到刑事追究。

经过送检化验，止咳水瓶和米饭里面的成分一致，都是同一种农药成分，志明当晚就被刑拘了。到南新工作后的第一起重大案件顺利告破。

董强副局长听完我的汇报后很满意，认为这起案件在犯罪嫌疑人是一个难以交流的聋哑人的情况下，能够审讯突破并将证据完好取得，是一个先例，办得很成功。虽然我很同情志明，一个又聋又哑的残疾人，家里还有一个寡母，生活的确很艰辛，但法律无情，不枉不纵是刑警的职业操守。几天后，检察院对志明批准逮捕了。

可是，一个多月后这起案件竟然节外生枝，有人联名把我告了。那天，县公安局督察大队派人到中队来，他们说志明家人写了陈情书，附上全村一百多人的签名，寄到省市政法机关，说这是一起冤案，告我违法办案。我把案件侦破过程以及证据搜集情况详细介绍了一番，督察队长听了，说："你这不是铁案。"我一愣，疑惑地问这怎么不算铁案？他回答："你这是钢案，比铁还硬。"说完大家都大笑起来。而我此时心里更多的是一阵苦涩，不知是为我、为志明，还是为了其他什么……

# 第三十三章　强奸犯脱逃

## *1*

南新镇工作条件比东琴镇要好很多，一是离家近，路过的公交车多，路况也好，回去很方便；二是派出所、刑警中队干部职工一共有十多人，而且都是二三十岁的年轻人，不像以前在东琴派出所，傍晚时几个有家有口的一走，常常留下我一个人独守空房；三是在南新镇业余生活较丰富，吃完晚饭有的开始打扑克钻桌子，有的则看电视看录像。曾安斌他们以前缴了一台投影机，天黑了罗东平就搬出来，把灯光调好，照在厨房外面的白墙上，放上一两个武打片。我们则各端一把椅子坐在旁边，随着剧情嬉笑怒骂，恍惚间就会想起小时候在农村看露天电影的情景。一些街坊和兄弟单位的头头脑脑也喜欢来串门，相互间打趣调侃，消磨时光。

我的牌技很不好，怕连累搭档，加上不喜欢牌桌上争争吵吵、捶桌狼嚎的气氛，往往就旁观。兄弟们看到我过来往往会假装谦虚让座，说："文队，你来打两盘吧！"我摇摇头，说："你们刚才为了争个位置吵得面红耳赤，还会真心让我打吗？"他们立刻嘿嘿笑。

这天傍晚，我在一旁"观战"时，一个穿着白色连衣裙、十八九岁的圆脸姑娘抹着眼泪走进院子，一看就知道是来报案的。

孟所长忙问："你有什么事？"她答："我……"之后就嘤嘤哭起来，似乎有很大委屈和不便。我和孟所长连忙把她叫到中队办公室，关上门。

她低头抹泪，说："我刚才被人强奸了……"

我和孟所长对视一下，大吃一惊。天还未全黑，是谁有这么大的胆子？

小姑娘断断续续地说，下午五点多，她从县城打车到安田乡的三岔路口，想转车回官塘乡。正在等车的时候，一辆红色的桑塔纳从南新镇方向开过来，慢慢停到她身边，一个二十多岁、满脸笑容的后生探出头来问她去哪里？她回答说去官塘乡。小伙子说他正好也去那边，可以捎带她去。小姑娘犹豫了一会儿，还是不敢上车。司机就走下来，热情地接过她手中的提包放到车上，说放心，我只是做做好事。小姑娘见人家这样热情也就上了车。上车后，小伙子要她扎好安全带，然后启动车子往方城乡方向走，说他先要去前面不远处接一个朋友。小姑娘心里有些怀疑，但人已经上车，只好听之任之。

桑塔纳驶过几个村庄，又往前经过安田乡养路段，没见到小伙子要接谁。小姑娘慌了，连忙叫他停车。对方扫她一眼，露出一丝狞笑，没理会她，一直朝前开去。来到方城乡三岔口附近，后生往左一打方向盘，进入一条窄窄的山路，往里又走了一公里后停在一片密林之中。之后，这家伙不顾小姑娘的苦苦哀求，在车内对她施暴，然后威胁她不准报警，将她送回刚才等车的地方后往南新镇方向跑了。

"这么猖狂！他是哪里口音？车号是多少？"我问道，恨不得马上就将那禽兽抓住。

"他说他是县城的，但我听口音是龙山乡的。"小姑娘用纸巾擦擦眼角，又说，"他的车没有挂车牌。"

"你确定是桑塔纳车吗？"孟所长问。

"确定。因为我们单位也有一辆，我经常坐。"

"还有什么情况？"我问。

"还有，他喝了好多酒，满身酒气……"

我和孟所长走出办公室商量起来。龙山乡有几辆车、谁的是桑塔纳孟所长一清二楚。他想了想，说龙山全乡都没有这样的车。庐河县城和庐河市区有不少人老家是龙山乡的，他们讲话一般都带龙山口音。

这家伙一身酒气，很可能就是来这里喝酒会友的老家是龙山乡、平时在庐河县城和庐河市区生活的人。孟所长把军仔叫过来，要他与龙山乡政府治安办联系，一家一家餐馆去了解刚才有哪个开桑塔纳的人在店里吃过饭。

军仔不久就反馈说，龙山乡扁担街老涂家做喜酒，他在庐河市区开黑的的外甥武彪今天开了一辆红色桑塔纳过来喝酒，有人说他的车子现在就停在龙山乡修理厂里。

这家伙有重大嫌疑！我立即带人过去，将正在修理厂沙发上呼呼大睡的武彪押回中队。一路上，这小子极力挣扎，嗷嗷大叫，醉态百出。

大伙强行将他的一只手铐在中队办公室的窗户上。我示意其他人先出去，然后走到武彪身边，问道："知道我们为什么找你吗？"

他慢慢抬起低垂的头，瞪着一双血红的眼睛瞟了我一眼，说："文队，我认识你，你要为我证明清白。我今天来龙山乡喝酒，喝多了就顺路进修理厂休息，没做坏事，你们抓我干什么呢？"这家伙被上了手铐，酒醒了不少，知道狡辩了。

我问："你做了什么坏事自己还不清楚吗？别以为人家不认识你！"

他晃晃脑袋，低下头，不作声。

我走到门外，示意靳秋把小姑娘带到窗口。靳秋说："我刚陪她到医院做了妇检，回来时她已经偷偷看过了，说就是这个家伙强奸她的。"我点点头，对靳秋说："你和罗东平去修理厂把车开回来，注意保护里面的原状，搜集车内的证据。"说完我又返回办公室。

"怎么样，愿不愿意主动交代，争取个好态度？"我问。

"我说了没做坏事的，文队，你放了我吧！"武彪一说完，打了个饱嗝，酒气熏得我差点吐了。

靳秋不久回来了，他把我叫出去，说："文景，你看，后座垫子上有好多血……"顺着靳秋的手电光看去，桑塔纳车后座的竹垫子上有一大片的血迹。很明显，在武彪的身上和内裤里很容易提取到物证，一做鉴定他再狡辩也没有用。

"妈的，我看这家伙还怎么狡辩！"我恨恨地说。

我再次走进去，厉声喝道："武彪，你酒壮色胆，人证、物证都在，抵赖得了吗？"

"你怎么说我也是没做，要不你打死我吧！"他微微一笑，嘴角明显带着不屑。

"我见过不要脸的，真没见过你这样无耻的！"我冲过去，揪住他的衣领，抡起拳头就要砸下去。一瞬间，我突然想起一件事，只好把高高举着的拳头又放下来。这件事就发生在同学武小峰身上。

两个月前，武小峰带班审查一个盗窃犯罪嫌疑人，任他怎么问，那家伙就是不交代。武小峰喝令他蹲马步，不交代不准起身。那小子实在熬不住了，突然抓起门口一瓶灭蚊子用的杀虫剂就往自己嘴巴里喷，搞得武小峰和同事连忙将他往县医院送，又是打针又是洗胃，折腾了一夜。这事不知道怎么被县检察院知道了，正愁完不成"反渎职"任务的检察官于是立了一个刑讯逼供案件，把武小峰和另外一个办案民警传唤来传唤去。好几次在局里看到他垂头丧气的样子，而我和袁军也只有好生安慰他。武小峰是一个事业心很强的人，遇到这样的情况，组织上如果不出面去解决必定会打击民警的积极性，给今后的工作开展造成后遗症。幸好局领导和大队领导多方协调解释，关键是这事情本来就不严重，检察院撤销了案件，否则他俩这次就要吃大亏了。对刑侦工作充满热爱的武小峰经过这件事以后就有些心灰意冷，主动要求调离刑警大队。

同学大鹏半年前在办理一起盗窃案时，嫌疑人趁他和另外一名值班民警不备，用皮带挂在留置室窗户上上吊自杀了，这起案件由地区人民检察院主办。上级检察院就没有县检察院那么好沟通了，先是立为渎职案件，好一通调查，后又怀疑大鹏他们对死者进行了刑讯逼供，隔三差五就找中队长和他们过去问话，把大伙吓得心惊肉跳，无法安心上班。全局上下也是人心惶惶，不知道以后怎么办案才好。幸好经过调查之后认为够不上刑事追究，事情才得以妥善处理。而不久前临山县公安局两个民警就没有这么幸运了，他们在审讯一个偷牛贼时一时失手，将那个嫌疑人打得扑倒在地，送到医院没有抢救过来，两个民警都被追究了刑事责任，他们自己和家人终日以泪洗面，悔之晚矣。

有关审讯时是否要动手动脚、体罚对方，我们大队曾有过一番争论。

有人说，我们有的侦查员确实存在破案心切，面对谎话连篇、嚣张不已的犯罪嫌疑人，为了破除他的谎言、打击他的气焰，往往耐不住性子，进行体罚或者施以拳脚，其出发点是为了不让犯罪分子逃避打击，为人民群众伸张正义，这样的民警从工作角度来看，事业心、责任心是较强的，应该予以肯定，即使出了一些小问题也要给予支持，不能打击他们的积极性。

有人说，国家的法律框框定在那里，你事业心、责任心较强有什么用，一旦造成了严重后果吃亏的是当事民警，连累的是领导，败坏的是公安机关的形象。有的"老油条"一进来就打好了如意算盘，故意用语言激怒你，希望你给他几拳几脚，然后就开始耍赖撒泼，让你觉得理亏而审不下去，从而逃避打击。即使他当时假意承认了，之后也有理由向检察院和法院说自己是屈打成招的。所以审讯时千万不要动手，他不愿交代，能想到其他办法、找到其他证据更好，不能也就算了。案件破不了是水平问题，刑讯逼供则是法律问题，我们首先要保证自身不要违法违纪。

也有人反驳说，诚然，审讯中逼供打人是不对，但在现时的社会发展水平和科技手段下，有的案件没有犯罪嫌疑人的口供确实就找不出证据，就揪不出团伙其他成员，就形成不了证据链，案件就破不了，到时候群众只会骂我们是草包、饭桶，是"粮食局"的，这样是不是更影响公安机关的形象呢？有的领导为了单位的面子为了自己的帽子，不准民警对犯罪嫌疑人动手动脚，犯罪嫌疑人也知道公安机关有严格的纪律要求，上级会对动手动脚的民警给予处分，所以往往进到公安机关后就摆出一副受了天大冤枉的样子，不管你是不是掌握了证据，掌握了多少证据，他就百般抵赖。你说，该不该动手？

有人附和，"犯罪嫌疑人不承认就算了，有多少证据就交多少，破不了案不要紧，首先要保证自身不要违纪违法。"这其实是一种明哲保身的思想。产生这种思想的根源在于公安机关内部目前采取的自己剪去自己的爪子、自己捆住自己手脚的做法。这种做法使得很多责任心强、事业心突出的民警大为不解，怪不得公安机关的地位威信急剧下降，曾经那种一听说你是民警肃然起敬的日子一去不复返了。我们以前一个人进村就可以把坏人抓出来，谁也不敢阻碍，现在你几个人进村去传唤一个人，要好说歹说求他到公安机关去，就像请客一样。有的案件，明明有证据证明他参与了作案，可他就是不承认，而他不承认就开展不了下一步的工作，整个证据就不能串联起来，就会造成证据不足，在这样的情况下，你讲得口干舌燥、嗓子冒烟也没用，不下点力度他肯定不愿说。而你一旦动了手，他知道你敢冒着违纪的风险来攻破他，他才不敢对抗，从而老实交代。有的领导往往会说，他不说你就多想想办法呀，从其他方面找证据啊！这没错。但有的案件即使你怎么努力就是从其他方面找不到证据、想不出办法，即使找到部分证据也形不成证据链，非得从口供去突破才能找到其他的证据呀。

"孤证呢？只有孤证你也敢动手吗？"有人提问。

他的话让大家沉默起来。

我暗想，对于那些只有孤证，不能明确指向犯罪嫌疑人的千万不要动手，这样容易造成冤案。

争论归争论，董强副局长几次对那些思想上认可刑讯逼供是破案的一种手段、行为上喜欢动手的同事进行了批评，要求大家加强学习，提高办案能力，严格遵守法律和纪律规定，不能有任何借口和理由去违法乱纪。

领导的话要听，可现在这起案件，不仅有受害人辨认，车上、两人的身上还能提取到相关物证，武彪还这样嚣张挑衅，稍微有些脾气的侦查员怎么不会火冒三丈。

"打呀，你打呀，怎么不敢打了？"武彪得寸进尺，大喊大叫，眼光充满挑衅。

"啪！"我一个巴掌打到他脸上，吼道，"给我站起来，坐得这样舒服，你这个不要脸的家伙！"说罢将他提起来，搬掉他坐着的椅子。违纪违法，我可管不了那么多了！

孟所长、罗东平、靳秋听到动静都走进来。

武彪继续叫道："好，文队，你打我，我要去告你！"

这时围墙外面传来一个中年男子的叫声："你们冤枉我外甥，还打人，我要去检察院告、去纪委告，告到北京去！"

派出所的院子平时是门洞大开，什么人都可以随便进出，而一旦有紧急公务或者抓到重要人犯要审讯、抓了一窝赌博分子要讯问，我们都会把院子大门锁了，否则必定会招来一大波看热闹的、说情的、喊冤的，搞得所队领导应接不暇、焦头烂额。强奸案比其他案件更有私密性，所以我们把人抓进来以后就锁上了铁门。

"这是他舅舅，年轻时也是个称王称霸的人物，不好惹，我们动作尽量小些。"孟所长把我拉到门外好心劝道。

"这样的家伙，不打下他的气焰不知道自己几斤几两！"我气愤不已。我记得听出狱的人说过，所有的犯罪嫌疑人，一旦被关进看守所，最牛的是杀人犯，同监人员都不敢惹他，对他颇为"尊重"。最令人不齿的就是强奸犯，往往遭到狱友的戏弄、嘲笑和"细致入微的审讯"，经常要为他们洗衣洗碗刷尿盆。这些年我也审了不少杀人越货的恶徒、老奸巨猾的油子，没想到今天遇到的强奸犯罪嫌疑人竟如此狂妄。

"南新、龙山一带向来风气不好，邪气太盛，好吃懒做的、抢劫强奸的、以强欺弱的、欺行霸市的、为非作歹的、敲诈勒索的很多，幸好李局在这里当所长时狠狠打击了一下，抓了不少，一些面上的家伙缩了头，但整个社会风气还是没有完全好转。我都想和你们中队联手，加一把劲，把这些歪风邪气再好好整一整。"孟所长说。

"是呀，为官一任，群众没有安全感，怎么说也是对不起自己身上的警服。"我感叹道。说实在的，以前当普通民警真没有这么深刻的理解，只知道把领导交代的工作做好就行。

"曾队长回来啦！"院里几个兄弟叫道。远远看到曾安斌从大门口走进来，我和孟所长连忙迎上去，同时问道："你怎么就回来了？"

"我笔试通过了，在家待不住，回来看看。"他答道。

"回来就好，你看看这个家伙。"曾安斌回来我顿时感到有了主心骨，连忙把案情向他汇报了一遍。他听完点点头，说："我去会会他。"便走进办公室。

一个小时后曾安斌走出来，对我说："这家伙是又臭又硬，一时磨不开。这样，我们四个人分下工，你和靳秋审上半夜，我和罗东平审下半夜，看能否连夜攻破他。"我说好。

夜渐渐深了，整个小镇都沉浸在静谧之中，除了院子里的一盏路灯和办公室透出的光亮外四周一片漆黑。

靳秋拿着笔在纸上一句一句地记录着武彪的基本情况以及他陈述的真真假假的活动。我知道，凭着现有的证据把他刑拘起来没有任何问题。但这么晚了，送到县局去批手续，要依次将法制科、局领导、秘书科、看守所的一干人都从床上叫起来，别人嘴上不说，心里肯定不高兴，天亮后把武彪的内裤、桑塔纳车后坐垫等物证收集起来，他怎么抵赖也没有用。

## 2

下半夜交班后，不知睡了多久，楼下突然出现的几声大叫把我惊醒了。我本能地感觉到出了什么事情，连忙套上一条西装短裤翻身下床，鞋都顾不上穿就跑到门外。站在三楼走廊往下看，只见中队司机小侯和罗东平一前一后往院门外跑去，前面则是像野狼一般狂奔的武彪。

"糟糕，武彪跑了！"我大叫了一声，来不及返回房内穿鞋就赤脚往楼下跑，追到大门口却见小侯站在那里捂着脸，"哎哟哎哟"地叫着，地上有一个摔翻的脸盆和一地热气腾腾的稀饭。我问他怎么回事，他指指河边，说："不要紧，你快去追！"我赶忙穿过马路，追到河边。罗东平指着宽宽的河水满脸歉疚和无奈地对我说："这家伙跳河跑了。"

往河里望去，武彪像条土狗般没命地往前刨着，黑色的头发和白皙的手臂一隐一现。河面有六七百米宽，虽然天气已转暖，平常可以穿衬衣、单裤，但清晨的河水很冰凉，如果这家伙水性不好游不过去，或者发生身体抽筋等意外，别说有人要负渎职的责任，就是家属一哭二闹的索赔，就足够让中队焦头烂额、家底赔光。

"快，快去开车，我们往大桥上绕过去抓他。"我拍了一下已经吓蒙了的罗东平，他立时醒悟过来。这时曾安斌和靳秋也跑过来了。曾安斌一脸怒气，对着罗东平骂道："我叫你们仔细看人，怎么这样不小心？亏你还是个老侦查员！"

我劝道："曾队，河面宽，我们开车追过去兴许还能赶得上。"他很无奈地点点头。

吉普车风驰电掣般往街上奔去。幸好天刚亮，路上行人稀少，如果是平时，满街都是摊位，那就麻烦了。去到河对岸我们要先穿过这一公里多的街道，从南新大桥到达对岸，再在对岸河堤上颠簸一公里多才能到达武彪要上岸的地方。

我们四个人不说话，心里都憋着一肚子气。武彪到现在还没有承认作案，如果出了事，他的家属来要人，我们是脱不了干系的。即使他没有死，逃走了，他的家属故意说联系不上，生要见人死要见尸，这责任也够受的。作为负责人的曾安斌，即使这次考得再好也白搭，并且可能还要受到严厉的处分甚至对渎职的追究，此时他心里的压力可想而知。而作为副手的我，不是我当班时出的事，没什么直接责任，但在面子上肯定是难堪的。

罗东平忍耐不住，结结巴巴地开腔了："刚才曾队说去旁边办公室躺一下，过不久这家伙就说尿急要去上厕所。我开始不答应，后来看他憋得脸上发紫，好像就要拉到裤子里，就开了手铐。我和小侯押着他往厕所方向刚走了几米，他突然猛地推了我一下，就往大门口跑……"

"你为什么不铐住他的双手去解手，这也要教吗？"曾安斌大声说道。他停了一下，又问，"小侯脸上又是怎么回事？"

"追到门口的时候，小侯快要抓住他，这时刚好门口早点店的小丫头端了一脸盆熬好的稀饭过来，武彪一把抢过来朝着小侯身上泼去，小侯被烫了一身，就停止了追赶。"

"人家是临时工，没医保。还好没烫到眼睛，如果眼睛失明就惨了，卖掉中队全部家当也赔不起。"曾安斌停了一下，说，"他脸上不知伤得怎么样了？靳秋你给他打个电话，叫他先去医院检查检查。"

靳秋说："好。我刚才看了他的脸，没什么大问题，就是烫伤了。"

说话间我们已上桥。这里地势高，可以看到武彪此时已游了一大半，像个黑点一样在水中起起伏伏。

"再加把油，加快速度，不然他就要上岸了。"曾队长急了。

河堤是黄泥堆成的，坑坑洼洼，吉普车稍一加油就上蹿下跳，速度反而变慢了。

离武彪越来越近了。这家伙游了那么远，体力消耗也挺大，可以看出他划动的速度比之前慢了很多，河对岸有不少居民正站在他刚才跳河的地方指指点点。我们离他有三四百米远的时候这家伙爬上了沙滩，站在那里喘气。他的贼眼往四周张望，忽地发现了这蓝白相间、正蹦蹦着向他开来的警车，就像打了一剂强心针似的，快步跑到河堤下面，猛地蹦跳几下，爬上了路面。此时我们离他只有两百来米，这家伙一闪身，跑进了旁边一个村庄。

糟了，进村就麻烦了，我暗想。几年前我在东琴派出所工作时也有一次类似的经历，一个涉嫌盗窃的小毛贼被我和毛华追得跳到河里，我俩不会游泳，只好从旁边的桥上绕过去抓他。这小子从河里爬上对岸后开始离我只有五六十米，逃进一个村庄后，我和毛华搜遍了全村也没有把他抓住。之后我总结那次失败的教训，就是当时我们没有把村里人发动起来一起搜捕，仅凭我俩根本没用。

"等下到了村口我们分散进去，发现情况赶快叫唤。"曾安斌吩咐道。

此时村民刚起床不久，家家炊烟袅袅。我问一个在门口带小孩的妇女："刚才看到有人往这边跑过去了吗？"她爱理不理地摇摇头。

这村庄很小，我和靳秋相隔不远，很快就穿过去来到另一头。前面是一片开阔的田野，一里开外还有另一个村庄。武彪是躲在现在的村子里面还是已经跑到前面的那个村庄去了呢？

曾安斌从村子的另一头走过来，一脸气愤和无奈地说："这家伙刚开始离我们就很远，跑得又比兔子快，看来是没办法找到了。"

地面上的小石子将我的脚板硌得很痛，但追捕心切，顾不得这么多了。我不甘心就这样撤退，说："曾队，要不你在这个村子发动群众寻找，我和靳秋再往前追。"

他瞄了一眼我的光脚板，没有表态。

我低头看自己，穿着背心短裤，光着脚丫，一副狼狈不堪的样子。

我不等他做出决定，叫靳秋："走！"立即往前追去。我分析，这家伙刚开始离我们有两百米远，如果留在这里，一旦我们发动群众搜查，他落网的可能性就很大了，所以他往前逃的概率更大，试图尽可能远离我们。

我和靳秋在田埂路上跑着，很快就到了第二个村庄。我要靳秋从村子的左边搜查，注意发现武彪是否会从村子里窜出来或者往其他村庄逃跑，我则从村子的右边搜索过去。村子四周是一片片菜地，抬眼望去前面一公里远才有另外的村庄。武彪游了这么久，体力消耗很大，再加上我和靳秋追赶的速度也不慢，他怎么着也跑不出这个村子了。想到这我打定主意要从这里把人挖出来。

我对村口几个农民说："有一个小偷刚刚跑进你们村子了，可千万不能让他们躲进你们家里，不然老人、小孩就会有危险，你们赶快去自己家里看看，再发动左邻右舍都找一找……"

"你是谁？"他们用狐疑的眼光看着我，似乎我才是一个不速之客。

"我是刑警中队的。"说完我习惯性地想掏工作证，但没带，于是尴尬地笑着对他们说，"请相信我，我认识你们这里的蹲点干部老黄，没有必要拿这样的事情来骗你们。"

一个年长的男子点点头，说："这个后生的话应该是真的，大家快去找吧！"

我又叫上几个小伙子，要他们守在村外，发现武彪立即报告，然后我就往村子里面走去。

我在小巷上穿行，遇见人、看见开着门的就告诉人家情况。我听到靳秋也在村子的另一头发动群众。时间已过去半个小时了，仍旧没有谁向我们报告情况，我有些急了，难道武彪在村里有亲戚朋友，他一闪身躲进人家家里了？

3

我加快速度在村子里走动，不时看看那些无人居住的牛栏、柴草房，甚至到了女厕门口都要大声问有没有人在里面，没有人出声就推门进去查看。

这时，迎面走来一个四十多岁的男子，他停下脚步不作声，朝我旁边的一间柴草房努努嘴。我刚想问他怎么回事，却见他大声对我说："这里没什么人，你不要去看。"说完就走了。

"这人怎么啦？怪怪的，我没问他什么事情，也没去搜查这房间，他怎么这样说话呢？"突然，我明白过来，这老乡是在暗示我这里有情况。他为了保护自己，为了防止以后不遭到报复，不得不用这种奇怪的方式向我表达。

我一阵窃喜，连忙走到柴草房门口。推开门，里面光线昏暗，中间用简易木板隔成了两层，下层竖放着铁锹、锄头等工具，一头黄牛站在那里瞪着圆圆的大眼睛看着我。上层有一人多高，堆满了柴草。门口有一个小窗，我往窗台上仔细一瞧，上面有新鲜的擦划痕迹，估计是武彪这家伙借着窗台跳到上层时踩动的脚印。我不动声色，关上门，扣上搭扣。

我循着靳秋的声音找过去。刚走不远，一拐弯，就看到他和罗东平在与老乡交谈，我连忙挥手叫他们过来。

我把情况告诉他们，兴奋地说："没问题，这家伙一定在里面。"他们两眼放光，跟着我走到柴草房门口。打开门，我们大喊："武彪，快下来，我们知道你在上面了！"等了一会没有动静。靳秋从旁边人家搬了架木梯过来，他和罗东平争着爬上去。两人往上一瞧，武彪伏在草堆上一动不动。靳秋和罗东平像拖死狗一样把他拖下来，扔到地上。为人和善，从不打人骂人的罗东平头上汗气蒸腾，骂道："狗日的，我好心让你去解手，你却把我害惨了！"边说边朝他屁股狠狠踢了两脚，"你还跑不跑？狗日的。"

武彪全身湿透，脚上的鞋子也没有了，他一句话不说，有气无力地摇头。

我把他提起来，吼道："死家伙，河水没有把你冲走算你小子命大，看你还猖狂吗！"

靳秋和罗东平一左一右架着武彪往外走。曾安斌听到情况飞奔过来，抓住武彪湿漉漉的头发，"啪啪"扇了他两个耳光，骂道："你不是有本事吗？现在怎么不跑了？"

武彪耷拉着脑袋，脸色死灰，全身像没了骨头一样松软。也难怪，人家一夜没睡，一早又进行了几百米的游泳和中长跑，五项全能运动都没有这么辛苦刺激，松懈下来哪还有力气站住呢。

上了车我才发觉自己的脚底竟被刺出了血，怪不得刚才隐隐作痛。

回到单位，武彪一五一十对犯罪的情况如实做了交代。末了，他拍马屁说："你们真是厉害，我既想不到这么快会怀疑到我身上，把我抓获，也想不到我跳河逃跑你们竟然会绕上几公里来追捕，尤其是我跑出那么远，躲在村子里你们还不放弃。"

罗东平骂道："不抓到你，我们曾队长的前途没了事小，我和他可能就要代替你去进号子了，你说你这家伙多害人。"

按正常程序，武彪被移送起诉和审判，罪有应得。

几年以后的一天，我走在县城的街上，突然听到后面有人叫："文队，你好。"我回头一看，是武彪，很为吃惊。他说："我一年前已刑满释放了。"我以为他马上要像其他劳改释放人员一样向我诉说这些年的痛苦和委屈，埋怨我们当年对他"心狠手辣"，没想到的是他竟然微笑着说："感谢文队你们对我的教育。那次一时的酒后冲动让我很是后悔，在狱中便好好改造，减了刑出来。"我对他进行了一番鼓励，问他现在在做什么事情，他说和老乡一块承包了一个修路工程，接了些小业务，发展势头可以，希望我有空去他们公司坐坐。我表示感谢，也祝愿他事业发达。

武彪经过劳动改造后能吸取教训，好好做人，踏实做事，相信他以后会有好的生活。但现实社会中我们经常发现有前科人员不思悔改，破罐破摔，在错误的道路上越走越远，直至付出生命的代价，真希望他们也能幡然醒悟，重新做人，走好自己的人生之路。

# 第三十四章　一句话破案

## *1*

曾安斌他们这批干部的任命还是没有正式下来，他有些不安，不时回县城去探探消息。

这天，我正坐在办公室门口翻报纸，有个二十五六岁的小伙子走进中队，对我说要报案。我问什么事。他说他叫胡小亮，昨天从官塘乡雇一个熟人的货车去县城装水泥，车子走到南新镇粮管所路段发现身上的五千块钱现金不见了，这些钱是帮助村里建希望小学的，丢失了他不好交代。我劝他别急，把丢失的经过详细讲一下。

胡小亮说，他姐姐在新州一家公司做董事长秘书，董事长是一个热心公益的人士，在姐姐的游说下同意给她老家村里捐建一所希望小学，但要求钱归她姐姐管理支出，由村里做账，到时交董事长审核，需要钱的时候小亮就会要姐姐汇款过来，由他去取。这是多好的事情啊。

前些天小学建设需要购买一批水泥，姐姐给他转了两万元钱过来，小亮前天先取了八千元。昨天清早，他拿出五千元，再雇了本乡熟人小聪开货车一起去县城购买水泥，剩下三千元藏在家里。车子走到官塘街上时，小聪的一个熟人要求搭车，于是三人挤在前排坐。之后，汽车继续往前开。来到安田街上，熟人下车，又有两个人要求搭车。乡里乡亲的，也不好不给面子，于是四个人又挤在一起往前走。此后，搭便车的人陆续下车，只剩下他俩。可是，在快走出安田乡时又有一个男子在路边拦车。此时小亮想去小解，便下车，让那个男子坐中间，他解完手以后坐到右边靠窗位置。车子开到离南新街不远的加油站，小聪下车去加油，加完油车子开到街上，之前上车的男子离开，车上只留下他和小聪两个人。南新街上过往班车较多，没人搭车了，小亮于是舒展手脚。货车又往前开了一段，小亮摸了摸身上，顿时吓出一身冷汗，钱没了！他当时把那五千元钱用银行扎钱的纸带子扎住，放在裤子右边口袋里。小聪叫他别急，停下车来仔细找。可小亮翻遍了身上每个地方，连驾驶室的旮旮旯旯也找了好几遍也没有发现。

两人坐在车上回忆，沿途陆陆续续有好几个人上上下下，这些人有的是老人，有的是妇女，也有精壮男子，谁会偷他的钱呢？可人心隔肚皮，又能看出是谁偷的呢？

"我还是去报案吧。幸好南路中队就在这不远。"胡小亮说。

"你有没有把钱带出来，莫不是忘了？"小聪提醒道，"还是先回去找找吧，没找到再报案不迟。"

胡小亮蒙了，想想也对，这一路上自己都没有看看钱，兴许就忘在家里呢。

小聪开着车送他回家，在家翻了好几遍也没有找到那五千元钱，只有那三千元钱还在。

他连忙跑到官塘派出所报案，派出所民警听了他的陈述，说你自己在哪丢的都不知道，我们怎么查？

他答道："我认为就是这些搭便车的人偷的，你们找他们一一了解吧。"

"这倒不一定，你还下车解手了呢？难道不会自己丢了呀？"民警一脸不屑，打发他走了。

"我想来想去很不甘心，这钱不能白白丢了，至少你们要帮我查查这些搭便车的人呀。"小伙子有些激动，脸庞涨得通红。

我拍拍他的肩膀，叫他冷静些。从神态看，他丢钱的事应该是真的。我忽地想到了司机，便问道："除了搭车的人，你认为开车的人有没有可能呢？"

"他？应该不会吧，我们这么熟，他已经帮我装过好几次货了。"

"你发现钱丢了想来我们中队报案，他当时是怎么说的？"我想抠细一点这个情节。

"他说别急着报案，回去找找，没找到再说。也很正常呀。"

"我没有说他不正常。这样，你现在回去，叫小聪来这里找我，我向他了解一下情况。"

"那多谢文队了，找不回钱我可怎么向我姐姐、向村里交代呀？"

"你要把其他的钱藏好了，可别再丢了呀。"我提醒道。

他连忙打开提着的一个布袋子，拿出钱看了一眼，说："都在呢。"

"慢着，你把钱给我看看。"我看这些钱似乎很新。

他把那叠钱拿出来，交给我。我接过来一看，果真都是崭新的百元票面，而且都是连号的。

"丢掉的钱就是前面的一叠，五十张。"小亮补充道。

盗窃案属难办的案件之一，而盗窃现金案又是难中之难，主要原因就是现金是没有显著特征的，一般人都是记住钱的金额和票面，谁会去记住它的号码呢？董强副局长就多次说过，我们搞刑侦的，大案要案都不怕，怕的就是盗窃现金案，一个侦查员一辈子能破几个疑难的盗窃现金案就算是有水平了。这个案件虽然目前尚无头绪，但却有一个关键的线索，就是这些钱的号码是可以确定的，我把他手上第一张钞票的号码抄下来，这张钞票前面的号码自然就知道了。

小伙子走了。而我心里对这起案件也有一个大概的推测了。我问在一旁听着的罗东平和靳秋对这件事有什么看法，两人摇摇头，说涉及人员多，情况也复杂，不好判断。

## 2

第二天上午，我正与靳秋在院内闲聊，就看到一个三十多岁的男子走进来，大声问我们："请问谁是文队长？"我答是我。他大大方方地说："我叫小聪，是你要小亮通知我过来调查昨天的事。"我说："好，请到办公室坐。"

我和靳秋带着他走进办公室。说实话，昨天仔细询问小亮后，我对他已经产生了怀疑，现在我就想给他一套"组合拳"，加快审讯进程。

第一拳，高压观察动静。我没有问他话，盯着他看了有两分钟。一般来说，做了坏事的人在这样的压力下会显得很不自然，要么低头、要么避开你的眼睛、要么主动问你找他干什么。但是，这两分钟小聪既不避开我的眼光，也不主动开腔，脸上显得很平静、很自然，或许走南闯北见过世面的老司机都是这样吧。

第二拳，给他讲道理。我说，事情既然出了，我们也不想搞大，你和小亮都是好朋友，何况这些钱还是外地企业家帮我们建设希望小学的，如果人家知道钱被盗了，既会影响他的投资愿望、影响孩子们的教育，自己也良心不安呀。我们的想法就是把钱追回来，不影响老区的形象，不影响工程建设，在这个基础上只要你主动承认、主动拿出来，这事情很好处理。

"文队，你怎么怀疑起我来了？我是来帮助你们调查的，不是来受审的。我可以把我知道的当天的所有事情告诉你，但请不要认为是我偷的呀。"小聪声音抬高，一脸委屈的样子。

"我找你来，不想问别人的情况，我就想告诉你，承认的话好商量，不承认的话我们就依法处理。现在给你机会，否则可别后悔了。"我正色道。

"我没有做，有什么后悔？"他扭过头，不理我了。

"我给你三分钟考虑，三分钟后我就要正式对你进行审查了。"

他哼一声，说："随你便。"

三分钟很快到了，他没有反应，仍旧一脸不屑。

"靳秋，把油墨拿过来，给他按指纹。"我怒了。

靳秋愣了一下，很快明白我的意思，连忙从旁边办公室拿来指纹提取设备。

这就是我的第三拳。我想采取表面是提取怀疑对象指纹，其实是观察他细微动作的方法。之所以不想和他纠缠昨天的具体情况就是要暗示他，我们是很自信的，有充分证据的，否则，凭着他刚才那稳稳的定力，你绝对不可能把他的气焰压下去。

小聪的手指一根根被涂得黑不溜秋。我在旁边观察着，他比刚才冷静了些，按压指纹时却显得有些心不在焉。

按好后，我拿起指纹卡，站到窗前，用手比画着，然后对着靳秋说："你过来看看，就是他了。"靳秋接过来看了看，也说："没错没错，对上了。"

"怎么样，指纹都对上了，你还有什么狡辩的？"我追问。

"怎么对上了？在哪里提到了我的指纹？真是的，想骗我供认。你们这样做小心我向局长告状！"小聪气呼呼地叫道。

"你还告状，我怕你告？我就最后问你一句，承认不承认？"

"我就是没有做！"他几乎吼了起来，脸涨得通红。

"好，你的意思是捉贼捉赃。真是不见棺材不掉泪！行，我会让你心服口服的。"我吩咐靳秋，"要军仔来帮忙看守他，叫上罗东平，我们出发。"

走出办公室，靳秋和罗东平问我去哪？我说去他家搜查。靳秋问："你真觉得是他干的呀？我们可没有什么依据。"罗东平也说："是呀，他家在大山里面，那么远，跑一趟来回要三个小时，别浪费汽油了。"我微微一笑，说："别看这家伙现在嗷嗷叫，似乎很冤枉，但我凭直觉就感觉是他做的。另外我还有其他理由，到车上再说吧。"

车上，靳秋和罗东平一脸疑惑。靳秋说："文景，你刚才那气势太强了，就好像有十分把握似的，可别搞错了，到时下不了台。"

我说："你们别急，我先讲一个古代的破案故事给你们听吧！"

靳秋和罗东平顿时来了精神，催我快点讲。

我说，清朝末年，有一个姓钱的富商原配妻子死了以后，续娶了一个姓吕的做继室，过几年富商也死了，留下一个儿子叫少卿，是前妻生的。钱少卿娶了一个姓杜的女子为妻，夫妻感情挺好。每到年尾，少卿都要雇一个叫阿掌的人开船去乡下收账。这年年关，钱少卿又雇佣阿掌的船出发。黄昏时分，他告别继母和妻子到了船上。谁知到了第二天，钱少卿的妻子忽然听到门外有人高叫："少夫人开门。"叫得很急，杜氏开门一看，门外竟是阿掌，便问起丈夫，阿掌却说我正是要问他怎么到现在还不上船呢！杜氏大吃一惊，当即四处寻找，却毫无音讯，心里悲痛万分。

没想到，阿掌又教唆吕氏状告杜氏，说她谋杀亲夫，毁尸灭迹。县令不问青红皂白，将杜氏捉拿归案，认定她为杀夫凶手。杜氏的父亲就到省里喊冤，大臣端方受理了这宗案件。没想到这无头案端方一审就明白了。

说到这里，我问靳秋和罗东平："你们知道端方发现了什么吗？"

他俩没有细想，摇摇头。

我说："其实端方就是用逻辑推理破案的。你们看，阿掌来钱家叫门，开口就喊少夫人。既然你是来找钱少卿的，为什么不叫他本人呢？这说明什么？说明他知道钱少卿不在家。端方一语道破天机，驳得船夫阿掌哑口无言，只得如实招供。原来钱少卿的继母吕氏不甘寂寞，暗中早已和阿掌私通。为长期通奸，并独吞钱家的财产，阿掌将钱少卿推入河中淹死。只因为一句'少夫人开门'，端方便轻松地侦破了这起杀人冤案。"

"你的意思是你也从小聪的一句话里面推理出了这起案件就是他做的？"靳秋问。

"对。我首先是从小亮报案时提供的小聪当时的一句话里发现了问题，再结合其他情况推理出他作案的可能性最大。"

"哪句话？"靳秋和罗东平急切地问。

"你们看，小聪和小亮是老熟人，小亮钱不见了，小聪这趟生意做不成了，他应该也着急。怎么办？最好的办法当然是赶快就近报案，让警察进行调查，而不是那么远返回家里去找，如果家里没找到又返回来报案，岂不是耽误破案时间；第二，作为嫌疑对象之一，不是你小聪做的，你更应该一同去找警察报案，撇清关系。可他是怎么说的，他说'你是不是没带钱出来，莫不是忘了？你还是先回去找找吧。没找到再报案不迟。'这样的说法不是帮助小亮，反而是误导了他，让本就手忙脚乱、无所适从的小亮更加懵了，胡乱就听从他的话。"

罗东平说："你的分析有些道理，还有其他依据吗？"

"此外，小聪和小亮接触的时间最长，又知道小亮身上带了几千块钱去进货，作案的可能性最大；还有，他还开车去加油。为什么要去加油呢？当然有可能是车子确实没什么油了，但我认为更大的可能性是他去制造藏好盗取的这些钱的机会，就是把钱从他的身上夹塞到汽车的某个不容易被发现的部位。这也是他制止小亮去报案的原因，因为报了案，作为重要嫌疑人之一，我们很可能就搜查他的身上以及车子，这样他就暴露了。另外，凭我的直觉，从他一进大院开始我就发现这个人并不诚实，装作一副与己无关、大大咧咧的样子，问话过程中也发现他并不是一个老实本分的人，属于有一定胆子的。此外，我发现他在按指纹的时候显得心不在焉，似乎在想心事，想什么呢？应该就是在想自己当时在哪些部位、什么情况下留下过指纹。综合以上情况，我认为不要再去找其他人调查，把火力直接对准他就可以了。"

靳秋就笑了："没想到一件这样简单的事情你就说出这么多道理来，看来我们也要向你学习，看看《福尔摩斯探案全集》。"

### 3

吉普车扬起一路灰尘，一个小时后到达官塘派出所。

派出所有两位兄弟在值班，听说我们为这件事而来，摇头说："谁知道这小兄弟丢钱的事情是真是假？是不是他自己想独吞这笔钱故意说丢了？再说，即使丢了，这一路上上下下那么多人，怎么查得清在哪个环节丢的？"

我也不想把我的推测向派出所的同志说得那么清楚，因为他们可能听不进去，便含糊地说："既然小亮来报案了就麻烦你们带路到司机小聪家里去看看，找到了钱当然好，找不到对人家也有一个交代。"

派出所的兄弟就说："既然是你们中队接手了这个案件，我们一定会配合。"

车子继续往山里开，半小时后来到了小聪家所在村子的村口。这是一个景色优美的小村，村口有几棵大樟树，枝繁叶茂，村后是一片片茂密的树林，山风一吹，送来一阵阵草木的芳香。

派出所的兄弟把一个村干部叫过来，带着我们去他家。

小聪家条件一般，一栋不大的两层红砖房，家里没有一个人，村干部找了一圈也没找到小聪的老婆和小孩。

我们等不得，就叫村干部做见证人，开始搜查。

农村的房子大多是这样，物品摆放凌乱，灰尘蛛网遍布，柜子农具笨重，搜查起来很是考验人的耐性和观察力。

我和靳秋、罗东平动手，其他人在旁边观看，二十多分钟后我仨已是大汗淋漓，手上脸上一片污黑。

我正暗暗感到难以搜出现金时，就听罗东平大声叫道："在这里，在这里，找到啦！"我们连忙凑过去，只见他从一床已抖开的新被子棉絮里面掏出一叠崭新的百元钞票。我打开笔记本一对，果真是那些丢失的号码。开始搜查时派出所的兄弟和村干部还是一副看热闹、将信将疑的样子，见钱找到了眼睛立马睁大了，说知人知面不知心，还真是这家伙做的呀，继而对我们露出崇拜之色。

一数，少了两张，罗东平写下搜查笔录，把号码登记好，交村干部签完字，大家就返回。

路上，我们三人很兴奋，毕竟破了一起疑难盗窃案，就看回去后这家伙还如何嘴硬。这时我的手机响了，一看是曾安斌的。他说："我已经回到了中队，你们那边情况怎么样？"我答："很顺利，钱已搜到！"他"哦"一声，说："那就好，我等你们回来。"

回到中队，小聪这家伙低着头，不敢正眼瞧我一下。我说："早要你给个好的态度就是不听，还大呼冤枉，现在还有什么说的？"

他低声下气地说道："文队，对不起，是我错了，请你宽宏大量，从轻处理，家里还有老婆孩子需要我养呢。"

"还有两百块钱到哪去了？"我问。

"昨天回去以后我在乡供销社买了一点烟酒，晚上打牌还输了一百来块钱。"

曾队长把我拉到门外，说："打完你的电话，我告诉小聪钱已经搜到，他就软下来，交代了情况，说是在小亮下车去解手时发现他的钱从口袋里滑出来，落到座位上，于是偷偷捡起来，藏在身上。到南新加油站时怕小亮发现，便假称要去加油，将钱偷偷藏到车斗夹缝里。当小亮发现钱丢了，怕他报警暴露，便出歪主意搞乱他的思想，要他回去找。"

曾安斌还没有说完，靳秋和罗东平就哈哈大笑。曾安斌一头雾水，问："你们笑什么？"

他俩指着我，说："和文队分析得一模一样。"

曾安斌也笑了，说："你们看这事怎么处理？"

靳秋答："这家伙态度实在不好，盗窃数额这么大，应该送局里刑拘。"

罗东平也说："对，今年侦破重大案件和一般案件的任务还挺重的，这也算是完成了一起重大案件了。"

曾安斌一问我就觉得奇怪，按理这么简单的情况还有什么问的，当然是刑拘，但一想，他或许有其它想法，便问："你的意见呢？"

他说："小聪的交代还是可信度比较高，就是捡起小亮滑落在座位上的钱，而不是主动从他口袋里掏出来。这么说就构不成盗窃罪，最多算侵占案件中的侵占遗忘物。"

"可人家解完手还要返回呀，不算是把钱遗忘在车上吧。"我不认同。

"那你说算不算盗窃呢？"曾安斌问。

"这，确实也不是典型的盗窃。"我没了主意。

"侵占罪需要数额较大，这起案件情节轻微、数额也不大，加上他也承认了，要他写个检讨。何况他和小亮本来就是熟人，乡里乡亲，矛盾加深了不好。"曾安斌说道。

"你是队长，你定，我没意见。"我回答。

小聪千恩万谢走了。

三天后小亮来了。他满脸笑容，将一面写有"破案神速 挽回巨款"的锦旗送到我手上，连称感谢，并说他已经把这件事告诉了在新州的姐姐。新州的董事长很惊奇，说没想到你们家乡公安有这么高的侦破水平和刻苦工作精神，还说等学校建好后，过来剪彩时一定要来中队拜访。我们几个听了顿时心花怒放，便假装谦虚地说："董事长太客气了，这是我们应尽的职责。"

小伙子从布袋子里拿出一卷一万响的大地红，在院子里摆了一个圆形，噼里啪啦地燃放起来，来派出所办事的老乡见了，也一个个喜笑颜开。

# 第三十五章　老雕落网

## 1

这年，庐河地区政治生活中出现了一件大事，就是撤地设市，行署所在地的庐河市改称石阳区，红河以东的庐河市河东街道、文峰县宋溪乡以及庐河县整个东路片划为一个区，叫清源区，区府设在河东街道。

清源区的筹备成立让很多人处于十字路口，夜不能寐。有不在那边工作但因各种原因现在考虑过去的，有在那片工作但现在想着离开的。新成立的市政府决定，为避免人心不安，各县市区都暂时冻结人事调动，慢慢摸底，明年再正式进行调整。

我问凌溱溱："文水乡划到清源区，我们两个就将归属不同的县区了，是你申请回庐河县还是我要求到清源区去？"

她答道："还有一年的时间，我们先观察一下，到时再考虑吧。"

曾安斌的笔试面试总成绩排在他报考的交警秩序科科长的第一名。应当说，按照这样的成绩他是稳操胜券的，可又有风传，说有人告他这事那事。对这些事情我不愿去问，也不去打听，毕竟很敏感。但是这次竞争上岗全部成绩出来了，人员却迟迟没有确定下来，他心不在焉，仍旧不时回县城去探探消息。

曾安斌不出意外就要调走，谁会在这里主持工作呢？这段时间每次去县局遇到熟人，或者机关下来的领导、兄弟看到我就会笑着说："文景，恭喜你呀，马上就要主持工作了。"我在心里把全局可能的人员轮了一遍，觉得还是自己在这里主持工作的可能性更大，便也淡淡一笑。转而又想，经过上次提拔前的突然变化，那张纸一天不下来随时都可能发生意外，谁敢说一定是我在这里主持工作呢？

2

大家还记得老雕吧？这家伙 1998 年秋天伙同他人在方城乡持枪抢劫面的，再用面的拦截过路货车，后来又抢劫太宁县面的司机老郑，1999 年正月初十持枪抢劫的士，在县里犯下了累累罪行，之后便销声匿迹。

2000 年 6 月的一天傍晚，孟所长把我和曾安斌叫到办公室，关上门，小声说："下午有个从外地回来的朋友偷偷告诉我，说老雕这家伙二十多天前在一次清查中被新州福安区一派出所抓了，他的家人在凑钱想去办取保，也不知道现在释放了没有，你们是不是派人去查一下？"

曾安斌说："这条线索很重要，肯定要派人去，不过案子归大案中队负责，我向大队领导报告一下。"

当晚我接到通知，明天一早和杨副大队长、小辉出发去新州，对外就说是去外地学习。其实得到这个消息后我就猜到领导会点我的名，因为老雕一伙的案件之前一直是我主办的，情况最熟悉。当然，自己主观上也想去会会这个几年间制造了多起大案、一直逃之夭夭的黑恶头子，看看他到底是三头六臂还是智商超人。

第二天一早，杨副大队长和小辉开着大队的那台帕拉丁吉普车到南新来接我。要说出差，大队只有这台车可以跑长途了。

一路上很自然地谈及这起案件。杨副大队长说："文景，这个案件是立在大案中队的头上，但真正熟悉全案的人是你，所以老雕还没被释放的话你主审，要想办法突破他。"

在大案队时为掌握老雕的下落，我曾经和小辉以派出所要对两劳回籍人员现实情况进行掌握的名义，在南新派出所军仔的带领下去过他家一回。他家位于南新镇李家村中间的一栋黑漆漆的老房子里，父亲是个老篾匠，黝黑的脸上一副饱经沧桑的样子，一看就是个经常走村串户帮人做工的诚实农民。从长相看,老雕是他的翻版。老头脸无表情,对这个坐过牢的儿子很冷淡,说自己不知道他的情况,自己没有这么一个儿子。他还指了指正在旁边帮着做竹笼子的一个十六七岁的少年,说:"那个才是我的儿子。"

我相信这位可怜的父亲的说法。一个丧心病狂犯下如此大案的家伙,天天在外花天酒地,怎么可能会听老父亲的话呢,怎么会把自己的行踪告诉家里人呢?

其实,之前老雕涉案的证据并不多,仅仅是两个受害人、一个证人对他的指认,以及老郑听到有人叫他外号"老雕",所以一直想多获取一些证据。为此,我们在南新一带布下了眼线,搜集这家伙的情况。

据调查,方城乡胡芳木和老雕是狱友,两人同穿一条裤子。胡芳木这家伙两年前黑吃黑打死另一恶势力团伙成员,一直在逃。1999年4月,新州警方将他抓获,豹子和同事去押解,返回县里的路上,在一路边小餐馆吃中饭时,豹子将铐着胡芳木的手铐从后面换到前面。谁知表面上服服帖帖的胡芳木趁着豹子他们不备,突然蹿出门去,戴着手铐搏命地往附近的山上逃去。豹子体胖,但此时却像服了兴奋剂一样一边大喊站住一边疯狂追赶。跑出几百米,胡芳木一个趔趄,栽倒在一个水沟里。豹子迅速赶过去,将他揪上来,踢得他满地打滚,之后还不解气,将他的脚背踩得皮开肉绽。

我猜测胡芳木应该参与了老雕等人的案子,即使没有他也应该知道老雕的事情,多一个旁证也好,于是在他被押回来后去提审过两次。但是,任我旁敲侧击,反复教育,这家伙就是摆出一副正人君子的模样,说:"之前杀人的事是我做的,我承认。至于别人的事我不知道,即便知道也不会说。"看着他那双被豹子踩得肿得像包子一样的脚,我气得大骂:"你他妈就是贱,好歹不识,当时怎么没把你的脚踩断呢?"

在我调到南路中队前不久,胡芳木的二审判决下来了,维持原来的死刑判决。我觉得这是个好机会,"人之将死,其言也善",何况如果他有重大自首立功表现应该会有从轻判决的可能，现在去做工作，他或许出于求生本能会配合我们，说点有价值的东西，于是再次与小辉去提审他，结果仍旧一样，这家伙见了棺材也不落泪，对其他事情既不承认，又不愿提供任何线索。之后，我们眼睁睁看着他将秘密带进地狱，无可奈何。

而飞狗的落网，才算是加强了老雕作案的证据。1998 年 6 月，也就是胡芳木被抓回来后两个月的一天下午，庐河市公安局二街派出所孙副所长押着一个上了手铐的家伙走进大队。据他介绍，被铐着的家伙外号叫飞狗，是方城乡茶山村人，前几天伙同他人在市区抢夺一妇女的金项链被巡逻民警当场抓获，他交代自己家里还藏有一支手枪，希望主动交代能得到从轻处理。

我上了孙副所长的吉普车，坐在后排飞狗左边，配合他们进村搜枪。

老雕在南新、方城一带作了这么多案件，成了我的一块心病，而身边的飞狗比他小不了几岁，在这一带打流的人应该都相互认识，我想从他身上挖出点情况来，于是问他认不认识老雕，他说认识，但没在一块玩。

去茶山村要过渡，吉普车被渡船运过河后又在弯弯曲曲的山路上行走了一个多小时，到达茶山村外。此时四周一片漆黑，只看到黑黝黝的狰狞山影，听到风吹树木发出的呼啸之声。

村里只有几户人家，关门闭户，偶尔传出几声狗叫。飞狗走到家门口，叫门。门开了，飞狗父母看到他双手被铐，很为吃惊，女人拉住他边哭边骂："你这死仔，平时教育你多少，又犯了什么法呀？"

我告诉她："他抢劫了。"

孙副所长更着急，说："有什么事明天到市里来说。飞狗，你快带我们去把东西拿出来。"

飞狗磨磨蹭蹭，我推他一把："快点呀，还要赶路呢。"

飞狗走进里屋翻找起来。孙副所长在一旁紧紧盯着他，我明白孙副所长的意思，只要有枪就立即控制住，别让飞狗先拿到了。我想，孙副所长这下要破大案了，缴到一支真家伙多不容易呀。

飞狗摸索半天，一无所获，扭头问："爸，妈，我那支枪你们放哪了？"

他父母答道："哪有什么枪？谁看过你的枪？"

孙副所长知道被骗了，气得肺都要炸了，当场骂道："你他妈耍我们呀。知道押你出来多不容易吗，看我回去怎么收拾你！"

出门，孙副所长和同事押着飞狗走在前面。就要上车了，突然听到孙副所长大喊一声："给我站住，站住！"我大惊，只见黑暗中飞狗像一条黑犬般在田埂上狂奔。孙副所长和两个同事趔趔趄趄在后面追，我赶忙追过去。跑了几十米，我停下脚步，拔出屁股上晃荡的五四手枪，稳稳神，上膛，叫道："再跑就开枪了！"说完就朝天"啪啪啪！"连开三枪。枪声在幽静的山谷里回响，显得格外刺耳。以往都是在射击场上练习，这可是我从警以来第一次在处警中开枪。枪响时我并不紧张，打完后心脏却突突地跳个不停。这时就听到远处孙副所长等人的叫嚷声："叫你跑，叫你跑！打死你这兔崽子，打断你的狗腿！"

我迎上前去，却见他们三个人押着飞狗一路骂骂咧咧走来。飞狗双手反铐在屁股后面，脸上身上满是泥浆，一股腥臭味。孙副所长他们也很狼狈，有的打赤脚，有的同样泥污满身。

车子开动，孙副所长大骂："他妈的，从市里出来时我就觉得你小子是骗我们，你还信誓旦旦。这下好，我非要加你个脱逃罪不可。"

飞狗哼了一声，说："要不是听到枪响脚打软，摔一跤，我就真的逃脱了。"这时我才明白，原来那枪声还真有这么大的震慑作用。

孙副所长狠狠打了他一巴掌，骂道："我今天没带枪，带了就当场把你小子给毙了！"

飞狗不再作声。

我对飞狗说："你今晚的事确实做得不对，要想从轻处理还真要配合我们，要有立功表现啊。"

他慢慢抬起低垂的头，说："好吧，天亮后你到市看守所提审我，我给你谈一谈老雕的事情。"

不管这家伙是想忽悠我还是怎么着，一上班我就向洪副大队长汇报了昨晚的情况，并提出了去提审他的想法。

洪副大队长说："要吸取豹子押解胡芳木那次的教训啊。以后我们带人出去取赃、指认现场，没有特殊情况一定要把人反铐起来，这样他就不敢跑了。"

我和小辉来到二街派出所，孙副所长立即安排人带我们到看守所将飞狗提出来。飞狗反映，老雕和他以及胡芳木都是狱友，经常在一块玩。这次他刚跟老雕在新州分开，想回家去，可是下了车身上没钱了，就想抢点钱给父母有个交代，不想一作案就被巡警抓了。飞狗听老雕说过，他和胡芳木带着两三个湖南人回到家乡几次，每次抢到一些钱物后就逃回广东隐藏一段时间。说到这飞狗突然停嘴，从水泥凳上站起来，朝我屁股上望了望，说能把你的枪拿出来给我看一下吗？

我很警觉，问："你干吗？还想听听昨晚的枪声吗？"

他抬起戴着铐子的手在腰上抓抓痒，说："老雕也有一把你这样的手枪，铁家伙，我摸过的。"

"你骗谁，他能弄到真枪？"小辉故意逗他。

这些年，从一些沿海地区回来的打工仔、小老板在和我们聊天时经常会说到当地的治安，说那里的枪支如何泛滥等等，我们总是持怀疑的态度。联想到正月初十被抢出租车的老王也说老雕的枪是真家伙，我这下不得不相信飞狗的话了。

"老雕具体是怎么作案的？"我问。

"他就说和胡芳木等人去租车，在半路上抢劫司机，有一次还动了枪，结果车子翻到沟里，他们吓得往山上跑了。"

"这些案子你参加了没有？"小辉问。

"我没参加，当时我在新州一个亲戚的厂里打工。"

"老雕住在哪里？有没有他的电话？"

"他居无定所，平时就知道敲诈一些打工的老乡，人家一发工资他们就去收保护费，不给就叫湖南帮去打人。我没有他的电话。"飞狗答。

老雕一伙作的这些案件之前只有受害人、目击证人对相片的辨认，没有其他旁证，飞狗的指证无疑给老雕套上了重重一环。

3

杨副大队长说我是最熟悉老雕案情的人确实不假，案件未破一直是我的一块心病，案卷中的每份材料我都看过好多遍，烂熟于胸。至于审讯策略确实要好好琢磨一下，毕竟我们现有证据不是很充分，加上这样的家伙哪会轻易交代，胡芳木不就是这样软硬不吃吗？

我说："杨大放心，审讯的事我肯定会想办法。"话虽这么说，想到胡芳木这家伙死到临头还在讲哥们义气，如果老雕也是一个那样的人，我的脸就丢大了，这些年破大案积累下来的一点名声就没了。这个系列大案侦破不了，毁在自己手里，一辈子也会遗憾的呀！

我忽地想起今年年前杨副大队长等人到了新州一趟，想摸摸老雕的下落，可是回来之后他们似乎有什么难言之隐，对那次出行不愿多谈，我也就没去了解，这次和他一起出差正好了解一下，便问道："杨大，你们上次去新州的情况怎么样？"

"唉，上次去新州也是失策。你看，有方城所的张所长、南新所的孟所长、你们南路中队的曾队长，加上我共四个人，都是单位一把手，人还没出发风声就已经传到新州了，怎么抓得到人？"杨副大队长摇起头来。

"我们上次去，也是有人反映说老雕就藏在新州福安区光华镇的一个老乡那，那个老乡别人都叫他南哥，据说是南新人在新州的一个黑社会头头。当然，这家伙在我们县里没什么案底，所以大家没关注他。我们到了新州以后，刚住下来，还没开展调查，就有熟人找到我们，说南哥要请我们吃饭。我们大吃一惊，知道行程和目的都被他们掌握了。接触他没什么意思，但不接触他什么情况也不知道。不入虎穴焉得虎子，或许通过他还能了解点信息呢！大伙一商量就答应了。我们决定，如果交谈发现南哥有窝藏老雕的嫌疑，就把他带到当地派出所去逼他交出老雕。"杨副大队长开始介绍情况。

我插嘴道："你们为什么不与当地派出所联系，暗暗查一查呢？"

杨副大队长摆摆手："我们出来的目的被他们知道了，老雕即使在他那里这下也跑了。再说，没有什么证据可以抓南哥，也没有什么法律手续可以抓老雕，当地派出所当然不便开展协助工作，人家新州公安还是很讲法制的。"

"后来呢？"小辉边开车边问坐在副驾驶位置上的杨副大队长。

"当晚，南哥安排了一个包间请我们吃饭。刚开始大家心照不宣，只当是请家乡来的公安人员吃饭，慢慢聊到他在这里做什么，平时都和哪些老乡来往，孟所长之后直接问他看到老雕没有。他回答老雕以前到他公司做过事，两个月前离开，不知道去哪了。我们都说有人反映前不久还有人看到他在你公司。他说别人是胡说八道的。喝了几杯酒后我们都感觉这家伙在撒谎，我就吓唬他不要包庇老雕，否则会惹火上身。他仍是一脸笑容，说领导放心，我不会做违法的事。把我们气得没办法。"

"趁着南哥出去接电话的时候，我们四个人紧急商量了一下，决定还是不抓他，以后再说。第二天就听别人说，幸好当时我们没有动手，不然就要出大事了。"杨副大队长停了停。

"怎么啦？"我和小辉迫不及待地问。

"原来这是一场鸿门宴。就在隔壁，南哥安排了另外一桌人，他们带了两支短枪，如果我们抓南哥的话他的小弟们就要过来抢人，真这样的话就要发生火并了，好险啊！"

"所以这次我们要立即出发，不让任何无关人员知道，否则传到南哥等人耳朵里，我们即使把老雕抓了，在路上也有被劫走的危险。是吧，杨大？"小辉笑着说。

"是呀！所以这次去新州我们不要告诉家里人，也不要告诉县里、新州的亲朋好友，否则容易走漏风声的。"杨副大队长答道。

车子开得飞快，轮胎在地上摩擦，发出沙沙的声音。

小辉突然问道："杨大，文景这次在南路中队主持工作应该没问题吧？"

杨副大队长略微停了一下，说："估计没问题。曾队调去交警队是板上钉钉的事，总是要走。文景在局里的工作能力有目共睹，董局也放心，怪就怪在曾队他们的任命怎么一直没有确定下来……"

"文队正直稳重，能文能武，去年没提拔就吃了亏，这次领导应该考虑了。"小辉微笑着说道。

我默默听着他俩讲话不表态，心想，来南路中队两个多月，破了好几件大案，领导也认可，从全局中层干部来看也确实没有合适人选能接上南路中队负责人的担子，加上这一片的大要案太多，社会情况很复杂，一般人也不愿意接这块烫手的山芋，况且目前没听说有谁来接手的传言。

## 4

经过十二小时的连续奔波，我们于晚上九点赶到了新州福安区光华镇。休息一晚后，第二天上午十点一路询问来到抓获老雕的派出所。派出所周边环境并不好，一横一纵两条水泥路交叉，两边都是些三四层的厂房，旁边的农民楼高高低低，阳台上挂满了各式各样的衣服，整个外环境给人脏乱差之感。派出所更糟糕，只有一栋7字形的两层铁皮房，院内散落着大量建筑材料，据说所里要建新房。

说明来意后，分管刑侦的副所长说："老雕这家伙是在这一带活动，听说和一伙庐河县的烂仔混在一起打打杀杀，我们还没掌握充分的证据。二十多天前，在清查暂住人员时我们的民警发现他和另外三个人在出租屋里打牌，检查房内物品发现床下有一把仿五四手枪。审查这四个家伙，谁都不承认是自己的。因为房子是老雕租的，最后我们就以涉嫌私藏枪支把他刑拘起来，其他人都放了。所里已报了取保候审，昨天送局里去审批，分管局领导不在，不然人已经放了。幸亏你们来得及时，我现在打个电话给小朱，看他今天去没去局里办审批手续。"

我们三个不禁愕然，小辉的嘴张得大大的，而我则心跳加速，心想，妈呀，这到嘴的老雕可千万别再飞了啊！

副所长放下电话，说："还好，小朱在去分局的路上，我把他叫回来了。"

小朱个子不高，二十八九岁的样子，长得很精神。他说："老雕这家伙就是厕所的石头，又臭又硬，到现在什么都没交代，也不承认枪是他的。他几个社会上的兄弟托人来要求取保候审，说交多少钱都行，我们一直没答应，眼见还有两天就满一个月，只好答应了他们的要求，取保金都收好了。如果需要就移送给你们，省得这家伙在我们这里闹事。"

下午，小朱带着我们来到位于特区检查站民乐关口旁边的福安看守所。看守所戒备森严，走进去却发现里面在搞装修，审讯室早已"客满"。我们在走廊上等候空位，里面闷热难耐。好不容易轮到，却见室内装有窗式空调，虽然不给力但还有一丝凉意，比我们县看守所那只能扇热风的转页吊扇好多了。

远远就见看守员押解一个戴着手铐、高约一米六五、身形偏瘦的年轻人过来。走近看时，只见这人大大的脑袋、鼻宽口阔，特征最为明显的就是那对深陷的眼窝。这个形象已在我脑海中刻印了好几年，虽未见真人，但与相片一比较就确认无疑。我暗想："他妈的，这么个猥琐样竟然在家乡翻江倒海，连作大案，搅得我们这两年不得安宁。"

坐定后，老雕一脸狐疑地看着我们，露着勉强挤出的微笑，或许他在想："是来通知我出狱吧。"我紧紧盯着他那双深陷的小眼睛，按照事先确定的策略，用家乡话说道："也不跟你兜圈圈，说实话，我们是庐河县公安局刑警大队的，这是杨副大队长，我是南路中队的副中队长，姓文，这是大案中队的小辉，我们找了你好些年，今天总算是见面了……"

老雕刚才的笑容瞬间消失，脸色变得煞白，手不自主地抖了一下，手铐发出叮当碰撞之声。他回过神来，说道："哦，是你们啊！找我有什么事？我都要出去了……"

"老雕，你要认命，常在河边走，哪有不湿鞋。你看，你本来是可以取保的，但我们一来又出不去了。"我蔑视地朝他笑笑。

"我在老家又没犯什么事，找我干吗？"他回道。

"你也是坐过几次牢的人，有经验，没有证据我们会千里迢迢跑过来找你？天气还这么热。"

老雕低头不语。

我从小辉放在桌上的烟盒里抽出一支，凑到老雕面前，对他说："来，抽支烟，慢慢想几分钟。"老雕接过烟，我帮他点燃。他深吸一口，慢慢吐出烟圈，不时用眼睛瞟我一眼，很明显，他在做思想斗争，知道自己犯下的是重罪，一旦交代了要受到严惩。两分钟后，老雕说："我确实没有做什么坏事，你们恐怕搞错了。"

"你别以为自己做得多么隐蔽，你看你的特征，太明显了。"杨副大队长点他一句。

老雕再次沉默。

"还有，你的好伙伴胡芳木、飞狗都被抓了，你以为别人都跟你一样顽固吗？"说完这句话我又笑起来，老雕的脸色更加难看了。

"这几年你在家乡连犯大案，策划的都还不错，有胆量、有水平，是近几年我们遇到的最强劲的对手，不错，是高手。"

我故意捧了老雕几句。我知道，像他这样穷凶极恶、受过多次打击的家伙，跟他硬碰硬往往会陷入审讯僵局，而说几句好听的话却有可能让他忘乎所以。

"唉，什么高手，还不是被你们发现了……"老雕说完这句似乎发现自己说错了，但想收回来已经来不及，"文队，你才是高手。我听南新人说过，你在县里是一个侦破高手，今天真正见到你人了。"

"你听说过我？"我有些吃惊，因为我才到南新镇两个月。

"当然听说了，我们这些人虽然在外面，家乡的人和事也会去了解。"

"是啊！所以你向我们文队交代也不算是丢脸啊！"杨副大队长接过他的话茬。

"我本来策划得很好，每次从广东回去作案，一做完立即返回，前后不过两三天，绝不留下什么痕迹。我都不知道是怎么被你们发现的。"他停了停，说，"既然胡芳木、飞狗都被抓了，我也不隐瞒了。"他接过小辉递过去的烟，一副无奈的样子。

接下来我用了整整一个白天的时间，将老雕伙同胡芳木等人作案的经过写了个详详细细，连快餐都是小辉到外面去买的。

老雕抓到了，口供突破了，这几年与他的猫捉老鼠游戏也结束了，我的心情一下轻松了许多，说："小辉，剩下几个逃犯就是你们大案中队的事情了。"杨副大队长也高兴，嚷道："晚上约了一个朋友，是上市公司的老总，请我们去市里吃个饭。"我和小辉连连称好。我随口问道："杨大，什么是上市公司？"

他边笑边摇头："人家都说你文景爱学习，我看你的知识面还是不够宽呀！"

小辉笑了："术业有专攻，我看文景队长只能在刑侦线上走到底了。"

傍晚，我们来到了新州有名的绿景城，杨副大队长的朋友把我们安排在绿景城里面一家整洁气派的宾馆住下，大堂灯光璀璨，富丽堂皇，和我们昨晚住的老旧旅社形成鲜明对比。来往旅客个个风度翩翩，彬彬有礼。站在房间落地窗前放眼望去，整个绿景城掩映在一片片郁郁葱葱的树林之中，生机盎然，人就像居住在森林里面。远处有一栋十多层的高楼，整个楼体上画有蓝色的翻滚的波浪和白色的海鸥，更彰显这海滨城市的韵味。

"生活在这里的人该是多么幸福啊！"我自言自语。我们老家，除了山还是山，黄泥路、旧房子，反差真是太大了。

这时杨副大队长叫我们上车去吃饭。他的朋友杜总开着车，带着我们拐上了滨海大道。路上车辆不多，两边是高大茂盛的热带植物和裁剪成方形、菱形、球形等各种形状的灌木，一排排勒杜鹃姹紫嫣红，鲜艳似火，与此刻天边的晚霞一样热情夺目。左边是新州湾，三三两两的行人在海边或走或立，一片安定祥和。海水蓝蓝的，微微泛波，面对宽阔的大海，心胸也觉得宽广起来。

吃完晚饭，杨大去杜总家参观，我和小辉无所事事。

"去哪呢？"小辉坐在驾驶位上扭头看我。

"你说呢，我也没有主意。"我望着窗外璀璨的灯火。

"听说新州是个开放的城市，要不要去哪里放松一下，松松骨、泡泡澡？"小辉一脸坏笑。

"人生地不熟，千万不要乱跑。"我知道小辉是开玩笑，"我们沿着新南大道兜风吧，看看这不夜城的风光。"

小辉说好。

新南大道上车辆不多，道路极为宽阔，两边是霓虹闪烁、鳞次栉比的高楼大厦，路中央用高大的棕榈树或者修剪整齐的灌木隔离，一派现代化大都市气息。随着景色的不断变化，我的眼中充满羡慕之光，都是一个国家，为什么生活环境会相差这么大呢？

小辉边开车边赞叹："新州呀新州，你太美了！要是我能在这里工作，就是干一辈子巡警也愿意啊。"

我哼了一声，说："我们这辈子是没这个福气了，在这里你我都是匆匆过客。"

## 5

第二天上午十点，我们正准备去看守所把老雕提出来押回老家去，杨副大队长突然接到一个电话，他听着听着脸色变得阴暗下来。他告诉我们，曾安斌来电话，说南新镇江南村一个村民来报案，他失踪半年的十八岁小女儿昨晚偷偷给村干部打电话，说自己在东江打工时被人强行绑上车，拉到潮海县某乡镇，卖给一个叫海佬的人，在他开的发廊里卖淫，要求家人赶快去救她。曾安斌希望我们能去一趟潮海县，解救这个女孩。

"本来可以马上回去，现在又多出这么个事，大家又要辛苦了。"杨副大队长说，"我们马上出发，往潮海县赶。"

"唉，早知道昨天返回就好了……"小辉苦笑一下。

"你们返回可以，我可能走到半路上又要被叫回来。"我答道，"嘿嘿，幸好还没有出发。"

事实上，这个小女孩被绑架或者说被强行卖淫，从发生地和结果地来看都不属于我们家乡管辖的案件，但是，老百姓找上门，要求我们派人去解救，这是对家乡警察的信任。我们如果置之不理，从法律上可以，但从对人民群众的感情上，从维护公安机关与当地群众的关系上，从树立刑警的良好形象上来看我们又必须去做。

潮海县离新州有近三百公里，高速路上车辆稀少，小辉驾车一路疾驶，大喊道："这样开车就像开飞机一样，真是太爽了！"

几个小时后，车子右边出现了一片白茫茫的大海，一眼看不到边。海面上帆船点点，海鸥滑翔，岛屿星布，如画一般。看着这美景，心情轻松了不少。

汽车在下午五点多到达潮海县，左问右问找到了县公安局。刑警大队只有两名同志在家，其他同志都下乡办案去了。请示领导后，其中一个二十七八岁姓徐的小伙子说就由他来配合我们解救这个女孩。出发时已是天黑，汽车很快走上一段靠山临海的小路，吉普车射出的雪亮灯光里不时出现陡峭的山壁和高悬的海岸，小辉抿着嘴，全神贯注地开着。一个多小时后来到了一个派出所，小徐用当地话与民警交谈，然后告诉我们，海佬是当地一个无赖，之前就因为在县城组织、容留妇女卖淫被处理过。这家伙如今在街头开了一家小发廊，里面有两三个洗头妹。当地民警说，这里地域偏僻，经济落后，很少有外来务工人员，开个小发廊根本没什么生意，没想到海佬利令智昏，竟然会将良家妇女绑架或者收买过来卖淫。大家商定，女孩解救后由我们迅速带走，海佬就由他们当地处理。

派出所离街上还有一段路，为防止别人发现我们的行动，当地一个民警带着我们往街上走去。之前我看了不少解救被拐卖妇女的案例，大多在行动中遇到村民的围攻和暴力阻碍，有的民警甚至因此流血牺牲。现在我们会不会也遇到同样的情况呢？我提醒小辉要谨慎一些。

到达海佬的小发廊附近，借着夜色我和小辉先过去侦察。偷偷往发廊里面瞧去，房内光线昏暗，只有一个五六平方小厅和三间小房，一个十八九岁小女孩坐在厅堂椅子上整理着手指甲。观察了几分钟，见只有她一个人，我和小辉走进去，女孩有些惊恐地看着我们，不作声。我觉得可以用家乡话试探一下她到底是不是我们要找的人，如果不是也不会暴露我们的意图，于是问道："你是南新人某某？"女孩木讷地看着我，欲言又止。我一时不好判断是不是她，但既然已开腔，就必须搞清楚，于是又问道："你不是打电话给村干部，叫我们派人来救你吗？"女孩顿时眼睛红了，连连点头。"那你现在赶快跟我们走吧！"小辉急了。女孩连忙从房间里抓了两件衣服，跟着我们往外疾步走去。

走了不远，我们和杨副大队长等人汇合了。我简单说了店里的情况，派出所的同志说，你们赶快开车把人带走，剩下的事情由我们来处理，否则海佬发现了，纠集一些人来阻拦可就麻烦了。

没想到我第一次办理解救妇女案件这么顺利。

回去的路上，我问小姑娘："你真的是被人强行绑到车上被带到这里的吗？"她点点头，很快就开始低声哭泣。我们对她好一阵安慰，慢慢地她不哭了，抹着眼泪说谢谢警察叔叔。我问海佬去哪了，她说他刚刚带另外一个女孩去卖淫了，就在街头不远的一间民房里。

"那他不怕留下你一个人会跑了吗？"杨副大队长问。

"他不怕的，这里只有一条外出的路，晚上又没有车出去。何况他很凶，也不给我们一分钱，逃不了还可能会被打死。"

"你在哪打的电话？"杨副大队长又问。

"那天，我趁一个嫖客不注意，偷偷用他的手机拨了我们村主任家里的电话。这里人生地不熟，饮食不习惯，还要帮他洗衣做饭。幸好你们来了，不然我可要死在这里了。"她说完又哭出声，"还有另一个女孩，她很可怜，被打过几次，也是海佬买来的，你们要去解救她……"

小徐点点头，说："好好，一定会的。"

回到潮海县公安局刑警大队已将近晚上十二点，小徐给小姑娘制作了问话笔录。

我想了想，把小徐拉到一边，说："你看，一个花季女孩，就这样被人强行绑到远离家乡和亲人的地方，被逼着卖淫。好端端的一个人就这样被人糟蹋，给她制造了多么深重的身心创伤，这不是畜生做的事情吗？！"

"哥，你的意思是？……"小徐看着我。

"我的意思就是你们一定要严惩这样的人渣，千万别放过他！"

小徐看我满脸悲愤的样子，说："哥，你放心吧，人心都是肉长的，我一定好好办这起案件，绝不放过这个畜生！"

县公安局没有地方休息，带着这个女孩子去宾馆住宿既不方便又怕不安全，杨副大队长就说我们还是连夜赶回新州去。小辉虽然很疲劳，心里不愿意，但情况如此，也只得服从命令。

一夜不停地行军，上午八点多我们赶到了新州。在被解救出来的路上小姑娘与家人取得了联系，报了平安。我们问她是否打算和我们一起回老家，她说姐姐在新州市龙翔区绿湖镇一个工厂打工，可以先去姐姐那里。回到新州后我们帮她联系上姐姐，约定在绿湖派出所门口见面。小姐姐带着几个老乡过来，姐妹相见，哭得稀里哗啦。人被安全移交我们的任务也就完成了。离别前，小姑娘眼泪汪汪，和我们挥手告别。

我此时车技不好，一路上不敢开车，杨副大队长和小辉疲惫不堪。我问杨副大队长，是不是休息一天再走。他说家里、单位好多事情要处理，还是抓紧时间赶回去吧。

我们再次来到派出所，和小朱一起赶到分局办好手续，再到看守所把老雕提解出来，戴上手铐脚镣。

出发时已是中午了，我们沿着国道往回赶。我和老雕坐在后排，为减轻他紧张不安的情绪，消除他意图逃跑的心理，一路上我们不和他谈论案件的事情，只是聊他在新州的生活和所见所闻。不管之前知不知道的，我都假装很好奇，他反而更加有劲，一路讲个不停。

下午两点多我们找了一家人员稀少的路边餐厅吃饭，老雕拖着脚镣叮叮当当地走进去，在靠里面的位置坐下。正在吃的时候曾安斌打我手机，我走到门外接电话。他问："你们现在在哪里？"我说正在回来的路上，明天可以到家，有什么事吗？他嗯了两声，说："没什么事，等你回来再说吧。"我说好，挂了电话后心里不禁犯嘀咕。走到桌旁，我告诉杨副大队长，说曾安斌打电话来，没说什么具体的事，不知道他什么意思。

路途遥远，走走停停，到达广东北部的一个小县城时已是晚上七点多。将人羁押在当地看守所，我们美美睡了一觉，次日下午四点多回到了家乡。我虽然不用开车，老雕手脚也被铐住，但坐在他旁边要时时提防他的一举一动，一路上根本不敢睡觉，很是疲惫，将人交给大案队的兄弟后我连忙赶回家呼呼大睡。

## 6

刚睡不久就接到曾安斌的电话，他问："你们回来了吧？"我说是。他说："我的任命下来了，后天去交警大队报到。知道这次你是怎么安排的吗？"我一惊，难道情况有变？连忙从床上坐起来，说不知道。他缓缓说道："东路中队撤回，与南路中队合并，东路中队的邱波到这里主持工作，你调去城关中队，仍旧任副队长。"我不禁愕然，世事难料，出一趟差，就几天工夫，情况全变了。

"东路中队为什么要撤掉呢？"我问他。

曾安斌说："东路片要划给清源区，东路中队中大多数同事不想留在那边，要回县里工作，于是找领导要求撤回来。"

我问："市里不是要求各县区冻结人事变动吗？等到明年再进行人事调整。再说，现在刑事案件是由责任区刑警中队承担，把东路中队撤回，东路片的刑事案件归谁负责呢？"

曾安斌叹口气，说："这些问题我也不知道怎么回答。"他停了停，又说："是这样，明天我要和邱波进行一些工作交接，董局要我通知你也过来。"

说实话，辛辛苦苦破了这一系列大案，把人也押回来了，到家后听到的却是这样始料不及的消息，我很不高兴，便说："那就你们两个一把手交接吧，我在南路中队只工作了两个月，没什么必要参加。"

曾安斌劝道："文景，我们一块工作这么长时间，彼此熟悉，你的为人和工作能力我都了解。说实话，我知道你受了委屈，个人也希望你在这里主持工作，但是局里这样定了，不管怎样你还是先服从吧。如果带着情绪，让领导知道了反而不好。你看我这次提拔到交警去，本来考了个第一名，还不是被人说东道西，左告右告。我看就这样吧，明天早上董局会送邱波来报到，董局明天早上八点也会来你家门口接你，一道来南新。"

话说到这个份上我怎么好推却呢？刚才还疲惫不堪，现在却被这事给整得睡意全无。母亲看我睡了一会就走出来，闷闷不乐的样子，问怎么回事。我把情况一说，她连忙说回来也好，南路片治安很乱，工作压力大，回到县城最起码吃得更好，睡得更香。

我打电话给凌溱溱，她一听也觉得奇怪，说："我们乡政府好些人都想回到县里来，但因为人事冻结没有办法，领导也不敢开这个口，怕引发跟风效应不可收拾。清源区还没有正式挂牌，公安局也没有成立，东路片的派出所现在还是归县里管，是县公安局的派出机构，东路中队的民警要留下或者撤回都可以和派出所的人员一并安排，为什么要提前撤回？何况派出所好几年不负责刑事案件，力量相对弱了，到时刑事案件多发或者破案不理想，我们乡镇政府、老乡们也会有意见呀。"

"那你觉得我回城关中队怎么样？"

"邱波以副代正，领导如果把你留在南路中队做他的副手你也没有办法。现在把你调到县城，想必是明白你的处境，想出的平衡关系和安慰你的做法。好些人想回县城都难，你不求任何人就回来了，也不错。再说儿子才两岁多，我俩都不在身边也不利于他的成长，你回来多陪陪他，讲讲故事，街上走走，挺好，就不要有什么情绪了。"

母亲和凌溱溱的话让我心里平和了不少，是呀，我还年轻，以后的路还长着呢！

第二天，董强副局长和邱波在我家附近接上了我。我表现出无所谓的样子，既不问为什么撤回东路中队，也不问为什么把我安排到城关中队。到了南新，我和大家一起把工作和账目理清，办好了交接手续。中午，邱波履行新东家义务，请董强副局长和大家吃饭。派出所的兄弟也来了，大伙的主攻对象自然是新提拔的曾安斌和新到任的邱波，当然，也有对我调回县城含蓄表示"祝贺"的，总之是一顿海喝，连董强副局长在内，好些人都醉了。

# 第三十六章　治安整治

*1*

第二天一上班，董强副局长就带着我去城关中队报到。中队长大江带着全体民警在单位等着我们。

城关中队有九名民警，是大队人数最多的下属单位，周俊也在那里任副中队长。

大家都是老同事，彼此熟悉，寒暄几句后，江队长向我们介绍起中队的工作情况。从他的介绍来看，县城流动人口多，成分复杂，刑事案件发案占全县的一半，尤其以撬门扭锁入室盗窃案，盗窃自行车、摩托车、手机，国道上的扒窃案为多。还有就是接触型诈骗案，犯罪分子在人员密集的市场、车站，以捡钱私分、假山珍海味、假补药、迷信解难等手段欺骗老年人。

"文景的工作能力、责任心都不错，之前我在中队会上多次要大家向他学习，他来了可以减轻我很多压力。感谢董局对中队工作的支持，加强我们的力量。"江队长微微一笑，言外之意要我负责不少工作。

董强副局长也笑了，说："县城的案件虽然没有大案队的压力大，但却非常敏感，你们三个中队领导都是老侦查员了，可别给我丢脸，尤其要加大力度做好县城的治安整治工作。"我们仨连忙点头。

毕竟在县城长大，人熟地熟，我很快就进入角色，带领分管探组对照工作任务一项项推进。

负责县城的刑事案件侦查还是有些好处的。县城单位多，人员素质较高，经济条件也较好，案件没破甚至刚刚出现场，人家就热情地招呼你吃饭，一是套近乎，希望你快速破案；二是爱面子，不请吃饭怕被人误解不懂做人。

正如之前谈到，回到县城有一个好处，就是有更多时间陪伴父母和儿子。这时已是酷热天气，中队值班室有一台窗式空调，虽然声音很大、制冷效果不怎么好，但却是整个大队好几个中队中唯一的一个空调房。为了省电，江队长不允许大伙上班时间在那里享受，只同意晚上值班时间使用。我家就住在中队不远的地方，下班后有点空闲，我便带着儿子去街上散步，回来就躲进值班室享受，两岁多的儿子有一次竟然冒出一句话："爸爸，如果天上有一个大空调就好了，我们就不热了。"让我和值班的兄弟大为惊讶小孩的想象力。事实上，我们的工资就七百多元一个月，父母、妻子虽都有收入，但还是太少了，人来客往的，根本舍不得花几个月的工资去买一台空调并每月支付一两百块钱的电费。多年后，当我们一到夏天就打开空调，似乎离开它就活不了，我就想，当年我们是怎么坚持下来的呢？

这两年，各个单位都在县城买地建集资房。县公安局 1992 年在院内建了几栋，这两年又建了两栋，我们资历浅，排不上队。为解决很多民警安家县城的问题，县局就出面在局大院东侧买一块地，建起一栋高楼，但所有费用由民警分摊。一开始听到建房的消息时我很高兴，家里的房子设计不合理、配套设施不全，尤其屋顶用的是木板，冬天透寒风、夏天像蒸笼，加上小巷狭窄，车子开不进去，搬点东西回家要累得半死。县局打算建的房子每套一百二十平方米，每平方米约四百元，加上办证费等，每套约五万元，这样一算我和凌溱溱都泄气了。我俩工龄加起来有十五年，但人来客往、补贴家用，两人仅存了两万多元。我们也知道双方父母其实都没存什么钱，不好开口。我们先交了五千元首期款，决定之后再慢慢借钱凑齐。

回到县城的另一个好处，就是有了更多与老同学聚会的机会。

高中同学馍馍这几年发财了，单位建房集资费、装修费、购置新家具费一共花去将近十万元，也不知道他怎么弄到这些钱的。

胡小平他们检察院人少，像他这样的年轻人也在院内分到了集资房。当我满脸羡慕的时候，他就一脸苦相地说："兄弟，我这房子的钱都是向别人借的，哪像你们公安局，抓到赌博人员就把钱往自己口袋里塞。"我骂道："你他妈在检察院工作，抓到哪个民警有这种行为？可别把我们警察的形象败坏了！"这家伙经常办一些经济案件，看到一些老板昨天还是穷酸样，转眼就一身光鲜了。他时常给我们讲一些别人的发财故事，自己似乎也跃跃欲试。

有时，我对着馍馍和胡小平哀叹："不管怎么样，你俩都住上了宽敞明亮、价钱便宜的集资房，我就可怜，余款还不知道在哪里。"馍馍就骂："谁叫你总是那么清高！你是公安局的，手上有点小权，在社会上也有地位，走到哪里办个事情别人多多少少给几分面子，就利用这个身份做点生意啊，肯定能发点小财。"胡小平也附和道："文景你别不高兴，你们天天抓人家赌博，其实有人说赌得最大最疯狂的就是你们公安局的，你也可以去赌博呀，人家还不偷偷送你点钱……"

"以偏概全，胡说八道！"我涨红了脸骂道。但有一次，雷局长在中层干部会上大发雷霆，说个别科所队长自身不正参与赌博，再不收敛，让他抓到了将毫不留情地处理。我不打牌，更不打麻将，因此不知道公安局到底有谁会赌博，更不知道哪个玩得"很大"。我就知道，我们这些年轻人几乎天天要加班加点，去完成除日常工作以外局领导交给的县城突出治安问题整治任务。这也是中队压力最大的一项工作。

## 2

所谓县城突出治安问题，一是小偷小摸等侵财案件高发；二是涉黄涉赌问题严重。董强副局长送我到城关中队报到时，江队长介绍过相关情况，领导还对这项工作进行了强调。这些问题本来归县城派出所负责，但他们人手也紧张，打击起来总觉得力不从心，县局便组成县城突出治安问题整治领导班子，由分管治安的局领导牵头，县城派出所和刑警城关中队联合开展打击和整治。

首先谈谈小偷小摸等侵财案件高发问题。这类案件虽然损失价值不高、影响不大，但因为在城关，往往很快就传到县领导耳朵里，有的受害对象就是领导的七大姑八大姨甚至自己家，一通电话，又是县城治安不好、破案效率不高、民警素质态度差、责任心不强，把局领导搞得很难堪。在大案队时，有一次董强副局长带着我说去县中找两个学生，他们涉嫌拆卸了一辆车上的单放机。我当时觉得很奇怪，这不是城关中队的事吗，怎么叫我去？他不回答。讯问后我才知道，原来这两个小家伙竟然撬的是我们县里最高领导——县委书记的座驾。至于董强副局长是如何发现是他们作案的，他不告诉我，我也不去问。我就想，幸好破了案，否则县局领导怎么有脸见书记呀。

以前在大案队案件相对少，把每单案件好好经营、稳步推进就行，破案了很有成就感。现在天天接触这些小偷小摸，即使破了案都感觉没什么意思了。但我不敢掉以轻心，毕竟按照区域划分我和周俊各分管一个探组，守土有责，何况县领导、局领导还给了我们突出问题治安整治的任务呢。

小偷小摸是一个老大难问题，能反映出当地的社会治安管控能力和水平。本来派出所和刑警中队在年初的目标管理考核中就有破案和打击任务，开展联合整治后，大家一起收集情报，一起行动，够的上刑事案件的归城关中队立案侦办，够不上的由派出所去办理。

城关中队本来工作就是琐琐碎碎，每天都有好几个现场要去应付。基本都是技术中队的兄弟进行勘查，提取有关痕迹物证，我们负责外围走访调查和对受害人及其家属进行询问，平淡无奇。有时遇到一个晚上一溜儿撬了好些人家或者办公室的，我们就会加大注意力，因为从这可能就会抓到一条"大鱼"。我们就一边开展这些日常工作，一边根据县局加码的打击整治任务要求开展行动。

印象中两个偷手机的案件有些意思。一个是庐河市的一个吸毒人员蒋某将家里的一点点积蓄都花完了，跑到庐河县城来，想搞点钱花。他听说单位上的人白天都不喜欢关办公室，于是下车后径直走进附近的环保局。果然，畅行无阻，没人问他找谁。他见最里面一间办公室没人，连忙走进去，看到桌上有一台诺基亚手机，非常欣喜，迅速拿了走出来。刚走出不远手机响了，有人从旁边办公室走出来，原来是该局局长，他听到响声想进办公室接电话。蒋某做贼心虚，便想跑，局长一看感觉不对，问他是谁，要他站住，这家伙哪里肯听，加快速度往楼下跑。局长连忙叫喊，一群人赶快追。可怜瘾君子身体早就被掏空了，摔到楼梯下，手上、脸上擦破皮，鲜血殷红。环保局可不管，报警了事，害得我们带着这家伙去医院上药打针，然后刑拘。有意思的是在对他最后的处理上：按照规定，当时盗窃一千元以上可以追究刑事责任，送检察院报捕、起诉，但这是一部旧手机，价值不大，即使作价千元以上，能判几个月有期徒刑或者拘役就算重了。偏偏这手机一送价格鉴定，只值八百多元，按照规定可以对他进行治安拘留十五天，但法制科阅卷后却说对他不仅不能减轻，反而要加重，原因是他吸过毒，要送去劳教两年。看守所的老哥说，这家伙毒瘾发作起来在里面要死要活，兄弟们为了稳住他，只好把好烟坏烟一根连着一根给他抽。我想，送他去劳教虽然处罚重了些，但估计能帮他把毒瘾戒了，也算间接救了他和他的家庭吧。

另外一个案件的案情也简单，当事人回到所住的县政府招待所房间，没关房门进洗手间，几分钟后出来发现放在床头的手机不见了。我们接到县政府办公室的电话赶过去，一问，当事人竟然是刚从省政府下来、还没安排住房的挂职副县长。副县长很年轻，比我们大不了两三岁，他站在客房里陈述发生的事情，一脸无助和气愤。我带着侦查员把情况记录下来，告诉他会尽力破案，有进展会向他反馈。事实上，这样的案件，要么是我们在走访调查中有人发现了嫌疑对象，要么是在其他情况下抓获了作案人他主动交代出来，否则真如石沉大海。

当然，有的案件也会出现奇迹。有一天，县委书记的一个老战友坐公共汽车经过县城外围的国道时被人割了包，损失上万元。老同志很生气，直接跑到书记办公室报案，书记脸上可挂不住了，连忙把雷局长叫到跟前一顿训斥，说公安局对扒手打击不力。这些扒手大多是庐河市的混混，加上很多是过路车，哪有这么多警力去跟踪。即使你上车去，他贼眉鼠眼观察你，发现情况不对绝不动手。大队之前组织各中队跟过一段时间，抓了几伙小毛贼，可整个状态没有得到明显改善。但雷局长怎么好辩解呢？只得命令我们想方设法去破案。这可真是大海捞针呀。幸好江队长人缘广，在社会上有一定知名度，他把好几个以前有这方面行为、现在似乎洗手不干的"老油条"叫过来，一番政策教育、软硬兼施，要他们施展手段找到作案人，讲明利害，无论如何把被盗款退回来，否则"不客气！"没两天钱真的退回来了，至于是否真是那笔就不清楚了。

这段时期处理的还有很多是群众扭送、110抓获的"死老鼠"，也破了一些金额小的盗窃案件。因数量多，只能短平快处理，不可能像大要案那样耗时间。通过两个单位全力以赴，白加黑、5+2的连轴转，加上努力制造的整治氛围，县城小偷小摸等侵财案件高发态势慢慢得到遏制，局领导也在会上多次表扬我们中队和县城派出所。

### 3

城关中队民警多人头开支就大、案件多汽油就烧得快，加上车辆修理费、接待费、线索奖励费等七七八八，每月支出是大队的头号冠军。为此，江队长借着县城突出治安问题整治行动的机会给两个探组定了打击任务，我和周俊两个副中队长也划入分管探组，同样有工作要求。

首先是整治赌风。县城经济条件较好，每天赌局多，赌得比农村大，引发了不少治安问题。有的人来人往，麻将的哗哗声、打牌的叫嚷声影响到邻里生活；有的赌徒没钱了去偷去骗去抢；有的家庭为此债台高筑；还有的引发打斗伤害甚至命案，增添了不少社会矛盾和隐患。为此，局领导要求县城派出所和城关中队加大查处力度。

在县城抓赌也有一个难点，就是家家户户防盗门紧锁，不方便进入现场观察和抓获，即使你不停敲门，等到人家开门了，里面已是"面目全非"，刚才争吵嬉骂的战场已经变成了和谐友爱的座谈会，大家围坐在一块看电视嗑瓜子，还热情地邀请你加入，让你哭笑不得。几次遇到这种情况后，有的兄弟就想办法，要么装成找错人，拼命喊："老王、老王，开门！"门一开就像抢亲般一拥而入；有的装成收水费的、检修煤气管道的，骗人开门。

一天晚上，我们得到举报，电力公司某宿舍楼有一户在赌博。"电老虎"收入高，不仅喜欢赌，而且赌得大。我带着四个兄弟出发了。当时已是晚上12点，整个电力公司宿舍区一片黑暗。被举报的那家位于二楼，从厅堂里透出微微的灯光。如何进去房内成了我们研究的课题。我开始想从一楼爬上二楼阳台，可是他家装了防盗网，即使爬上去也进不去。我又想从二三楼之间的楼梯口爬上他家的一个房间窗户，再从房间进入厅堂，可是手脚长度够不着。我还想就在门口守株待兔，等他们出来时突然抓捕，再趁他们还没订立攻守同盟的时机予以突破，可总会受到夜归的居民打扰，加上蹲守时间一长，弟兄们个个筋疲力尽。

我看门口装有电闸，果断决定使用最后一招，便把电闸一拉，房内顿时一片惊讶和谩骂之声，有人大声说："要停电怎么我都不知道？难道是保险丝坏了。我去看看。"很快就有一个男子开门走出来，我和同事迅速冲过去，将他控制。我合上电闸，首先进入房内。刚进门，就看到一个妇女端着一盆热水站在那，估计是刚装了水准备去洗脸，因为停电一时不知道把水盆放到哪。她见我进来，一脸惊讶，很快反应过来，将水往我身上一泼，我迅速闪身，却把身后被抓的男子弄了个"落汤鸡"。男子是她老公，这下很是生气，大骂："你这蠢婆，要烫死我呀！"女人弄巧成拙，连忙放下脸盆，一脸尴尬。我走进客厅，里面烟雾缭绕，几个男男女女坐在麻将桌旁，呆呆望着我们，满脸诧异，桌上散落着麻将牌和一叠叠钞票。

我叫他们不准动，不准说话，然后安排同事清理桌上的钱物。这时，我再往聚赌的人中一瞥，竟然发现其中一个是我的小学老师，而他却没有认出我来。读书时，这位老师对我很关心，喜欢摸摸我的头要我背课文。可是，二十年过去了，我已从幼稚的小屁孩成长为高大的青年，无论如何他也不会想到这个威严的带队警察就是他的学生。事实上，在之前的抓赌行动中，我多多少少都抓过一些熟人，但像这次的情形却是做梦也想不到的，这对一向尊敬师长的我来说很是纠结难受。我开始琢磨着是否"放大家一马"，可是找什么样的理由，要不要告诉我的手下却让我头痛起来。我知道，只要我偷偷告诉他们这里有我的老师，他们一定会理解，但是我的同事们今晚又要白白辛苦了，还要倒贴线人的举报费。同事们在点赌资了，被泼水的男子也换好了衣服，时间一点点流逝，我的心也越发紧张起来。直到最后，同事们向我报告说已经清点完毕并办好了扣押单，可以走了，我终究下不了放人的决心，只好说："好，都带回中队去。"

就这样，我假装不认识这位老师，对所有参赌人员都一视同仁进行了处罚。处理完这个案件回到家，我的心却久久不能平静。

## 4

县城的人经济条件较好，除了赌博外，卖淫嫖娼问题也较突出。

近两三年，县里把招商引资作为重头戏和改善县级财政的摇钱树，派出大量干部赴外招商，不管对方是否真的有实力，只要他能把企业落户到我们县里，甚至圈一块地、包一个酒楼、建一个小作坊，政府都把他奉为上宾，希望通过创造好的投资环境形成效仿效应，吸引更多的企业家来。县政府要求各单位不得对投资商吃拿卡要、横挑鼻子竖挑眼，更不得随意处罚。这政策是好的，可县公安局有的基层单位对一些投资商违反治安管理的行为进行处罚后，分管招商的县领导就坐不住了，要求公安局掌握尺度，不要影响县里的投资环境。"引资者是功臣，破坏者是罪人"，创造良好投资环境的政策一出台，有的家伙就不怀好意，曲解领会，整个县城像雨后春笋般冒出了很多发廊、洗脚屋、按摩店，纵横几条街，意图以此来招徕投资客人和外地人。每到晚上，家家店门口彩灯摇曳、房内光线粉红昏暗，小姐小妹们个个涂脂抹粉、花枝招展，明里暗里搞些见不得人的勾当，影响极坏，上级公安机关要求县公安局务必运用刑事拘留、治安拘留等手段严厉整治。

为此，我们在保护投资环境和开展打击整治行动中小心谨慎寻求平衡，联合派出所，运用情报收集、蹲坑守候、化装侦查等手段查处了不少场所。查处中常常会遇到一些特殊情况，不仅考验一个人的现场处置能力，也让我感到局领导要求开展此项整治工作非常及时和必要。

有一天，中队民警老阮说国道上的天鹅宾馆有卖淫的。当晚，我带着探组几名民警敲开宾馆大门，要老板把十多间客房一间间打开检查。那家宾馆名字虽好听，但生意很差，就五六间有人住。嫖娼的没抓到，却在相邻两间房意外查到了稚气未脱、身形瘦弱的两男两女大学生。其中有个小子似乎对我们打扰了他的好梦很不高兴，气呼呼的不愿配合检查，老阮当时就气炸了，就说要把他送到学校去。我看他们都是东路片偏远乡镇的孩子，知道一般农村家庭都要举全家之力才能供养一个大学生就读，很多人家甚至为此负债，顿时又怜悯又气愤，骂道："父母含辛茹苦、省吃俭用好不容易把你们培养到大学，你小子不是在学校拼搏，却在这里用父母的血汗钱享受，对得起面朝黄土背朝天的家人吗？对得起自己十年寒窗吗？"

我知道，在我们这块历来注重教育的土地上，把他们交到学校，无疑要受到纪律处分，如果查到还有旷课等深层次问题，或许还要开除学籍。即便不处分，他们的名声也毁了。我实在不忍，拉拉邱波和小辉，走出宾馆。

还有一天晚上，我和老阮守在某招待所门口一家据说有卖淫嫖娼行为的洗发屋外的人行道树阴影里，不久就发现有一个中年男子进去，很快就有一个女子带着他进了里面的包房。等了十多分钟，老阮一拉我，说应该差不多了，抓他个现行。打扮妖娆的老板娘见我们冲过来，情知不妙，连忙起身阻拦，我将她挡着的手拨开，迅速往包间冲去。推开门，只见男子合衣仰面躺在窄窄的按摩床上，女子身着薄衫横跨在他身上敲敲打打。

"妈的，进去早了些！"我和老阮只好快快退出。

谁知在第二天召开的县局机关大会上，局领导不点名批评了我们，说有人不注意工作方法，喜欢随意抓嫖，人家正规按摩店也要冲一冲，这叫人家怎么做生意？现在规定，今后任何人不得进店抓嫖！我是哑巴吃黄连，有苦说不出。事实上，有多人向我们反映过这家店是挂羊头卖"人肉"。现在人家倒打一耙，跑到县里告状，还逼得局领导为此专门制定一条不能进店抓嫖的规定，怪谁？只能怪我们运气不好，怪人家店老板会狡辩歪曲、颠倒黑白。

上有政策下有对策，为了完成拘留打击任务我们这些人也是拼了！你不让我进店去抓"吃快餐"的，好，我不进去，我就在店外偷偷守候。守什么呢？守那些把店内女子带出去包夜的。按照对卖淫嫖娼行为的认定规定，只要双方谈好了价钱，意图苟且，不管有没有实质行为，都可以进行处罚。

为此，我们往往在晚上将车停在"鸡店"附近的路边树下或者旁边单位院内，再安排人员陆续沿着人行道边走边去观察里面的动静，看到有人进去就蹲在不远处，直到发现有男子将女子带出来，然后跟过去，远离"鸡店"后就将俩人截住，押上车带回单位讯问。这些人到办公室后，男子碍于面子或者本身就是个穷汉，开始都是不承认的，但卖淫女就不同，往往一审就会说，好吃懒做的她们可不会跟警察闹得不愉快，去吃眼前亏。

还有一次，我和中队民警老阮去辖区某乡镇办案，晚饭后准备回县城，我突然想起别人说那里有一家餐馆做"皮条"生意，便和老阮藏好车，躲在马路对面观察守候，半小时后发现有个男子带着一女子上了一辆拐的，等他们走了几百米后，我俩发动汽车跟了过去。在一个陡坡处，拐的喘着气慢慢爬，我们迅速追上去，将车横在拐的面前。老阮跳下车，冲到车篷边，一推车门，愣了一下，连忙返身，二话不说发动车子就走。我很诧异，就问怎么回事？这家伙嘿嘿一笑不说话。车子走远了，老阮被我逼急了，便说："别问了，他妈的是外县的一个同行，我们互相认识。"我一惊，暗想，还有这么色胆包天的同行？

又是一个晚上，我和老阮远远守在一家据说卖淫女"质量"不错、生意较好的店外。就见男男女女五六个出了店，我俩远远跟过去。他们先来到电影院外小广场上的夜市吃夜宵。饱暖思淫欲，我俩分析，他们吃完饭肯定会去开房包夜。看着他们嘻嘻哈哈吃吃喝喝打情骂俏，我俩心里那个急呀。一个多小时后这伙人起身了，我俩又像狗仔队一样紧盯不放。果然，他们走进一家县里的上等宾馆。把他们抓起来，我们这个月的打击任务就算完成了。想到这，我和老阮兴奋起来。我们偷偷靠近宾馆门口，借着大堂明亮的灯光发现了一个熟悉的身影，这不是驻我们县的省属白酒厂的保卫处处长老金吗？老金平时配合我们做了不少工作，彼此关系很好。看到是他，我不禁骂道，这家伙平时老老实实，真看不出也敢知法犯法，有他在，我们任务再重也不会去抓呀，否则不明摆着去破坏中队与他们保卫处的关系、破坏县局与他们厂的关系吗。我和老阮看着老金在那里交押金办住宿，心里拔凉拔凉的。这时，却见老金的几个朋友和他握握手，然后上楼，老金一个人则返身往酒店外走来。我和老阮赶快撤到更远的地方。看来刚才误解了他，厂里的教育和我们平时的接触对他还是有作用，人家还是经得起考验的。

"也好，他不在，我们就把其他人抓了。"老阮建议道。

"是呀，不过他们人多，就我俩哪行，该叫几个人来增援增援。"我看着走在路上满脸通红、身子歪歪的老金，心有不甘。我掏出手机，连忙给中队几个兄弟打电话。大伙很快赶了过来。

我把情况给大家介绍了一下，立即有人提议道："文队，我建议你还是谨慎一些。你想呀，能让老金出钱开房的人，要么是他的好友，要么是和他有利益关系的人，身份也许很特殊，你这样一抓，人家找到领导，你是罚呢还是不罚？到时可能就搞得下不了台。"

也有人说，虽然老金不在现场，但毕竟是他开的房，还是他的关系，你抓了处罚不处罚都让人家很难堪，怎么也得罪了老金。再说，以后传出去，说你和老阮明知是他的朋友熟人还去抓，还不恨死你？我这是为你好，建议还是不抓为好。

老阮听到这有些心软了，说："文队，我打个电话给老金吧，探探口气，看看是些什么人，即使不抓，也给了他一个好大的面子。"

我想了想，点点头。

老阮打通了老金的电话，俩人聊了好久，看情况老金心里很急。

果然，老阮把手机一放，说："老金在电话里求我像求爷爷样的，说千万别去抓，那可是他外县交通局的朋友，他做了些货运生意，经常要经过该县，人家帮助很多，抓了他们，他的生意影响事小，可怎么对得起朋友？人家还以为是我与你们联手放'钩子'，真是跳进黄河也洗不清。还有，老金说为了几个钱抓人家，可你们想过没有，这几个兄弟的前途和工作都毁了，到时双方局领导都难堪，甚至影响两县的关系。"

还别说，老金这家伙虽然有私心在里面，但却是句句在理，这么一解释，于公于私我都下不了手呀。完不成打击任务事小，影响了人家的前途和家庭，破坏了两县的关系事大。想到这，我狠狠心，望着宾馆楼上的窗户，刚准备说撤，就看见刚才那几个外县人惊慌失措地从酒店跑出来，跳上门口的摩的狂奔而去。我明白，一定是老金通知的，这家伙讲义气，不愿得罪朋友。

有人说开放"红灯区"也有好处，就是可以减少强奸案发生。事实上，各地因嫖娼引发强奸案的还不少，我们中队当时就办了一起这样的案子。

一天，县柴油机厂职工老罗 20 岁的儿子"花哥"在店里叫了一个 17 岁的女孩去家里包夜。天亮后，女孩要他付钱走人，这家伙不仅不给，还扣住她的手机不准她离开。其间，女孩说钱不要了，让她回去。这小子色迷心窍，还要女孩服务。女孩不从，他就打骂，继而逼迫女孩与他发生关系。折腾到傍晚，"花哥"将女孩放出去。她一回到店里就向老板哭诉。老板本想息事宁人，但又怕其他女孩都飞了，为了稳定"队伍"于是报案。大冬天，我带人跑到老罗家门外蹲守了大半夜，将满身酒气回来的"花哥"逮着。之前，各地都发生过因为嫖资多少、服务时间长短等引发纠纷而报强奸案的事情，但警方经过调查后几乎不会立案，还以卖淫嫖娼对双方进行处罚。这起案件就不同了，虽然报案人是个卖淫女，但她也有拒绝发生关系的权利，何况"花哥"还采取了暴力手段。这家伙没想到一时快活，却得到了几年的牢狱之灾。

庐河县本是一块红土地，一块文风鼎盛之地，但在那些好逸恶劳的家伙破坏下，"好事不出门，坏事传千里"，周边县市的人们都把我们县城当成一个"红灯区"，走到外县去办案，人家就开玩笑说要去我们那里尝一尝"特色"，我们只有憨笑应对。受其荼毒最为严重的其实还是"近水楼台"的本地人，害得有的家庭夫妻关系紧张，有的公职人员失去前途，有的人玩上瘾后没钱就去偷、去骗。还有那些天天上学、放学都经过这些地方的孩子们，耳闻目染，可把家长愁坏了。

通过近一年的整治，县城卖淫嫖娼现象得到较好的改善，社会风气得到了净化，上级公安机关对我局的行动高度肯定，要其他县市向我们学习。

# 第三十七章　追逃行动

## 1

区划调整引发的人事问题终于要解冻了，年底县里就吹风，要各单位初步统计上报有意向调往清源区工作的干部，对于现在本县东路片工作的乡镇干部这个问题显得更为突出，他们必须做出是留在新成立的清源区还是回到庐河县的决定。我和凌溱溱就面临这个问题，如果她不想在清源区工作，那就要申请离开那里，由本县安排，最大的可能仍旧是安排到县里的其他乡镇。可是庐河县地域宽广，干部众多，我们仍旧要面临聚少离多的问题；如果她想留在清源区，从她个人发展来看应当是不错的，因为清源区是小区，就几个乡镇，干部尤其是女干部不多，加上凌溱溱在那里已经工作多年，上上下下都有很好的基础和名声，发展势头应当是可期的。我问她的意见，她说主要还是看我的想法，我如果不愿来清源区工作她就回到县里；我愿来，她当然更愿意留在那。

遇到大事时凌溱溱总是以我的意见为主，几年后我们又遇到了更为艰难的抉择，她仍旧是这个做法。从她个人情感出发，理解丈夫，尊重丈夫，不想左右我的思想，影响我的"前程"，是一种优良品德，但从"具体问题具体分析""态度要鲜明来看"，却无形中影响了家庭的发展，走了很长的弯路，造成了重大失误。

从内心来说，我不想离开庐河县，这是我学习成长的地方，人熟地熟情况熟。这里还培养了我，领导对我很欣赏很器重，让我成为当时县公安局最为年轻的中层干部，发展顺利，要离开真是不舍。可这又是一个很好的进城的机会。清源属于市里两个中心城区之一，到时各单位肯定都要在市区集资建房，那我们就可以在那里安家，让孩子到市里享受良好的教育和相对高品质的生活。何况，这不就是我毕业当年和地区公安局刑警支队成立时想去却没去成的庐河市吗？

我把想法和父母商量。爸爸说自己还要上班，需住在县城，我们如果把家安到市里他们没时间带小畅。如果在县里，这个问题就不存在了，他们照看孩子，我们只管全身心投入工作就行。

我又征求几个领导和好友的意见。有的局领导说，从内心来说，你很优秀，我们不舍得你调走，但从实际情况来看，新区、新单位更有发展前途。是金子在哪里都会发光，你去了一定会有很好的前程。

同学袁军却是直接赶人了，他说："你留在这里干吗，跟我们争位置呀？新单位有大把位置给你，早点走吧，以后我们到市里还有个人接待接待。"

我原来在东琴派出所工作时的镇党委叶书记目前是县委常委、政法委书记。这些年，县里因为企业改制、征地拆迁、计划生育等问题发生了大量群体性事件，公安部门处理各类民事纠纷和治安案件也引发了不少群体性暴力抗法事件，很多都是在叶书记的组织指挥下得到妥善处理的。他既讲原则性，又有灵活性；既敢开拓又勇于担当，加上之前在东路片工作多年，组织上决定调他到清源区任区委常委、副区长。

这天，我和凌溱溱在县城街上遇到他。老领导对我俩都很熟悉，问了我们的想法。我把目前的纠结说了一通，并请他指点。叶书记说："我多吃了几年饭，今天就给你俩说点实话吧。我见过很多优秀的夫妻，夫妇俩都要齐头并进其实很难，家庭毕竟要经营，要有人愿意为家付出，有人要牺牲自己的前途来支持另一个人，也就是必须有个取舍。"他停了停，继续说："你俩都很优秀，凌溱溱已经是副科级领导干部，按照目前的资历和表现，留在清源区，以后肯定还要走上更高的位置，乡镇长、区领导都有可能。而你文景，虽然在县公安局表现不错，但县级公安局毕竟是一个科级单位，天花板在那里。所以，从凌溱溱个人发展和你们小孩以后的成长来看，文景应该申请去清源区。你去了，继续保持目前的工作干劲一样能发展得很好。当然，我不是因为要调过去了就挖庐河县的墙脚，我是真心为你们好。"

"谢谢叶书记，谢谢您的指点！"我俩连忙道谢。在此之前我和凌溱溱听到的都是赞美的话，从来没有谁对我们的事业和家庭发展作出如此深刻和实际的分析。从后来的情况变化看，叶书记的这番话无疑是"高瞻远瞩"，作为指导我和凌溱溱人生和事业发展的纲领性理论都不为过。可惜我当时年轻，没有按照他的意见走下去，以致磕磕碰碰……

叶书记和我们谈过以后，我仍旧没有做出决定，还在观望，毕竟现在只是初步统计，不算正式报名。几天后的一个晚上，我已睡下，杨副大队长突然打电话给我。闲聊几句后，他说："去不去清源区的事你考虑得怎样了？"我答还在考虑中。他说："我们是老同事，我也不瞒你，我报了名，组织上考虑安排我到将成立的清源区公安局刑警大队任副大队长，主持工作，并同意我选一两个得力的干部去那里。从各方面情况来看我觉得你是最合适的，所以第一个推荐了你。""谢谢杨大关照，可是我还没考虑成熟。""你要抓紧，这是一次好机会，你过去了至少能升半级，当中队长，何况多少人想进市里，左找关系右找关系都进不去。"杨副大队长很诚恳，"当然，刚过去白手起家，条件很差，会很辛苦，要付出更多的努力。""好的，我会尽快答复你。"挂了电话，我躺在床上，竟一夜无眠。

一周后，我正在办公室写材料，又接到杨副大队长的电话，他只说了一句："文景，我现在和甘支在一起，他说要和你说几句话。"我一惊，在大案队这些年，经常陪董强副局长到甘支队长那里汇报工作，他对我还是了解的。即使这样，他怎么会找我呢？甘支队长爽朗的声音从手机里传过来："小文你好。"我连忙回答："甘支您好。""小文，这次清源刑警大队成立，作为城区两个大队之一，我想把它做大做强。小杨把他的想法告诉了我，从你的家庭情况和工作表现来看是很适合的，我建议你报名去。当然，我只是个人意见，你自己考虑考虑……"我愕然。我真没想到平日工作繁忙的全市刑侦系统一号人物会如此重视刑警干部的选拔，更没想到领导会亲自给我这个低了好几级的下属打电话。我受宠若惊，连忙回答："甘支您放心，我一定认真考虑，尽快决定。"

第二天，我告诉父母和凌溱溱，我决定申请去清源区。父母虽有不舍，但还是默许了。溱溱当然高兴，这样她就不用考虑回到县里的安排问题。我把申请递给了雷局长，希望得到他的批准，谁知这位军人出身、对我一向和蔼的老领导听了我的想法立马沉下脸，变得无比严肃起来："你是本县人，去那边干吗？叫你妻子申请回来吧。""她想留在那里，省得回来又不知塞到哪个偏远乡镇去。""是不是小杨在拉你过去？"我一惊，很快想到不能牵扯到杨副大队长，便说："不是，是我自己的想法。""你别骗我。这小子自己想过去就算了，还挖局里的墙脚，我都听到些风声了。"雷局长有些怒了，"我和政委达成共识，除了目前在那边工作的和老家是东路片的我们同意，其他情况的现在一个都不会批，要集体研究，不然我们的队伍就不稳定了。"他停了停，说："小文，你可是我提拔的，我很看重你。你现在是全局最年轻的中层干部，有很好的前途。局里年后就要进行人事调整，我还打算让你挑更重的担子。这事你要好好考虑考虑。"

雷局长一向以严肃认真、雷厉风行、敢于碰硬著称，全局民警，包括年轻的曾政委都对他敬重有加。影响深远的全国公安机关"三项教育"开始后，他不走形式，顶住压力，不惧威胁，毫不留情地开除了几个屡屡违纪违法的民警，其中包括我刚参加工作时在东琴派出所的师父老肖，他因为调到看守所工作后给在押犯罪嫌疑人传递信息被"双开"，动作之大在全县公安史上都是绝无仅有。而现在，他说要我好好考虑，其实我还敢有什么考虑呢？何况人家也是出于好心。我怀着复杂的心情走出局长办公室，头脑一片空白。

我把情况告诉凌溱溱，她叹了一声，说："县公安局旁边的房子也建得差不多了吧，我还是申请回到县里，我们总算有个自己的窝了。局长都这么讲了，省得你为难。再说，即使你过来了，到时我们一家三口

403

还是分开在三个地方，你在市里，我在乡镇，都忙得很，而儿子和父母又在县城，大家想聚一下都不好安排。"我不同意她回县里的意见，凌溱溱在清源区应该有更好的发展机会，回到县里不出意外就是去填补那些比我俩现在离得更远、没人愿意待的山区乡镇位置，这样的话不仅影响了她的事业，我俩见面的机会可能还会比现在更少。我把情况分析给她听，然后说："幸好区里和县城离得不远，有机会你就调到区里上班，我们来往走动也方便。等小畅要上学了我们就把家安在区里，这样他同样有良好的教育和成长环境。"我停了停，又说，"只是目前几年就要辛苦你多往县城跑，来看望我和儿子了。"电话那头，凌溱溱久久没说话，我知道，善良感性的她可能又在偷偷流泪了。

凌溱溱的工作好做，可是要如何向叶书记和甘支队长交代却让我极其为难。这是两个对我非常关心的好领导，于公，他们看重"人才"，提携晚辈；于私，完全是为了我和凌溱溱好，为了我们家庭好，不然，非亲非故又身处高位的他们为什么要这样热心地亲自劝说呢？而杨副大队长，我同样应该感谢人家的看重和推荐，站在他主持刑警大队工作的角度，为了工作顺利开展，挑选人才充实自己的队伍无可厚非。

我把情况在电话里向杨副大队长简单作了介绍，他叹了一口气，没说话。

我又问他，我如何向甘支队长解释，他说："你自己好好想想，我也不知道怎么答复。"

我拿出手机，几经斟酌，觉得不能把县局领导的意见告诉甘支队长，不然他可能会给雷局长打电话，这样局长以为我搬领导来压他，不尊重他，到时反倒把关系搞坏了。我想来想去，慢慢摁动按键，给甘支发了一条短信，大意是经过全家人反复商量，结合家庭实际我还是决定留在县里，感谢支队长的厚爱。良久没接到他的回信。就在我忐忑不安的时候，甘支队长的短信终于来了，诚惶诚恐地打开一看，上写：刚才在开会，知道了。我想从字面上琢磨领导的意思，却领会不了。

我觉得叶书记经常下乡，凌溱溱有很多机会向他当面汇报，于是要她也这么解释。半个月后的一天凌溱溱见到了老领导，他一听很是不解，说你家里人怎么商量个这样的结果。搞得凌溱溱满脸通红，不知如何作答。

我现在之所以把这些情况写下来，没有其他什么目的，无非是真心感谢这些好领导对我淳朴的关爱。现在想来，如果我当时再选择合适机会向雷局长解释清楚，坚持要求去清源区，他一定会答应。这说明还是自己主观上的问题。假设当时我去了那里，很快就会在市区安家，加上我和凌溱溱的事业顺顺利利，安逸的我或许不会选择来到目前的城市，也就不会经历这么些年的风风雨雨。但是，如果我没有来这里，人生也就失去了另外一种风景和磨砺。在这座城市，当我感到迷茫无助时也遇到了不少好领导、好朋友，他们同样给了我很多无私的帮助。人生的道路漫长，在遇到选择时我们每个人都不可能看得很远，但是，我们一定要记住那些曾经给予我们人生指导和帮助的领导、同事、朋友、同学和亲人，常怀感恩之心，这是做人的原则。

既然做出了决定，我和家人的心都平静下来，工作还要努力继续。

## 2

已是 2000 年的年底，县局大院外的房子也建好了，大家就吵着早点分房，给春节添些喜庆。幸好父母和亲戚支持，我陆续交齐了各类费用共 49500 元。这栋房子共四个单元 48 套，谁都想分到三四五这些好楼层，其次顶层六楼也可以，因为上面还有一个坡屋顶可以隔热。最差的就是一楼那 8 套了，光线昏暗，容易受潮，行人经过时吵闹。建房领导小组商量，认为这次是商品房，不能按照职务、资历来打分，为公平起见，决定采取抽签方式分配。我很担心运气不好，溱溱又在乡下没回来，便要爸爸到时去代劳，老人家也怕，说："这是你们的房子，还是你自己去吧。"

抽签在县局四楼会议室进行，各家各户都来了不少人，里里外外挤得水泄不通。大家先抽了顺序号，四十八个人我竟然排在倒数第五，第44号。正式开始抽了，1号、2号、3号，一一过去，抽到好楼层好朝向的满心欢喜，全家笑哈哈，抽到不满意的一脸苦相，唉声叹气。其实大家嘴上不说心里都很忐忑，暗暗祷告自己不要抽到一楼，就看谁是那八个倒霉蛋了。我们这些排在后面的自然希望前面抽签的人尽快把那八个指标拿走，省去内心的煎熬。可是，前面38个人抽完了，仅仅有五人"中奖"，还有三个"大奖"没有出现，现场一片哄笑，气氛更为紧张了。之后连抽五个到第43号时，竟然没有抽出一个一楼的，也就是说，轮到我这44号，剩余五票中竟然还有三个一楼的，我的心提到嗓子眼了，妈的，最担心什么就最容易出现什么，"中奖率"高达60%！是全场最"幸运"的！场内一片哗然，之后竟鸦雀无声，我知道，大家都在默默看着我。我把手伸进空空的纸箱，暗自祈祷：像我这样的老实人上天难道不要保佑吗？我在所剩无几的纸张里拨拉一下，抓住一张，慢慢拿出来，慢慢打开，一瞧，我的天，竟然就是一楼的，而且是一楼中最差的那套，因为别的一楼都是靠里边，这套一楼是紧靠路边的，所有行人、车辆都往那经过！现场顿时哄笑声一片。武小峰、袁军、敖飞三个家伙指着我，幸灾乐祸，哈哈大笑。我就像遭到群众大会批斗般满脸羞愧，低着头，匆匆离开。

很快就有也抽到一楼的家属对此大为不满，认为怎么会这么奇怪，前面43个签只出现五个一楼的，后面五个签竟然三个一楼扎堆？还有的家属当场就气得难受，跑到局长政委那里哭诉。可这有什么办法呢？愿"赌"服输，怪只能怪自己运气不好，打落门牙和血吞，再怎么委屈也要接受这个现实。

那房子与县局大院一墙之隔，上班、加班都很方便，我本来是很喜欢的，但它紧靠主道，而我经常熬了通宵夜班后白天要补觉，到时还怎么休息呀。我唉声叹气地回到家，把情况一说，父母也气得闷声不说话。我打电话给溱溱，问她怎么办。她说，既然你这么不喜欢，那就想办法卖了吧，或许有人喜欢呢。我的心顿时一酸，觉得很对不起她。这些年，很多朋友和同龄人都住进了新房，溱溱也一直想有一套自己的房子，可他们文水乡基础薄弱，财力不够，没有钱在县城买地，我在公安局也没排上集资房的队。好不容易等到商品房建好，马上就可以装修入住，我却这么倒霉，而且是最最倒霉的。那时的商品房很少，在单位旁边的更加没有，如果把它卖了我们就不得不仍旧在老房子居住了。

我试着托人去卖，便有同事介绍他一个老乡来，说那人是开拐的的，就喜欢一楼，便于停放和看管拐的，还可以开个小卖部。真是瞌睡遇到枕头。买房的大叔问我要卖多少钱，我说一分不赚，我交了多少就卖多少。他还不放心，带着我到他在市里某银行当科长的表弟办公室去交谈。科长毕竟见过世面，说市里都要七八百元一平方米了，好便宜，再说去买公安局建的房子不会吃亏。这大叔于是欢欢喜喜地跟着我去办手续。

后来得知，这批房子不是我一个人卖了，有的要在清源区工作的，比如敖飞，抽了个三楼东向的好楼层，卖给别人赚了几千元。而我，不仅没赚，还倒贴了几千元利息和亲戚给的人情。有房就有家，没房心不定。此后我又几次与房子失之交臂，甚至很大程度影响了家庭和个人的发展走向。

## 3

2001 年春节到了。这是我们一家最为欢喜的日子，大家终于可以放下手头的工作，好好在家放松放松。儿子正月初四满三岁了，大一岁就是不同，他可以背几首唐诗，唱起动画片《西游记》的主题歌也有板有眼，逗得家人哈哈大笑。

正月初五清早，我向朋友借了一辆吉普车，带着凌溱溱和儿子去八仙岭岳父母家拜年。经过和平镇时，把在那里拜年的妻弟一家三口也捎上。我这时刚刚学开车不久，技术不熟练，只好慢慢开着车往乡道上走，好不容易才来到八仙岭对岸的河堤下。

河堤离地面有四五米高，上去的路狭窄，高低不平。我有些心虚，就问妻弟会不会开车。他说在厂里学过，有时也会开。我就问他敢不敢开。他犹疑了一下，说没问题。我不放心，还是叫凌溱溱和弟媳先带着两个小孩下车，再要妻弟开，我坐在副驾驶位。妻弟调好位置，加了一脚油，汽车就往河堤奔去，刚上堤岸，不料前些天下过雨，路面坑坑洼洼，他向右一打方向盘，想避开一个大水坑，可是泥巴路很湿滑，车子竟然朝着河堤的斜坡冲去。我大喊："刹车，刹车！"妻弟慌了，想刹车已经来不及，车子顺着斜坡就往河堤下俯冲而去。"啪！"的一声巨响，吉普车落到地面，庆幸的是下面是老乡已经收割完的菜地，土地松软，汽车没有翻，但却陷在那里动弹不得。我俩的头在汽车落地时都撞到顶部的铁壳上，好一阵眩晕。

这时就听到后面传来溱溱她们的惊呼声，我和妻弟摸着头慢慢从驾驶室爬出来。看到我俩走出来，两个女人松了一口气，放慢了奔走的脚步。走到身边，两个小朋友都瞪着惊恐不安的眼睛看着我们。我把儿子抱过来，抚摸着他的背，说："没事，没事。"我看弟媳在埋怨妻弟，便说："没关系，不幸中的万幸，车子没有损坏，现在就是要找人把它拉到路上去。"

"我问一下姑爷，他是本乡人，应该认识这里的老乡。"凌溱溱说完，拿起电话打过去。

姑爷一听，连忙骑着摩托车赶过来。他叫上当地一辆拖拉机，用钢丝绳扎住吉普车的尾部，我爬上驾驶位掌握方向，车子被拖拉机吼叫着慢慢倒着拉到了马路上。心有余悸的我们不敢开车上河堤了。我把车停在路边，大家开始步行往渡口走。空阔的河面上寒风劲吹，一路上我在心里默念着：真是菩萨保佑，不然今天不仅拜年不成，这个春节都要难受了。事实上，因为经济条件并不是很好，朋友的车没有买保险，如果当时车从河堤上翻下去，后果不堪设想。即使人没事，车的赔偿、社会上的笑话都够我受的，更别想着年后雷局长承诺的"重用"了……

一上班我就接到一项重要任务，配合县人民检察院抓捕职务犯罪逃犯。这年，检察机关要求各地完成历年来自侦案件中的批捕在逃犯的抓捕工作，定下指标，列入目标管理考核项目，对完成任务好的单位和个人进行表彰，对落后的进行批评、扣分。县检察院领导非常重视。鉴于他们之前没有追逃经验，加上执行拘留逮捕是公安机关的职责，院领导便来到县公安局，请求派两个人给予协助。据当时到雷局长办公室协调此事的反贪局尤局长事后对我们说，雷局长不愧是军人出身，很慷慨地表态说："我大力支持，派出全局优秀的侦查员给你们。"我问是谁，他说："城关中队的文景。这同志年轻、有责任心，关键他这里好使。"说着他指着自己的脑袋。尤局长一听大为高兴，说："文景我认识，确实是一个业务高手，感谢局长。"雷局长又说："我还派大案中队小辉给你们，这小子近几年业务长进很快，和文景也是老搭档，工作起来更顺畅。"

我没想到，从这个行动开始，雷局长命令我连续奔波了四个月，抓获几个重要逃犯，为全市检察机关追逃行动开了个好头，也由此解了雷局长的燃眉之急。

县检察院这次行动由高副检察长任指挥长，其他成员有反贪局尤局长、我同学胡小平以及军转干部大明。高检开玩笑地说："追逃的事你们多想办法多操心。单位给我配了一台车，需要用车就找我，我给你们当司机。"让我想起电影《开国大典》里有这样一个镜头，说蒋先生去长江防线视察，发现大战将临还有几个将军在打牌，于是接过某人的牌，说："打仗，我不行；打牌，你不行。还是我来替你打牌，长江防卫的责任就拜托给诸位了。"尤局长说："我平时还有很多工作要处理，我相信你们四个人，追逃具体工作就你们去做，需要协调关系我来出面。"

胡小平说，职务犯罪的人都是有身份有单位的，要面子，有的存在侥幸心理，认为组织不会对他怎么样，一般来说不会逃跑，随叫随到，除非他知道自己所犯罪行严重或者已经开除了他的公职，才会逃跑不见。这次行动需要抓捕的三名逃犯其实案值不高，都在二十万以下，但多次通知家属后仍拒不归案。胡小平说他不知道如何追逃，这次怎么开展听我安排。我们坐下来，把三个人的情况仔细了解了一遍，其中两个人的家在较远的乡镇，另一个老毛的家就在县城。我决定先从老毛开始进行调查。

老毛原来是一个乡镇的财政所所长，四十多岁，贪污了公款十五万元。等检察院开展调查时，他情知不妙，丢下家人和公职逃之夭夭。我们来到他家，家人说他已经两年没回家了，连今年春节都没有来一个电话，谁也不知道他去哪了。我看他家厅堂有一个座机，于是假装手机没有电了，拿起来拨通尤局的电话，对他说："尤局，我们在老毛家，他家人都不知道他在哪。"尤局明白我的意思，说："那你们就回来吧。"我们于是返回，调了他家的座机流水单，没有打向外地的号码。又连续几天围绕老毛的亲戚朋友进行调查，希望有人能提供他的信息，却也是一无所获。

"我就不信，他舍得与所有亲人失去联系。"我对胡小平等人说。

"是呀，有家有室的人，又不是犯了杀人放火的罪，没必要躲进深山老林吧。"小辉说。

"那他会去哪呢？会和谁联系呢？"胡小平问。

"这种人，当了多年的干部，好吃好喝，安逸惯了，在外肯定做不了什么脏活重活，一定会与家人联系，以便得到经济上的资助和情感上的慰藉。"我分析道，"他不敢主动给家里人打电话，但家属却会想办法偷偷与他联系，我们就是要找到他们是通过哪条线来联络的。而最有可能的是他有一个 BP 机，家人想与他联系就拨打。"

那个时期手机还没有普及，人们联系较多的一是座机，二是 BP 机，也就是传呼机。BP 机对现在很多年轻人来说是陌生的，它需要有一个传呼台在中间做传递，比如 126 台，是人工传递，你需要呼叫哪个具体的 BP 机号码，先拨 126，告诉它你的座机或者手机号，再由它帮助呼叫对方号码，对方的 BP 机接到传呼台通知的你的电话号码后，就会找电话来拨打你的号码与你联系。还有更智能一些的，比如 127 台，无需人工传递，你拨打 127 后，再按照智能语音提示拨对方的 BP 机号码，对方收到你拨打 BP 机时使用的电话号码后再回拨过来。电信局对打出电话要计费，所以有流水单可查，对打入电话不计费，所以流水单上不会显示对方打入电话的号码。

"你这分析有道理。"小辉说，"这样他就可以逃避抓捕，因为你根本不知道老毛家人用哪个电话拨打他的 BP 机，你也查不出他回机使用的电话号码。"

"是呀，即使你看到流水单上有拨打 BP 机的记录，你也只能看到他拨打了哪个传呼台，却不知道他是拨打谁。即便就算你知道是拨打老毛，你也不知道他的具体 BP 机号码，同样查不下去。"军转干部大明一脸无奈。

"大明说得没错，这是一个大问题。假设老毛有 BP 机，我们首先要知道有谁会拨打给他；二是流水单上拨的传呼台那么多，老毛在用哪个；三是在知道他用哪个传呼台后，你怎么知道他具体用的 BP 机号。我这样理解对不对？"胡小平扭头看着我。

"是的，这就是我们的工作思路。当然，我们是建立在假设老毛有 BP 机的基础上。如果这家伙没有，那就要花费更大的精力去查了。"我回答。

"肯定有。他以前养尊处优，没有通信工具哪里受得了。"小辉很自信。

"不管有没有，我们就按照这个思路开始查。"我给大家打气。

## 4

谁会拨打老毛的 BP 机呢？自然先是他的亲人了。老毛有两儿两女，一个儿子二十五岁，在一家事业单位工作，另一个儿子二十三岁，刚大学毕业，分配在中学当老师。两个女儿都已出嫁，大女婿在一乡镇的土管所上班，小女婿在县里一公司当经理，全家工作单位都不错，不知道这家伙吃错了什么药，去贪污这点公款，害得自己背井离乡，工作也没了。

我决定先查他家人的所有座机、手机通话记录，包括他们各自单位的座机。所有话单一打印出来，洋洋洒洒，连起来有几十米，可以钉成厚厚几本书。

"这怎么看，那么多条通信记录，你知道哪条是与老毛有关的？"胡小平、小辉和大明瞪着眼睛，一头雾水。

我也犯起愁来，琢磨好一阵，突然想到办法，我说："首先，我们把拨往外地，尤其外省的电话和 BP 传呼台画出来；第二，把这些外地的号码进行对比，看有没有两个人以上都拨打了同样一个电话或者 BP 传呼台的。"大家按照我的思路去做，两天过去了，累得头晕眼花，却发现工作量很大，还有很多话单没有看完。有的在不同的话单里也比中了相同的电话，但也不好确认这是拨打给谁的，或许是他们共同的七大姑八大姨呢？

我感觉这样下去不行。我本来对数字就不敏感，当年的高考数学就考得好惨。我揉揉太阳穴，仔细琢磨起来。

突然，我想到一个问题，春节刚过去不久，这期间老毛的晚辈应该要向他拜年。他的儿子女儿共同的外地电话或许是打给亲戚的，但两个女婿就不一样，他们的共同亲属就是妻子这边的人，拨出去的共同的外地电话很大可能就是打给老丈人老毛的！想到这我不禁兴奋起来，午饭也顾不得吃，一个人在办公室对着他两女婿的家庭电话比对起来，一个小时过去了，没有。我洗洗脸，又把他们单位的话单拿起来看，谢天谢地，我终于在里面看到了我想要的一个共同的外地传呼台号码。我连忙问电信局的朋友这个号码是哪里的，人家查后很快答复我说是虎山市的。这两个女婿太聪明，知道规避家里电话，却没想到我比他们还想得周到，查询打印了他们单位的话单，不然这下就失去了发现线索的机会。我把这个发现告诉了高副检察长、尤局长和追逃小组的兄弟们，大家都认为我说的春节期间女婿的共同电话就是打给老毛拜年的这个思路是对的，但光有传呼台号码，没有具体 BP 机号还是确定不了这个使用人究竟是谁。

我想了想，一个大胆的计划浮现到脑海里：既然我们肯定这是他女婿拨打的传呼，那么他们一定有具体的 BP 机号。当时的人们一般没手机，即使有，手机也没有通讯录功能，所以大家都喜欢随身带一个小本子，记着人家的联系方式，从他的女婿身上一定可以找到这个 BP 机号码。我又想，他的大女婿在乡镇土管所上班，当地派出所的民警一定认识他，并且因为地方小，单位之间常常在一块拼酒，关系肯定不错，我们可以让派出所民警趁他喝酒喝得昏头昏脑时假称要他找某个人的电话号码，让他拿出通讯簿来，再想办法找到那个 BP 机号码。

"你这个办法可行，但谁愿意去冒这个风险呢？"胡小平有些疑惑。

"没问题，我亲自去派出所一趟。所长跟我熟，我这个副检察长的面子他总要给的。"高副检察长很自信。

高副检察长亲自开着车，带着我们来到派出所，所长一看副检察长来了，连忙笑脸相迎、点烟倒茶。吃完饭，高副检察长把情况对所长一说，所长笑了，说："这小子就是个酒鬼，经常和我们在一起喝得东倒西歪。您放心，我们是搞侦查工作的，小事一桩，我会安排好。"

果真，三天后所长就把那个 BP 机号码告诉了我们，他笑着描述了当时的情景：那天一个村干部请派出所吃饭，所长就说把老毛的大女婿也叫上，上次被他搞惨了，要报仇。可那老兄听说派出所所长虎视眈眈，开始怎么也不敢来，后经不住连哄带骗还是来了，却显得很小心，怕上当。所长哪管这么多，叫上所里兄弟轮番轰炸，终于把他搞得晕晕乎乎，再假装问他某村支书的电话，他掏出通讯本，要派出所民警自己查。派出所民警接过来，假装查找，果然发现上面记有那个传呼台和关联的老毛的 BP 机号。民警迅速记下来再把通讯本还给他。

有人会说，既然用这个办法可以找到老毛的联系方式，那你们为什么不一开始就用呢，还花大量精力去查那么多电话单？你可能把人家的反侦查意识考虑得太简单了。事实上，老毛大女婿通讯本上存的联系人名字根本就不是他，而是写成"大叔"。派出所所长第二天一了解，他家根本就没有什么"大叔"。如果我们开始没有比对上他两个女婿拨打的共同传呼台号，就是找到他的通讯本也作用不大。

到这一步，不出意外，我们算基本发现了老毛的尾巴，就看能不能揪住他了。

通过电信局的朋友了解得知，这个传呼台归属于广东虎山市，要获取进一步的情况必须赶到那里查询。

高副检察长和尤局长听了汇报，也认为这个号码十有八九就是老毛的，同意我们南下。

第二天清晨六点，胡小平、大明、小辉和我四个人开着检察院的一台警用桑塔纳小轿车出发了。这车据说是整个院里最好的一台，足见检察长对这次追逃行动的重视。

连续十多个小时的长途行军后我们到达了虎山。大家饥肠辘辘，便找了一家小店，简单点了几个菜开吃。为了找一个住的地方我们可是费了一番工夫。胡小平说，检察院经费紧张，不能住豪华的，连那些每间标间五十块钱的都嫌贵了。晚上十点多，胡小平同意住在一家家庭式旅店，那是几个人一间的大房，房内光线昏暗，潮气很重，但人困马乏，大家都顾不得这么多，倒头便睡。第二天起来个个全身瘙痒。胡小平很尴尬，憨笑着说："前紧后松，前紧后松，不知道要工作到哪一天，一断粮就麻烦了。"几年后我才知道，这种旅馆在珠三角一带有一个专有名词，叫做"十元店"。

通过114查询台找到了那家传呼台的服务电话，打过去，值班小姐说他们公司在南海某村。我们买了一张地图，边走边问，好不容易赶到了那里，出示证件和手续后调到了那个BP机近两个月的传呼记录，细细一看，发现有两个座机电话经常CALL这个号码。我们问传呼台这两个电话是哪里的。人家很客气，查了一下说是属于某镇。

我们商量还是请求当地公安分局协助，毕竟这两个座机号码是哪里的我们不清楚。按图索骥，我们找到了公安分局，来到了楼上的刑警队。一个工作人员带着我们来到队长办公室，那里摆着一个关公像和一个香炉。我很诧异，之前听说广东对神明是很敬重的，没想到在公安机关里面也有这样的摆设。小辉偷偷地说："关公除暴安良，是正义的化身，是保护神，香港的警匪片里面警队都会这样摆，别奇怪。"

听了介绍后，队长表示会安排人协助我们，并要人把我们带到一个大办公室等着。那个办公室就像是大学的课堂，每张办公桌整齐地朝一个方向摆着，好些侦查员正在忙忙碌碌。最前面有一张更大些的办公桌面对他们，像是老师的讲台。

十多分钟后从外面风风火火地走进来一个年轻人，年龄和我差不多，他满脸笑容做了自我介绍，说："我叫张国良，领导安排我来配合你们工作。"张国良说刚才已经对我们提供的话单进行了分析了解，发现这两个电话是一家私营橡胶厂的，他现在带我们去那边开展调查。这样看来，如果是老毛，那他应该在这家工厂做事了。

小张是本地人，朝气蓬勃，他说自己当兵回来就干上了刑警，很热爱这个职业。他开着一台面包车在大街小巷穿行，速度极快，好几次把我们吓得心惊肉跳。我说别急别急，慢点。他说我们可得抓紧时间，早点完成任务，如果是老毛，抓到了还要审讯、羁押，有好多事要做。

十多分钟后小张带着我们来到一个村委办公楼，他用粤语向村干部做了说明，大意是要那家私营家具厂的老板过来。我问："这样会不会惊动老毛？"小张一脸自信，说："放心，没问题，老板是湖北的，他不会包庇一个外省的打工者。"

很快，老板派了一个经理过来了。他一看这个BP机号就问我们找机主有什么事。我不知道对方和他有什么深层关系，连忙说他有案件在身，在你们厂里是一个隐患，希望你配合。他迟疑了一下，说这号码是他们会计老牛的，并说老牛是一个老实巴交的人，虽然将近五十岁了，但做事任劳任怨，不像坏人。

"老牛？"我的心突地一沉，赶快把老毛户口底册上翻拍的照片从包里拿出来给经理看，他略微一扫，说就是他。我立即感到这两天的疲奔奔波烟消云散，大伙也一样，个个笑逐颜开。

接下来就是如何抓捕了。经理说："老牛现在开车出去办事了，要不我 CALL 机叫他回来？"胡小平问我的意见，我说稳妥的话就等他回来，张国良也说对。

我们一同来到橡胶厂。经理进去办事，我们按照他告知的车号在门口等候。

从下午两点多开始，一直守到五点钟都没有看到车子回来。小辉急了，说那经理是不是通风报信了。大家都觉得这种可能性不大。小辉又说干脆叫经理 CALL 他，看他到哪了。我不同意，认为既然没有走漏风声，还是自然点好。

半个小时后工厂陆续有人下班。这时，一辆蓝色小货车驶到大门边，司机探头向门卫打招呼，我们一看，这不就是照片上的老毛吗？！我和小辉连忙下车往厂里走去。老毛停好车走下来，我和小辉一左一右夹住他，用家乡话说："毛所长，我们找你找得好辛苦。"老毛一看后面赶上来的胡小平和大明，"唉"了一声，立马一脸苦相。

老毛在逮捕证上签上名，我们要经理给他结清工资，然后去他住处取衣物。这是一间不到四平方米的简易宿舍，进门都需低头。房内物品堆放杂乱，气味难闻，一个电磁炉上放着一口小锅，看来老毛还要自己做饭。"老毛，你就这样生活？有什么意思？应该早点回来投案自首呀。"大明看着老毛直摇头。胡小平打电话回去向家里报告了好消息，领导说："老毛可是这次行动全市抓获的第一个逃犯，你们为县里争了光，真要感谢公安兄弟们的大力支持！"

在张国良的帮助下，我们把老毛羁押到看守所时已是晚上十点多了。第二天，国良兄弟带着我们吃了当地有名的早茶，然后开车去了附近的景点参观，下午又热情地带路送我们到高速路口。大家都感叹，幸好遇到一位热心的刑警兄弟，省了好些事，下次人家到我们家乡可一定要好好招待。

我们要去的下一站是新州，经过在家乡的调查，我们怀疑另一个对象老管在那里。我们决定先到新州市公安局刑警支队，请求他们对几个可疑电话进行调查。

刑警支队位于市局主楼后面的一栋独立大楼，一楼是协外中队。说明来意后，中队长立即派了一名戴着眼镜、文质彬彬的小伙子配合我们。他查了一下，说这些电话在南岛，然后带着我们去南岛分局刑警大队。

"这里去南岛挺远的吧？"大明问。

"是挺远的，但你们这么老远的跑来我们应该全力配合才是。"小伙子微笑着说。

南岛分局刑警大队也派了一名兄弟配合。大家对几个可疑电话的位置进行了一番细致调查，一直忙到晚上十一点多也没有发现线索，大家决定第二天再工作。

第二天，南岛分局的兄弟又帮我们连续工作一天，仍无进展。下午，县检察院反贪局尤局长亲自带着司机过来，我们见面后商量，我和尤局长、大明先押着老毛回去，对另外一个对象老蔡开展调查和追捕，胡小平和小辉留在新州继续工作。

将老毛押回老家后，休息了一天，我们着手对老蔡开展调查。老蔡家在邻县的一个偏远乡镇，我到那里正开展工作，第二天下午接到年初接替董强任大队长的方勇明的电话，他问我在哪。我说还在配合检察院追逃。

方大队长说："你回来吧，县局还有更重要的逃犯要你去追呢。"

我问："雷局长知道吗？是他安排我去协助检察院工作的。"

方大队长笑了："就是雷局长要你回来的。从4月中旬开始，公安部组织全国公安机关开展为期两年的严打整治斗争，县局很重视，列了四个重点案件和一批重点逃犯，几个局领导每人分了任务。雷局长自我加压，亲自挂了最为复杂的叶家坡旁边国道上发生的系列抢劫案。他在党委会上立下军令状，说他保证在一个月内完成这个案件的追逃任务，否则就主动辞职！"

"那要我回来做什么呀？"

"做什么？雷局长点了你的名，要你在他那个组。局长的政治生命都在你手上，你是责任重大呀。"方大队长说完哈哈大笑，我则一脸惊讶，头皮发麻。

## 5

叶家坡附近国道上发生的系列抢劫案我是很清楚的，发案时我还在大案队，由大案队立案侦办。那是 1999 年 1 月至 2000 年 3 月间，叶家坡附近约三公里长的国道上陆续发生十余起团伙性持刀持棍抢劫过往货车司机案件，损失财物十余万元，多人受伤，熟悉情况的人都称那片区域为程咬金剪径的"皂角林"。为侦破这些案件，我们当时花了不少精力，调查走访、蹲坑守候，甚至借用民用车、搭乘外地货车来回巡查，却没有任何效果。这些家伙就像是与你打游击，当你拼命熬夜加班时，他销声匿迹，当你疲惫不堪时他又冒出来做一宗案件，气得中队几个兄弟都要疯了。事后查明，这些案件其实就是叶家村几个家伙干的，而当时我们就经常冒着严寒酷暑将民用车停在这村庄与国道交界处，难道这些坏蛋当时发现了我们的行踪？那时我曾经把这一带几个村作为重点来排查，有一次，我带一个受害人到县城派出所去翻户口底册上的照片，看了几个村都没有，刚拿出叶家村的户口底册时他却说时间紧，吵着要走。我劝不住，再一想，兔子不吃窝边草，他叶家村的人真敢在自家门口作案？便依了他。2000 年 4 月，我调离大案队来到南路中队工作，大案队的兄弟们又花费了一番工夫，终于发现了狐狸尾巴，掌握了其中一个家伙休仔的涉案嫌疑，又经过近半年的侦查，终于在穗城将他抓获。休仔交代了其他六人的情况，但因为全案只有他一个人到案，对他的起诉存在困难，所以抓获其他在逃人员迫在眉睫。

破案后发现是叶家村人作案后我一度后悔得要命，如果当时工作再细致一点或许早就破案了。现在局长亲自点将，转来转去，这欠下的债我还是要去还。

雷局长把专案组五个成员叫到他办公室，除我外，还有刑警大队邹教导员以及大案队主办民警大发，辖区派出所民警军仔、小沂。雷局说："这个案件性质恶劣，逃犯多，加上诉讼时间紧迫，所以我精挑细选了你们几个。我夸下了海口，一个月内把人抓齐，拜托你们了。案件日常工作由邹教负责，文景协助，尤其文景，在追逃上有思路，前几天还帮检察院抓获一个，人家写了感谢信来表扬，希望对自己的案件更加要上心，再立新功。"我虽忙不迭地点头，但是心里还是感到压力山大：休仔到案半年了，几经延长羁押期限，多方侦查都没有发现其他逃犯的踪迹，要我们一个月内把人抓全，这太难了。

再困难，领了任务我就不敢大意了。我找到大发，把案件熟悉了一遍，记下了每个对象的个人和家庭情况。我觉得这些家伙逃在外面，要么改名换姓，要么就躲在亲戚朋友那里。我决定先从他们的亲戚那里着手调查。

叶家村属于县城辖区。幸好我现在是在城关中队工作，有意无意地结交了一些县城周边村子的干部和小年轻，他们也很喜欢跟我交朋友，毕竟他们的活动范围就在县城。我有针对性地找了两个在叶家村有朋友的小伙子，让他们帮忙了解清楚这些逃犯的亲属情况和社会关系。没想到这些兄弟很有活动能力，很快就向我反映一条线索：逃犯阿武的姑姑在穗城一个水产野生动物市场开店，她经常会回老家来收购野生动物，给别人留过她店里的电话，或许阿武就在她姑姑那里躲藏呢。我立即向邹教和雷局长报告。局长毕竟人缘广，一听立即与穗城警方的朋友联系，要他们查这个电话的具体位置，不久人家反馈了情况。局长又要对方派人去看一看阿武有没有在店里。穗城的朋友很热心，连着去了几天，终于发现有一个长相很像阿武的人就在那个店里帮忙。他们还发现阿武与另一个讲家乡话的年轻小伙子在店外聊天，从那个人的年龄和长相来看很像我们要抓的另一个对象"猪仔"，跟踪后发现那人在不远处的一个鸟苑打工。人家说，一是不熟悉案情；二是不在他们辖区；三是怕搞错对象，不敢轻易抓捕，需要我们派人过去。

得到穗城方面反馈消息的时候大伙正在休五一假，所有专案组成员心头为之一振，邹教导员立即带着我们四个人开车往穗城赶。

一天一夜马不停蹄地急行军，我们赶到目的地——穗城越山区木棉花街道，此时天已大亮。吃过早餐后，与当地警方取得联系，人家立即派一个侦查员带着我们开车去水产野生动物市场。那市场很大，纵横十几条商街，每个店铺内外都摆放着各种见所未见、奇形怪状的飞禽走兽和水产，空气中充斥着腥臊难闻的味道。参观的行人、买货的客人、送货的小车把街道弄得拥挤不堪，我们的车只得慢慢前行。

邹教导员开着车，说："大家把照片拿出来，注意观察，别光顾着说话。"

汽车缓缓走到市场中间一家商铺前面，当地兄弟指着它说："就是这里。"我们连忙看过去，商铺外墙上写着一个联系电话，与我们掌握的一致。走到店门口，往里面望去，只有一对中年男女在那忙碌，阿武不在。

"或许他去送货了，或许在家睡懒觉呢。"邹教导员说，"别急，我们开出去，等一下陆续走路过来看。"

可是，直到下午一点我们也没有发现阿武的人影。

"我们是休假期间偷偷出来的，不可能走漏风声呀。"邹教导员皱起眉头。

"是呀。要不我们先去鸟苑看看'猪仔'，阿武缓缓再说。"我建议道。

"也好，省得浪费穗城兄弟的时间。"邹教导员决定。

鸟苑离水产野生动物市场不远。为便于伪装，也便于迅速行动，我们临时租了一辆小面的进去。鸟苑同样人潮拥挤、热闹非凡，各个商户门口或挂或摆着大大小小的鸟笼，里面是各种各样美丽活泼的鸟儿。穗城兄弟指着路，邹教导员慢慢开着车。突然，我和大发同时看到不远处有一个小伙子提着两笼鸟往我们这边走来，看样子，很像照片上的"猪仔"，刚想冲出去，邹教导员喊道："别急，等我掉好头，不然抓到了也出不去。"等邹教导员掉好头时，那人往人群里一闪，不见了。我冷汗都出来了，连忙拉开车门叫大发、军仔和小沂下车寻找。几分钟后，正当我们急得满头大汗时，却见那个人空着手跟在一个胖胖的中年妇女身后走过来。

"猪仔！"我大喊一声。那人连忙回头。

就是他！我们立马上前，别手的别手、抬脚的抬脚，将他腾空架起往小面包车里塞。前面那个胖女人见了，边追边用粤语大叫起来。我一句也听不懂，指着她，用普通话叫道："公安局的，有事抓他。"女人似乎听不懂我的话，没有停住脚步和叫喊，仍旧朝我们追来。

"快走！这里都是她的老乡，再不走就出不去了。"配合行动的兄弟急了，看我们上了车，"咣"的一声把车门拉上，催着邹教导员开车。邹教导员毕竟是老司机，技术好，车子像泥鳅一样在拥挤的人群中穿梭一阵，终于来到大门口，一溜烟驶上了大路。大伙都松了一口气。

被抓的家伙果然是"猪仔"，他交代，前几天确实和阿武在他姑姑的店外见了面，但不知道他住在哪里，也不知道他现在去哪了。"猪仔"叹气道："真不该做那样的坏事。我现在勤勤恳恳地打工，老板娘对我多好呀。"

当天下午，我们又多次进入水产野生动物市场，直到晚上店铺关门也没有发现阿武。晚上，我们不敢去住招待所，在派出所和车上轮流休息，天一亮又三三两两地进市场去观察，直到中午仍旧没有发现他的影子。难道这家伙不在那里做事了？还是得到什么消息跑了？大家顿时紧张起来。

邹教导员想了想，打通了雷局长的电话。一商量，决定邹教导员他们押着"猪仔"先回去，我和军仔留下来抓捕阿武。

当地派出所这两天在搞一个大型行动，配合的兄弟也没有时间陪着我们继续工作了，我和军仔不知如何是好。

在附近找了个旅馆住下，洗了洗这一身的臭汗，坐下来我就思考着如何开展下一步工作。突然，我想起萧汉风曾经说过他在穗城有几个刑警学院的同学，便给他打电话，请求协助。他说："我有个同寝室的兄弟，叫晓文，应该可以帮助你们，我现在就联系他。"我连忙称谢。不久就接到晓文的电话，我把情况介绍给他听，问他方不方便。晓文爽快地说："我在地铁分局刑警大队工作，全市都是我们的战场，单位也有抓捕逃犯的任务，何况是汉风交代的呢，我马上过来。"我高兴地对军仔说："出门在外，还是有朋友好呀。"

一个小时后晓文带着两个同事过来和我们会合了。我和军仔上了他们的地方牌吉普车，车子缓缓开进嘈杂的市场。快到阿武姑姑家店门口时，坐在前排的晓文眼尖，说："那家伙不就是吗？"我们看去，只见店里坐着一个小伙子，与阿武很像，一副无所事事的样子。旁边忙着接待客人的应该是他的姑姑和姑父。不待车停稳，晓文迅速打开门冲下去，我们紧跟其后。那小子看我们冲过来，起身想跑，但已来不及了。大伙截住他，我用家乡话问道："是阿武吧？"他看我们一眼，全身颤抖着点了点头。晓文铐住他的双手，说："走，跟我们去地铁分局刑警大队。"一旁的客人见了，纷纷往店外闪。阿武姑姑又气又恨地指着这小子，骂道："小时偷针，大时偷金，平时叫你学好就是不听，现在尝到味道了吧！"看来阿武已经把自己的所作所为告诉她了。

把人押到地铁分局刑警大队。那里的审讯室装有空调，四面墙上贴有厚厚的海绵垫，既能防止犯罪嫌疑人自残，又能隔音，门一关，外面一点声音也听不见，真好。军仔羡慕得直摇头，说："看看我们那审讯条件，声音大一点，不仅影响到旁边审讯室的同案犯，整个公安局大院都会听到！"

阿武和"猪仔"两个主犯的落网使案件取得了突破性进展，将休仔起诉的压力解除了。同时，他俩还交代了两个之前没有掌握的对象，这两个家伙没有逃往外地，很快就抓到了。雷局长很满意，要我们继续努力，把其他逃犯全部追回来。

## 6

而此时，随着县里和清源区两地人事调整的结束，又风传县局要开始人事变动了。每到这个时候全局上下就弥漫着一种说不清道不明的气氛，有想提拔的、有想调整岗位的、有想从农村调入县城的，大家各显神通，总想着如何接近局领导或者找谁去跟局领导通融说情，实现自己的愿望。雷局长之前说会给我"挑更重的担子"，他到底会把我安排到什么岗位呢？我琢磨了一下，技术中队的戴队长资格老，据说要提拔为副大队长，县局目前专门学技术的没几人，豹子算一个，并且资历也够，听说是他接班主持工作；南路中队、北路中队负责人以副代正，去的时间也不长，应该不会调整；城关情况复杂，还需江队、周俊把住县城口子。而大案队队长已申请去了老家清源区，缺中队长，加上整个大队几十号人就我在大案中队的工作时间最长，工作成绩也不错，自己重新回到大案队去担任队长的可能性最大。而我最想去的地方也是那里，既可以发挥专长，又能照顾照顾家里。如果再去农村，离老婆孩子又要更远了。我不敢掉以轻心，毕竟有去年的前车之鉴。我想着是不是应该去向局长政委表明自己的想法。去他们办公室？领导一天到晚忙得很，办公室时时有人，哪有机会开口。去领导家里？提点礼品像做贼一样在人家门口徘徊，万一被人撞见多不好意思，这不摆明是走后门吗？我等读书人怎么可以做这种为人耻笑的事情。想了想，便要豹子、袁军他们帮忙打听打听。豹子大大咧咧，说："这你还担心，肯定是你的啦。"我说："你是板上钉钉的，但我还没有官方说法，不放心呀。"他就开玩笑，说："我倒是希望你在大案队负责，一个侦查、一个技术，我俩搭配，干活不累。"豹子很热心去打探，不久就笑眯眯地告诉我："我偷偷问了几个局领导，都说雷局长征求过他们的意见，说你是最佳人选，雷局长对你也满意。你就放宽心等着请客吧。"

袁军的性格一向沉稳，与局领导的关系也不错，我决定听听他的意见，就把他从办公室拉出来，躲在一边问他近期有什么消息。他嘿嘿一笑，说："你不会自己去找领导问呀？"我说："这哪好意思去。"他骂道："你小子是死要面子活受罪。这些年一个人把全县的大案都破了，这大案队队长不是你做还会是谁？"我知道这家伙又在开玩笑，便说："少啰唆，你给我说点实话。"他说："我刚才就是说实话。你看，现在的小偷小摸案件多如牛毛，谁愿意关注？局长、政委关心的是那些影响大、性质恶劣的大要案，所以大案队队长确实要有真才实学，要吃苦耐劳、肯动脑筋。很多岗位可以用来摆平关系，这个位置却真是要有硬本事。靠关系坐到这个位置上，领导不放心，自己坐着也难受。从县局所有民警来看，不能说你最强，但目前大家看得到的不就是你最适合吗？何况目前也真没听说安排谁。放心，没人争这个烫手的山芋。"

听到这些情况我放松了很多，我想，雷局长说的要让我担任更重要的岗位，大概他心里就是这样安排吧！这段时间更加要好好表现，让领导坚定用我的信心。

为了使严打整治斗争取得更大的战果，县局领导决定继续推进那四个重点案件的追逃工作。县城派出所承担了一起涉黑案件。据他们调查，那些追捕对象有很多个在穗城、东江、新州一带活动。为减少经费，局里决定我们办理的叶家坡系列抢劫案与他们的涉黑案一起行动。同时，几个局领导还把他们分管业务里涉及的逃犯列了个名单，总共有十多个人，希望我在那顺带调查一下。

县城派出所办理的涉黑案由指导员武剑带队，成员有派出所民警阿民、城关中队老阮以及司机泥鳅，我们的案件就由我和军仔负责。

兵马未动，粮草先行。局里预支了五千元经费，由武剑指导员保管。外出的车辆只有派出所安排的一台昌河牌小面包了。大家围着这"小毛驴"看了半天，说这大老远的，它能行吗？

出发那天我和武指导员各领了一支手枪。汽车开到南新镇的大桥上，我叫泥鳅停车。我走下车，拔出手枪，"咔嚓"上膛。大伙看着我，问道："文队，你这是要干吗？"我对着河中央，"啪啪啪"连开三枪，然后像电影里的英雄人物一样朝枪管吹了口气，说："大军开拔，击鼓三声，以壮行色！"众人听了纷纷叫好，鼓起掌来。

武指导员他们办理的涉黑案也是一起影响较大的案件，涉及人员更多、案情更为复杂，领导很重视。我们决定，每到一地先以他们的逃犯为主开展调查和抓捕，我们的为辅，也就是到当地公安机关后，先要人家帮助核查涉黑案逃犯的下落，顺带查一查我们带过来的名单中的对象在这些地方有没有登记信息。

"小毛驴"载着我们沿穗城、东江一路辗转南下，就像唐僧师徒西天取经般风餐露宿，很快一个星期过去了。武指导员是个责任心很强的人，到达新州后，他说这些家伙在这里的可能性很大，天天带着我们在方井、永福、南乡一带的派出所、村委、工厂、出租屋奔波，又是调查，又是搜查，又是跟踪。

因为经费紧张，想省下些住宿费和口粮，加上确实需要当地派出所协助，我们就多次厚着脸皮在人家的办公室、会议室过夜，第二天再混点饭吃，这样便经常在珠三角地区的派出所看到民警带着巡防员开着车尾有一个栅栏窗口的小货车，一车一车从外面拉人回来，关进留置室，整个派出所往往一夜灯火通明，人声嘈杂，有来探问情况的，有来交钱保释的，有言语不合引发争吵的。我就想，其实这里派出所的兄弟比我俩辛苦多了。

工作几天了仍旧毫无进展。住进旅馆我们就看当地的电视解乏。这里的电视频道比起我们家乡的自然多多了，连广告都是那样的新奇夸张，我们就学着里面人物的粤语腔调互相调侃解闷。

武指导员一看经费用得差不多了，便找了一个他在南乡镇的单身同学，把大伙都安排到人家家里去住。同学家很小，就一房一厅，武指导员和他同学挤在房间的小床上，我们五个人打地铺睡在客厅里。新州的六月天很是燥热，电风扇根本不起作用，大家就轮着讲故事熬时间。多年后，我们的出差条件好多了，可我却经常想起那段艰苦火热、无怨无悔的日子，想起那兄弟般的情谊。

这天是星期日，大家都累了，我和武指导员就说去周边走走。我们先去了南岛海上公园，那里有巨大的万吨客轮和一尊高高的女神雕像。几年后，当我故地重游时，发现那里已被填海，建起了很多高楼大厦，彼时那触手可及的大海离我们很远很远。再看旧照片，更是感怀当年青春飞扬的面庞和乐观向上的意志。

我们开车来到附近的清凉世界公园。在一间陶俑小工坊内，一位年轻的妈妈带着他三四岁的儿子正在那制作小动物。孩子满手泥巴，玩得很开心。新州的孩子多幸福呀，他们有这么多新奇有趣的活动，要是我也在这工作，儿子不也可以享受美好的城市生活吗？

第二天是周一，上午八点多，我正在酣睡，忽然接到董强副局长的电话，他一听我的声音就知道还没有起床，骂道："刚到新州半个月你们就养成了那边的生活习惯吗？"我嘿嘿一笑，说人家这边都是九点钟上班，我们马上就要去派出所了。他问现在有什么进展，我连忙把当前的工作汇报了一遍，提出了下一步工作计划。他要我们抓紧时间，毕竟家里快要人事调整了。

起床后我们就往凤凰派出所赶，武指导员说那边有些情况需要摸查一下。趁着武指导员和凤凰派出所一个副所长在交流工作，我走到旁边户籍室，要求在暂住人口中查一查有没有我带来的这十多个逃犯的登记情况。户籍室的工作人员把这些名单一一输入电脑搜索了一遍，发现叶家坡系列抢劫案逃犯阿福在案发前曾经在光华镇一家工厂打过工。他会不会在作案以后逃回这家工厂打工呢？

大家都觉得这种可能性很小，谁会这么傻，明明知道公安机关在抓他还回到原来打工的地方去？我虽然也这么认为，但现在没有任何线索，便说死马当作活马医，去碰碰运气也好。三天后，武指导员他们主办的案件没有任何工作可做，只好听从我的意见，开着小面包来到光华镇的辖区派出所。说明情况后，所领导派了一名治安队员骑着摩托带我和军仔去厂里调查。

刚出派出所不久天突然下起小雨。我不愿返回，催着队员往前走，到总厂门口时三人都湿了半身。

我们来到总厂人事部查资料。负责人事的小妹翻了一遍档案，说总厂没有这么个名字。她补充说，总厂下面还有三个分厂，我们可以去分厂查查那里的资料。查到第二家分厂时，一位人事秘书看了一眼阿福的相片，说这个人我见过，目前好像在总厂做工。我们刚才不是在总厂查过了吗？再去查又有什么用？但是不去查又怎么能放心呢？我们三人再次骑着摩托车返回到总厂。

到那以后，我要求人事秘书把档案资料全部端出来，我和军仔自己来查看。我决定不看登记的名字和内容，重点是把带过来的照片与档案上的照片细细比对。果然，在翻看了两百多页档案后，我发现一个人的照片与阿福很像，他登记的姓名地址是王立水、安徽芜湖人。我决定见见他。我们来到楼下，保安队长把他从车间叫出来。见到他本人，我一眼就认出来那就是阿福。我用家乡话说道："阿福，你藏得好深呀，还改名换姓！"这小子一听，顿时手足无措，一脸惊慌，说："想不到这都能找到我，我可是和任何家乡人都没联系呀，唉……"

这毕竟是我们出来十多天抓到的唯一的对象，"开了胡"。把人押到当地派出所，我想应该向雷局长报告一下，便拨了他的电话。一接通，我刚叫了一声"您好，雷局长！"就被他打断了，他说："我正在开全局民警大会。"我一听，连忙"哦"了一声，挂了电话。过一会就后悔了，我怎么这么笨，不知道多说一句"阿福抓到了"，这样局长在大会上也高兴，肯定会当着全体民警的面表扬我呀。

把人一羁押，我们追逃组轻松了许多。当晚，大家找了一家小酒馆庆贺起来。我对这些天的追逃很有感悟，说："我们这样辛苦奔波，这些家伙揣着一张假的身份证就可以到处务工、住宾馆旅店，即使你查得再厉害，有这张假证他照样通行无阻。要是国家制作身份证的部门能在里面安装芯片或者外部加 IC 卡，到旅店、银行一刷，就能在电脑上显示他的真实情况，相片上的人是不是他、他到底是不是逃犯都显现出来，我看他还怎么躲？"大伙都附和，说你这办法好，就不知道主管部门想到了没有。事实上，当时我们的第一代身份证确实存在防伪性不高、靠肉眼识别、无全国联网等问题，给逃犯和不法分子有了可乘之机，而第二代身份证全国是 2004 年 1 月才正式铺开办理。当时我之所以想到在身份证上加装电子设备问题，一是受到使用 IC 卡电话的启发，再就是在长期追逃实践中得出的思考。当然，估计全国并不是我一个人想到这个方法，甚至有人可能会更早。而当时，即使我们有好的点子，但受信息传输的制约，不可能像现在这样在网上、朋友圈、微博上发表看法，也只能小范围谈谈而已。

正喝得兴高采烈时接到了靳秋打来的电话，我笑哈哈问他有什么事。他说："你什么时候回来？"我说刚抓到一个逃犯，没接到撤回通知，还要继续工作呢。他说："你不回来我没有主心骨，不好开展工作。"我觉得奇怪，问："不是有邱队长吗？"说完这句我顿时反应过来了，难道局里安排我去南路中队？果然，靳秋说道："上午宣布人事调整，难道你不知道？"我说一直忙，没人告诉我。他说："邱队长调到大案中队了，你接他的手。我在南路中队任副中队长，协助你。我们第三次到一起了，哈哈……"

"什么，我去南路中队？"我蒙了，这可不是我期望的呀，也与之前的传言和大家分析的情况不同啊。我顿时像泄了气的皮球，一点酒兴也没有了，闷声坐在一旁，低头不语。老阮走过来，说："是调整的事情吧？我中午就知道了，怕你不高兴没说。既然这样你不如跟领导汇报一下，早点回去，毕竟南路中队还有一摊子的事情。"

我不作声，心想，这就是"给我的担子"？这样我一家三口岂不是又要三地分居，越离越远。早知道这样我还不如去清源区，也不会像现在这样相距更远。我又想，为什么每次都是在我出差的时候单位就发生人事变动，让人措手不及，就像是一个古代的将军，在前方浴血搏杀，朝廷发生重大变故自己却浑然不知。

我决定打个电话给董强副局长。

电话接通，董强副局长说："我也正打算联系你，叫你早点回来，组织安排你去南路中队负责，要做一些工作交接。"

我问："董局，为什么又把我安排到南路中队去，我在大案中队的时间最长，也热爱大案侦查工作……"

"我去年就跟你说过，南路片是全县社会治安和刑事发案最为复杂的地方，在主持工作的干部中，你是全局最年轻的，派你去那里把口子、让你去发挥个人能力，就说明局党委对你是很信任的，也是对你的考验。大案虽然影响大、责任重，但还是在大队的直接领导下，对中队长的主观能动性要求并没有南路中队那么高。你要全力以赴，做出成绩来，我也相信你有办法做出更好的成绩。"

虽有一百个不愿意，但事已至此有什么办法呢？我不会像之前有的同事那样耍脾气不上任，或者找上级领导去给局领导打招呼，改变安排。

第二天一早，我就和军仔押着阿福坐火车回去，武指导员则带着其他兄弟继续进行涉黑案追逃行动。

# PASSAGE 4

## 第四篇
### 镇守一方

# 第三十八章　孤胆英雄

## *1*

　　火车深夜到达县里，将人交给大案队王林和小辉，稍微休息几个小时我就起床来到刑警大队。董强副局长和方勇明大队长有事外出了，邹教导员带着我和办公室人员一起去南路中队，一则送我去报到；二则办理交接手续。

　　局里这次调整动作较大，南新派出所原来的孟所长调走了，现在的所长姓张，是一个退伍军人。院子里的兄弟对我们的到来很是热情，中午、晚上连着两场，把邹教导员和我都搞醉了。

　　南路中队的民警也调整了，除了靳秋外还有三位小弟，都是二十来岁没结婚的毛头小伙。一位是章江，前两年警校毕业，长得高大帅气，据反映个人素质不错；一位是何安安，去年工业大学毕业的本科生；还有一位是曲河伟，去年毕业的警校生。应当说，整个队伍是年轻化、知识化，缺点是三位小老弟工作时间不长，经验相对欠缺。但没关系，只要肯学肯干，他们一定会进步很快的，整个队伍也一定会有战斗力。第二天，我和靳秋碰了一下头，把目前中队目标管理考核完成情况盘点了一下，发现时间虽然过半，但因上半年人事变动的原因工作还有不少需要完善。此外，邱队走时给我们留下了三万元的资金，这些钱用不了多久，我们更不能坐吃山空。我把几个兄弟召集在一起，提出两手抓，一手抓业务工作，一手抓经济创收。业务工作只要能按照目标管理考核要求，一项一项去完成，年终排名在大队前三即可，但对于重特大案件、严重侵害群众生产生活的案件要优先办理、全力以赴；而经济方面呢，我知道，如果主官大手大脚，甚至有私心贪欲，把公家的资产当做自己的"聚宝盆"，必将增加弟兄们的压力和工作量，这也是之前很多单位产生矛盾内耗的深层原因。我告诉大家，经济上只要能保证单位的运转和弟兄们的正常补助即可，不需要大家没日没夜地做罚款的机器。我提出，由何安安管钱、章江管账，每季度我们几个人坐下来盘点一次，财务公开，大家都知道有多少家底，没钱了才会一起去努力。我又表态，邱队长留了多少钱给我，哪天我调走的时候也要留多少给下一任。

毕竟在南新镇的地头上，我和张所长都是初来乍到，于是一起去拜访了镇党委、政府领导，在地方工作，没有当地的支持是不好开展工作的。

院子是派出所的，张所长觉得新人要有新貌，组织大家对院墙处堆放的之前缴获的木头和废旧自行车进行清理。他又提出，洗衣处的自来水流到桶里，沉淀后有一层白灰，要共同出资把多年未洗的水井和水塔清清淤、消消毒。我也发现洗完衣服后有一点点臭味，开始还以为是自己出汗引起的，经他一说才明白原因，于是答应了。

南新镇处于锦河的下游，因为上游有几个大型厂矿，水质受到污染，据说每年征兵体检本镇通过率很低，加上张所长发现院里有兄弟体检出现大三阳，便要把之前的合餐制改为分餐制，也就是大家从之前每餐可以共同吃五六个菜改为分配一菜一汤，按照每餐多少钱核算登记，月底结算。我觉得这样卫生，加上我们中队几个人经常到各个乡镇办案，分餐制其实为我们节约了开支，于是也同意。

电费是一项较大的开支，整个院子只有一个电表，张所长提出按两个单位平摊。有的兄弟认为我们中队人少，经常在外办案，又没有空调，要我提出按人头摊派。我觉得既然住在人家院内，没必要斤斤计较，便也同意了张所长的意见。

这时已是夏天，办公室闷热不已，院子里的兄弟还是和以前一样每到晚上就开始打扑克。我仍旧要么做看客，要么和人聊天，要么就端把摇椅躺在走廊灯下翻报纸。

南新镇的赌风很厉害，大多是在茶馆店，还有不少在居民家中。张所长认为我们初来乍到，正是可以大刀阔斧、不讲情面地"创收"的时机。加上天热，大家都不愿睡觉，就邀我们一起去抓。一般来说，派出所如果自己去抓，"收入"会多一些，但南新镇居民聚赌成性，少则七八人，多则几十人在一块赌，派出所这几个民警很难控制局面，而我们中队都是生龙活虎的小伙，加上之前派出所和中队一直有"有福同享"的传统，所以我也带领中队民警一起去行动。这样，在初来的一个月间，我们两家连续铲了几个场子，抓了好几十人，每人罚款三五百元，按照参与民警人数分配罚没款，两家都有了两三万的进账。

现在我似乎在轻描淡写，但实际上每次抓赌都是那样惊心动魄，不比抓杀人犯或者抢劫犯轻松，行动之前要派人秘密侦查，搞清里面有多少人、打什么牌、打多大、如何付钱。如何进入现场、如何守候门窗、如何控制现场都要事先研究。抓赌过程中有爬窗跳楼的、当场起哄的、胡搅蛮缠的、拒绝传唤的、反抗动武的、煽动闹事的，不一而足。没有一点魄力或者气势很难震住这样的场子。

抓获赌徒后，我们要把院子大门锁上，对每个人进行讯问，遇到狡辩的、避重就轻的、要滑头的，还要进行一番唇枪舌剑，之后再根据他们的参与情况宣布初步处罚决定。之所以说是初步，是因为我们宣布的处罚决定一般是罚款，并且还没有得到县局的裁决。有的人一听，要么明确表示交不出，宁愿被治安拘留；要么死乞白赖，躺在留置室里叫人送饭，坚决不交或者找各种关系要求少交，直到你都感到筋疲力尽，没心情和他搞持久战，随便收点罚款押金算了。抓一次赌到全部把他们消化少则一天一夜，多则两三天，结束后大伙都跟得了传染病一样，个个红眼睛、黑眼圈、无精打采。之后我们再根据每个人的情况跑到县局找法制科、局领导呈报处罚决定。

## 2

2001 年 4 月 2 日至 3 日，全国社会治安工作会议在北京召开。这是新世纪初中央召开的又一次十分重要的会议。

会议认为，我国社会政治大局是稳定的，但也存在刑事案件总量上升，危害严重的问题，要在全国范围内开展一场"严打"整治斗争，坚决打掉犯罪分子的嚣张气焰，尽快改变治安面貌。会议不仅要求公安机关担当主力军，也要求各级党委和政府行动起来，精心组织，全力推动，要求政法队伍要做到一身正气、执法如山，让犯罪分子闻风丧胆、胆战心惊。

会议要求，全党和全国上下要共同努力，坚决实现两年内社会治安明显进步的目标，为社会主义改革开放和现代化建设提供有力的保证。

中央会议后，县局和刑警大队就如何贯彻落实进行了部署和要求，一句话，就是要发挥刑侦尖刀和拳头作用，加大破案和追逃力度，多破案、破大案。董强副局长还专门把我叫到办公室，向我交代了一起案件，希望趁这次严打整治斗争把它拿下来。

这起案件我之前没接触，大概情况是：1995 年，太宁县五水乡高侯村的高贵平、高利平堂兄弟穿着买来的警服冒充警察在南新镇至庐河县城的公路上，多次对过往货车司机进行抢劫。案件发生已经有五六年了，案发后县局组织过抓捕，但没抓到。董强副局长告诉我，他以前在处理太宁县五水乡高侯村与我们南新镇朱家村因山地纠纷引发的朱家村村民将高侯村高三发群殴致死的案件中，认识了高侯村及邻村芳岭村的高大松等几个村民，这几个村民与高贵平、高利平两家的关系并不好，他要我偷偷去找他们了解高氏兄弟现在的情况。

7 月中旬的一天晚上八点多，我独自一人骑着摩托车摸黑来到芳岭村。之所以独自去，就是要尽可能打消别人的顾虑。

此时的村子大多数人家已关门闭户，显得非常安静。我偷偷问到高大松家的位置，找上门。表明身份后，夫妇俩对我的到来一脸疑惑。我连忙说："是董局要我来找你的。"高大松一听，脸色轻松起来，他端来一杯井水，要我坐下。闲聊几句后，我问道："高贵平、高利平的案件已经有好几年了，他俩现在回来了吗？"他答道："高贵平已经回来好几个月了。据说身体不好，在家养病。高利平大多时候在外面贩运木头，有时候会回来住几天。"这无疑是一个好消息，我顿时兴奋起来。我告诉高大松，我明天会准备好警力，到时麻烦指认一下他们的住处。他说好。

天亮后，我把情况告诉了靳秋，说我们应该和对方派出所联系一下，毕竟要在人家的地盘上抓人。五水乡很多村庄靠近南新镇，来镇上只有十多分钟的车程，但去五水乡街上却要一个小时，去他们太宁县城更是要将近两小时。为此，五水乡很多村民都喜欢到南新镇赶圩，加上两地山水相连，不时有矛盾纠纷需要双方合作处理，张所长一听也说要去那里拜访拜访、认识认识，以利于今后的工作。

我们上午到达五水派出所，所里只有一个民警在，他说所长带着其他同志都下乡去了。我把来意告诉他，希望所长回来以后能回我们一个电话，并邀请他们到南新镇来做客。

## 3

傍晚的时候，凌溱溱打电话给我，说她正在县城，等下会送一套新书过来。想到昨天和高大松的约定，加上怕夜长梦多，我决定趁热打铁，现在就去找他弄清高贵平的住处，等五水派出所回电话了今晚就可以行动。

我告诉张所长和靳秋，要他们在家等我的消息，然后骑上摩托再次来到高大松家。此时天色已暗，我们坐着吸了一支烟，老高说："走吧，我们走路去。"

夜色笼罩大地，四周漆黑一片，不远处的树木和山丘像一个个奇形怪状的妖魔和野兽。我默不作声，紧紧跟在老高后面。大约走了几百米，就听见高大松低声叫了一句："哎呀，怎么走到这里来了？"我一听，连忙往脚下看去，顿时感到头麻脚软，原来脚下是一片坟地，怪不得刚才走起来感觉走在一个个小土包上。我跟着老高急急忙忙找到刚才的小路。他叹了一声，边走边说："经常走的路，今天怎么会走错呢？"

来到村里，高大松指着几棵樟树边的一户人家，说："这就是高贵平家。"我偷偷走到窗户下往厅堂看去，只见一个年轻人正坐在那里看电视，估计这就是我要找的对象高贵平了。我记住了位置，然后又要老高带着去高利平家。这时，村中几条狗汪汪叫起来，他犹疑了一下，说："我还是不去了，你们抓住高贵平后要他带着去吧。"我理解高大松的为难，怕一旦村民发现了他，会结下冤仇。老高慢慢隐身于夜幕之中，我也来到村外。

已是晚上八点多钟，想起五水派出所到现在也没有给我电话，于是打过去，好久才有一个女的接了，说："我是炊事员，所里的人都到外面吃饭了，还没有回来。"我三次到基层工作，熟悉派出所的生活。民警们生活单调，如果遇到热情的主人，把全所同志都请过去做客，那这餐饭没几个小时结束不了，今晚要人家过来配合抓捕看来是没指望了。我不甘心就这样回去，多好的机会呀，如果明天高贵平突然离开，岂不后悔死呀。

我又打电话给靳秋，问他接到过五水派出所的电话吗。他说没有，又补充道："凌镇长来了，我看今晚的行动就取消吧，改日再抓也不迟。"凌溱溱在本月调到清源区松溪镇任党委委员、常务副镇长，算是重用了。我这时才想起她今晚要过来，可又不舍得这马上就可以到手的"猎物"，于是下决心对靳秋说："你还是拿好拘留证，和张所长带兄弟们过来吧。逃犯在家，我走到大路边等你们。"半个多小时后，两辆警车射着雪亮的灯光停在我身边，继而很快熄灭。

我把高贵平家的环境位置讲了一遍，对人员进行了分工，然后带着大家往村里走。高贵平家此时已关门。我敲门，不久，一位老太太来开门。很快，我们将躲在床下的高贵平抓获，铐上手铐押着往外走。来到樟树下，张所长问他："高利平在家吗？"这小子无精打采地点了点头。"你带我们去！"张所长厉声说道。他犹豫了一下，还是迈开步子往村中央走去。很快，他指着一栋两层的小楼说："就是这里。"

我吩咐靳秋和派出所一个兄弟把高贵平押在门外等，然后开始敲门。几分钟后门开了，出现在我们面前的是两名男子。我们亮明身份后走进去，问道："这是高利平家吗？"年龄大的说："对，我是她哥哥，她去年出嫁了。找她有事吗？"

"出嫁了？"我感到惊讶，又问旁边的小后生，"你叫什么名字？"他答道："我叫高江平，高利平是我小姑。"

"把你的身份证拿出来我们检查一下。"中队民警何安安说道。

年轻人连忙走进房内，从包里把证件拿出来。他确实叫高江平。

"你们村还有一个男的叫高利平吗？"张所长问。

"有啊，他家住在村北边。我妹妹那个'莉'字是茉莉花的'莉'，'苹'是苹果的'苹'，你们是不是搞错了？"

我顿时明白过来。妈的，高贵平这家伙给我们摆了一个乌龙！

"不好意思，我们搞错了，给你们添麻烦了。"我连忙道歉。大家都往外撤。

"岂有此理，搞错了就想走！不行，你们都不准离开！"老高突然大发脾气，跑到门外拦住我和张所长。他儿子高江平从家里拿了一根扁担也追出来。

"我们不是向你道歉了吗？既没有抓你的人，又没有给你造成损失，只是核实一下身份，你们还要怎样呢？"我说。

"你们父子不要冲动，有什么事明天可以到南新派出所来。"张所长抓住小伙子的扁担劝道。

"不行，你们今晚休想走！"高江平暴跳如雷。

吵闹声惊醒了周边睡觉的村民，不时有电灯亮起。老高冲着夜空大叫："大家快起来，抓土匪呀，快打锣鼓呀……"

我顿时紧张起来，今晚我们遇到大麻烦了！在农村从事警务工作最怕的就是发生村民阻碍围攻继而暴力袭警事件，这也是许多民警不愿在农村派出所工作，尤其不愿晚上进村抓人的原因。在前面的文章中断断续续讲到过暴力袭警的问题，我参加工作以来也遇到过多次，有的甚至规模相当大。比如 1996 年我调到县局刑警大队不久，县局为了处理白云乡某村村民打伤与之有山地纠纷的别村村民的问题，由时任局长、副局长带领刑侦、治安、当地派出所等单位二十余名年轻力壮的民警白天进村抓人。我们将人刚押出村，准备上车，就听到村里一阵锣鼓响，很快从村里追出一两百名老老少少，将我们团团围住，要求我们打开手铐放人，任凭你怎么解释劝说都没有用。很快，村民们就开始动手抢人，我们自然不让，顿时拳脚、土块朝大伙飞过来，好些个民警，包括局长、副局长都受伤挂彩，我的腿部也被一块砖头打中，红肿出血。有民警拔枪朝天鸣放示警，可即使这样仍旧不能阻止他们的暴力行为。我们的队伍很快被村民击散，有两个民警跑得慢，被村民抓住，绑进祠堂，受尽村民侮辱打骂，直到乡政府领导进村陈明利害才放出来。当晚，县委政法委组织全县公检法以及政府干部三百多人进村抓人，几十名骨干分子受到法律制裁。同学袁军两年前在处理两村纠纷中也遇到类似情况，蛮不讲理的村民把他和几个民警打伤，追得他们满山跑。而因为进村抓赌、执行治安罚款任务被打伤的民警更是比比皆是。我之前点了一下人头，发现全局民警在执法中被打伤过的几乎占 90%。原因当然是多方面的，归纳起来主要集中在两点，一是村民贫穷与民警罚款的矛盾；二是村民为了维护本宗族、小集体利益而与处理纠纷的民警产生的矛盾。而像今晚，我们已经告知是在抓捕刑事犯罪逃犯而还敢为所欲为的情况还是极少的。

很快有锣鼓声响起，从房前屋后涌出一群人，其中还传来高贵平父母的叫声："我家贵平也被抓走了，大伙帮我把他救回来呀！"

我看事情变复杂了，朝远处叫道："靳秋，你们带人先走！"

老高见有了支援的，拾起一块砖头，说："我看你们谁敢跑！"

我拦住他，说："老高，我们是在抓捕逃犯，你不要把事情闹大。"

高江平见我和他父亲在争执，举起扁担扫过来，重重打在我的右臂上。我往兄弟们刚才站的地方望了一眼，他们都已不见了。

我怕人群不知道情况，大声嚷道："大家别误会，我们是公安局的，在抓捕抢劫逃犯，请大家配合……"

"配合个屁！我家江平哪是逃犯，连他也抓。"老高叫道，伸手抓住我的手臂。人群很快涌到我的身边，有的拿扁担、有的拿铁锹锄头、有的拿钢叉梭镖。根据以往遇到的类似情况，我顿时感到事态的严峻，在这样的群体性事件中肯定要吃亏。可是，如果我也跑，他们一定会追过来，那到手的逃犯岂不要丢掉？事已至此，只有我留下来稳住他们，弟兄们才能押着高贵平安全撤离。我的身后是一条仅容一个人通行的田埂路，我把手臂张开，拦住村民们，叫道："大家听我解释，我们是公安局的……"

不容多说，很快，一阵阵拳脚呼呼朝我头上、身上砸来，我左遮右挡。我的头脑一片空白，意识到自己有生命危险。又是好几根扁担、木棒打在我的肩部、腰部、腿上，火辣辣的痛！我顿时感到难以招架。突然，我的后脑被"咚"地重击一下，顿感眩晕，倒在地上。晕晕乎乎中，有人用硬物敲打我的后背，有人用脚踢我的肚子，还有人踩着我的腿，大骂我"装死"，恍惚间我觉得今晚就要"光荣"了。我想爬起来，手臂受伤了没有劲。我想喊，可又喊不出。

好几分钟后，我听到有个人在劝那些人停止打我，他用力扶我坐起来，问道："你是哪里的？来这里做什么？"我瞧了一眼，是一个四十多岁精壮的男子，答道："我是南路刑警中队的，来你们村抓捕抢劫在逃的高贵平、高利平。"

"我是本村的支部书记，他们抢劫这件事我知道，你先到我家去坐吧。"听到是村干部，我顿时如遇救星。

他搀扶我站起来，腿部一阵钻心的痛让我差点跌倒。我们慢慢地往他家走去，高江平父子带着村民在后面跟着，一路上骂骂咧咧。

## 4

村支书把我安排到他的卧室，关上门。灯光下，我的 T 恤衫已被撕破，裤腿上满是泥巴，手脚到处青紫红肿，尤其右腰部被棍棒重击过，钻心的痛，肋骨似乎有骨折，整个人狼狈不堪。

时不时有村民推门进来。高江平带着他的叔伯们来到我面前，有的怒骂不休，有的摩拳擦掌，还有一个男子拿了一把砍刀在门口舞来舞去，叫着"砍死他"。书记和治保主任大声喊叫着把他们劝出去。

村支书再次问起我的基本情况和事发原因，我把产生误会的经过讲了一遍，并告诉他我们是在执行公务，高江平在知道我们的身份后出于私愤仍旧聚众袭警，已涉嫌犯罪。他说："小文同志，你是庐河县的，为什么不通知我们五水派出所一起来呢？"

我说我已联系过，但他们有事，一直没有派人来。不信你可以打电话问派出所的阮所长。

村支书立即拨通了五水派出所的电话。值班民警一听，连忙叫我接电话。我把情况说了，并要求他立即向所长报告派人过来处理。

我又提出要向县局报告现在的情况，村支书答应了。我打通了方大队长的电话，此时他已睡下，一听我的介绍立马起来，说别急，我会向局长报告，带人过来。我觉得张所长他们肯定很焦急，也拨通他的电话，他一听终于松了口气，并告诉我他们正在押人回县城的路上，等下会和局里人马一起过来。

打完电话我的心安定许多，便与村支书交谈起来。书记说："你也别怪这些村民。我们这几个村因为离本乡远，离南新镇近，村民们上街去南新经常受到当地人的欺负，对南新镇的人很是讨厌，尤其前几年发生的与南新镇朱家村的土地纠纷中，朱家村人将我们高候村的高三发群殴致死，两村从此结下世仇，这次也就把你当作替罪羊了。"

我对书记的搭救和诚恳态度表示感谢，问道："高江平与高三发是一大家的吗？不然怎么会这么大怒气，我们都告诉他们是在执行公务了。"

书记说："他们两家倒不是很亲，但高江平作为一个刚大学毕业、在县水利局工作的政府干部，这样做确实不应该。""还是一个大学毕业生、政府干部？"我顿时一惊。看他外表斯文，今晚的表现真不像一个知书达理的人，所有村民的躁动情绪都是他点燃的。他或许没想到，自己将要承担严重的法律后果。

"书记，你可能不清楚，高三发群殴致死的案件很复杂，我们县公安局花费了相当大的精力，抓捕了十多个首要分子，并没有置之不理。"我没有说其实这件案子就是我主办结案的，并且在一定程度上是帮了高三发一家的。之所以不说，就是因为现在高侯村几百人聚集，人多嘴杂，甚至亲连亲，万一谁对该案有意见岂不是火上浇油？

那件事情的经过是这样的：1995 年 6 月底的一天，朱家村部分村民在与高侯村有山地纠纷的红土岭倒树、挖洞时，高三发一个人过来制止，言语不和，遭到棍棒、拳脚殴打。不久，双方各出动一两百人，高侯村村民还扔了土制炸弹，两边人员都有受伤后才停止了斗殴。而高三发却在送到医院后不治身亡。法医鉴定死因是外力击打腹部造成脾脏破裂出血。

事情发生时我在东琴派出所工作。当时，刑侦队长董强带领侦查员做了大量工作，找了很多当事人调查。案件的定性应该是故意伤害致死，需要找出致其死亡的具体人员。但因事发时人多，现场混乱，一直查不出是谁击打了高三发的腹部造成其脾脏破裂，也就是查不出真正致其死亡的凶手。此后，朱家村赔偿了死者家相应的费用，但刑事追究陷于停滞阶段。

1997 年 8 月，死者家属上访，案件调查工作重新开展。董强大队长带着我和小辉以及南新派出所两个民警组成专案组，由我担任主办侦查员。至当年 12 月底，我们陆续抓获了十多个参与殴打高三发的人员，将首先与高三发发生争吵打斗的朱大勇刑事拘留，对其他人员进行了治安拘留。将朱大勇报检察院审查批捕，检方以事实不清为由不予批准，无奈我们只好将他释放，变更为取保候审。

朱大勇一释放，高侯村的人又不干了，认为是我们县里搞地方保护，公安机关得了好处，有人继续上访。地、县领导坐不住了，严令县公安局想方设法解决。我们有什么办法呢？经请示县委政法委领导后，公检法三家负责刑事侦查、批捕起诉、审判的领导开了一次协调会。我和董强作为办案人员参加了会议。会上，我首先介绍了案件调查情况，之后大家对案件的定性进行分析。研究良久，不能统一意见，最后政法委领导一锤定音，说这起案件无论如何要有人受到刑事追究，就以寻衅滋事定罪，公检法三家各负其责，把那些参与殴打的首要人员刑拘、逮捕、审判。这时就看到政法三家的领导面面相觑，沉默一会后陆续拍屁股走了。

我们民警自然是不折不扣地执行上级的命令。董强再次把专案组的人召集起来商量，确定了首要分子名单。为慎重起见，我们先不对这些人进行刑拘，以免产生抓了又放的不良后果，而是交给检察院去批准逮捕。检方也聪明，照单全批。球又踢给我们了。

之后，我们费了九牛二虎之力，把朱大勇等人一一缉拿回来。其中有一人据说在新州龙翔桑梓街道某灯具厂打工，我和豹子跑过去抓捕，不料小小桑梓街道有十多家同类的厂子，害得我俩冒着酷暑在那摸排了几天，这才把他抓住。

之后，法院也讲政治、讲法律，对这些人进行了审判。

应当说，人家死了一个人，对方却没有任何人受到刑事追究，心里是很憋屈的。因为群体性案件的复杂性和法律要求的严格，这种案件确实难办。但是，也可以说，我县在办理这起案件中确实没有任何私心、没有地方保护。作为主办民警，我以为这起案件得到了较为理想的解决，受害人一家应该感谢我们才对，可细细一想，毕竟人命关天，即使你再怎么处理也难以抚平家属心里的创伤。今晚的事情或许真有像村书记所说的因素在内。

想起这件案子，我不禁打了一个寒战。俗话说，"走多了夜路总会碰到鬼"，难道今晚老高带着我就碰到了高三发这个"冤魂"，不然他天天走的路怎么会走错？继而又遇到暴力妨害公务？说实话，我是一个坚定的唯物主义者，不相信鬼神。可你不相信，今晚的事情却又发生得如此怪异。

一个多小时后，五水派出所阮所长带着民警过来。不久，方大队长、张所长带着队伍也赶到了。两家警力一汇合，刚才还闹哄哄的村民们立即安静了许多，一些人慢慢散去，我顿时感到心情放松了很多。

但是，仍旧有一些村民，当然大多是高江平本家的，在那里煽风点火，吵吵闹闹，说什么要方大队长代表公安局赔礼道歉。这岂不是侮辱人，岂不是一错再错？我坚决不同意。我说："刚开始的时候我们搞错了对象，是无心之举，很快就道歉了，而你们在明知道我们的身份后还暴力袭警、妨害公务，这是违法的。"高江平此时还嚷嚷着不这样做就不允许我离开。在外县的地盘上自然是要依靠并尊重当地警方和村干部，可是，即使阮所长和村支书好说歹说，这小部分人依旧态度顽固，甚至威胁还要进来打我。豹子脾气本来就火爆："妈的，人家文景为了你们村高三发的案件吃了多少苦，你们不知道感谢，还恩将仇报，有没有人性？"平时文静，不愿出声的何安安也气不过，和一个壮年男子争吵起来。也有好心的村民偷偷告诉我们：有人提醒高江平他们，今晚的事情确实闹大了，已经涉嫌犯罪，要想之后不被追究责任，必须要化被动为主动，要公安机关承认他们是错的，我们村民是对的，这样就不会被秋后算账。说实话，如果是在本县，发生这么大的事情，县局早就出动几百警力将相关当事人带到公安机关去进行调查了，哪会像现在这样考虑两县、两局关系而如此被动。

时间就这样拖着，眼看就要天亮了。天一亮，村民们都起床，到时鱼龙混杂，事情可能又会变得更为复杂。高江平的父亲刚才一直被村民"绑在战车上"，骑虎难下。但他毕竟年龄大，社会阅历多，从两县警方进村以后态度已好转了许多，怕自己有出息的儿子一旦被追究责任就白白培养了，就反过来劝说亲友别闹事。其实那些上蹿下跳的骨干也害怕天亮后我们有增援部队，也就识趣地散去了。

回到南新镇，凌溱溱已经起床，正在楼下洗脸。看到我从车上慢慢挪下来，衣衫破烂、一脸疲惫的样子，顿时目瞪口呆，很快她就明白了怎么回事，眼圈一红，过来扶着我坐到门口的椅子上。她端来一盆清水，帮我擦洗着脸上、手上的泥污，靳秋拿来一瓶红花油和一小瓶白酒，溱溱接过来，慢慢帮我擦拭着。受伤最重的应该是背部和腰部，尤其腰部，弯不了、动不得，我怀疑肋骨出了问题。

稍事休息，张所长、靳秋和我赶到县局，向雷局长、董强副局长汇报了情况。雷局长这位参加过对越自卫反击战的老兵首先表扬我深入农村侦查、遇到危险敢于断后的"孤胆英雄"精神，之后仔细查看又抚摸着我的伤痕，满脸气愤，大骂道："这些家伙，我们按照严打整治斗争的要求抓捕逃犯，不仅不听劝阻暴力袭警，还非法拘禁我们的民警六七个小时，毫无法治观念，一定要严办，否则我们民警的权益如何保障。先看太宁县公安局如何处理这事，处理不好我们自己去抓人！"听到这，受了一夜委屈的我顿时眼眶湿润，有这样爱兵如子的局长我们受点伤又算什么呢？

"张所长，你陪文队去市中级法院验伤，如果是轻伤以上更要严惩！"董强副局长吩咐道。

我们赶到中级法院，法医要我先去医院拍片。还好，在警校的抗打功没有白练，加上年轻，X光片显示没有骨折骨裂。验伤结果是轻微伤甲级，如果再严重一点就是轻伤了。

因腰背部疼痛难忍，这些天不能上班，我就在家疗养。为照顾我，凌溱溱请了假，为我熬药做饭、擦洗换衣。三岁的儿子不知道发生了什么事，绕着睡在躺椅上的我跑来跑去，一会儿拿本书要我讲故事，一会儿要我与他一起做游戏。我只好告诉他我身上很痛，不便行动，儿子似乎懂事地照顾起我来，帮我端杯递水。以往我们一家人要到春节期间才能享受连续几天的团聚，加上前段时间我频繁地赴外追逃，一直很疲惫。没想到塞翁失马，受伤竟然让我们有了好几天难得的相聚时光，也让我可以暂时不承受工作的压力，放松地看看书。

俗话说，伤筋动骨一百天。可我躺了八九天就难受起来，中队还有一摊的事情，我不在靳秋他们就更忙了。虽然身体还没有完全恢复，但已不那么痛了，我可以到单位去，让靳秋他们帮我擦药、换药、慢慢恢复。父母和溱溱拗不过我，只好叫中队司机小侯把我接回单位。

5

回到中队，靳秋向我汇报了这些天的工作，然后有些不好意思地说："文景，你这次吃亏，应该是我没有做好。"我说："这怎么怪你呢？当刑警就应该做好这样的思想准备。"他笑了笑，说："我不是这个意思，我是说你来报到那天我没有按照习俗打爆竹迎接，以致你受伤、小侯也差点出大事。"

司机小侯前不久也确实让我吓出一身冷汗。那天，我正在办公室看材料，就听到院内一片惊呼之声，靳秋叫道："糟糕，出事了，出事了！"我连忙跑出去，却见我们中队的警车停在院门口，小侯从车上跳下来，往车底看。"怎么了？怎么了？"我边跑边问。靳秋说："他倒车把一个小女孩撞到车下了。""啊！"我一听顿时冷汗直冒，要知道，出了这样的事，不仅小侯要负刑事责任，中队也要承担经济赔偿责任，这对于我们一个小单位来说简直是无法承受的。我们跑到车旁，这时就见那个五六岁的小女孩从车尾部爬出来，拍拍手，哭都不哭就跑向一旁吓得脸色苍白的爷爷。看到女孩安然无恙，我们全都放下心来。

原来，小侯刚才要开车出去加油，因院子小，不好掉头，他便倒着吉普车往外走，不料后面的小女孩也背对着车子在玩耍，车屁股碰到人屁股，把她撞到车底。幸好接触点是车尾中部，如果是车轮处就真正出大事了。小侯满脸通红，等待着我的批评。我知道，现在批评也是无济于事，安慰道："小侯，这是教训，倒车一定要慢，要仔细观察后面。院子狭长，今后出院子尽量掉头，而不要在院内倒车。"小侯连连点头。

这两件大事一关联，难怪靳秋要自责了。我于是笑道："都是不幸中的万幸，你不要放在心上。"

张所长也对当晚没有陪我一起留在现场感到不好意思，他说他当时拔枪示警就好了。我同样给他安慰，说当时村民都涌过来，如果伤及无辜就更麻烦了。这些年，全国公安民警因为保管不善丢失枪支、出警时用枪不当或者处理个人恩怨时故意用枪打死打伤群众的事情多有发生，给公安机关和民警声誉、形象造成极大负面影响，上级为此要求"刀枪入库"，平时只允许基层一线的科所队长携带枪支，民警需要时去县局领取。其实大多数民警都不爱挎枪，嫌它笨重不方便，更怕丢失惹麻烦。但是"养兵千日用兵一时"，枪支也是一样，一两年甚至几年难得用一次，却能在关键时刻起到至关重要的作用。就是平时，虽然不用拔枪开枪，但只要你把它吊在裤腰带上，也能给人极强的震慑作用。一个基层警务单位如果没有一支枪，在紧急情况下很可能会产生危险后果。我的枪那些天恰好交到县局枪库去保养，即使我当时带了，黑灯瞎火的也不敢掏出来呀，如果在混乱中被人抢去岂不造成更大的危害。枪，对公安民警来说真是"双刃剑"，又爱又怕。

张所长说："事情出了后我也是憋了一肚子气。我已经安排人去查找高利平的下落，已经有了一点眉目，这几天应该就有消息。"我一听顿感兴奋，说："那就好，你出情报我出奖金，绝不放过这家伙。"

两天后，张所长告诉我，高利平的具体下落找到了，他化名在方城乡一处深山里收购木头，平时住在林场的工棚里。我想亲自去抓这个冒充警察抢劫的家伙，靳秋说："算了，你的伤还没好，山里路也不好走，万一要追赶、抓捕很不方便，我们去就行了。"我也觉得腰部一动就痛，参加会影响行动的开展，便说我在家做好服务，等待你们的好消息。

当晚，张所长、靳秋带人进山，直到凌晨三四点才回来，果然如愿把高利平抓回来了。据他们说，山里相当安静，好几公里外就能发现有车辆进来。大家在向导带路下远远将车熄火停下，摸黑爬山，累得腰酸背痛。高利平说，那天他刚好在家，正庆幸"逃过一劫"，便躲进这人迹罕至的地方，没想到还是被我们抓到了。章江骂道："逃得了初一逃不出十五，不是为了你我们文队也不会吃这个亏，你就好好坐牢接受惩罚吧。"

县局已经把我遇袭的情况上报市局了，上级责成太宁县公安局调查处理。事情的经过其实很简单，虽然看起来参与人数较多，但真正起作用的无非是高江平父子以及他一大家人。首先应该追究他父子的刑事责任，对其他几个主要参与人也可以采取刑事措施，再轻一点的可以治安处罚。事情发生后，一开始我当然是极为气愤，恨不得将他们绳之以法，让他们尝尝冲动的苦果。随着伤痛的减轻和工作的繁忙，我对事情的处理慢慢有了新的想法。首先，我想到的是高江平。他是一个初出茅庐、毫无社会经验的年轻人，多年的寒窗苦读就为了跳出"农门"。我在农村工作几年，知道农户培养一个大学生的不易。在一个体面的单位当当公务员、坐坐办公室，不仅是农家子弟的"崇高"追求，也是整个家族津津乐道的荣誉。如今，因为一次冲动，刚参加工作，还没为家族做一点贡献就要受到刑事处罚，将他一辈子的美好前程毁了不说，他的父母家人也会抬不起头，永久承受心灵的折磨。其次，我虽然当时身受创伤、受了委屈，但毕竟伤不算重，及时治疗是可以恢复的。与之前很多同事同行头破血流、绳索捆绑、垃圾污物涂满身，甚至月经带缠头塞口相比根本不算什么。第三，附带对其他参与人员的处理，将严重影响到这些家庭的生产生活。我县之前的好几个聚众袭击民警的案件发生后，各村都有好几十人受到不同程度的处罚，经济损失不说，留下的妇女儿童都在家里艰难度日，痛苦不堪。与其这样，不如我忍辱负重，给他们一个安定、平静的生活。

我知道，在这件事情的处理中我的态度很重要，于是把这些想法告诉了县局领导，雷局长赞道："文景，你真有古将之风，能屈能伸！但就不知道那些个家伙知不知道你的一片好心。"太宁县局负责办案的同志听了也非常感动，说："我们一定好好批评他们，并把你的好意转告，让他们吸取教训。"

　　多年后的今天，我不知道那个高江平现在过得怎么样了，但愿他经历那次事件后能谦虚低调，踏实做人，发展顺利，这样也不枉我的良苦用心。

# 第三十九章　闺蜜难防

## 1

8月下旬的一天，我接到方城法庭匡庭长的电话，他说："我的朋友，也就是来方城乡投资的外商罗扬老板托我给你报个案，他三天前被盗一万元现金，想请你过来破案。""三天前的事情为什么现在才报案？"我问道。"这……好像有什么情况，你来看看再说，好吗？"匡庭长回答。

当时，所谓外商不一定就是外国来的商人，也有可能是本地人到外"镀镀金"，摇身一变，回来就成了外商，并且很多人根本不是来搞实业、搞生产，而是来圈土地，拉关系，吃政策补贴，做倒手买卖。这个罗老板是不是这样的人呢？

司机小侯开车，我带着民警曲河伟赶到方城派出所，叫上值班民警大黄一起赶往现场。在去的路上，大黄说："这个厂我知道，是一个以生产竹胶板为主的正规厂家，投资规模较大，在县里还算一个真正的生产企业，就是老板不知道怎么回事，从不来派出所打个脚印，不知道是不是有钱架子大。你看，报案也不亲自来，还委托匡庭长，真是奇怪。"

"别急，等一下他就会求着你了。"我笑了。

说话间，竹胶板厂到了。

罗扬老板大约三十五岁，个子不高，皮肤黑。他的妻子李芳香跟他差不多年纪，中等模样，说话快言快语。经多年的商场打拼，两人都显得很精干。夫妻俩对我们的到来不紧不慢，看来人家不是架子大，而是这性格。

据他们介绍，三天前的下午四点多，李芳香陪好友潘丽丽在自己卧室看电视时，姐夫走进来，将送货收到的六万元货款交给她。她顺手就将身边的办公桌抽屉打开，将钱放进去，然后锁上。姐夫走出去不久，她把抽屉钥匙扔在桌上就去上厕所。二十分钟后她返回时，看到潘丽丽在隔壁房间打麻将，就回到卧室，拿起抽屉钥匙没有关紧房门也走到隔壁去看他们打麻将。晚上六点多，李芳香打开抽屉，发现人民币少了一扎（每扎一万元），以为是老公拿去打牌了，并不在意。晚上，李芳香向罗扬问起货款之事，罗扬说没有拿，并怀疑是妻子想存私房钱，夫妇俩吵了几句不再追问，都认为是对方拿了。第二天，两人又谈起这事，才知道确实是被盗了。罗老板怕影响不好，自己偷偷调查了两天，一无所获，只好托人报案。

大黄摇摇头，笑道："你这老板，赚钱可以，破案还是要靠我们的。"

罗老板嘿嘿一笑，恭维道："那是那是，我听匡庭长说文队长很会破案，所以决定报案，把事情搞个一清二楚。"

我笑了："你看，你这一说就得罪了派出所、得罪了黄警官。"

大黄接口道："是呀，罗老板和我们派出所不熟，哪会记得我们。"
罗老板夫妻俩这下脸更红了。

我摆摆手，说："言归正传，你们夫妻俩有什么想法？"

李芳香说："我姐夫这次去送货很多人都知道，每次送完货就会把货款交给我，这个规律大家也了解。我认为要在厂部管理层和与姐夫一起去送货的人里面查找。"

罗扬说："我认为在隔壁打牌和看打牌的人很关键，姐夫把钱给她后走进牌室，看我正在里面，就告诉我说刚才把货款给她了，我点了点头。那里人来人往，人多眼杂，很可能就是谁听到后起了歹心，趁我们都不在房间便去偷了。"

经了解，与李芳香姐夫一起送货的有三人，了解送货后就会收款回来这个规律的有十多人；而当天在隔壁打牌、进进出出的有二十来人。

我看了现场，那个抽屉暗锁确实没有坏。这样看来，要么是有人事先配好了抽屉钥匙，要么是有人趁李芳香和闺蜜潘丽丽不在房间时拿起李芳香留在房间的抽屉钥匙去偷的，而时间就在李芳香去上洗手间的二十分钟内。当然，如果是谁事先配好了钥匙，那时间就要延长到晚上六点多了。

　　"你说偷偷调查了两天，你找了哪些人？"大黄问。

　　"管理层好些个都是我们的亲戚，我们找了五六个人，一是问他们拿了没有，二是问他们看到什么情况，但一无所获。"罗扬很无奈地说。

　　"问了潘丽丽吗？"我问李芳香。

　　"没有问。毕竟是件丑事，不想张扬，加上人家来做客，一问怕人家误解。"李芳香答道，"其实偷这点钱也很快，一开锁，不要半分钟就搞定。"

　　"那你们认为潘丽丽有没有作案可能呢？"我问道。

　　"不可能！"李芳香显得很自信，"我和她是从小长大的姐妹，一个地方的，关系一直很好。这次也是我请她从几百公里外来做客。她丈夫做长途客车生意，家里条件也不错。"

　　"她人呢？"大黄和曲江伟同时问道。

　　"丢钱当晚，她说已在这住了三晚，老公来电话说家里有很多事，要她第二天一早回去。我劝她多住一段时间，来一趟不容易，但她坚持要走。我怕影响她家里的事，也就算了。第二天，也就是前天一早，我送她在路边搭车走了。"

　　我想了想，决定首先要把这二十分钟时间内当时所有靠近现场的人的活动情况作为调查重点。

　　我告诉大黄和曲江伟，重点是了解李芳香姐夫交钱给李芳香时有谁看到，交钱后他本人的活动情况，之前、之后又告诉了谁。对其他重点对象主要询问是否知道李芳香姐夫交钱给她一事，以及对此案有什么看法。

我们按照分工分别找对象谈话。李芳香姐夫反映，他收到货款的事两个同行的伙伴很清楚，其他管理层的人也知道这个规律。他进李芳香卧室时没有声张，但走廊上有人走来走去，进麻将房后也小声告诉了罗扬，不知道有没有人就此起了坏心。调查与其同行的两个伙伴，当时他们都不在厂里，而是到街上喝茶去了。

对隔壁房间打麻将和当时在厂里的管理层进行调查，他们有的说不知道李芳香的姐夫有交钱给她的事情；有的说听到李芳香姐夫在麻将房对罗老板小声说了一句钱的事，但没有放在心上，更没有去偷。对这件事情的发生谁也谈不出什么看法。

工作似乎无法进行下去。我不甘心，想了想，还有一个对象我们没有接触，她就是李芳香的闺蜜潘丽丽。现在她人不在这里，只有通过向旁人了解来对她做出判断。我决定再做更为细致的调查。

我首先问李芳香。

"潘丽丽看到你姐夫把钱交给你了吗？"

"我之前就和我姐夫说过这笔货款，所以他进来交给我时并没有说什么，直接递给我。我点了一下是六扎就锁起来。潘丽丽当时正背对着我们躺在床上看电视，应该不知道情况。"

"她之前告诉你打算玩几天了吗？"

"没有。她家在万竹县，左转车右转车，来一趟要一天时间，还带了一个三岁的女孩，又是第一次来，我希望她多住些日子。"

"万竹县？！"我知道这个地方，离我们县三百多公里，在城关中队时我去那里押解过一个骗婚犯，吃尽了苦头。

"你去洗手间多久她也出去了？"

"这就不知道了。反正我返回时她在旁边打麻将了。"

"她的牌技怎样？"

"还可以。这几天晚上我和她都有打，赢了我一两千。"

罗扬反映，姐夫进麻将房不久潘丽丽也过来了，此时刚好厂技术员老牛有事要走，潘丽丽便说她来打几盘，围观的人见她是客人，也就让她。而罗扬则跟着老牛去车间了。

我又挑了几个在隔壁打麻将和旁观的人进行第二轮调查。有人反映，潘丽丽那天技术不行，输了钱，还因为诈和被罚了。

"诈和了？"我问道。

"是的。我就站在她旁边看，明明还缺一张七饼，她就倒牌。还有一盘，她少摸了一张牌，搞得和都和不了。"

调查到这里，我心里已经有数了。

"文队，你还是怀疑潘丽丽吗？"大黄问。

"是的。"

"但李芳香和她姐夫都说潘丽丽当时并不知道李芳香有收到这笔钱呀。再说，她俩关系这么好，又是来做客，怎么下得了手？"

"这就不好说，兴许这个聪明人听到李芳香的姐夫进来，又听到开锁声，就猜到了什么情况呢。"我答道。

我向罗扬夫妻了解潘丽丽的具体住址和家庭情况。夫妇俩猜到了我的意图，罗扬紧张地说："文队，这可要谨慎呀。我们认为她不可能，加上我还有一个厂在那里，一旦搞错了不仅我们几十年的朋友做不成了，我那厂也会受到影响。"

"那你想不想破案，搞清楚真相？"我将他一军。

"当然想。但不知道你有几成把握？"罗老板反过来将我一军。

"凭经验，我有十足把握。当然，怀疑和拿到证据是两回事，能不能破案里面还有运气的成分。"

"文队，我相信你。但希望你们注意方法，不要案件没破还让我们两家关系搞僵了，我们可没有怀疑她呀。"看得出，他们夫妇很纠结。

"这还需要你来教呀，我们都是老侦查员了。放心！"大黄不耐烦了。

回到派出所，喝了几口茶，大黄问："文队，你真有十足的把握是她吗？你想呀，如果是她，一旦当时发现被盗报了案，被搜查，或者第二天上车时被搜查，岂不立马被识破，她敢冒这么大的风险？"

我哈哈笑起来："兄弟放心，没错的。你看，一是她打牌时明显心不在焉；二是她临时要求回家；三是她最容易接触到开抽屉的钥匙。至于她当时如何藏起赃款、如何带走，这就要问她了。"

"人家都说你文队眼光独到，这次我也相信你。"

"明天我们就出发，破案后让罗老板对你们派出所刮目相看。"

大黄听了哈哈笑起来。

## 2

当晚，我向方城派出所杨所长通报了调查结果，要求派大黄和我一起出差，杨所长一口答应。

靳秋见我要亲自出差，说："你是一把手，单位有好多事情要处理，还是我去吧。"我想了想，说："我熟悉案情，还是我去，家里你辛苦些。"我之所以要去，除了了解案情外，其实还是不放心别人，因为没有任何证据证明是潘丽丽，侦破起来很有难度。而突破点就在审讯上，需要动一番脑筋。我担心长途奔波，一旦靳秋他们没拿下来，会很可惜。

商量了近期工作，第二天一早，我、大黄、曲江伟、小侯四人开着一辆五菱小面包出发了。

万竹县属于本省另一个地区，一路都是砂石小道，开车要五个多小时。为消磨路上时光，大伙就一路轮着讲故事、说笑话。

曲江伟问道："文队，你之前提到去过万竹县，是什么案件？"

我答道："是一件骗婚案。我们县的于老头和半老徐娘段某冒充兄妹合伙到外地，于老头介绍段某给别人当老婆，之后两人趁机溜走，诈骗人家的彩礼钱。当然，在我县也有作案，我们先上了网。段某首先被抓，但于老头一直在逃。我上次去万竹县工作任务很简单，就是他被人家万竹警方抓了，我带人去把他押回来。"

"那你为什么说那次很辛苦呢？"小曲很好奇，毕竟这也是他第一次出差。

　　我介绍道："那是去年年底，我在城关中队。我带着老阮、司机三个人从县城出发。经过平福县，去看一个警校同学。这兄弟叫了几个领导、同事来陪。我本以为可以轻松应付场面，可谁知道那里喝酒的规矩太狠，敬酒要逢双，敬你两杯，你得回敬两杯，和一个人喝你就得至少四杯，他来五六个人，你就下去二十多杯，不管是啤酒、米酒还是白酒，都如此。那时正是冬天，大家都喝白酒，每杯就算三钱，我也喝了六七两。一上车我就不行了，加上路不好，颠颠簸簸，晕一阵，吐一阵，把胃里的酸水都吐净了，人也虚脱得站不起来，好不容易才到达目的地。

　　"把于老头接上后，我们看天色将晚，就赶着回家。经过中午吃饭的平福县城，来到郊外，此时已是晚上十点多钟。突然，吉普车熄火，怎么也打不着。这地方前不挨村后不着店，老阮和司机拦了好久才拦到一辆过路车，找到当地派出所值班民警，请人家帮忙找了两个修理工来修车。我头晕眼花，于老头更是冷得在车上蜷成一团。一个多小时后好不容易修好了，我们继续前行，没走十公里，两个车大灯突然坏了，吉普车变成了瞎子，差点翻到路边沟里。

　　"离镇上太远，不可能再去找修理工了。而于老头此时正冷得哼哼不停，一夜下去非生病不可。前面距离我们县的乌江镇起码还有二十公里。兄弟几个开始骂骂咧咧了，有骂车子不争气的，有骂修理工技术差的，也有骂于老头'扫帚星'的。骂归骂，都不知道如何是好。这时我想起包里放了一个手电筒，这可是经常搞搜查的必备物品啊。我拿出来，对司机说，你开车，我打手电，慢慢走，到了乌江镇就好了，在派出所休息一晚，天亮再走。"

　　"这手电光太暗了，哪管用呀。"司机不敢走。

　　"试一试，总比在这耗着好吧。"我鼓励他。

　　车子发动了，我把手电筒伸出窗外，借着这弱弱的光，吉普车慢慢走着，生怕跑偏了翻到沟里去。

　　可是，还没走出几公里，手电光慢慢变弱，最后电池也耗尽了。

"唉，可怜呀。"我叹气，"你猜我们之后是怎么走了十多公里到达乌江镇的？"我故意卖个关子。

"怎么走的？"小曲很着急的样子。

"嘿嘿，"我笑了，"之后我们拦车，要人家在前面慢慢开，我们跟在后面借光走。"

"这些人会配合吗？"大黄问道。

"最后那个还好，送我们到乌江派出所。前面几个却是表面答应，等你跟着，他突然加速一溜烟跑了，把你气得哇哇大叫。"

"这么坏！"曲江伟骂道，"连人民警察也敢忽悠。"

"更气的是后面。好不容易把于老头押回来，可这家伙进号子不久就说有肝炎，一检查还真是，便给他办了监视居住，在老家执行。半年后就因肝硬化去世了。"

"这有什么气的？死就死了呗。"小曲说。

"你说得轻巧。大家这一路上押着他，同吃同坐，生怕被传染了，全单位人员好一通体检。体检结果没出来前个个吃饭避着你，你说可气不可气？"

"哈哈，"曲江伟笑了，"但愿这次工作顺利"。

<h2 style="text-align:center">3</h2>

闲聊间，下午一点来到了万竹县。在路边吃碗粉后我们走进了公安局刑警大队办公室。我们说明来意后，大队派出了一位年轻精干的小伙配合我们。他姓安，原来在潘丽丽的家乡高谷乡派出所工作过。据他反映，高谷乡是本县最为偏僻的乡镇，和邻省交界，去年撤并乡镇时并到现在的西村镇，派出所也撤了。县城去西村镇要一个半小时，西村镇去高谷乡还要两个小时，一路是崇山峻岭、盘山小道，有的地方很不好通车，每年都要发生几起连人带车翻下山谷的交通事故，没有什么急事谁也不愿意去那里。

果不其然，出县城不久我们就开始走在蜿蜒曲折的山路上。路上车辆、行人极少，偶尔驶过一辆摩托车和装运山货的小四轮。从车上望过去，满眼是翠绿的山峦和幽深的峡谷，狭窄的小路让坐在副驾驶位上的我总觉得脚底发麻。司机小侯应该没有走过这样危险的路，抿着嘴，聚精会神地开着。多年后，自己走过好多地方，觉得那段山路仍旧是最为危险的。

黄昏时分到达了高谷，小安带着我们来到原来的乡政府，现在的西村镇高谷管委会院内。我见到了在高谷管委会负责的西村镇党委田副书记，说明情况后，田副书记立即派出一名驻点干部陪着我们找到潘丽丽的家。潘丽丽家离镇上不远，是一栋三层的小楼，后面有一个院子，周围是一片片青翠的竹林，显得凉爽幽静。潘丽丽一个人在家，表明身份、说明情况后，她把孩子交给邻居，很配合地和我们来到管委会。

小安在一楼找了间办公室，我们开始对潘丽丽的个人和家庭情况进行询问。

问话刚进行不久，就听到外面一阵吵吵嚷嚷的声音。小安听得懂当地话，说："她老公来了。"

我和他走出去。潘丽丽老公姓魏，长得人高马大。小安向他介绍了我们的身份，简要说明了调查内容，希望他理解配合。

"配合个屁！我们是这样的人吗？我们两家关系这么好，会做这样的事？"老魏气势汹汹。

"人家报了案，我们就要对报案人负责，查清事实，这其实也是为你们好，如果不是她做的，你们大可不必担心，调查完就可以回去。"我劝道。

"我哪也不会去，就在这等你们调查。"老魏气呼呼地说。

这时田副书记走过来，拍拍他的肩膀，说："小魏，没什么事的，你先回去吧，调查完了再通知你过来。"

"书记，我就在这等。你忙你的。"看得出，他们很熟。

田副书记转头对我们说："我去街上吃个饭，一起去吧，吃完了再调查。"

我和小安连忙说谢谢，说要抓紧时间问话，等下可以随便吃点炒粉。

田副书记点点头，带着几个干部走了。

我叫小安在外面陪着老魏，自己走进办公室。

可当我开始询问时，就听到窗外走廊上传来老魏的叫声："丽丽，不要怕，不要吓得乱讲话，我在这等你回去。"

潘丽丽一听，低下头，对我们的例行性问话也不愿搭理了。

这样下去还如何询问。我打开门，走出去。

大黄气得脸都变了，也跟着我走到门外。他军人出身，脾气也急，对老魏说道："你老婆也是个成年人，还需要你这样教吗？这样我们还怎么调查呢。"

我说："你希望我们早点查完，却又在这里干扰办案，那你要我们怎么办？"

"她胆小，你们一吓什么都会说，我当然要告诉她我在这里。"老魏一屁股坐在门外木凳上，一副无赖的样子。

我把小安拉到一边，说："我看这样也没什么效果。你在门口陪他说话，等田书记来了请他出面，把潘丽丽带到县局刑警大队去才好。"

小安点点头。

两个多小时后就听到小安叫道："田书记，你回来了。"

我走出去。就见田副书记在几个干部簇拥下，身体一晃一晃地往这里走过来。他远远问道："你们吃了吗？"

小安走上前，把他拉到一边，说："老魏一直守在办公室门口不走，根本问不下去。要不这样，我们把他老婆传唤到县公安局去问话。"

田副书记停了停，看看我们，说："这不好吧。"说完他招招手，把老魏叫过来，说："小安他们要把你老婆传唤到公安局去，你给个意见，商量一下。"说完他打个饱嗝，颤巍巍地往楼上走去。

老魏一听大发雷霆，说："你们有什么证据说是她偷了钱？不要以为我不懂法，没有证据凭什么带她走？"

小安说："如果现在有证据的话我们就不是传唤，而是刑事拘留了。传唤到县公安局去调查，如果不是她，调查完后立即可以回家，你怕什么呢？"

"去县公安局坚决不行，我看你们谁敢带她走！"老魏说完，一转身往大门外大步走去。

"这家伙应该是去叫人来，我们注意点。"小安说。

果然，不到五分钟，就听院子外面传来一阵骂骂咧咧的声音，很快就看到老魏带着五六个后生走进院内。老魏手里拿着一个U形防盗锁，他把铁门"咣当"拉上，用防盗锁锁上。其他后生有的拿着木棒，有的拿着锄头往这边走来。

形势顿时危急起来。难道他们要把潘丽丽强行带走？抑或要暴力袭警？

小安叫道："老魏，你不要乱来，否则可要承担法律责任。我去找田书记，大家评评理。"

"好呀，你去呀。要带人走，天王老子来了也不行！"老魏大声叫嚣。

小安拉我往楼上快步走。到二楼最里面的房门口，敲门。过了好长时间才听到田副书记问："谁呀？什么事？"

小安叫道："田书记，我是小安，有急事，麻烦您起来一下。"

"我都喝醉了，头晕眼花的。有事明天再说吧。"

"事情很急，老魏叫了几个人过来，想闹事。还是麻烦您起来一下吧。"

"嗯，闹事？"书记似乎清醒了一些，"等等，我就来。"

楼下，老魏带着人仍在那嗷嗷叫。我很担心办公室里的大黄和小曲的安全。

田副书记开了门，往楼下看了一眼，叫道："小魏，你干什么，想找死吗？不要吵，我们商量一下。"

楼下杂音小了一些，老魏叫道："田书记，无论如何我不会答应他们带人走。"

田副书记问我们："你们非得把人带到县公安局去吗？你看这架势，今晚怎么带得走？"

我说道："书记，这里没有派出所，没有公安机关的办公地方，所以老魏无所顾忌，加上他一直在这里干扰，对他老婆的问话根本起不到效果。我们大老远过来就是要查清事实，给报案人一个交代。如果遇到困难就开溜，当然可以，但这既对不起受害人，也对不起我们这些公职人员的良心。"

田副书记点点头，说："道理是这样，但这山里人有时也是一根筋，难以说通呀。"

小安说："书记，我知道你在这里工作十多年了，很有威信，你劝劝肯定有用。"

田副书记想了想，说："这样，你们在旁边办公室等等，我叫他上来谈谈，看情况如何。"说完，他对着窗户外面叫道"小魏，你上来一下。"

十多分钟后，田副书记把我和小安叫到他房间，说："我谈了很久，他都不答应。我也无能为力，你们要不就在这里问问算了。"

听到他的话，我的心"咯噔"一下。说实话，我一直感觉这案子就是潘丽丽做的，今天他们夫妻的表现加深了我的怀疑，我甚至认为老魏也是知情的，否则他没必要这样焦躁不安，守在办公室门口影响我们办案。要我把这样的重点怀疑对象应付一下放了，我会后悔的。

楼下，老魏带着人又开始咋咋呼呼，叫着："再给你们十分钟时间，还不结束的话我们就带人走了！"我的心更为收紧。

"我们商量一下吧。"我把小安拉到门外，把想法告诉了他。毕竟都是刑警，一说他就理解了。我接着说："你能否把这里的情况向局领导报告，请求支持。即使不派人来也要他们给田书记施压、讲明利害，要书记务必组织干部，打开铁门，让我们带人走。"

"我试一试，给分管刑侦的副局长报告一下。"小安也无奈了。

很快，小安欣喜地说道："局长同意了，说和田书记关系很好，马上就打。"

果真，几分钟后田副书记把我们叫过去，微笑着说："老战友给我打了电话，要我务必做好工作，否则就是不给他面子。他是局长，我哪敢得罪呢。"他脸很快一沉，说道，"我答应了老战友，你们带人走，但必须在办案规定的传唤时间内完成，到时还没有查清的话必须放人。"我一听能带人走，很高兴，满口答应。

此时已是晚上十一点多了，田副书记把几个干部叫起来，来到楼下。

田副书记骂道："你们真是大胆，把乡政府的院子门也锁上了，想造反吗？小魏！你过来一下。"

他接着说："县公安局局长给我电话了，你必须立即打开门，让他们把人传唤过去，否则你就犯了妨害公务罪，吃不了兜着走。"

"我不怕！"老魏还嘴硬，但语气明显软了一些。

"不怕？别你老婆没事，你却带着这帮兄弟犯罪坐班房了。"那几个刚才叫叫嚷嚷的家伙一听，有的脚步就往后缩了。

"这样，我做个中间人，做个保证。警察同志把人传唤到县公安局，在明天下午六点前完成调查，六点以后还没调查完的话必须放人。既然你老婆没做这件事，去去又有什么关系，到时还为你家排除了嫌疑，多好。"

难怪人家都说乡镇的书记天天和一线群众打交道，知人知心，他的这番话很快见效。老魏犹豫了一会儿，说："田书记，我相信你，否则绝不答应。"他说完慢慢往门口走，开锁，打开大门。

机不可失。我们立即把人押上车，和田副书记握手告别。车上，我暗想，今天能把人带出来实属不易，真得感谢小安、田副书记和副局长同志。

## 4

第一步成功了，重要的工作其实还在后头呢。

离县城还有三个半小时的路程。小面包车像一只孤独的羊，睁着惊恐的眼睛在狭窄弯曲的山路上缓缓走着。

从家里一早出来到现在我们已连续十六个小时没有休息，吃得也少，大家都很疲惫，很快就睡着了，只有司机小侯一个人挺着精神在那驾驶。不知过了多久，"嘭"的一声巨响，继而一个急刹车，把我们都撞得脑袋生疼。睁眼一看，车子正倒在路右边的水沟里，一头靠在山壁上。小侯尴尬地说："刚才路上有一块大石头，我赶忙躲避，没想到却翻到沟里了。"我和大黄走下来看情况，幸好水沟不深，我们合力将车慢慢挪到路面。大黄指着路的左侧说："文队，你看看这边。"我转身一瞧，倒吸了一口气，两米外就是深不可测的悬崖……

到县公安局已是凌晨三点了。时间紧迫，我决定趁热打铁，连夜讯问潘丽丽。可是，在高谷那里沉默寡言的她虽然开口说话，但却拒绝承认有犯罪行为，要么东拉西扯，要么指天发誓，要么哭哭啼啼，讯问时断时续。我和大黄、曲江伟克服着头晕眼花、精神困顿，从黑漆漆的夜晚开始慢慢和她谈着、耗着，折腾到天亮，又从天亮谈到中午，都感到口干舌燥、精神恍惚了。中午一点，潘丽丽终于长叹一声，承认了作案事实。她还交代，自己回来后就将那一万元钱存进了县城的工商银行，把存款单放到了家里卧室床头的暗格中。

这是一个重要物证！我对小安说，辛苦他再陪着我和大黄去山里，把证据取过来。小安看案件有了进展，也很高兴。

又是三个多小时的路程，我们在下午四点多到达了高谷管委会。向田副书记汇报后，他很满意，再次派了一名干部陪我们去潘丽丽家。老魏看我们走进来，不见潘丽丽，正要发脾气，我先声夺人，说："老魏，你老婆已经交代了，你带我们去卧室把那张存款单找出来吧。"

"什么存款单，我不知道，我家没有。"

"有没有上去看看就知道了。"大黄说。

他很不情愿地带着我们往楼上走去。到潘丽丽交代的位置一搜，没有！

我顿时感觉情况不妙，如果没有找到这直接证据情况可能会糟糕。我想了想，把电话打给在审讯室的曲江伟，要他再次问潘丽丽东西在哪，她仍旧说在那里。

之前在高谷管委会询问潘丽丽时老魏的所作所为就让我觉得他是知情的，现在东西不见了，我更觉得自己的判断无误。我脸一沉，说："老魏，你现在要知道事情的严重性，如果不把东西交出来可能也要卷进去，到时你的家庭、你的小孩就麻烦了。"我看他还在犹豫，就说，"其实我们找不到也没关系，我可以到银行去查、去调资料，但你也可能要受到处理"。

这下击中了老魏的心，他轻轻说道："你们跟我来。"

我们一起走到楼下，又走进后面的小院，他从墙角的木堆里取出一个竹筒子，打开，那张存款单就在其中。

破案的喜悦顿时涌上心头！接下来，我们开展了一系列固定证据、办理强制措施和临时羁押手续等工作。忙完这一切已是晚上十点多钟，我们已经连续奋战三十八个小时，光在崎岖危险的山路上就走了十四个钟头！此刻我绷紧的神经立马松弛下来，倒在车上呼呼大睡。虽是酷热天气，但我感觉那夜色很温馨，星星很明亮……

# 第四十章　亡命十八年

*1*

9 月底的一天下午四点多，天气炎热，南新派出所和我们中队的民警都在一楼值班室的吊扇下面边看电视边吹风。这时，安田派出所昌所长给我电话，说刚才该乡金沙村发生一起命案，两名在该村卖豆腐的男子因为同行争生意，一个三十多岁、名叫"斗鸡眼"的南新镇人用切豆腐的小刀将对方——一名刚结婚不久到女方家居住生活的年轻外县男子刺伤，在送对方去医疗室的路上，"斗鸡眼"看到人快不行了，连忙逃跑，去向不明，而受害人在送往南新医院的路上已经死亡。昌所长说他正带队去现场，希望我组织力量抓捕逃犯。

人命关天！我立即向南新派出所张所长通报了案情，要求他迅速安排人对"斗鸡眼"的家庭情况、亲属关系进行了解。我又向大队领导报告，要求大队派员在现场勘查、尸体检验和侦查力量上进行支持。我还通知周边几个派出所，要求派人上路检查，注意发现和抓获"斗鸡眼"。

南新派出所很快查清了"斗鸡眼"的家庭地址——本镇老庙村。我觉得这家伙可能会回去收拾衣物、准备钱财潜逃，兵贵神速，便叫上南新派出所和中队四个兄弟开着车急速往他家赶去。将车停在村口，我们跳下来，很快找到"斗鸡眼"家。大门开着，冲进去，里面有一个三十来岁的女子和两个小男孩，见我们进来，女子忙问什么事。我叫派出所民警老谢应付她，自己带着人前院后厅、楼上楼下——仔细搜寻，没有发现"斗鸡眼"。

回到厅堂，老谢偷偷对我说："'斗鸡眼'应该没有回来。这女人看起来一点也不知情，还问我出了什么事，我只是说她老公和别人打架了，一定要到派出所来说清楚。"我点点头，把大家叫到村口，对老谢说："你辛苦一下，带两个人偷偷藏在他家外围，我先回去处理其他事情。"老谢是一个副营职军转干部，平时组织纪律性强、工作积极性高，连忙说好。

我赶回中队。此时已是黄昏，案发地的派出所昌所长带着几个民警过来了，大队技术中队的法医、照相员也赶来了，小小院子里人车拥挤。我把大家召集起来简单开会进行分工。

一是受害人之后被村干部送到南新镇医院，法医要到那里去解剖尸体。

二是在解剖之前，南新派出所要通知死者家属来签字。

三是抓紧了解"斗鸡眼"的关系人。据反映，"斗鸡眼"有很多亲戚，但走得近、关系好的不多，一个是远在平福县城的舅舅；一个是本镇高家村的连襟高新木。我要张所长与高家村干部联系，了解"斗鸡眼"是否去了高新木那。村干部很快反映，有人看到"斗鸡眼"去了那里，不久就离开了。

四是查找凶手下落。我要求沿路派出所加强检查，又要张所长派人去找高新木了解具体情况，再派靳秋立即带两个人赶往平福县，对他进行布控和抓捕。

忙完一通已是晚上七点多了，我看大伙都饥肠辘辘，连忙招呼昌所长等人到对面餐馆吃饭。正吃时，邹教导员和大案队小辉过来了。

张所长偷偷对我说："局里这是怎么了，以往出了命案局长都要带着一大帮人过来，今天就邹教来，怎么组织警力？"他的话是对的，我在大案队的时候，县里哪次发生命案局领导都会带着机关、基层大量民警赶到现场开展设卡堵截，到嫌疑人亲友处搜查布控，以期在黄金时间内尽快抓获，我们南新、安田两所一队三个单位的民警才十多个人，沿路的派出所一般也是两三个民警在家，一分配警力根本不够。可是我怎么能这样对邹教导员说呢，岂不让他觉得我怀疑他的能力？

我觉得还有一个地方不放心，就是"斗鸡眼"家里。虽然我安排了老谢等三个人在那里，但他们都没有枪支，抓捕经验也不多，万一凶手回来没有把握好机会就可惜了。我于是对邹教导员提出，我带枪过去增援他们，这边有什么情况请他和张所长、昌所长商量布置，也麻烦他向局领导报告，增派人手。邹教导员点头同意。

我骑上摩托车赶到老庙村，与老谢偷偷接上头，把快餐和矿泉水交给他们。看着他们狼吞虎咽的样子，我的心顿时一酸，我们这些战友，太能吃苦了。老谢边吃边小声说，他们一直在暗中观察，没有发现"斗鸡眼"回来。我绕着"斗鸡眼"家转了一圈，发现他家的厨房没锁，从厨房可以进入正屋，于是带着大家躲在厨房里，一则不会被其他村民打扰；二则等这家伙偷偷溜回来可以就近抓捕。

乡村的夜晚鸟鸣虫叫，蚊子此时却不怀好意地朝我们进攻，大伙都被叮得呲牙咧嘴。我希望能听到这家伙被抓获的消息，也希望他能幽灵般出现在我们的面前，早点将他抓捕归案。远处的狗叫声、附近偶尔出现的脚步声都让我们竖起耳朵，紧张兴奋。

时间慢慢熬到午夜。已是秋季，兄弟几个纷纷感到寒气逼人、困意阵阵。我多希望下一分钟就会出现奇迹，可直到凌晨两点多，除了门外大树上乌鸦在呱呱叫，没有一丝声响。这家伙估计很狡猾，知道现在回家会有危险，所以出事后跑到连襟家去，应该不会在这里出现了。想了想，我小声招呼弟兄们回去。

2

回到中队，法医从医院回来了，他说："家属刚走，哭天喊地的，估计明天还要来。尸体检验也完成了，等会儿殡仪馆的人会过来拉尸体。"邹教导员说："今晚也没有发现其他需要去的地方，所以没有叫机关单位来支援。"我点点头，说邹教你们回去吧，这边有什么需要我会向他报告。他说好。

派出所的兄弟告诉我，已经将高新木带过来了，看我有什么要问的。

我走到隔壁办公室。高新木约四十岁，个子矮小，一副老实巴交的样子。据他反映，"斗鸡眼"下午四点多匆匆跑进他家，对他夫妇说，自己和别人打架，用刀捅了对方一刀，那人当即倒下，流了很多血，估计难以保命。希望姐姐姐夫给他一点钱，以便潜逃。高新木劝他投案自首，他不听，一再求他们给他钱。夫妇俩见他铁了心，只好拿出两百元又收拾了几件衣服给他。"斗鸡眼"在那里交代了一些家庭事情，希望转告他老婆，待了不到一个小时就走了。至于他要去哪，如何联系都没有说。我叫人办好传唤手续，将高新木关进留置室。

不久靳秋打来电话，说他们一直在"斗鸡眼"舅舅家楼下守候，没有发现情况，上去敲门，他舅舅一家说他没有来过。我说你们辛苦了，轮流在车上休息一下，守到天亮后请求当地警方布置好眼线再回来。他说好。

刚躺在办公室沙发上休息，张所长告诉我，殡仪馆的人到了，要去镇医院协调拉走尸体的事。又是一通折腾，把事情处理完已是凌晨三点多了。

回到房间，迷迷糊糊感觉刚睡不久，就听到一阵阵呼天抢地的叫声，睁开眼睛一看，发现天刚微微亮，估计是死者家属来了，我连忙爬起来，下楼。

死者家属有二十来人，以女人居多，其中一个二十来岁的女子哭得最为伤心，应该就是受害人的老婆了。我把其中一个男子拉到一边，问他有什么想法。他说："我们的意见一是要尽快抓到人；二是要他家今天先出一些丧葬费。"我对他们的心情相当理解，人家提出的要求一点也不过分。其实，除了丧葬费，还有死亡赔偿费、老人扶养费等各种费用，总数下来赔偿十余万元都不过分。我把我们昨晚以来的工作向他作了介绍，并表示我们的人还会继续努力，绝对不会放过他。我还对家属们说，请放心，我会做工作，叫对方家属先出些钱给他们。男男女女看我一脸疲惫和诚恳的样子，哭声渐渐小了，慢慢走出院子。我摇摇头，对受害人家属报以深深同情，暗想，"斗鸡眼"这家伙真是太坏了，我非抓住你不可！

我立即派人赶到"斗鸡眼"家，一是再看看动静；二是把他老婆叫到中队做她的工作。

在中队办公室，我问"斗鸡眼"老婆他可能去往哪里，希望她一一打电话询问，规劝其来投案自首，并要她先凑齐部分丧葬费、慰问金等。女人一开始对我的话爱理不理，多问几句后竟然气嘟嘟地说不关她的事。我以为她在生"斗鸡眼"的气，慢慢教育应该会转变思想的，还是耐心劝说。我告诉她从调查来看这是故意伤害致死案件，不是故意杀人，两者有区别，如果你配合我们联系上他，让他主动来投案自首至少不会判死刑，以后改造得好的话一家人还有团聚的机会。我还告诉她，人家死了一个人，按理你家要赔偿多少钱，现在人家只要你们先出万把块丧葬费，这应该是很通情达理的了。如果你不出，今后人家上门闹事，你们理亏，到时我们也不好办。

她脸一沉，说："队长，你别劝我了，我既不知道他死到哪里去了，也不会出一分钱。以后有什么事情，该怎样就怎样吧？"

我想她可能是一时拿不出这么多钱来，便说："你如果拿不出一万块钱，那能拿出多少呢？"她把头扭向一边，不作声。

这时就听到院内传来一阵咋咋呼呼的叫声："我老公犯了什么法，你们把他关在这里？还有没有王法？真是知法犯法呀！"我往外看去，一个矮矮瘦瘦、裤腿一边高一边低、脚穿一双拖鞋的中年妇女手叉着腰，站在院子中央手舞足蹈。看来这就是高新木的老婆了。

我示意章江去劝阻她。

我继续做"斗鸡眼"老婆的工作："几千块钱呢？几千也行呀，证明你有良心，有处理问题的态度。实在没有，你可以向亲戚朋友借呀。"我指指远处她的姐姐。

"别说了，我有钱也不会出的。"

满腔怒火让我几乎要跳起来了，我大声说道："你以为我们没办法吗？你的姐姐、你的姐夫提供钱物帮助他逃跑，已经构成犯罪，你如果还是这种态度的话我就把他们拘留起来，追究刑事责任！"

"这是你的权力，你想怎样就怎样吧。"女人把头扭向一边。

远处，高新木的老婆根本不理章江的劝解，更加放肆地大喊大叫："有本事你们把'斗鸡眼'抓起来呀，为什么把我老公抓住不放，关他什么事……"

"……我老公又没杀人，给自己妹夫几百块钱怎么了，不行吗？"

我看章江一个人根本劝不住这女人，肺都要气炸了，连忙冲过去，叫道："你再在这里扰乱工作秩序我就连你也关起来，信不信！"女人拍拍屁股，比我声音高出八度："你来呀，来抓呀，就知道欺负老百姓，土匪，强盗！"

"小章，来，把她也关到留置室去！"我抓住这女人的一只手，往她背上一扭，章江也抓住她另一只手，我俩推着她，在满院子民警和老乡的注视下往留置室疾步走去。

女人嗷嗷大哭，一边喊疼一边骂骂咧咧。

稳定一下情绪，我走进办公室，严厉地对"斗鸡眼"老婆说："我给你半个小时考虑，如果还不愿意出钱的话我就办手续把你姐姐姐夫押到看守所去。"说完起身离开。

这是我主持工作以来遇到的最为重大、最为棘手的一起案件，杀人凶手逃之夭夭，县局和大队没有像往常一样派领导全程坐镇指挥、调兵遣将，而案犯家属却又顽固无理得不可理喻，我不奢望他们能配合工作，可是最起码要给死者家属一点慰问、一丝同情、一些表示吧。

我按按胀痛的太阳穴，再次来到留置室。

高新木老婆已经没有刚才那样嚣张了。我把他们夫妻俩叫到一起，把刚才那通道理又陈述了一遍，希望他们劝说自己的妹妹不要一根筋，如果她真的没有钱也希望做姐姐姐夫的能在关键时刻帮她一把，借点钱给她。高新木听了，说："如果妹妹提出借我肯定答应。要多少呢？"

"两千块钱总要吧？"我说道，"对方这么痛苦，怎么着也要有个好态度呀，人心都是肉长的。"我的想法是，如果他们愿意出两千块钱给死者家属，我就不去追究他们的包庇责任，事实上他们这些包庇行为并不是很严重，如果态度好，配合侦查和善后处理，不追究也是可以的。

"两千块，可以……"高新木刚开口就被他老婆打断了："谁说可以，一人做事一人当，谁做的找谁。我家是不会借的。"看得出，高新木老婆是当家的。

这两姐妹真是一个娘胎出来的！我再次怒了，说道："你们已经构成包庇罪了。我一样给你们半个小时考虑，如果不愿配合我就要将你们刑事拘留，关到看守所去！"

趁这间隙，我走到洗脸池旁，用清水好好洗了洗脸，让自己的精神放松些。

半小时到了，再问，"斗鸡眼"老婆一如刚才般"态度坚决"，又问她姐姐，也是同样的"思想坚定"。

我摇摇头，对高新木夫妇说："天堂有路你不走，地狱无门偏要投。好心劝你们不听，那就别怪我们了。"

我和刚回来不久的靳秋商量，是把这夫妻俩都送去刑拘还是送哪一个去？虽然一肚子气愤，恨不得把他们都关起来，但我还是保持理智，我觉得让他们有个教训就可以，如果把夫妻俩都关起来，他们的孩子谁来照顾，田地菜蔬谁来耕种？岂不是无形中损害了另一个家庭。靳秋同意我的意见。那关谁呢？其实，这夫妻俩共同实施了包庇行为，都已构成犯罪，但女子是一家之主，关了她对家庭的损害肯定更大，而男子抗压能力较强，关起来思想负担应该没有这么大。靳秋说他也是这个想法。

我便要靳秋带人把高新木押上车，故意观察那两姐妹的动静，看她们有没有醒悟过来，会不会心软下来，继而哭着求我放人，她们马上去凑钱。但是，我想多了，自始至终她俩没有任何表情，看着自己的亲人去坐牢，就像看着一个与自己毫不相干的人。直到现在我都理解不了这两姐妹，是她们出不起这几千块钱吗？是对自己的亲人毫无感情吗？是要与公安机关斗气吗？肯定都不是。

有时我也反省当时的决定，假设不是关高新木，而是要关他的老婆，作为妹妹，"斗鸡眼"老婆会不会心软下来，从而答应赔偿呢？或许，我又想多了。

下午，我正坐在办公室想着如何开展下一步行动，就听到院内又传来一阵哀号声，我走出去，见是一个老妇人。派出所民警告诉我，这是死者的母亲，刚从外县赶过来。

我把老人家叫进办公室，给她倒了一杯水。

"队长，你可要为我做主呀，老头死得早，我只有这一根独苗，他却连个后人也没有给我留呀……"

我的内心一阵绞痛。在农村，独子意味着什么我们都清楚，老太太晚年丧子，今后的生活可怎么办呀？

"老人家放心，我们一定想方设法把凶手抓获归案，到时一定会告诉您。"

"谢谢队长。我还想问一句……"她欲言又止。

"有什么问题你就问吧。"我安慰她。

"是不是我儿媳妇与那凶手有什么不当关系，一起勾结害了我儿子？"

"这是没有的事，您别听人家瞎传。纯粹就是那家伙一个人的行为。"

"那好。谢谢公安同志。我走了。"

我想和她多聊几句，哪怕多劝慰劝慰也好，可是老人家转身就走。我目送着她，那满头白发在风中凌乱地飘着，飘着……

我在工作中经常会遇到一些缠访闹访人员，一旦他的案子没有侦破，不管你有多少困难，做了多少工作，总是怀疑你没有上心，甚至怀疑你得了对方什么好处，而不停地找领导、找关系、找办案民警纠缠。虽然此案发生后我和中队的兄弟们挖空心思查找"斗鸡眼"的下落，只要有一丝线索就跟进核实，从不放弃，但是这个老人家从那次与我见面后直到两年后我调离，却再没有来中队找过我询问进展情况，这更使我内心煎熬不已，总希望能将凶手抓获，然后亲自跑到她家把消息告诉她。

3

之后，一茬茬庐河刑警从未放弃对"斗鸡眼"的查找，即便有传言他已死了。2011年，全国开展轰轰烈烈的"清网行动"，很多潜逃多年的逃犯纷纷落网，比如前文说到的1998年9月发生在本县银湾乡，将邻村一家两口捅死的逃犯彭安也被缉拿归案。"清网行动"时我已在岭南工作，那年董强副局长带队到广东，对"斗鸡眼"开展了十来天的摸查，结果也是无功而返。"斗鸡眼"就像是从人间蒸发了一样，毫无消息，成为我心中的一个遗憾。

随着科技的发展，警务工作也进入智慧侦查阶段。2019年，全国公安机关利用大数据、云计算等手段开展"云剑"追逃专项行动，一个个潜逃多年的大要案逃犯纷纷落网。

2019年年初，我主动联系已在庐河县公安局担任分管刑侦的副局长的同学袁军，要他提供一些"斗鸡眼"家人目前的情况，我利用自己所在城市的高科技手段来研判"斗鸡眼"的下落。之后，我花费了一些工夫，分析出了几个疑似对象，但经实地调查都不是。

2019年12月18日，我接到袁军的电话，他高兴地说"斗鸡眼"今天中午在东江被抓获。我大惊，忙问是怎么抓到的，他说不清楚，派人去押解时会了解一下。很快，靳秋也打电话给我，兴奋地报喜。我要他等"斗鸡眼"被押解回乡后去提审，问问他当年是如何逃跑以及这些年的逃亡历程。

不久他们都反馈情况给我。袁军说，"斗鸡眼"前不久拿了一张别人的身份证进东江火车站，民警小宋在检查时发现人证似乎不一，但又不能完全判断，便偷偷记下那张身份证的情况，然后请求在兰州市局负责情报的同学研判一下。他同学通过大数据发现持证人确实可疑，便赶到东江，与东江警方一道作进一步的分析，发现持证人目前在茶山镇一个工厂打工。经过几天的秘密调查后，判断这家伙根本就不是证件上的人，便将他控制。一审问，"斗鸡眼"扛不住了，交代了真实身份和作案经过。

靳秋到看守所会见了这个"神交"十八年的家伙。他交代，案发后，他先是逃到妻姐家，拿了两百元钱，换了一身衣服走了。当晚躲在山上，天微微亮时涉水过河到达太宁县境内，搭乘过路大巴车来到广东某地。在那里，他找了一个建筑工地打工。春节前，工地老板娘带着他来到她湖南老家，让他进入一个水泥厂打工。2002年6月，他经人介绍认识当地一个寡妇肖某凤，俩人便同居生活。2008年，他和肖某凤一起到东江打工，一直到被抓。逃跑期间，他编造了一个假名，2008年为了进厂打工又借了肖某凤小叔子的身份证使用。这些年，他不敢与家里人联系，怕暴露，怕连累家里人，更不敢将自己杀人的事情告诉肖某凤和其他人。靳秋说："他这些年担惊受怕，看到警察就远远躲开，遇到检查身份证就吓得半死。为了更好地隐藏，他学会了湖南话。我用南新话和他交流，他竟然一句也不会说，口音全变了。"

"他有没有问起家里人的情况？"我问道。

"问了。"靳秋说，"当我告诉他，经过十八年，他的两个儿子都长大了，连孙子都两岁了，他一听满眼放光，之后竟然哽咽起来，说自己当时太冲动，害了自己，没尽到一个做丈夫、父亲的责任，余生只能在牢里度过。我骂他为什么当时不来投案自首？加上案发时有送对方去医疗室的情节并积极赔偿，可以得到从轻处理，兴许现在已经出狱，正享受天伦之乐。他说只怪自己不懂法，心存侥幸。"

"这家伙，就只想到他自己家人的辛苦，可曾想到死者家那年纪轻轻就失去丈夫的妻子和白发苍苍、独自生活的老母亲！"我骂道。

不管怎样，"斗鸡眼"总算到案了，了结了我和靳秋以及庐河警方的一个心病。试想，如果我们的"云剑"行动没有全国一盘棋的做法；我们的铁路民警小宋没有强烈的责任心；我们的兰州和东江警方没有锲而不舍的精神，"斗鸡眼"或许还要潜逃很久。

随着公安机关侦查手段的不断进步，逃犯的生存空间越来越小，比如轰动全国的女魔头劳荣枝，她在 1996 至 1999 年期间为获取财物与恶魔法子英狼狈为奸，利用色相勾引杀害七人。1999 年法子英在与警方枪战落网后，劳荣枝整容，变换身份，潜藏在酒吧、夜总会等场所长达二十年，2019 年 11 月 28 日终于被厦门警方抓获。

我相信，正义迟早要来，善良的人们、忠诚的刑警心中的遗憾必定会越来越少。

# 第四十一章　直面一线

## *1*

还有几天就是 2001 年的国庆节了，一大早，我正在水池边洗衣服，就听到手机响了，一看是省城的座机电话，正疑惑时，里面传来一个熟悉的声音："文景，你这家伙当了队长架子大啦，前些天的通知也不回一下。"我立即反应过来，这是在省厅交警总队的同学郑新戈。前些天忙得晕头转向，把他交代的事情给忘了。这老兄据说业务能力不错，特别能吃苦，无论雨雪风霜都开着警车巡逻在高速公路上，很快从交警那批同学中脱颖而出，成为高速支队的一名中队长，有消息说他很快又要提拔了。半个月前他告诉我，我们警校同学打算利用这个国庆节聚一下，要我务必拉上本县几个同学去参加。我问为什么聚，毕业到现在才八年呢？他说从我们入校到现在算也有十年了，好多同学毕业到现在都没有见过，大家想着呢。我问去哪，他说去风景秀丽的庐山。我说我很想去，就怕到时要值班或有工作任务。这家伙仍旧是那副高高在上的嘴脸："你不就是一个最基层的队长吗，哪有那么多国家大事？你不来我可要骂你了。""好好好，我约一下他们几个，争取让领导批准。""什么争取？是一定！我给你们先交报名费啊。"说完他"啪"的一声挂了电话。我摇摇头，连忙给武小峰、敖飞、袁军打电话。几个人也是支支吾吾，不敢马上答应。我要他们现在就请好假，人家都把我们算进人数了。敖飞哼哼唧唧几声后，说："文景，我混得差，不好意思去。"我笑了，说："你这家伙平时大大咧咧，看不出还蛮要面子。这是同学聚会，不是比富比贵。再说你们清源区是新区，官位很多，你很快又会得到提拔的。"敖飞唉了一声，说自己总是得罪人。"这事以后再说，赶快请假，等你回话。"我劝他。我自己想了想，先和靳秋通了气，他赞成我去。我又向方大队长和董局请了假，两位领导原则上同意，只是说如果有特殊情况那就要顾全大局了。我忙答应，心里就默默念着阿弥陀佛。

很快，几个同学都请好了假，委托敖飞就近买了火车票。到达九江火车站已是凌晨两点多了，刚出站台，正四处张望时，我就听到不远处传来叫嚷声："文景、敖飞，这边，这边！"循声看去，就见郑新戈在不远处朝我们招手。自 1997 年年底我和袁军因为小字报事件与他见面后就再没有见过了，这次一看他胖了好多。他和我们一一打招呼，握手，笑容满面地叫着："欢迎欢迎！"敖飞朝他手臂上捶了一拳，说："你小子发福了，升官发财了吧？"郑新戈骂道："还说我，看你在学校时一百斤都没有吧，现在起码有一百五了，还是派出所有油水呀。我们表面上归省厅直管，名声好听，其实提拔一样难，更别说发财了。"武小峰就说："别说这么多了，好困，赶快睡觉去。""吃点宵夜吧？"郑新戈问。"不吃了，早睡早起。"我说。郑新戈说："行吧。明天再好好喝两杯。"然后帮我们把行李提上车尾箱。看得出，在省厅直属单位的几年锻炼让他比以往沉稳了许多。路上，郑新戈说全中队六十个同学只来了二十八个，我们是最后到达的一批，没来的同学大多是因为值班走不开，毕竟大家几乎都在基层一线，很多是单位骨干，请个假真难。

第二天六点多就听到宾馆走廊上一阵叫嚷声，听得出是我们中队的同学在相互串门打招呼，我连忙起床走出去。

宾馆外面，同学们三五成群正在那里攀谈着，个个脸上洋溢着久别重逢的喜悦，更多的是互相比较调侃着别人的变化，几个女同学则互相吹捧着对方的衣服和发型的时尚漂亮。中队长符老师、政治指导员曹老师在不远处的一棵大樟树下交谈。我们庐河县的四个同学走过去，向队长、指导员敬礼打招呼。谈了一会儿近况后大家就各自找人聊天去了。

按照安排，早餐后大家开始坐旅行车上山。

山路十八弯，层峦叠嶂，匡庐风景果真名不虚传。此外，庐山还是一座人文荟萃的名山，历朝历代留下了大量诗词歌赋和名人典故，这里也曾经发生了不少影响中国历史进程的大事件。我们陆续参观了美庐、花径、仙人洞、迎客松、如琴湖等景点。经过山上一条销售文物纪念品的小街，大伙三三两两地购买，我对这些没什么兴趣。突然，我被一个卖字的独臂青年吸引住了，他身旁立了一块木板，上书"以名作诗 立报立写"八个字。他真有这本事？我倒要考考他。我把名字写在本子上交给他。小伙子接过来看了一眼，提笔蘸墨，迅速在竖轴上赋诗一首：

> 文泉思如涌，桂子登翰林；
>
> 景秀春常在，琴瑟共和鸣。

写完，他将毛笔很潇洒地往笔架上一搁，周围的同学和游人都鼓起掌来。他谦虚地摆摆手，满脸微笑。很快也有人像我一样报上名字，请他作诗写字。

这诗不能说作得如何优秀，字写得也欠火候，但其下笔速度确实比曹植的七步诗还快，回味一下内容还像那么回事，比如嵌了名字、有韵味，对我的文采有褒扬，对儿子前途有期望，对夫妻感情有赞许，我很满意。一个独臂青年，不甘命运的安排，利用自己的大脑和单手去攒取生活所需，为大众提供精神食粮，赢得人们的喝彩，这是很让人尊敬的。

这是我工作以来第一次专门出游。古人云，"鸢飞戾天者望峰息心，经纶世务者窥谷忘反"，这么些年来，自己殚精竭虑，天天忙于工作，从未放下心思去哪里游玩，神经总是绷得紧紧的。现在和同窗好友边走边聊，放下工作，感觉非常愉快轻松。

## 2

这次聚会的重头戏应该是晚餐后的座谈会了。聚会聚会，不能只是游山玩水、吃吃喝喝，而是要以同学感情为纽带，敞开心扉，畅谈生活工作中的欢乐痛苦、成功失败，让大家吸取经验、少走弯路，做生活的强者、做工作的能人。

记得在警校时，学校不允许喝酒，但每逢新生入学、老生毕业、放假期间，大伙就学着正式警察那样聚餐，据说这也是公安院校的传统。因为经验不足，胡乱拼杀，加上学生穷，喝的都是几块钱、十几块钱一瓶的白酒，一餐下来往往菜没吃几口就几乎全倒了，还清醒的就被大家奉为酒神，承担起劝架、买单、背人、打扫、端茶送水、情感安慰的事务，好事做得多了，就成了公认的好人和领袖。这次聚餐发现大家酒量都大了，这也是工作几年历练出来的，连在学校滴酒不沾的几朵警花也变得有些咄咄逼人了，幸好中队长、指导员提醒大家晚上还有座谈会，不然郑新戈、敖飞等几个家伙就要拼个刺刀见红了。

会议室内，长条桌围成一个口字形，摆上了水果、饮料以及小零食。中队长、指导员首先讲话，他们感谢大家克服困难，从各自家乡赶来相聚；感谢大家在公安一线的辛勤付出；感谢大家为学校、为中队赢得的荣誉。之后，两位老师要求全体同学自由发言，谈谈工作和生活感受。

郑新戈第一个站起来，清了清嗓子，说："我这几年的工作体会有两点，一是做人要低调。要尊重领导、友爱同事，处理好人际关系，轻易不要得罪人。尤其我们这些年轻干部，在上升期，更应该夹着尾巴做人、低头做事，把自身业务和上下左右关系搞好，韬光养晦，一旦有了进步的机会就要抓住；二是工作要高调。年轻就是我们拼搏的资本，工作要敢于冒头，敢于担当，让领导和同事认可你的能力，不要缩手缩脚，拈轻怕重，否则你就会在领导心目中被别人挤下去、比下去，当有位置要安排的时候，人家都不敢用你。"

郑新戈说完挥挥手坐下。全场顿时掌声雷动，个个叫好。别说，这家伙磨炼几年，身上的匪气少了，领导气息倒变得浓厚，说话很有道理。

敖飞站起来，因喝了点酒，嗓门也变得更大了："郑新戈在省厅直属单位，天天吹空调喝好茶，我们这些在基层的可就苦了。基层的事多如牛毛，鸡毛蒜皮一大堆，事事要处理好。现在机关干部没事做，天天就是盯着我们，拿枪指着我们往前冲。做得多错得多，一旦有了失误轻则挨批、受处分，重则送去接受教育，甚至辞退、开除。"

我了解敖飞，他是个大炮性格，也知道这些年他在县公安局因为一些小节问题被领导批评过，挨过处分。今天喝了点酒，又是在同学面前，他肯定是想无所顾忌地吐吐苦水。这时就看到有的同学皱眉低头，有的静听沉思，还有的面露赞许之色。我怕他越说越出格，便拉拉他衣角，示意他注意点。敖飞瞟我一眼，甩开我的手，继续说道："我不否定我们队伍中有害群之马，有贪赃枉法之徒，但我们基层警察其实绝大多数是好的，很多人就是想有一份稳定的工作，怕犯错误。可是现在管我们的单位太多了，纪检、监察、督查、检察、信访，把我们当成潜在的违法犯罪对象，不时下来检查，不时开展这教育那整顿，学习心得月月写，剖析材料年年抄。我们要办案，要创收，哪有这么多时间应付呀？"敖飞说到这，会议室里响起比刚才还热烈的掌声，有人给他竖起了拇指。趁着这当儿，我把他拉下来，敖飞满脸通红，意犹未尽地坐下来。

武小峰站起来，他谈了一个观点，就是要忍耐。他说："我们大多在基层一线工作，首先要学会忍受工作环境的恶劣。我们很多派出所住的是低矮破旧的小楼，冬天冷，夏天热，这正好是人生的一次经历，吃得苦中苦，方能珍惜眼下的幸福；第二要忍受群众的不解和谩骂。工作中经常要对双方进行调解，有的人对我们有误会，认为你偏袒对方，明里暗里骂你照顾关系户，甚至向上级领导告状，你能和他吵吗？不能，只能做解释，只能把苦往肚子里吞；第三要忍受单位同事对你的指责和阴招。在单位，同事之间因为个人性格、爱好、经历、看问题的角度不同，不时会产生分歧和矛盾，甚至有时火药味很浓，你能对着干吗？没必要，伤了和气、伤了身体、伤了感情，忍一忍海阔天空。"

女同学白杨微笑着站起来，还没说话场上就出现一片掌声。她甩了甩时髦的波浪长发，说："我在政治处这些年的工作体会也有两点，一是工作要主动。领导安排的工作要积极，争取在第一时间完成，领导没安排的要勤动脑，主动出谋划策。基层的同学加班加点很多，很辛苦，但我们政治处也是一样，经常有突击任务和紧急材料撰写，不要去抱怨，抱怨没有用，反而会影响领导对你的印象；二是要搞好服务。既要服务领导、服务单位年长的同事，还要服务县区公安机关。机关工作看起来轻松，其实很辛苦，很微妙，我从端茶倒水、跑腿扫地开始，到收发文件、拟写小通知，直到现在负责全处年初计划、年终总结的撰写，经过八年小心翼翼的努力，成了处领导倚重的一支笔，得到了领导的肯定。"白杨刚讲完就赢得了好些个男同学的叫好声，跟着就掌声雷动。

我一站起来，郑新戈就开始嘲笑了："看，我们文队长要发表高论了，哈哈！"我白他一眼，回头对大伙说："我在基层这些年最郁闷的问题就是基层公安机关天天以罚款来维持单位运转，何时是个头？"我的话一出，立即引起场上一片或会意，或不屑的笑声。"同学们都知道，我们的罚款有几种，一种是应该的，当事人违反了法律法规，必须对他进行相应的处罚，这是正确的，否则法律就失去了权威，公安机关失去了威信，群众失去了对我们的期待；一种是可以的，也就是可上可下，可大可小，这种情况要看当时的实际情况，看处罚后对当事人、对当事双方矛盾的解决怎样才有好处，很考验办案民警的智慧；还有一种就是没有必要的，也就是不结合实际胡乱处罚，比如凡赌必罚，小赌大罚，这方面我们出现了很多错误，并且熟视无睹。"我停了停，说，"产生这个问题的原因大家都知道，我不展开，但是它的危害是非常巨大的，一是影响了政府和公安机关的形象。说实话，很多老乡还不富裕，牌打得也小，不少是亲友相聚玩一玩，这样一来群众对我们很有意见。二是增加了群众与政府和公安机关的矛盾。在警校，老师告诉我们，公安机关走的是群众路线。确实，老乡帮我们很多，提供情报线索，一起调解纠纷等，但现在不少地方的群众看到警察敬而远之，那种鱼水情越来越淡，什么原因？是我们没有积极破案？是我们欺压打骂群众？都不是，是因为我们为了完成罚款任务、为了单位的运转而凡赌必罚，小赌大罚，处罚一个人无形中得罪了一家人，无形中制造了群众对我们的生疏和厌恶。三是产生了腐败与权钱交易问题。有的人为了少罚、不罚，腐蚀、诱惑我们的办案民警，有的民警利用手上权力公报私仇，对不给他好处的单位、老乡胡乱检查，有的单位内部因为对当事人处罚意见不同而产生内耗，还有的单位罚款不开票，私设小金库，违法违纪使用资金，影响领导和民警的前途。"

我的话说完，开始还笑着的同学都不说话了，有的唉声叹气，有的低头不语，有的陷入沉思。大家都知道，在目前的经济状况下，财政是根本没有办法给我们提供办案费、差旅费和每月几百元的个人津贴，我的话纯粹就是发发牢骚。

之后每个同学都长长短短地讲了一番话，有的谈到民警的枪支是随身携带还是入库管理好，有的谈到如何避免刑讯逼供，有的谈到基层提拔如何艰难，更多的同学是谈到基层工作的艰辛。

最后指导员做了总结，她的眼眶几乎湿润了，说："同学们，我没想到你们在基层吃了那么多苦，受了这么多罪，你们的精神感动了我，也给我上了深刻的一课，首先要谢谢你们；其次，我希望你们继续发扬吃苦耐劳的精神，淡泊明志，宁静致远，现在的工作条件就这样，不可能一下子改变，怎么办？我觉得要像武小峰同学说的那样，坚韧不拔，像小郑同学说的少说多做，与单位领导同事搞好团结，这样你们一定会脱颖而出，达到自己的人生目标，实现自己的人生理想；第三，你们在基层困难很多，经费得不到保障，收入很低，容易产生向钱看的思想，我希望大家洁身自好，经受住各种考验。你们是科班出身，是新一代的人民警察，要树立以人民为中心的思想，热爱人民，关心老乡，极力维护公安机关人民警察的良好形象，不与违法乱纪之人为伍。我相信我的学生是忠诚、正义、敬业、守纪的模范，你们将会成为我省各地警队的中坚和骨干，这也是我和学校全体教员的期望和光荣！"

指导员的讲话得到了全体同学经久不息的掌声。事实上，我们这群同学都遵纪守法、不贪不占，在各自的岗位上吃苦耐劳，奋勇拼搏，一个个慢慢成长起来，如今很多都成为县（市）区公安局领导、派出所所长和各警种的领导或骨干，郑新戈等两个同学当上了高级警官，穿上了白衬衣。

3

座谈会后是歌舞晚会。我们来到旁边的娱乐室，那里布置得像一个歌舞厅，灯光迷离，空中挂着两个电视，屏幕里孟庭苇正唱着《冬季到台北来看雨》。同学们三五成群坐在一块，一边喝着啤酒一边聊天。白杨走到台前，清了清嗓子，叫道："同学们，我把一首《好人一生平安》献给大家，祝各位工作顺利，万事如意！"台下立即掌声叫好声一片。

我和武小峰、袁军、郑新戈、大鹏等几个同学坐在一块。郑新戈说："敖飞这家伙刚才那番话太偏激了吧，他到底怎么了？"袁军笑笑，说："派出所就那么四五个民警，老病残居多，他算是最年轻的了。这些年他积极肯干，一个人几乎干了单位一半的工作，可以说没有他那个派出所就要关门。可是，做多错多，有的'老板凳'不仅不愿干，还暗中盯他的梢，只要有谁和敖飞在一块吃了一餐饭很快就有人报告给所长，说他吃拿卡要。你也知道，在乡镇派出所，天天接触老百姓，都是面子上的人，处理问题又经常过饭点，人家村干部、中间人请你，你不去就得罪人，以后工作还怎么开展？敖飞因为这些问题被领导批评过。你们都知道他是个性格刚烈的人，眼里容不得沙子，被批了就说那好，我不去办案，不去接受吃请，你们去办案吧。为此得罪了一些领导和同事。有一次，他们所里协助外地刑警抓获一个盗窃嫌疑人，所领导要敖飞和办案单位一位民警在二楼办公室审问，过了一段时间敖飞去上厕所，谁知那个外地民警不久也走出去打电话，那个盗窃嫌疑人突然跳楼，摔成骨折。为这，敖飞大会小会挨批，有人还把他之前的所谓问题拿出来说事，接受各种各样无休止的调查，最后挨了个处分。"袁军停了停，说："幸好区划调整，他很快被调到刑警大队，发挥了优势，不久前还提拔为大案中队副队长。可是当年各种批评和处理却是伤透了他的心。"

大鹏说："我刚参加工作时真的想不通，因为有的老警察总是推案件。我心里想，办案多好玩，有必要这么缩手缩脚吗？如今明白了，现在的规定越来越多，越来越让人难以适从，导致做多错多，内部的督查、监察、法制，外部的纪委、检察院、法院以及当事人及其家属、律师一个个找你。我们这些警校毕业生有几个不是血气方刚？当这些年警察，我不怕得罪人，有人放话说要砍断我的腿，我都不怕，怕了还做警察干吗？可是，当这些家伙说要报复我的家人时我内心充满纠结，我当警察，为什么要让我的家人也跟着过紧张的日子？"大伙都沉默不语。

武小峰打破了尴尬："是呀，现在的办案程序真是太烦琐复杂，造成民警厌战情绪严重。"他继续说道，"还有什么'有警必接，有难必帮'，你以为公安机关包打天下，无所不能？事实上我们自己都有不少困难，正如刚才文景说的，办案经费财政能解决吗？家属找工作和要求调动，劳动人事部门会从优待警吗？这句吹牛的口号造成好多问题，不是公安的事情人家也打电话找上门。你说不是你的责任，但你不是承诺了有困难找警察吗？什么买卖纠纷、夫妻吵架、醉酒找不到家、流浪汉没人管、狗不小心咬到人、餐馆不卫生，很多明明是其他政府部门的事，可人家要过周末，要睡觉，群众只好都找到派出所来。一个派出所就那么几个人，你就是天天不睡觉也忙不过来。"武小峰现在是一个派出所的副所长，体会也够深了。

"你刚才茶话会上不是说要忍耐吗？"敖飞刚好走过来，坐下调侃道。

"我没说错，除了忍耐，有什么办法呢？"武小峰摇摇头。

"派出所真不是人待的地方，一天到晚待在所里，不能回家，不能脱岗，没有加班补贴，没有补休，好不容易到了周末，又有各种安保任务或者紧急抓捕任务，其实很多时候都是在单位待命，浪费时间，家里根本照顾不到，请问这符合《劳动法》吗？"敖飞端起啤酒杯和大家一一碰了，一口喝干。

"刑警不是一样的忙吗？你现在做刑警了，有什么感受？"我问敖飞。

"刑警没那么多杂七杂八的事情，但办案也辛苦，从抓到人开始就得高度紧张，看守、取证、录口供，直到人送进去才能松口气。稍微休息半天，紧接着就要办延长拘留、执行逮捕、移送起诉，专案则连续好几晚加班加点，有的案件出差抓捕、取证，一出去就是十天半月。其他单位出差是好差事，刑警出差是去考验人的智慧、勇气和耐力。刚才茶话会有人谈到枪支违法违规使用的问题，因为枪支被盗、走火等情况，要我们全都刀枪入库。可是，我们都在一线工作，你知道什么时候遇到个抢劫犯、杀人犯？你对着这些坏蛋说，别急，等我去枪库取了枪再来抓你，这不是笑话吗？每年警察牺牲那么多，不少是因为手无寸铁、仓促应战造成的。机关民警配枪应当严管，一线民警就不能按实际情况来执行吗？"

"文景，除了经费问题，你还有什么体会？"郑新戈问道。

"还有你说的低调做人。你说得没错，可是现实中有多少人在给你使绊子，恨不得你摔个人仰马翻，再踩上两脚。"

大鹏一听立马接话："这方面我是深有体会。敖飞是高调做事，别人枪打出头鸟，可我一直是低调做人、认真做事，也被人踩着呀。我觉得身体累一点没关系，但同事之间你猜我忌，心累才是最难受的。有的人平时好吃懒做，遇到问题就躲，就推，但要往上爬时便厚着脸皮把工作成绩往自己身上揽，我觉得自己年轻，无所谓，忍了。可是人家变本加厉，出现错误却往我身上推，我觉得无关大事，也懒得过多计较。有的所领导就是糊涂虫，或者欺软怕硬，看我老实好说话，工作给我一大堆，我也毫无怨言地接下来，一一做好。可你全力维护他的权威，支持他的工作，他还不信任你。有一次我配合外地民警去辖区搞一个调查，不知道谁在所长面前嚼了舌头，估计是说我工作已经完成却不回来，在外面玩。所长先打我电话，问我在干吗？我说还在协查呢。他立马说你叫人家外地的兄弟接一下电话，我不知道他有什么事，便把电话交给人家。很快他们挂了电话，我问外地兄弟，我们所长打电话给你有什么事。人家说，你们所长就问工作忙完了吗，还要多久。我一听就明白了，他之前并不关心我们这个案件，并不关心协查的进展，这些不痛不痒的话有什么必要叫人家接电话呢，问我不就行了吗？这岂不是不相信我，故意找他们证明一下我在不在工作吗？真是对我的侮辱。这还不算，到了关键时刻，比如评功评奖、提拔干部时他却认为你老实好欺负，就考虑谁给他送了礼，谁平时对他甜言蜜语，谁是领导打过招呼的。这方面我吃过好几次亏，前不久的提拔又没有份……"说到这，大鹏竟什么也不顾，扯起几张面巾纸抹起泪来。

都说男儿有泪不轻弹，我们知道大鹏这些年肯定受了不少委屈，不然哪至于如此失态。

郑新戈劝道："伤心的事别说了，大家喝酒吧。"大伙都将杯子倒满，用力一碰，咕咚咕咚干起来。

台上灯光昏暗，电视里正播放着《往事只能回味》，缠绵感性的曲调中，几对在校时的情侣或唱或跳，或许今晚他们才是最开心快乐的吧。

为了缓和气氛，一曲结束，郑新戈把大鹏和敖飞拉上舞台，拿上麦克风说："各位亲爱的同学，我和大鹏、敖飞把当年老师经常激励我们的歌曲《少年壮志不言愁》献给大家，希望我们永不懈气，勇往直前！"台下掌声雷动。我突然想起八年前那个夜晚，同学们也是唱着这首歌含泪分别，那时大家青春年少，是何其豪迈无惧，何其气贯云天！

晚会进行到将近十二点，中队长说："同学们，今天的聚会让我很感动，大家克服各种困难来到这里，尤其是在基层派出所工作的同学，他们没日没夜，难得有一个假期。这两天，大家在一块畅谈人生，倾吐心声，互相鼓励，希望在今后的工作中继续发扬团结友爱风格，也希望各位同学能在工作生活中戒骄戒躁，成长进步。天下没有不散的筵席，明天一早你们就要各奔东西，我提议大家都站到舞台上，唱一首《相逢是首歌》吧。"

"好！"所有年轻的警官都精神抖擞地走上台，跨列站好：

你曾听我说　　相逢是首歌

眼睛是春天的海　青春是绿色的河

……

你曾听我说　　相逢是首歌

分别是明天的路　思念是生命的火

相逢是首歌　　歌手是你和我

心儿是永远的琴弦 坚定也执着

……

十年前，怀着惩恶扬善的梦想，怀着对公安事业的无限热爱，这群预备警官走到了一起，经历了严格的训练，掌握了基础理论知识，凝结了深厚的同学情谊。分别八年后，他们各自在真实残酷的公安工作中历练，承受了痛苦，丰富了经历，感悟了人生。即便在交流中有的发言偏激，有的想法不一定正确，但是，面对前进道路上的荆棘雷雨，他们还保留着当年入校时的理想，无所畏惧，嫉恶如仇，本着忠诚、正义、诚实、拼搏的初心，一步步砥砺前行。

# 第四十二章　夜逃的色狼

## *1*

一回到单位又开始忙碌了。

这天上午，西河分局郭局长打电话给我，说他们辖区白家村昨晚发生一起奸淫幼女案，该村十三岁读初二的女孩白莲在晚自习结束回家的路上被人从后面扼住喉咙拖进旁边草地上实施强奸行为，但只有性器官接触，犯罪嫌疑人很快就扔下白莲跑了。白莲借着微弱的月光认出作案人是同村的白小郎，到家后立即告诉了母亲，父母马上向分局报警。当晚十点左右，分局民警在白小郎家里将他抓获，审讯一夜，一直到今天上午他都不承认，希望我们中队连人带案接过去。

我正好在县局开会，连忙吩咐靳秋赶过去。我告诉他，一定要先向白莲了解情况，并要她指认整个受害过程和现场，拍照记录下来；其次是细致勘查现场，争取提取到物证。

下午一点多，我赶回中队，靳秋已经将白小郎带回来了。他告诉我，现场位于矿区到西河镇的大路边进去二十多米的一块草地上，有重物踩压痕迹。据白莲说，当时白小郎不小心将他的手电筒掉在离那块草地三四米远的地方，逃跑时拿走了手电筒，她也指认了那个位置，此外就没有发现任何有价值的痕迹物证。另外，这家伙不是第一次到我们中队"报到"，前年他涉嫌盗窃矿区铁路设施，被人举报后在他家搜到了物证，曾安斌把他押到中队审了一天一夜也不承认，只说是捡来的。将他刑拘后继续审查也没结果，一个月后取保候审出去，案件不了了之。

"你刚才审问过他吗？"我问。

"简单问了几句，他说吃了晚饭后就在村边散步，大约八点回家，没有出去。这个案件特殊，加上这家伙尝到了拒不交代的甜头，我想还是等你回来了再审，毕竟你经验丰富。"

"他父母是怎么反映他当晚情况的？"

"和他说的差不多，也是说他吃了晚饭后出去走了走，很快就回来了。"

"案发时间是几点？"

"白莲八点十分下晚自习，走到那里要十来分钟，大概在八点半左右。"

"白莲当晚穿的衣服、裤子提取了吗？"

"提取了，外衣外裤上有些脏，但不明显。内裤干净，没有精斑。她回来后洗了澡，到医院妇检时也没有提取到什么物证。"

"白小郎的衣裤提取了吗？"

"我问了郭局，这家伙当时穿的衣裤昨晚都洗了，没有提取。"

问到这我就知道这起案件的难度了。犯罪嫌疑人是个前科人员，不易突破。现在唯一的证据就是白莲的指证，而她小小年纪，又是在紧张的情况下，是否看清楚了对方还得打一个问号。

前些年，国内仅凭受害人陈述而造成的冤假错案发生了不少，尤其是强奸这种没有第三人在场的案件，往往单方面相信被害人的反映，从而对被举报人采取刑讯手段逼取口供，严重影响和败坏了公安机关的形象，为此，上级三令五申，要求以证据为中心，仅有被害人的陈述或者犯罪嫌疑人的供述不得定案。现在，如果我相信白莲，就要信心满满地想办法突破白小郎；如果我对她的陈述持怀疑态度，则会在讯问中心虚、懈怠。如何把握审讯分寸全凭经验，这也就是靳秋说的希望我来审讯的理由。

## 2

我接过案卷，叫上章江一同走进办公室。

白小郎坐在靠窗户一边，手上戴着手铐，看年纪只有二十五六岁。他戴着一副高度近视眼镜，脸色青黑，尤其奇怪的是额头上有一片淤血痕迹，这到底是他昨晚作案逃跑时摔倒的还是被哪个控制不住脾气的审讯人员动手动脚了呢？我不想现在就问他怎么回事，因为万一是后者，那他肯定会顺杆子爬，给我下面的审讯造成被动。

"白小郎，你认识我吗？"我坐到他对面。

"你是文队吧？我在西河街上看过你。"他低声回答，"曾队就熟悉，我以前的案子是他带队办的。"白小郎化被动为主动，表现出"真诚"的样子。

我点点头，说："我们虽是第一次打交道，但你的情况我都了解了，希望你不要在我面前耍花招。只要你实事求是交代，我一定会在调查报告中反映出来，公正处理。"

"我一定如实反映。自从上次曾队教育我之后，我就知道要遵纪守法，所以就在家认真看书，准备考一个电工证去矿区上班，牢房的味道可不好受。"

"漂亮的话不要说，我问你，知道我们为什么把你传唤过来吗？"

"我开始不知道，昨晚西河分局民警审问我，说我强奸了别人，这真是冤枉。"

"他们说你强奸了谁，在哪里强奸的？"

"不知道，他们没有说。"

听到他反映西河分局审讯时指出了他涉嫌的罪行时我心里咯噔了一下，生怕分局把仅有的证据也托出来，这样他的交代就会失真，有引供嫌疑，但庆幸分局没有把受害人的名字和犯罪实施地点说出来。

"既然别人告你强奸，你就应该明白这事暴露了，抵赖有什么意义呢？除非你运气好，人家没看清是你。"

"我真的没强奸谁。你看我是高度近视，晚上出门都怕摔跤，还敢去强奸？"

"你是怎么高度近视的，看书看的？"

"天生的，还有散光。"他尴尬地笑笑，"以前不知道要好好读书，现在晚了。"

"那你昨天吃完晚饭后到哪去了？几点钟回来？你要实话实说，我们已经调查过了，有人看见你，可别对不上。"

他眨着眼睛，说："让我想一想，不然说错了你们又要骂我讲假话。"这家伙反应还真挺快。

"行，你想吧。"

他低下头思考起来，两分钟后抬起头，说："吃完饭就有七点钟了，我在村口坐了一会儿，就想去女朋友小夏那里看看，于是走到她在矿区的理发店。可是她那里关门了，我便返回来，不信你可以问理发店旁边的餐馆老板小王，我到那里差不多是七点半，和他聊了一会就走了。到家估计是八点钟，之后就没有出去，我父母可以作证。"

"就这样简单？"我显出不屑的样子，"在回去的路上你看到了谁？"

"谁也没看到。"

"你眼睛不好，可有人却在远处看见你了。"我故意试探一下他。

这似乎戳中了白小郎的心，他停顿了一会，说："别人肯定看错了，我是真的直接走回家的，哪也没去。"而他这停顿思考的表现并没有能够逃脱我的眼睛，反映出他有作案的可能。

"本地人谁不认识谁，怎么会看错？"我逼近一步。

白小郎低下头不作声了。此后，任凭我怎么问他都以沉默应对。

我走到外面，点上一支烟，想了想，又走进去。

我拿起桌上一本《刑事诉讼法》，指着法条说："你看，上面明明白白写着被害人陈述是刑事拘留的条件之一。人家直接报案控告你，我们就可以对你采取刑拘措施。与其态度不好，还不如痛痛快快交代，争取个好表现。"

他眨眨眼，说："我没犯事，刑拘就刑拘。希望你们不要冤枉好人。"

"你以为就是人家指认这一点证据吗？我们还有更多的证据。你对她做了什么，难道不会留下物证吗？"我提高声音，加快审讯速度，以便让他没有更多思考时间。果然，这家伙急了，辩道："不可能，我就接触了一下，又没……"他知道说漏了嘴，连忙停止，嘴巴张得大大的，想狡辩却又不知道如何说下去。

我趁热打铁，不给他喘息机会："又没什么，没留下东西，是不是？"

他看着我，过了一会儿，点点头，说："文队，我说实话，我没强奸成，请高抬贵手。我一定吸取教训，再不做坏事了。"

"谁会相信你。上次的事放了你一马，还不是继续做坏事？！"章江将他一军。

"这次一定改。"他提高声音表态。

"先不扯那么远，把昨晚的事情讲清楚再说。注意，你所做的我们清清楚楚，千万不要讲假话。"我盯着他的眼睛，不容他乱说。

"好，好。"白小郎鸡啄米似的点头。据他交代，昨晚到矿区去见女友小夏，谁知人家早就对他好吃懒做不满意，有意疏远，远远看到他来了就锁门回家。他很郁闷，坐在回家的路边想心事。不久就看到同村的白莲放学往回走。白莲虽然只有十三岁，但个子高高的，比同龄人显得成熟。白小郎淫心顿起，但又怕白莲认出自己，心里很矛盾，最终他还是控制不住心中的欲火，从后面扼住白莲的脖子将她拖入草地，手电筒不小心掉了。借着夜光，他威胁白莲不许动，脱下她和自己的裤子，就要施暴。这时远处田里似乎传来有人说话的声音，白小郎一惊，顿时疲软，只好匆匆用手在白莲并没发育的身体上乱摸几下，提上裤子跑回家。这家伙记性出奇得好，对白莲当天的内外衣着和身体发育状况都作了具体的反映，与白莲的陈述和体检情况相符。

"你刚才说的都是真的吗？"我故意问他。

"你放心，文队，都这样了我还说什么假话。"

"你可别骗我，否则不能对你从轻处理。"

"真没骗你。我就是做了这些。"他可怜巴巴地看着我。

"那好，为证明你说的是真话，你带我们去现场看看。"

"可以。但你们一定要为我保密呀。"

"放心，这种事我们还会去宣扬吗？"章江收拾好材料。

"时间不早，晚了就天黑了，我们现在就出发。"我吩咐靳秋带好相机，中队几个人押着白小郎就往西河分局赶。

在路上，我给分局郭局发了一条信息，要他联系两位村镇干部作为指认现场的见证人。指认现场可是这起案件认定的关键，没有作案、没有到过现场的人是不可能知道现场在哪里的，白莲回家偷偷把情况告诉了父母，父母偷偷向分局报案，这个过程中没有其他人知道发生了这样的案件，更没有人知道那屁股大的一片草地和手电筒掉落在哪里。分局当晚接到报案后迅速将白小郎从被窝里揪出来控制到现在，如果他能带着我们准确找到那块草地，说明是他无疑。否则，即使他承认我们也不敢认定。

一到分局，我告诉到过现场的所有民警，虽然白小郎对其作案已作交代，但为了保证侦查工作的客观性，在指认作案现场和交代作案过程中我们可以用提问的方式，却不能做任何暗示，尤其不能在前面带路，在主要路口和其指认过程中尽量多地拍摄照片，中心现场和他当时掉落手电筒的位置的照片更要拍清晰，把细节体现出来。

随后，白小郎带着我们和两个见证人一路前行，准确无误地指出拖人进去的那条小路、作案的那片草地以及手电筒掉落的位置，尤其对作案时受害人头、脚朝向等有了清晰的指认。他的指认和白莲的指认完全一致。之后，他还指认了作案后的逃跑路线。

做完这一切，我告诉白小郎，你态度很好，但已经触犯法律，现在要送你去县看守所刑事拘留，他顿时躺到地上号啕大哭，说："我又没有强奸成功，还够不上犯罪，你们为什么要把我关起来？""我这样配合，你们为什么不可以给我从轻呀？"

"你对未满十四岁的少女实施强奸行为，已构成犯罪。你态度好，我们可以在结案报告上给予说明，建议从轻，但不是现在就放你。希望你继续配合。"靳秋指着他，要他起来。

"我不去呀，我坐过牢，不想再坐了！"他躺在地上撒泼。

靳秋等几个兄弟劝说无效，气不打一处来，拎脚的拎脚，抓臂的抓臂，把白小郎抬起来丢到车后座上，送往县局拘留。

案件似乎破了。没想到这家伙又像上次盗窃铁路设施一样狡猾，不仅在检察官提审时翻供，而且在法庭上反咬一口，一会说分局民警审讯时打了他，一会又说指认现场是我们带的路。搞得我不仅到法院出庭作证，还参加了县委政法委组织的公检法三家的研究协调会。至于具体情况以及对他如何处理后面我再细细说来。

3

12 月中旬的一天，天刚亮，矿区派出所朱所长打电话给我，说今天凌晨五点多，他们抓获一名意图引爆炸药炸死住在单身职工宿舍同事的犯罪嫌疑人，要求我们派人去审讯。

爆炸案本来是大案中队负责的，但案情重大，我不敢怠慢，连忙叫上中队几个兄弟一边往矿区赶，一边向大队和局里报告。方大队长说，大案中队正在忙另外一个案件，这起案件就由你们中队负责办理。

到达矿区后得知，犯罪嫌疑人叫宁庆，二十九岁，是一名今年刚因偷窃被矿区派出所治安拘留过的前科人员。他与矿厂同事牛阳山工作中产生过口角，一直想着怎么报复。这天，他下矿井，发现一个同事的箱子里有还没用完的雷管和炸药，于是偷偷拿了两枚雷管和一包炸药回到宿舍，之后又从其他地方收集到十多米电线，想着干脆一不做二不休，找个机会把牛阳山炸死算了。头天晚上十点多，宁庆下晚班回到宿舍，一直睡不着，就边看电视边想着是否今晚就动手去安装爆炸装置。他犹犹豫豫，一直挨到凌晨三点多才下定决心。他爬起床，穿好大衣，将雷管炸药和电线接好。牛阳山住在三楼，他从住着的四楼下来，借着微弱的走廊灯光像幽灵一样蹑手蹑脚地来到牛阳山门前,将炸药包放在门口,再拉着电线往公共卫生间走,想躲在那里接通电源,以防炸着自己。就在这千钧一发的时刻,也该牛阳山命大,他昨晚多喝了点酒,爬起来想上公共卫生间,一开门却见门口放着一包炸药,顺着电线往前看,便发现宁庆站在不远处,瞪着血红的眼睛看着自己。

牛阳山顿时酒醒,吓得一泡尿撒得满裤裆都是。他脸色煞白,叫道:"宁庆,你要干什么?快把东西放下!"

宁庆没想到事情暴露,慌得丢下东西就跑了。牛阳山连忙叫人,并向派出所报告。很快,宁庆被巡逻队抓获。

我去勘查现场,一看也吓出一身冷汗,如果这家伙爆炸成功,别说牛阳山,就是这整栋砖混结构的宿舍也要全部垮塌,可能伤及一百多人,连他自己也将一命呜呼,到时就会造成轰动全国的惊天新闻。如果这家伙死了,这案件或许又会成为一个死案,成为未解之谜,在侦破这起案件中我们一定是疲于奔命,加班加点,累得吐血。

这时就见方大队长带着豹子等几个技术员过来了。听完我的汇报,方大队长拍拍胸口喊道:"这真是万幸,万幸呀!"

豹子笑道:"老牛一泡尿救了大家,可不就像是比利时首都布鲁塞尔的英雄于连。"

我看豹子手上拿着一个黑黑的物品,问他:"这是什么?"

他微微一笑,说:"没见过吧,这是摄像机,可以录音录像,我用这个把现场直接录下来,可比以前拍照直观多了。"

"给我看看,我也学学。"我伸手过去。他摆摆手,说:"那不行,这东西好贵,全局刚刚买了这一台,弄坏就麻烦了。"

"那你等下帮我们把宁庆这家伙的交代全部录下来,省得他以后狡辩。"我说道。

"可以,没问题。"

我忽然想到,如果我们办理白小郎强奸案时有这高级设备多好,我可以将他带着我们指认现场的经过和交代的情况全部录音录像,这样他就不可能翻供，少了许多麻烦。同样，如果之前有它，跳蚤是否交代过投毒的情况也就一清二楚，不至于让检察官怀疑我们有引供逼供的可能，从而顺利批捕和审判。科技是第一生产力，技术设备有时能起到多少人力都解决不了的问题。

# 第四十三章　禽兽继父

## 1

到 2001 年的年底了，按照年初制定的《目标管理考核责任状》规定，大队领导带队对各中队和办公室一年的工作进行考核，通过对政治学习、如实立案、财经管理、情况报送、案卷归档、对外宣传、内务管理以及违规违纪等共同部分的检查，对破案、追逃、案件审结、报捕批捕、"三大支柱"建设、劳教任务等业务工作的核查，我们中队取得了年度考核第一名的成绩，超过了我的预期目标。中队总结会上，我对靳秋和各位民警一年来的工作进行了点评，感谢大家的辛勤付出和对我对中队工作的支持。大伙也很高兴，要我到县城摆一桌。那晚，我叫上几个大队领导和兄弟中队的同事来聚会，大家喝了很多酒，讲了许多知心话，接着又唱了不少歌，释放了一年的压力。

还有两天就是 2002 年元旦，同学敖飞打电话给我，邀我去他那里坐坐，"交流交流工作心得"。我明白，这家伙其实就是想邀我过去喝几杯。

清源区刚成立不久，整个党政机关都在租房办公，公安局也一样。刑警大队单独在街上租了一层，用玻璃隔成一个个小写字间，看起来整洁规范，有点像东江一些公安单位。敖飞告诉我，清源区因与主城区仅仅一河之隔，案件不少，尤其火车站一带的诈骗、敲诈、抢夺案件突出，任务很重。加上大队刚成立，人员少，没有像县里一样下设驻片中队，农村发了案件还需远途奔波前去办理，忙得很。他说自己今年刚从派出所调到刑警大队，好几年没有办刑事案件，希望我介绍些破案经验，说完拿出几个案件来与我探讨。从交谈来看，这家伙侦查思维算是很开阔，是一块刑侦料，以前在派出所真是大材小用了。主持工作的副大队长是我以前大案中队的中队长杨队，敖飞把我带到他办公室。杨副大队长看我过来了，立即握手倒茶。都是熟人，寒暄几句后自然又聊到我没申请来清源区工作的事情。杨副大队长说，清源区百业待兴，就像一块荒地，需要人去开垦，更需要有强烈事业心、责任心的干部来做"生产队长"、当"垦荒牛"，只要肯干，这里一定可以大有作为，一定可以出成绩。现在，市领导眼睛紧紧盯着这里，刑侦这条线甘支队长经常来指导，破案、追逃、"三大支柱"建设都在磨合推进。这里没有历史遗留问题，没有论资排辈，"麻雀虽小五脏俱全"，只要认真工作，个人上升空间和专长发挥都能得到很好的保证。

敖飞不断点头，说："杨大求贤若渴，文景你当时过来了多好，我们就可以联手干出一片天地，过两年，不，过一年，杨大当大队长，你当副大队长，我们刑警大队一定能在全区叫得响。你看你，虽然是个中队长，但要在庐河县当个副大队长，江队、邱队都有可能，而且你现在还在农村一线，家庭照顾不到，夫妻分开在两县区工作，有什么意思？"

敖飞的话直戳我心。当副大队长扯远了点，但家庭照顾不到却是事实。今年儿子小畅就几次感冒发烧，每次都引发扁桃体肿大，消不下去，一到医院就要打好几天的吊瓶，父母为了使我和凌溱溱安心工作，每次都不告诉我们。有一次回县局办完事，想回家看看，到家，父母不在，问邻居，说是送孩子去医院打针了。我连忙往医院赶。到病房一看，儿子脸庞瘦削，正在那哭得泪眼汪汪，父母在一旁又是讲故事又是拿玩具哄，也是满脸憔悴。看我过来，儿子像见到救星一样更加大声痛哭。我不断抚摸着孩子打着吊瓶的小手，心也跟着难过起来。

"我想妈妈！好久没看到她了……"儿子的哭声更加刺痛了我，凌溱溱分管招商引资，经常出差，时间比我还不固定，这次有半个月没回家，儿子生病了当然很想她。我想安慰他，于是拨通了凌溱溱的电话，听到她的声音小畅又开始哭了，电话那头凌溱溱也慢慢哽咽起来……

多年后，我看新闻得知打吊瓶对身体有很大的伤害，尤其对小孩，而儿子那些年确实每年都有几次因感冒发烧而接受了这样的治疗。直到他上学后学习成绩一直处于中游，我才想到，或许真是当年我俩为了工作在农村奔波，没有照顾到他的生活，因而经常感冒发烧打吊针影响了他的身体。

敖飞看我有些心神不定，笑着说："桂芝这家伙经常念叨你，我们过去坐一坐吧。"我说："好呀，我也有一年多没见到他了。"

桂芝就是我刚参加工作时一同住在百年老屋的东琴法庭的兄弟，他之前在庐河县法院担任政工科副科长，因父母和当老师的妻子都在东路片，区县分家时就申请到新成立的清源区法院工作。

区法院在街道上的一栋写字楼里。我和敖飞走进那间堆满报刊文件的办公室，就见桂芝正在埋头写材料。

"桂科长，你好呀！"我打趣叫道。

桂芝抬抬鼻梁上的高度眼镜，眯眼一看，发现是我们，连忙起身，脸上堆满笑容："哈哈，是你呀，文景。怎么想到来看我呢？"他给我俩各倒了一杯水。

"乡下人进城，体会一下你们做城里人的感觉。"我调侃道。

"你这家伙，真不知道是怎么想的，当年也不申请过来，搞得和凌乡长一个东一个西。"

"别说这事了。怎么样，兄弟，忙不忙？"我问。

"新单位，白手起家，真是忙昏头。"桂芝满脸堆笑。

"桂芝在庐河县是副科长，现在是科长了，听说法院的政工科长马上都要进党组，桂科长很快就是院领导了。"敖飞说道。

"是吗？那恭喜你了！"我两手抱拳冲桂芝一举，心里却泛起一丝醋意，心想，桂芝真是运气好，如果他留在庐河这个老县大县，就他那老实巴交、不善交际的性格，按部就班，论资排辈，想当个科长都很困难，更别说进党组了。

"我也是运气好，新单位缺人，尤其缺人才。"他压低声音，"我调过来之前把自己这些年写的各类报告、简讯、豆腐块拿给现在的院长看，人家一看，马上说我就是一个大才子，一定要过来，一定会给我一个好位置。这不，我刚主持了一年工作就让我转正了。调过来之后，我们科才三个人，我是忙里忙外，事无巨细，亲力亲为，累成狗样，但我干得很开心，很有成就感……"

"也确实是这样，只要认真工作，在我们这样一个人口少、面积小的区一定能冒尖出来，就说我，要不是成立新区哪能进城？哪能选进刑警大队？哪能当一个副中队长？哪能进入局领导的视线？"敖飞微笑。

敖飞所说不虚，在县里我就经常听到各单位各部门的人谈到各自原单位的某某在县里工作时遭领导和同事嫌弃，申请到清源区工作后却变成香饽饽，得到重用、当上领导，让留在本县的人大跌眼镜。而像桂芝、敖飞这样科班出身、素质不错的人，发挥特长，得到领导的青睐就不难理解了。

"现在区里还是缺人，比如机关、学校，如果你当时过来了，凌溱溱也很有可能进机关，你们在城区买房，一同上班、一同生活，多好。"桂芝又戳到了我的痛点，"我老婆在新街乡小学当教师，区里正在筹建几所完小，她很快就可以调进城了。"

"是呀，据说区里还准备为公务员集中建房，快要报名了，多好。你在庐河县工作多年又得到了什么？大县老县，尾大不掉，政策死板。我是庆幸自己调过来了，否则就惨了，估计还在哪个偏远派出所和农村妇女斗嘴呢，父母妻儿更是照顾不到呀。"敖飞感慨道。

今天本想来放松心情，却被他俩的话刺激得我一阵阵难受。儿子过两年就要读小学了，难道要他像留守儿童一样读书？难道我和凌溱溱真的就要这样区县分隔几十年？我不敢想，也不愿想，只好故装无所谓地说："走一步算一步，再待几年领导总要让我进县城吧，那样就好了。"其实我的心却是一阵绞痛，越想越后悔当时没有听凌溱溱的话。

## 2

2002 年 1 月上旬的一天傍晚，我陪着馍馍几个同学从餐馆吃完饭，回到办公室，正借着酒兴聊得起劲，靳秋走过来，把我叫到旁边办公室。我进去一看，里面有一男一女两个成年人和一个不到十四岁的小女孩，男的我认识，是龙山乡苦竹村的乔会计，他脸色铁青，拳头紧握，一副像要找人拼命的样子，而旁边的妇女和女孩则眼圈通红，似乎大哭过一场。

靳秋把门关上，对我说，乔会计带着他弟媳和侄女来报案，说是侄女的继父郑半仙，也就是他弟媳现在的老公，从 1999 年暑假到现在一直对小女孩性侵，刚才那家伙又想强奸她，女孩假称去解手，偷偷逃出来，跑到街上找母亲，母亲一听没了主意，就到街上找到他伯父。

我顿时震惊，一个继父，竟然对朝夕相处、还未发育的继女下此毒手，真是色胆包天，闻所未闻！"郑半仙是谁？"我满腔愤懑。乔会计说："就是在龙山街上给人算命，装神弄鬼的那个家伙。"他说完把我拉到门外，"这家伙年轻时还将自己的哥哥打死，刑满出狱后在家乡待不下去，只好跑出来。我们也是后来才知道他的前科问题。""他们夫妻关系怎样？"我问。"一般般吧，我平时也不会去他们那里。"

我又返回办公室，把小女孩叫到沙发上坐下，安慰道："这些事情是真的吗？"她抹了抹眼泪，点点头。

"你以前告诉过别人吗？包括你妈妈和伯父？"

"没有，"小女孩声音很低，"他很凶，说我告诉了别人就杀我，我很害怕。"

小女孩的妈妈接过腔说："是呀，小燕今天不说我真的不知道。"

"没让你说话，听文队的，"乔会计高声骂道，"怪就怪你这个蠢婆娘，找一个白眼狼，引狼入室！"

我摆摆手，叫他们别吵，问小女孩："小燕，你留了什么证据吗？比如他性侵你之后，你的或者他的短裤，你或者他用过的擦拭纸？"小燕摇头。

我又问："除你妈和你伯父外，你还告诉过别人吗？比如老师、同学，比如你自己在日记上或者什么本子上写下过这些事情？"小燕再次摇头。

"那你记得第一次他是怎么对你的吗？"我提醒道。

"记得，第一次是 1999 年 6 月的一天傍晚，我放暑假在家，妈妈生病了，在卫生院住院。他摸了我的身体……第二天中午，他趁妈妈还在医院，就强奸了我……"小燕向我陈述起郑半仙第一次对她施暴的经过。

"妈的，这个畜牲，我非宰了他不可！"乔会计怒了。

听到这，我几乎可以判断这个小女孩所说非虚，绝不是家属有其他问题而有意让她报假案说假话。我叫道："靳秋，你带人赶到龙山乡，把那个家伙给我押过来！乔会计，你别着急，先回家去，相信我们会公正处理。"

乔会计气愤难平，骂骂咧咧一阵，在我的劝说下走了。

小燕的妈妈坐在一边，头靠在沙发上，全身无力。"之后呢？"我继续问小燕。

"之后他凡是知道我妈出远门就要这样对我。好几次，我想告诉我妈和我大伯，但一想到他那个凶相又不敢。有时我做噩梦，半夜惊醒，就叫我妈过来陪我睡。有几次我跟我妈说活着没意思，不如死了算了，我妈不理解，以为我没爹，在学校受人欺负，或者是没考好，便劝我，鼓励我。其实在这之前我的学习成绩一直在班上是前两名，出了这事后思想负担重，成绩一步步后退，现在在班上是下游了，老师问我怎么回事，我不敢说。"

我递过一张纸巾给她，问道："这些年他大概强奸了你多少次？"

"从 1999 年 6 月到现在，共有两年九个月的时间，一般每月都会强奸我一两次。记得去年中秋节前一天下午，我大姨来做客，我妈去街上买肉，大姨在客房睡午觉，他到我房间要强奸我。我那天身体很不舒服，就推他出门，他火了，便拿起门边扫把要打我，把我大姨惊醒了，问怎么回事。他骗我姨说是要我去菜园摘菜，我懒，不愿去。大姨见了，就拉上我一起去，路上我姨还骂我要勤快些，我气得哭起来。"

"他最后一次强奸你是什么时候？"

"是半个月前。那天是星期六中午，妈妈去外婆家了，我从田里牵牛回来，同学小梅来找我，我们正聊着，他回来便要小梅回自己家去，说找我有事。我知道他又想干什么，便叫小梅不要走。他看小梅不动身，火了，便推着小梅的肩膀叫她赶紧走，我眼泪都要流出来了。小梅看我要哭，感到奇怪，就安慰我说下午再来找我玩。小梅一走，他就把我抱到房间里，说买了一件新羽绒服给我，并拿出给我看，我不理他，仍然流泪，他又凶起来，不准我哭，之后又强奸了我。"

"那今天你为什么要告诉妈妈呢？"

"我一直想告诉我妈，但怕他杀了我俩。今天我本来就有点感冒，加上这两年实在是受够了苦，我不想再忍。有时候我也想放老鼠药毒死他，但我下不了手，害怕。我知道我大伯跟乡政府、派出所的人熟悉，所以就想把他抓起来，否则真不知道什么时候是个头……"

我把女人叫到门外，问："小燕的事你真的一无所知？"

她弱弱地答："真的不知道。我看这家伙对小燕很关心，买这买那的，以为是他真心关心小孩。当然，他平时对我、对小燕都比较凶，脾气不好，我总认为是他的性格，加上他比我还小三岁，和我结婚时是个未婚青年，倒插门到我家，感觉委屈了他。这十年，通过他算命赚钱，养了我娘俩，三年前还建了一栋两层的房子，我心存感激，根本没想到他会做出这样的事来。"

"那你今天为什么要带小燕来报案？"

"小燕是我和前夫所生，前夫死后我仍然住在村里。她伯父在地方上有一定名气，平时住街上，也很关心侄女，小燕要我把这事告诉她伯父，如我隐瞒，今后他知道了肯定会把我赶出家门，我可承担不了这个责任，毕竟是乔家的血脉。再说这家伙做出这样对不起我和女儿的事，必须受到惩罚。"

"你觉得小燕说的话是真是假？"

她停了停，说："小燕是个老实人，我认为她说的是真话。两年前她还是天真活泼，成绩优秀，这两年确实变得沉默寡言，成绩下降厉害，感觉她有心事，问她又不说。现在想来，这家伙对小燕似乎关心过头，有时还问我女孩子的生理问题，说些流里流气的话。"

正说着，我见靳秋他们开车进了院子，于是叫女人去办公室里面坐。

靳秋把人押下来。我示意他把人带到他办公室，那里相对安静些。

我走进靳秋办公室。郑半仙坐在一张椅子上，双手被铐，见我进来连忙站起来，叫了声："文队你好。"

我招手让他坐下，问道："你认识我？"

他嘿嘿笑了几声，说："久仰久仰，经常在街上看到你，今天到这见面真是幸会！幸会！"

我打量着他。这家伙大约四十岁，个子不高，身材结实。他长相一般，脸色黑里透红，额头上有几道明显经历岁月磨砺的皱纹。唯一引人注目的是那对眼睛，不大，但眼珠滴溜溜地转，一闪一闪放着贼光。

"你倒是远近有名啦，方圆几十里，周边十多个乡镇谁不知道你郑半仙？"我嘲讽道，心里却暗想，我不迷信，也不算命，管你什么全仙半仙都要给我老实交代。

"不敢不敢，"他动了动薄薄的嘴唇，"请问能不能帮我把手铐卸下来？我可一向安分守己，从不犯事啊。"

"是吗？那十年前又是怎么回事？"我盯着他问。

"哦，那是老皇历了。我已经改邪归正，平时就帮人算算命，看看风水，做积善修德的好事，可不敢违法乱纪了。或许你们不了解我，但老乡都知道的。"

"你这家伙，道貌岸然，人前半仙，人后禽兽，别以为我们不知道，今天我们就要撕下你的伪装！配合得好大家都好说话，再这样油嘴滑舌有你好果子吃！"靳秋怒了，指着他大骂。

我示意靳秋出来，把刚才询问小燕母女的情况说了一遍，交代他，一是不能让他有侥幸心理，认为我们没有证据；二是他善于察言观色，不能让他牵着鼻子走，要适时点他的穴位；三是他的交代要与小燕的反映相印证，当然，不能把小燕说的事情说给他听，否则他的交代就会失去证据效力，就不好定案，必须是他自己说出来，比如第一次情况、中间的情况、最后一次以及今天的情况，看能否印证，印证了就说明小燕所说不虚，就能给这家伙定案了。靳秋点头。

我又对他说："你和章江先审上半夜，我陪几个同学去街上喝点茶，十二点来接班。"

## 3

我把馍馍等几个同学从办公室叫出来，带到街上去。

南新镇与东琴镇一样，是县里的大镇，但因地理位置更优越，所以比东琴镇更为热闹，尤其是晚上，茶馆店家家爆满，喝茶聊天的、打牌取乐的成群结队。

这时正是寒冬时节，每家店门口都用煤球炉烧着热水。我走到一家店门口，推门进去。店老板阿标见我来了，立即笑脸相迎，叫道："文队好，文队好，欢迎光临！"一伙打牌的见我进来，连忙收拾桌上的零散纸钞，有认识的点头微笑，打声招呼，之后就陆续离开。

我叫同学坐下，要老板上了两盘炒田螺、几瓶啤酒和花生瓜子饼干等小吃，然后聊起来。门外是天寒地冻，几口热腾腾的茶喝下肚，全身立刻暖和起来。

每到冬季的夜晚我就喜欢到茶馆去享受这种时光，几个好友、同事放下工作，坐在那里烤火喝茶，或慢慢醒酒，或天南地北神聊，在嬉笑怒骂中交流信息。热水不断地续，零食不断地加，一直吃喝到全身发烫，肚子胀饱才回单位，不然，单身汉住宿舍，被冷似铁，长夜漫漫，翻来覆去怎么也睡不暖。尤其凌晨四点以后，脚底生风，怎么缩成一团也暖和不了。好不容易熬到天亮，赶紧硬着头皮穿衣下床。晚上到茶馆喝茶成了我在南新镇工作期间唯一的业余爱好了。

茶馆店是天南地北什么话都说、什么信息都能听得到的地方，我问店老板阿标："你认识郑半仙吗？"

他笑笑说："当然认识，他是我们方圆几十里地的名人，算命很准，好多县城、市里的领导、老板都来找他算命，经他点拨后升官的升官、发财的发财。文队你也找他算算吧，兴许很快就当大队长呢。"这家伙不愧是茶馆店老板，油嘴滑舌。

"这人口碑怎么样？人品怎么样？"我打断阿标的话，问道。

"因为是算命的，不少人求他看这看那，祈福消灾，所以在群众中有蛮高的威信，十里八乡的人都尊敬他，去到老乡家里比书记镇长都接待得好。不过呢……"阿标停了嘴，偷笑起来。

"不过什么？你说嘛，"我骂道，"你小子跟我也卖关子。"阿标嘿嘿两声，凑到我耳边，压低声音说："这家伙好色，给大姑娘小媳妇算命时眼睛放光，端着人家的脸，抓着人家的手左摸右摸，还要支开女人的家属和旁人。"

我看过一些利用封建迷信骗财骗色的案例，不过那一般是 20 世纪 90 年代之前，没想到进入了新千年农村还有人信这一套。

茶喝得差不多了，馍馍等同学嚷着要回去，之后便开车走了。

我走进派出所院子，到办公室门口就听到靳秋在大声训斥郑半仙的声音。推门进去，就见半仙蹲在地上，两脚不停交换着支撑身体，龇牙咧嘴叫着："靳队长，你打死我吧，打死我也不会承认！你今天这样对我会遭报应的，我出去了就要告你刑讯逼供！"

靳秋此时气得两眼冒火，脸上那条还未好全的伤疤显得更加刺眼。我俩认识近十年来一直惺惺相惜，搭班子这一年，他支持我的工作，为我分忧不少。十天前，我俩到方城乡办案，突然想起该乡有一名盗窃嫌疑人一直负案在逃，便要方城派出所也安排人员晚上一起去抓捕。当晚十点，我们到达该人房子外边，正想如何进屋，就见一个男子手上拿着渔具，背着电瓶过来。那人一见我们返身就跑，靳秋反应迅速，马上追过去。我和派出所民警大黄立即跟上去，这时就听到靳秋"哎哟"一声，手捂眼角站着不动。我们停止追赶，问他怎么了，他说刚才墙上可能插了一根树枝，脸上划破了。我们赶紧敲开一家村医的门，开灯一看，他眼角的口子足有一寸长，正往外冒血。幸好没伤到眼睛，否则就出大事了。这几天他没休息，上了药就在单位坚守岗位，也难得这位兄弟了。

我把靳秋叫出去问了一下情况，他说那家伙真如你所说，狡猾得很，说是小燕平时懒，他严厉教育不听就会打骂，小孩可能记恨在心，报假案，也可能是她妈妈和伯父为了把他赶走，想私占新房而教小燕这么做的。

我说："你和章江辛苦了，先去休息，我和曲河伟接着审。"

"辛苦你啦文队，我没教育好孩子，给你们添麻烦，害你们熬夜加班。"我和曲河伟刚坐下来郑半仙就主动套近乎。

"你坐到凳子上去，别跟我说这些没用的，"我摆摆手，"你的情况我也了解得很清楚了，没有证据我们也不会把你这个名人请进来，是吧？"

"文队说笑了，我不是名人，只不过学了点周易、阴阳八卦，帮乡里乡亲做点好事，积点德。当然，你们政府工作人员、人民警察更加是为人民服务的……"半仙坐到凳子上，揉着发麻的大腿。

"少啰唆，刚才靳队已经问了你很多，你思考得怎么样了？"

"我没做坏事，被靳队一顿训斥实在不舒服，你想我为了这个家忙里忙外，把她母女俩照顾得过上了好日子，建起了新房子，怎么会去害她们呢？这样做我有什么好处啊？我本来就是一个外乡人，村里多少人眼红我会赚钱，多少人希望把我赶走好霸占资产，尤其他乔家那一大家子人。我去犯错岂不是授人以柄，自找绝路？"他一边连珠炮似的说着，一边闪动着小眼睛盯着我看。

"亏你还是个算命的，叫半仙，难道不知道善恶有报，积善修德的道理？你做错了，更应该心中忏悔，把所做坏事一一讲出来，求得心灵的安慰、菩萨的宽恕、伤者的原谅，求得法律的从宽处罚，以便重新做人，就像二十年前你犯的事，政府对你从宽，让你有了改过自新的机会，如果你不愿意如实交代，法律不放过你，村里人不放过你，你自己也将背负一身罪恶，苟活于世，有什么意思呢？"我知道这家伙在试探我，也回了他一梭子。

"这么说文队你还是不相信我，怀疑我做了对不起小燕的事情。"这家伙眼睛滴溜溜打转，观察我的动静。

"没错，"我斩钉截铁，"我们已经掌握了你的作案证据，你不交代我肯定要把你送进牢房。我也明确地告诉你，你是自学成才的心理师，而我在警察学校专门学过心理学，又有实践经验，在办案中审讯过无数违法犯罪分子，这些人很多像你一样心理素质、思维反应很好。应当说我们的观察经验要比你更丰富，心理分析能力要比你更强，你别在我面前玩心思、耍滑头。"

"你还这样认为的话我就不说话了，有本事你把我关进去吧。"这家伙头一歪，扭向一边，不再理我。

我不想冷场，也不想逼得太急，便说："我给你时间思考，想清楚要不要老实交代，想不清就不要说。"

我走出办公室。此时已是凌晨两点，整个小镇一片漆黑。外面气温很低，北风劲吹，我一哆嗦，头脑也跟着清醒了很多。我决定接下来就跟他短兵相接，消灭他的幻想。

办公室里，郑半仙低着头，不知是闭目养神还是在思索着狡辩的办法。

"老郑，你想的怎么样了？"我问。

"文队长，你相信我吧，"他扫了我一眼，"如果你真的认为我做了什么坏事就写下来，我签字可以吧？"这家伙仍旧一脸委屈的样子。

"你别以为小燕年纪小，她忍气吞声是想挽救整个家，所以一开始她不告诉她妈妈，不愿告发你。这件事从头到尾她是历历在目，记得很清楚。你不会忘了小梅吧？不会忘了你老婆的姐姐吧？这些人都是旁证。还有小燕的老师，她发现小燕成绩节节退步也找她谈过，你别以为所做一切没人知道。我还告诉你，小燕是个聪明的孩子，她不会轻易来告发你，而是在有证据的情况下、准备了证据的情况下来告发你的，不然她今天怎么敢来？我又怎么会把你传唤过来？"我一阵炮火喷过去，"有受害人陈述，有证人证言，有物证，我看你还怎么狡辩！"

郑半仙呆呆看着我，刚才还无所谓的表情顿时变得认真起来，他眼睛一眨一眨，似乎想从中找出什么破绽。

"你唯一要做的不是抵赖，而是老实交代，求得你老婆和小燕的原谅，这样才能挽救你自己、挽救你的家庭，否则这么些年的付出就白白浪费了。再则，这次犯罪比起上次打死你哥还轻些，你才三十八岁，好好表现还有机会减刑，以后出来也年轻，再踏踏实实做人还能过上好日子，是不是？"

"文队长，我……"他开始结巴了，"求你放我一马，我不甘心啊！"

"你不甘心，小燕母女更不甘心，乔会计更不甘心！"我加把火，"你不交代，凭这些证据你也逃不了制裁，与其这样不如求个好态度。还有，你经常给女人看病消灾，对她们做过什么难道社会上没有评论？这些事情我们搜集不到吗？"

"啊，文队长，请放我一条生路，我交代，好吗？"郑半仙听到这如被打中了七寸的蛇一样软下来，全然没有刚才和靳秋说话时的口气与神情。

之后，这家伙就将他的罪恶行径慢慢交代出来，几次关键的情节与小燕的陈述相符。

说完这一切天已微微亮，我和曲河伟陪着他坐在办公室，喝了几口热水，郑半仙的脸色渐渐有了血色。他讪笑着说："文队，怪不得镇上居民传说你破案厉害，我真的很佩服你。"

我摆摆手，说："若要人不知，除非己莫为，不是我厉害，而是谁犯法都会受到法律的制裁。多少比你厉害、比你聪明的人都被判刑入狱正说明了这一点。"

"文队，我算命看相还是挺准的，我给你看看相吧。"郑半仙媚笑着，讨好之色溢于言表。

"虽然我不相信算命这一套，但你现在说说也无妨。"我想看看他到底有什么样的三寸之舌，又会给我一个什么样的说辞。

"你长得眉清目秀，五官端正，是有福之相。整体来看，你为人正直，待人诚恳，心地善良；从你的眼睛来看，目光锐利，柔中带刚，聪明，能洞穿人心；从你的耳朵看，耳郭匀称，弧线圆顺，说明你善于学习，能听取各方的信息和意见……总之年轻有为，前途无量！"

我摇头，说："你尽编好话给我听。难道我就没什么缺点弱点？"

"嗯，弱点倒是有，从你眉毛平直、鼻子挺直来看，你这人太正了，原则性强，容易得罪人，甚至会有小人给你使绊子、挖陷阱。江湖险恶，你年纪轻轻就当了队长，我看多少年龄比你大的民警还是普通一兵，须知木秀于林，风必摧之；另外，你太正直了，不愿折腰，与领导或许就不会太接近，即使你有才，仕途也会因此受到影响；你太正直了，所以有好处别人不一定会记得你，老话不是说了吗，老实人吃亏。所以你工作上会很忙很累，生活上会清贫简朴，付出与回报不匹配。"

"这么说我的前途会很惨哟。"我嘿嘿一笑，看着他。

"也不能这么说，会有贵人相助的，会有人赏识你的。"

"你东说东有理，西说西有理，还不是胡编乱造。"我故意不以为然，但细细一琢磨，倒觉得这家伙说的话确实是那么回事，怪不得他远近闻名，生意红火，有他阅人识人的一套。

曲河伟问："你这家伙是不是听别人议论过文队呀？"

郑半仙急忙摇头，说："不是不是，我真的是凭自己的经验看的。"

正说着，我扭头看见院子门口走进来一个妇女，是小燕的妈妈。见她急匆匆的样子，我迎过去，问她有什么事？她说："文队长，这家伙虽然犯了错，但我希望你们教育教育就算了，让他吸取教训，不要拘留了，行吗？"

我问她为什么要这么想？她说，他是一家之主，生活来源全靠他，没有他，我们母女还怎么生活啊？我告诉她，法律无情，违法必究，你以后要承担起家庭的责任，好好带孩子。女人听完，抹着眼泪蹒跚着走了。

郑半仙被刑拘了，之后被判了十年有期徒刑。我回想起女人来求我放他的事情，心想，正因为她依赖性强，逆来顺受，才造成了郑半仙在家的骄横跋扈、为所欲为。这应该是引发这令人发指案件的主要原因之一。

# 第四十四章　得罪领导

## *1*

一般来说，全年目标管理考核结束后，大伙儿就得将业务暂时放一放，把主要精力放在确保年终收支平衡上。

可是事与愿违，就算我想多熬几个夜班找些办案经费，这样的时间老天也不给。刚将郑半仙关起来，方城乡就发生了一起重大抢劫案，紧接着南新镇一带居民家中又发生了一系列香炉被盗案。等我带着中队兄弟和派出所民警经过连续不断地加班侦查，把这些案件全破完时，2002年的春节也就到了，大伙儿个个精疲力竭，趁着假期轮休起来。

春节一过，我又得为大伙儿的饮食起居犯愁，毕竟新的一年有新的任务，兵马要动，粮草要先行。趁着案件不多，我带领中队几个兄弟利用夜晚在辖区几个乡镇开展巡逻，抓了几伙赌徒，可是，这几次行动我却无形中得罪了一些人。

有一次我们在龙山乡抓了几个躲在居民家里赌博的某站工作人员。讯问完，这几个人都央求我早点放他们回去，因为单位不能缺人值班，否则容易引发重大责任事故。我大骂："抓你们过来就说单位有事情，不抓你们就脱岗赌博，置群众生命财产不顾！你们对得起领导交给你们的责任和这份工资吗？"几个人红脸低头，连连认错，表示会接受教育。人一走，第二天我又接到好几个电话，要从轻处理这个或那个。下午，一个亲戚跑到我办公室，说其中一个人是他的亲戚，这么说来与我也是转角亲戚，希望我网开一面，给足面子，不要处罚，大家都好见面，以后人家也会来感谢我。我当然不答应，请他理解。亲戚说你再考虑考虑，说完丢下一包烟匆匆走了。打开一瞧，里面是一沓钱，我心里骂道，还说是亲戚，你这样做不是会影响我的名声、侮辱我的人格吗？连忙打电话给他，他说是对方送的，你放心接下来吧，没有人知道。我很气愤，但碍于情面没有在电话里发火，立即把何安安叫来，嘱咐他和司机小侯开车去龙山乡，把钱退回给那转角亲戚。由于没给人面子，从此以后，这亲戚见到我就避开，彼此形同陌路了。

同学馈馈为这事也打电话来，说四个参赌人中那个女子是我们某同学的妻子，该同学性格非常内向，与我好多年没有联系，加上现在外省工作，自己觉得不好意思开口，便要馈馈出面，希望少罚一点。我要馈馈转告他，同样的案子不可能处罚不均，这样在县局裁决时通不过。馈馈骂道："你就找个借口说人家是女的，是初犯，家庭困难，不就行了，灵活一点嘛。"我不同意，说："这样的理由别说我对上解释不通，对我手下加班加点的兄弟也说不过去，实在不行，他想少罚多少，我帮他把少的数补齐了。"馈馈气得骂了句："你有钱是吧？真是的。当这个队长有什么用，同学的忙也不帮！"说完把电话撂了。

一天晚上，我们在方城乡巡逻时发现某工地几个人大吵大嚷，走近一听，原来是几个包工头因为打牌起了纠纷，其中一个拿刀的嘴角出血，另一个拿棍的手臂被划伤，旁边几个人不敢上前劝架。我把他们的刀棍缴了，带到卫生院上药包扎，然后带回中队。一问，当晚他们四人赌得很大，有人输了两万多，之后其中两人为一张牌争得面红耳赤，闹得不可开交，便动起手来，正打架时被我们发现。问完话刚放出去，很快就有县里某局一位局长打电话来，说其中一个是他的表弟，他从小在表弟家长大，跟亲兄弟没什么两样。表弟从不做坏事，这次也是三缺一他才上桌的，希望不要处罚。不处罚他那就意味着对全部参与人员都不要处罚。我轻声说道："您能不能跟县公安局领导打个招呼，对您表弟少罚一千块，不然法制审批肯定是通不过的。""这个招呼我就不打了，你可以把材料做扎实一些，说他是初犯，给个警告就算了。"领导的指示让我为难了，给个警告，明眼人一看就知道其中有问题，与其这样我还不如让每个人都象征性交几百块钱，做得公平公正。我把处理意见告诉靳秋他们，大伙儿心中虽然不高兴，但也理解我的处境，便点头同意。可是，就因为罚了这几百块钱，这位局长从以前在路上遇到我热情似火变得冷冷淡淡了。

最为苦恼的还是因此影响到了所队关系。我们几个驻片中队分别寄居在当地派出所院内，因为大家都要开支经费，都有治安处罚权，利益上就容易产生冲突。遇到所长和中队长性格开朗、心胸开阔的，大家好相处，有商有量。而有的所长自己或受手下人挑拨，看到驻片中队有了收入心中就不爽，便会打电话过来质问为什么不打招呼就在派出所辖区内进行治安处罚。这难道不是刑警中队的辖区？县局同意刑警中队可以在管辖范围内进行治安处罚，从没说过这样做需要征得当地派出所的同意。

治安处罚一山二虎的现象给所队关系造成了很大问题，有的驻片刑警中队长与当地派出所所长形成了势同水火、互不买账的局面，但大伙儿又要天天在一个锅里吃饭，一个楼里睡觉，甚至业务上还需要合作，总是这样让人感到非常尴尬，也一定程度上影响了双方的合作和人民警察的形象。有的之前被警察处理过的坏家伙趁机添油加醋，挑拨双方关系，唯恐天下不乱。

我们中队和辖区几个派出所的关系一直维持得不错，主要做法是大家密切合作，共同查处。可是，有一天晚上，线人向我举报某乡招待所里有人嫖娼，我带队经过该派出所准备叫上他们一同去查处，却发现没有人在单位值班，便单独将那两对野鸳鸯抓了。第二天就得知该所所长脸色凝重，满腹牢骚，传来一阵风言风语。为避免其他片区所队之间因为公事造成双方主官个人关系僵硬的情况在我们这里出现，我尽量忍着，不去做过多解释，也不想去争吵，以免加深彼此的误会与隔阂，毕竟大家在一块工作，抬头不见低头见，讲团结、顾大局的素质我们还是有的。

*2*

2002 年农历正月底，白小郎奸淫幼女案在县人民法院开庭，法院通知我出庭。庭上，白小郎称自己是冤枉的，不是他带路去指认现场，而是我们带着他去指认的。审判长要我发言，我说："第一，我中队所有民警与白小郎无冤无仇，与受害人非亲非故，不可能故意陷害他人；第二，我们每天接触刑事案件，并不是每一起案件都能侦破，一般来说，破了得不到奖赏，未破也不可能因此就受罚，我们只是依照实际情况去认定事实，不枉不纵。这起案件中，我自始至终亲自主办，目的就是要把握事实和证据。如果白小郎当时不是主动交代，交代的情况与受害人反映不符，交代以后又不能在前面带路准确指认出现场，我们是绝对不敢认定他的作案事实，不敢将他刑拘；第三，案件指认现场我们还依法请了见证人。"法官其实也同时通知了乡镇的见证人到场，进入法庭后，见证人陈述了白小郎自己带路指认现场的事实。

半个月后的一天，天气仍旧是湿冷不堪，董强副局长要我赶到县局，陪他去县委政法委汇报这起案件。一进会议室，里面暖融融，冰冷的身体立即舒服起来。不久，县人民检察院分管刑事诉讼的副检察长、起诉科长，县公安局原局长、县法院傅院长，县法院刑庭庭长等领导陆续过来。会上首先由我介绍了整个案件的侦破过程和我对案件的意见，董强副局长作了补充。检察院方面接着谈了他们的看法，表示支持侦查部门。傅院长和刑庭庭长没有表态，但也没有当场提出反对意见。之后，政法委领导表示感谢公检法几家的努力，也尊重法院对案件最终的判决。

不久，县法院作出了对白小郎判处有期徒刑六年的处罚决定，让这个妄图故伎重演再次逃脱法律制裁的家伙得到了应有的惩罚。

# 第四十五章　架网捕鼠

*1*

2002 年 3 月中旬的一天上午十点多，南新镇戴家村的尹老太太和平常一样锁上家门去菜园里摘菜，半小时后回来，发现门锁被撬，屋内一片狼藉，在小学当代课老师兼财务的女婿交给她保管的六千元人民币被盗。老人家跌跌撞撞跑到村干部家里，叫人打电话到中队报案，我带人经过一番调查，没有发现可疑人员。

十天后，南新镇东方村沙场出纳老胡惊慌失措地跑到中队来，说他全家吃过早饭出去，中午回家发现放在儿子房间的八千元现金被盗。经勘查，房门没有撬，作案人应该是用双手双脚从两边墙壁攀上二楼，再从二楼下到一楼房间里面作案的，我一测量，这个家伙至少要一米八高才能采取如此姿势攀爬上楼。走访中有人反映，案发前有两个戴着头盔的男青年骑着一辆红色钱江牌摩托车过来，将车停在村外后，一个在车边等候，另外一个独自进村去了。两人大约三十岁，进村的长得个子高高，等候的较为矮胖。

围绕这条线索我又回过头到戴家村做更为细致的调查，有人也反映案发前不久有两个戴着头盔的年轻人骑着摩托进了村，其中在车旁等候的人的身材特征与老胡家被盗案件中的嫌疑人一致。

这两起案件侵害对象精准，数额巨大，一开始大家都认为是熟人作案，因此我带领中队民警围绕相关知情人和附近前科人员开展调查，都没有发现有价值的线索。

此后的两个月时间里，南新一带竟像受到病毒感染一般陆续发生十余起盗窃案，虽然每个现场我都去勘查、走访，却没突破。也有人反映案发前有一高一矮两个戴着头盔的年轻人骑着摩托进了村或者在村里徘徊的情况。

几千块钱对于一般农户来说是一笔巨款。尹老太的女婿被盗以后为了尽快还清钱款只好辞去代课老师工作，外出打工；老胡被盗以后他的妻子忧郁成疾，卧病在床，好几天不吃不喝，责怪自己没把钱存进银行。

张所长从镇里开会回来告诉我，镇人大代表要求派出所和我们想方设法尽快侦破。

其实哪需要镇人大代表建议呢？我一直在对这些案件进行研究。将每起案件的情况列表梳理后我发现它们有几个特点，一是每次发案时间几乎都选择在上午十点左右村民外出劳作，家中无人的时候；二是犯罪嫌疑人基本上都采取撬门入室的方式。以上是"白日闯"案件特点；三是几个现场反映的车辆特征和男青年的年龄身高特征几乎一致，尤其是有戴头盔的情况；四是村民都称不认识这两个人。

是熟人（本地人）作案还是流窜作案？我召集中队和派出所民警进行分析，以便有针对性地采取对策。

一般来说，前者的可能性比较大，因为作案人知道对方是否有钱，知道他的出行规律以及钱的藏匿位置。

也有人认为是流窜作案，因为之后发生的好几个案件什么也没有偷到，人家根本没把钱放家里，作案对象的选择有问题。

大家看着我，要我做最后决定。我毫不含糊地说这是流窜作案，理由除了上面说到的有的被盗对象选择不准确外，还有两点，一是这两人多次被人看见，却没有任何人认识他们；二是本地人骑摩托车一般不戴头盔。

"戴头盔有什么作用？一是便于遮住脸部特征；二是远道而来，戴了在路上行驶比较安全；三是可以遮住路上飞扬的尘灰。进入南新镇有三条路，只有从太宁县方向过来的那条路比较烂，灰尘扑面，因此我判断嫌疑人是从太宁县五水乡方向而来。"大家对我的分析表示认可。

我决定按照打击流窜作案的方式开展工作，一方面组织警力在案发时段、案件多发区域巡查，力争抓获现行，尤其是派人蹲守在必经的南新桥头，一旦发现有类似特征的年轻人立即跟踪，俟机抓捕，注意从他们身上缴获作案工具；二是在街道和村庄、交通要道张贴告示，通告案情，提醒群众发现这类人员并及时报告。张贴告示是打击流窜作案很有效的工作措施，如果是本地人作案就不能这样做，因为你一张贴的话他就知道自己的行踪和特征被公安机关掌握了，一段时间甚至很长一段时间内会收手不干，给破案造成困难。

## 2

这天上午十点多，章江、何安安、曲河伟三个人在南新桥头蹲守时发现两个戴着头盔的年轻人骑着一辆摩托车从北面过了桥，往太宁县方向走了。可惜等章江他们发动汽车去追赶时，那两人已一溜烟跑得无影无踪。过了不到一个小时就有人报案说家里被撬，被盗现金两千元，这点说明我们对这两个嫌疑人的特征和作案规律的判断是正确的。章江回来汇报后把我气得够呛，要求他们下次一定要骑摩托车去守候，这样才便于快速抓捕。

5月30日上午十点，我在办公室接到镇政府姚副镇长的电话，他说他正在江南村下乡，刚刚有村民发现一名陌生男青年在村里游荡，体貌特征很像我们告示上描述的，于是对他进行跟踪并上前询问，那年轻人不敢答话，返身就跑，村民分散追赶，将他抓获了。而村口另外一名蹲在路边抽烟的年轻人发现情况不对，骑上摩托车夺路而逃。

听到这我相当高兴，知道侦查措施奏效了，连忙带人赶到村里。那家伙已被愤怒的村民捆住手脚，打得头破血流，躺在地上一动不动。我们怕出事，连忙开车将他往南新医院送。一查，身体并无大碍，头皮缝好针后我们立即将他押到中队审问。

被抓的家伙长得牛高马大，面貌英俊，看起来一表人才，谁也想不到他竟是一个盗贼。我把他铐在窗户上开始问话，这小子一开始什么也不交代，一会儿说头疼，一会儿说有内伤，在我们连续的逼问下不得不说自己叫郭良，二十八岁，太宁县马家镇人。对来这里干什么、逃跑的人是谁等其他情况他一概不答。马家镇离南新有四十公里，这家伙为什么要好几个月内长途奔袭到我们这里作案？与马家镇派出所联系，他们说是有这么个人，之前因为盗窃被判刑三年，去年刚从劳改农场释放回来，目前没发现他有什么违法犯罪情况。

我想从郭良的手机发现些情况，他说手机在逃跑时丢了。我连忙叫姚副镇长通知村里寻找，很快有人将他的手机和一把老虎钳送过来。郭良点头承认这些东西是他的，但仍旧拒绝交代作案情况。我打开手机看里面的联系电话，发现这两天他与一个联通电话联系比较多，对方应该就是逃跑的那个同伙了，可这个电话没有存使用人姓名，问郭良，这家伙还是不交代。

### 3

要突破他的心理，抓到逃跑的同伙很关键。我要靳秋通知之前的目击证人过来辨认，并继续审讯，自己则带着曲河伟往太宁县去。在路上，我联系了太宁县公安局刑警大队工作的同学大鹏，要他配合我。

太宁县原来和我们一样在县里的东西南北中五个区域设了五个驻片刑警中队，但去年却将它们全部撤回大队部。在去联通公司的路上我问大鹏，侦查力量下沉既是公安部的要求，又能方便群众报案和刑警快速出警，本是正确的，你们县为什么要把队伍撤回呢？他笑了笑，说："一是大队人手少，派驻出去后形不成合力办大要案件；第二个原因你自己也清楚，就是派出所和驻片中队之间因为'抢饭吃'闹得很僵，局里也想不出好办法，只好把中队撤回。撤回去对我们刑警个人而言当然好，大家回县城了，不需要天天吃住在乡下；从工作而言，'距离产生美'，人家派出所现在不仅求我们帮助办案，求我们一起抓大赌场，而且一去就是好酒好菜招待。"

"你们这样跑来跑去既在路上浪费时间，也沉不下心办案，蜻蜓点水多，其实对群众不利。至于收缩警力办大案其实也没必要，哪有那么多大案需要经常组织大部队去办。"我不赞成他们的做法。

"你说的不无道理，但关键还是经费问题闹得大家不愉快，我想你们中队和派出所一样会遇到这种情况，是不是？"大鹏将了我一军。

我撇撇嘴，说："这就需要相互理解，相互尊重了。因为公家的这点事闹意见太没意思了。"

说话间我们来到太宁县联通公司，一查，发现那个电话的使用人叫吴训，三十二岁，是太宁县城郊某村一个无业游民。大鹏带着我们到村中秘密调查，知情人反映吴训的体貌特征与逃跑的家伙相符，并说他这些天不在家住。大鹏便叫人家帮忙盯着，发现他回来立即报告。我只好赶回南新。

我们带着对吴训的了解，加上之前靳秋安排人进行了辨认，再审讯，郭良这家伙抵抗一会儿后不得不开始吞吞吐吐地交代了尹老太被盗六千元、沙场老胡被盗八千元等十多起案件。有的案件他没有说到，应该是作案太多，忘记了或者故意回避。不过这家伙记性确实不错，他带着靳秋把交代的现场一一指认出来。因分不清辖区，他还把太宁县五水乡的几个现场也找出来了，其中有一位农妇家里被盗一万元。这位大婶早年丧偶，含辛茹苦把儿子抚养长大，孩子近两年外出打工积攒了一点钱交给她保管，本打算用来娶媳妇，不想却被盗贼一锅端去。她悲痛欲绝，服毒自杀，幸亏被人送往医院抢救过来，之后就由亲属轮流看管，儿子也不得不辞工回来照顾。但大婶受此打击却变得抑郁，家庭生活雪上加霜。我问大鹏知道这起案件吗，他说不清楚，再问五水派出所，他们说近期辖区确实发生了一系列盗窃案，看了现场后觉得没什么线索，也就没有向刑警大队通报。从发案时间来看，郭良、吴训两人作案先是在五水乡，之后才慢慢侵入我们辖区。我想，这就是驻片刑警中队撤回的弊端，如果他们中队还在那里驻扎或许之后这些案件就不会发生，群众生活也不会受到如此重大的影响。

郭良被刑拘了。过了几天，看守员告诉我，他们在例行检查时，发现一名即将释放人员的行李中有郭良交给吴训的一张字条，大意是"我已交代了哪些案件，你如被抓就照这些说，不能承认其他的，否则两人都得枪毙"。看到这我更坚定这两个家伙身上还有更多的罪行没有交代。为此，我又带着章江等人赶到太宁县城抓捕吴训，但这家伙就像失踪了一样，没人知道他的下落。

8月上旬，全省"百日破案会战"开始，我来到太宁县找大鹏，说："老同学你要好好想办法，帮忙抓住吴训这小子呀。"他无奈地摇头，说："我有办法早就把他抓了。"我低头沉思，突然灵光一闪，说道："我们再去一趟联通公司，看这家伙手机里面还有多少钱，钱少的话他近期应该会去交费，我们来一个守株待兔。"大鹏笑了，说："怪不得你这家伙年纪轻轻爬上了中队长位置，我还是一个大头兵，鬼点子真多。"我们到联通公司一查，这家伙账户上只有二十三元钱了，这样算来他这几天一定会来交费。大鹏这下拍胸脯了，说："放心，我安排一个人每天来这里守候，不过你可要给人家一点误工费哟。""放心，绝不会少的。"我满口答应。果真，四天后，当吴训这家伙利用星期天鬼鬼祟祟走进联通大厅，就被大鹏抓获。他打电话给我，笑道："文景，你小子真是诸葛再世，神机妙算呀！"

把人押回来一审，我的乖乖，两个家伙交代了在五水乡和南新镇所做的三十多起案件，总价值近十万元。

案件报到刑警支队后甘支队长很高兴，这可是今年全市目前侦破的最有质量的系列盗窃案。他批示支队整理材料报省厅。不久，省、市电视台都派记者到中队来，又是了解侦破过程和思路，又是去现场录像和走访被盗群众，还请县局曾鸣政委接受采访，就农户如何做好财物安全防范进行介绍，之后分别作了电视专题报道。我向《人民公安报》投了稿，很快也登了一小块，顺带完成一个中央级宣传报道任务。

不久，同学萧汉风打电话给我，高兴地说："文景，总队领导看了你们支队上报的《刑侦快报》和电视报道，说你中队成功侦破那些案件，说明公安部要求建立覆盖社会面的刑警中队是对的。它扎根基层，直接面向群众，能快速反应和切实保护人民利益，认为你中队很有代表性，要求各地学习。祝贺你！"

# 第四十六章　增高的雨鞋

## *1*

在侦办"白日闯"案件期间，我们仍未消停，其中有两个案件在正确的分析推理下破得有些意思。

4月中旬的一天，西河分局向我们移交一个未破案件，说该镇罗某的小店内一周前被盗了现金两千三百元，分局觉得案值低，没必要麻烦我们，就自行调查了几天，一直没找到可疑对象，而店主罗某又强烈希望破案，所以要求我们前往侦查。

在路上有兄弟就抱怨："这个西河分局，几个案件都是发生后不及时报过来，先是自己查，查不下去就叫我们去擦屁股，下次再这样我们就不理他了。"我劝道："所队关系本来就很微妙，我们自己尽量做好，不挑起事情，不制造矛盾。今天大家能在一块工作是一种缘分，要珍惜，明天或许大家就不在一块了，到时回想起来是不是会觉得根本没有争执的必要呢？是不是会觉得很可笑呢？就像现在这起案件，如果我们把对西河分局的意见放到工作中去，应付了事，最后受害的还不是老百姓？"

到分局了解情况之后我又来到小店勘查现场。我们得知，一周前，该小店晚上盘点时发现柜台里面放着的木钱箱里少了两千三百元，于是报案，分局对当天来店里买东西、聊天的二十几个人一一了解后，没发现任何怀疑对象，谁也不承认偷了钱。

我问店主罗某，有人进过你的柜台里面吗？她说应该没有。她当天一直在店里忙忙碌碌，如果谁进去要么会打招呼，要么就会被她发现，没有谁会冒着这样的风险进去偷。

"你这样说就奇怪了，别人不进去，难道钱会长脚？你看，从柜台入口进去不到一米就是钱箱，要么就是有人进去偷了你不知道；要么就是你自己记错了；再就是你自己家里人拿了。"分局陪同民警表示怀疑。

"你们还是不相信我的话，我做了这么多年生意，每天的收支情况清清楚楚。你放心吧，我不会乱报案的。"罗某有些急了。

我站在柜台外，眼睛盯着柜台里面货架下层的木钱箱，用卷尺量了量，心中顿时有了主意。我把分局调查的材料拿过来，对上面的每个人的年龄、性别、身份情况进行筛查，排掉了五十岁以上、十六岁以下的人员，排掉妇女，剩下了八个人。我问这八个人身高体态如何，哪些长得高哪些长得矮，哪些长得胖哪些长得瘦，尤其是比我还高，一米七五以上的。

分局同志答道，要说一米七五以上的有三个，这三个人两个偏胖，一个偏瘦。

"偏瘦的是谁？"我问。

"他是店主的邻居阿德。"派出所民警答。

"阿德有前科吗？"我问。

"没有，他平时在矿区做临时工，经济条件一般，离了婚，一个人独居，我们问过他，当天他来店里买了一瓶白酒，付完钱就走了。买酒之前在店里待了几分钟，和邻居们聊了一会儿天。"

"这个人有重大嫌疑，我们第一个就要接触他。"我对几个同事说，"去，把他传到分局来。"

章江问："文队，你为什么怀疑他？"

我笑着对他说："你有一米七六吧，你站在柜台外，伸手试一试，能不能把钱箱里的钱拿出来？"

章江肚皮贴着柜台，踮着脚尖伸手，往里摸去，还差两公分，他说不够啊。

"如果他比你高，或者脚下再垫高一点呢？"我笑着问。

"那勉强可以，"张江也笑了，"不过，为什么个子高但偏胖的人可以排除呢？"

我拍拍他的肚子，说："胖的人这里大，这块脂肪占了几公分，肚皮一压，这玻璃柜台哪吃得消？"

章江摸摸后脑勺，嘿嘿笑了："领导就是领导，高！"

阿德被带进分局留置室，我主审，章江记录。阿德四十五岁，身高约一米七六，体态偏瘦，似乎营养不良，这体型倒很符合我的画像要求。他已经被分局调查过了，知道是怎么回事，很淡定，对于这起案件矢口否认，称大家都是邻居，又经常去那买些生活用品，哪会做这样的事情。任凭我们怎么政策法制教育都拒不承认，审讯进入僵局。

像这样毫无人证物证的案件想要侦破确实有一定难度，可他又有作案嫌疑，放了他，不仅这家伙会暗暗嘲笑我们无能，我自己也会觉得难受。我知道，我们必须拿出一些证据来，否则根本没办法突破阿德的心理防线。

我走出留置室，叫上几个兄弟往阿德家走去，我决定对他家进行搜查。阿德的家不大，只有两间屋子和一个小院，院内挂着他的矿工服装，旁边有一双下矿井的高帮雨鞋。走进屋内，里面脏乱不堪。我和大家一起寻找起来，希望能发现赃款。床底下垃圾成堆，蛛网密布，章江伏在地上将里面的东西拉出来查看。他打开一个木箱的盖子，里面有十多双各种各样的鞋子，臭烘烘的。章江把它们一一拿出来，用手往里掏，再在地上磕，看能不能倒出些东西。不久，就听到他叫了一声："妈的，把钱藏在这呢。"

我回头一看，见章江从一双高帮雨鞋里掏出一沓纸币，连忙叫他数一数，一数是2250元，少了50元，但票面金额与店主罗某反映的相符，尤其其中一张百元钞上写有两排数字，与店主陈述的特征一致。

走出屋子，来到小院，我往墙脚扫了一眼，发现那里有一双人字拖鞋的泡沫底部，"人"字塑料带则被拆在一边。我猛地联想到这可能是一个作案工具，连忙把泡沫鞋底拾起来，放到不远处的雨鞋里，果然合适。

带着这些战利品回到分局，我们很快就突破了阿德的防线。他交代，之前就发现罗某将钱放到那个木箱里，想进去偷却没有机会，便以挑货物为由试着探了探身子，发现自己伸手差不多够得着。为保险起见，便将高高的泡沫拖鞋鞋底塞进雨鞋中，穿着来到店内，趁罗某俯身帮客人拣选物品之机迅速伸手，将一沓钱抓到手中，放入裤袋，之后买了瓶白酒匆匆离开。

　　我们带着他来到店里做一次情景再现，果然，他的手轻松拿起了一沓纸币。这看似无从下手的盗窃案算是圆满侦破了，旁边看热闹的老乡满脸笑容，佩服得纷纷竖起大拇指。

2

　　五一节刚过，方城派出所报了一个案件，说该乡庙山村发生一起六千元盗窃现金案。我站在警务地图前看了看这个村子的位置，不由倒吸了一口凉气，那村子地处与太宁县交界的深山腹地，极为偏僻，有的地方根本通不了车，去那里先要用渡船装运我们的汽车过河，再驾车行驶十多公里山路，然后步行约十公里。但正因为是发生在偏乡僻壤，来往人员不多，这样的案件应该比较好侦破。

　　当天上午，我带着曲河伟、派出所民警大黄翻山越岭后于下午三点多到达村里，勘查完现场进行走访，我发现一个可疑对象，就是本村的一个木匠，但这人不在家，家人说他外出帮人做工去了。此时天已漆黑，我决定住下来，看他第二天会不会回来。

　　天刚亮就接到方大队长的电话，他问我在哪，我说在山里办一起盗窃案。领导犹豫了一下，说："你还是下山吧，这里发生了更大的案件。"我一惊，忙问什么事。他说："安田那个三线厂昨天下午五点半下班时清点当天生产的炸药，发现少了两包。这可是大事，务必查找是谁偷的，东西到哪去了。"我一听当然明白案件的严重性，连忙带领大家下山。

涉爆案件是大案中队负责，但我们辖区中队也有配合的责任。犯罪嫌疑人盗窃炸药的目的是用来非法销售？或是用来炸山炸石？还是预谋作案？董强副局长、邹教导员带着大案中队邱队长等侦查员也来到了案发现场。这个三线厂在省内还是很有名气的，因为生产物品特殊，别说我们，就是辖区派出所所长都没进过他们的生产区域。

厂保卫科科长把情况介绍了一遍，将当天在生产车间上了班、进过该车间的一百二十多人的名单提供给了我们。按照分工，我们对这些人员一一开展调查，他怎么进厂，怎么出厂，中途去过哪，出厂后去过哪，有谁证明，家是哪里的，社会关系如何，与开山炸石、建筑人员是否有联系，他本人或者他的家属近期是否与他人有深刻矛盾等问题都要搞清楚。

连续两天不停地调查，否定了一些人，也圈出了二十来个重点对象，案件仍旧不明朗。

董强副局长决定发动群众举报，并要求作案人员投案自首。通告贴出去好几天却毫无反应。

我们十多个人天天在厂招待所吃住，接待很快就有压力了。但未破案谁又敢叫收兵呢？慢慢地，我们从一开始的希望破案抓人变得退而求其次，只希望能把炸药找出来。生产厂区占地很大，到处杂草丛生、废屋罗列，大伙搜遍了厂区也没发现私藏的炸药。

对被盗炸药是否还在厂区里必须研究，如果在，我们下大力度步步紧逼，作案人兴许慑于压力就会丢出来；如果已经流到厂外，那么我们的工作量会更大，我们外调的力量还需加强，工作重心也将从厂内转移到厂外。

对这个问题形成了两种观点，一种观点认为经过这么些天的时间，尤其案发当日嫌疑人应该已经将炸药偷偷带出去；另一种观点认为炸药还在厂区。我倾向于第二种，我的理由是：下午五点半下班时厂里发现少了炸药，立即通知门岗严加盘查，虽然此时有大部分工人已走出厂区，但嫌疑人精心准备，不可能是趁着下班前这几分钟匆匆偷炸药，再迅速带出厂。为安全起见，他应该是在下午的生产过程中就寻找了最佳时机，偷了炸药藏在厂区某处，之后再选取好机会带出去。车间主管下班时一清点，立即通知门岗检查，此时嫌疑人应该来不及转移炸药，加上这几天我们大兵压境，他肯定在观察，不敢轻举妄动，炸药应该还在厂区。我们仍要对这些人员做第二遍的询问筛查，制造非破不可的气氛，嫌疑人才可能丢车保帅。董强副局长未明确表态支持哪一方，但可以看出他接下来的部署还是倾向于支持我的观点，安排开展第二轮更为细致的调查。

案发第八天的下午，我和小辉走在厂区小路上，正准备找人搞调查，一个内保人员匆匆跑过来对我说，他刚才经过一废弃值班岗亭时发现旁边有两包炸药，应该是嫌疑人丢出来的。我又惊又喜，连忙跑过去。果然，在那岗亭的侧面，一丛小草内赫然摆着两包完好无损的炸药！调查该内保人员后，排除了他作案的可能。

既然东西出来了，对上面也好交代，何况真要查出作案人确实不容易。情况上报后，领导同意先撤兵，等以后有条件再启动侦查。

疲惫地回到县城，父母都不在家，邻居告诉我，我儿子又感冒住院好几天了，我连忙往县医院赶。

一进病房，儿子正躺在床上打吊针，看我进来连忙叫了声："爸爸！"眼泪立即夺眶而出。我这个在外人面前一脸刚强的刑警队长立马心酸，坐在床头摸着儿子的小脸小手，劝道："别哭，小畅要做个勇敢的男子汉！"老妈在一旁也哄道："宝宝很坚强，打了好几天针都不怕。"

"爸爸，我想妈妈，她怎么还不回来看我呀……"我的眼眶顿时湿润了，我不禁在想，我和凌溱溱不计得失地忘我工作到底是对还是错呢？

# 第四十七章　燕子李三

*1*

1995 年，刑警大队升格为副科级单位，1997 年刑侦改革，刑警大队扩充人马，下设几个股级单位，并且经费单列。感觉领导似乎对刑侦部门"高看一眼，厚爱三分"。但很快，这种优势就丧失了。

首先是刑侦经费单列问题。局领导似乎认为"老大"分家独立门户了，有的活动就不愿叫上刑警大队。前不久，局里组织派出所所长集体去了一趟新马泰考察警务活动，没有刑警大队的份。几个驻片中队长对此颇有微词，说我们也是驻在基层，也很辛苦，为什么不能安排出国走走？出不出国我倒不在意，以后还有机会，可是，刑侦作为破案部门，没有任何规费收入，领导不仅要求咱们自己找办案费，还要上交"地租"，这不仅不是重视刑侦，反而是甩包袱，让刑侦部门生存压力更大。

其次就是政治待遇问题。前不久的副科级侦查员任命，刑警大队没有一个，全部给了各派出所所长。开起会来，几个副大队长和驻片中队长就一肚子牢骚，说我们真真正正搞侦查的评不上，搞治安的倒给了，这是什么逻辑。副科级侦查员本来就是一个待遇，你怎么着也要在全局按照资历、能力、工龄等来评，分几个指标给刑侦，这样不就可以留住人心吗？既然这样，以后派出所那些重特大案件就由他们这些副科级侦查员去破好了，他们级别高，有经验。据说，派出所的升格也在研究中，这无疑更会对辛勤奔波在一线的侦查员的心理产生冲击，对刑侦队伍的稳定产生破坏。派出所一般就四到六个人，一升格，所长、教导员都是副科级，而刑警大队三四十号人也就两个副科位置，比如警校同年毕业的两个同学，一个分在机关科室（或者派出所），一个分在刑警大队某中队，分在机关科室或者派出所的同学提拔两三次就可以到科长（所长、教导员），快的三次就当上局领导，分在刑警的同学提拔两次只能做到中队长（指导员），股级，提拔三次也是副大队长，股级，四次也是大队长（教导员），要当上局领导快的话要提拔五次以上，比起机关科室或者派出所慢多了。这样的结果就会造成刑侦留不住人，大家都往工作既轻松又提拔快的地方跑，谁还愿意沉下心思破案呢？

方大队长每每听到这些就摇头，说："这年头，诱惑多，队伍难带呀。幸好大队有一批兢兢业业、痴心不改的兄弟，否则我都不知道怎么去说服人家安心工作。"

## 2

说他是"燕子李三"是抬举他，美化他，但这家伙确实是我近年来遇到的最为猖狂、最费精力、最让人头疼的窃贼。他飞檐走壁，来去无踪，害得我们好几个月被他牵着鼻子不停扑腾。

这小子作的第一起案件就是针对我公安机关——我们中队一墙之隔的南新交警中队。11月初的一天，交警中队王队长气呼呼走到我办公室，说他们中队的兄弟昨晚在外执勤不在单位住，今天一早过来，发现六间宿舍都被撬了。我笑道："谁敢在王队长头上动土，真是胆大包天。是不是你们近期又罚了不少钱，让人家知道了，故意来这么一下？"王队长仍旧满脸怒容，说："哪有啊？再说我们的办公室在院子后面，被撬的是靠路边的宿舍，他要钱也应该去撬后面的办公室呀。当然，撬办公室也没什么东西，我们的公款从不放在那里。"派出所的兄弟也开玩笑，说那就是人家知道你们收入高，钱也来得快，手一招罚款就进来了。王队长连忙摆手，说："少啰唆，快帮我们破案吧！"没想到的是，从这起案件开始，我竟遇到了一个强劲的对手。

经现场勘查，犯罪分子是攀爬上到二楼走道，再用起子之类物品将木门一一撬开进去的。经清点，被盗现金两千四百元、DVD机一台以及几本存折，没有提取到有价值的痕迹物证。正调查的时候，交警大队李大队长打电话给我："文景，你可要上心给我把这个案件破了啊，破了以后我一定请你喝庆功酒。"我嘿嘿一笑，说："请大队长放心，喝不喝酒无所谓，我一定尽全力。"

两天后，南新镇财政所报案，说他们四间办公室被撬，其中一个小型保险柜被人搬到旁边的草丛里撬开，偷走现金四千元。同样，我们也没提取到有价值的东西。

此后一个多月，每隔几天就会接到报案，分别是南新镇国税分局、卫生院、工商所、镇政府机关、中学、小学等。虽然每起案件发生后我们都要做一番调查，力图发现嫌疑人的踪迹，然而收获不大，盗窃案件仍旧不停地发生。作案特点一是选择晚上尤其是午夜后；二是作案目标主要针对内部单位；三是暴力撬门破锁。从这些情况来看，我们认为是同一人或者一伙人所为，可以并案侦查，而像这样胆大妄为之徒是前科人员的可能性极大。

我和派出所张所长为此在镇里召开的会议上通报了案情，一是要各单位加强内部防范和值班，尤其近期已进入冬季，天气寒冷，值班人员不能只是缩在房间里烤火、睡大觉；二是要各单位、村组做好对可疑人员的梳理和报告；三是要各单位、村组报告近期两劳释放人员情况。我们中队和派出所也克服严寒加强了巡逻，尤其对内部单位加大了检查力度。

南新镇各单位的防控做好了，但居民区却紧跟着发起案来，尤其是靠着街道、经济条件较好的商户。嫌疑人一般都是从一楼爬上二楼，将所有房间搜索一遍，把现金、值钱的金银饰品、手机、纪念册等搜刮一空。为此我们又加强了对居民区的巡查，并张贴告示提醒大家加固门窗，加强防范，不能留贵重物品在家里。虽然告示一时引发了居民区的恐慌，但因措施得力，嫌疑人难以得手，整个古镇上的发案得到了遏制。庆幸的是，这家伙百密一疏，我们在一居民家取得了一枚残缺指纹，条件不是很好，但特征还是有的，我叫靳秋送到技术中队，奇怪的是一直没有比中嫌疑人。

压住葫芦起了瓢，很快，远离南新镇的官塘乡又发案，其中乡政府机关大院内一晚上被盗两辆摩托车，地税所一夜之间六间办公室全部被撬，作案特点与南新镇的如出一辙。我知道，这家伙看南新镇不好作案，与我们打起游击来了。为此，我又将之前的工作方法复制到辖区几个乡镇，这样整个南路片得到消停，我们终于没有被这家伙像耍猴似的弄得上蹿下跳。

# 第四十八章　局长的三清

*1*

2002 年 11 月中旬，一个招考消息传来，市属机关单位要招考一批公务员，其中市公安局招考三十九人，条件是三十岁以下，公安院校或者全日制本科毕业。我心动了，连忙向市局政治处打听，得知只要符合条件，在职的也能报名。

按理说我现在没必要去考，但在基层这些年靠罚款为生的日子非常无聊，非常尴尬，非常危险，我已非常厌倦。近年来，因为抓赌县公安局出过几次大事，一次是面对赌徒的抗拒抓捕，某民警将佩枪掏出来，上膛，顶着一个行为激烈男子的肩膀想控制他，不料枪走火，子弹从那人身体穿过，当场毙命；有个派出所晚上抓赌时，赌博人员一哄而散，民警连忙去追，有个参赌人一夜未归，天亮后被发现淹死在村中一口池塘里；还有个派出所晚上去抓赌，将人押上车后，村民暴力阻拦，坐在副驾驶位置上的所长被一块飞石击中，当场昏厥，面部毁容……刑警中队没有任何规费收入，本来应该由财政补贴，全力以赴去侦查破案，现实却是每个侦查员都要花费大量的时间和精力去找钱维持单位运转。

去市局工作一直是我的梦想，七年前报考刑警支队失利成了心中的一块病痛，现在机会再一次摆在面前，我应该紧紧抓住，何况妻子正打算调到区政府工作，我们应该结束几年的两地分居生活，在市里安个小窝。为此，我毫不犹豫地报了名。县局报名的还有小辉、中队民警何安安。妹妹开始不愿意参加考试，在我的怂恿下也报了市里一个单位。

这年 12 月底，县局主要领导进行了调整，雷局长到龄退居二线，曾鸣政委转任局长，并按此时各地的惯例升任县委常委。曾鸣局长这年四十岁不到，风华正茂，想法和动作也比较多，意图开创县局公安工作新局面。除业务外，他在管理上首先要求各单位开展"三清"，即清除旧车、清理小金库、清退多余临聘人员。

所谓清除旧车，是指处理各基层科所队不按县局配车规定自行购买或扣押的那些无牌无证、无年检、无保险的二手旧车，有的车辆虽手续齐全，但使用年限较长，车况很差，也在清除之列。这些车子存在很大安全隐患，一旦出事各单位将难以承担责任，县局近年发生了好几起大的交通事故，造成车毁人亡，让局领导焦头烂额。有的单位本来就四五个人，有一台车就够了，但有的科所队长以工作需要为由，私自添购一台当自己的专车。这次局里要求各单位按每四人一台车的标准配备，对车况差，以及三无车辆、扣押车辆一律上交封停。

清理小金库，就是各科所队以各种名义收取的钱款，不开财政票、不存入规定账户，搞"体外循环"。这些钱有的成了科所队一把手的小钱柜，爱怎么花怎么花，最多内勤知道；有的成了科所队小团体的福利箱，逢年过节每个人发点；当然，大多数还是用于公务开支，但也违反了收支两条线的财政制度。在当时上交罚没款后财政返还比例很低的情况下，这些"小金库"实属无奈之举。但其弊端确实不少，有的引起内部人员的猜忌眼红；有的影响领导与民警之间、领导与领导之间的团结，引发内耗；有的引起群众的告状和举报，影响公安机关的形象；还有的经过几任领导后，被其他事情牵扯出来，成了说不清道不明的烂账。

这些年县里经常收到告这个那个科所队领导私设小金库的状，纪委、检察院调查后把这些款项通通调走，搞得局领导在县领导面前脸上无光。我对财经这块一直谨慎，除了定期不定期组织全队民警对收支情况进行核算公布外，还要求所有罚没款必须全部开财政票，上交国库，押金、保证金交大队保管，这样做也避免了一次重大事件的发生。

那天，大队财务打电话给我，说县检察院派了两个检察官到大队来，要核查我任中队长以来所有罚没款的开票情况，他问我能不能经得起检查，我答没任何问题，所有罚没款都已开票入账，让他们查吧。此时，南新派出所张所长接到县局财务科领导电话，检察院现在也在查他任所长以来的所有罚没款开票情况。当天下午，检察院的同志来到南新镇，他们说，半个月前镇上有因赌博被我们处罚过的人联名到检察院举报我们罚款不开票，估计都私分了。检察院领导很重视，立即安排人员秘密调查，先把我和张所长任主官一年多以来所有罚过款的人员找了个遍，问他们被缴了多少钱，被罚了多少款，统计起来应该有近三十万元。上午他们核对票据，没有问题，现在还要调阅所有行政案件进行印证。虽然我们行得正站得直，但还是对有的违法人员故意挑起事端，意图浑水摸鱼的行径极为气愤。我们配合检察官，将案卷拿出来检查，几个小时后检察官反馈了调查结果，我们的办案尤其财务管理严谨认真，没有违法违规的地方。他们带着歉意说，打扰你们了，真不好意思。我们当然理解，也对他们公正调查、文明执法，消除某些人对我们的误解或污蔑表示感谢。

清退多余临聘人员，是指有的基层科所队聘请了太多的临时工，需要清退，以减少不必要开支。有的科所队长自己不学开车，聘用一个司机，把他当成了自己的专职司机和家务助手；有的内勤民警不愿学打字，专门聘用一个打字员；还有的科所队聘用治安员。其实一些临聘人员可有可无，甚至不少是关系户硬塞过来混日子、混工资，暂时落个脚的，在当时经费紧张的情况下无疑增加了经济负担，这些负担最终还是要转嫁到纳税人身上去。可不少基层领导碍于情面，想辞退也下不了手。这次以局里名义下通知，每个科所队最多保留一名临聘人员，必须严格执行。

## 2

此外，曾局长积极向县里、向省市争取资金，希望改变陈旧落后的三所（看守所、拘留所、派出所）面貌，改变它们的硬软件状况。

当得知我的高中同学萧汉风在省厅刑警总队任办公室主任后，曾局长叫上我和装财科科长一同去了一趟省城。我们先拜访了省厅装财处的领导，递交了请求拨款的请示，之后又找了萧汉风，希望他能将增添改善县局刑事技术设备的请示递交给刑侦局领导，并做详细解释说明，萧汉风表示一定会支持家乡的刑侦工作。

在去省城的火车上，曾局长问了我报考市局的原因。他首先表示理解，希望我不要受考试的影响，一颗红心两手准备。从内心来说，他希望我留在县里，为县局刑侦工作继续努力，不久的将来一定会给我压担子、担重任。他说："全局上下对你的反映都很好，连续两年县委组织部到县局来考察干部，在全局民警无记名推荐科级干部名单上你都是名列前茅。长江后浪推前浪，新陈代谢是自然规律，按你现在的表现以后进局领导班子很有可能。"我对局长的厚爱表示感谢，这些年我一直在基层刑侦一线工作，与之前担任政委的他接触较少，没想到人家这样默默地关注着我，并给予了中肯的评价。曾局长说："凭我对你的了解，你学习认真，虽然工作繁忙，在考生中年龄也偏大，但我认为你一定考得上。刑侦工作需要有丰富经验的人，更需要有像你这样热爱这项工作、不计个人得失的同志。对刑警大队的干部我不是很了解，希望你为了刑侦工作的良性发展，给我推荐两三个人品、业务不错，尤其工作上富有奉献精神的干部，下一步要把他们从中队长、副大队长、大队长位置上一步步培养起来。"

我的心为之震动，感谢局长的抬爱和对刑侦事业的深谋远虑，于是诚恳地向他推荐了三个人选。这三个同志很快在不久的调整中都从普通民警提拔为副中队长，之后陆续成长为县局刑侦的领导和骨干力量。

# 第四十九章　偷进刑警队

## *1*

转眼到了 2003 年。算起来这是我参加工作的第十个年头，我是蹉跎了岁月还是不负韶华呢？心中不免感慨起来。

"燕子李三"有一个多月没消息了。这段时间虽然我们没有停止调查，却一直未发现他的踪影。

一天傍晚七点多钟，我正在办公室埋头做公务员考试题，章江跑进来，说接到群众报警，有人刚刚在街道西头的居民区偷东西，被发现后飞檐走壁逃跑了。

"肯定是那个飞贼！"我叫道，"快，在院子里的民警都上车去围捕。"我带着中队和派出所七八个兄弟开着两台车快马加鞭赶往现场。看热闹的、情绪激动的居民已把周边围得人山人海。

报警人告诉我，刚才他从一楼开大门回家，上到二楼走廊，突然从房间里面冲出一个约三十岁的男子。那人扫了他一眼，见无路可走，竟跳上栏杆，纵身跃到隔壁人家的窗沿，再迅速攀到一个平台上，跳到更远一户人家的屋顶。还没等房子主人反应过来，这家伙竟踩着瓦片飞奔而去，很快就没了踪影。报警人一脸惊恐地补充道："这家伙还在我家门口放了一块砖头和一根铁棍。幸好我还没进到房内，否则他肯定要动手杀人了。"我叫靳秋勘查现场，提取痕迹物证，自己立即带人分头在附近搜寻，并提醒居民三五成群对自己家里和巷道进行查看。折腾了一个多小时一无所获，现场勘查也没有提取到有价值的物品，唯一能确定的是，这坏蛋是用铁棍撬坏二楼防盗门入内，而那道门要有相当的力气才能破坏得了。

"燕子李三"终于按捺不住，又跟我们玩起猫鼠游戏来了。我一面继续贴告示，让居民注意防范和积极提供线索，一面安排民警分工到各村进一步收集情况，尤其对有武术功底或平时爱好练武，有飞檐走壁功夫的人员重点调查。

不久后的一个晚上，寒风呼啸，办公室的火盆根本抵御不了严寒的侵袭，大伙纷纷缩进被窝去睡觉。昏睡中就听到炊事员在一楼大叫："张所长，文队长，你们快起来，快起来！"我连忙裹起一件警用大衣打着寒战走出来，问他什么事这么急。炊事员嚷道："刚才有人想把车库里的摩托车偷走，你们看，车都推到院子里来了。"我问："你看到人了吗？"他答："看到了，我正准备出来解小手，一开门，就看到那家伙推着摩托车往外走。他也看到了我，立刻放下车往大门外飞速跑去。""他长什么样子？"我急切地想知道，这样我把整个镇几万人口的户口底册照片除去妇女、除去年龄相差大的，再把全县所有前科劣迹人员照片交给炊事员辨认，一定可以把他找出来。炊事员说："我没看清楚具体模样，他大约三十岁，瘦瘦的，人很灵活，戴了一双白手套。"

"又是这个坏蛋，太猖狂了，竟然敢在太岁头上动土！"我气得火冒三丈。

"简直是对我们的挑衅！"张所长说，"文队，看你能不能把他揪出来，不然南新人民不得安宁呀。"

我点头，说："从他喜欢在南新镇作案来看应该就是本镇人了，我们中队和派出所民警还是要去各村仔细摸排，尤其是去年回来的两劳人员。"

### 2

1月中旬的一天清早，我被冻醒了，于是挣扎着爬起床，探头往窗外望去，哎呀，昨晚下了鹅毛大雪，远处的山峦旷野，近处的屋顶地面仿佛都铺上了一床白色的棉被，整个世界是那样的清新素洁，我的心情也跟着兴奋起来。

我带着中队几个兄弟往街上走。往日喧嚣的老街上异常冷清，有的居民在挥锹铲雪，有的在打雪仗。桥头是镇里的聚集点，附近中小学的老师带着孩子们在那里嬉闹追逐、赏雪拍照，一切是那样的和谐美好。

我独自迎着凛冽的寒风踩着厚厚的积雪往桥上走去，抬望眼，大地冰清玉洁，天空苍茫无际。想作几句应景的诗，可左想右想都觉得不如意，脑中忽地就冒出《雪中情》这首歌来：

寒风萧萧 飞雪飘零

长路漫漫 踏歌而行

回首望星辰 往事如烟云

犹记别离时 徒留雪中情

……

雪中行 雪中行 雪中我独行

挥尽多少 英雄豪气

……

呵呵，经过这么些年的磨砺，原来在我的内心深处还有那个挥之不去的英雄梦。

两天后，市公务员招考终于开始了，据说报考人数有六千多，是本地有史以来最大规模的招聘类考试了。我被安排在位于红河中央风景秀丽的飞雁洲上的市重点中学考场。站在河西岸往洲上看去，红墙高阁像掩映在千树万树梨花之中，走近教室，屋檐下倒挂的冰凌晶莹剔透。

我穿了一身便服，脚上穿一双中帮棉布鞋。这种鞋在工作时间是不方便穿的，奔奔跑跑容易弄湿，今天穿上它们，顿时有一种无案牍劳形、身心放松的感觉。身旁走过的是一群充满青春活力的孩子，他们大多是刚从学校毕业还未参加工作的娃娃，从他们的交谈中可以听得出既对今天的考试有几分忐忑，又对未来充满期待。走在他们中间我突然有一种老童生般惭愧的感觉。

两门功课上午一次性考完。先考《行政职业能力测试》，120分钟160道题。我加快速度拼命做，可还有20来道没时间细想便乱涂一气。休息一刻钟，紧接着就考《申论》，这对参加工作多年，有社会经验的我来说就显得比较轻松了。

还有十来天就过年了，我没休息，一考完立即返回单位，毕竟那还有一个家，几个兄弟在等我这个老大一起去找过冬的粮食。我已物色好一个人，让他帮我了解哪里有违法运输、买卖烟花爆竹和无碘盐等情况，只要查到了再移交给相关行政执法部门作处罚，我们就可以从中获取一定的奖励费。

这天下午，线人告诉我，他已发现有人在附近的太宁县某村中非法堆积了不少无碘盐，已联系对方送一车出来，我可以带人在两县交界处查扣。果然，当我们冒着严寒缩在车里守候到晚上七点多钟时，一辆盖得严严实实的龙马牌货车从远处慢慢开过来，一看车号，正是要等的目标。我们迅速把车发动，拦在它前面，将那车货扣下来。我要靳秋把货直接押到县里去处理，然后通知太宁县公安局治安大队派人与我们一同进村去捣毁这个非法存储、销售无碘盐的窝点。太宁县公安局前来查处的值班民警有我的同学大鹏，一见面，他说："文景，你小子把侦查手段运用到办理行政案件上了，真有你的。"我叹口气，说："这不是被逼上梁山了吗？你我都一样，不去罚没怎么有钱开支办案费呀？普通老百姓穷，罚几个钱哭爹喊娘的，实在下不了手，这些无碘盐老板财大气粗，又不顾群众食品安全，不查他查谁？"大鹏笑了，说："你说的也确实是实话。"

当晚，我们在那户人家几间房内缴了三车无碘盐，装得满满的，由大鹏他们运到太宁县城去了。

谁知第二天我就听说属地派出所对我们的这次行动很有意见，说在他们管辖的地盘上查扣非法物品没有叫上他们，放话说要告诉本乡群众刑警中队来查处违法行为必须向派出所报告，否则遇到冲突时不会出警，不会帮忙，让我们中队再也不敢在该乡抓赌博、查违法行为。他们之后还在局长面前"参了我一本"。气氛顿时变得很僵。我听了大发脾气，说："我们没进入居民店铺或家里查处非法物品，而是想办法将外地非法无碘盐引过来收缴，这也有意见，算是哪门子逻辑？！他敢不顾双方关系乱来，今后他派出所遇到任何麻烦困难也别怪我不帮他。"想去理论一番，靳秋劝道："文景，你正在考市局阶段，没必要把矛盾搞深，忍一忍，让群众看到了多不好。你就把自己当成蔺相如吧。"

## 3

2003 年的春节来得较早，趁着难得的假期我拼命看书，因为年后还要考《公安基础知识》，面试题的范围很广，只有碰运气，见招拆招了。

节后一上班就接到董强副局长的电话，南新镇两个大村庄因为舞龙、踩地界引发纠纷，双方正在召集人马准备械斗，他要我把全队民警组织好，赶到桥头，帮助派出所张所长他们截住双方村民，县局很快会组织警力赶过来。

南新镇民风彪悍在这一块是出了名的，因为村与村之间的矛盾，之前还出过命案。我带着中队几个兄弟飞奔到现场，却见临近街道的一方已组织好两百来人，他们个个左臂扎着红布，一小部分人手上拿着红缨枪、大铁叉，大多数人则拿着钢管站在街头，交通已严重堵塞。张所长和镇上几个领导一脸愁容地在商量事情，见我来了，他焦急地说："文队，麻烦你带队和肖镇长一起去另一头，那边据说也组织人员过来了。"我点点头，赶紧与政府干部一起上车往镇外开去。果然，两公里开外，两三百人正黑压压一片往这边走来，一边走一边"嗨哟嗨哟"地叫着，他们个个头扎白布，有的手上拿着刀枪剑戟，有的则端着鸟铳，一个个视死如归的样子。我们把车停在路边，跳下去。我和肖镇长跑到为首一位精壮汉子身边，据说他是该村民兵营长，退伍军人，有一身好武艺。肖镇长劝他不要往前了，听他说几句。男子拨开他的手，毫不理会。我也劝道："兄弟，万事别冲动，相信政府，相信公安机关，你们这么做必定会造成双方难以预料的后果，吃亏的还是大家。"男子见我一身警服，说："老子仗都打过，还怕死吗？这不关你们政府和公安的事情，这是我们两村的世仇，请让开！"人潮涌动，一件件武器高高举起，很快就将我们几个人冲开、淹没。

我们被挤到路边。远远望去，桥头那边的村民也列队整齐，一排排朝这边大踏步而来，张所长他们也被冲得七零八落。两村村民相距不到五百米了，很快，他们将像红眼的斗牛一样撞到一块，拼在一起，场面将极为血腥和震撼。真要这样，我们这些在场的公安民警别说如何面对全镇群众，如何向上级交代，就是自己也会抱憾终身。我心急如焚！

就在这千钧一发的时刻，一阵急促的警报声呼啸而来，县局领导带着两卡车民警和武警战士过来了！他们将车直接插到两村村民之间，武警战士荷枪实弹，训练有素，迅速背靠背分两排站立，面向两村村民，将双方隔开。两边村民没见过这样的阵势，放慢脚步，带头的则摇摇手，吩咐大家停下。趁着这个时机，局领导带着我们这些公安民警上前劝说两边村民放下武器械具，不要冲动，现场一片闹哄哄，有的村民情绪激动，仍旧大叫着"别理他们，冲过去"。

在我们的劝说下，慢慢地，双方带头人都意识到了事情的严重后果，冷静下来，边挥手边大声叫着要自己的人往回撤。之后我们又配合派出所找双方的关键人物做工作，讲解政策陈明利害，收缴违禁物品，事情终于平息下来。

回想起来，当时的场面是多么的凶险！如果我们制止不住，双方真要拼命，谁又能活下来呢？我们这些在场的党政干部、公安民警，尤其我和张所长是否会受到处理呢？

# 第五十章　考试入围

*1*

进入 3 月，市里的招考又启动了，首先要应对的是面试。

那天，我特意穿着一身藏蓝色冬装，挂上一级警司的警衔，还端端正正地戴上一顶警帽，往镜子里一看，真是帅呆了！做刑警这么些年，平时都是穿便服，现在看来什么服装也比不上我们的警服威武雄壮呀。

到达面试现场，抽完签，每二十人被分在一间教室候考。这时我看到不少考生拿着一些纸张和书在看，几乎都是《面试指南》《面试实战》《面试精题》等专业书和摘录的要点。面试还有专业指导书？我可是第一次见到。我以为面试无非就是看看你的言谈举止、仪表外貌，再问问个人简历、特长爱好什么的，题目应该很简单，但随意一翻旁边考生的书却发现面试是大有天地，题型、要求五花八门，而我除了这身警服外没做任何准备，顿时感到自己天天忙工作，没了解现在的考试形式和方法，太大意了，心中不免有些着急。

"兄弟，这面试还有参考书啊？"我问旁边一个挂学员衔的娃娃。

"当然有啦，我们在警校人手几本，课堂练，寝室练。每种题型题意的解答都有规律，从你的回答可以看出你的为人处事、工作态度、口语表达等，内容丰富着呢。"他往我肩膀上扫了一眼，说，"哥，我看你这警衔，工作也有十年了吧，干吗还和我们抢饭碗啊。"他的话引起旁边几个人的哄笑。我尴尬起来，忙说："家在市里呢，我在农村工作，不方便。"他们"哦"了一声，点点头。

等待的过程是漫长的，未知的面试题目让我揪心起来。我给自己打气：别怕，别急，你是这群人里面的老大哥，有工作经验，不会输给这些孩子。

前不久，凌溱溱调到了新成立的区商务局。在宋溪镇这一年，她分管招商和财政，工作兢兢业业，工业园区建设进展迅速，多家优质企业落户，成绩斐然，区领导打算在年后的换届中调整她为镇党委副书记。其实这样的安排对她个人的成长是有利的，今后再做出成绩，提拔为镇长、书记的可能性比在机关更大。她问我意见，我说能回区直机关最好，毕竟儿子要进市区读小学了，我能否考上市局还不敢确定，而乡镇工作没有规律，经常加班加点，到时谁来照顾小畅的学习生活呢？她听了，便在领导进一步征求意见时要求进机关，区领导认为她在招商方面有特长和经验，便将她调进商务局任副局长。如果我也顺利考入市局，那我们就可以安安心心在市里买房落户，从此解决一家三口三地分居的问题，过上和别人一样天天团聚的日子了。

正想着，面试开始了，我是本考场倒数第二个，早着呢。看到身边的考生一个个被叫出去，短则五六分钟，长则十来分钟考完，我的心也忽上忽下。等待是漫长和无聊的，考到第十个考生时，时间才过去一个半小时，按这样的速度我有得等了，于是决定养精蓄锐，趴在课桌上闭目养神。过了很久，有个工作人员叫我出去。终于要上"战场"了，我吁了一口气，戴上帽子，扶正帽檐，拉直警服，大步走过去。

走进考场，往里一瞧，里面课桌摆成一个倒写的 U 字形，正前方一排坐着七八个评委，左右两边各坐着三四个工作人员，个个一脸严肃毫无表情地打量着我。我目不斜视，走到考桌前，立正敬礼，叫道："各位考官，下午好！"正对面的主考官对我微微点头，说："请坐。"

我把警帽摘下来，双手托着放在课桌的右上角，坐下。主考官说："在你面前的桌子上有一张纸，上面有五个题目，每题限答三分钟。给你两分钟先看一遍，然后开始作答。"我连忙低头拿起纸看起来。

"现在开始答题，计时开始。"考官吩咐道。

很快，前面四道题我都按照自己的想法答出来了，但第五道题却把我卡住了：凡事预则立，不预则废，举例谈谈你对这句话的理解。

说实话，之前我从没听过这句话，稍作思考，我认为是事先研判、事前做好准备的意思，于是答道："这句话的意思是凡事要先预判，要有计划，要做打算，这样才有可能成功，否则就会失败，达不到目的。"之后，我举了工作中通过分析判断，制定正确的侦查方案，带领大家顺利破获的郭良、吴训系列"白日闯"这一典型案例。

"你答题结束，请在外面等候评分。"主考官说道。

"谢谢考官。"我站起来，戴好帽子举手敬礼退出考场。一出教室，我的心顿时像放下了千斤重担。不管怎么说，天天牵肠挂肚，不知如何应对的面试算是结束了，考得是好是坏就凭考官去判断了。之后的日子里，自己还经历过六七次类似的大考面试，准备好一系列的或业务或人际关系处理等等不同类型的考题，按部就班地进行背诵与练习，虽然从中学到了不少做人做事的道理，但总觉得像科举的八股文考试一样，程式化，机械化。有人说，一个单位挑选新员工、招考公务员，观察其言行举止，相貌打扮，这是很有必要的，而在内部晋升中，因为大家彼此熟悉，采取这种方式似乎作用不大，无形中让人觉得是为某些人开绿灯而设的独门暗道，甚至有的人只会实干，不善言谈表达，面试则会造成对这类干部的不公。

很快，我再次被叫进去，主考官给我宣布了分数，80.5 分。

"听你刚才举的案例，你是中队长？"主考官脸上显出一丝笑容，毕竟答完了题，他也不再严肃。

"是的。"

"这么年轻就当了中队长，在基层还真不简单。"他说，"接下来还有《公安基础知识》考试，好好考，祝你成功。"我连忙说谢谢。

揣着成绩单走出校门，小辉、何安安以及妹妹都在车上等我，见我过来如见救星一样，说："都等你老半天啦，我们个个冷得要感冒了。"我说我排序靠后了。

小辉启动车子，笑着说："知道你排序靠后，我们在这远远看到你进去面试，看了一下手表，别人都是十到十五分钟，你竟然在里面待了十八分钟，怎么这么久？"

我搓搓手，说："我哪知道，只不过每道题都答了差不多三分钟。"

小辉嘿嘿一笑："文队，多少分？拿出来看看。"

我连忙从口袋里掏出成绩单，感觉良好地说："80.5，怎么样，你们呢？"

小辉连忙说："都差不多，我也这样。"

妹妹哼了一声，说："别骗人啦，你都考了91分，准备了这么多面试资料，之前也不分享一下。"

小辉讪笑起来，说："我也是之前看那些刚毕业的学生有这样的书才买的。你兄妹俩素质高，哪需要这些东西？"

"谁说不需要，我刚才翻了这些书才发现有的题目书上就有答案，你不按这些作答肯定不完美，逻辑性、表达连贯性肯定要差不少。而且本来就紧张，乍一看题目不知道怎么回答，心里更慌了。你看，我也才考了87分。刚才不少考生在这里聚集，一问，好多人是90分以上，这下我哥目前总分要落后了。"妹妹很不高兴。

我一听有些慌了，知道是自己没有准备好才造成考分低的缘故。"没关系，不是还有《公安基础知识》吗？"我安慰妹妹，也安慰自己，"大家辛苦啦，去放松一下神经。乡下人进城，我请大家在市里吃餐饭，过过洋荤。"车上几个人顿时眉开眼笑。

## 2

这段时间又发了几起重大案件。

第一起案件是四个家伙在市区开往临山县的中巴车上用老套的易拉罐中奖方式进行诈骗，车上居然还有人相信。

那是周日清早七点钟，我正在单位洗衣服，就接到110指挥中心的指令，说接到一乘客报案，他和亲戚刚才一同坐中巴车时有人用易拉罐中奖行骗，他的亲戚上当了，正带着骗子去县城取钱，他赶忙下车报案。我立即联系报案人，得知除那个骗子外，其他几个同伙也陆续下了车，上了后面接应的一辆黑色桑塔纳，从作案地点来看，要么属于城关中队管辖范围，要么属于太宁县地界，但有警必接，及时处置，避免受害人的财产遭受损失才是最为紧要的。我看其他民警还在休息，便叫上已起床的司机小侯开车往县城赶。在路上，我打电话给正休周末的靳秋、章江，要他们赶快起床，分头到县城的几家银行搜寻。我又向方大队长报告，请求安排人员分别在县城几条街道查找可疑人员和车辆，部署抓捕。路上我十分焦急，不知道能否尽快找到受害人。一是因为时间赶在周日的清晨，同事们都在休息；二是报案人只描述了作案人三十多岁，穿件黑色夹克，手里提着个灰色布袋，其他特征不清楚。

到达县城刚好八点十分，靳秋打电话给我，说已找到受害人，就在农村信用社附近拐角处，我连忙赶过去。靳秋把受害人带到我车上，说："我知道农村的信用社网点多，存取款方便，农民一般喜欢把钱存到那里，所以就直接坐拐的过来。一进信用社就看到这人取了两万块钱出来，我看他的特征像你描述的那样，就偷偷问，果真是他。他说那个骗子正在菜市场那边吃早点，等他取钱送过去，我们现在去抓吧。"我说好，交代受害人不要慌，镇定一些，在前面带路，我和靳秋一左一右跟在他后面十来米的地方。

此时天气寒冷，街道上行人稀少。几分钟后我们来到一个简易早餐棚外。受害人走到门口，往里一瞧，有个三十来岁的男子连忙站起来。可是，受害人此时既不敢上前打招呼，也不按我事先交代的把骗子叫出来，以便我们近身抓捕，而是往后看了我和靳秋一眼。那男子见了，立即意识到了危险，连忙转身朝着棚子另一个门快步走去。我和靳秋迅速包抄。这家伙顺手抓起案板上一把菜刀，对我们晃了晃，大步往外逃去。

我和靳秋紧紧追赶，几分钟后这小子跑进菜市场附近一个施工工地，里面没人，钢筋水泥、木板竹子堆得到处都是。他跑进一个大房间，里面窗户很高，他蹦跳两下上不去，转身拿刀对着我们吼道："别过来，再过来老子就砍死你们。"

靳秋迅速从地上拾起一根长竹子，叫道："放下刀，我们是警察，再反抗就打断你的狗腿！"我从身后把佩枪抽出来，指着他喝道："赶快放下刀，敢袭警的话一枪毙了你！"这家伙拿刀比画几下，顺手擦掉头上的汗，仍不投降。我和靳秋往前逼近，一同吼道："快把刀放下！"这小子脸部肌肉一阵抖动，手一软，把刀丢到了脚下。靳秋上前一个背手，把他压住。我把枪放回套内，两人一左一右押着他往外走。

此时菜市场周边围了几百人，群众不知什么情况，纷纷上前指指点点。有人好奇地问我们这是干啥，我答抓了个骗子，大家平时可要小心啦。大伙顿时骂声一片，说年纪轻轻做骗子，真好意思。还有人对着我们竖起大拇指，说："这两个便衣警察好厉害，追了那么远，对方拿刀都不怕。"我暗想，这家伙幸好跑进工地里面，否则在菜市场持刀劫持人质就麻烦了。

将人押到大队部，方大队长叫我主审，他安排人满街去寻找那辆可疑的桑塔纳轿车。

这骗子叫康财，他承认了作案事实，但拒不交代其他几个同伙的身份和车牌，只说是受其中一个外号叫黑子的庐河市石阳区人拉拢参与的。我非常着急，刚才抓捕他的举动其他同伙是否发现了？即使没有发现，现在他们看到康财这么久还不来电话是否意识到有危险而逃跑呢？

突然，康财的手机响了，我估计是他的同伙打过来的，顿时计上心头。我把电话挂掉，发了条短信过去：还在中山路工商银行排队取钱，不便接电话，十分钟后过来接我。对方很快回了个字：好。

我连忙向方大队长报告，他很高兴，迅速通知各路人马往中山路工商银行门口集结，要求守在路的两头，车头对着工行门口，远远观察。又安排人员走路贴近银行门口，假装路人在附近蹲守，一旦发现有桑塔纳停在附近且车上人员不下车，或者有人下车进入工行，不办业务，像是找人的，立即控制并进行抓捕。

几分钟后我们的人马进入了伏击圈，不久康财的手机接到短信：到了，在出口左边等你。我连忙通知在抓捕现场的靳秋，他说已注意到了那辆刚停下来的黑色桑塔纳，马上行动。二十分钟后，就见靳秋他们开着两台小面包和一辆黑色桑塔纳风风火火地进入大队院内，高声叫嚷着从车上陆续押下四个青年男子。

为什么这几个家伙没意识到康财已落网呢？原来，在我们抓康财前他们正坐在不远处的车上等受害人送钱来，这时远远看到一辆警车过来，吓得连忙开车离开。康财告诉他们是虚惊一场，要他们躲在附近一宾馆停车场内等候，所以我们抓了康财那几个家伙并不知道，加上康财是他们的头目，没有他的命令其他人断断不敢轻易离开，也就相信了我发出去的那条钓鱼短信。

诈骗案过了不久，矿区又发生了多起入室盗窃案。这些案件发案时间不定，作案时间有白天也有夜晚，而作案目标选得都很准，最多的被盗了八千元。我带领中队几个兄弟每个现场都仔细查看，并进行梳理分析，开始圈出了几个怀疑对象，后经调查全部否定。终于，我们在一个新发的未破坏的现场提取到一枚条件较好的指纹，交给技术中队去比对，但未比中。

南新镇一带的"夜行侠"没有抓获，这里又出了一个全时空大盗，我顿时感到压力山大。

### 3

这些案件让我一直沉不下心投入《公安基础知识》的系统复习中，《刑法》《刑事诉讼法》无需花太多精力，《治安管理处罚条例》有基础，经常使用，也不需花太多时间，但是公安基本概论、交通、消防、户籍以及其他知识也要考，逼得我不得不忙里偷闲，把当年警校发的书本拿出来复习。

面试结束半个月后的一天，《公安基础知识》终于开考了。走出考场，自我感觉不错，分数一出来果真如此，88 分。一问政治处的兄弟，这个分数算是相当高了，全部考生中没几个上了 80 分的，这或许与自己常年在一线办案熟悉业务有关吧。很快，从政治处传来消息，我的总分排在第 12 名，小辉、何安安也都入围。我们几个在职民警能在繁忙的工作中脱颖而出实属不易，要知道，这次全市公务员招考共拿出 288 个职位，报考人数高达 6399 人，其中公安系统招考 39 人，考试人数竟然有 1183 人，录取比例将近 1 ：30。妹妹也挺争气，入围了她报考的职位。

一周后就要体能测试。我已很久没有系统地锻炼了，天天酒肉穿肠，加上长期熬夜，引体向上、1500 米跑步顿感力不从心。前面文化考试过五关斩六将这么辛苦，如果栽在体能测试上那就太亏了，我于是来到南新中学，要校长安排一个体育老师带我锻炼。每天清晨，天刚放亮我就跑到中学，体育老师带着我放松肌肉、压腿、弯腰，舒展身体，之后就陪着我跑圈，教我如何呼吸，如何掌握前期、中期、冲刺的方法和技巧。幸好之前有基础，才三四天工夫我就能跑下 1500 米了，并且每次都能达标。考试那天自己竟然超常发挥，一直跑在群马奔腾的 39 名考生的前列，冲刺后获得第七名。几个刚刚警校毕业的后生气喘吁吁地走到我身边，不无羡慕地说："哥，你比我们大了将近十岁，咋还像服了兴奋剂一样跑得那么快呢？"我平复了一下气息，骄傲地说："你们现在的训练是不是没那么严格了？当年我们可是每天清早至少五公里啊。"小兄弟咂砸嘴，说："怪不得，我们这些 80 后可受不了。"另一个小伙说道："你可代表不了 80 后，你太懒了！"一群人都笑起来。

只剩最后体检一关了。那天，市人事局牵头，市监察局、市公安局派人参加，带着我们这批入围人员到市中心医院体检，在工作人员全程监督下一个个项目过。第二天，政治处通知体检过关。

从 2002 年 11 月发布考试公告，到 2003 年 4 月中旬走完所有程序，历时半年，不能说心力交瘁，但确实牵肠挂肚、劳神费力，毕竟自己是一个单位的小领导，花太多精力在考试上肯定会影响工作的开展，不花精力学习自己又会名落孙山。现在好啦，板上钉钉，就等市里的正式通知了。

# 第五十一章　飞贼落网

## *1*

我已考上市局的消息不胫而走，辖区七个乡镇、两个省直驻县单位的领导在表示祝贺后纷纷邀请我去做客，南新镇上的一些头头脑脑往往趁着晚饭后散步的时间走进院子，笑嘻嘻地约我开欢送宴。我说等来了正式通知再说，他们不答应，说一来通知你就拍屁股走人，哪来得及，现在就开始轮吧。盛情难却，我于是有选择地接受邀请，每次都是高兴而去，尽兴而归。

县局领导、大队领导都知道我考试的成绩，估计头脑中正在酝酿我的接班人。从内心来说，我希望靳秋接班，毕竟相识共事这么多年，他的工作积极性和业务能力也不错。我于是趁着到县局办事的机会向曾局长提出自己暂时挂到大队办公室当个普通民警，由靳秋代理队长的想法。局长不同意，希望我站好最后一班岗，在庐河县公安局有个美好的收尾。曾局长满怀深情地说："文景，从内心来说我不希望你离开，毕竟少了一个业务能手，但从你个人的长远发展来看我又认可你的选择。县里层级压得厉害，以你现在走刑侦线，副大队长、教导员、大队长、副局长，充其量再到政委、局长，还有好些个台阶。而市里层级高，路子宽，一提最少是副科级，下到县区做局长政委都有可能。"他停了停，说，"我衷心祝福你以后工作顺利，前途远大。"我为有这样开明率直的局长感到荣幸，连连答应一定会一如既往地做好工作。

原以为很快就会接到调动通知，谁承想，一场突如其来的疫情暴发了。自 2002 年 11 月至 2003 年 3 月，疫情在广东、香港这些人口密集的地方如野火燎原般扩大，2003 年 3 月后开始向全国扩散，其中以北京最为严重。这就是当时令人闻之色变的非典型性肺炎，简称"非典"，引发此病的是一种名为 SARS 的冠状病毒！

我们开始觉得这种事情与我们山清水秀、空气清新的内陆乡镇没有什么关系，没想到危险突如其来，就发生到我们身边！

那天正好是五四青年节，团县委组织获得"青年文明号"的单位领导上午去县委小礼堂开会、领牌。我和靳秋开完会便说各自回家吃中饭，下午赶回中队去。凌溱溱那天也回来了，带着儿子在家画画。吃完中饭，我开车往靳秋家走，却见往日热闹非凡的菜市场空无一人，街上冷冷清清，很是奇怪。这时靳秋打我电话，说刚听邻居说县医院确诊了全省第一例非典病例，是一名刚从广东打工回来，躲避 SARS 病毒的妇女。这个消息中午从县医院一传出来便如飓风一样横扫全城，菜市场的人群当时像遭到敌机轰炸般往外涌去，鸡鸭鱼肉、拖鞋草帽掉得到处都是。很快，县城仿佛就成了一座"空城"。

不久就接到大队办公室电话，要我们坚守岗位，不要轻易外出，我连忙打电话给单位和家里，嘱咐大家不要出门，不要吃鸡鸭等禽类，即使外出也要戴上口罩。

回到南新镇，我连忙和张所长一道去医院采购了一批消毒水和口罩，再派炊事员去市场上买醋，没想到洛阳纸贵，每瓶竟然卖到八十块钱，甚至要左说右求人家才给面子偷偷卖一瓶。之后我们又跑到更偏远一些的龙山乡才买到十多瓶。

因为我们县里出了全省第一个，也是目前唯一一个"非典"病例，其他县市区的人都把我们县的人当成洪水猛兽，避之不及，像凌溱溱这些到了庐河县里的人一律不允许回单位上班，在家等候通知。我回家送消毒水，隔着家门看到她抱着儿子站在防盗门里面。小家伙看我戴个口罩，一脸茫然，想叫，却又似乎不认识。我把东西往门口一放，就急匆匆走了。

为了救这个病人，县里动用了一切资源，涌现出了英雄般的医生、护士和公安战士，他们近距离担负起治病救人、安全守护的责任，事迹很是感人。

半个月后这场风波渐渐平息，谁都要买菜做饭，谁都要赚钱养家，不外出能行吗？但居民们仍旧相当谨慎，去往围合式单位总有人拿个体温计要你量体温。大街上到处是戴着口罩的人群，市区的摩登女郎不知从哪里弄来一些口罩，有的是黑色，有的是蓝色，上面还有小猪小兔的图案，不再是以往那种单一的白色，看着挺新潮。

2019 年年底，一场因新型冠状病毒引发的疫情在武汉市蔓延，2020 年 1 月 23 日（农历正月初一前两天）武汉封城。这场疫情比"非典"发展更快、波及更广，严重影响到人民群众的生产生活。但是，沧海横流方显英雄本色。中央领导，钟南山、李兰娟院士以及许多医护人员逆风而行，赶赴疫区，鼓舞斗志，救死扶伤；一批批公安民警和警辅人员值守在工作岗位，在抗击疫情中，各条战线上都涌现出了一批批可歌可泣的英雄模范……

回到 2003 年 5 月。受 SARS 病毒影响，市里招考公务员最后一步的录用工作暂停了，虽很无奈，但也别无他法。

调动一时毫无消息，我也不好意思再接受各方的邀请。工作仍得继续，既要破案又要创收。这时我就有意放手让靳秋带队伍，包括去其他单位协调关系露露脸。不管怎样，他在这里主持工作的可能性很大，今年年底评比结果算在他头上，何况领导正在观察他，多做点，做出成绩对他可是好事。

这天，龙山乡一村民李某来报案，说他家的水井被人投了农药，吊上来的水有一股刺激性味道，幸好未造成人畜伤亡事件。按以往我肯定要出现场，但这次我有意让靳秋带队去。经过一番摸排，找出了一个嫌疑对象张某。经审讯，张某交代了作案经过，也找到了被他丢到池塘里的农药瓶，靳秋全程指挥办理这个案件获得成功，我很宽心。

*2*

2003 年 6 月初的一天下午，市里最北端的新秀县公安局刑警大队打电话到中队来，说他们抓获了一名盗窃惯犯，名叫易余华，三十三岁，是南新镇江南村人。这家伙有盗窃前科，被判了八年有期徒刑，去年 10 月刚释放。我问新秀同行是如何抓他的，掌握了他什么犯罪证据。对方说，从 2003 年 5 月开始，他们那里发生一系列撬门扭锁、翻墙爬楼入室盗窃案件，嫌疑人来去无踪，把他们折腾个半死，为此，县局召集各单位、各乡镇、各居委会开会，通报案情，要大家提高警惕，同时安排县局各科所队每人分片包干，秘密守候。昨天傍晚，这家伙在城郊一户居民家盗窃时被发现，没命地逃，指挥中心在对讲机里通知所有警力都集结过来，将他围在郊外一片居民区。警方拉亮灯光，布置两道封锁线，再仔细搜查，一无所获。今天清早又调警犬过来，发现他藏在一个下水道里。这家伙赖死，不出来，民警就接好水管用水将他冲了出来，之后将他丢在现场附近的一根撬棍拿去比对，比中了几个现场。这小子很狡猾，不交代任何罪行，也不交代家庭地址和现在住的地方，办案民警将他的指纹送到市局比对，才掌握了他的真实身份，所以与我们联系。

从一开始听到他翻墙入室我就一阵激动，意识到春节前销声匿迹让我们苦苦寻找的"燕子李三"终于又出现了。易余华于 2002 年 10 月释放，同年 11 月 7 日交警中队开始发案，一直到春节前"光顾"派出所院内，此后南新镇以及南路片就没有再发生这种作案方式的案件了，从发案时间来看契合，不是他又是谁呢？我连忙向张所长通报，要他派人进村了解易余华的表现，同时要章江准备好在居民家提取的那枚指纹和每个现场提取的痕迹物证，第二天去新秀县提审他。

进村了解得知，易余华释放后，回家待了几天就离开大哥和年迈的爹娘，说是去庐河市区打工。春节期间在家住了几天又出去了，没人知道他具体在干什么。之前的调查中村干部觉得他没在家里待，所以没把他的情况报上来。

新秀县看守所远离城区，在当地同行帮助下我和技术中队的小罗、张所长、章江一起对易余华进行了提审。

这家伙和几个现场群众描述的一样，年约三十岁，脸部精瘦，棱角分明，肌肉结实，块块鼓起，显得孔武有力，就像电影《一个人的武林》中王宝强饰演的那个反面高手。他双眼紧紧盯着我们，并不回避。

我问："易余华，我们是庐河县公安局的，我是南路中队的队长，这是南新派出所的张所长，知道我们找你什么事吧？"

他点头微微一笑，不作声，眼睛盯着我们。

"你也不是第一次被抓，知道我们不会无缘无故，没事大老远跑几个小时来看你。其实，从作第一起案件开始我们就算是和你打上了交道，这几个月你让我们找得很辛苦啊。"

"找我干吗？我释放后不在南新待，能做什么坏事？"他扭扭脖子，对我轻蔑地一笑。

小罗走进来，把南新镇居民区提到的现场指纹和他的指纹卡放到审讯桌上，说："没错，就是他。"我暗暗吃惊，这枚指纹提到以后就交给技术中队去比对，当时为什么没有比中呢？要是当时比对上了兴许这家伙早就被我们抓了，中队也就破了这一系列盗窃案件，哪会让他猖狂这么久。

易余华双眼转动几圈，说："既然对得上就定罪吧，我无话可说。"

我怒了，骂道："你这家伙可有一点良心？可怜你爸爸常年患糖尿病，打针吃药，你妈妈身体柔弱，经常头晕，你坐了这么些年牢，本应该回来孝敬老人，弥补以往的过错，可你却变本加厉，案件越做越大。你哥嫂与你父母关系不好你是知道的，现在你又要坐牢判刑，父母往后怎么生活你想过没有？！"

我说完，就见易余华刚才还坚硬如铁般的心似乎有了软化，他身子缩了缩，眼眶泛红。

张所长适时抛出一句话来："昨天你父母听说你又被抓，哭了，要我带几件换洗衣服给你。你可要懂得感恩，父母真不容易，吃不饱穿不暖还在想着你。"

这时就见易余华脸部抽搐，似乎想控制自己的感情，最终却未控制住，号啕大哭起来："爸，妈，我真没用，没本事赚钱养你们，我是真的后悔，后悔……"

"你有什么话要我们带给你父母吗？"我问道。

"麻烦你们告诉二老，要他们安心生活，等我这次坐完牢回来一定改正错误，再苦再累也不做坏事了，陪他们到老，请他们相信我，等着我……"他抹抹眼泪，脸部显得更为瘦削。

"好，我们一定带到。现在你可以把你所做的事交代了吧？"我望着他。

易余华变形的脸慢慢恢复过来，说："你们大老远帮我带衣服，带话，我很感谢，多的我也不想说，就说与你们有关的吧。南新交警中队的案子和你们院子里的摩托车被推出来都是我干的，这样交代对得起你们来一趟吧，其他对得上指纹痕迹的也是我做的。我很累，也很痛苦，别的就不想说了，你们也别问了。"

"你平时住哪？"我问道，我想他的老窝里应该可以发现不少证据。

"你们很厉害，处处设防，把我赶得无处藏身，远离家乡，我哪有什么固定住处？即便有我也不想说。你们早点回去吧，路远着呢。"易余华低下头，用戴着手铐的双手从前往后用力摩擦着短短的头发。

挤清余罪是我们的职责和工作要求，但现在的情况要他全部交代似乎不可能。从发案时间、地点、侵害的目标、作案的方式手段来看，那段时间所发的单位院内被盗案以及居民区发生的攀爬上楼撬门入室案件是他做的没什么疑问，即使他不全部交代，按现有证据对他判刑也够重了，我们也算为地方消除了一个重大隐患吧。

# 第五十二章　离愁别绪

## 1

这天，县委政法委齐副书记要我去他办公室一趟，就上报我为全省严打整治斗争先进个人的材料一事核实一些情况。聊完工作后他执意要请我吃个晚饭。

齐副书记原来在县公安局任副政委，与我们很熟，他性格爽朗直率，爱开玩笑。他叫上政法委几个同事来作陪。在对我考进市局表示祝贺后，他带头干了第一杯。酒过三巡，齐副书记看着我，说："文景，你考进市局，对你个人的发展是好事，可对我们县的刑侦工作可是重大损失呀。你影响了县公安局干部的培养计划，责任重大，问题严重啊！"我估计领导又开始开玩笑了，便说："齐书记别给我扣帽子了，我就一个小队长，无关紧要，哪会影响到县公安局的干部培养计划呢？"齐副书记摇摇头，说："县委政法委几次到公安局调研队伍，全局上下对你评价很高，业务能力、廉洁纪律、工作态度、社会反映和人品口碑都是一流的，尤其刑侦这块你更算是出类拔萃，局党委早就有意要对你进行培养锻炼，你不调走很快就要当副大队长、派出所所长了，给你担更重的担子。锻炼个几年，大队长、副局长之类肯定会有的。你这一走，领导又要做新的考虑了。"

我忙回答："感谢领导关爱。庐河县人才济济，我算不了什么，即使有一点成绩也是组织培养的。"

"本来我们这些前浪是甘愿被你们后浪拍死在沙滩上的，你却要转向。"他接着说，"你还知道说是组织培养的？那为什么非要铁了心走呢，难道县公安局亏待你了？"齐副书记把杯子一放。

"书记言重了。这些年自己确实拼命工作，领导同事对我也不错，感怀在心。我之所以想去市局是经过深思熟虑、左右权衡，纠结了很久的，最终还是想先把家安定下来，安在市里，毕竟妻子在那边工作，孩子也快要上小学。我去市局工作可能会被安排在刑警支队，那样的话还可以经常到县里来和大家一起办案，为家乡出力。"

齐副书记举杯和我干了一杯，叹口气说："我和曾鸣常委聊过几次，谈到你的调走都感到惋惜，你知道他是多么器重你吗？就说今天把你叫过来报全省先进的事，每个县整个政法系统几百号人只报一个人去市里评比，有人提出既然你要调走就报其他人，曾常委不同意，说要评就要拿最优秀的人去比，即使你调走也是我们县里选出来的，当时的工作就在县里，代表的也是本县的能力和水平，代表本县这几年严打整治的成绩，你说你还好意思走吗？"

不知道是多喝了几杯酒还是听到这番话，我的脸顿时烧得通红，心也激动起来，之前与曾局长聊过的话翻腾而出，原以为人家是领导，讲客套话，没想到平时与我见面并不多，私下没什么交往的他真是那么看重我。我将刚才的小杯子放到一边，端起满满一大杯白酒，站起来，对齐副书记说："书记，感谢您和曾局对我的认可，文景心存感激，无以言表，谨以这杯酒敬您，敬各位领导！"说完，我一仰头，将它一口吞下，桌上顿时响起一片掌声。

## 2

7月底，市局的调令终于来了，同时，《庐河日报》用了两个版面列明了市属各单位录用人员名单，题目取得响亮应景：新科进士 花落谁家？字体又大又红，非常夺目。

我和小辉、何安安一同去向曾鸣局长辞别。局长对我们做了一番勉励，并要政工科长通知全体局党委委员晚上在县局食堂为我们办个欢送宴。

当晚，县局食堂小包房内灯火通明，我们三个被插花式分坐在局领导之间，大家依序给我们敬酒，言语中充满祝福。我走到董强副局长面前向他举杯敬酒，他很高兴，握住我的手，说："文景，到了上级机关可别忘了县里，别忘了曾经跟你同生共死、并肩战斗的刑警兄弟。"

看着这位我初进刑警大队就一直崇拜，尊之若师的领导，这位从二十出头就一直拼搏在刑侦一线的骁将，心情顿时复杂起来，正是有这样对刑侦工作孜孜以求，无怨无悔，把它当作自己热爱的事业来奉献青春的基层民警、基层指挥员，我们才能屡破大案，伸张正义，确保一方平安，才能让那些把公安局骂成"罚款队""粮食局"的群众慢慢改变对公安机关和人民政府的不良印象。

我脑海中闪电般回忆起这七年在刑警大队的工作，从普通侦查员到探长、从副中队长再到镇守一方的辖区中队长，年复一年，日复一日全身心投入，不敢有丝毫懈怠，总希望把手上的每个案件都破了，把每个犯罪嫌疑人都抓了，把工作做得完美无瑕。

我知道，县公安局作为基层单位，工作很忙很累，我算是运气好，还算年轻时考入市局机关，脱离了"苦海"。可是，这毕竟是自己奉献了十年青春的地方，对它，对这些领导同事都有着难舍的亲情。

我再次举杯，说："董局，感谢您这么多年的培养关照，文景工作没做好的地方请原谅，真要调走，说实话，百感交集，心情复杂……"说着说着，眼眶就有些湿润了。

董强副局长拍拍我的肩膀："人往高处走，这是好事。我们以后还有机会合作的，你要多支持家乡的工作。来，干杯！"

"干！"我举杯与他对碰一下，将酒一口倒入喉中！

其实我最不舍的还是中队这几个兄弟，离别之前大伙同样聚了个餐。我回忆了这两年半与大家朝夕相处、摸爬滚打的日子，对兄弟们的支持帮助表示感谢，对他们跟着我受苦受累没能照顾好家人表示歉意，最后希望大家在以后的日子里能顺顺利利，平平安安，家庭幸福，事业有成！说到动情处，感性的何安安忍不住哭起来。受他感染，兄弟几个都热泪盈眶，餐桌上一片唏嘘。

基层十年，废寝忘食，披星戴月，我从一个幼稚的学生娃一步步成长为一个让群众满意、让犯罪分子害怕的刑侦队长，提高了分析处理问题的能力，练就了敢打敢拼的气魄，培养了对老乡的感情，深化了对警民关系的思考。在青春美好、充满梦想的年代，我们经历过磨难和艰险，享受过成功和喜悦，没有虚度年华，没有碌碌无为，没有辜负时代。就在我和何安安调入市局不久，靳秋不出所料被任命为中队长，章江第二年考入省城检察院，曲河伟则考上法律研究生，继续深造。曾经并肩作战的伙伴很快就散落各地，留下的是曾经的芳华。

# PASSAGE 5

## 第五篇
### 转折

# 第五十三章  全新生活

## *1*

市局机关大楼高耸入云，一楼是车库，从光滑整洁的红色大理石台阶上到二楼才算真正进入办公楼。二楼整个是一大厅，仅在右边有几间办公室，显得宽敞、空阔、气派。我和小辉等这次考入市局的同事一起走到左边的电梯口，上到十楼的会议室。我们接到通知，市局局长要亲自接见我们这群"新兵"。

以前经常进入这里，感觉是那样庄严神秘，令人向往。想到以后自己也可以每天和这些老领导老熟人一起进进出出，坐在窗明几净的大办公室上班，内心顿时虚荣起来：我也是市局的人了，我也能到全市各县区"指导"工作，享受座上宾的待遇了。

我被安排坐在第一排，难道是因为我年龄最大？不久，市局政治处肖主任陪着市委常委、市局郝局长走进来。肖主任春风满面，说："同志们，郝局长百忙之中来看望大家，请鼓掌欢迎！"大家忙起身，会议室顿时响起一片掌声。

郝局长像个长者一样和蔼可亲，他边走边微笑着示意大家坐下来，和肖主任等几个领导坐到主席台。政工干事点完名，肖主任首先要大家做自我介绍。我介绍完自己的情况后，肖主任扭头对郝局长说："局长，文景可是我们这次招来的一个业务能手，担任过刑警中队长，人品端正，能文能武，多次立功受奖，前不久刚报到省委政法委评全省严打整治斗争先进个人，县局领导对他评价很高。"局长一听，本来就慈祥的脸显得更加笑容可掬，说："好啊，我们市局就需要这样有基层工作经验的实干人才，小伙子好好干，保持原来的作风。"我连忙点头。

大伙儿自我介绍完后，郝局长发表了热情洋溢的讲话，他首先介绍了招考我们这批人的背景。他说市局机关从 1995 年刑警支队成立招了一批在职民警后，多年来没有大批量招录新人，队伍年龄老化，战斗力不强，人员和工作都面临青黄不接状态，于是借着这次市级单位统一招考公务员的机会也申请招录 39 人，这是市委、市政府、市局党委对公安事业长远发展的规划和部署，意义重大，你们这批人很快就会成为市局各单位的中坚和骨干，也会一步步成为我们公安事业的接班人；其次，郝局长勉励大家勤奋学习，努力工作，积极向上，有工作经历的发挥专长，做好榜样，刚出校门的谦虚好学，尽快进入工作状态；最后，他祝愿大家在新的岗位上工作顺利，不断取得好成绩。局长满怀深情地引用毛主席的话作结尾：世界是你们的，也是我们的，但归根结底是你们的，你们就像早晨八九点钟的太阳……

领导的讲话让我激情澎湃，仿佛自己就是一颗冉冉升起的明日之星，前方是红彤彤的太阳，一条宽阔的大道正摆在我们这群人的面前。

会后政治处宣布了我们这批人的安排，出乎意料的是我和小辉、何安安，还有主城区石阳分局考上来的小建四个刑警都被分到治安警察支队，而不是从事我们的老本行。

兄弟几个忙问原因，得到的消息是市局原治安科组建为治安警察支队，从原来的以对下指导为主变为实战单位，急需有办案经验的人去，我们四个正好符合条件。

心中虽有不愿，但得知治安警察支队支队长是刚从刑警支队副支队长任上调来的余川，心情顿时好了很多。余支队长我早就认识，之前在县里工作时接触了很多次。他性格豪爽，见面总是用他招牌式的大嗓子和灿烂笑容热情打招呼，在他手下工作心情轻松，不会拘谨。

果然，当我们四人还有其他几个警校毕业生一起走到二楼治安警察支队向余支队长报到时，他叫了一声："文景，可把你们盼来了。"连忙从办公桌后起身走到我面前，伸出宽大的巴掌紧紧捏住我的手摇了又摇，一米八的大高个儿配上他洪钟般的声音显得热情似火。大伙都叫余支好。他哈哈大笑，招手请大家坐下，又把另外几个同事叫进来一一介绍。之后他也要新同事做自我介绍，他边听边笑，不时插话问问情况，说起其中的故事与渊源，拉近彼此距离，大伙被他逗得不断大笑。

自我介绍完，余支队长说："真诚欢迎各位年轻的兄弟姐妹加入我们支队，盼星星盼月亮，盼了我好几个月。今年 3 月治安警察支队成立，局党委安排我过来负责，要求我们从之前的以业务指导为主改为牵头组织全市治安管理等工作，有的还要我们自己主办。说实话，原来的治安科权力大、职责广，但只有七个人，面上的上传下达、检查督导都忙不过来，加上基本不实战练兵，都不知道怎么办案，也不愿办案，文景等几个人都从事刑侦工作多年，办案驾轻就熟，加上又有几个警校刚毕业的初生牛犊，我们支队以后的工作就好开展了。我有信心，你们有信心吗？""有。"我带头回答。"不响亮，有的还没有出声，稀稀拉拉的，我再问一句，你们有没有信心？""有！"大伙儿这次都整齐洪亮地回答。余支队长听了，哈哈大笑起来。

我觉得应该去刑警支队坐坐，那里毕竟是我的娘家，感情至真至深。上到四楼，几个老兄弟见我没分到那里都表示惋惜与不解，我只能做出无所谓的样子。

我敲开甘支队长办公室的门，老领导见我来了，放下手中的文件，倒了杯水招呼我坐下。他说："刑警支队也好多年没进新人了，本希望这次把你们几个刑侦出身的分进来，增添新鲜血液，激发队伍活力，但治安警察支队又刚成立，急需有基层工作经验的人去办案，郝局长要我们支队顾全大局，所以我也就没有极力去争取。余支这块压力也大，相当于白手起家，没几个得力能干的人很难完成局党委交给的任务，你们几个要展现在刑侦一线的能力，发挥尖刀作用，支持余支的工作，做出成绩。希望你在新的岗位上再立新功。"我忙点头，内心就像一个回门的小媳妇见娘亲一样，虽有不舍，却也想着一定要在婆家好好尽责出力。

一上班顿时发现有许多现实问题——吃住行不好解决。首先是吃，早餐可以在市局对面小餐馆吃点粉面稀饭，中餐只能跑到外面吃快餐；其次是住，市局没有多余的房子，要自己解决住宿问题。我和凌溱溱刚调到市里，不敢仓促买房，中午我就到附近的邮电局办事大厅吹空调休息，熬时间，晚上下班后则走一段路去搭公交，再花半小时回到县城汽车站，再走路回家住；第三是行，这是最痛苦的。这时正是三伏天，马路被太阳晒得热气腾腾，一走路全身冒汗，而公交车上也没空调，乘客就像蒸桑拿。这时就想念在县里当中队长的日子，有一台小面包，来去方便。

最为重要的还是儿子的入学问题，市局大院地处市区中心的中心，小孩上学却是按照户口落户地来划分。最方便、教学水平最好的是离市局几百米远的师范附小。恰好凌溱溱最要好的女同学文卿的户口就在这个学区，我们于是将户口迁到她家本子上。我就想，幸好不是按学位房来报名，否则我们就要匆匆买个二手房了，但目前市区的房子是七八百一平方米，按照本地标准，买个一百五十平方米左右总价要十多万，我们在县城的那套房还是父母资助才拿下来的，虽然卖了，其实手头也就几万块钱，如果要买房又得厚着脸皮向亲友再借，求人是我最不愿做的。

既然一时买不起房那就得租房了，儿子总要一个安定的家，方便他上学。我和凌溱溱的工作都没有规律，不可能按时接送孩子，为方便老人接送自然要选近一点的地方。离学校最近的是一墙之隔的市委家属院，那里的房子虽陈旧，但符合我们的要求，于是租下了一套小两房。岳父这时刚好病退，我们就请他帮忙，把比儿子小半岁的妻弟的儿子也带过来，在附近上幼儿园，承担接送照顾两个孙辈的责任。

开学那天学校里里外外都是人。儿子背着小书包，一脸兴奋，牵着我的手一蹦一跳地进入校园。走到教室门口，我一眼瞥见接待报名的班主任很眼熟，她不是庐河县城关小学的老师吗？那时上班路上我经常会遇到她，只是不知道人家姓甚名谁。见她在那里不停地忙碌着，我便打电话给城关小学的校长、我小学时的班主任胡老师，她说那是刘老师，全省优秀人民教师，教学水平一流，被师范附小刚刚挖去了。胡老师补充道："她丈夫你应该认识，原来在县人民武装部工作的邓科长，去年调到军分区工作了。我本来是不舍得刘老师调走的，但人家要解决夫妻两地分居问题，也算是成人之美吧。"

"哦，邓科长，认识认识，谢谢胡老师。"挂了电话，想起八年前我和凌溙溙谈恋爱时邓科长带队到文水乡征兵，他住在乡政府，经常开着我和凌溙溙的玩笑。几年过去了，山不转水转，他的夫人竟成了我儿子的启蒙老师，而且是一位德艺双馨的名师，心情顿时愉快起来，感到儿子真幸运。

调到市里最初的感觉是新鲜兴奋的，终于结束了和妻子几年的两地分居生活，一家三口得以团聚，朝夕相处。市局的工作比起县里真是轻松了许多，很少加班加点。下了班，吃完晚饭，儿子做完作业，我们就一起去步行街散步。步行街两边都是装饰华丽的店铺和大超市，美食、服饰、生活用品琳琅满目，文化气息和商业氛围都很浓厚。家里没装空调，酷热难耐，我们沿着商铺吹着空调一家家走过去，找个楼上的连锁美食店或冷饮店坐下来，喝点饮料，吃点瓜果，靠着窗户看着灯火通明，霓虹闪烁，干净整洁的街景，心中就有黄庭坚"痴儿了却公家事，快阁东西倚晚晴"的感觉了。凌溙溙有时要同学文卿带女儿出来，我们一边聊天，一边看着孩子们玩耍，时间似乎放慢了。我有时跟着凌溙溙去理发店洗头，享受头部按摩的放松，有时观看步行街中心舞台举办的各种文艺商业表演，觉得市区和县城的生活品质相差太大，以前的日子真是太可怜了，苦累不说，少了许多天伦之乐。

## 2

到治安警察支队办的第一起案件竟然是为自己人伸张正义。就在我们来报到的前几天，支队接到群众举报，有人在平福县城工人文化宫摆场子搞脱衣舞表演，收取门票，场场爆满。举报人说不知道为什么当地公安不管，余支队长立即安排人员前去查处。同事们到了后先与县局治安大队沟通，决定由支队先派老韩等两名同志混进场内观察情况，如果有问题立即通知场外同事进来抓捕。两名侦查员进去后不久果然发现舞台上有女孩子穿着三点式跳着淫荡的舞蹈，台下是一浪接一浪的起哄声、谩骂声，一片乌烟瘴气。老韩拿起摄像机躲在一边开始取证，不料却被看场子的发现，上前制止并想抢夺摄像机。两侦查员亮明身份，警告他们不得乱来，谁知几个打手不仅不听，反而仗着身强力壮、人多势众，把摄像机砸毁，把老韩两人打翻在地，并通知草台班子人员撤离。场外待命人员眼见人群潮水般涌出来，情知不妙，赶紧冲进去支援，好不容易控制了场面，把老板和两个打手抓进公安局，带回市里刑拘起来。

余支队长叫人把材料交到我手上，让我主办。我把材料翻了一遍，发现除了证据方面要抠细问实以外程序上也有错误，比如讯问人竟然是我们被打伤的民警，没有主动回避，这样的材料失去了效力，必须重做。此外，这个案件除了定性为妨碍公务外，还可定性为组织淫秽表演。为此，我带着刚从警校毕业的小欧开着支队那台破烂的通工车跑来跑去，又是调查又是提审，忙活了十来天，将案件移送给检察院去批捕。

办的第二个案件是一起聚众赌博案。同样，支队接到举报，说文峰县一著名景点内一个多月来天天有人聚众赌博，支队派出七名侦察员前往查处。到达景点后，我和老韩等五个民警以游客身份进去，另外两个兄弟则去县城协调当地警方，做好支援准备。园内没有什么人，我们五个人慢慢游逛。走了不远，来到一座办公楼前，就隐约听到二楼有大呼小叫的声音，循声往楼上走去，就见门口站着两个穿运动装、一身腱子肉的小伙，他们看到我们，警惕地问："你们来干什么？""来玩玩牌。"老韩答道。"谁介绍你们来的？"两人手一拦，不准我们靠近。"少废话，我们是市公安局的，来查处赌博！"我冲过去，抓住其中一个往门里推，"你俩也别走，一起进去。"几个兄弟见我动手了，也跟上来。

推开门一看，里面黑压压站满了人，足足有一百多人，正围着几个转盘在那全神贯注地下注。在基层抓过几百次赌博，这场景我却是从未见过的，真让我们措手不及。举报人没有说清楚平时里面有多少人，按照以往经验，这样的大场子先须大兵围合，再用气势压服，可现在我们就五个人，要想合围是不可能的，但气势上绝不能弱！我抽出身后的警棍，大喊一声："我们是市公安局的，都给我老实蹲下！"正聚精会神的人群开始没听见，同事们跟着也是一阵大吼，这些人才清醒过来，胆小的配合往下蹲，看风向的则半蹲着左顾右盼，有胆大的竟爬上窗台纵身往楼下跳去。我朝站着的人群挥动了警棍，他们以为我动真格，连忙抱头蹲下来，不再作声。我们五个人散开，两个控制窗口，两个控制门口，我则在场内来回巡查，并小声打电话给同事，要他们派车过来押人。

等待队伍来支援的时间是那样漫长，那可是一群不安分的人啊，他们有的可能是前科人员，一旦谁"振臂一呼"，带头逃跑，我们这五个人根本抵挡不住，甚至可能遭受暴力袭击。为防止这种情况发生，我手持警棍两眼圆睁，不时呵斥那些交头接耳、挤眉弄眼、左挪右动的家伙，要他们老实待着。

半个小时后救援大军赶到我才松了一口气，拿警棍的手也被攥出汗来。把人押回支队，光给这一百多个人做笔录就花费了我们十二个小时，直到晚上 12 点多这些人才被陆续消化。

"这么大的场子为什么县公安局没去查处？难道举报人没向他们反映？"我问老韩。

老韩说："你一直在基层刑侦部门，业务单纯，就是破案抓人，大不了抓些小虾米式的赌徒，不了解治安管理这块的复杂性，如果每个事情基层都能解决，那我们治安警察支队也就没必要成立了。时间长了你就会明白的。"

不久后的一天，老韩叫上我和其他两个同事，说去了解一个场所开设赌场的情况。他开着车径直来到市郊十余公里外一个著名景点，远远停好车子。老韩说："文景，你带小叶沿着景区主干道一直往里走，看到一座名人雕塑右拐，里面有一栋欧式洋楼。你俩是生面孔，没人认识，假装旅客随便逛，如果发现这楼里有用电脑赌博的就打电话告诉我。"我说好，便和小叶边走边聊，不久就找到了那栋欧式洋楼。推门进去，一楼是个挑高的大厅，金碧辉煌，接待前台一男一女两个服务生站在那微笑着看着我们。

"请问有什么可以帮助你们？"男服务生例行公事地问。

"我们过来旅游，随便逛逛。"我说。

"这里是住宿部，你们需要住宿吗？"女服务生笑靥如花。

我转头看一眼身旁今年刚从警校毕业的小叶，只见她满脸绯红，羞涩得就想要往外跑。"不，我们住在市区。"我稳稳神，问，"请问这里有什么好玩的娱乐项目吗？"

"没有，我们这里是风景区，看看自然风光，吃点山珍野味，呼吸新鲜空气，放松休闲。"男服务生仍旧微笑着说。

"可我也没看到几个游客，生意这么淡，你们怎么维持呀？"我故意找话题。

"现在是淡季，稍差些。但我们老板实力强，维持是没问题的。"

我和小叶不便多留，慢慢退出去。我不甘心，绕到房子后面往山坡上走。一上坡就听到二楼里面传来一阵嘻嘻哈哈的叫声，走近往门缝里一瞧，只见大厅摆了十几台电脑，一群男男女女围坐在周边敲敲打打，桌上的筹码摞得老高。

"就是这里啦。"我向小叶招手。她蹑手蹑脚走过来瞧了瞧，点点头。

我俩赶忙离开，走到一个僻静处我拨通了老韩的电话，叫他赶紧带人过来查处。老韩说："知道啦，你还是先过来，我们商量一下。"我顿感不爽，这样走来走去多耽误时间，人家突然撤了我们岂不要扑了空？但又想，老韩在治安部门工作多年，兴许有更好的办法呢。

我和小叶回到车上。老韩眨眨眼，欲言又止，我急了，说："老韩，你婆婆妈妈的，有什么事就说嘛。"他咂咂嘴，说："你听说过前年渝江市局巡警支队发生的事情吗？"我一惊，隐约想起那件事，当时渝江市局巡警支队接到举报去查一个赌场，抓了几十个人。这本来是一个正常的执法行为，但之后带队领导被调离的调离，被免职的免职，搞得队伍上下人心惶惶，生怕自己不小心在执法中犯错。据说该市规定，在市区，到外商经营的场所执行公务必须事先报告市局领导，局领导报告市领导，不得随意干扰人家的经营活动，影响市里的招商引资工作。这些巡警兄弟接到举报，不知道是忘记了规定，还是对规定理解不透，以为正常执法名正言顺，便没有向局领导报告，结果被人家告到市里，搞得局领导灰头土脸，按上级要求挥泪斩马谡。各地也以此为戒，一再强调执法前报告的重要性。

"市里工作与县里完全不同，更注重遵规守纪和事前报告。虽然我们市里没有这样的明文规定，但我们也要谨慎，否则不小心影响到市里的招商引资工作，就坏了大事了。"我一听立马不再作声，由着老韩开车返回。之后，经层层请示，我们支队将这个场所查处了。

通过以上两次执法，我就想，看来有的案件还真要市里亲自侦办不可，这样的话我们这支队伍还真是很有成立的必要，并且早就应该成立了。以往认为只有刑侦才是天下第一，其实哪个警种都有它存在的必要性和重要性。

## 3

刚调进市里，一下子没了那应接不暇的电话，开始还觉得不习惯，但工作比起县里来轻松了不少，不需要想太多事情，就自我安慰"无官一身轻"，知足吧，便把时间放到儿子身上，他毕竟上学了，需要辅导他的功课。此外，我们还给儿子报了一个游泳班和一个画画班。

初学游泳时，儿子只敢扶着水池边缘来回走，经教练反复鼓励后，他才和其他孩子一样两手摸着水池边缘，将脸浸入水中练习呼吸，之后又被教练托着身子练手脚动作。游泳之前要跑上三圈放松肌肉，大概一千两百米。刚开始，儿子像一只小鹿一样轻盈撒欢，将许多大孩子都甩在后面，到后面有些疲惫了，我们要他下来休息，但他仍旧坚持跑完全程，凌溙溙感动得泪眼迷离。在教练的严格训练下，儿子学得很认真，进步也挺快，动作标准，姿态优美，像一条小鱼儿一样滑行在水面上，划出两道粼粼水波，自由泳、蛙泳、仰泳都学得像模像样，比一些早来的孩子都游得规范漂亮。可是好景不长，学了快一个月时，他的眼睛突然红肿起来，到医院一看，医生说当天已接诊了好几起红眼病，都是在游泳馆游泳引起的。可怜儿子又住院了，打了几天吊瓶才消肿。全市就那么一个游泳馆，大人小孩都在里面消暑扑腾，卫生条件很不好，老板为了多挣几个钱不舍得天天换水，儿子从医院出来后我们再也不敢送他去游泳了。此时儿子游泳学得正上瘾，又是技术提升阶段，突然不让学了，他很不高兴，我们也觉得可惜，但不这样做又有什么办法呢？

为了分散儿子的注意力我们给他报了画画班。每到周六周日我就骑着摩托车或坐公交车送他到培训班去。儿子在幼儿园的时候就非常喜欢画画，家里的墙上、桌上到处是他的蜡笔"杰作"，有一幅画还被幼儿园推荐到省里获了奖，至今家乡的老屋里面还贴有几张他四岁时的大作，有小红帽、有红萝卜，还有小花猫，惟妙惟肖，童趣十足。现在他到正规培训班和其他孩子一起接受训练，进步更快了。

那个夏天特别热。或许是工作比基层闲得多，我一时感到特别无聊和烦躁，觉得还是以前在县里的工作充实有趣。市里几个高中同学便笑我，说："文景，你就像个刚进城的农民，劳作惯了，让你放下锄头铁锹坐下来享享福，你却浑身发痒不自在。听说你们治安警察支队是公安局很有权力的部门，管理整个社会面，人家想进都进不去。你可以去一些场所参参股，或者开个店做点生意呀，这样不就忙起来了？"我摇头，说："虽然我们工资不高，才千把块钱，但我绝对不会厚着脸皮去找那些老板参股，搞坏自己的名声。做生意我更是不懂，也没有资金去投资，即便有钱，做生意也肯定会耽误工作的。"

10月中旬的一天余支通知我，和市局政治处大伟去军分区报到，作为政审组成员参与全市征兵工作。这是一项从没接触过的工作，我感到很新鲜。余支队长笑着说，市征兵办反复交代要挑选政治可靠、为人诚实肯干的人员参加，局领导直接点了你的名，否则我可不让你去。

市征兵办由军分区参谋长具体负责，分为几个组。这是我第一次进入这个神秘的机关，里面干净整洁，规范有序。为了给军人们留下良好的印象，我和大伟每天按时上下班，经常下到农村乡镇对有关人员情况进行核实了解，防止不良分子混入。一次，我们来到南新镇对两个征兵对象进行政审，听完镇武装部部长的情况汇报后，书记、镇长执意要留我们吃饭，毕竟是老领导老熟人，不吃就生分了，我答应了，也把靳秋叫过来。靳秋瘦了不少，他说近期发了几起大案，忙得不可开交，要我指点指点。他对案件的介绍又燃起了我内心的破案欲望，连忙兴奋地交谈起来。靳秋告诉我，我调走之前矿区发生的那一系列盗窃案侦破了，就是用当初我们提取的那一枚指纹反复滚动比对，比中了一个家伙，将他抓获后交代了这些案件。我对靳秋的工作成绩表示祝贺，也感谢他帮我完成了一笔欠债。回去的路上，想着靳秋他们虽然忙得团团转，但工作充实有趣，我的心中不免有些失落。

# 第五十四章　跨省考试

## 1

　　征兵工作在 11 月中旬结束，我又回到治安警察支队上班。这天，小辉偷偷把我拉到一边，神神秘秘地说："听同学说新州市要招考在职民警，条件是工龄三年以上，警校毕业生或者其他专业全日制本科毕业生。我上网查了，确实是真的，想报名，你呢？"

　　我一惊，竟然有这样的事情？新州是一座充满生机活力的年轻城市，那里环境优美，生活丰富，人员素质高，工作节奏快，据说普通民警一个月的收入有八千到一万元，是我们这里的八倍多。刚毕业时我向往过那里，后来迫于现实不得不扎根家乡工作，如今机会不期而遇，我该如何选择？

　　当晚，我把这个消息说给凌溱溱听，她瞪大眼睛，不解地问："怎么，你还想出去？我们好不容易在市里立足，不是很好吗？"

　　"好是好，但我总觉得内陆城市哪能跟新州相比。我过去以后再把你和小畅也带过去，我们过一种全新的大城市生活。"

　　"这是虚荣。你可知道，你在那里人生地不熟，打拼起来很艰难，两地分居的痛苦你还没尝够吗？我们刚刚安顿好你又要开始。何况儿子刚上小学，正是打基础、养成好习惯的时候，你这一去我们会产生多少实际问题你知道吗？"

　　"刚去困难肯定是有的，但我可以把你调过去啊，把儿子转学过去啊，公务员调动不是很正常吗？"

　　"连我从乡镇调到机关，你从县里调到市里都那么困难，这跨省调动谈何容易。"凌溱溱摇头。

我一时语塞，溱溱谈的这些确实是实话，如果不是上次考试，我看我俩肯定是一个在市里一个在县里，直到退休。但新州如此大规模向全国招警，并且不限婚否，必定会有配套机制解决这批人员的家属调动问题吧。

"要不我先报个名，考不考，考不考得上，考上了去不去以后再看情况。"我放低声音看着凌溱溱，"总之，去试试自己的水平。"其实，我在心里还有一些不想说出口的心思，就是治安警察支队的工作虽然很重要，但我却不怎么喜欢，一是这里以查处治安违法行为为主，不需要花什么脑子，没多少含金量；二是治安管理工作情况较复杂，做起来要层层上报，办起案件来瞻前顾后，不够痛快。而我多次去过新州出差，知道那里大多数民警是安排在一线从事刑事侦查工作，那边的案件大多都很复杂、也很有挑战。如果我能调过去，不出意外应该是安排去刑侦办案一线，我不仅能回到喜爱的熟悉的刑警岗位上，还能实现多年以来的神探梦想，多好！

她"唉"了一声，说："我知道你是个要强的人，上进心强，不服输。你的心里一直有个大城市梦，当年没有实现，现在有了机会非试不可。不让你考，你会怪我拦着你，影响你，既然这样你就考考看吧。"

我沉默了，好几个晚上半夜醒来，辗转难眠。

几天后的一个中午，小辉带着我偷偷来到市局科通处准备找台电脑报名，却发现从其他县和我们一同考入市局的大雷、小西两位兄弟在那上网，见我俩进来他们吓了一跳，就想关网页。小辉小声问道："别神秘兮兮了，是不是在报名去新州考试？"俩人对视一下，不好意思地点头。"我俩也是来报名的，大家互相保密呀。"小辉把手指竖起放到嘴边，做了一个嘘声的动作。"好好！"大雷和小西连忙笑着答应。不久，同学武小峰打电话告诉我，他和军仔等八个庐河县局民警也报了名。

没有不透风的墙，我们报名的消息很快就传到余支的耳中，他把我叫到办公室，问我为什么报名。我答人生难得遇到这么一次全国性的公安大考，考一考、试一试自己的水平，也给自己一次再学习再锻炼的机会。

"那万一考上了你去还是不去呢？"余支收起笑容，很认真地看着我。

"这个真没想好，到时候再说……"我嗫嚅着。

"文景，你还年轻，调到市局后把你的基层工作经验和市局的机关工作历练结合起来，将来一定会成为一个优秀的人才。据说市局很快要大调整，提拔一批干部。你刚来，这次估计不会考虑，但我会将支队的架构做大，过个两三年你一定会得到提拔。市局没有县局那么复杂，工作相对单纯，但它的平台更高更广，副科级、正科级甚至副处级职数多，目前你要耐得住寂寞沉得住心，以后大队长、支队长都有希望，从你个人发展和家庭稳定来看，我建议不要去了，你好好考虑考虑。"我低着头，慢慢退出余支办公室。

走到市局大院正巧遇到分管治安的李副局长，我刚想开溜他就把我叫住，同样是问我报名的事。我像个做错事情的小学生一样不敢正眼看他，说："局长，我就是报着玩，锻炼锻炼自己。"

"真是这样倒好，精神可嘉，如果是想调走我就不理解了，市局这么好，多少区县公安局甚至外单位的人挤破头想调进来都没那么容易，你们可要好好珍惜呀。"李局说完，钻进小车走了。

领导的话让我冷静下来。反复权衡，痛苦思考，我决定不去考试，安心工作。果然，不久市局开始调整提拔干部，据说机关有四五年没有动干部，内部早就怨声载道，郝局长一来就发现这个情况，为调动队伍积极性立即开展研究，制定了工作方案，启动选拔机制，机关各单位很快充实了领导职位，到处都能见到喜形于色和垂头丧气的人员。作为一名曾在基层多次经历这种情况的人，我很理解他们的心思与处境。既然是当"观钓者"，我就抱着一种超脱世外的心态。

年底，余川支队长组织支队全体民警对全年的工作进行总结，对下一年的工作进行规划。我们行动组的任务比较重，一是要承担 95 种治安类刑事案件的办理，并且指导基层办理这些案件；二是组织指导协调基层相关单位部门处置群体性事件，有的案件需我们自立自办；三是组织指导协调全市开展扫黄打非、查赌抓嫖、制假售假等行政案件办理；四是协助其它行政部门查处他们业务范围内的违法案件；五是负责业务范围内的信访事项及领导交办案件办理。

为了让大家对治安业务有一个全面的了解掌握，提高支队队伍的整体素质，余支队长想出了一个高招，他要每个民警结合自身业务在支队范围内讲课，这样既能发挥每个民警的主观能动性，通过对业务的备课提高自身水平，又能让其他民警也学到相关知识，还能产生鲶鱼效应，让大家相互比学赶超，不然当着全支队民警的面课讲得不好脸上也无光。

余支队长给我的课题是《如何开展审讯工作》。为了讲好这堂课，我参考了一些课本，结合之前自己办理的案件对不同人员采取怎样的审讯方式进行条分缕析，对审讯技巧和注意事项进行了归纳，洋洋洒洒写了六千多字。因为备课认真，上课的时候我几乎脱稿进行，讲解了大量亲身办理案件的审讯困难和突破经过，并在黑板上将文稿架构一一清晰列明，每节每段提取关键字，大家听得津津有味，看得明明白白。将近三小时的讲课结束，还有同事意犹未尽，要我继续讲，有的则与我探讨起来，现场气氛很热烈。

余支队长对我的讲课进行了表扬，要求大家像我一样认真对待这次授课，不走形式，发挥出真正水平。

内部培训会刚进行没几天，2004年1月5日，正在建设中的庐河大学大会堂突然发生坍塌，造成五死一伤的重大事故，省市立即成立了联合调查组，分成若干小组开展调查。这类事件治安部门是主力军，我作为调查组成员之一在领导带领下参与了对相关当事人的询问。调查结束后，联合调查组出具了报告，划分了责任，对有关当事人和单位进行了处理。这类事件错综复杂，环节很多，涉及的部门专业也不少，比起普通刑事案件来说更为伤神费脑，将这么一个事件妥善处理

很能体现领导的组织协调、分析判断和指挥决断能力，我对处置小组
的领导由衷佩服。

## 2

还有十多天就是 2004 年春节了。这天，同学武小峰给我电话，说
过两天就去新州笔试，他已托人买好了我和军仔的火车票。我尴尬一
笑，说我不想去了。他大骂，说不去也不早说，害他左求人又托人，好
不容易买了三张火车票。我说这边不好请假，领导会骂的。他说你怕什
么，周五晚上去，周六现场审核报名材料，休息一天，周日上午考试，
考完立即返回，一点也不耽误，你就请个假，说去省城参加同学聚会。

"这，这，这……"我支吾起来。

"别啰唆了，就这样吧。"武小峰放低了声音，"你是参加过公务
员考试的，有经验，就算陪我们去考试，做做指导，帮帮我们，行不
行？"

"既然这样，我就请假试试吧。"我勉强答应了。

向余支请好了假，周五晚上和武小峰、军仔坐上了去新州的火车。
小辉因为刚好出差在外，不好请假，便忍痛舍弃了这次机会。我们仨睡
一晚，天亮刚好到达，立即打的往报名审核地——会展中心赶去。一
到那里，好家伙，只见周边人山人海，可能有几万人，将会展中心围得
水泄不通，一字长蛇阵七环八绕排到马路上，标语、红旗鲜艳夺目，上
书：欢迎有志青年加入新州警队！新州警队钢铁之师！来吧，这是热血
青年实现梦想的地方！

看到这些全身顿时热血沸腾，激情澎湃。排了半天队，测了身高、
体重、视力、血压后，我们拿着体检表再去审核资料。这时就见刚才有
常规体检没过关的兄弟在一旁心急火燎，有的甚至眼泪汪汪地请求考官
给予通过。一直挨到中午我们的报名才算结束。这时就感到饥肠辘辘，
一个亲戚过来招呼我们吃了餐中饭，又把我们带到他位于郊区的住处。

那是一套两居室，我们三个人睡一张床，把参考书拿出来开始学习，偶尔探讨一下。我们查了一下，考场离我们住的地方有四十多公里，打车要将近一个小时才能到。武小峰怕迟到，便一个人住到考场附近去。

第二天天还没亮我就起床，顿时感到头重脚轻，情知不妙，两个大男人睡一床，我晚上受凉感冒了。匆匆喝了一包板蓝根，我和军仔就打车往考场赶。当时SARS疫情虽结束，但影响还在，进学校要测体温，我一看急了，硬着头皮走过去，幸好此时天气寒冷，额头被风吹得冰凉，通过了电子测温计的检测。强打精神考完整个人像虚脱了一样，心想，管它考得好不好，能平平安安回去就行了。

匆匆赶到火车站，放眼望去，站里站外人潮汹涌，难怪人家说这座移民城市到了年前年后就成了一座空城。我们手足无措。武小峰想来想去，连打了好几个电话，终于有人答应帮我们买三张黄牛票，价钱高出正常的两倍多。好不容易挤上车，武小峰叹道："没意思，真没意思，原以为大城市生活便利，其实哪有我们县里这么方便顺畅？出门塞车，到处排队，我们就像打工仔，没一点优越感，生活质量比家里还差，考上我都要考虑来不来。"

军仔劝道："你刚来，没融进去，不熟悉情况。我倒是很想来，因为我姐姐一家就在附近城市。你呢，文景？"

我头晕眼花很想休息，便说："这里确实是漂亮，但生活压力也很大，毕竟城市大，去哪都要走好久。我还是那种态度，考着玩，试一下自己的水平，至于来不来以后再说。"

军仔说："今天考前我看到好些人买了本这里人事局出版的考试辅导书。考完听几个人在那闲聊，说好些题目就出在这本书上，我们三个人都是消息闭塞呀。"

火车上有几个小伙子听我们在聊考试的事，也说是来参加考试的。他们问："你们知道这次新州为什么要这样大规模地招警吗？"我们都摇头。他们说，孙志刚事件以后，广东各地尤其是珠三角地区公安机关大量辞退治安队员、临时工，一时造成警力紧缺，犯罪率大幅度上升，急需从内地招收有工作经验的民警，所以这次招考应该会进展很快。因为报考的人数多，竞争会相当激烈，能考上的都算是佼佼者。

武小峰便说："那我们来更没意思了，要把混乱的社会治安扭转必须没日没夜，加班加点，还不把人累吐血……"

2004 年的春节过得很快，初五刚上班余支队长就召集大家开会，要求振作精神，按照年前的计划分工开展工作。他对春节期间各地发生的枪酒车赌等问题进行了通报，针对治安部门容易出现的问题列出了五个不允许：

一是不允许在办案中通风报信，泄露工作秘密，为违法犯罪人员说情，开脱罪责，充当违法犯罪人员的保护伞；

二是不允许利用工作之便在治安管理中耍特权、抖威风，敲诈勒索，索要财物，影响支队的形象；

三是不允许利用特权为亲友、社会人员非法经营赌博机、娱乐场所提供便利；

四是不允许私自占用赃款赃物，贪赃枉法，做到一身正气两袖清风；

五是不允许挑拨同事间矛盾，欺上瞒下，搞歪门邪道。

正当我打起精神，准备开始新一年的工作时，接到手机短信，我的笔试通过了，通知参加接下来的面试。我再一次陷入纠结，如果笔试没有通过多好，接受现实。但现在通过了，我是去参加面试还是不去呢？去，意味着还不死心；不去，就不知道自己在这样的大考中到底水平怎样。这时就佩服六祖慧能的睿智和超脱，"本来无一物，何处惹尘埃"，我等凡人，六根不净，自寻烦恼。

面试定在正月十三，这可是打工仔打工妹返回新州的高潮，一票难求。我暗想，买不到票更好，那是上苍不要我去，少了这些纠结。

我问武小峰考得怎样，他说他没通过笔试。我不相信，凭他以前在学校的考试水平以及自学考试的通过率我觉得他应该比我考得更好。

"别提了，我考前没怎么做题，尤其语文这块考得很差。反正自己也不想去，这下解脱了。"他嘻嘻笑。

"那我也不去了，再说火车票好难买，正好不去。"

"你千万别不去，军仔笔试通过了，你们可以一起走。至于火车票我托人给你们买。"武小峰继续笑，"你考上新州以后我们去那里还有个落脚的地方，省得跟上次考试那样像个漂泊的流浪汉。"

我问大雷和小西，他们的笔试也通过了，说一定要去参加面试。

我再次和凌溱溱商量。我把一切随缘的想法告诉她，说如果买得到火车票就去面试，买不到就不去了。她开始不作声，停了一会儿，说："你还是想证明自己的能力吧？行，那就去试试吧。"

我这边一直怀疑武小峰的买票能力，以为自己可以不去考了，没想到这小子神通广大，就在考前两天把我叫出办公室，笑眯眯地从口袋里拿出一张票，说："怎么样，兄弟，我拼了老命帮你和军仔弄到的，够意思吧？"

我目瞪口呆，五味杂陈，这比登天还难的事他怎么做到的呢？被他硬生生推上了台，不去也得去了，真是天不遂人愿，这小子害人啊。

事情到了这一步那就硬着头皮走吧。坐火车，夕发朝至，又在亲戚家休息半天，下午来到警校，操场上人头攒动，一张张青春飞扬的脸上笑容灿烂，他们相互交谈着，里面是否也有像我一样心事重重的人呢？

考务民警把我们分好组，分别带到不同的教室候考，我这次仍旧是排序靠后。既然抱着无所谓的态度，心情也就不那么紧张了。面试结束，按程序规定全体考生就地等待成绩，通过的人员要参加体检。当晚我就收到通知，次日凌晨六时到市体育馆集合，参加体检。军仔说他没有收到通知，先回去。

第二天天还没亮我就赶到体育馆，只见偌大的操场上黑压压站满了人。很快就听到有人持大喇叭叫着整队，不久就有大巴车拉着我们去市第一人民医院体检。

一项项严格的体检项目结束已近中午，我准备打车走，这时看到旁边高架桥上写着红花岗立交几个字，想起一个高中女同学家就在旁边，刚想着是否打她电话，却见她从旁边的菜市场走出来，手里提着一篮子菜。同学见到我，一愣，随即笑盈盈地问："文景，你怎么找过来的，也不给个电话？""我说巧遇你相信吗？""不会吧，城市这么大，会在这里遇到？"她微笑着摇头。我于是把情况告诉她，并征求她的意见。她不回答，说："我叫上几个同学朋友到外面吃饭，你听听大家的看法。"

这天正好是星期天。席间大伙听了介绍大多倾向于我别来，理由是新州工作压力大，忙得很，不像家里那么悠闲轻松。尤其公安系统，案件多，工作规范，市民素质高，报社记者专业大胆，经常曝光公安民警的负面消息。

女人最关心的还是家庭，同学说："你和嫂子的单位那么好，过来的话要面临她的调动问题。我家那位先过来，之后我花了不少精力才从老家调过来，好几年才办好，你可不能轻视哟。"

我无语，心情变得沉重，下午回到亲戚家就打算收拾行李去火车站。这时又收到短信通知：体检通过，参加第二天的体能测试。我又纠结起来：是拍屁股走人，果断了结与新州的缘分；还是不走，参加完体能测试再说。亲戚见我犹豫，打气说："到最后一步了，是骡子是马参加完测试再说吧，给自己多一条路，考上了不愿来别人也不会绑你来呀。"

我于是咬咬牙，硬着头皮向余支队长请了一天事假。

同样是一千五百米，同样是短跑、跳远、引体向上、俯卧撑，所有测试项目一一通过。当听到考官说："祝你们通过所有科目的测试，都回家等通知吧。"我什么也不顾，打的飞也似的往火车站奔去。

## 3

这就算考完了，接下来就是政审和发商调函了，不出意外，应该一个月内就会收到正式调令，何去何从，我必须尽快拿定主意，不能拖了。

而此时我和大雷、小西到新州市参加考试并且都通过的消息在大院里传开，我主动向余支队长报告，他笑了笑，说："能在全国大考中脱颖而出确实不简单，可喜可贺，你愿意留下来我欢迎，一定要走我也祝贺。希望在接下来的日子里一如既往地做好各项工作。"我表示去不去还在考虑中，自己一定会安心工作。

不久，大雷和小西都收到了政审通知，很快也接到了商调函，我没有。我并不觉得紧张和难过，相反却有一种正合我意，让我有更多时间去思考的欣喜。

在这些日子里，我主动征求双方父母和至亲好友的意见，也被动接受了不少"高参"的建议和他人的祝福。总的来说，双方父母和至亲好友大多持否定意见，他们认为我和凌漆漆经过几年的打拼终于解决了两地分居问题，共同在城里工作，家庭稳定，生活幸福，陪伴教育孩子健康成长，照顾日渐衰老的长辈，何其美好。从夫妻俩的事业发展来看，一个在市局机关工作，一个在区政府机关担任年轻的领导，都在各自的岗位上做出了不少成绩，得到了领导的肯定，群众基础和口碑也不错，正处于事业上升期，前途一片光明。如果我去新州市就得在异地他乡重新开始打拼，要让新的领导、同事熟悉我、认可我必须加倍努力。那可是全国精英汇聚之地，名牌大学、公安部直属院校毕业生云集，我过去一无年龄优势，二无学历优势，三无能力优势，四无属地优势。人生地不熟，还要牵挂妻儿父母，从天时地利人和来看都处于劣势。与其去受那份看得见想得到的苦，不如安心扎根家乡，凭借已有的基础和能力慢慢经营，兴许会成为某警种或某区县公安局的主要领导，这样的社会层次和地位岂不比在大城市当一个普通民警或基层的小领导强？而更多人提出的更现实，也是比较尖锐的问题就是跨省调动极为困难，我过去了凌漆漆却不一定能顺利过去，即使能过去那也是非常费心劳力，形同登天。他们还说，只要我去了那里凌漆漆的政治前途或许就毁了，因为有人正好会以她将调走为由否定她、压制她。江湖险恶，这可是杀人于无形的借口，即便你再优秀。

也有支持的亲友提出，新州是一座开放包容、敢于创新的城市，提拔干部不拘一格。像你这样有思想、敢拼搏、能吃苦的民警到那里一样能受到领导的关注与重用。是金子在哪里都会发光，你一样可以脱颖而出。至于凌溱溱，也会有考试的机会，也有公务员调动的希望。到了那里，你们眼界高，收入高，生活层次高，小孩更有良好的教育和发展机会，何必耗在我们这小地方一辈子，既耽误自己也误了孩子。

我问凌溱溱怎么办，她说："之前你是想考一考测一测自己的水平，现在测出来了反倒犹豫不决。我尊重你的选择，去，不拖你后腿，不给你造成遗憾；不去，我们心无旁骛地经营好家庭，刻苦努力工作，也能生活得很好。"

"我去无所谓，男子汉志在四方，但最舍不得的是你和儿子。你的前途就此毁了，儿子则不方便照料和教育，你的负担更重了……"说到这，我的心一阵悸动。

"我的前途倒不重要，想要提拔哪会那么容易，顺其自然，淡然面对。儿子刚上一年级，活泼好动，正是习惯养成和需要陪伴的时候，你去了他的学习生活当然会受到影响，毕竟我们商务局接待多，加班多。你真想去我和儿子会克服困难支持你，不让你担心。"

"等商调函来了再说吧，不是还有时间吗？我们再多想想，多分析分析吧。"我叹了口气。

果真是求贤若渴，2004年3月，大雷、小西以及石阳分局、清源分局几个兄弟都陆续收到了正式调令，兴高采烈地去新州上班了。而我此时也收到了商调函，如果下定决心不去，那就应该结束这场游戏，将商调函复印珍藏起来作为以后回忆的资料。可是我仍旧虚荣心作怪，当政治处大伟问是否要将档案寄给对方审查，我犹豫起来。大伟说："寄吧，看看你到底符不符合人家的要求，即便正式调令来了，你不愿去，给人家一个解释也可以。多少人梦寐以求，你不去人家还多一个指标呢。"我说好吧。

档案寄出去了，我趁着这段时间便向大雷和小西打听那边的情况。他们说这批选调的民警一般是分配到基层派出所办案队，也有按照个人之前从事的业务来分配的。不管机关还是基层都很累，一天到晚忙个不停。刚过去，大家都在单位住集体宿舍，有家有口的已经在看房买房了。我问房价贵吗？他们说还不算贵，市区的在四千到八千每平方米，郊区的三千到五千，出个十多万首付，每月再按揭两三千元。

小西在家乡时是在警卫支队工作，调过去就对口分配了。我问他每月工资有多少，他说差不多五千。

"不是说那边工资很高吗，每月可以拿到万儿八千的，怎么才五千不到呢？"我怀疑地问。

"机关就这么点钱，没有任何其他收入，如果减去买房按揭就没剩几个了。分局会多两三千元区补，但太忙太累，一有空就想睡觉，听说好些人受不了这样的工作压力和强度，说'我想要这里的钱，这里却想要我的命'，重新调回去了。还有的打听到这么苦，接到商调函或者调令就说不来了。"

我愕然，心中天平开始倾斜了。

# 第五十五章　改制风潮

## *1*

工作又开始忙碌起来了。那段时间我们行动组配合农业执法部门开始打假。有的农户反映买回去的磷肥有问题，质监部门一检验，果然发现情况很严重，有的磷肥养分竟然为零。一年之计在于春，这可要坑害多少农民啊，人家辛辛苦苦忙累一个春季，还指望着大丰收呢。通过暗中跟踪我们发现了几个存放假货的仓库，人赃俱获，立刑事案件进行查处。此后，我们又配合农业执法部门查办了假农药、假种子案件。他们说治安警察支队素质高，有战斗力，早几年成立就好了。

"三电"工作也是治安部门牵头，所谓"三电"工作就是打击盗窃破坏电力、电信、广播电视设施工作。犯罪分子为了获取这些单位安装的设施里面的铜铝等金属，不惜冒着生命危险去剪断、剥皮，然后卖到废品收购站去换取微乎其微的几个小钱，却给居民生活、企业利益、单位办公通信等造成重大影响和损失，每次看这些现场我都痛心不已。还有的家伙出于个人其他目的，故意破坏这些设施，同样造成严重后果。那段时间这些案件发了不少，市局领导指示支队牵头各县区刑侦、治安及属地派出所开展打击。通过蹲坑守候、突击检查以及发动群众举报，各县区都破了一些案件，抓了一批犯罪嫌疑人。这本来算务点正业，可笑的是电力公司把我们当成刀把子，连居民偷电这样的小事也拉上我们狐假虎威。可是偷电的金额不好确定，传唤过来一问一算，往往就以电力方面的法规处罚了事。

进入5月，市局要求支队牵头对申报一至三级派出所的单位进行初审，以便查缺补漏并筛选上报，我和户政处两名同事为一个组负责对市里北面几个县进行检查。各县对这项工作都非常重视，一般都由局长政委出面接待，分管副局长全程陪同。检查项目林林总总几十项，也够难为基层的兄弟去做各种台账，去完善各种软硬件要求。还有的要抽查民警业务数据、工作内容、政治学习，要到治保会、企事业内保组织实地了解检查。总的感觉是各个派出所问题不少，漏洞较多。记得到一个派出所去检查，所长不在家，其他三个所领导和内勤一问三不知，拿出来的东西乱七八糟，毫无准备，一同去的副局长灰头土脸，尴尬得脸都黑了。偷偷一聊，原来所里几个人尤其是所长、指导员之间关系不好，工作难以开展，每个人都是得过且过。也有做得不错的派出所，院子干净整洁，各种物品放置有序，台账数据清清楚楚，档案完善，一条条一项项都按照通知要求整理到位，看了让人心情舒畅。这位所长年约三十三四岁，对乡镇情况了如指掌，对答如流，看得出是个勤奋、努力、带头干事的人。这说明，一个小单位只要主要领导重视，模范带头，大伙团结一心，那么工作就会做得很好。

这样的检查工作其实很轻松，按部就班，对照检查，一一列出问题，限期整改，再汇总全县情况通报给县公安局。

检查中有时会在派出所遇到驻片刑警中队的兄弟，他们要么在接待报案群众，要么在讯问犯罪嫌疑人，还有的开着车匆匆忙忙出出入入，让我回忆起一年前自己在刑警中队工作的日子，忙碌、充实、富于挑战。在市局这几个月有时我会到四楼坐坐，听刑警们讲讲全市各区县近期发生、侦破的一些大要案，每每听了就觉得治安工作枯燥无趣，提不起兴趣，尤其是抓赌罚款，在基层工作多年自己最不愿干的就是这个，好不容易脱离苦海，没想到进入机关还得重操旧业，心里别提多郁闷。但每次都自我安慰：这与县里抓赌不同，县里是抓小的，我们是抓区县不敢抓的，是真正的为人民服务，维护公安机关形象。

甘支队长不久前升任市局副局长，还兼刑警支队长，有次到他办公室坐，他笑着说："怎么样？有没有怀念在刑警队的日子？"我点头。

他说："凡是年轻时主动要求干刑侦的，时间长了他那刑警情结就会挥之不去。你小子爱琢磨案件，说不定哪天转一转又会回到刑侦来。"我连忙点头，说："能有机会就近向您学习是我一生的荣幸啊。"甘支队长不喝酒，但烟瘾特别大，他朝烟灰缸里弹弹烟灰，说："你的全省严打整治斗争先进个人批下来了吧？"我说是。他又笑了，说："这个荣誉不简单，含金量很高，我劝你就不要去新州了，留下来。那边人才济济，不容易冒尖，刚去人家不了解你，把你当生手，当新兵蛋子用。你年轻，又有多年基层刑侦历练，还是这里有你发挥的平台和前景。"我忙点头，说："甘局，我也是倾向于留下来。"他站起来，拍拍我的肩膀，哈哈大笑，说："这才是明智的选择。考上已经证明了你的能力，如果不去，各位局领导更会对你关爱有加。"

2

派出所等级评定初审结束，进入 6 月，天气变得燥热难耐。

那天，位于市中心的长途汽运公司一百多名职工突然涌到主要干道上，将道路封死，导致来往车辆全部被堵，周边一片混乱，群众生活工作严重受到影响，石阳公安分局、市局交警支队、特巡警支队调派大量警力赶赴现场，疏导交通和疏散围观滞留市民。支队很快也得到消息，余支队长带着我们风风火火赶到那里。好不容易挤进汽运公司，余支队长了解情况后告诉我们，市汽运公司改制，成立股份公司，这样就有大量职工要下岗，许多老职工辛辛苦苦一辈子，有的甚至一家老小好些个都在这里上班，一改制势必给很多家庭造成生存危机。也有不少人对补偿方案不满意，经带头的一闹，大家群情激昂，就上了路。调到市里不到一年我到过几次因为企业改制问题发生的上街堵塞交通、甚至围堵市政府前门后院的事件现场，原以为县里企业效益低，容易发生这些情况，不想市属企业也同样会产生这样的问题。

按照指挥部的命令，我们支队负责对现场情况的录音录像，对重点人员跟进掌握。此时现场已有数千人，其中不少是唯恐天下不乱，意图浑水摸鱼、起哄闹事、制造混乱的闲杂人员，如不及时处置势必越来越乱，引发打砸抢等重大事件。有交警同志手持大喇叭站在石墩上一遍遍地劝导人群回到人行道上，特警则手挽手阻挡着行人往马路上走，但是四周起哄谩骂声不时将喇叭声淹没，特警的防线也很快就被冲破了。我们的取证行为引起了一些不法分子的注意，他们怒喊："谁叫你录像？快删了，否则把你的机器砸了！"我们连忙收起摄像机，混入人群。此时骄阳似火，大马路上的人群愈发显得躁动不安，有人已在大喊大叫，煽动说要去市委、市政府请愿，要书记市长出来见面表态。也有不法之徒偷偷朝特警和着装的交警同志扔矿泉水瓶、石块，盾牌被砸得"嘭嘭"响，还有歹徒不过瘾，朝着路边停放的车辆和公交广告牌撒气，一边用石块猛砸，一边叫嚣着往市政府方向奔去，形势进一步升级。

就在这时，远处风驰电掣般驶来两卡车武警，他们手握盾牌敏捷地跳下来，在一名指挥官带领下迅速成整齐队形站立。一名指挥官用大喇叭反复高声劝阻人群不要往前行走，不要阻碍交通，不要打砸抢。可是人群根本不理会，一些暴徒仍旧一边叫嚣着往前走，一边打砸物品，破坏公共设施，甚至往武警战士这边投掷砖块和矿泉水瓶。形势更加危急！

这时，就见一名战士朝闹得最凶的人群处喷了一颗催泪弹，弹体在地上快速旋转，蓝色烟雾螺旋式喷出来，很快散开飘入人群。这些人哪见过这阵势，加上被浓烈的烟雾一刺激，一个个鼻头眼睛发酸发痛，呼啦啦就转身往后跑。武警战士呈战斗队形，喊着整齐的口号往前挺进。刚才还人头攒动的主干道很快变得冷清，只有街道两边还聚集了少数看热闹的人。我和同事也被人潮挤得狼狈不堪，差点跌倒，只得退回到汽运公司门口。

晚上，指挥部领导要求我们分组找汽运公司领头闹事的人员上门谈话，一是宣传这次改制的政策，征求意见，做解释和思想工作；二是陈明利害，他们的做法已经违法，必须悬崖勒马，否则再引发大的群体性事件、打砸抢事件，轻则作治安处罚，重则触犯了刑法，要负相应的法律责任。这些领头人也是通情达理之人，本想拦拦路，搞一些非暴力的请愿，不想却被坏人利用，越闹越大。他们对白天发生的事情心有余悸，便表示自己不会去组织请愿，也不会去公司露脸。

## 3

第二天是周六。为防止昨天警力还未到位的职工已经上路而造成工作被动的局面，天刚亮我们就匆匆赶到了汽运公司。此时公司内外布满了市、区两级的民警，公司领导和市改制小组的成员也来了，他们熟悉公司的每个人员，可以为民警提供他们的身份和现实表现。主干道上也是三步一岗、五步一哨，排列了许多交警，负责疏导交通和引导行人，遇到马路边三五成群聚集的职工我们都上前进行劝阻，要求他们回到单位，切莫带头闹事，引发新的事件。

昨晚的工作还是有效果的，虽然有不少人试图重新走上街头闹事，但因没人带头，加上一早就布好了警力，终究没有出问题。

耗到上午十点多，凌溱溱突然急匆匆打电话给我，说："小畅不见了！"我大惊，忙问怎么回事，她说："今天一早，我接到区领导的电话，说有个客商临时要去考察工业园，要我陪同一下，我就把小畅放到对面邻居家，她家有一个八九岁的男孩，有个伴。刚才邻居打电话来，说儿子从她家出走了，当时她在厨房，没在意，问她小孩才知道儿子走了有二十多分钟了。她跑到楼下找了半个多小时没见到人，便告诉我。"

我一听肺都气炸了，发脾气道："今天是周末，你一个人带小孩就要告诉领导安排其他人。何况我之前提醒过你儿子不喜欢一个人在陌生人家里玩，千万别把他托给不熟悉的人，你怎么不听？！"之前我俩同时忙，我想把儿子放到同事或朋友家，他怎么也不肯去，一定要跟着我们，我就预判出儿子如果在陌生人家里一定待不住，会独自外出，这次果真应验。这学期父亲在市里帮我们带孩子，周五和妹妹一起回县城。

本来上午我们要送儿子去画画，可太早，老师那里还没开门，凌溱溱只好将他托给邻居自己去加班。

凌溱溱听我发脾气，说："我问了美术老师，他没去那里。你赶快回市公安局看看他有没有去你单位。"

我大声说："好。分别给父母、亲戚打电话，叫他们一起来找。还有小畅去过的同学、朋友家都打电话问问他来了没有。我现在去市局和步行街。"

我向领导请个假，打个摩的匆匆赶到市局，没发现小畅。又赶到广场和步行街，那里是我们一家经常散步的地方。暑气蒸腾，烈日当空，很快我就全身大汗。广场没有，步行街没有，小学没有。班主任刘老师也说孩子没去她家。

我又往新华书店和另一家私人小书店走去，那里也是儿子喜欢去的地方，一个个小萝卜头望过去，都不是。我心急如焚，暗中祈祷儿子千万不要遇到坏人。我边走边与凌溱溱通报情况，她也没得到新的消息。父母从县城赶到了市里，连声责备我们办事不牢靠，母亲、溱溱和妹妹急得眼睛都红了。

我们分了工，商量沿着市区几条道路继续找。此时离儿子失踪已有两个多小时，我头脑一片空白，只知道小步快跑，机械地左瞧右瞧。半小时后凌溱溱打电话给我，说有人在河东加油站发现了一路跑一路哭的小畅，问他为什么哭，他说去区政府找妈妈，迷路了。那个好心人问了儿子凌溱溱的名字和电话，就开车把他往区政府送。凌溱溱说她正打的去那里。

我一听顿时高兴起来，连忙叫父母和亲友不要去找了。十多分钟后，我再次接到凌溱溱的电话，说她到了区政府，整个院子空无一人，没看到儿子。她打电话给刚才那个男子，他说他急于办事先走了，当时问了小孩怕不怕，儿子说不怕，他又叮嘱小畅别乱跑，就在这里等妈妈，儿子说好，他便开车走了。我听了心又悬起来，难道那男子有问题，他想试一试儿子说的电话是否真实准确，儿子还在他手上？不敢多想，我打了辆的士也往河东跑，一边就想，儿子怎么记得清楚去他妈妈办公室的路线？要知道去河东加油站可是先要从家里走到江边，沿江往北走约两公里，再走过一公里长的康山大桥，过了桥再走一公里多才能到达那里。儿子六岁半，有这么大的毅力，冒着酷暑，穿双小拖鞋走完这四公里吗？

很快我又接到了凌溱溱的电话，她说儿子已经找到了，还是刚才那个男子发现的。原来，那好心的兄弟接到凌溱溱的电话后连忙返回，沿着从区政府到加油站那段路开车寻找，在路上，他又见到了满身大汗神色慌张的小畅。他将小家伙送到凌溱溱手上，急匆匆开车走了。

我见到儿子时他仍旧惊魂未定，小脸哭得脏兮兮的，一双小脚已被拖鞋磨得起了水泡。我抱起他，用手擦拭他流出的眼泪，一边安抚一边往家走。我心中涌起阵阵酸楚，心想，幸好那是一个好心人，否则，如果儿子上的是一辆坏人的车子，那到哪里去寻找？如果我此时身在异地，得知家里发生这么大的事情肯定会急得如热锅上的蚂蚁。凌溱溱和父母怎么办？肯定也是吓得惊慌失措。

我内心的天平更为倾斜了，觉得一个男人、一个家庭的顶梁柱，不在家照顾老婆孩子，却要独自出去闯荡，不仅失去了天伦之乐，更缺少了一份责任。家人需要我的时候我却不在身边，良心何安？凌溱溱也很忙，事业心、工作责任心强，经常要加班，以后肯定还会出现将儿子托给别人的情况，我不在家这多危险啊，让她一个人承担这么大的风险我于心何忍呀。我决心扎根家乡，不再想那么多。

# 第五十六章　追梦远方

*1*

这天，我们正在办理一起制作销售假证案件，小西打电话给我，犹豫一下后低沉着声音说："跟我们同一批从石阳分局调过去的秦奋牺牲了。"我大惊，忙问怎么回事？小西说："昨天刮台风，秦奋为了协助抓捕一个逃犯冒着狂风暴雨开着厢式警车和同事一道出去，路上大雨如注，视线很不好，为避开一个行人，他不小心将车撞到一棵大树上，车头玻璃全碎了，他头部受伤。同事冒雨拦车将他往医院送，但他在路上就牺牲了。"

我之前不认识秦奋，在他调走后才听说他的名字。他是石阳分局刑警大队的一名年轻民警，本来就要提拔了，却毅然决然地选择去新州市工作，之后被分配在某分局最偏远的一个派出所，周围尽是山野荒坡，工作环境别说与当地市区有天壤之别，即便是与老家庐河市区相比也差远了。在那短短三个月，他凭着内地刑警顽强拼搏、踏实肯干的劲头，得到领导赏识，刚刚担任派出所刑侦队副队长。

组织派人到老家来，对他的父母进行了慰问，在新州给他举行了隆重的追悼仪式，所有一同从家乡调过去的民警都参加了，据说每个人都放声大哭，场面悲怆。

秦奋的女友原来在家乡工作，为了支持男友的梦想把银行的正式编制辞掉，去那里找了个临时工作。秦奋牺牲以后她无依无靠，受不了异乡的飘零，不得已又回到家乡生活。

最为痛苦的莫过于秦奋的父母，短短三个月就白发人送黑发人，精神一度陷于崩溃边缘。在大城市做一名警察算不上什么，有权有势有钱的人太多了，但在小地方就不同，谁家出了个警察是非常值得骄傲的，何况他还是一颗冉冉升起的新星，前途、事业、爱情都那么美好，好多人都说，如果当时没选择那条路，在家乡和家人在一起，亲慈子孝，平平安安，生活安逸，也不至于造成这样亲人两隔的局面。

秦奋牺牲的消息很快传遍了家乡，亲友听了都非常紧张，大家都意识到那里肯定是极其繁忙，不然也不至于冒着台风去抓人呀，纷纷劝我别去了，还是家乡好。我说你们放心，我们就在家乡和你们一起喝酒，慢慢变老。

我知道这是个偶然事件，但在亲人朋友眼里却比哪里发生大爆炸更能牵动他们的神经。公安民警每年因公牺牲三百多人，是和平年代危险性最高、牺牲人数最多的群体，尤其经济发达地区，因为工作压力大，常年加班加点，不少人累倒在工作岗位上。但既然选择了刑警，选择了这份光荣的职业，就选择了忠诚与奉献，谁不是义无反顾勇往直前呢？

## 2

9月中旬的一天，我正开着车去庐河县办案，这时有个新州市的座机电话打过来，一女子问道："你好，是文景吗？"我答是的。

她说："我是新州市公安局政治部的，你的调动手续已经办好，请在三天内到我们这里来拿调令。"

从考试到现在终于有了一个联系电话，我说我可能要考虑一下去不去，她说那你尽快给个答复，我说好。

正想着给凌溱溱一个电话，没想到半路又杀出个程咬金，邻县一个师弟打我电话，说他叫大洪，刚刚也接到新州市局电话，让他去拿调令，邀我一同出发。我把想法告诉他，说我不去了，麻烦你到那里帮我把档案带回来。

我的说法立即引起他的强烈反应，他说："不会吧，师兄，多少人梦寐以求想进入新州，我在这里盼星星盼月亮，度日如年，一接到通知欣喜若狂，恨不得现在就插翅飞过去，你怎么会有这种想法呢？我的老婆孩子也在家乡，我们过去后慢慢把他们调过去、带过去，总会有办法的。男子汉少些儿女情长，看长远些吧……"他一阵连珠炮。我沉默不语。大洪继续说："我很关注这批调过去的兄弟，虽然辛苦些，但总比在这里守着千把块钱的工资强啊。还有，那里有大把考试机会，家属们都是有知识有文化的人，准备准备还怕考不过去？"我仍旧不作声。"师兄，你在听吗？你倒是说句话呀。要不这样，我买好票，你陪我去一趟，当面问问政策，好的话就领调令回来，不好的话你就当面给人家解释一下，怎么样？反正我不会帮你带档案回来，要拿也要你自己去。"

我想了一下，说行吧。

回到家，我把情况和凌溱溱一说，她同意我的想法，到那边问清情况，不去就当面告诉人家，把档案带回来。

第二天一早我和大洪赶到了新州市，来到市局政治部，门口已排了长队。这些年轻的兄弟个个喜笑颜开，轻声交谈着，唯有我心绪满怀，愁眉不展。我站在大洪后面，想看看都领些什么资料。轮到大洪了，政治部的工作人员给了他一张调令和一张准迁证。大洪叫道："小孩现在就可以随迁？"工作人员说是的。"那家属呢？"大洪问道。"家属有工作单位的不行，无业失业的可以随迁。""那家属调动有配套政策吗？"大洪继续问。"市里有公务员和事业单位工作人员调动办法，只要有接收单位都可以调来。此外，市里每年都会组织两次公务员考试，若干次事业单位招考，家属调过来的希望还是挺大的。"工作人员和蔼可亲，不厌其烦地解释，"先苦后甜吧，来这里工作的大多数是内调干部，几乎都是先来一个再慢慢把家属调过来。"他继续说道："你们也看到了，这座城市多么漂亮，多有活力，比起内地平淡无奇的生活这里更有激情，更有挑战，你们的到来将改变自己家庭的生活质量，尤其对孩子的成长培养更有利，小孩从小在这里长大，他的思维、见识、能力不是内地可以比的。"在场的人听了，个个点头说是。

从看到大洪准迁证上有小孩名字开始我就心头一震，想着可以把儿子带到身边读书，朝夕相处，解了牵挂之苦，再听到工作人员一番热情洋溢的宣传，我之前预设的长城顿时垮了，想好的话语不知如何开口。他递给我资料，看着准迁证上儿子的名字我心头顿时一热，如果我不接受，儿子自然和我一样仍旧要在家乡学习、生活，如果我接受，虽然要吃苦，但却能少一代人的奋斗，让小畅现在就融入这座现代化的都市。我还想起了家乡那恶劣的气候，夏季燥热难耐，冬天严寒刺骨，每当看着儿子穿得鼓鼓囊囊，冻着小手和小脸去上学，好多次还受凉打针住院，我心中就难过。在这个四季繁花似锦、绿意盎然的地方，在这夏天海风习习，冬天温暖如春的海滨城市生活小畅一定会喜欢的，为了他，我们这辈辛苦一点又怕什么？

"请问我分配在哪？"工作人员往花名册上一瞧，说刑警支队。

"刑警支队？"我生怕听错了，"真的吗？"

"是的。那可是一支屡破大案，在国内叫得上名响当当的队伍。"他颇为自豪地说。

"谢谢。"我眉开眼笑，虽说李副局长、余支队长等领导和兄弟们对我不错，但在治安警察支队这一年自己其实一直缺乏工作激情，工作内容主要是去查办赌博、协助其他行政执法部门对违法行为进行罚款，枯燥得很。重新回到刑侦队伍，重新体验那抽丝剥茧、斗智斗勇，破案后醋畅淋漓的刑警生活成为我心头的一个念想。如今机会再一次降临，而且是去那英雄辈出、屡立奇功，尤其科技和信息化水平走在全国前列的刑警支队，更会让我的人生和理想走上一个高度。人的一生关键的就那么几步，机会来临不好好把握就会失去，为了当年的梦想我愿意接受这份挑战！

回到家乡，凌溙溙和父母看到我决心已定，只得默默地为我收拾行囊。我再一次安慰他们，劝他们安心，我会照顾好自己的。新单位要求我们一周内办理完手续去报到，我于是忙着和同事好友告别。

我把调动的情况电话告诉了萧汉凤，他说："今年春节时我建议你不要去，主要是考虑到你在庐河会有很好的发展，毕竟这些领导都认可你的能力。既然你已做出选择，那我祝贺你，希望你在那里继续努力，做出更好的成绩来。"

我和大洪去报到的那天，凌溱溱、小畅以及父母、岳父母都到火车站送行。同学武小峰、袁军、敖飞以及老同事小辉、靳秋也来了。

武小峰说："我真佩服你，兄弟，舍弃这么好的条件勇敢跨出这一步。祝你在新的岗位干得开心，一切顺利！"

敖飞仍旧大大咧咧，他指了指四位老人和凌溱溱、小畅，说："外面的世界很精彩，你可千万不要忘了家人，要常回家看看。"

他的话让本已伤心的老人家沉默了，凌溱溱顿时泪如泉涌，把脸转到一边偷偷擦拭。我抱起小畅，亲着他红扑扑的小脸，说："儿子，要听妈妈，还有爷爷奶奶、外公外婆的话，别乱跑。要好好学习，等我安定下来就把你接过去上学。"

小畅点点头，懂事地说："爸爸放心，我会努力的。你要照顾好自己，别总是熬夜加班。"

我再也控制不住自己，鼻子一酸。

靳秋说："文景，我知道你的业务能力，工作上肯定没问题，但那边还有很多意想不到的困难，你书生气又重，太实诚，注意不要上人家的当，多个心眼。"

我心头顿时空落落的，一种前途未卜的感觉涌上心头。

事实上，像许多一同调过去的兄弟那样，我们这批人经历了太多的艰难困苦，尤其是夫妻两地分居、小孩入学照料、房价节节攀升等问题，有的情侣含泪分手，有的夫妻劳燕分飞，有的去了不久就想办法调回去。但大多数人还是不忘初心，咬牙坚持，对家庭忠贞不渝，对工作奋勇担当，不少人成为单位的中坚骨干，为改变这座城市治安的混乱状况做出了历史性贡献。

列车员的哨声响起，我和大洪拿起行李。我微笑着朝家人和同学同事挥挥手，转身朝车门走去，站台喇叭里传来了凤飞飞的歌曲《追梦人》：

让青春吹动了你的长发　让它牵引你的梦

不知不觉这城市的历史　已记取了你的笑容

红红心中蓝蓝的天　是个生命的开始

春雨不眠隔夜的你　曾空度无眠的日子

……

## 踏雪留痕　青春无悔

书翻到这里，故事算是告一段落了。

其实在工作第十个年头的时候，我就想着是不是写一本小说来塑造几个神探般的刑警。宣扬刑警工作生活的影视剧有很多，大多是描绘他们如何机智勇敢地侦破大要案件，以一敌十地制服对手，很精彩，也很刺激。如果我也按照这样的写法，讲述一些大要案件的侦破经过，层层抽丝剥茧，或许会吸引很多读者。为此，工作之余我常常在脑海中构思内容。可是，当我真正拿起笔来写作时，却发现设定情节和故事很难，而要将自己办理过的案件如实陈述似乎又显得不够精彩，因而我一度辍笔。

2016年，我利用公休假，将年轻时写的一些工作笔记拿出来，一边翻看一边开始琢磨如何下笔。翻看时，我回忆起每起案件的侦破过程。那些案件看似并不复杂，也并不精彩，但细细咀嚼，却发现都要运用集体力量，付出大量努力，甚至要舍弃很多儿女情长，克服不少家庭困难才能完成。

我忽地明白，描绘高大全的神探固然可以树立刑警的光辉形象，但它似乎重点宣扬了个人英雄主义，没有完好体现出团队的精神，也不能真实反映出刑警背后的家庭生活和内心世界。我于是推翻之前的设想，转而追求以反映真实的刑警工作生活为主，中心思想便是：通过描述主人公——一名警校毕业生在基层一线十余年的摸爬滚打，逐渐成长进步的工作历程，将他与同事们忠诚为民、迎难而上、奋力拼搏的刑警故事串联起来作为明线，再铺设一条他克服家庭困难、抵制各种诱惑的暗线，以点见面，反映出我国公安警察忠诚、正义、为民、奉献的光辉形象。

在小说地域背景的选择上我也思考了一番。我曾在内地工作，后调到目前所在的城市。是以现在的大城市为背景，还是选择内地不发达地区？无疑，目前我所在的大城市的刑事案件严重性、复杂性以及侦破难度、影响力是内地无可比拟的，写出来肯定非常吸引人。但我又想到，每个刑警的忠诚观、事业观并不是天生的，有一个学习、培养、变化和提高的过程，尤其青年时代在欠发达地区的农村基层工作，与老百姓打成一片后，就会更了解社情民意，明白群众的疾苦和愿望，继而树立正确的群众观，积极主动地为人民群众解决实际困难，为他们伸张正义。这样想的话，要描述主人公从参加工作开始，他的思想逐渐进步的过程，那么把地域背景设置在内地应该更为合适。

在时代背景的选择上，我发现，目前我国物质生活已普遍丰富，办案条件、科技手段、法律保障也很完善。但是，从我警校毕业后的十余年间，是一个比较特殊的时期，那时经济条件落后，人民的生活水平普遍不高，法律也不完善，办案方式和手段很落后，人们的思想、行为以及国家的大政方针都处于急剧调整变化期。当时的社会矛盾较为突出，体现在社会治安上，就是侵财类、侵权类案件高发，群众安全感较低。作为打击刑事犯罪的主力军，那时的刑警不像现在，有较优越的物质条件和丰富的侦查手段去办案，主要是靠人的主观能动性、才智和经验，以及勇于拼搏的精神，这样的工作环境和工作内容既充满了沉重的年代气息和艰苦的生活印记，又真实反映出主人公业务成长进步的过程和整个刑警群体吃苦耐劳的精神。为此，我将本书的时代背景放在20世纪90年代至新千年初的前后十余年间。

中心思想明晰了，地域和时代背景确定了，我就下定决心开始创作。

我先是阅读了一些警察类题材的小说。比较后，觉得文字风格还是以朴实为基调，这样读起来不会拗口和难以欣赏；也不人为设置曲折复杂的悬念和伤神费脑的情节，而用平实的笔触和质朴的真情去打动人。我于是仔细研究之前的笔记，从中寻找灵感，利用周末、节假日慢慢整理架构，细分出篇、章、节，边写边改，直到 2019 年年底才完成初稿。

在写作的过程中，我也曾为青春的自己和同事们感动。我们是那样拼搏的吗？我当时对案件和人情世故是那样分析判断的吗？我当时是那样选择的吗？

那时的刑警基本都是在现场勘查、蹲坑守候、走访排查、笔录制作、熬夜审讯、调查取证中度过，平凡而琐碎，枯燥而乏味。但是，当我们跋山涉水、绞尽脑汁、历尽艰辛破了案、追到赃、抓到嫌疑人，就会像中了大奖一样满脸灿烂，之前的辛苦一扫而光。就为了那一刻的兴奋，我们周而复始，公而忘私，不改初心。

如今，我还工作在刑警岗位上。作为公安铁军中的一员，作为深圳"战狼"警队中的一兵，这些年，即便工作、生活环境发生了很大变化，也遇到过难以想象的困难，但我仍秉持正义、勇敢的刑警精神，一如既往在破案、追逃的艰辛之路上奔跑。

虽然我写的是刑警故事，可有人问我，你这是刑侦小说吗？我却不完全认同。我想，这本书应该是以描写小说主人公"文景"、刑警大队长"董强"、刑警"小辉"及其同事在一线从事艰苦复杂的公安工作为载体，反映那个年代的年轻人热爱工作、不怕困难、顽强拼搏的精神，所以它更是一本青春励志小说。

本书即将出版，几年的辛苦也要结束，我的心情轻松了很多。

我要感谢刑警这个忠诚正义、功勋卓著、英雄辈出的集体。其实，刚参加工作时我就耳濡目染了警察前辈们机智破案的事迹，他们每个人的经历都可以写成几本厚厚的书。庆幸的是，我长期在这个岗位上工作，感受了这个特殊群体的喜怒哀乐，养成了一心为公、刚毅正直的品格，也积累了丰富的创作素材。

我要感谢我的妻子，这几年，只要有空闲时间，我就会拿起电脑码字，以致于家务几乎都让她承包了。她毫无怨言，经常鼓励我，不时提供修改意见，成为我的第一个读者和编辑；我要感谢我的亲人，他们得知我在写作此书，经常给予问候和督促。

一路走来，我更要感恩组织。江西省人民警察学校的领导、老师教育了我，让我走进了公安大门；吉安市公安局、吉安县公安局培养了我，使我有了写作此书的素材；深圳市公安局、市局刑侦局让我汲取了更为丰富的养料，使我在更大的舞台上得到了更好的学习、锻炼和提高；内地和深圳，不论公安或者非公安部门的领导，他们在我及家人遇到困难时都给予了无私的帮助和支持，给予我们战胜困难的勇气和信心。

我还要感谢负责编辑出版此书的海天出版社的老师们，他们付出了辛苦劳动，给我提供了许多宝贵的建议。感谢深圳市公安局政治部，深圳公安文联的领导、同事给我的鼓励和指导。

我要感谢我的老师萧韶光先生，他对我很了解，为我写下《牛铃》这首过誉的诗。

感谢我的师兄陈岱峰、彭若松；感谢我的同学彭志斌、邱大鸿、肖旸；感谢深圳新东方律师事务所刘笑鹏先生、吉安华宇公司胡龙生先生、深圳中成时代公司廖洪运先生、深圳天润公司罗冠捷先生、广东晟典律师事务所易建国先生、吉安市登云公司李鹏先生以及江云飞、王斌、邓东升、刘晓清、熊川先生。他们在我写作此书时提供了不少建议和修改意见。

一路走来，我的同事和好友给予我太多的关爱和美好回忆。在此，也一并致以衷心的感谢！

在纪念五四运动100周年大会上，习近平总书记说："五四运动以来的100年，是中国青年一代又一代接续奋斗、凯歌前行的100年，是中国青年用青春之我创造青春之中国、青春之民族的100年。""要在奋斗中摸爬滚打，体察世间冷暖、民众忧乐、现实矛盾，从中找到人生真谛、生命价值、事业方向。"

习近平总书记还说过："现在，青春是用来奋斗的；将来，青春是用来回忆的。"

回首过去，我庆幸在青年时代拼搏过，奋斗过，没有虚度光阴，没有逃避责任，欣赏到了别样的风景，收获了美好的果实，留下了一行行清晰坚实的脚印……

最后，祝关心过我和我的家庭的人们青春永驻；祝我们的友谊地久天长！


刘友生

2020 年 8 月 16 日

# 牛铃

萧敬忠

你像井冈山下一头平凡的牛
烈士爷爷给你留下红色的胎记
父辈曾经受东海前线风浪的洗礼
基因有海礁骨骼和一往无前的底气

你忍辱负重，憨厚朴实
不择百草，汲取甘甜的乳汁
一步一个彰显青春的脚印
深深叩响那片厚实的红土地

告别警校二十七个春秋
父兵儿警，初心都一个目的
一身警服从农村基层起步
跋涉一路，曾有苦辣酸甜的泪滴

夙夜在公，守护一方安宁
立功受奖，屡建新的业绩

严打整治斗争，勇夺省级先进
所率中队连年终考第一

从老区考入特区
只是一个刑警转身的华丽
在那头具有时代特征的拓荒牛面前
你发誓要在新的征程披荆斩棘

大格局大舞台好大显身手
忠诚、为民、奉献、正义
大案要案每每殚精竭虑
经典案例多次吸引央视深港媒体

掌声与锦旗的背后
曾有与妻儿老小的两地别离
乡愁是一杯催泪的苦酒
你时常狠心摆脱那些沉重的牵羁

那是为了母亲的微笑哟
为了大地丰收的希冀
血色血气血性
铸就浩然正气

勃勃英姿
儒雅文笔
夜深时你常默默反刍
每行字句都有呕心沥血的印迹

哦！一头躬耕的孺子牛
摇着清脆悦耳的牛铃
不负韶华
一路奋蹄

2020 年酷暑
匆就于井冈山

（《牛铃》作者系中国散文学会会员、江西作家协会会员、江西吉安市青原区人大常委
会原副主任、文天祥文化研究会会长。著有诗集《井冈山的诗》等。）